ハヤカワ・ミステリ

RUPERT HOLMES

# マクマスターズ殺人者養成学校

# MURDER YOUR EMPLOYER

ルパート・ホームズ

奥村章子訳



TOKYO HAYAKAWA BOOKS

A HAYAKAWA POCKET MYSTERY BOOK

MURDER YOUR EMPLOYER
*The McMasters Guide to Homicide*
by
*RUPERT HOLMES*

Translated by
*AKIKO OKUMURA*
First published 2024 in Japan by
HAYAKAWA PUBLISHING, INC.
This book is published in Japan by
arrangement with
ICM PARTNERS
acting in association with
CURTIS BROWN GROUP LIMITED
through THE ENGLISH AGENCY (JAPAN) LTD.

装幀／水戸部 功

ハービンジャー・ハローの日記より

マクマスター応用芸術学院学院長

告白・自白術学科長

脅迫術学科名誉教授

国際殺人者協会シニアフェロー

編集　ルパート・ホームズ

イラスト　アンナ・ルイゾス

名もなき遂行者へ
その功績が世に知れ渡ることのないように

# マクマスターズ殺人者養成学校

## 登場人物

**クリフ・アイヴァーソン**……………マクマスター学院の新入生
**ガイ・マクマスター**…………………マクマスター学院の創設者
**ハービンジャー・ハロー**……………マクマスター学院の学院長
**ジェマ・リンドリー**
**ダルシー・モーン**
　　　**(ドリア・メイ)**…………クリフの同級生
**メリル・フィードラー**………………クリフの元上司であり、エグゼキュティブ
**コーラ・ディーキンス**
**ジャック・ホルヴァス**……………クリフの元同僚

## 用語解説

**削除**　われわれは〝殺害〟という一般的な表現の代わりにこの用語を使用する。最近の若い教員は多少なりとも語感のやわらかい〝消去〟という表現を好む傾向にあるが、動詞として使用する場合も〝消す〟とは言わず〝削除する〟と表現する。

**エグゼキュティブ**　削除（実質的には〝処刑〟）しようとしている上司に対する好ましい呼び方。〝犠牲者〟と呼ぶのは主観的にすぎて、削除の理由や動機が充分に反映されないおそれがある。話をわかりやすくするために、研究者が講義や本書のような指南書で〝犠牲者〟という言葉を使うことはあるものの、会話で使用するべきではない。録音された会話が法廷で再生される場合でも、〝犠牲者〟より〝エグゼキュティブ〟のほうが聞こえがいい。ただし、〝標的《ターゲット》〟は使用可能。

**エグゼキュター**　すべてが計画どおりに進んでいる学生のことをエグゼキュターと呼ぶ。マクマスター応用芸術学院では、二番目の音節のゼにアクセントを置いて発音する。キャンパス内で自分自身を〝エグゼキューター〟と呼ぶのは、新参者だとみずから暴露しているに等しい。浅慮な人間だと思われてもかまわない場合はそう自称してもよい。

**遂行者**　マクマスター応用芸術学院が削除を遂行する能力と資格があると認めた、もしくはすでに削除に成功した卒業生のこと。

**人殺し**　マクマスター応用芸術学院で教育を受けていないにもかかわらず人知れず削除に成功した者のこと。これらの特筆すべき、しかし、残念なことに注目されずにいたアマチュアには、その快挙をたたえて死後に名誉学位が授与される。名誉学位授領者の氏名を以下に記す。ミセス・ベス・ワイス（ベス・フーディィニ）、〝バッファロー〟ボブ・スミス、ルクレティア・ルドルフ＝ガーフィールド（第二十代アメリカ合衆国大統領夫人）、ハーランド・デイビッド・サンダース大佐、英国君主とインド皇帝を兼務していたヴィクトリア女王、デール・カーネギー、ジョーン・サザーランド。

**敵**　この用語は標的《ターゲット》には用いず、マクマスター応用芸術学院の卒業生による削除を妨害する勢力に対して使う。妨害する勢力には、地方および州警察、地方検事局、当学院以外の法科学研究所で働く科学者や技術者も含まれる。ただし、多数の卒業生が働いていることからＦＢＩを敵とは呼ばない。

死は奴隷として生きるよりすばらしい。

ハリエット・アン・ジェイコブズ
作家、奴隷制度廃止論者

たしかに。しかし、それは誰の死か？

R・M・タラント
マクマスター応用芸術学院学院長（一九三七〜四一年）

上司をクビにするのは簡単だ。煽《あお》って怒りを爆発させるだけで事足りる。

ガイ・マクマスター
マクマスター応用芸術学院創設者

# 序文

あなたは誰かを殺す決心をしました。

おめでとうございます。本書を手にしただけで、すでに大きな一歩を踏み出したことになります。あなたはかならずや成功を収め、それを誇らしく思うだけでなく、まわりの人間の知るところとなれば多大な注目を浴びるでしょう。

しかし、本書を読めば誰にも知られることなく殺人を犯すことができます。

これまで、はじめて誰かを殺そうとする者はたいていさまざまな法の壁に直面していました。誠実で善良なアマチュアは、殺人について学べる学校があるとは（さらには、教科書や時間割表まであるとは）思いもしなかったからです。図書館の司書に犯罪捜査の本はないかと尋ねると、363・25という分類番号のついた、現場検証や証拠分析に関する本が並ぶ棚に案内してくれるでしょう。同じ司書に公認会計士を殺すのに役立つ本はないかと尋ねると、そっと出口に案内されて——いや、もしかすると警備員がやって来るかもしれません。

失敗すれば深刻な事態に陥るのは避けられないことから、マクマスター応用芸術学院は誰かに強い殺意を抱いた人物の唯一の賢明な選択肢として長年にわたり重要な役割を果たしてきましたが、当学院への入学は経済的に余裕のある志願者にかぎられていました。みずからの存在自体をひた隠しにしているだけでなく他人の存在を否定する方法を教えるような学校に通っていては、学生ローンを組むのがむずかしいからです。

卒業生の多くが政府の要職に就いているにもかかわらず、残念ながら当学院はしばしば大盤振る舞いをする米国政府からの補助金を受けることができずにいます。したがって補助金に頼らない運営を強いられ、不本意ながら授業料を上げざるを得ませんでした。

しかしながら、授業料の値上げは学生にも還元され、当学院の寮の食事は、誰もが欲しがるミシュランガイドの三つ星レベルの評価を（ガイドブックには載っていないかもしれませんが）維持しています。

私は、学院の基本理念の一部を理解ある市民と共有すべきだと理事会に訴え続けてきました。私の長年の夢がようやく叶い、それぞれの標的に〝やすらかな眠り〟をもたらすことによって世の中を平和にするための指南書を、いまこうして堂々とみなさんにお届けすることができる運びとなりました。本書で得た知識がみなさんを空想の世界の一歩先へと誘《いざな》って、それぞれにふさわしい真のハッピーエンドを手にするのに役立つことを願ってやみません。

♠

「誰々を殺してやる」と豪語する人は多くても、そのために具体的な行動を起こす人はほとんどいません。

殺人が最良の選択肢であるかどうか確信を持てずに本書を手にした人たちには、結論を急ぐべきではないと助言したいと思います。人の命を奪うというのは、相手にとってはもちろんのこと、あなたにとっても人生を変える重大な出来事になります。一歩踏み出す前に、マクマスター応用芸術学院の新入生説明会でかならず触れる〝四つの問い〟を自分自身に投げかけてみてください。

## ＃1　どうしても殺す必要があるのか？

つまり、ほかに解決方法はないのかということです。誰しも、ほかの可能性を探ることなく自分の考えていることが最も簡単な解決策だと思いがちです。あなたは、社長の息子や娘をそそのかす努力もせず、いきなり社長を殺害するつもりでいるのではないですか？　さまざまな危険や苦労を乗り越えて〝犯罪〟を犯したにもかかわらず、そんなことをする必要などなかったと気づいたときには自分の愚かさに打ちのめされるでしょう。そのような、文字どおりの〝オーバーキル〟も存在します。

### ＃2　相手に悔い改めるチャンスを与えたか？

思い返してください。あなたは、標的に反省する時間と生き方を変えるチャンスを与えましたか？　充分なチャンスを与えたうえで命を奪ったのであれば、不眠症に悩まされることはないでしょう。もし相手が生き方を変えることを拒んだ場合は、躊躇《ちゅうちょ》なく計画を実行に移せばいいのです。相手の行動によって殺害以外の選択肢が失われた場合は、非自発的な自殺とみなすことができます。

### ＃3　その削除は罪のない人を悲しませることにならないか？

誰《た》がために鐘は鳴るのかと問うのではなく、弔いの鐘の音を聞けば誰が悲しむのかと問うてください。悲しむ人が誰もいなければ、あなたにパワーがもたらされます（感電死を計画している場合は、特に）。もちろん、逆の場合も考えてみてください。

### ＃4　その削除はほかの人の人生をよりよいものにするか？

目的を遂げてその日の終わりを迎えたときに、標的がいなくなったことで世界はよりよい場所になったと、当学院の卒業生の誰もが言えるようになるのがわれわれの理想です。

右記の#1、#2、#3、#4の問いすべてに〝イエス〟と答えることができる人には続きを読むことを認め、当学院の創設者が私にかけてくださった、「あなたが受ける裁きは心の痛みだけであることを祈る」という言葉を贈ります。

♠

われわれは熟考とあまたの議論を重ねて、みなさんにはマクマスター応用芸術学院の卒業生が歩んだ雑草だらけの道をたどりながら当学院の理念を学んでもらうのがいちばんだという結論に達しました。あらかじめ断わっておきますが、本書で紹介する学生全員が成功を収めたわけではありません。また、いかなる場合でも、先輩の過ちがもたらした結果を知ることなくその手法を真似てはなりません。首尾よく死をもたらすことができたとしても、以前の失敗が尾を引いて、標的に支払わせるつもりでいた悲惨な代償をみずからが払わなければならなくなる場合もあります。

当学院では卒業生および教職員の匿名性を最優先事項と位置づけているために、たとえ彼らが当学院で過ごした平穏な日々を紹介する場合でも、実名（あるいは通称）を使用するのは可能なかぎり避けることにします。名前を明かすことによって危険にさらされるおそれのある者たちの多くは、目下、当局の追跡を逃れて暮らしているからです。このような形で多くの事例を紹介できるのは、私が幸運と健康に恵まれ、また、時間的な余裕ができたこともさることながら、有能な助手と自分自身が書き残した膨大な記録が当時の記憶の隙間を埋めてくれたからです。

　ここから先は生来の饒舌さを封印し、匿名三人称の語り手役に徹することにします（もっとも、チャンスさえあれば〝これは私だ！〟とみずから明かしてしまいそうな気もするのですが）。直接知り得ることのできない登場人物の考えやプライベートな空間での行動を、あたかも全知全能の神にでもなったかのように書いている箇所もありますが、本人から何度も話を聞いているうえに（たいていは指導教員としてですが）、学生の採用担当者や監視員からも詳細な報告を受けているので、ご安心いただいてかまいません。当学院の思想（世界観）に反する人たちについて述べる際にも、彼らに対する個人的な軽蔑は抑えて、できるかぎり学問的で、かつ客観的な態度を保つように心がけるつもりです。

　第二次世界大戦が終わってほどない頃の事例を紹介したところでこれから殺人を犯そうとしている者の役には立たないと言う人もいるでしょう。そういう人たちには、たしかに敵情分析の技術は進歩したものの、当学院の基本理念は、一茶《いっさ》の俳句や、イタリア人画家のピラネージが描いた監獄の絵や、ベートーベンの最後の作品と言われている弦楽四重奏曲と同じく時代を超越していると答えることにしています。そういった先人の偉業に思いをはせると、一陣のさわやかな風が吹いて、現在の法科学の陳腐で血の通わない理論を——要するに〝たわごと〟を——吹き飛ばしてくれるような気がします。

　本書に登場する人物がこれまで世に知られていなかったとしても驚く必要はありません。当学院は無名であることに誇りを持っています。ネロやボルジア一族、ドクター・クリッペン……それに、無罪判決を受けたリジー・ボーデンなど、過去の伝説的な人殺しについて考えてみてください。偉大な人殺しとされるこれらの人物の共通点は何でしょう？

答えは、あなたも知っているということです！　彼らが極悪人だということを!!!　この序文から学び取る教えがあるとすれば、成功を収めた〝遂行者〟は世に知られていないということです！　当学院の卒業生の何人がエンターテインメントやスポーツ、または政治の世界で活躍しているか、ここで明かすことはできません。明かせば、彼らが死刑判決を受けるおそれがあるからです。優秀な卒業生を数多く輩出していながらそれを誇ることができないのは残念ですが、甘んずるしかありません。〝未解決の殺人事件があるところにマクマスター学院の卒業生あり〟というのは、学院内の常識です。

ただし、誰もがこの常識を受け入れているわけではなく、栄光や名声を望む者もいます。犯行声明を出したり、マスコミに手紙を書いたり、捕らえてくれと言わんばかりに多くの手がかりを残す者もいます。そのような人物は当学院で学ぶ資格がありません！　これだけ言っても、やはり生きているうちに悪名を轟《とどろ》かせたい、あるいは罰せられたいという、意識的もしくは潜在的な願望のある人は、この先を読まないでください。

本書では、迷宮のようなキャンパスの見どころも紹介するつもりです。美しいミード池を取り囲むようにして建つハーフティンバー様式の店やレストラン。観賞用の花や食用花、それに毒草も植わっているユニークな庭。勢いよくしぶきを上げるいくつもの噴水とゴミひとつ落ちていない遊歩道、陽光が射し込む水泳場、アザミの迷路、グラウンド、古風な趣のある教員住宅、フィンスターヴァルトと呼ばれている鬱蒼《うっそう》とした森。ただし、本書はキャンパスガイドではありません（手頃な価格のイラストマップは、中庭の脇にある書店やミード池の売店、および学生会館で常時購入できますが、卒業時には返却が義務づけられており、代金の一部が返却されます）。とはいえ、これまでの卒業生が真っ先に学んだのは学院の理念と建物の配置であったことから、通信課程を選択した学生のためにキャンパスのレプリカを作成するつもりでいます。

キャンパスで学ぼうと、本書を通じて学ぼうと、みなさんは多くの実践的な方法論とともに哲学的な洞察力も身につけなければならないことを、最後に熱意を込めて述べておきたいと思います（余談ですが、われわれは〝信念〟という言葉を使わないようにしています）。みなさんには、命のはかなさを知って、命を大切にしてほしいと願っています。あなたの標的にとっては今日が最後の一日になるかもしれないと思って日々を過ごしてください。

## 本書の特徴

殺人に不可欠な要素である生命が何十億年も前にこの地球上に誕生して、原始の夜明けを告げるべく一匹の勇敢なアメーバが鶏か卵になるために陸に上がった歴史的な瞬間以来、強者が弱者を支配するのはしごく当然のことでした。しかし、私たちの社会はここ千年ほどのあいだにダーウィンの理論を無視して生存に適していない種が生き残るだけでなくしばしば繁栄し、愚かで無能な上司が優秀な部下を支配する社会へと変化を遂げてきました。マクマスター学院では、この自然の法則からの逸脱を〝種の劣化〟と呼んでいます。現代において威張り散らす上司ほど有害な疫病はありません。そのようなひどい上司に悩まされている（あるいは虐《しいた》げられている）人には、当学院が自信を持って強力な救いの手を（場合によっては、強力な蹴りを）提供します。

地球の表面の大部分は水で覆われていますが、靴屋も数えきれないほどあり、その多くでは店主と接客係がひとり、それに、おそらくジャッキーという名のレジ係が働いています。世界中の靴屋の店員も仕事が終われば家に帰りますが、暴君さながらの店主にまた怒鳴られたと愚痴をこぼすと食欲が失せ、ヤルタ会談の話題をヒトラーがさらったように夕食を台無しにしてしまいます。

もちろん、単に立場が上だというだけの人間に怒りや憎しみを抱きながらも必死に耐えているのは靴屋の店員だけではありません。海軍では造反が、刑務所では暴動が、それに、修道院でも反乱が起きています。

われわれは教員宿舎にある羽目板張りの書斎に頻繁に集まって、これまでの失敗例や成功例、それに、あと一歩で成功するはずだった事例について、暖炉の火が消えかけるまで熱い議論を交わしてマクマスターズメソッドの統合理論を確立しようとしています。その際に、私はいつも自分が陰湿な上司の理不尽な仕打ちにもさまざまな形があると述べていることに気づきます。

ラドヤード・キプリングの言葉を引用します。〝私たちは天国や地獄が何をもたらすか知っているが、王の心は誰にもわからない〟。ラドヤードという名前がきわめてめずらしいというだけの理由であろうと、キプリングのことは覚えておいてほしいと思います。当学院のシラバスのどこにも、大義のために自分を犠牲にして人を殺せとは書いてありません。封建時代に暴君を殺せば、国中の――まさに津々浦々の――虐げられていた奉公人が感謝の賛歌を歌ったことでしょう。それはいまでも変わりません。

本書では三人の卒業生を紹介し、暴虐無道に振る舞う上司を削除する際の課題や問題点について具体例を示しながら説明したいと思います。ひとりは、米国メリーランド州ボルチモアから来たクリフ・アイヴァーソンで、もうひとりは、英国ノーサンバランド州ハルトホイッスル出身のジェマ・リンドリー。最後のひとりは元ハリウッド女優ですが、ここではダルシー・モーンと呼ぶことにします。

まずは、クリフ・アイヴァーソンの話からはじめます。クリフは奨学生で（奨学金を支給してくれているのは個人の支援者ですが）、名前も知らない支援者に対して勉学の進捗《しんちょく》状況を（投資が実を結びつつあることを）知らせるために、日記をつける必要がありました。みなさんにもマクマスター学院の学生生活を体験していただけるのは、その日記のおかげです。ジェマとダルシーのユニークな経験は本書の後半で紹介します。

【補足】嘆かわしいことに、失敗という名の冷酷な教師から得た教訓は苦く、永遠に鮮明な記憶として残ります。それゆえ、ここで紹介する三人の学生全員が成功裏にそれぞれの目的を果たすわけではないことを、あらかじめ伝えておきます。

三人のうちのひとりは、マクマスター学院について、いまあなたが持っているほどの知識すらないままキャンパスにやって来ました。あなたが賢明にも本書を選び、熟考を重ねて、少なくとも当学院に対してさしたる反感を抱かずに学ぼうとしているのは明らかですが、クリフ・アイヴァーソンはそうではなく、彼が何の予備知識もないまま当学院で勉学をはじめたのはじつに残念なことでした。

## 1

### クリフ・アイヴァーソンの日記より

自分をうぬぼれ屋だとは思っていませんが（もしかするとそうかもしれないと思うことはしばしばありますが）、いずれにしても、人を殺そうなどとはこれまで一度も考えことがなかったので、いい方法を考えついたと喜んだのはたしかです。

カリフォルニア工科大学に入学したときは航空設計学と英文学の二重専攻を目指したものの、それは、ピアノとフィールドホッケーを学ぶためにジュリアード音楽院へ行くようなものでした。親もいず、金もない僕に与えられた寛大な奨学金は航空機の設計技術を学ぶためのもので、温めていた構想をもとに小説を書くためではないと、すぐに気づきました。

世の中には、僕と同じようにやりたいことがあって——熱意のほどはべつにして——その分野での才能もあることに気づいた人が大勢いるはずです。けれども、人は生計を立てていかねばならず、泌尿器科の医者が多いのはそのせいです（もしこの日記を読んでくださっている僕の支援者が泌尿器科医なら、ここまで読んでくださったことに感謝して荷物をまとめます）。

それはともかく、僕はカリフォルニア工科大学からマサチューセッツ工科大学《MIT》の大学院へ進み、ヴォルタン・インダストリーズに就職して殺人を企てることになりました。MITのせいではありません。ヴォルタンを責めるつもりもありませんが、社員の昇進基準が間違っていたのは明らかで、その間違った基準によって僕の上司になったメリル・フィードラーはどうしても殺す必要があったのです。

　もちろん、むやみに人を殺すのはいけないことだと思っていますが……フィードラーの場合はそれ相応の理由がありました。

　親愛なる支援者殿。あなたが僕のことをご存じなのかどうかはわかりません。もしご存じないのであれば、勉強家のように見えると言われていることや、近視のおばはハンサムだと言ってくれたことを伝えておきたいと思いますが、この日記を書くうえで、それはあまり重要なことではありません。マクマスター学院と関わりを持つことになった日にマンハッタンのミッドタウンにある地下鉄の駅にいた僕は、野暮ったい中折れ帽を目深にかぶり、白髪のかつらともじゃもじゃのつけひげと、マッカーサー風のサングラスで顔がわからないようにしていました。長身の体も、四サイズ大きいトレンチコートの下にキルティングのロングベストを着込んでいたせいで、デパートのサンタのように膨らんでいました。

　それでも、金具のついていない靴でタップダンスを踊るお笑いコンビのローレル&ハーディのように軽やかな足取りで回転式の改札口を通り抜け、コンクリートの階段を下りて上りのホームへ行きました。すると、うれしいことに、出張でニューヨークを訪れていた標的はビシッと身なりを整えて望みどおりの場所に立っていました。出世が叶ってヴォルタンのボルチモア工場で僕の上司となった五十代前半のメリル・フィードラーが、地下鉄のホームの南側の端にある、僕のいる場所から数メートルしか離れていないニュースタンドの前で雑誌をめくっていたのです。まさに理想の場所で。しかし、電車が駅に入ってくるときにフィードラーがホームにいなければ話にならないものの、電車がすでにブレーキをかけていれば、接触しても致命的な衝撃は受けません。

　わかっています。僕はお人好しです。

けれども、フィードラーを殺すのは電車だと、何度も自分に言い聞かせました。それがくだらない自己欺瞞だというのもわかっていました。殺したいと思っていたのに、人を殺す覚悟ができていなかったのです。銃、ナイフ、毒物……そういうものの扱いには慣れていないし、抵抗感もあるので、使ったところでうまくいくとはかぎりません。それで、フィードラーを突き飛ばすというアイデアが浮かびました。それならできると思いました。この三年間、立場の弱い社員が何人もフィードラーに虐げられているのを目にするたびに逸《はや》る気持ちを抑え込んできたのですから。ぶつかったり、押したり突き飛ばしたりするのは殺人ではありません。バーでもそういうことが原因でしばしばけんかが起きていますが、たいていは、迫力のある男が「おい、ここでけんかをするのはやめろ！」と叫べば、それで収まります。屈辱と侮蔑に満ちた言葉や人を見下したような冷笑を毎日のように社員に投げかけていたフィードラーなど、思いきり突き飛ばせばいいのです。ただし、フィードラーがホームの端に立っていて、そこへ電車が滑り込んできたときに突き飛ばさなければなりません。

フィードラーを殺すのは地下鉄なのですから。

それに、突き飛ばしても捕まることはないと思っていました。検証実験をするのは不可能だし、銃弾と違って射入口もないので、どの方向から突き飛ばされたのかわからず、何の証拠も残りません。痣《あざ》は残るかもしれませんが、サイズの大きい革の手袋をはめていたので、指紋はおろか、僕の手の大きさや形もわからないはずです。

乱暴ではあるにせよ、なかなかいいアイデアでした。ホームにいた人たちは僕を見て、実際の体重より二十キロ以上重い、トレンチコートを着た太った男だと思うでしょう。顔は帽子のつばの下に隠れて見えないので、ひげを生やしてサングラスをかけた白髪の男だと。

いささか滑稽な感じがするので、もしかすると誰かが覚えているかもしれませんが、僕に似ていると思う人はいないはずです。とにかく、僕はサングラスの縁の上から覗《のぞ》いて目撃者になりそうな人をさがしました。少し離れたところに、黒瑪瑙《オニキス》のような黒い顔に硬い表情を浮かべてチューインガムの自動販売機と格闘している、フェルト帽をかぶった男がいました。僕が下りてきたばかりの階段のそばには年配の修道女が立っていました。僕の左にいたずんぐりした男は、短くなった鉛筆の先を舐めながらタブロイド紙のクロスワードパズルに挑戦していました。

地下鉄のトンネルの奥から、悲鳴に似た金属音が聞こえてきました。鼓動が速くなったのも、手首やこめかみが脈打っているのもわかりました。その、耳をつんざくようなするどい音が聞こえるのは、上りの電車がホームに入ってくる十一、二秒前だというのは、すでに調べていました。やるなら、いまです。シミュレーションを重ねていたので、標的が完璧な位置にいるのはわかっていました。

ヴォルタンを解雇された、あの屈辱的な日の午後に従業員用の駐車場でフィードラーにぶつけた言葉を、できることならもう一度耳元でささやいてやりたい衝動が湧き上がってきました。あの日、僕が自分の車を駐めた場所へ行くと、フィードラーが腕を組んで車のうしろに立っていて、その横には警備員もいました。僕の車のトランクをこじ開けたようで、社外持ち出しが禁止されている黄色と黒の縞模様のついたファイルが床に並べてありました。同僚たちに見せるためなのか、ファイルの上には、ポーカーテーブルに投げ捨てられたカードのように共産党のパンフレットがのっていました。まるで、駐車場でがらくた市を開いているかのようでした。もちろん、そんなことをしたのはフィードラーで、彼はじつにいまいましい声で僕が雇用契約に記されている業界の秘密保持条項に違反したことと、ジャック・ホルヴァスと僕は解雇されて、ニューヨークにある北米本部とミュンヘンの本社にもすでに報告済みだと告げました。僕の信用は完全に失墜し、業界の厄介者《ペルソナ・ノン・グラータ》になったことも。

自分の声は聞こえたものの、まるで他人の声を聞いているようでした。「覚えてろよ、フィードラー」僕は吐き捨てるように言いました。「あんたはいずれ報いを受けることになるはずだ」これは効果があったようでした。

「報いはすでに手にしている」と、フィードラーは冷ややかに言い返しました。「だから、きみの上司になったんだよ。責任のある地位に就いている者は人に嫌われるようなこともしなきゃならないんだ。外科医は患者の体を切り裂き、将軍は兵士に死を強いて――」

僕は、「社員は患者でも兵士でもない！」と叫びました。「ここで働いているだけだ。それに、就職したときは、『ちなみに、きみを雇うのは、社員の福利などこれっぽっちも気にしない役員のもとで働かせるためだ』とは誰も言わなかった。まさか、会社がパワハラ体質の役員を必要としていて、それであんたが抜擢されたわけじゃないと思うけど。優秀な社員の多くを出社拒否に追い込んだ報いが――それ相応の報いが――いつかあんたに降りかかるのを祈ってるよ」僕が、それぞれの車のそばに立っているほかの社員を見まわすと、みんなは急に自分の靴に興味を持ったように目を伏せました。この人生最悪の事態をコーラに見られずにすんだのは不幸中の幸いでしたが……でも、それはもちろん、彼女がもうこの世にいないからです。

「結果がすべてを、そして私自身の実力を物語っている」と、フィードラーは自信たっぷりに言い返しました。「うちの売上はいちばんなんだぞ」

「あんたがいなくても売上はいちばんだったはずだ。一九五〇年代中にヴォルタンのような会社がめざましい成長を遂げるのは間違いないが、あんたは社員につらい思いをさせただけじゃないか」僕はフィードラーのそばへ行こうとしたものの、警備員に阻《はば》まれました。「あんたにとってヴォルタンはおあつらえ向きの会社だが、あんたは刑務所の所長や病院の院長にも向いてるよ。単に威張りたいだけなんだから」

けれども、地下鉄のホームではフィードラーのそばに警備員はおらず、いまにも列車が僕たちに、いや、フィードラーに迫ってこようとしていました。トンネルから延びる湾曲したレールが先頭車両のヘッドライトを浴びて輝きだしたのを眺めているうちに、自分はもうすぐ殺人犯になるのだと気がつきました。

こんなことになるとは、誰が想像したでしょう？ いけないことだとわかっていながら僕がこれまで法を破ったのは、ステーキを食べながら白ワインを飲んだときだけです……こんなばかばかしい扮装をしてとんでもないことをしようとしている僕を、コーラはどう思うでしょう？ それでも、自分が設計したW‐10の

静まり返った機内で恐怖に怯《おび》える乗客たちの姿を思い浮かべて迷いを振り払いました。とつぜん電力供給が止まって安定装置《スタビライザー》が作動不能に陥り、機体は乗客を道連れに一万フィート下の地上に向かってゆっくりと機首を下げていきます。僕がここで躊躇していたら、乗客を救うチャンスは二度とありません。

フィードラーは、自分を殺すことになる列車の到着を待ちわびてトンネルを見つめています。僕はうしろからそっと近づきました。彼がこれまでみんなにしてきたことや、これからもするかもしれないことが頭のなかで渦巻いていました。やるならいまだ。コーラのために、街はずれの薄汚い公園で死んでいた友人のジャック・ホルヴァスのために、フィードラーによって精神を病むことになったり人生を台無しにされたりした、気の毒なすべての社員のために。そして、何の不安も抱かずに航空券を購入した大好きな両親と一緒にW‐10に搭乗する子供たちのために。募《つの》りに募った怒

りはフィードラーだけにとどまらず、世の中のすべての不条理に向けられて、列車が勢いよくホームに滑り込んできたときにはもう、この暴君を突き飛ばすしか怒りを鎮めるすべはないと思うようになっていました。

もはや自分を制御できなくなった僕は片方の肩を下げ、強烈なブロックを放つハーフバックの選手のように、フィードラーの体の左側に体当たりをくらわしました。その一撃で、僕も人殺しのひとりになったのです。弟を殺したカインや、祖国を守るために敵を殺した兵士や、オーバーン刑務所で電気椅子のスイッチを押した看守や、ムカデを踏み殺した子供たちの仲間に。そのなかには、たたえられて自分の名を刻んだ記念碑を建ててもらった人もいれば、身内から絶縁されて無名墓地に葬られた人もいるでしょう。

横向きにぶつかったのでフィードラーの顔は見えず、悲鳴が聞こえたのと同時に、僕はビリヤードの球のように跳ね返されました。ところが、起きたことに対する当事者意識は、なぜか皆無で、とにかくホームから離れることしか頭になく、いちばん近い改札口を出て階段を駆け上がり、計画どおり、駅の反対側にあるブランツ百貨店の回転ドアをくぐり抜けて店員の少ない地下の特売品売り場を目指しました。店内に入ると、陳列台が迷路のように並ぶ紳士服売り場を抜けて試着室へ行きました。狭い試着室で手袋とコートとキルティングのベストを脱ぎ、つけひげとかつらをはずして、大胆にも木製の椅子の上に置きました。それを、地下鉄のホームで起きた不幸な事故と結びつける人がいるとは思えなかったからです。どれも、前日に軍の放出品や変装用の小物を売っている市内の店を数軒まわって買ったものだったので、僕が疑われるとは思いませんでした。わずか二秒で髪の乱れを整えて、試着室の鏡に映った自分の顔を見つめましたが、どう考えても人殺しの顔ではありませんでした。表情に達成感などかけらもなく、自分の人生が大きく変わったことを知った悲しみに覆われていただけでした。

試着室を出ると、暇な買い物客を装ってネクタイを眺めてから、さりげなく上りのエスカレーターに乗りました。一階に着くと、店員がすかさず僕にオーデコロンのサンプルを噴きかけてきましたが、「今日はいい！」と軽くいなし、ふたたび回転ドアを抜けて歩道に出て、うつむいたまま歩行者の群れにまぎれ込みました。みんな、何らかの目的を持ってせわしなく歩いていましたが、僕がたったいまやり遂げたような大きな使命を担っている人はいないはずでした。僕は気楽な彼らをうらやましく思いながら、あらたに背負い込んだ鉛のように重い秘密に押しつぶされそうになりながら、泊まっている古めかしいヴァンビューレン・ホテルまで歩きました。部屋に戻ると、これまでに経験したことのない激しい疲労感に襲われて、小さいベッドの薄い毛布の上に卒倒に近い状態でバタリと倒れ込み、完璧な殺人を犯したことを確信しながら、安堵感とともに眠りに落ちました。

電話が鳴ったのは、わずか数分後のことでした。

僕がこのホテルに泊まっていることは誰も知らないので、外からかかってきたわけではないと自分に言い聞かせながら受話器を取りました。「もしもし？」

「フロントです、ミスター・ウィリアムズ」（ウィリアムズというのは、スミスとジョーンズのつぎに思いついた最も平凡な名前で、ファーストネームがテッドでないかぎり、記憶には残りません）「刑事がお部屋に向かっています。黙ってろと言われたんですが、お知らせしておいたほうがいいと思って。訊かれても、知らなかったことにしておいてください」

廊下からエレベーターのドアが開く音が聞こえ、人を殺して一時間と経たないうちに警官がニューヨーカーでもない人間を訪ねてくる、さほど深刻ではない理由を考えようとしていると、ドアを乱暴に三度叩く音がしました。「警察だ、ミスター・アイヴァーソン！　開けろ」

〝おお、神よ〟と、思わず心のなかでつぶやきました。僕も、時と場合に応じて神に祈ることがあるのです。連中は僕の本名を知ってるんだ！　口のなかにカップ一杯の小麦粉を投げ込まれたかのような気がしました。どうして、いったいなぜ僕のことを知ってるんだ？　逃げるには、八階下の通りまで非常階段で下りるしかないものの、そんなことをするのは罪を認めたも同然です。残っている勇気を振りしぼろうとしましたが、すでに使いはたしていました。無理やり笑みを浮かべると、ドアを開けたとたんに口の両端が痙攣《けいれん》を起こしてしまいました。「何ですか？」僕は、模範的な市民が困惑したときに出す声を真似て訊きました。

ドアの前に立っていたのはグレーのスーツを着てつばの広いフェルト帽をかぶった色黒の男で、じろじろと僕を見ていました。安物のネクタイは、愛情の失せた妻から贈られた形だけの誕生日プレゼントのようでした。男はふたつ折りの財布のようなものを取り出して、ニューヨーク州の紋章のついたバッジを見せました。「警部のドブソンだ」と、みずから名乗ったので、名前を読む手間が省けました。「こっちはステッジ巡査部長」

ステッジは背が低いのに筋肉質で、縫い目がはち切れそうな青いスーツを着ていました。ドブソンと同じネクタイをしているのは、夫への愛情が失せたドブソンの妻と不倫をしているか、同じ店の〝二十五セントコーナー〟で買ったかのどちらかでしょう。拳銃の持ち手がスーツの左の襟の奥からのぞいていましたが、きちんとショルダーホルスターに収まっていないようで、ショルダーホルスター自体も彼の体に合っていないようでした。

「この一時間ほど、どこにいた？」と、ドブソンがいきなり訊いてきました。

目の前に絶望が広がりました。人殺しを捕まえるのはこんなに簡単なのだと思いました。答え次第で容疑者にされてしまうのだと。「グランドセントラル駅の映画館にいました」

「何を観てた?」

僕は思い出そうとするふりをしました。「『トムとジェリー』とニュース映画と、モロッコの紀行映画、『三ばか大将』、それに、吹きガラスの紹介映画を」

「誰かに会ったか?」と、今度はステッジが訊いてきました。

「いいえ。ここへは旅行で――ちょっと待ってください」僕は、ふと思いついたような声で言って、シングルベッドの反対側にある小さなドレッサーの前へ行きました。「ほら」そう言いながら、ドレッサーの上に置いていた時計と財布と、赤い厚紙の切れ端を指さしました。「チケットの半券です」

ドブソンは依然として僕の顔を見つめていましたが、ありがたいことに、僕に恋心を抱いたわけではなさそうでした。「アリバイを尋ねた理由を知りたいとは思わなかったのか?」と、ドブソンは不思議そうに訊きました。「アリバイを尋ねると、たいていの人間はその理由を知りたがるんだが」

「ホテル内で何か事件が起きて、宿泊客全員に訊いてまわってるんだと思ったので」と、僕はくだけた口調で答えました。「僕だって、どういうことか知りたいですよ」

ドブソンがチケットの半券を手に取りました。「今日、何者かがきみの上司を地下鉄の線路へ突き飛ばしたんだ」

僕は「なんてことだ!」と叫びましたが、あまり上手に言えませんでした。

「『三ばか大将』はずいぶん面白かったようだな」と、ドブソンが先を続けました。「チケットの半券を残しておく人間はめずらしいんだよ。糸くずが絡まって、たまたまポケットのなかに残っていたというのならべつだが、そばにゴミ箱があるのに、ドレッサーの上に財布や時計と一緒にこれ見よがしに置いておくとは。アリバイを証明するためじゃないのなら、なぜ残しておいたんだ？」

「わかりません。ポケットのなかに手を突っ込んだときに、捨て忘れたガムの包み紙を見つけたことはありませんか？」

「ないな」と、ドブソンが答えました。「まあ、おれにはないが、きみにはあるのかもしれない」彼はそう言って、僕が前日に購入したのと同じマッカーサー風のサングラスが入った半透明の袋を胸ポケットから取り出しました。

もうだめだと思いました。そこまで知っているのなら逃れようがないし、おそらく逮捕するつもりで訪ねてきたのだろうと。刑務所にぶち込まれるのなら、最後のビールを飲んでおけばよかったと後悔しました。死刑囚用の独房にビールは置いてないはずです。生ビールはぜったいに。終身刑になって、燦々《さんさん》と太陽が降り注ぐニューメキシコ州の刑務所の図書室で司書として働くのも悪くないかもしれないという諦めが、ちらっと頭をかすめました。

無意識のうちに、ホテルの部屋の窓に目が向きました。

「非常階段の下に警官がひとりいる」と、ドブソンが親切に教えてくれました。「このサングラスについて説明してくれ。ついでに……変装のことも」彼は、やけに〝変装〟という言葉を強調しました。「たとえば、五年生やしていたひげを剃れば、それだけで立派な変装になる。修道女なら、口紅を塗ってアイシャドーを塗るだけでいい。平凡な人間に見せかけるというのでもいい。特徴を尋ねて『平凡な人間だ』と言われたら、こっちも困ってしまうんだよ。だが、地下鉄のホームでサングラスをかけて、中綿入りのコートを着て中折れ帽をかぶり、つけひげまでつけていたと言われたら……たとえその男がどんな顔をしているのかわからなくても、変装だと見破ることさえできれば捕まえられるんだ」

「何の話か、さっぱりわからないんですが」

「きみは今朝早く映画館でチケットを買って、一時間のニュース映画を観てから巧みに変装し、何らかの方法でフィードラーを地下鉄のホームに誘き寄せた。そこまではよかったが、その後、とんでもない行為に及び、ブランツ百貨店の地下に駆け込んで変装を解いた。万引きの手口を知ってるか？」

その質問には、僕に代わってステッジが答えました。

「ブランツ百貨店は万引きが多いんだ。万引きは目当てのものを手にするとすぐ試着室に入り、値札をはずして、そのまま身につけるんだよ。だから、店は買い物客を装った店員を試着室のそばに配置して、入ったときよりも太って出てくる客がいないか監視させてるんだ」

ドブソンが話を引き取りました。「ところが、おれの元同僚で、セントリー・セキュリティに再就職したデーヴ・ヴラスノフは、ひげを生やした大柄な男がほかには誰も使用していない試着室に入るのを見て、その一分後には、きれいにひげを剃った痩せた男が出てくるのを見たんだ。デーヴはエスカレーターでその男を追いかけて、ブランツ百貨店にしか置いていない新発売のコロンをたっぷりスプレーしたらしい」

僕は、「弁護士と話がしたい」と言うのが精いっぱいでした。

「うちの妹もそう言ってたが、結局、問題は配管工が解決してくれたらしい」と、ドブソンがジョークを口にしました。「それはそうと、変装を解く際に、きみはまず手袋を脱いだはずだ。サングラスの右のレンズにくっきりと指紋がついてたからな。つまり、おかしな変装をした男がきみの元上司を電車の前に突き飛ばしたわけだが、サングラスとブランツ百貨店の試着室にきみの指紋が残っていて、警備員が試着室からあとを追うと、ここにたどり着いたってことだ。ついでに言っておくが、きみがつけているコロンのにおいが大好きで、会えるのを楽しみにしているラブラドール・レトリーバーをロビーに待機させている」

「ワンダーラストという名前だそうだ」と、ステッジがわざわざ教えてくれました。「コロンの名前だよ。ラブラドールの名前はロスコーだ」

僕はいつのまにかベッドに座っていました。「話すことは何もありません」

「こっちにはあるんだ」と、ドブソンが言いました。

「きみをメリル・フィードラーに対する殺人未遂容疑で逮捕する」

「殺人未遂容疑？」僕は勢いよく立ち上がりました。

「死ななかったんですか？」

僕は、ドブソンとステッジが憐れみにあふれた目を見交わしたのを見て、いまのひとことが裁判の際に不利に働くのを悟りました。電気椅子から逃れることができたのはこのうえない朗報だったのですが、僕は殺人未遂罪で刑務所に入れられるのにフィードラーはまだ生きていて、これからも多くの人を苦しめることになるというのは、かなり悪いニュースでした。

ドブソンが部下のステッジの考えを尋ねました。

「物的証拠と明らかな計画性を考慮に入れると、量刑はどのぐらいになると思う？」

ステッジが肩をすくめると、またスーツの縫い目がはち切れそうになりました。「殺人未遂なら、おそらく二十年で、仮釈放はないでしょうね。素人の人殺しは市民にとって危険ですから。誰がけがをすることになるかわかりませんし」

もはや失うものは何もないと悟った僕は観念したような表情を浮かべ、右の手首を左の手首の上にのせてステッジのほうへ突き出しました。「さあ、手錠をかけてくれ」敗北を認めたように聞こえることを願って、そう言いました。ステッジはそれを分別のある行動だと受け止めたようで、ズボンのポケットに入れていた手錠に手を伸ばしました。僕はすかさず足を踏み出し、ステッジが中途半端にショルダーホルスターに突っ込んでいた三八口径をすでに突き出していた右手で引き抜いて、「動くな。けがをさせるつもりはないから」と、ふたりに警告しました。「僕は、あんたらに銃を向けたまましろ向きにこの部屋を出ていく。僕がエレベーターでロビーに降りるまで、あんたらはここにいろ」実際は、非常階段を使って二階の宴会場へ行くつもりでした。宴会場はホテルの厨房とつながっているはずなので、厨房の通用口から通りに出ることができると思ったからです。しかし、彼らにそれを伝える義理は感じませんでした。

するとステッジが、「安全装置がかかったままだぞ、クリフ」と、わざわざ教えてくれました。

僕があわてて銃に目をやると、ドブソンが口を挟んできました。「巡査部長はきみを嵌《は》めようとしてるんだ。リボルバーに安全装置はついてない」

ステッジはドブソンに反論しました。「スミス&ウェッソンのモデル40にはついてるんです」

「握り式の安全装置だろ？」

「それでも安全装置に変わりはありません」ステッジはそう言って、さらに付け足しました。「それに、知ってたか、クリフ？　その銃には弾が入ってないんだ。だが、警部のには入ってる」

振り向くと、ドブソンがよく似た拳銃の銃口をこっちに向けているのがわかりました。「巡査部長は空の銃で相手を試すのが好きなんだよ。警官の拳銃を盗もうとしたら、それも有罪の証拠になるからな」

僕はバスルームに銃口を向けて引き金を引きました。が、いまいましいことに、カチッという音がしただけでした。

「巡査部長に拳銃を返せ。返したら、おまえが無益な抵抗を示したことは調書に書かないでおいてやる」と、ドブソンが言いました。

　僕はしぶしぶステッジに拳銃を返しました。「あんたらを撃つつもりはなかったんだ」彼らは僕の気持ちを理解したいと思っているわけでもないのに、一応、そう言いました。「どうしても殺したい人物がいて、あんたらから逃げることができればもう一度チャンスがあるかもしれないと思っただけだ」当然、ふたりはつまらなさそうな顔をしていたので、「あんたらにはわからないだろうけど」と、つぶやきました。

「わかるよ」と、ドブソンが理解を示してくれました。「フィードラーは、サディスティックな快楽や性的な興奮を得るために、あるいは出世のためにまわりの人間を支配したり操ったりする、とんでもない男だ。時にはハットトリックを狙って、見事に成功を収めることもある。やつはきみのキャリアを台無しにしただけでなく、きみが好意を寄せていた女性や信頼していた友人まで奪った。そのうえ、きみの設計に手を加えて重大な欠陥をもたらした。罪のない人たちの命を奪う可能性のある、致命的な欠陥を。なのに、それを隠蔽《いんぺい》している。きみのような良識のある人間がやつを殺したいと思うのは当然じゃないか？」

　これにはびっくりしました。「どうして……まだそんな時間が経ってないのに、そんなことまで……」

「おれたちは何週間も前からきみに興味を持ってたんだ。きみがフィードラーを突き飛ばしたときもホームにいた」ドブソンはステッジのほうへ顎《あご》をしゃくりました。「フィードラーを助けた英雄は、この巡査部長なんだよ」

　僕はステッジを見て、にがにがしげにつぶやきました。「先にあんたを殺しておくべきだったな」

　ふたりは面白い冗談だと思ったようでしたが、ユーモアというのは不思議なもので、ドブソンの口調がけわしくなりました。「じゃあ、自分のしたことを後悔してないんだな」

見事にしくじりはしたものの、僕はわずかに残っていた自尊心を示そうとしました。「やり方がまずかっただけだ」

ドブソンの反応にはさらに驚かされました。彼は、うれしそうに僕の背中を平手で叩いて、「そのとおりだ！」と、熱い口調で言ったのです。「振り落とされても、すぐにまた馬にまたがらないと」

「つまり、人を殺すのもそれと同じだということだ」と、ステッジが解説してくれました。

警部と巡査部長は、ぼくが邪悪な組織の加入儀礼を終えたことを喜んでいるかのようでした。「あんたらは……ほんとうに警官なのか？」と、僕はすかさず訊きました。

「きみにとっては理想の警官だ。もう解雇されてるんだから」

「じゃあ、さっき見せたバッジは偽物だったのか？」

「本物だが、期限が切れている。ブッシュウィックの八三分署に配属されてたんだが」

ステッジは、胸ポケットから酒を入れる小さなフラスコを取り出しました。「おれたちが捕まえた男も拘留期限が切れて、こっちはそれでクビになったんだ」と、ステッジが詳しい話をしました。「そいつは裕福な児童性虐待者で、見込みのありそうな陪審員を買収して自由の身になったんだよ。おれたちはそいつをニュージャージー州のアルパインにある屋敷まで車で送っていこうとしてたんだが、途中でエッジウォーターに立ち寄った。崖からハドソン川に飛び込もうとする人間は、みなそこに立ち寄るんだ」ステッジはそれでわかるだろうと言わんばかりに笑みを浮かべ、部屋の小さなバスルームに行って洗面所のコップを持ってきました。

「で……逮捕しないのか？」僕は、大勢の天使の羽に顔をくすぐられて奈落の底からまばゆい光のなかに戻ったような気分を味わいながら訊きました。「それに、フィードラーは？」

「彼にはバッジを見せて、ホームでの突き飛ばしが多発していると説明しておいた」と、ドブソンが言いました。「犯人の目星はついていると」

「それは事実だ」ステッジはそう言って、フラスコの中身をコップに注ぎました。

「じゃあ、解放してくれるのか？」僕は信じられない思いで訊きました。

ドブソンはふたたび顔を曇らせましたが、おそらくそれがデフォルトの表情なのでしょう。「で、またフィードラーを突き飛ばして、また失敗するのか？　それはまずい。きちんと学ぶべきだ」

ステッジは尻ポケットからアーリー・タイムズのハーフパイントボトルを取り出すと、薄汚いコップのなかの得体の知れない液体の上にたっぷり注いで、小指でまぜてから僕に差し出しました。僕はコップを見つめてこう言いました。「あんたはさりげなく差し出したけど、どうすれば毒は入ってないとわかるんだ？」

「そんなことを考える必要はない。おれたちの言葉を信じればいいだけだ」と、ドブソンが告げました。

「先ほどからずいぶん話をしたのに、あんたたちのことを疑うとは！」僕は自分を叱りつけるように言いました。「でも、逮捕されるんだと思ったときに毒を渡されてたら、躊躇せずに飲んだだろうな」

「これは睡眠薬入りの酒だ」と、ドブソンはこともなげに言いました。「おれたちが両脇から支えれば、きみはロビーを抜けてタクシーに乗ることができる。あとはまかせてくれ。さあ、飲め」

真っ先に頭をよぎったのは、フィードラーはまだ生きているが、彼を殺したいという僕の思いに気づいていないということでした。もし元警官らの言うことを拒んだら、彼らは間違いなく僕を当局に引き渡して、すべてが終わります。ここはふたりに従順な態度を示し、隙を見て逃げ出して、フィードラーに止《とど》めを刺したほうが——おそらく、その言葉どおりナイフを突き刺したほうが——いいに決まっています。だから、全財産をハイド氏に譲るという遺言書を書いたことを知ったジキル博士のことは忘れてその液体を飲みました。

「目が覚めても、顔に包帯が巻かれているので自分がどこにいるのかわからないだろうが、心配しなくてもいい」と、ドブソンが付け加えました。「意識を取り戻した新入生は、目が見えなくなったとか、あるいはもっとひどい状態に陥ったと思うことがあるんだ」

いったい何の話だ？「新入生……？」

「そのうちわかる」と、ドブソンが言いました。

## 2

若きクリフ・アイヴァーソンは、文字どおりでも比喩的な意味でも暗闇のなかで当学院にやって来たので、彼が到着したときの様子を簡単に記しておく。彼が自分の置かれた状況を理解できるようになった時点で、本人の日記に替えることにする。——〔HH〕

マクマスター学院にはじめて登校する者は、全員、立派な正門の前でいったん止まらなければならない。正門は、外部の人間が高さ二・七メートルの黒い錬鉄《れんてつ》製の柵に囲まれた八十万平方メートルの敷地内に入る唯一の入口だ。柵の間隔は刑務所のドアの鉄格子より狭く、その上には、トランプのスペードの形に似た、先の尖った突起がついている。ツキを呼ぶと言われているスペードの形に似ているのは皮肉な気もするが、いずれにせよ、その目的は充分に果たしていた。

柵には、電気が流れていることを知らせる警告板がところどころに掛かっている。死んで柵の根元に横たわる三匹のリスと一羽の大きなカラスが、その警告に真実味を与えていた(もちろん、事故死した動物は剝製にしてある。マクマスター学院は、動物への残虐行為も、何の罪もない動物をわれわれの取り組みの共犯者にすることも禁じている)。

門の左側には特徴のある紋章が描かれている。生命を意味するエジプト十字を逆さにして、両脇にツンとすました猫とフクロウを描いた紋章が。門の右側には、柵をめぐらせている理由を簡潔に説明するブロンズの銘板がかかげてある。〝マクマスター触法精神障害者療養所〟と書いた銘板が。これは、好奇心旺盛な人たちを満足させるのと同時に阻止する役目を果たしていて、気まぐれな思いつきではあったが、ある程度の真実も含まれていた。なぜなら、当学院の学生にはみな犯意があり、学生を指導する教員も精神的に健全だとは言えないからだ。しかし、たとえ当学院の理念が常軌を逸していようと、カリキュラムは学生の心身の向上に役立つことが証明されている。

当学院に入学を認められた学生が正門を外から眺めることはない。入学希望者はまず、世界の各地から国際基準を満たすプライベート空港かプライベートハーバーのある最寄りの都市へ向かうことになっている。そこからは、睡眠薬を飲んで目隠しをされた状態でキャンパスまで連れてこられる。すべては、当学院までどのルートを通ってどのくらい時間がかかったかわからなくするためだ。近くに住んでいる者のほうが地球の裏側から来た者より学院に着くまで時間がかかる場合もある。一九四〇年代の後半には、気の毒なひとりの学生が貨物船による四日間の航海を経て自家用機に三時間乗せられ、出発したのと同じ滑走路に着陸してからポニーが牽《ひ》く馬車で学院に到着したこともあった。その学生は学院からわずか二十五キロほど南に住んでいたので、ずいぶん遠まわりをしたことになる。

学生の多くは、ここをイギリスのどこかだと思っている。教員も学生も研究領域も国際的であるにもかかわらず、たしかに当学院の雰囲気はイギリス的だ。敷地内に点在する、荘厳でありながらもけっして派手ではない建物の大部分は、ダービシャーにあるオックスベインと呼ばれていた広大な屋敷から移築したもので、それが学院の雰囲気に影響を与えているのだろう。ヴィクトリア朝風ゴシック様式のその屋敷は、ノルマン時代の砂岩の要塞跡に建てられた十七世紀の建物を中心に据えて、大々的な増築がなされていた。

当学院の創設者ガイ・マクマスターが先祖の屋敷を相続することになった経緯はここでは触れないほうがいい壮絶な話で、彼が私に打ち明けたのも臨終のときだった（ガイが誇らしげに打ち明けたときにわれわれが誰の臨終に立ち会っていたのかも、ここでは伏せておく）。ところが、ガイは相続するとすぐに屋敷を解体して、現在の秘密の場所に移築した。水車も、水車小屋も、庭師の住まいも、厩舎、門番小屋、ゲストハウス、バンガロー、礼拝堂、それに、ギリシャ神殿を模した装飾用の小さな建物、フォリーも。そして、屋敷と屋敷を取り囲む森に〝スリッパリー・エルムズ〟というあらたな名前をつけた。現在はもとの姿がほぼ再現されているが、ガイは先祖伝来の屋敷を移しただけでなく、解体の危機に瀕していたほかの美しい建物もせっせと移築した。億万長者が線路を注ぎ足して、豪華な鉄道模型をますます豪華にするのと同じだ。

ブロンク一家の農場が〝ブロンクスランド〟と呼ばれるようになり、ついには〝ブロンクス〟となったように、ガイ・マクマスターが屋敷を移築した場所も、かぎられた一部の人たちのあいだではいつのまにかマクマスターズと呼ばれるようになった。移築の指揮を執っていた人たちがつぎからつぎへと不可抗力による事故に遭遇したために、当学院の所在地を知っているのはひとにぎりの信頼できる人たちだけになったが、ここは四季のうつろいがはっきりと感じられる自然豊かな土地で、雪も降るし、食堂でボリュームたっぷりの朝食を食べることもできるので、ダイエットがさかんなパームスプリングスの近くではない。

車を運転するのが好きなドブソンは学院が所有しているウッドパネルのステーションワゴンを正門の前に停めて、ちらっとステッジを見た。「インターホンを押してくれないか、カール？　おれは決まりごとが嫌いで、今日の合い言葉も忘れてしまった」

「わかりました、警部」と、ステッジが答えた。彼は、何年も前に警察をクビになったジム・ドブソンのことを人前ではつねに以前の階級で呼んでいた。

「電柵に触れないようにしろよ」と、ドブソンが注意をうながした。「ビリッとくるからな」

ステッジは、足を伸ばせることにほっとしながら車を降りた。ドブソンは後部座席に座っているもうひとりの男を見た。その男の顔には、映画に出てくる透明人間のように包帯が巻かれていて、目も覆われていた。

「もうすぐだ、アイヴァーソン」

「包帯が取れたら、きれいな顔があらわれるんでしょうか、先生？」と、クリフが包帯越しに冗談を言った。ストローで水分補給ができるように口のまわりは穴が開いていたが、しゃべりにくそうだった。

ステッジは、柵の手前にある腰の高さほどのポールに取りつけられた小さな緑色の箱に手を伸ばして、〝通話〟と書いてあるボタンを押した。

目が見えないせいで聴覚が敏感になっていたクリフには、その箱から発せられた冷ややかな声が聞こえた。

「ご用件は？」

「開けてくれ」と、ステッジが言った。

「承知しました！」と、甲高い声で返事があった。

「お名前を」

「トマス・ド・クインシーだ」

「やあ、巡査部長。安全は確保できてますね？」

「ああ、ミスター・パシュレー」

「到着したのは？」その声は、古いテンペラ画のようにひび割れていた。「おれとドブソン警部と、新入生がひとり。それだけだ」

ブーンという電動音とともにギーッという大きな音を立てて黒い門が開くと、ステッジはあわてて車に戻った。ドブソンがハンドルを握るステーションワゴンが門を抜けたとたんに、まるで罠の扉のように門が閉まると、車は鬱蒼とした森へと続くレンガで縁取られたあずき色の舗装道を進んだ。

彼らの旅の最終行程は四十時間のドライブで、途中で何度か休憩は取ったが、モーテルで寝たのは数時間だけだった。ドブソンもステッジも退屈な護送任務を引き受けることはめったにないのだが、クリフはほかの学生とは違っていた。ほとんどの学生は、ここで何を学ぶのかわかったうえでみずからの意志で入学し、学費も自分で払っている。同窓会基金という聞こえのいい名前をつけた組織に遺産を寄付するという遺言書を提出すれば、分割払いも認められている。

門を抜けて一キロ半ほど進むと、ドブソンはとつぜん車を停めて、「よし、ここでやろう」とつぶやいた。

クリフは、何のことかわからずに不安を覚え、車から降ろされたとたんに飛び出しナイフの刃を引き出すカチッという音が聞こえたときは、ますます不安を募らせた。ドブソンは、クリフが両腕をこわばらせているのを見て、なだめるように言った。「心配するな。敷地のなかに入ったから、巡査部長が包帯をはずそうとしてるんだ」その言葉どおり、ステッジが手際よくナイフを入れて、包帯が仮面のようにストンと地面に落ちると……

におい――

「最後のタバコは?」と、ステッジが僕に訊きました。「そのあとに〝構え、狙え、撃て〟という号令が続くのならいらない」と、僕は反射的に、かつ恐る恐る答えました。「目が光に慣れてきたから、また日の出が見たいので」

ドブソンは、誤解を招く発言を非難するかのようにステッジを見ました。「巡査部長は、ここから先に行けばもうタバコを吸うことができないという意味で言ったんだ。学生はキャンパス内での喫煙を禁じられてるからな。タバコを吸ったり吸い殻を捨てたりすると、たちまち監視員に見つかってしまう。吸い殻についた口紅やタバコの銘柄、ニコチンのシミや識別可能な灰、置き忘れたマッチ。そういったものがつまずきの原因になる。それに……喫煙は健康に悪い」

僕は、このうさん臭い警官以外の誰かが状況を説明してくれるのを期待していました。誘拐されたわけで

♠

## クリフ・アイヴァーソンの日記より

親愛なる支援者殿。僕は薬を飲まされて夢うつつの状態だったので、学院に着くまでどのぐらい時間がかかったのかわかりませんでした。三日か、それとも六日か? 睡眠薬を飲むと、時間の感覚がなくなってしまいます。船に乗ったのは覚えていますが、それが湖だったのか、おだやかな大西洋横断航路だったのか、外輪船のナチェス・クイーン号に乗って雄大なミシシッピ川を下っていたのかはわかりませんでした。

包帯がはずれて顔があらわになったときは、長いあいだ暗闇のなかにいたあとでとつぜん光を浴びたので、思わず目を細めましたが、白樺の茂みのそばに立っているのはわかりました。木々の甘い香りも鼻孔に飛び込んできました。松、梨、落ちて腐りかけたリンゴの

はないとみなす根拠は彼らの話しかなく……いや、やはり僕は誘拐されたのです。それでも、睡眠薬によって混濁していた意識が徐々にはっきりしてきた最後の一日半のあいだは、意外にも彼らとの旅を楽しむことができました。僕はフィードラーのことや彼が会社で部下をいじめていた話をしましたが、それはふたりも知っているようでした。僕が好意を寄せていたコーラ・ディーキンスがとつぜん自殺したのはフィードラーのせいだと思われていることも。僕の同僚で、友人でもあったジャック・ホルヴァスの死がそうであることも。

あたりは木々が密集していて、森が迫ってくるような感じがしました。木の葉は黄疸《おうだん》をきたしたように黄色く染まり――

――とつぜん、ゴールのテープを切るような勢いで何かが僕の胸の前を横切り、つぎの瞬間、右のほうでビシッという大きな音がしました。目をやると、白樺の木に矢が刺さって、怯えているかのように矢羽根が震えていて……けれども、もちろん怯えていたのは僕で、矢が刺さっていたかもしれない胸にアドレナリンが込み上げてきました。

体操着姿の一団が近づいてくるのが見えたとたん、恐怖はさらに高まりました。男性は紺色の短パンとTシャツ姿で、女性は赤いベルトのついたVネックのワンピースを着ていました。栗色のひげを生やした三十代前半の屈強な男がリーダーのようで、恐ろしいことに、右手に長い弓を持っていたのです。その男は、グループのメンバーに向かって歌うように言いました。

「いいか？　これは狩猟中の事故だ！　残念だが、事故だというのは誰の目にも明らかで、大目に見てもらえる！　晴れた日に、人を殺すことを唯一の目的とする政府公認の武器を携えて遠足ができる場所がほかにあるか？　家の裏手の茂みに二連式のライフルを持った見知らぬ人間がいるのを見つけたら、誰だって警察に通報するはずだ。しかし、赤いハンチング帽をかぶってハンチングベストを着ていたら……そいつはハンターだ！」そのあと、男はすすり泣きをする真似をしました。「私は——茂みの中でガサガサという音がしたので、友人のトレヴァーが仕留めたウズラを袋に入れているのだとは夢にも思わずに撃ってしまったんです！」

僕はグループのメンバーが面白がっているのを見て腹が立ち、心臓も依然としておもちゃの太鼓のように早鐘を打っていたので、ひげを生やした男をにらみつけて「おい！」と叫びました。

「なんだ？」男はようやく僕に気づきました。

「当たってたら死んでたかもしれないんだぞ！」

男は当惑したような笑みを浮かべました。「たしかに……死んでたはずだ」

ほかの人たちはクスクスと笑いましたが、ひとりだけ笑っていない若い女性がいました。彼女が目についたのは、ほかのメンバーと違って思慮深そうに見えたのと、赤茶色のショートヘアが蜂蜜色の顔を際立たせていたからで、しかも、その女性は仲間から少し離れたところに立っていました。彼女のことは、僕をばかにしなかった女性として死ぬまで覚えているだろうと思いました。

彼女はそっと手を上げて、ひげを生やした男に訊きました。「ターコット教官。あの距離からではターゲットに命中させることができない人もいると思うんですが」イギリス訛りがあるような気がしたものの、上流階級の気取ったしゃべり方ではなく、歯切れがよくて好感が持てました。

「さほどの技術は必要ないよ、ジェマ。ほかに質問は？」

ひげを生やした教官がグループのメンバーに問いかけているあいだに、僕はその女性の名前を頭のなかに書きとめました。どうやら、風変わりな体育の授業の邪魔をしてしまったようでした。いや、向こうがこっちの邪魔をしたのです。

ほかには誰も手を上げないので、教官はため息をもらしました。「いいだろう。では、サンプソン、いつものように」

教官は、オペラ歌手より派手なブロンドの髪をした、僕と同じ年ぐらいの痩せた男にあとを託しました。その男にもイギリス訛りがありましたが、彼は物語に出てくる〝邪悪な王子〟のようなしゃべり方でクラスメイト相手に解説をはじめました。「自分の実力に見合った距離から矢を放てばいいんだ。まずはターゲットを家に招き、強烈なジン・トニックを何杯か飲ませる。のんびりくつろげるように、長椅子はあらかじめ外に置いておく。ほかには誰も家にいないようにしておかないとな。こっちは二百メートルほど離れたところへ行って、ターゲットがうとうとしている長椅子からそれほど遠くない場所に立てた的に向かって数本の矢を放つ。はずれた矢は、あとで警察が発見してくれるだろう。で、悲鳴に驚いたかのように弓を投げ出し、うとうとしていたターゲットのところへ走っていく。そうすることによって、何が起きたのかわからないまま駆け寄った人物の足跡を残すことができる……そしてターゲットのそばに立ち、うとうとしているターゲットの心臓に矢を突き刺す」

その学生は自己満足に浸っているようで、拍手を期待しているかのように仲間を見まわしましたが、誰も拍手をしないので、ふてくされた様子で先を続けました。「かならずゴム手袋を着用してくれ。普通は手を触れない矢の中心部に指紋を残さないようにするだけでなく、突き刺すときに矢が滑らないように。やり終えたら、手袋は刈り込みバサミと一緒に花壇の脇に置いて、何度も練習した半狂乱を演じて警察に通報する。『空に向かって矢を放ったら、それが落ちてきて。まさか、こんなことになるとは!』と」

「でも、ターゲットを確実にうとうとさせるにはどうすればいいの？」と、ジェマが質問しました。僕は、彼女の外見と快活なしゃべり方から、カリブ系なのかもしれないと思いはじめていました。「絶対にうとうとするとはかぎらないんじゃない？」

興味深げに話を聞いていたステッジ巡査部長が代わりに答えました。「ムッシュ・ティシエの毒素に関する授業を受けると、ヨーグルトをまぜたバナナ・ダイキリを二、三杯飲ませるのがいちばんだとわかるはずだ。バナナには眠気を引き起こすトリプトファンとマグネシウムと、その効果を持続させるカリウムが含まれている。ヨーグルトにはメラトニンとトリプトファンとカルシウムが含まれてるし、確実を期したければ、麻酔薬にも負けない効果を発揮するバルバドス産のアルコール度数八十四パーセントのラム酒を使うといい。これがまた、じつにうまいんだよ」

「ありがとうございます、巡査部長」教官はステッジに礼を述べ、「お帰りなさい、警部！　街から戻られたんですね」とドブソンに挨拶《あいさつ》してから、長い弓を僕のほうに向けました。「新入生ですか？」

「まあな」と、ドブソンが答えました。「学院長の面接がすむまでは何とも言えないんだが」

教官は大きな音をたてて手を叩き、「じゃあ、みんな、寮に戻って飯を食え」そう言うなり、森を抜ける小道を歩きだしました。学生たちは黙ってあとに続きました。

世の男の常なのか、僕はジェマが振り向いてくれるのを期待してうしろ姿を目で追いました。そして、これもまた世の男の常として、彼女が振り向いてくれなかったことにがっかりしました。

ドブソン警部とステッジ巡査部長と僕は車に戻り、さらに八百メートルほど走ると、立派なマナーハウスに着きました。アーチ形の扉の前には、茶色い砂利をフロアマットのように楕円形に敷きつめた車寄せがあって、もう目は光に慣れていたものの、それでもまばゆくて、思わず小さく口笛を吹きました。

「スリッパリー・エルムズほどのものは見たことがないはずだ」ドブソンは、その屋敷の話をしているようでした。「目にした人間はかぎられている」

　親愛なる支援者殿。僕はあなたのためにこの日記を書いていますが、あなたが送り込んだこの場所に対する僕の第一印象を知りたいですか？　真っ先に頭に浮かんだのは〝ヒキガエル屋敷〟でした。もちろん、そんなものと比較するのはよくないのですが、ゴシック様式の立派な建物が出てくる本はあまり読んだことがないので、それぐらいしか思いつかなかったのです（子どものころに『ノートルダムのせむし男《ハンチバック・オブ・ノートルダム》』を九ページほど読んで、やっとフットボールの話ではないことに気づいた覚えはあるのですが）。

　航空機の排気システムを設計していた僕は、その建物の屋根のあちこちに細い煙突が立っているのに気づいて反射的に本数を数えはじめたのですが、ドブソンとステッジは僕をせかしながら正面の大きな扉の左側にある通用口を抜けて、人が大勢いるロビーに入っていきました。僕たちは、どこかで誰かと会う約束をしているらしい、きちんとした身なりの十人ぐらいの人たちのあいだをすり抜けてオペラハウスにあるような広い階段の奥へ向かい、ダークグレーの制服を着た職員が折りたたみ椅子と演台を運び出している三部屋続きのコネクティングルームの前を通りすぎました。職員は誰も僕たちに目を向けようとしませんでした。ついに〝学院長室〟と金文字で書かれた両開きのドアにたどり着くと、ドブソンがドアを開け、僕を手前の控えの間に入らせて革張りのソファを指さしました。

　ツイードのスーツを着て団子にまとめた髪に鉛筆を挿した女性がファイルの詰まった引き出しから顔を上げて、「こんにちは、ドブソン警部」と、愛想よく挨拶しましたが、僕の姿は目に入っていないようでした。

強面《こわもて》のドブソンが笑みを浮かべようとしました。

「やあ、ディリス。ミスター・アイヴァーソンを連れてきた。ハロー学院長と三時に会うことになってるんだ。何か急用ができたというわけでなければ」

「まだ二分前よ」ディリスという名の女性は、山小屋をかたどった鳩時計のほうへ顎をしゃくりました。その時計には、ニューヨークで観た喜劇の舞台よりも多くのドアがついていました。ステッジが僕のとなりに座ってイタリアのファッション雑誌のページをめくりはじめると、ドブソンは黙って立ち去りました。

僕は、たとえほんのいっときでも気持ちを落ち着けてこの不可解な事態と状況について考える時間が持てたことに感謝しました。その部屋の窓からは、テラスと噴水と、手入れの行き届いた細長い芝生の庭が見えました。女性が誰かの頭を噴水の池のなかに突っ込んで、ブレザーを着た数人の男女が熱心に眺めているのが見えたときは驚きましたが、楽観主義者の僕は、洗礼の儀式かもしれないと思っただけでした。

頭を押さえつけられていた人物は（結局、男性だったのですが）一分ほどしてからようやく顔を上げるのを許されて、その場の責任者とおぼしき年配の女性からタオルを受け取りました。その女性が顔を拭《ふ》いている男性の鼻と口を指さすと、頭を押さえつけていた女性と、長いあいだ息を止めていたせいでまだあえいでいる男性が静かにうなずきました。

時計の扉の奥から待ちに待った鳩があらわれて三時を告げると、「アイヴァーソンさん、これから学院長がお会いになります」と、ディリスがにこやかに告げました。

# 3

## クリフ・アイヴァーソンの日記より

「よく来てくれた！」風格のある男性が、いかにもうれしそうな声をあげました。部屋の奥にある大きな机の向こうに座っていたその男性は、手に持っていた真鍮の万年筆を置いて――何か書いていたようには見えなかったのですが――立ち上がって僕を迎えてくれたのです。男性は黒い縦縞が入ったチャコールグレーのズボンをはき、丸い襟のついた薄いグレーのダブルのベストの上に黒いジャケットをボタンを留めずに着ていました。ロンドンのハーレーストリートで開業している医者のようだと思ったものの、僕はハーレーストリートにもロンドンにも行ったことがありません（いまいるのがロンドン近郊のどこかでなければの話ですが、もしかするとここはロンドンの近くかもしれないと、勝手に思っていました）。

向こうが手を差し出したので、僕は何歩か歩いて握手をしに行きました。学院長のオフィスは（机の上に置いてあるオーク材のネームプレートに〝学院長　ハービンジャー・ハロー〟と書いてあったので、学院長だと思ったのですが）かなり広くて、右側の壁は全面が縦に仕切りのついた縦長の窓になっていて、左側の壁は、キャスター付きのはしごが必要な、高さが三・五メートルほどある本棚で埋めつくされていました。机のうしろには、卒業証書や学位記、学会の認定証、額に入れた手紙や有名人と一緒に撮った学院長の写真が飾ってありました。その多くは僕も名前を知っていました。ミュージカル西部劇で人気を博したジーン・オートリー、国連事務総長のダグ・ハマーショルド、元米国副大統領のジョン・ナンス・ガーナー、映画監督のフランク・キャプラ、コメディアンのダニー・ケイ、ラジオ伝道師のレックス・ハンバード、女優のロレッタ・ヤング。

学院長は、机の前に二脚置いてあった肘かけ椅子のひとつを指し示しました。「座りなさい。ここまでの旅はどうだった?」

僕は返事に窮したまま椅子に座りました。「いや、何と言えばいいのか」

くだらない質問だったと思ったのか、学院長が苦笑を浮かべました。「そりゃそうだろう。尋ねた私が浅はかだった。何が起きているのか、きみはまったくわからなかったはずだ。少なくとも、そうであったのならいいと思っている。で、いまはもう自分がここにいる理由がわかってるんだな?」

「ええ、まあ。旅の終わりのほうになって目を覚まして、退屈しのぎに話をしたんです。ドブソン警部とステッジ巡査部長が知っていたのは明らかでした。僕が、その——」そこから先は言えませんでした。

「人を殺そうとしたことを」と、学院長が代わりに言ってくれました。「ただし、ここではそういう言い方をしないんだ。それはともかく、きみは失敗した。われわれにとって、それは許しがたいことだ」

「ドブソン警部とステッジ巡査部長は、ここに来るかマンハッタンで自分のしたことに対する責任を取るか、ふたつにひとつしかないようなことを言ったんです」

この狂気の渦のなかから逃げ出して、フィードラーがいまもなお人の命を奪ったり危険にさらしたりしているボルチモアに戻るという、僕にとっては最も魅力的な第三の選択肢は口にしませんでした。

「で、ドブソン警部は当学院の詳細を説明したんだね?」

「ええ、一応は……でも、最初は冗談を言ってるんだと思いました。説明を受けたのは、すでにかなり長いあいだ車に乗ったあとでした。人の命を奪うための画期的な理論や技術を教える革新的な学校だという話でした」

学院長は形だけの笑みを浮かべました。「警部は、きみをここへ連れてくる理由も話したのか？」

「はい。僕がまた愚かな殺人を犯さないようにするためだと」

「そのとおりだ」

「でも……よくわからなくて」僕は、椅子に座ったままもぞもぞと体を動かしました。「ここは、殺人に失敗した者のための更生施設なんですか？　殺人マニアのための療養所ですか？　僕が連続殺人犯《シリアル・キラー》じゃないことだけは、はっきりさせておきたいんです。僕がその、傷つけようとしたのは、ひとりだけです。たまたま失敗してしまっただけです」

「生まれながらにしてたぐいまれなる才能を備え持っている者もいるにはいるが、ほとんどの者には教育が必要なんだよ」と、学院長は諭すように言いました。「マクマスター学院はそのために設立された。素人の手によって命を奪われる被害者を生み出してはならないからな」

ドアをそっとノックする音が聞こえたかと思うと、ディリスがトレイを持って入ってきて、それを学院長の大きな机の隅に置きました。トレイの上にはクリスタルのデキャンタとグラス、それにファイルがのっていて、ファイルはディリスが学院長の目の前に置きました。「アイヴァーソンさんの履歴書です」彼女はそれだけ言って部屋を出ていきました。

学院長は早速ファイルを開いて最初のページに目を走らせました。「なんと、きみは十四歳で両親を亡くし――」意外にも、学院長は僕に同情のこもった視線を向けました。「――それも、悲劇的な事故で。いや、気の毒に」そう言って、僕の履歴書に視線を戻しました。「……で、おば夫婦に育てられたが、夫婦もすでに亡くなっている。おふたりも気の毒に。きみには兄弟がおらず、ワイス奨学金を得てMITを優秀な成績で卒業し……カリフォルニア工科大学でも成績優秀者として表彰されていて……で、ヴォルタン・インダストリーズに就職したものの、そこで問題に直面したわけだ」学院長は履歴書に書いてある僕の趣味に興味を惹かれたようでした。「スペランキング？」

「洞窟探検のことです。イギリスではポットホーリングと呼んでいるようです。じつは、懸垂下降《ラペリング》も好きなんです。ラペリングでは、けわしい斜面や岩壁を登って頂上に着くことより、どうやって地上に戻るか考えることに重点が置かれているので」

「期待していた科学的な知識だけでなく、幅広い興味を持っているようだな……カリフォルニア工科大学では水球をしていて——いや、それはすばらしい。われわれはゴールキーパーを募集中なんだ。おまけに、大学の野球チームの代表選手で、ピアノも弾くのか？」

「ええ、ストライドピアノを。ラグタイム・ミュージックの一種です。独学ですが、それは、つまり教師がひどかったからで、いずれにせよ、僕の腕はなかなかのものだと思います」

親愛なる支援者殿。僕はなぜこんな話をしたのか？　あなたにだけその理由を明かします。誰にも言わないでください。僕を拉致した人たちに、すっかり観念して彼らの狂気に付き合う覚悟を決めたと思わせたかったからです。

「女性と深く関わったことはないんだね？」学院長はつぎにそう訊きました。なぜ、そんなことを？

「僕は聖職者じゃありませんが、学生時代は単位を取るのに必死だったし、部屋代と食費を稼ぐために夜はアルバイトをしていたので、女性を食事やダンスに誘う時間もお金もありませんでした。ヴォルタンに就職して、ようやく仕事にも慣れてきたので、プライベートも充実させたいと思うようになったんですが、とつぜん……クビになってしまって」

「誰かいたのか？ 思いを寄せていた人が」僕がすぐに答えなかったので、学院長は履歴書に目を走らせて、「コーラ・ディーキンスか？」と訊きました。

彼らはコーラのことも知っていたのです。

相手がどんなに仕立てのいいスーツを着ていようと、僕には初対面の人間とコーラのことを話す気がないのがわかると、学院長は話題を変えました。僕は、それがこの居心地の悪い面接の最後の質問になるように祈らずにはいられませんでした。学院長は、僕が休日にボルチモアのフォートマクヘンリーにほど近いラウドン公園にある南北戦争の記念碑の破損部分を修復したり、苔《こけ》やカビや大気汚染によって汚れた墓碑銘を判読できる状態に戻したりしていることに興味を持ったようでした。緑豊かな公園で作業をしていると気持ちがやすらぐだけでなく、あれこれと考えごともできますが、僕の目的は、犠牲となった兵士に思いをはせてあらためて追悼することで、仕事のことを忘れられる格好の息抜きでもありました。

そんなことをしているのは人の死に強い関心があるからだと思われているようだったので、僕は強い口調で誤解を解こうとしました。「べつに、墓をきれいにしているだけで、墓を増やしているわけではありません」

学院長は、ディリスが机の上に置いていったクリスタルのデキャンタとグラスを指さしました。「シェリーを飲むか？　高級品のソレラ・デル・デュークだそうだが、怪しいものだ」部屋や身なりがどんなに立派でもこの男はどこかおかしい気がしました。

シェリー酒はあまり好きではないのですが、数分前からじっくり練っていた脱出計画を実行に移すには、勇気を奮い立たせるために酒が必要でした。学院長は、琥珀《こはく》色の液体をふたつのグラスに注ぎながら悲しそうな声でこう言いました。「はるばるやって来たきみにこんな話をしなければならないのは心苦しいんだが、私は何十年ものあいだ殺人の才能を持った多くの者たちに手を差し伸べて支援をしてきた。だから、才能のない者を見ればひと目でわかるんだ」そして、僕に失望と同情の入り交じった視線を向けました。「がっかりしないでほしいんだが、きみには人を殺す素質がない。今回はかろうじて難を免れることができたものの――ドブソン警部とステッジ巡査部長が介入してくれたからのようだが――もう一度目的を果たそうとしても、世界中に広がる狂信的な反殺人論を高めることになるだけだ」学院長は、残念賞を授けるかのように僕にグラスを手渡しました。「悔やんではいけない。まともな人間の大半は人を殺すことなどできないが、それでも有意義な人生を送っている。たとえ、誰かを殺したいと、あるいは、いっそのこと死んでしまいたいと思っていても。気の毒だが、きみの耐えがたい上司に対しては、〝自分は自分、人は人〟をモットーとして接するしかないだろうな」学院長がグラスをかかげました。「乾杯する前にもうひとつ言っておくが、きみは、無謀にも自分には不向きなことをしようとしてしまったんだよ。二度としないと誓えば、ドブソン警部に家まで送らせよう。狂気の世界から抜け出して、残りの人生を分別を持って過ごせばいい」学院長が自分のグラスの縁を僕のグラスに当てると、上等なクリスタルグラスのやさしい音がしました。「どうだね、クリフ？」

僕は背筋を伸ばしました。「おっしゃることはわかりますし、自分が向いてないのもわかっています。でも、何カ月も前に決心したんです。メリル・フィードラーを殺すことができれば、自分の命は惜しくありません」

僕がグラスに口をつけようとすると、いきなり学院長の手が伸びてきてグラスを払いのけたので、グラスは窓のそばまで飛んでいき、カードゲーム用のテーブルに当たって割れました。僕はびっくりして学院長を見ました。

「すまない。ああするしかなかったんだ。シェリー酒には毒が入っていたので」

僕は怒りと激しい恐怖に駆られて学院長に嚙みつきました。「殺すつもりだったんですか？」

「ああ。悪かった。自分を恥じてるよ！」学院長は悔いているようなふりをして言いました。「きみがここにいるのは人を殺そうとしたからだが、私に殺されると思うと怖いんだな？」学院長の声がけわしくなりました。「よく聞きたまえ。きみにはドブソン警部に送ってもらって家に帰るという選択肢はないし、ここまで来て気が変わったというのも通用しない。われわれの存在を知った瞬間にきみの運命は決まったんだ。ここで優秀な成績を収めれば、きみは卒業して上司の削除を実行に移す。そうすれば、たとえここでの日々を懐かしく思い出すことがあっても、きみには自分の犯罪とわれわれの存在の秘密を守らなければならない充分な理由ができる。が、成績が芳しくない場合は、きみ自身が削除の対象となる」学院長は脅《おど》すような笑みを浮かべました。「好き好んできみを殺すわけではないが、きみを殺せば、当学院の卒業生と教員に対する見せしめになる。先のことはわからないが、きみが期待に応えてくれることを祈っている」

僕は口のなかがからからになりました。「もし期待に応えられなかったら……？」

「気の毒だが、きみを削除するしかない。ありきたりの言い方だが、賽《さい》は投げられたのだ。学生がいったんキャンパスに足を踏み入れたら、出ていく方法はふたつしかない。全単位を修得して卒業生としてここをあとにするか、きれいな骨壺に入って出ていくかのどちらかだ。しかし、いい知らせがふたつある。ひとつは、卒業率が約八十三パーセントだということだ」

「あんまりだ」と、思わず叫びましたが、それが僕の墓碑銘にならないことを願わずにはいられませんでした。「で、もうひとつは？」

学院長は、口をつけることなくグラスを机の上に戻しました。「残念な結果になったとしても、理想的な最期を迎えられるということだ！　前触れもなく、痛みもなく、一瞬ですべてが終わる。できることなら、私もそのような最期を——」

ディリスがドアをノックして箒《ほうき》とちりとりを持った職員と一緒にオフィスに入ってきたので、学院長はその先を言うのをやめました。ディリスは、何冊か本を抱えたままにっこり笑いました。「ガラスの割れる音が聞こえたものですから。おめでとうございますと言っていいんですね？」

「ああ、そういうことだ。清掃員を待機させていたとは、相変わらず手際がいい！」

ディリスは意味ありげな笑みを浮かべました。「何かしら片づける必要があるんじゃないかと思いまして」彼女がちらっと僕を見て脇に抱えた本を指さしたときは、もはや運命を受け入れるしかないのだと悟りました。「ついでに、アイヴァーソンさんの課題図書をお持ちしました。すでに学期がはじまっていますので、キャンパス内の本屋へ行く時間が節約できるように」

「それはありがたい！　アイヴァーソン君、頼りになる秘書のディリス・エンライトだ」ディリスが愛想よくうなずくと、学院長は彼女からいちばん分厚い本を受け取って、うやうやしく差し出しました。「われわれの聖書だ。殺人の話は本物の聖書のほうがいっぱい載っているが、この『殺人を成功に導く法則』は、ガイ・マクマスターがみずから記したものだ。じつは、数十年前に大幅な改訂が行なわれたんだが、それでも時代遅れの感は否めなかった。それで、「馬と馬車小屋」という章と、ガイがこれを書いたときでもいささか問題があった召使いに関する章はそっくり削った。これは、昨年発行されたばかりの第九版だ。読めばわかると思うが――」学院長は本のうしろのほうのページを開きました。「――〝HH〟なる人物が解説を書いている。わざわざ言うのも何だが、この解説は評判がいいんだよ」

僕は〝興味をそそられます〟というようなことを言った気がしますが、ほんとうに興味をそそられたのは暖炉のそばの傘立てに突っ込んであった杖で、それが魔法の杖なら、この狂気の館から僕を逃してくれるかもしれないと考えていました。

学院長は感慨深げにぱらぱらとページをめくりました。「おそらく、ほかの本にはあまり興味をそそられないかもしれないな。どれも一学期目の課題図書なんだが。チタムの『殺人の原理』は誰もが面白くないと言うし、私もそう思う。おそらく、きみもそうだろう。だから、役に立たないと思うかもしれないが、成功した削除の大半は何らかの形でこれを参考にしてるんだ。ランゲヌスの『殺害手法の効率化』、進歩的な思想の持ち主だったラファエル・ドランド枢機卿の意図を正確に汲み取った『十三の戒律』の新訳。それと、『事件とその解決方法』……これは、きみをここへ連れてきたドブソン警部が、今日でも通用するように手を入れてくれた」学院長はそこでディリスに視線を移しました。「本はアイヴァーソン君の寮に運ばせてくれ。これからキャンパスを案内するので、荷物にならないように」

ディリスが「承知しました」と言うと、学院長はドアへ向かいました。「さあ、行こう。講義は数週間前からはじまっているので、頑張って追いついてくれ。ニューヨークでの失敗は、きみが多くを学ばなければならないことを示しているのだからな。ものの見事に失敗したことを知らせたら支援者が何と言うかは考えたくないよ」

「支援者？」愚かな僕は、ようやく状況が呑み込めたと思っていたのですが、またわからなくなってしまいました。

「ああ。奨学金がなければ、きみはここに入学できなかったはずだ。きみの支援者の依頼を受けて、以前からひそかに監視していたので、きみのことは何もかもわかっている。予定より早く介入せざるを得なくなったのは、地下鉄のホームできみが無謀な殺人未遂事件を起こしたからだよ」

僕は心底驚いて首を振りました。「誰かが僕の学費を払ってくれるんですか？　いったい、誰が――？」

「その話は外でしょう」学院長は、床にちらばったガラスの破片を掃き集めている職員をよけて歩いていきました。「もう一杯シェリー酒を飲みたいのでなければ」

## 4

### クリフ・アイヴァーソンの日記より

学院長はさっそく僕を外に連れ出して、広いパティオの向こうにある噴水庭園の舗装された遊歩道を歩きだしました。なんとかキャンパスに興味を示そうとしたものの、最後にギロチン台へ連れていかれるかもしれないパリのウォーキングツアーに参加したような気分でした。

「高い柱に支えられた玄関のある、あの美しい建物はサイエンスセンターだ。万が一のことを考えて、実験室は地下にある。サイエンスセンターの向こうには毒草園がある」学院長は苦笑しました。「わざわざ説明する必要はないと思うが、毒のある植物を家庭菜園の近くに植えるわけにはいかないんだよ。風が吹いて種がインゲン畑に飛んでいくとどうなるか……考えたらわかるはずだ！　毒性植物と有毒なベリーの茂みは丘の上まで続いていて、丘の上には、世界最大の本格的なキノコ園がある」

「なるほど！」とりあえず感心したようなふりをしましたが、そんなことを考えたいと思う人間がいるのかどうか、僕にはわかりませんでした。学院長は毒性の強いタマゴテングダケとドクツルダケのことについて長々と話をしたあとで、遅い午後の太陽が当たって高い窓がきらきら光る、すぐそばの木造の建物を指さしました。

「あれは食堂で、オックスベインの厩舎を改装したものだ」学院長はそう言って顔をしかめました。「あいにく昼食には間に合わなかったな。代わりにチャドレーハウスでハイティーを楽しむか、マーケットホールで軽食を取るか、学生会館で何か買って夕食まで腹をもたすこともできるが――おやおや！」学院長は、愛らしい鈴の音を鳴らしながらキャンパス内の車道をこっちに向かって走ってくる真っ白なトラックを指さしました。「アイスクリームは好きかね？」

陽光が降り注ぐこの恐ろしいキャンパスののどかな午後も、ブレザーを着た男子学生も、プリーツスカートとサドルシューズをはいた女子学生も、このあいだから立て続けに起きた僕の人生におけるいくつもの異常な出来事と同じくらい非現実的に思えてなりませんでした。それに、前の部分が丸くなったアイスクリーム屋のトラックが目の前に停まったことも。トラックから飛び降りた真っ白な制服を着た運転手が車のうしろに走ってきて銀色の取っ手のついたアイスボックスを開けると、暖かい午後の空気のなかにドライアイスの煙が立ち昇りました。

「こんにちは。暖かい日に冷たいおやつはいかがですか？　本日は、ちょうどこれでおしまいなんです」あどけない顔をした若い運転手は、自分が味見をしたせいで商品はほとんどなくなってしまったと謝るかのように帽子のつばをわずかに持ち上げました。

学院長はベストのポケットに手を入れて、「ごちそうするよ」と、僕に声をかけてくれました。「私はアーモンドアイスが好きなんだ。きみは何がいい？　アメリカ人はココナッツアイスが好きだと聞いてるんだが」つい先ほど僕を毒殺しようとした人物とのん気にアイスクリームの好みを教え合うことになって、ユーモアは人を怯えさせることのほうが多いのではないかと思いました。それはともかく、ドブソン警部とステッジ巡査部長に現金の持ち込みを禁じられたので、僕は学院長に礼を言ってチョコバニラバーを注文しました。

すると、アイスクリーム屋はすまなさそうに弁解しました。「申しわけないが、今日はここが最後なんで、残っているのは……」そう言って、アイスボックスを覗き込みました。「ああ……キャンディーなら残ってます。カチカチになってるけど」

学院長が口をとがらせました。「それしかないのなら……おすすめは何味だ？」

「よく売れるのはオレンジです。というか、オレンジしかないので。きみもオレンジでいいよね？」渡されたキャンディーは表面が霜で覆われていて、なかなか包み紙がはがれませんでした。「舌が貼りつかないように気をつけたほうがいいよ」アイスクリーム屋は、陽気に笑いながら警告しました。「チョコアイスに舌が貼りついて、アイスが解けるのに五分かかった学生もいたので」

僕がにっこり笑ってアイスキャンディーにかぶりつこうとすると（かぶりつくのが男らしいと教えられてきたからですが）、学院長がまた僕を止めました。

「食べるな！」と叫ぶなり僕のアイスキャンディーの棒をつかんだ学院長は、太陽の光を当てて霜で白くなった表面を見つめました。「これは……？」学院長は、探究心をあらわにしてアイスクリーム屋に訊きました。「粉末ガラスをまぜたんですよ」童顔のアイスクリーム屋は得意げでした。「アイスキャンディーの表面だけ成分を変えるのは無理なんです。たとえ彼が舌に痛みを感じたとしても、凍傷だと思ったでしょう。食べていたら、数分以内に血を吐いていたはずです」

アイスクリーム屋を殴り飛ばしたかったものの、その当然の怒りに使い途があることに気づいたので、学院長がアイスクリーム屋に扮した学生に向かって「上出来だ」とつぶやくのを待ちました。

アイスクリーム屋は満面の笑みを浮かべました。「ありがとうございます！　これまでたいした成果をあげることができずにいたので……」

「アイデアは悪くないが、やり方が卑劣だ!!!」学院長は軽蔑のこもった声で叱責しました。「来たばかりの学生を練習台にするとは、学院の恥だ！　私は、きみがどこまでやるか見届けるために気づいていないふりをしていただけだよ。予行では、フェンシングや空手のように寸前で止めるのが掟《おきて》だ。剣先を相手の心臓に当てても、突き刺しはしないのが。今回のことは、きみの芳しくない成績に大きな汚点を残すことになったな、カビー・タヒューン。先学期も、危ないところをなんとか救ってやったのに！」

「でも、先生」カビーという名の学生は懸命に抗議しました。「アイデアは悪くないとおっしゃったじゃないですか！　彼がいきなりかぶりつこうとするのを見て驚いて、警告しようとしていたら、先生が先に『食べるな！』と叫ばれたので。それに、彼が一年生だとは知らなかったんです」

有名な工科大学で六年も過ごしたのに、この童顔の学生は僕を〝一年生〟と呼んだのです。もしかすると、女性が男性を誘うセーディ・ホーキンス・デーのダンスパーティーにこの学院でいちばん可愛い女子学生からお誘いがかかるかもしれないと思ってしまいました。

学院長はカビーの弁解を受け入れませんでした。

「彼は、ここに来てまだ一時間も経ってないんだぞ。きみは彼の名前を知ってるか？　見知らぬ人間を殺すのなら、どんなばかにでもできる。それがきみの目的なら、きみにはわれわれの助けなど必要なく、われわれもきみを必要としない。当学院が最も嫌うのは、〝無辜《むこ》な〟、そして〝第三者〟に対する殺害だ。なんの恨みもない人物を殺すのは許されることではない」

「でも、生徒を殺すじゃないですか。というか、殺そうとしてますよね」と、カビーが反論を試みました。

「兵士は実弾を使って演習をするが、実際に敵と交戦する前に自軍の兵士の命を奪うのが目的ではない。このトラックはどうしたんだ？」

「車両庫にあったシボレーの古いピックアップ・トラックを、時間をかけて自分で改造したんです」

「違法な改造まではしていないようで、よかったよ。きみにも何がしかの才能があるんだな」

カビーが僕に手を差し出しました。「カビー・タヒューンだ。殺そうとしてすまなかった。悪く思わないでくれ」

学院長は、舞台俳優のようにカビーに聞こえるほど大きな声で僕に耳打ちしました。「彼の名前は覚えなくていい。彼は裏口入学でここへ来たんだが、この様子では、そのうち裏口からこっそり出ていくことになるだろう」

「しかし、彼が周到に準備をして僕を殺そうとしたことに変わりはありませんから」僕も芝居がかった返事をしました。「一発ぶん殴ってやらないと、腹の虫が収まりません！」そう言うなり、強烈なパンチのように見えるのを期待してカビーに殴りかかったのですが、カビーはひょいとかわしました。僕はがくんと膝を曲げて倒れ込みました。

学院長は心配そうな顔をしました。「けがはないか？」

「大丈夫です」僕は痛そうなふりをしました。「高校生のときに膝を痛めたんです。それで、強くひねると、一日中、足に力が入らなくなってしまうんです。おそらく、車の後部座席に長時間座っていたのがよくなかったんでしょう」

カビーが肩を貸して立ち上がらせてくれましたが、ふらふらと数歩歩くのが精いっぱいでした。学院長は、「担架を持ってこさせて、セント・ジェイムズへ運ばせよう」と言い、僕がとまどっているのを見て付け足しました。「セント・ジェイムズというのはキャンパス内の診療所だ。エロス学科のヴェスタ・スリッパーは看護師の資格を持っている。すぐに処置してくれるだろう」

僕は、診てもらう必要はないと言って断わりました。「大丈夫です。杖を貸してもらえれば――たしか、先生のオフィスにちょうどよさそうなのがありましたよね。こん棒のように堅い杖でも剣を仕込んだ杖でもなく、曲がった柄のついたシンプルな木製の杖が」

学院長はオフィスへ行って杖を取ってこいとカビーに指示すると、僕に腕を貸して広い中庭を横切りました。中庭の周囲には、チューダー朝やジョージ王朝風の建物が、ゲーム後半のモノポリー盤さながらにいくつも並んでいました。もちろん、カビーが取りに行った杖を手に入れること以外に学院長の助けは必要ありませんでした。学院長室で目にして以来、僕はその杖を自分のものにする方法を考えていて、だから無様に地面に倒れ込んだのです。ニューヨークの地下鉄で死にかけたことをフィードラーがあれこれ考える前に、ポイズンアイビーに覆われたこの学院から逃げ出して止《とど》めを刺さなければならなかったからです。

僕は学院長と一緒にベンチに座って、中庭の反対側にある柱廊に囲まれた建物に目をやりました。その建物の壁には、〝ローバック記念講堂〟という文字が刻まれていました（学院がシアーズ百貨店のオーナーのシアーズ氏が共同経営者のローバック氏を追放するのを手助けして、その罪悪感から講堂にローバック氏の名前をつけたのではないかという思いが、ふと頭をよぎりました）。ここは都会の通りかと思うほど多くの学生が僕たちの前を歩いていきましたが、学生たちが学院長に敬意を表して手を振ると、学院長も鷹揚な笑みを浮かべて手を振り返しました。学生の出身国は国連の参加国なみにバラエティーに富んでいて、ほとんどの学生は二十代か三十代でしたが、なかには定年退職者とおぼしき学生もいました。それでも、みんな活気に満ちていて、目がきらきらしていました。殺したい相手がいるのに、老け込んでなどいられないのでしょう。

なかには、ファム・ファタールやカサノバになって目標を達成したいと考えている学生がいたかもしれず、オートクチュールを身にまとったマネキンのような女性や、同じような格好をした男性がファッションショーのランウェイのように中庭を対角線状に歩いているのを見ても、さほど驚きませんでした。もちろん、トム・ソーヤーの憧れの的だったベッキー・サッチャーのようなおとなしい服を着た女子学生や典型的なカレッジファッションの男子学生もいました。

「ここには、いろんな学生がいるんだ」学院長は僕の心を読み取ることができるようで、それを喜ぶことはできませんでした。

「それに、みんな身なりがいいですね」僕は、感じたことをそのまま口にしました。「貧しい人間はお呼びじゃないということですか？」大学も奨学金で卒業した僕は、いまだに裕福な学生への嫉妬を振り払うことができずにいるのです。

「そんなことはない」と、学院長は否定しました。

「授業料はそれぞれの事情に応じて決定している。裕福な学生なら難なく払えるというわけではない」学院長は、その遠まわしな説明を理解しているかどうか確かめるためにちらっと僕を見ましたが、僕のポーカーフェイスに（そもそも、膝が痛いふりもしないといけなかったので）がっかりしたようでした。「余裕のある学生から高い授業料を取れば、授業料が払えないために入学を諦める学生に奨学金を支給することができる。奨学生には、服もひととおり支給することになっている。人を殺すのにそれ相応の身なりが必要だということは、多くの事例が証明している。悲しいかな、裕福そうに見える人間は往々にして法の網を逃れることができるんだよ」

僕はあれこれと考えながら美しいキャンパスを見渡しました。「でも、ここは学費だけじゃ維持していけませんよね？」

それは学院長も認めました。「たしかにそうだが、当学院の卒業生の多くは経済的に安定した職に就いていて、われわれがけっして彼らの住所を忘れないのと同様に、彼らも感謝の気持ちを忘れずにいてくれるんだ」

「先生は、卒業生が罪を犯す手助けをしておきながら、彼らを脅迫してらっしゃるんですか？　それはひどい」少々言いすぎたと即座に後悔したものの、学院長は気にしていないようでした。

「ほかの大学と同様に当学院も卒業生との連絡を保って、彼らが無理なく支払える額の寄付を募ってはいる。彼らがみずからの幸福や安全の障害となる人物を首尾よく削除して、生産的で豊かな生活を送れるようになれば、各自の経済状況に応じた寄付をして愛校精神を示すように奨励してもいる。財産の寄贈や遺贈、それに、きみの場合のような個人的スポンサーの申し出も受け付けている」

「そういうスポンサーはどうやって見つければいいんですか？」親愛なる支援者殿。僕はこの日記をあなたのために書いているのに、こんな質問をして自分でも驚いています。「僕には裕福な友人や親戚はいないので」

「きみは、匿名を望む人物の願いと経済的な支援によって他人に破滅をもたらす道を進んでいる……それだけわかれば充分だろう。私に言えるのはそれだけだ。おや、ミス・モーン、ちょっといいかな？」

おそらく三十代でしょうが、ボーイッシュな髪型のせいで若く見える美しい女性が学院長に呼ばれてそばに来ました。その女性はノースリーブの青いタフタのイブニングドレスを着て、時間帯や周囲の環境にそぐわない、肘の上まである白いサテンの手袋をはめていました。学院長は、仰々《ぎょうぎょう》しく僕を紹介しました。

「ミス・モーン、当学院の新入生、クリフ・アイヴァーソンをきみに引き合わせてもいいかね？　クリフ、ダルシー・モーンだ。彼女は一カ月足らず前に来たばかりだが、シアン化カリウムと硫酸が溶け合うように、すっかりここでの生活に馴染んでいる」

「私は順応性が高いので」ダルシーはそう言って、たとえ演技だとしてもひどく魅惑的な声で笑いました。誰かに似ているような気がしたのですが、誰に似ているのかはいくら考えてもわかりませんでした。

学院長は彼女のイブニングドレスのほうへ手を差し伸べました。「素敵なドレスだが、今日の午後にダンスパーティーやレセプションはなかったはずだ」

「基本戦略の授業のためです。ただの宿題で、私の論文とはあまり関係ないんだけど、参考になることもけっこうあって。じつは、射撃練習場から戻ってきたばかりなんですが、この長い手袋は女性の味方で、指紋がつくのを防ぐだけでなく、火薬の残渣物から手や腕を守ってくれるんです」ダルシーは、クラッチバッグから二二口径のリボルバーを取り出しました。「サテンの手袋が射撃にどのような影響を与えるかも調べたんですが、分厚すぎて、しかも滑りやすくて。ヤギ革のほうがいいみたい」

学院長がうなずきました。「そうだな。ヤギ革の手袋を買っても、それをはめて標的に対峙するのは一度だけだと言おうとしたのだが、言わないでおくよ。それにしても、なぜ真っ昼間にイブニングドレスを着てるんだ?」

ダルシーはドレスの肩の乱れを直しました。「正装用の長い手袋をはめてうろうろしていると変に思われますから。つまり、手袋をはめている目的をカモフラージュするためにイブニングドレスを着てるんです。それなら、ありもしないダンスパーティーに行く途中で標的のところへ立ち寄ることができるし、私が拳銃を取り出すまで相手は何の疑いも抱かないでしょうから」

これが褒め言葉になるかどうかはわかりませんが、ダルシーはたしかにダンスパーティーが似合いそうなタイプに見えました。

学院長は私のほうを向いて講義をはじめました。

「大事なのは状況なんだよ、アイヴァーソン君。スプーンやなんかを磨いているとき以外は、ナイフを持って標的に近づいてはいけない。薪割りをするとき以外は斧を手にしちゃいけない。それに、皿を洗うか、家の前の雪かきをするか、きみが医者で患者に気管切開をしようとしているとき以外は、手袋をはめて標的の前に姿をあらわしてはいけない」そう言うと、学院長はふたたびダルシーに向き直りました。「で、やり終えたら手袋はどうする? 手や腕には何もつかないかもしれないが、手袋には必ず発射残渣が付着するからな」

ダルシーはうんざりしているようでした。「ご心配なく。酢で洗います。酢は硝煙に含まれる硝酸塩を破壊するので」

「当たりだ。いや、それで疑いをそらすことができると言ったほうがいいかもしれない。だが、酢はどうする?」

「酢の三倍の油と細切りにしたレタスを二玉、クルミ、それにオレンジを少々加えて標的の通夜でサラダとして振る舞います」

「なかなかしゃれてるな」学院長はそう言って、さらに話を続けました。「まあ、酢を排水溝に流して酢を入れたボウルをホウ酸溶液で洗ってもいいんだが。よく覚えておくんだぞ、アイヴァーソン君！　ミス・モーンの考えはわれわれの方針と完全に一致する」

ダルシー・モーンはモデル的な学生だと思いました。もしかすると、マクマスターズへ来る前はモデルをしていたのかもしれません。けれども、つぎの授業へ向かうダルシーを見送った僕は、彼女の百点満点の答えに失望しました。とんでもないところへ来てしまったという思いもさらに強まりました。もし学院が出来の悪い学生を殺しているのなら、殺人未遂容疑で逮捕され、終身刑ですむのを期待して罪を認めていたほうがよかったかもしれません。

それにしても、ダルシーに会った瞬間にどこかで見たことのある顔だと思ったのはなぜでしょう？

しばらくクリフ・アイヴァーソンの日記を中断する。――〔HH〕

♠

クリフ・アイヴァーソンが抱いた疑問に答えるには、短くした髪を染めて化粧をするのをやめ、しゃべり方と名前を変えただけでキャンパスでは誰も彼女がハリウッドスターのドリア・メイだと気づかなかったことに最も驚いたのは本人だと明かす必要があるかもしれない。

当然ながら、ドリア・メイというのも彼女のほんとうの芸名ではない（ほんとうの芸名は、誰もが知っている名前なのだが）。それに、もちろん彼女のほんとよかったかもしれません。

うの芸名は本名でもないので、彼女の正体は何層ものベールに包まれていることになる。ここに記されている出来事が起きたのは何年も前のことだが、われわれは当学院のすべての学生のプライバシーを（もちろん、法執行機関への説明責任に反しても）守り抜くつもりでいる。読者が当学院の卒業生なら、もちろん読者のプライバシーも。

私は、もしほかの学生が正体を知れば彼女の学業や目的の秘匿性に支障をきたす可能性があると〝ドリア・メイ〟に助言した。それに、教員も人間である以上、彼女を不当に優遇することになるかもしれないと。ちやほやされるのには慣れているので、それは問題ないと彼女は言った。しかし、結局、彼女はスポットライトを浴びる快感を諦めて短く切った髪を染め、ジョージア州南部の訛りを覚えて普通の庶民になることを受け入れた。

彼女が学院に到着したときに、私はミード池から八百メートルほどのところにぽつんと建つフォックスグローブ・コテージまで案内した。茅葺《かやぶ》き屋根をはじめて目にした彼女は、「素敵！」と声を上げ、「外見は古い農家のようだけど、なかは……」と言いながら、目を見開いてこわごわ足を踏み入れた。「……古い農家のようだわ！　ここに住めとおっしゃるわけじゃないですよね？」

私は、荒削りの石の壁に穿《うが》たれた囲炉や、パッチワークキルトで覆われた、幅は狭いが下に大きな物入れのついたベッドや、部屋の隅にある小さなキッチンの粗末なテーブルと椅子を愛でるように眺めた。「いや、ここはキャンパスで最も魅力的な住居のひとつなんだ。もともとこの場所にあったもので」

ダルシーは気に入らないようだった。「ひとり用のコテージを希望したときは、狭いながらも、ベッドルームがふたつと着替えの間、ミニバー、それにバスルームがふたつとシャワーもひとつあると思ってたんです。バスタブはどこ？」

「三番のシャトルバスに乗って入浴館へ行けばある」

ダルシーは、アーノルドとかいう名のお抱えのインテリア・デコレーターにコテージを全面改装してもらう必要があると言った。私は、そんなことをすれば、改装が終わったときに、そのアーノルドとやらの命も終わらせなければならないことになると説明した。

「鞭打ちじゃだめかしら？」と、彼女が訊いた。「それですむのなら、安くしてくれるかもしれないわ」

♠

**クリフ・アイヴァーソンの日記より**

ちょうどそのとき、杖を取りに行ったカビーが戻ってきたので、ほっとしました。カビーは、「取って来い！」と言って学院長が投げたボールを拾ってくるのが楽しくてたまらないテリアのように、得意顔で杖を差し出しました。思ったとおり、杖の先にはゴムがついていたので、僕の計画にはおあつらえ向きでした。

カビーは、額を叩いて褒めてもらえるのを期待しているかのように学院長を見上げました。「ほかに何かご用は？」

「もう少し学業に精を出さないといけないぞ、タヒューン！ レッドヒル教授の『毒と良薬』の講義を熱心に聴いていたなら、あるいは、ムッシュ・ティシエの〝すばらしい最後の晩餐〟で居眠りをしていなければ、粉末ガラスで命を落とすのは狭心症を患っている人だけだというのを知っていたはずだ。さっさとトラックを車両工作部へ持っていって、さえないもとの姿に戻してもらえ！」

カビーがあわてて走っていくと、ダルシーも立ち去りました。学院長は僕を連れて寮へ向かいながら、「困ったものだ。タヒューンには見込みがない」と、うなるように言いました。

「見込みがないのは、僕も同じかもしれません」それは本心でした。

「きみはみずからここへ来たのではなく、支援者から送り込まれたのだから、ここでの生活に慣れるまで時間がかかるはずだ。わからないことは、ヘッジハウスでレジデントアドバイザーをしているチャンポ・ナンダに訊けばいい。当面は、きみとわれわれ双方の利益のためにひとりの学生がきみを監視することになっている」

「それは誰ですか？」

「悪いが、きみがそれを知ってしまったら、向こうはきみを客観的に観察できなくなるし、きみも、その学生の前では言動によけいな気を使うことになる」

つまり、人前での言動にはつねに気をつけなければならないということです。

中庭を抜けて砂利敷きの小道を進むと、茅葺きコテージが何軒かあって、そのうちの一軒には〝本と雑貨〟と書いた木の看板がぶら下がっていました。そこから先は道幅が広がって、腎臓の形をした大きな池と、池のほとりの広い緑地を取り囲むようにして建つコテージへと続いていました。池のほとりでは柳が樹齢を嘆くような音を立てて揺れていて、コテージも、のどかな雰囲気を醸しだすためなのか、あるいは単に古いからか、とにかく傾いていました。「学生たちはこのエリアをマーケットホールと呼んでるんだが、店があるのはあそこだ」学院長はそう言って、池の端にある簡素な鉄製の建物を指さしました。六本のアーチ状の柱が支える時計のついたガラス屋根の下では、店員が商いに精を出していました。「ここはいちばんにぎやかな場所だ。あそこの〈はぐれ狼亭《ローン・ウルフ》〉では、本物のエールとパブ料理を楽しむことができるんだよ。青いシャッターが下りているのは売店で、ピクニック用の軽食も調達できる。あのアジア風の建物は〈翡《ひ》翠《すい》の泉亭〉という名の中華料理屋だ。ミード・メアの反対側にあるあの小さなヴィラは〈スカルピア〉という名の雰囲気のいいイタリアン・レストランで、その裏手で売られているピザという名のスパイシーなチーズタルトなしでは一週間を過ごすことができない学生も大勢いる」

僕は、「ミード・メア？」と、訊き返しました。

「この池は蜂蜜酒《ミード》の池《メア》と呼ばれてるんだ。あまり深くはないが、水没実験やなんかの役に立つ」

池に目をやると、まるで願いが叶ったかのように、先ほど森のそばで見かけたときにひとりだけ笑わなかった女性がいました。彼女は体操着から半袖のブラウスとオーバーオールに着替え、褐色の腕を弧を描くように振って釣り糸を投げていました。

学院長は僕が彼女を見ているのに気づいたようでした。「ジェマだ。彼女はフライフィッシングが大好きなんだよ。父親と一緒にやっていたらしい。ここにはブラウントラウトを放流してるんだが、釣ったら池に戻す決まりになっている。食べたいわけでも恨みがあるわけでもないのに命を奪う必要はないからな」やがてジェマは釣り道具をまとめ、池を彩る白鳥にパンくずを投げている、麦わら帽子をかぶった赤ら顔の女性に手を振って歩きだしました。

「彼女はミリアム・ウェブスターだ。結婚してまぎらわしい名前になってしまったので、自分のことを〝ミム〟と呼んでいて……しかし、いまでは夫の存在を削除しようと思うさらに強い理由ができた。それから、あれは数学科長のササキトウマだ。彼の『殺人における相対性理論』はじつにユニークな考えだ」その男性は白髪だったのですが、若々しい顔をしていて、あたりの牧歌的な風景を水彩で描いていました。「きみも、彼の『確率向上論』の授業を受けることになるだろう。草の上に寝転んでいる長髪の男性は、英語とスペイン語を教えているマティアス・グラベスだ」縄編みのセーターを着てコーデュロイのズボンをはいたグラベスは三十代の後半か四十代の前半のようで、答案の採点に没頭していました。僕と十ほどしか歳の違わない若い男がこんなところで教えているのには驚きました。教員はいつでも好きなときに敷地の外に出られるのかどうかもわかりませんでした。

気がついたときには、マーケットホールを通りすぎて、小さな店や屋台が肩を寄せ合うようにして並ぶエリアにいました。石畳の中庭もあって、雰囲気はなかなかよかったのですが、通りは狭く、おまけに入り組んでいて、まるでミニチュア版の迷路のようでした。湾曲したショーウィンドウにめずらしい品物をずらりと並べた昔懐かしい質屋もあって、先ほど弓の授業でターコット教官に代わってほかの学生たちに説明していたブロンドの学生が、チェス盤ほどの大きさのマホガニーのケースを持ってその店から出てくるのが見えました。

「何か質入れしたのか、サンプソン？」と、学院長が訊きました。

「古い楽器を質に入れて手術道具を買ったんです」そう言いながらブロンドの学生がケースを開けると、なかに敷かれたベルベットの上に光り輝くメスとプローブが並んでいるのが見えました。「切り裂きジャックに自分の心臓を食べさせてやろうと思って」

「彼は実際に食べたはずだ」と、学院長が言いました。「いや、心臓ではなく腎臓だったかな？」

「クラリネットやサックスより手術道具のほうがインスピレーションを与えてくれると思ったんですが、これでラプソディ・イン・ブルーは演奏できなくなってしまいました」ブロンドの学生は、あまり友好的ではない態度で僕を見つめました。「さっき、教官に射抜かれそうになった新入生だよね？　シメオン・サンプソンだ。よろしくと言いたいところだが、ここでは相対評価が採用されているので、どんな手を使ってもきみを落第させてやりたいというのが本音だ。見たところ、さほどむずかしいことではなさそうだし」

彼がさっさと姿を消したのはうれしかったし、ジェマが池からこっちに向かって歩いてくるのを見たときはうきうきしました。まるで念力が通じたかのように学院長が彼女を手招きし、ついでに、〝先生、彼女のフルネームを教えてください！〟と思っていたら、またしても心のなかを見透かされてしまったようでした。

「ジェマ・リンドリー、今日来たばかりのクリフ・アイヴァーソンだ」

「知ってます」ジェマは、期待していたのとは違う無表情な声で言いました。

「仲よくしてやってくれ。サンプソン君に声をかけたんだが、彼はちょっと……」

「自分のことで精いっぱいなんでしょ？」と、ジェマが先を継ぎました。

学院長は笑みを浮かべました。「ああ。それなりに優秀ではあるが、うぬぼれが強いからな。アイヴァーソン君をヘッジハウスへ連れていこうとしてたんだが、カビー・タヒューンが邪魔をしてきたので、ずいぶん時間を取られてしまった。私の代わりに案内してやってくれないか？　きみはヘッジハウスに住んでるんだったかな？」

「ヘッジハウスに住むだけのお金があれば」と、ジェマは笑いながら言いました。「私は女子寮に住んでるんですが、ヘッジハウスはほんの目と鼻の先ですし。五時からWUMP《ワンプ》があるんですが、ハト小屋の近くですから」彼女が最後に言ったことはまったく意味がわからなかったのですが、たとえ対数表を読み上げていたのだとしても彼女の声が聞けてうれしく思いました。

「きみに案内してもらうことにはアイヴァーソン君も異論はないと思う。そうだろ？　で、足首の具合はどうだ？」

「膝です」と、僕は誤解を正し、「これがあれば大丈夫だと思います」と言いながら、学院長が返してくれと言いださないことを祈りながら杖をほんの少し持ち上げました。

「いらなくなるまで自由に使ってくれていい。ほかに援助や助言が必要になったら、先ほども言ったように、ヘッジハウスにはチャンポ・ナンダという気さくなレジデントアドバイザーがいる」

「めずらしい名前ですね」僕は思ったことをそのまま口にしました。

「ラングーンの出身なんだ。ビルマに行ったことはあるか？」

僕は「ありません」と答えましたが、ジェマは、「ここがビルマじゃないという確証はあるの？」と、いたずらっぽく尋ねました。それを聞いて学院長が笑うと、ジェマはさらに続けました。「私たちがいまいる場所についてわかっているのは、トバゴ島ではないということだけよ。私はイギリスで生まれたんだけど、トバゴ島にいる母方の親戚に会いにいったことがあって、スパイスと野生のポインセチアの香りが漂ってたの」彼女は胸いっぱいに夏の空気を吸い込みました。「ここはトバゴ島じゃないわ」

僕はここの場所を知っている学生がいるのか学院長に尋ねようとしたものの、学院長は陽気に「では、夕食のときに！」と言い残して立ち去りました。

べつにわからなくてもかまわないと思いました。とにかく、ここから逃げ出すのが先だと。「ヘッジハウスね」ジェマはそう言って歩きだしました。僕は膝が痛いふりをして足を引きずりながらひょこひょことあとを追い、早く歩けないことを謝りました。ジェマは気にしなくていいとだけ言って、それ以上は何も言いませんでした。

「WUMP《ワンプ》って何？」僕は、思春期を思い出させる気まずい沈黙のあとで訊きました。

「ワードローブとメイキャップ、人工装具《プロステティクス》の頭文字で、変装学科のことよ」と、彼女はそっけなく答えました。

僕は五つ数えてから、べつのことを訊きました。

「ここに来て長いの？」

今度は答えてくれそうになかったのですが、しばらく間を置いてから、彼女は僕のほうを見ずに「二週間とちょっとよ」と言いました。

「どうしてここへ？」

「ドブソン警部の車で」

「どこから？」

ジェマが急に立ち止まりました。「あなたは、私が何者で、誰を削除したいのか、なぜ削除したいのか知りたいんでしょうけど……指導教員から話せと言われないかぎり話すつもりはないわ。そのことばかり話す人もいるけど、私は違うの。一学期分の授業料を払うために全財産をはたいたのよ。ここへ来たのは、楽しい学生生活を送るためではなく勉強するためなの。あなたを寮まで案内するのはかまわないけど、ここを出たらおたがいに二度と会うことはないわ」彼女はしばらく黙り込みました。「もし、ここを出ることができたら」

それで、ミス・リンドリーも（まだファーストネームで呼び合うほど親しくないのでそう書くことにしますが）僕と同じぐらい強く誰かを殺したいと思っていることと、人とその話をするのを死ぬほど嫌っているのはわかりましたが、この殺人学院への入学を決意させるほど彼女をつらい目にあわせたのは誰なのか知りたくなりました。強がっているのは生来の気の弱さを隠すためか……いや、もしかすると、ほんとうは僕と同じように冷血で、誰かに強い殺意を抱いているものの、僕が祖父の長身を受け継いだのと同じように彼女も先祖から受け継いだのは赤茶色の髪だけなのかもしれません。

悪魔に取り憑《つ》かれてしまったコーラのような人間にとっては自殺が唯一の逃げ道だったのと同様に、生きていくには殺人を犯すしかないという結論に達する人間がいるのはわかっていました。けれども、自分がフィードラーを殺そうとしたことですべての殺人者が悪人だというわけではないと知ったのか、それとも、僕は生まれながらの悪人だったのに、そのことに気づいていなかっただけなのかはわかりません。

マーケットホールの屋根の上にある錬鉄製の時計のチャイムが鳴りました。「ごめんなさい、ワンプの時間なの。ここを曲がるとヘッジハウスよ」ジェマは足早に立ち去って、このときもまた一度も振り向くことなく姿を消しました。

## 5

### クリフ・アイヴァーソンの日記より

僕は、ハロー学院長と数分間話をしただけでマクマスター学院から逃げる決心をしました。毒入りのシェリーを飲まされそうになったり、カビー・タヒューンに危険なアイスキャンディーをすすめられたり、おまけに、失敗したら殺されてしまうことを知ってしまったのですから、唯一の健全な選択肢は逃げることだというのは明らかです。ただし、自由を求めて逃げ出す前に服従しているように見せかけてこれから暮らすことになる宿舎に入所しておくのも作戦の一部でした。

ヘッジハウスは、ニューイングランドの古い町でB&Bを営む植民地時代の邸宅かと見まがうほど立派な建物でした。なかに入ると絵はがきを売る回転式のラックが置いてあるのではないかと半ば期待していたのですが、受付にはゴスペル歌手のマヘリア・ジャクソンを少しスリムにした年配の女性が座っていました。ツイードのスカートをはいて、硬い襟のついたブラウスの上に淡いブルーのカーディガンをはおっていましたが、カーディガンにはマフィンのかけらがついていました。

「クリフね」女性は、カウンターの上に広げた書類から顔を上げて、にっこり笑いました。「私はミセス・フォリッジよ。〝お粥《ポリッジ》〟と間違えないようにね——あら、まあ」ミセス・フォリッジは、ようやく僕が杖をついていることに気づいて困ったような表情を浮かべました。「聞いてなかったから……三階の部屋にしちゃったわ。もちろん、エレベーターはないの」

僕は、すぐによくなるし三階までならなんとか階段を上れそうだと言ってミセス・フォリッジを安心させました。もちろん、階段を上るのには何の問題もなかったのですが。ミセス・フォリッジはほっとしたようにハンガーボードから鍵をはずして、ロビーとして使っている古めかしい居間へ案内してくれました。その部屋の壁にはコルク製の掲示板がかかっていて、〝今日の言葉〟というタイトルのついた紙が貼ってありました。その下には、きれいな字でこう書いてありました。

胸に銃弾を受けて死ねば殺人だ。
頭に隕石が当たって死ねば悲劇だ。
銃弾は使うな。隕石を使え。
殺人は起こすな。悲劇を起こせ。

ガイ・マクマスター

僕はミセス・フォリッジのあとについて、かつては使用人専用だったと思われる狭い階段を上り、膝が痛むふりをして二階の踊り場でしばらく立ち止まりました。ミセス・フォリッジは、今年はいつまでも暑い日が続いているとぼやきました。ようやく三階に着くと、3E号室へ通されました。

「あなたの部屋は南向きよ。今年は夏が長いから、みんな、南向きがいいと言ってるわ。バスルームは、となりの部屋のミス・イェーガーと共有なの」と、ミセス・フォリッジはすまなさそうに言いました。「ふつうは同性どうしをとなり合わせにするんだけど、あなたは遅れて来たから、空いてるのはここしかなくて。バスルームのドアは内側からも錠がかかるようになってるけど、入るときは二、三回ノックしてからにしてね。バスルームはきれいに使って、かならず彼女の側のドアの錠をはずしてから出るのよ」

僕は、けっしてバスルームを汚しはしないとミス・フォリッジに約束しました。なんとかして、さっさとここを出ていくつもりでいたからです。

「部屋は毎日こっちで掃除することになってるんだけど、整理整頓を心がけてね。何かわからないことがあれば、八時から五時までのあいだに言ってくれる?」

あてがわれた部屋は使い勝手がよさそうでした。ベッドは大きくなかったものの、マットレスは申し分なく、シーツはやわらかいモスリンで、掛け布団の厚さもちょうどよさそうでした。木製の簡素なライティングデスクと椅子と、もう一脚、革張りの小さな椅子もありました。鏡のついたドレッサーの上には、茶色いベークライト樹脂ですっぽり覆われたレトロな真空管ラジオまで置いてありました。どこの局の放送が聴けるのだろうと思ってスイッチを入れて、真空管が温まるのを待ちながら小さなクローゼットを開けると、驚いたことに、シャツが六枚とズボンが五、六本、スポーツジャケットが数着、すべて僕にぴったりのサイズのものが吊るしてありました。上の棚には、同じく僕にぴったりのサイズの革靴とスニーカーが数足ずつ置いてありました。

ドレッサーの前に戻って上の引き出しを開けると、折りたたんだ下着のシャツとボクサーショーツが入っていて、下の引き出しには靴下と青いジムショーツが入っていました。

熱電子放出の奇跡によって（カリフォルニア工科大学では航空無線周波数スペクトルの授業が必修科目だったのですが）、ようやくラジオから音楽が聞こえてきました。バロックの曲のようでした。僕は、アナウンサーが局名か放送局のある街の名前を口にするのを期待して、曲が終わるのを待ちました。

ラジオの横にはマクマスター学院のエンブレムが型押しされた革製のメモホルダーが置いてあって、メモ用紙の上にはクリップで手書きのメッセージが留めてありました。

ようこそ、アイヴァーソン君。キャンパスでの初日を楽しんでください。質問や苦情があれば、大きなほうの階段を上って2A&Bまで来てください。ほかの学生と話をしている場合もあるので、2Aの部屋のドアをノックして待ってください。

ヘッジハウスの男子学生レジデントアドバイザー

チャンポ・ナンダ

ホルダーを開くと、プリントアウトした紙やパンフレットが左右のポケットに何枚も入っていました。キャンパスマップもあって、外の道路は描かれていませんでしたが、逃走経路はすでに考えていたので、必要ありませんでした。が、食事の時間表を見ていると、お腹がすいているのを思い出しました。

食事の時間表

| 食事 | 曜日 | 時間 | 場所 | 備考 |
|---|---|---|---|---|
| 朝食（英国式） | 月ー土 | 7時ー9時半 | 食堂 | 教室着で |
| 朝食（大陸式） | 月ー土 | 6時ー10時 | ラウンジ | 教室着で |
| 昼食 | 月ー土 | 12時ー14時 | 食堂<br>サンルームまたは（天気が良ければ）西パティオ | 教室着で<br>ボックスランチは10時までに注文すること |
| ハイティー | 水、日 | 16時ー17時半 | チャドレーハウスの読書室 | |
| 夕食 | 月ー金 | 19時半ー21時半 | グレートホール | 男性：ネクタイ、ジャケット着用<br>女性：ふさわしい服装 |
| | 土 | 20時ー22時 | ボールルーム | 土曜日の夕食後ボールルームでダンスパーティーがあります |
| | 日 | 左記参照 | | |
| 日曜日のブランチ | 日 | 9時ー13時半 | サンルーム | ディナードレス着用 |
| 日曜日の夕食 | 日 | 備考参照 | ミード池 | 日曜日の夕食はミード池付近で購入することができます |

その裏には、こう書いてありました。

アルコール――マクマスター学院のルール

過度のアルコール摂取は勉学に支障をきたすので控えること。ただし、毎晩七時に居間で特製のカクテルがひとり一杯提供され、夕食時には、メインディッシュに添えて広大なセラーからムッシュ・ティシエが選んだワインが、これもひとり一杯提供される。ミード池のほとりの〈はぐれ狼亭〉でも生エールをひとり一パイント飲むことができる。

財政困窮者への支援

学院内口座の残高が少ないかゼロになってしまった学生は、日曜日の午後のアルバイト（調理場、屋外、事務作業など）をすることができる。毎週、学生会館の掲示板に貼り出されるので、申し込むように。アルバイトのあとは、栄養満点のスープとパン、サラダが食べ放題の夕食が〈キッチン・ガーデンズ〉の談話室で提供される。ただし、週に一、二度夕食を抜くのは健康にいいだけでなく脳を刺激する効果があると医療技術学科長のドクター・ピンクニーが述べていることにも留意されたし。

食事の時間表の下には数十ページの薄いマニュアルが挟んであって、織り目加工をほどこしたブルーグレーの表紙には『マクマスター学院の学則と規則』と書いてありました。作成されたのは一年前のようでした。開いて読もうとしたものの、これから〝汝、去ることなかれ〟という最初の掟を破ろうとしているのに読んでもしかたがないと思ってやめました。

卓上ラジオからは、何の紹介もなしにテンポもムードも先ほどと同じべつのバロックが流れてきました。いや、もしかすると同じ曲が続いていたのかもしれません。放送局を替えようとしたのですが、ラジオには音量の調節とスイッチが一緒になったつまみしかなく、見ると、裏に注意書きが貼ってありました。

卓上ラジオの操作

バッハのブランデンブルク協奏曲第五番を聴きたいときはオンにしてください。

バッハのブランデンブルク協奏曲第五番を聴きたくないときはオフにしてください。

僕は〝オフ〟を選択し、自分がいったいぜんたい地球上のどこにいるのか（そんなことを考えるのは生まれてはじめてだったのですが）、ヒントを求めて部屋中をさがしまわりました。北極でも南極でも砂漠でもないのはすぐにわかりましたが、それ以上のことはわかりませんでした。メモ用紙にも鉛筆にも、ベッドの脇のテーブルランプの電球にも製造元の名前は書いてありませんでした。ドレッサーの上の引き出しには木製の持ち手のついた歯ブラシと安全かみそりと、櫛とブラシのセットが入っていましたが、それにも何も書いてありませんでした。製造元はなんとしても知りたいと思いました。もし電気が流れている門を乗り越えて外に出ることができたら、自分が鉄のカーテンの向こうにいるのか、モロッコの近くにいるのか、それとも緑が生い茂る谷間にいるのか、わかっていたほうがいいからです。

ベッドの横には、水の入ったデキャンタが置いてありました。ガラスのコップがかぶせてあったので、一杯飲んで、さらに一杯注ぎました。脱走に成功したとしても、食料と飲み物の有無が生存を左右するのはわかっていました。隠れ家や避難所代わりになる場所にたどり着くまでどのくらいの距離を移動しなければならないのか見当がつかなかったし、もちろん所持金もありません。連れてこられるときにステッジ巡査部長が財布を取り上げたからです。ふたたび足を引きずる真似をしながら狭い階段を下りてミセス・フォリッジに小さく手を振りましたが、彼女は書類から目を上げようとしなかったので、そのままジェマ・リンドリーと学院長と一緒に歩いた道をたどって、ドブソン警部がスリッパリー・エルムズと呼んでいたマナーハウスへ引き返しました。

途中で通りかかったミード池の脇のスイス風の建物に〈マセルの売店〉と書いてあったので、道中で食べるものを万引きできたかもしれませんが、あいにく営業時間を終えて閉まっていました。空腹のまま逃げるのはつらいので、敷地のどこかにリンゴや梨の木があることを祈りました。準備を整えるために脱走を延期するつもりはありませんでした。杖はそのうち返せと言われるでしょうし、今日の合い言葉を忘れたドブソン警部に代わってステッジ巡査部長が門衛とやりとりするのを、こっそり聞いていたからです。合い言葉は明日には変更されるはずです。

外を歩いている学生はあまりいませんでした。みんな宿題をしているか、部屋に置いてあった食事の時間表にしたがって服を着替えていたのでしょう。マナーハウスの前を通りすぎると、足を引きずるふりをするのはやめて、正門へと続く長い道を歩きはじめました。

顔に包帯を巻かれていたときはほかの感覚がするどくなっていたので、ステッジ巡査部長が合い言葉を告げるのも、それを繰り返す門衛の大きな声もスピーカー越しに聞こえました。車はそれから平坦な道を二分ほど走って停まり、そこで包帯がはずされたので、白樺の茂みのそばだとわかったのですが、車が方向転換したり角を曲がったりした気配は感じなかったので、そのまま引き返せば正門に戻ることができるはずです。ドブソンがステッジに「ビリッとくるからな」と注意していた電気が流れている門に。

キツツキが木を突つくドラムのような音がときどき聞こえてくるのを除けば、あたりは静かで、森のなかに人がいる気配はなく、遠くを走る車の音も聞こえませんでした。

僕はステッジ巡査部長と門衛のパシュレーとのやりとりだけでなく、ステッジの〝トマス・ド・クインシー〟という皮肉なコードネームも覚えていました。フィードラーを殺す道徳的な正当性を求めていたときに、クインシーの『芸術の一分野として見た殺人』を読んだからです。

はじめて正門を目にしたときの驚きは、けっして小さくありませんでした。目隠しをされた状態で門が開く音を聞いたときは、こんな立派な門ではなく、もっと機能的で飾り気のない門を想像していました。格子の上に狭い間隔で並んでいるするどい突起は、ガラス片や有刺鉄線より危険に見えました。木の枝が柵を越えて伸びていたら、その枝をつかんで門の外へ飛び下りることができるのではないかと思ったのですが、そのような幸運には恵まれませんでした。もともと木登りは苦手だったし、柵の上に落ちたら串刺しになるのは確実だったので、危険を冒さずにすんで、かえってよかったのかもしれません。

柵には、電気が流れていることを示す警告板が掛かっていました。柵のかたわらで死んでいるリスと悪運試しをする気はありませんでした。

僕の運命は、ステッジ巡査部長がボタンを押して合い言葉を告げたインターホンが門の外側に取りつけてあるか、門の前にポールを立てて取りつけてあるかによって決まります。緑色の金属製の箱が柵から六十センチぐらいのところに立っている腰の高さほどのポールに取りつけてあるのがわかったときは、胸を撫で下ろしました。門の柵のあいだに腕を押し込めば柵に触れてしまうはずですが、僕には持ち手が湾曲していて先っぽにゴムがついた木の杖という秘密兵器がありました。杖があればインターホンのボタンが押せるし、木は電気を通しにくいだけでなく、先っぽについているゴム製のキャップが文字どおり抵抗の要になります。その先端のゴムの部分だけを持っていれば、柵に触れても感電することはありません。

僕は杖の持ち手を柵のあいだにそっと滑り込ませて、インターホンが取りつけてあるポールの前に突き出し、湾曲した持ち手の先がインターホンのほうを向くように動かして、杖をゆっくり引き戻しました。すると、包帯を巻かれた状態のまま車のなかで耳にしたのと同じザーザーという雑音が聞こえてきて、杖をボタンから遠ざけたとたんに希望が芽生えました。

「ようこそ。ご用件は？」ステッジ巡査部長が〝ミスター・パシュレー〟と呼んでいた男の、きしむような声が聞こえてきました。

僕は再び杖を自分の方に引き寄せ、ステッジ巡査部長の声色を真似て「開けてくれ」と言いました。

「承知しました！　お名前を」

「トマス・ド・クインシーだ」

「ステッジ巡査部長ですか……?」当惑したような門衛の声がインターホンから聞こえてきました。

杖の持ち手がインターホンのボタンから離れてしまったので、僕は呪いの言葉を吐きたいのを我慢してもう一度ボタンを押そうとしました。が、腕がよじれてしまって、シャワーを浴びているときに石鹸が手から飛び出してしまうように杖が僕の手を離れて門の向こうの草の上に落ちました。「ステッジ巡査部長ですね? また出かけたんですか?」と尋ねるパシュレーの声が聞こえてきました。

考える時間はありませんでした。僕は電気が流れている柵のあいだから腕を突き出し、草の上に落ちた杖の先のゴムの部分をつまんで自分のほうへ引き戻しました。杖の先をしっかりつかんでなんとかもう一度〝通話ボタン〟を押したときにはじめて、もう少しで感電するところだったことに気がつきました。

「ドブソン警部に外周のセキュリティを点検してくれと頼まれたんだが、閉め出されてしまって。悪いが、なかに入れてくれ」

ブーンという音が鳴って黒い錬鉄製の門が開きました。あわてて門のあいだをすり抜けてマクマスター学院の外のまともな世界に戻ると、ドブソンとステッジがホテルの部屋のドアをノックしに来て以来、はじめて本来の自分を取り戻したような気がしました。僕は、命の恩人とも言えるインターホンをよい側、つまり、〝自由に出入りできる〟側から見て、今度は親指で通話ボタンを押しました。「ありがとう、ミスター・パシュレー。これでなかに戻れる。もういいから、門を閉めてくれ」

数秒後に門が勢いよく閉まって僕は閉め出され……いや、ほんとうによかった。門に、〝マクマスター触法精神障害者療養所〟と書いた看板がかかっているのを見たときは、その看板に偽りはないと思いました。

いつかまた役に立つことがあるかもしれないので、

杖は捨てずに高揚感と恐怖に駆られて走り続けました。手違いで刑務所から出されたものの、いずれ発覚して連れ戻されるかもしれない死刑囚のような心境でした。やがて、ゆるやかな左カーブに差しかかると、鬱蒼とした森のなかに逃げ込まなければならなくなった場合に備えて、舗装道路の端に寄りました。どこまで走ればマクマスター学院とは関係のない建物があらわれるのか？　ここがどこであれ、いずれは学院の敷地の端にたどり着いて、そこから先は、公共の土地であれ私有地であれ、他人の土地のはずです。

僕はカリフォルニア工科大学時代に全米大学体育協会のクロスカントリー走に参加したことがあるので、いつまでもハイペースで走り続けるのは無理だと、すぐに気がつきました。それでも、もうすぐ夕食の時間になるので、いずれ誰かがグレートホールの僕の席が空いているのを不思議に思うはずです。そこで疑問が芽生えました。自分はどのような未来に向かって逃げているのかという疑問が。僕がフィードラーを殺そうとしたことを知っているのはドブソンとステッジとハロー学院長だけなのだろうか、それとも、本物の警察も知っているのだろうか？　親愛なる支援者殿。僕は恩知らずな人間なのでしょうか？　しゃれたレストランやひなびたパブまであって、気になる女性もいる自然に恵まれた豪華な施設で過ごすのと、残忍な男たちとバスルームすらついていない独房で二十年間過ごすのと、どちらがいいのか——

車の音がしました。

上空を飛ぶ飛行機の音か、遠くから聞こえてくる雷鳴ならいいのにと思いながら耳をすましましたが、残念ながらそうではなく、間違いなくうしろから近づいてくる、しかも、おそらく学院の車の音でした。幸い、左カーブが続いていたので、車が僕の視界に入って、車からも僕の姿が見えるまで数秒ありました。だから、森のなかに逃げ込んで太いオークの木の陰に隠れました。

乱れた息を整えながら、脱走した場合の悲惨な結末を想像しました。成績が芳しくないというだけで見かぎられるのなら、学院の存在とその目的を知りながら脱走した僕にはどのような罰が与えられるのでしょう？　もちろん、それは逃げる前に考えていましたが、もう引き返せないのだと思うと、自分が直面しているリスクの大きさを再認識しました。恐怖にも襲われました。

車が徐々に速度を落として近づいてくるのがわかったときは、恐怖の度合いが四倍ではなく四乗に増大しました。ところが、車はエンストを起こしたようで、ガタガタと大きな音を立てて止まりました。ふたたびエンジンをかけようとしても、モーターが空まわりしただけで、いったん静かになり、またエンジンをかけようとする音が聞こえました。ああ、神さま。なぜこんなところでエンストするんだ？

しかし、これは絶好のチャンスかもしれないと思いました。

ドアがバタンと閉まる音がしたかと思うと、すり足で歩く足音とべつのドアが開く音と、金属がこすれる音が聞こえてきました。それに、誰かの罵《ののし》り声も。僕を追いかけてきた人物は冷静ではなく、用心深いわけでもありませんでした。いや、僕は追われているのではないのかもしれないと、あえて考えてみました。マクマスター学院も自給自足というわけにはいかないので、外部から定期的に食材を配達してもらう必要があります。エンストを起こしたのが、配達を終えて帰ろうとしていた外部の業者だったら、まさに渡りに船です！　ハイカーのふりをして街まで乗せていってくれと頼んでも大丈夫なのでは？　とにかく様子を探ろうと思って、木の陰からそっと覗いてみました。

なんと、神の計らいか、エンストを起こしたのはカビー・タヒューンが運転するアイスクリーム屋のトラックだったのです！　カビーは真っ赤な顔をして携行缶を持ち上げ、汗だくになりながらトラックのタンクにガソリンを注ぎ込んでいました。

これはトラックをハイジャックするしかないと思ってあたりを見回すと、杖より強力な武器になりそうな折れたオークの枝が落ちていました。しかし、それでカビーを殴るつもりはありませんでした（彼は僕を殺そうとしたのですから、そんな甘っちょろいことを言っている場合ではなかったのですが）。必要に迫られればカビーをぶちのめす自信はありましたが、武器を持っているのがわかれば、カビーもあっさりこっちの要求に従うかもしれません。僕がいないことに学院の関係者が気づくのは、もはや時間の問題でした。

幸い、カビーは給油に気を取られていて、そっとうしろから近づいても気づかなかったので、僕はありったけの声で叫びました。「タヒューーン！」

びっくりして勢いよく振り向いたカビーは、僕が木の枝を握りしめているのを見て、「殺さないでくれ」と、静かに懇願しました。

「早くガソリンを入れてしまえ」僕は、それ以上近づくのをやめて命令しました。向こうはガソリン缶を持っていたからです。マッチを持っている可能性もあります。

「缶は空っぽだ」僕の考えていることを見抜いたのか、カビーは缶をひっくり返して危害を加えるつもりはないことを示しました。

「缶はほかにいくつある？」

「四つだ。アイスクリームと一緒に冷凍庫に入れてある。ガソリンは凍らないんだ。ここがどこであれ、最寄りのガソリンスタンドまで行くのにどれほどかかるかわからないからな」

「きみも、ここがどこか知らないのか？」

「学生は誰も知らないよ。頼むから殺さないでくれ。おれを殺す必要なんてない」

「トラックのキーを投げろ。早く!」たまにはいじめっ子になるのもいいものです。

カビーは困ったような顔をしました。「車に挿したままなんだ。抜いたほうがいいとは思わなかったから。まさか、おれをここへ置き去りにするつもりはないよな? おれは、二学期続けて成績不可と判定された完全な落ちこぼれで、学院は退学させるつもりでいるらしい。それが何を意味するのかはわかっている。だから逃げ出そうとしてるんだよ」

「どうしてここへ?」ほんとうは、そんなことより追っ手がいるのかどうかが知りたかったのですが。

「外からの物資が運び込まれる裏門の近くにある車両庫にトラックを戻そうとしてたときに思いついたんだ。裏門には柵があるだけなんだが、電気が通ってる。けど、トラックにはゴム製の車輪がついてるんで、おれが柵に触れないかぎり感電することはない。だから、突破して逃げてきたんだ」カビーはそう言って、すがるような目つきで僕を見ました。「おれの助けが必要になることもあるはずだ。おれはイタリア語もドイツ語も話せる。ここがどこの国かわからないだろ?」

「なぜ誰もきみを追いかけてこないんだ?」僕は、そう言いながらトラックの運転席へ向かいました。

カビーの顔にちらっと誇らしげな表情がよぎりました。「例のアイスキャンディーを作るのに使った粉砂糖を車両工作部のトラックのガソリンタンクに入れて逃げてきたんだ。普通の砂糖ではだめだが、粉砂糖は効果覿面《てきめん》だ。きっと本部に連絡が行くはずだ」カビーは来た道を不安そうに眺めました。「そのうちステッジがバイクで追いかけてくるかもな。彼はバイクを吹かすのが大好きだから」

「ガソリン缶を冷凍庫に戻して飛び乗れ」僕は、そう言ったとたんに後悔しました。

カビーは信じられないほど大きく目を見開いて、僕を神と崇めるような表情を浮かべました。そんな光景は見たくありませんでした。「ありがとう、クリフ。けっして後悔は――」「ごたごた言わずに早くしろ！」僕は運転席に乗り込んでエンジンをかけ、カビーが助手席に飛び乗るなり車を走らせました。

「この車は百キロ以上出しても大丈夫か？　そのぐらい出さないといけないだろうから」

「さあ、何とも」と、カビーは答えました。「制限速度はどのぐらいかな？」

「制限速度？」笑わずにはいられませんでした。「道路のどちら側を走ればいいのかさえわからないのに！」

そのうち道路標識に出くわすだろうと思いながら、アクセルを目いっぱい踏み込んでガタガタとトラックを走らせました。道路標識を見れば、自分たちがどこにいるか知る手がかりが得られるはずです。90と書いた制限速度の標識があれば、メートル法の国かテキサス州の特定の地域だとわかります。もしスピード違反で警官に止められたら、それは僕にとっていいことなのか悪いことなのかも考えました。僕がマクマスターズの秘密を暴くようなことをすれば、ドブソンとステッジは僕がフィードラーを殺そうとしたことを明かすに違いありません。少なくとも、自分たちが目にしたことは。

左カーブが続く道を走っているうちに、ついに標識が見えてきたのでドキドキしました。標識に書いてあるのが〝スリップ注意（Slippery when wet）〟でも、〝終点ここまで（Ende der Autobahn）〟でも、〝迂回（Deviazione）〟でも、何らかの手がかりになるはずです。

ところが、その標識は黒地に白い文字でこう書いてありました。

〝Slow　放漫〟

〝Hospital zone　醫院區〟

「英語だ」と、わざわざカビーが教えてくれました。

「中国語も書いてあるじゃないか。ここはイギリス領なのか？　香港か？」

「もしかして――これはやばい」

「えっ？」

　誰かが「これはやばい」と言って、こっちが「えっ？」と聞き返したときに、いい答えが返ってくることはまずありません。カビーは助手席側のサイドミラーを覗き込んで、「ステッジが追ってきている」と言いました。「かなり離れてるけど、彼のバイクに間違いない。もっとスピードを上げろ」

「病院区域と書いてあったんだから、病院があるはずだ。ついてるぞ」僕とカビーは、左手の斜面に建つV字形をした低いコンクリートの建物を同時に見つけました。ハンドルを切って病院へ向かうと、マクマスター学院と違って大きく門が開いていました。

「行け、クリフ！」と、カビーがせかしました。「なかに入って助けを求めろ。おれはステッジをここから遠ざけて時間を稼ぐことにする！　やつはおまえが逃げたことすらまだ知らなくて、おれとアイスクリーム屋のトラックだけを追いかけてるのかも」僕は、カビーの作戦がうまくいけばふたりとも助かる可能性が高いと思って、門の手前で急ブレーキをかけました。カビーは体をずらして運転席に移りました。「おれは毒を盛ろうとしたのに、おまえはおれを置き去りにしなかった。もしおれが捕まったらかならず助け出すと約束してくれ」

　もちろんそうすると約束すると、カビーはふたたびトラックを走らせました。僕は看板のうしろに身を隠して、ステッジがトライアンフ社製のバイクのハンドルの上にかがみ込むようにして走ってくるのをしばらく眺めていました。ステッジが目の前を通りすぎていったあとで看板をよく見ると、こう書いてありました。

VETERANS' HOSPITAL 医院的老戦士的

病院の正面玄関には三日月形の車寄せがありましたが、脇にそれた道の先にも、救急患者の搬送口らしいべつの入口がありました。ドブソンや学院のほかの職員がステッジのあとに続いているかもしれないので、いつまでも外に突っ立っているつもりはありませんでした。

見ると、その入口は開いていて、〝医療用ガーゼ〟というラベルを貼った木箱でドアを押さえてあるのがわかりました。ドアを抜けると、リノリウムの床とくすんだ緑色の壁を蛍光灯が照らしている短い廊下がありました。手術用のガウンと帽子とマスクを身につけた、ひどく背の高い男性が念入りに手を洗っていて、その脇では看護師が手術用のゴム手袋の内側にタルカムパウダーを振りかけていました。男性は手を拭いて、看護師が差し出した手袋のなかに深く差し入れると、看護師と一緒に〝第二手術室〟と書かれた両開きのドアの向こうに姿を消しました。

僕はどうするべきか迷ったものの、カビーが捕まるのは時間の問題だと思って、自分でも信じられない行動に出ました。先ほど男性が立っていた手洗い場へ足早に移動してスチール製のディスペンサーからマスクを取り出し、英語と中国語（たぶん）の両方で〝滅菌済〟と書かれた蒸気の出ている容器から木製のトングを使って手袋を取り出すと、マスクと手袋をつけて両開きのドアを自分で押し開けました。

ドアの奥では手術が行なわれていました。天井の照明がまぶしくて、入口からではよく見えなかったのですが、先ほどの背の高い医者と看護師は、患者が息を吸ったり吐いたりするたびに調子の狂ったメトロノームのような音を立てる人工呼吸器のモニターを見つめている麻酔科医の横に立っていました。僕が無影灯の下で目を細めていると、太った医者と看護師が縫合糸やコットンやガーゼのことを小声で話しているのが聞こえました。僕があとをついて行った看護師は血液の入った袋をスタンドに吊るし、もうひとりの医者が血液や体液を吸引する準備をはじめました。

僕は咳払いをしました。「すみません」

手術室にいた全員が僕を見ました。太った医者のそばにいた看護師は、強い訛りで叱りつけるように言いました。「手術中です」

自己紹介をしている余裕はなかったので、単刀直入に切り出しました。「時と場所をわきまえなきゃいけないのはわかってますが、この病院のすぐそばにある〝触法精神障害者療養所〟を標榜する施設は殺人者を養成するための寄宿学校で、あなたたちにそのことを伝えるために、ひとりの学生がみずからの命を危険にさらして僕をここへ連れてきてくれたんです。彼がどんな目にあうか、想像もできません」もちろん、信じがたい話だというのはわかっていました。その施設から逃げ出してきた頭のおかしい男だと思われても当然で、実際、そのとおりなのかもしれません。だから、こう言いました。「僕が妄想か幻覚に取り憑かれていると思うのなら、精神科の医者に調べてもらってください。荒唐無稽《こうとうむけい》な話のように聞こえるのはわかってます。でも、誰かが当局に通報しないといけないんです」

執刀医が、手術を続けながらアメリカの南部訛りで看護師に指示を出しました。「ブラムリー看護師、その哀れな紳士に出ていってもらってくれないか?」

「急がないといけないんです、先生」と、僕は必死に訴えました。

吸引チューブを手にしていた医者はため息をつきながらマスクを下げて、堅苦しいイギリス英語でこう言いました。「産婦人科に妊娠予防薬を売り込みにきたセールスマンのようだね、アイヴァーソン君。頼むから、演習が終わるまで静かにしていてくれ」

ハロー学院長でした。

ようやく目が光に慣れてくると、手術室の二階の見学席に座っている学生たちの姿が見えました。太った医者もマスクを下ろして赤らんだ鼻とぼさぼさの白い口ひげをあらわにすると、アラバマ訛りを丸出しにして不満をもらしました。「いやはや、邪魔が入っちまったな——体を起こしていいぞ、ボブ」

ボブというのは患者で、手術台の上ですばやく体を起こして医者の話に耳を傾けました。「思いがけず中断せざるを得なくなったが、私がここで最高の手技を披露しようとしていたことは忘れないでほしい。このすばらしい世界のどこをさがしても、設備の整った一流の病院ほど削除に適した場所はない。病院ではありとあらゆる奇妙な理由で毎日のように人が死ぬが、警察を呼ばなきゃいけないとは誰も思わないからな」

そこにいたのは、全員、学院の関係者だったのです！　手術室を出ようとして、くるりとドアのほうを向くと、にやにやしたステッジ巡査部長が立っていました。そのとなりで、カビー・タヒューンが申しわけなさそうに肩をすくめました。

ハロー学院長はまたマスクを下げました。「ほかの学生と一緒に上で見学していきたまえ、アイヴァーソン君。サンプソンとミス・ウェブスターもいる」

視線を戻すと、ステッジ巡査部長はホルスターに挿したコルトのリボルバーの上に軽く手をのせて、くちゃくちゃとガムを噛んでいました。逃げているときに感じていた目的意識もやる気も自尊心も、すべて消え去りました。

親愛なる支援者殿。僕はその瞬間に、大それた挑戦をしてもかならず失敗するのだと悟ったのです。

## 6

### クリフ・アイヴァーソンの日記より

僕は手術の真似事を見学している学生たちのところへふらふらと歩いていって、三列目に座っていたシメオン・サンプソンの近くの通路側の椅子にそっと腰を下ろしました。ミード池で白鳥に餌をやっているのを見かけたミリアム・ウェブスターという名の女性がすぐうしろの席に座っていて、身を乗り出しながら僕を勇気づけてくれました。「ここに来てすぐに無謀な脱走を試みたのはあなたがはじめてじゃないのよ。気にすることないわ」

シメオンも彼なりに慰めてくれました。「見事に失敗したな」

南部訛りの医者が説明を続けました。「まだ話に耳を傾けている者に訊こう。さしたる苦労もなくこれほど確実な方法で標的を意識不明に陥らせることのできる場所がほかにあるだろうか？」

ハロー学院長が学生の方を向きました。「ただし、ドクター・ピンクニーは、病院での削除はERや手術室にかぎられるとおっしゃっているわけではないと思う。病室でもチャンスはおおいにあるはずだ！　それはともかく、ヘルカンプ君とミス・リンドリーに計画を話してもらおう」学院長はそう言ってふたりの姿をさがしました。「いないのか？　誰もがマスクをつけているので、顔がわからない」

ドクター・ピンクニーがすかさず口を挟みました。「私が言ったのは、まさにそういうことだ。学院長も、誰がここにいるのかわからないのだ！　医療従事者はマスクと帽子の着用を義務づけられているので、顔はもちろんのこと、金髪か禿げているのかもわからない」ドクター・ピンクニーは自分の帽子を脱いで、ふさふさとした白髪をあらわにしました。「ゆったりとした白衣を着ていれば体型をごまかすこともできるし、手袋をはめていれば指紋が残らない。しかも、誰も疑わない。手術用のノコギリを手にしていても、眉を吊り上げる人はいないはずだ！」彼はそこを強調するために、ぼさぼさの眉を上げました。「それでは、ヘルカンプ君とミス・リンドリー、顔を見せてくれるか？」

僕があとを追って手術室に入った医者と看護師がマスクをはずして、帽子と手術着を脱ぎました。ひどく背の高い医者になりすましていたのは三十代の男で、すでに頭頂部は禿げていましたが、耳の上には黒い毛がたっぷりと生えていて、恐ろしい道化師のようでした。おかしなことを言うと思われるかもしれませんが、僕にとって道化師は恐ろしい存在なのです。

ブラムリーと呼ばれていた看護師は、もちろんジェマでした。「ふたりとも、ここにいます、学院長」ジェマは、ヘルカンプという男にウインクしながら陽気に返事をしました。奇妙な相棒に彼女がさも親しげにウインクするのを見たとたん、僕は心に不幸の手紙が届いたような気分になりました。もちろん、実際に届いたのは〝不幸〟だけだったのですが。

学院長は、「それぞれ、どうするつもりだったのか話しなさい」と、ジェマたちに言いました。「アイヴァーソン君の人騒がせな行動によって中断されなかったら、どうするつもりだったのかを」

ヘルカンプが僕を指さすと、学生たちのあいだから嘲笑がもれて、頬骨のあたりが熱くなりました。「アイヴァーソンは期せずして手を貸してくれたんです。僕は、手術室の反対側に爆竹を投げて騒ぎを引き起こすつもりでした。けれども、彼の劇的な登場がべつの形の混乱を招き、みんながそっちに気を取られている隙に、酸素とエーテルのチューブを取り替えたんです。

エーテルの過剰投与で患者が意識を失いかけると、おそらく麻酔科医は酸素を増やし、エーテルを減らして患者を救おうとしたはずです――チューブが取り替えられているとは夢にも思わず、結果的には酸素の投与を完全に遮断していたでしょう。僕は、どさくさにまぎれてここから飛び出し、最新式の除細動器をさがしているふりをして先ほど着替えた医者用の更衣室で手術着を脱いで、ここで起きた不運な出来事とはなんの関係もない一般人として立ち去るつもりでした」

学院長がドクター・ピンクニーに向き直りました。「先生？　あなたの感想は？」

ドクター・ピンクニーが眉をひそめました。「エーテルや酸素のタンクが置いてある手術室で爆竹を投げるつもりだったのか？」

ヘルカンプは苦笑を浮かべました。「それなら、標的は火事で死ぬことになるので」

「いまのは聞かなかったことにする！」と、学院長が言いました。「きみがそれを実行に移していたら、われわれも全員死んでいたかもしれないんだぞ。きみの利己的な削除を達成するために献身的な医療チームを冷酷に殺害するなどということが許されるはずがない。ガイ・マクマスターは、『人を殺すには策を弄する必要があるものの、何をしてもいいというわけではない！』と、よくおっしゃっていた」

手術台に乗っていた患者役のボブがヘルカンプに質問しました。「でも、ジャド、もしおれが――つまり、きみの継父が――死なずに残りの人生を昏睡状態で過ごすことになったらどうしてた？　財産を相続したいのなら、それでは何にもならないよな」

「継父には財産などないんだ」と、ヘルカンプが答えました。「だから、病院に対して医療過誤訴訟を起こす必要がある。で、勝てば、継父は財産を遺してくれることになる。賠償金は、命は取り留めたものの昏睡状態に陥って、生命維持装置につながれたまま余生を過ごすはめになった者に最も多く支払われるんだ。あるいは、植物状態になった者に」彼はそう言ってにやりとしました。「僕は、けっこう野菜が好きなんだけどな！」

ヘルカンプの忌まわしいジョークを聞いて、背中に鳥肌が立ちました。まわりの学生は驚いて息を呑んだり、嫌悪感のあまり口をあんぐりと開けたりしていました。

「とんでもない話だ！」学院長は叱りつけるように言いました。「じつに下劣で、しかも、マクマスターズの理念に反している。われわれは、迅速できれいな削除を目ざしているのだぞ」

「それに、法律の解釈も間違っている」僕は、追いやられた二階の見学席から意見を述べました。劣等生のレッテルが貼られたのは明らかだったからです。

名も知らない支援者殿。ご存じかどうかわかりませんが、僕は、べつに知りたくもないのに昏睡状態について多くのことを知っています。両親が事故にあったあと、父が数週間、昏睡状態に陥っていたからです。父の人生の最後の数週間に、当時十四歳だった僕は相続と昏睡状態について詳しく学びました。結局、破産してしまったので、すべては無駄になったのですが。

「どういうことだ？」ヘルカンプが身の毛もよだつほど不気味な声で詰問すると、僕が見学席に座って以来、じっとこっちを見ていたステッジ巡査部長が目をそらしました。ヘルカンプを非難するのは愚かなことだったのかもしれませんが、僕はカビー・タヒューンのような輩にばかにされてもじっと耐え、ジェマがジャド・ヘルカンプと仲よくしているのを見て不快な気分になり、おまけに、この授業が終われば自分の人生も終わりを迎えるかもしれないことを悟りました。これが最後になるのであれば、面目を取り戻しておきたかったのです。

「ジャドは何をどう間違えたのだ？」と、学院長が問いかけましたが、僕はヘルカンプの間隔の狭い目を見つめて落ち着いて答えました。「昏睡状態に陥ったら、賠償金は被害者の余生を維持するための信託資金になるんだ」

すると、学院長がうっすらと笑みを浮かべました。「そのとおりだ、ジャド。きみがリスクを冒してまでやろうとしたことは無駄だったのかもしれないな」「いいえ、二度目は無駄じゃありませんでした」ヘルカンプは一歩も引かずに反論しました。「継父は昏睡状態に陥っているので、遺言を書き換えることはできませんよね？　したがって、僕が継父の代わりに賠償金を勝ち取れば、それは継父の資産になるわけですが、彼は僕を相続人に指定するという間違いを犯したんです。僕はここ数年、献身的な義理の息子を演じてきましたから」ヘルカンプはにやにやしているのに気づいて表情を引きしめたものの、遅すぎました。

学院長は警戒するような目つきでヘルカンプを見ました。「きみは、思っていたより性格が暗くて狡猾《こうかつ》なようだね。入学時の自己分析と大きく乖離《かいり》している」

ヘルカンプは二度瞬きをしました。頭頂部は禿げて光っているのに側頭部だけ黒い髪がふさふさしているので、鷲《わし》の巣のなかに産み落とされたダチョウの卵のようでした。「いえ、ほんとうにそうしようとしているわけではないんです、学院長。ひとつの例として挙げただけで」彼はそう言って、控え目な笑みを浮かべました。「信じてください」

学院長は信じていない様子でジェマに向き直りました。「ミス・リンドリー、きみの計画は？」

ジェマは直前のやり取りを見て困ったような顔をしていましたが、考えてみれば、それまでに二度見かけたときも彼女は毎回困ったような顔をしていました。「私はこの演習の目的を考えて、患者に空気を注入するつもりでした」

それを聞いて、ドクター・ピンクニーがうなるように言いました。「実際にやってみれば、その手法が過大評価されていることに気づくはずだ」

「六十ミリリットルの注射器で、椎骨動脈から脳に注入するんです」

ドクター・ピンクニーはサスペンダーに親指をかけました。「ああ、それならいい」

ジェマが、白衣のポケットから大きな注射器を取り出しました。「私は患者の頭のそばに立って、患者の足が青くなってきたと思う人がいるかどうか尋ねます。みんなが患者の足を見ているあいだに、酸素マスクとチューブを調整するふりをして患者の首に空気を注入するんです」

〝患者〟のボブが反論しました。「でも、きみは大きな注射器を手に持って立っているわけだよね。誰かがそれを見たらどうするんだ?」

「みんなに見られるようにしておくのよ」それを聞いて、僕は血が凍りつきそうになりましたが、それでもジェマの自信に満ちた態度には感心させられました。

「あなたに空気を注入するのと同時に、私は空の注射器をこのアトロピンの瓶に突っ込むの」彼女はそう言って、白衣のポケットからべつの注射器を取り出しました。「執刀医が必要だと判断した場合には、あなたの心臓に注射器を突き刺させるように。きっと、冷静で備えも万全だと高く評価してもらえると思うわ。死因は脳動脈瘤で、あなたの体に不審な痕跡は何も残らず、凶器には」――ジェマは注射器を高くかかげました――「使わなかったアトロピンが入ってるはずよ」

「足が青くなってきているか尋ねたことはどう説明するんだい?」と、僕はジェマに訊きました。

「彼のつま先は間違いなく青くなってるはずよ。クリップボードに挟んである私の万年筆からインクが漏れて手袋につくようになってるから、私が手術台の上で患者の足の位置を調整したときに、たまたまインクがついてしまったの。私の懸念とみんなの注目を正当化するのに充分な量のインクが」それは、僕とジェマがこれまで交わしたなかで最も長い会話でした。僕もほかの学生と一緒にジェマをたたえましたが、彼女は受け入れませんでした。「ううん、あなたたちは何もわかってないわ。これは単なる知的な訓練で、実際にそんなことはできないんだから」

部屋が静まり返りました。

「プルクワ　パ？」と、ハロー学院長が訊きました。学院長の第一言語のフランス語に「なぜできないのだ？」と尋ねる方法はいくつもあるのに、彼はなぜかその表現を使いました。それに、平静を装ってはいたものの、顔には不安がにじんでいました。

「私の望みを叶えるために多くの人のキャリアが台無しになるからです」と、ジェマが説明しました。「それに、病院にとっても都合の悪いことになります。私は人をひとり殺すだけですが、そのようなことが起きると地域社会からの信頼を失って、誰も手術を受けなくなる可能性があるので」

ドクター・ピンクニーに認めてもらえるようにジェマがみんなの良心に強く訴えたので、ドクターは学生に向かってこう言いました。「ここにいるほぼ全員が医者になるつもりなどないのはわかっているが、きみたちのターゲットは麻酔下にあって、痛みや苦痛を感じることはなく、誘発された睡眠から大いなる眠りに移行しようとしていることだけは忘れないでほしい。それは、『殺人を成功に導く法則』の随所ににじむ最も重要な戒めだと私は思っている。つまり、〝みずからが望むことを人にも為せ〟ということだ」

鐘が鳴り、学生たちは長い一日が終わったことにほっとしながら手術室をあとにしましたが、僕は彼らと一緒に出ていくべきかどうか考え込んでしまいました。僕はまだ学生なのだろうか、それとも、マクマスター学院にとっても、僕の支援者であるであるあなたにとっても裏切り者であることをみずから露呈してしまったのだろうかと。

マクマスター学院がこれまで裏切り者をどう扱ってきたのかもよくわかりませんでした。

「一緒に来たまえ、アイヴァーソン君。腹がすいているはずだ」と学院長は言い、僕が驚いたような顔をしているのを見て冷ややかに付け足しました。「いやなら、無理にとは言わないが」

## 7

### クリフ・アイヴァーソンの日記より

〝ルート6　ラボ→寮→学生会館〟と書かれたボンネット型の黄色いスクールバスが暗闇のなかで僕たちを待っていました。僕たちが医学的な話をしているあいだに、陽はすっかり沈んでしまっていました。傷ついた自尊心を静かに慰めたいと思った僕はうしろのほうの窓側の席に座ったのですが、僕を裏切ったカビーがとなりに来て、一日に二度も僕を陥れようとしたことをあらためて謝りました。うすうす感じていたとおり、僕たちは脱走したつもりでいながら学院の〝環状道路〟を走っていただけだというのも、カビーの話を聞いてわかりました。もっと先まで行っていたところで、物資を搬入する裏門や建設中のエリアのセキュリティゲートの前を通って、ふたたび正門に戻っていたはずです。いまにして思えば、道はずっとゆるやかに左にカーブしていました。環状道路の外側にも、内側や正門と同様に電気柵が設置されていたのでしょう。

「でも、環状道路がキャンパスをぐるっと取り囲むだけで、しかも柵で囲まれているとしたら、どうやって外部から環状道路に入るんだ？」と、僕はカビーに疑問をぶつけました。

「トンネルがあるらしい。たぶん、きみもそのトンネルを通ってここへ来たはずだ」

「標識に英語と中国語が書いてあったのは……？」

「ラボは映画のスタジオのようなものなんだ」と、カビーは答えました。街角の食堂やアートギャラリー、歯医者の待合室、株式市場の立会場、マンハッタンにあるペントハウスのバルコニーなど、学生が論文に取り組むことになる現実の世界が再現されているらしい。

論文というのはつまり、卒業要件となる削除のことだ。今日のリアルな、いや、リアルすぎる医療技術の授業の舞台は病院の手術室だったので、学院長がふざけて台湾の退役軍人病院の看板をかかげたんだよ。明日の舞台は、シカゴを出て三時間ほどのところを走る大陸横断鉄道の食堂車らしい」

「きみは、ぼくがあそこに隠れているのを知っててガス欠を起こしたふりをしたのか？」と、僕は強い口調で迫りました。

「おまえがおれを見つけたんじゃないか。おれは、おまえがトラックを奪いにくるまで、何度でもガス欠のふりをするつもりだったんだ。おまえが正門で口にした合い言葉は間違ってたんだよ、クリフ。自由に出入りすることができる少数の教職員は複数の合い言葉を教えられていて、使用するたびにつぎの合い言葉に変えることになっている。おれは、ステッジ巡査部長がバイクでおまえを追いかける準備をしているのを見て、代わりに連れ戻してくると申し出たんだ。巡査部長はおれが失敗したときのバックアップとして追いかけてきたが、おまえのおかげでおれは自発性と順応性を評価されて、ハロー学院長の覚えをめでたくした。その恩はけっして忘れないし、おまえがおれを置き去りにしなかったことにも感謝してる」

シメオン・サンプソンが通路を歩いてきて、全員に聞こえるように大きな声で言いました。「よからぬ学生がいると教えてくれてありがとう。みんなも、それぞれの方法できみに感謝の意を表すると思うよ」

カビーがシメオンに食ってかかりました。「きさまがここで最後に誰かを助けたのはいつだ？」

「この世ではじめて人を殺めたカインも、『私は弟の番人なのですか？』と言ってるだろ？」シメオンは洗練された顔立ちに軽蔑の表情を浮かべました。「たとえ誰かが脱走に成功したとしても、そいつは全員の安全を脅かすことになるんだ。好きにしていいのなら、きさまをここからつまみ出してやりたいよ」

窓の外に目をやると、月が厚い雲のうしろに隠れ、代わりにバスのヘッドライトが暗闇を切り裂いてメインキャンパスに戻る道を照らしているのが見えました。とつぜん強風が吹いて、枝にしがみついていた残り少ない木の葉を散らすのも見えました。やがて、対角線で仕切られた中庭を縁取るガス灯の明かりが見えてきました。ラボとキャンパスの中心部を行き来するのであれば、ゆるやかなカーブを描く環状道路を通るより、いまバスが走っているこのまっすぐな未舗装の道路のほうが近いのもわかりました。やがて、キャンパス内のあちこちにある噴水の水がライトアップされてキラキラと光っているのが見えてくると、バスは教職員住宅の脇を通りすぎて、ミード池を取り囲む舗装された道路に入っていきました。

バスがヘッジハウスの前に停まって、学生たちが立ち上がると、ジャド・ヘルカンプと一緒に座っていたジェマがジャドを追って降りようとしているのがわかりました。おそらく、そこが彼女の寮にいちばん近い停留所だったのでしょう。あるいは、ジャドの耳当てのような髪や嫌味な笑みや、歪んだ殺人計画にもかかわらず、彼と付き合っているのかもしれません。

僕は声を落としてカビーに訊きました。「やつの素性は？」

「ヘルカンプのか？　やつがなぜここへ来たのかは謎だ」

「ここへ来た理由は、みんな同じだよ」僕は、ジェマですらそうなのだろうと思いました。

「いや、誤解しないでくれよな、クリフ。やつなら首尾よく人を殺せるのはわかってるんだ。わからないのは、なぜやつがここに教えを請いに来たかだ。やつが生まれながらのサディストなのは間違いない」

僕もカビーと一緒にバスを降りました。日が暮れると涼しくなってきましたが、そのときは風がやんでいました。ガス灯は、イギリスやアイルランドやボストンの街を思い起こさせましたが、そのオレンジ色の光の下を若いカップルが手をつないで歩いているのを見たときは驚きました。キャンパス内での恋愛は禁じられていないようです。そうだとわかると、もちろんジェマ・リンドリーのことが気になりました。逃げ出そうと決めたときに唯一心残りだったのは、彼女に会えなくなることでした。ところが、彼女は数メートル先を歩いていました。

声をかけると、ジェマは待ち構えていたように振り向きました。「あら、どうしたの？」と、彼女は明るく言ったのに、そばに行くと、がっかりしたような表情をしているのがわかりました。「ごめんなさい、ジャドだと思ったの。初日からたいへんだったみたいね」

僕は思わず顔をしかめました。「着いたとたんに笑い者にされたんで、陸軍士官学校《ウエストポイント》の新入りのような気分を味わうはめになったよ。きみは笑わずにいてくれたけど」

「笑っていない人を笑ってはいけないと両親に教えられたの」と、ジェマは言いました。「それに、皮肉なジョークは、それを口にした本人に降りかかるのが常だし」冷たい風が僕たちのあいだを容赦なく吹き抜けて、ジェマはぶるっと体を震わせました。それと同時に歯を二度カチカチと鳴らした彼女は、妙に可愛く見えました。「私は生半可な気持ちでここへ学びに来たわけじゃないのよ」

「きみが人を殺すなんて考えられないよ」たぶん、そのようなことを言った気がします。「まだ数人の学生にしか会ってないけど、彼らが人を殺している場面なら想像できるんだ。僕自身も、やろうと思えばやれるというのがわかった。けど、きみは……ラボで披露した計画はすばらしかったが、いざというときになって血を見るのは耐えられないと気づく成績優秀な医学生と同じじゃないかと思うんだ」

このときはなぜか彼女があざけるように笑いました。「それは誤解よ、新入りさん。殺人未遂事件を起こしたからって、わかったようなことを言わないで。私もここに来たばかりだけど、じつは経験者なの」

「何の？」

「私はすでに人を殺したの」ジェマは、それ以上僕と話をする気がないようで、それだけ言うと、さっさと歩いていきました。軽はずみなことを口にしてはいけないと、わずか一日で学んだはずなのに、その教訓を生かすことはできませんでした。

ヘッジハウスに戻ると、連絡事項を書いた紙を各部屋に配ってまわっていたミセス・フォリッジが、「膝はもうよくなったの？　もう片方の膝も具合が悪くなるんじゃないかと心配してたんだけど」と、声をかけてくれました。僕は、「痛みは消えたし、ぶり返すことはないと思います」と答えました。

部屋は出ていったときと同じ状態でしたが、ベッドカバーが取りはずされていて、折りたたんだ紺色のパジャマと白いパイピングをほどこした紺色のガウンがベッドの足元に置いてありました。それに、ライティングデスクの前にハロー学院長が座っていました。学院長が笑みを浮かべていなかったら不吉な予感に震えあがっていたと思います。

「初日からいろいろあったので、正装してグレートホールで夕食を食べるより自分の部屋で食事をするのを許可したほうがいいんじゃないかと思って」学院長がライティングデスクの上からジャカード織の大きなナプキンを取り除くと、何種類ものフィンガーサンドイッチや湯気の立つ緑色のスープが入った銀色の深皿、砕いた氷を詰めた小さな銀のバケツのなかで冷やされた麦わら色のワインを入れたクリスタルのデキャンタが姿をあらわしました。「シンプルな料理だが、ジラール総料理長特製のクレソンのポタージュは、まさに絶品だ。はじめて口にしたときの感動を味わえるきみがうらやましいよ」

もしかすると、それが最後の食事の最初のひと口になるかもしれないという不安が頭をよぎったので、「一緒にどうですか？」と、何も考えていないふりをして訊いてみました。

学院長はにっこり笑って立ち上がりました。「では、そうしよう。サンドイッチをひとつ取ってくれ……どれでもいい」僕がひとつ手渡すと、学院長は躊躇することなく口に運びました。学院長を疑ったことや彼を殺そうとしたことに罪悪感を感じながら様子を窺っていると、学院長はスモークサーモンとサワークリームのサンドイッチを頬ばりながら僕の魂胆を見抜いていたことを明かしました。「われわれはきみに少しも腹を立ててないんだよ、アイヴァーソン君。きみが逃亡を試みるんじゃないかというのは予測がついていたからね。特に、杖を貸してくれと言ったあとは。しかし、来たばかりの学生を削除することはない。特別コースの授業料を収めさせておきながら、入学手続きをしたその日に削除するのは道義に反するからだ。しかし、きみは自分に四つの問いを投げかける必要がある。まず、どうしても殺す必要があるのか？」

「もちろん、あります」と、僕は毅然と答えて、卵サラダとクレソンのサンドイッチを口に押し込みました。丸一日何も食べていなかったので、死にそうなほど腹がすいていたからです。たとえ毒が入っていようと、かまいませんでした。「ここから逃げ出すことができたら、真っ先にもう一度フィードラーの命を狙おうと思ってたんです。今回のことで学んだ唯一の教訓は、自分はまだまだ未熟だということでした」

「しかし、ほかに解決策はなかったのか？　その男の死を悼む者は誰もいないのか？　それに、その男がいなくなれば、このひどい世の中がよくなるのか？」

僕はすべて〝イエス〟と答えました。学院長はうなずいてグラスにワインを注ぎ、毒が入っていないことを示すために自分で飲んでから僕にもたっぷり注いでくれました。「それならいい。きみは、ここを出ていくには三つしか方法がないことを学んだはずだ。ひとつは逃げることだが、それはほぼ不可能で、われわれも追いかけて捕まえなければならないことになっている。ふたつ目は落第生としてこの世から去ることで、三つ目は、外の世界で成果を発揮できるように、しっかり学んで卒業することだ。どう考えても三つ目の選択肢がいちばんいいように思うんだが、どうだね、クリフ？」


親愛なる支援者殿。ヴォルタンを解雇されて以来、僕は孤独でした。僕は、やさしいおばとよそよそしいおじを唯一の家族として育ちました。大学時代は脇目もふらずに勉強し、経済的な理由もあって、大学院を卒業するのと同時にヴォルタンに就職して設計の仕事に就きました。僕に大きな影響を与えたジャック・ホルヴァスは親しい友人でしたが、年の離れた兄か理解のあるおじのような存在で……もちろん、ジャックはもうこの世にいないのですが。フィードラーが僕を過激な思想の持ち主だと決めつけたせいで（実際は政治になど興味がなくて、『スミス都会へ行く』で主演を務めたジミー・スチュワートならいい大統領になるだろうというぐらいのことしか考えていなかったのですが）、解雇されたあとは職場の人たちも僕と距離を置くようになりました。

けれども、なぜかあなたが寛大な支援をしてくださることになったので、いまでは熱心に指導してくれる教員と、同じ目的を持ったクラスメイトがまわりにいます。ひとりかふたりなら友達ができるかもしれません。

だから、マクマスター学院のことを豪華な刑務所だと思うのではなく、予期せぬ機会が、自分では手にすることのできなかった二度目のチャンスが与えられたのだと思うことにしました。ほんとうに運がよかったと感謝しています。あなたが誰であろうと、あなたは僕が自分自身を高めてフィードラーを破滅に追いやることを望んで、奇跡をもたらしてくださったんです。もっと頑張らなければ罰が当たります。

僕は先ほど、ワインの最後のひと口を飲んで机の上の本に目をやりました。そのなかの一冊は僕の目的を考慮してそこに置かれていたようで、強く興味を惹かれました。その本は金色の縁取りがほどこされた黒い革で装丁されていて、表紙には、学院の先の尖った柵を思い出させる模様とするどい棘を持つ花が描いてありました。対角線上のふた隅にはMcMと、そうでないふた隅には、正門で目にした紋章が描いてありました。

本を開こうとすると、〝なかに入る者すべてに呪いをかける〟という碑文を読んでただちに墓を発掘した考古学者と同じ思いが（と言っても、想像にすぎないのですが）込み上げてきました。

それでも本を開きました。

本の扉には、『マクマスターズ殺人者養成学校』という題名と著者であるガイ・マクマスターの名前がもう一度控えめな字で書いてあったのですが、どうやら改訂版のようで、協力した人物の名前が付け加えられていました。ハービンジャー・ハロー学院長、ジェイムズ・ドブソン元ニューヨーク市警警部、そしてR・M・タラントの名前が。僕は序文に引き込まれ、最初の数行を読んだだけで、学院長自身が書いたものだとわかりました。彼が口にしそうなことが書いてあったからです。僕にはここで学ぶ資格があることを示すために、序文の一部を書き写します。

〝歓迎されない情報は、できるだけ早く知らせておいたほうがいいでしょう。上司の削除を望む者は困難を覚悟しなければなりません。当学院の学生にとっては最も簡単な課題のひとつのように思えるかもしれませんが、実際には最も危険な課題です。

かかりつけの歯科医を殺すのは簡単ですし（殺したくなる気持ちもわかりますし）、車両登録局の職員を殺すのは、もっと簡単でしょう！　なんの苦労もいりません。

しかし、上司を削除するには――〟

とつぜん部屋の電気が消えました。蛍光塗料を塗った枕元の時計の針は、きっかり十時を指しています。時計の文字盤の光を頼りに書いているので、読みにくかったらお許しください。いまの僕には、睡眠が世界で二番目に必要なことのようです。いちばんは、メリル・フィードラーから地球を救うためにもう一度チャレンジすることです。ぼくにこのような貴重な機会を与えてくださって、ほんとうにありがとうございます。あなたの希望に叶う結果を、そして、フィードラーの希望には叶わない結果を出せるように努力します。おやすみなさい。

# 8

クリフ・アイヴァーソンはジェマ・リンドリーとドリア・メイ（別名ダルシー・モーン）がここでの学生生活にすっかり馴染んでいると思っていたかもしれないが、彼が到着する数カ月前までは、ふたりとも彼と同様に当学院のことを何も知らなかったと聞かされたら驚いただろう。本書では、彼女たちの成長ぶりも追うつもりでいるので、ここで、ふたりが当学院へ来た経緯を（簡単ではあるが）紹介しておく。

——〔HH〕

イギリスのノーサンバランド州リトル・バビントンにあるジャコビアン風のパーティー会場のうしろのほうに立っていたジェマ・リンドリーは、気持ちを落ち着かせるためにスエードのジャケットの右のポケットに手を入れて、折りたたんだ願書に触れた。前方のステージでは、聖アンナ病院の管理責任者を務めるアデル・アンダートンが、寝たきりの高齢者に訪問診療を行なう革新的な往診プログラムを構築したことを理由に表彰されていた。

「みなさん、ほんとうにありがとうございます」アデル・アンダートンは、めずらしく訛りのない英語で挨拶した。着飾った出席者がデザートのブラマンジェを食べるのをやめてステージのほうを見ようと椅子の向きを変えると、アデルはマホガニーと真鍮でできた盾《たて》の向きを変えながらみんなの注目を一身に浴びた。

「こんなにすばらしい賞をいただいて、感謝しています。でも、私たちの往診プログラムは全員の努力の成果です」

ジェマは歯を食いしばった。全員の成果なんかじゃないわ。私の成果よ。

「思いついたのは私かもしれませんが……」

嘘つき。思いついたのは私なのに。

「……これほど大きなことを実現するにはチームが必要です」

チームなんかなかったわ。

「ですから、この賞は私ひとりのものではなく……」

じゃあ、自分ひとりの手柄にしないでよ。

「……残念ながら、時間がないので全員の名前を述べるのは控えますが……」

時間はあるので、私の名前を言って。〝この賞は、アイデアを出して、それを形に変えたアシスタントのジェマ・リンドリーひとりのものです〟と。

「……チームの全員と、とりわけ、このすばらしい賞のために今夜ここに集まってくださったみなさん全員に感謝を……」

ジェマは、自分がどれだけ一生懸命働いてきたか思い出さずにはいられなかった。彼女にとっては、人の役に立つことができたという満足感が唯一の報酬で、アデルが表彰されるまではそれで満足していた。

「……ということで、今夜はおおいに楽しみましょう！」アデルがそう言うと、最後の拍手が沸き起こった。

人を油茹でにするには巨大な鍋が必要だ。アデルを鍋に入れて、ゆっくりと油を沸騰させるのがいいか？それより、卵黄と小麦粉をまぜた衣をつけて、沸騰した油のなかに高いところから投げ入れたほうがいいのでは？　きっと、すさまじい音がするはずだ！

ジェマは願書を握りしめた。彼女は他界した父のいとこに当たるジュリアに招かれて、三カ月前にイタリアのリヴォルノに近い山の上に建つ家を訪ねていた。ジュリアは、長年連れ添った夫をとつぜん亡くしたのをきっかけに、古びた別荘を買ってリフォームしたのだ。夫のライモンが集めていたアンティークの管楽器を大英博物館に寄贈し、公認会計士の未亡人としてのおだやかな暮らしを捨ててトスカーナ州の海の幸とワインと日光を選んだジュリアの、大胆で、かつ前向きな選択をジェマは前々からすばらしいと思っていた。それに、ジュリアの新しい家の近くに住む男性の多くは、〝華麗なる《ラ・スプレンディダ》ジュリアーナ〟よりかなり若かった。

ジェマがヴェルメンティーノ・ワインを何杯か飲んだあとで、アデル・アンダートンの下で働くのは苦痛でしかないと愚痴をこぼすと、ジュリアは自分も似たようなストレスを感じていたが、学校に戻って勉強したことで救われたと明かした。

「それって、ライモンがなくなってからの話？」と、ジェマが訊いた。

「ううん、亡くなる前よ。でも、ひとりになって生活を立て直すときにも、すごく役に立ったわ。というか、私があらたな人生を歩むことができたのはその学校のおかげなの」ジュリアはそう話してから、長期休暇を取るのがいちばんの薬だと、迷わずジェマに忠告した。

表彰式が終わると、ジェマは家に帰った。母親がもう寝ているのはわかっていた。母親のイザベルはインペリアル・ケミカル・インダストリーズの従業員食堂で料理長をしているので、平日はパンを焼くために夜明け前に起きないといけないのだ。ジェマは願書を広げ、万年筆のキャップをはずして、名前と住所と電話番号、職業、年収、それに推定資産額を記入した。その下の欄にはこう書いてあった。

〝あなたが論文に挑みたいと思った動機と根拠は何ですか？〟

〝論文〟の意味は、すでにジュリアが教えてくれていた。ジェマは、少し考えてから頭に浮かんだことをそのまま書いた。

〝恐喝者を生かしておいてはいけないからです〟と。

# 9

ドリア・メイがレオンのオフィスで待たされたことはなかった。彼女にとって、レオニード・コスタのオフィスの受付エリアは、撮影所の裏手にある彼女のバンガローとコスタの宮殿のようなオフィスのあいだにある、最後から二番目の入口にすぎなかった。これまでは、彼女がオフィスに行くと、高さ七メートルのマホガニーのドアが大きく開いて、身長一六七センチの所長が両腕を広げて待っていた。そして彼は、「来てくれたんだな！」と、うれしそうに言った。「きみは僕の王冠のなかでいちばん美しいダイヤで、しかも、僕の女神だ。さあ、なかへ。ドアはいつもきみのために開いているから！」

なのに、その日はドアが閉まっていて、待たされているうちに、十センチの踵《かかと》のついた靴をはいている足がどんどん冷たくなっていった。

ドリアはコスタの秘書に文句を言った。「三時に来るように言われて、三時二十分に来たのに、もう三時半じゃないの。三十分も待たされたことになるのよ」

秘書は、読んでいた雑誌から顔を上げた。「ごめんなさい、メイさん。何か言いました？　考えごとをしていたものですから」

「どうせ、つまらないことを考えてたんでしょうね。私は、あとどのくらいここに座ってなきゃいけないの？　もっと短い結婚生活も何度かあったわ」

「私たちは、ここに座っていることでお金をもらっているのかも」秘書は、自分たちは同類だと言わんばかりの、ドリアにとっては受け入れがたいことを口にして雑誌に視線を戻した。が、三時四十分になると、ちらっと腕時計を見てこう告げた。「これからミスター

「コスタがお会いになります」

インターホンもブザーも鳴らなかったので、ドリアも尋ねないわけにはいかなかった。「いままで待たせておくように言われてたの？」

「ミスター・コスタを待たせないほうがいいと思いますけど」と、秘書がドリアをせかした。

ドリアは立ち上がってドアの前まで歩いていったが、コスタが内側からドアを開けるのを、あるいは秘書が立ち上がってドアを開けてくれるのを待ったほうがいいのかどうか、わからなかった。けれども、どちらも期待できそうになかったので、しかたなく自分で重いドアを開けた。

レオン・コスタは脚本を読んでいた。巨大な机の上に足をのせていたので、最初にドリアを迎えたのは彼の靴の裏底だった。「おれが送ったこのパラマウントの脚本は読んだか？」コスタは顔を上げずに尋ねた。

「座ってもいい？」ドリアは、そう言いながらコスタの正面に置かれた椅子へ移動した。

コスタが脚本から顔を上げた。彼の顔は、地中海の漁師か、トルコの西部のイズミルでたんまり稼いでいる闇屋か、あるいはハリウッドの大物のように見えた。彼は、そのすべてを経験していた。

「気に入ったか？」と、コスタが訊いた。

ドリアは返事をためらった。「ええ……すばらしかったわ、レオン。二年前に原作を読んだんだけど、もしかすると、ハルの脚本のほうが原作よりはるかにいいかも。彼が加えたいくつかの変更で、エンバーをより深く理解できるようになったのはたしかね」

コスタは机の上に置いてあった原作の『エンバー・モーガンの帰還』に手を伸ばした。話題になった表紙には、堂々と道端に立つ主人公が描かれていた。近づいてくるトラックのヘッドライトに照らされた彼女は黒いストライプが入った黄色いトップスと黒いサテンのスカートに身を包んでいて、てかてか光るアンクルストラップの靴の横には小さな旅行鞄が置いてある。この表紙は、国中の書店のショーウィンドウやペーパーバックの棚を埋めつくしていた。

コスタは期待をこめて目を輝かせた。「きみにぴったりの役だろ？」

「と言うか……」ドリアは途中で言葉を切った。「私はこの役を演じるために生まれてきたような気がするわ。外見は主人公に似てないかもしれないけど、イーディスが必要な場所にパッドを入れてくれるだろうし、私が『男泣き』で赤毛の役を演じたのを覚えている人なら、誰も驚かないはずよ。長いあいだ〝心やさしき娼婦〟を演じてきたから、ファンは私が最後にもう一度男に尽くし抜く娼婦を演じるのを見てみたいと思うんじゃないかしら」

「たしかに」コスタがマホガニーの箱を開けると、内箱のスパニッシュシダーのいいにおいが漂ってきた。「吸うか？」

ドリアは返事に困った。「ううん、いいわ。ありがとう」

コスタは栗色の葉巻を一本手に取った。「パラマウントは、『メイソンとミス・ディクソンのなれそめ』のためにきみを貸してほしいと言ってきてるんだ。だが、そんなことはできないし、それはきみもわかっているはずだ」

「ええ、もちろん」ドリアは、『フローレンス・ナイチンゲールの愛』で編み出した神への感謝にあふれる声で言った。「この八カ月間に私に向けられたレンズは、皮膚科医のルーペだけだったんだもの。あなたもあまり私を使いたくないみたいだし、それなら、種馬のようによその映画会社に貸し出してもいいんじゃない？」

最悪の言い方になってしまった。しかも、エドガー・アラン・ポーの言う〝天邪鬼《あまのじゃく》〟に乗っ取られたような声だった。

コスタは、『ワーテルロー』のオープニングシーンのために作ったギロチンのレプリカを使って葉巻の先を切った。「マーク・ダナーはなかなかの種馬らしいな」

そのひとことで、一年近く仕事を干されていたドリアの不満が爆発した。「私たちは超退屈なユタ州で撮影してたのよ。私たちをあそこへ送り込んだのはあなたよね。マークはラレイン・デイのために書いた役を私のために夜通し書き直してくれてたから、毎日、明け方にふたりで新しいセリフの読み合わせをしてたの。ホテル代わりのトレーラーはあなたの机より小さくて、窮屈だったから、セックスしないわけにはいかなかったのよ」

ドリアはコスタが机の上にある巨大なライターに手を伸ばしたのを見て、それを投げつけるつもりなのかと思った。「この三年間、おれはうちのすべての俳優と監督に、きみを大事にしろ、けっして手を出すなと言い続けてきたんだ。わざわざ、所長のおれでさえ落とすことができないのだからと打ち明けて……なのに、リパブリックの製作部長と関係を持つなんて！」

「でも、関係を持ったのはマークがリパブリックの製作部長になる何カ月も前で、当時は単なる脚本家にすぎなかったの。脚本家とのセックスなんて、どうってことないわ。マスターベーションみたいなものよ！　彼がよそに移るつもりでいたなんて、知らなかったの。それに、まさに〝一夜興行《ワンナイト・スタンド》〟だったし、キャンピングカーがとても狭かったから、文字どおり立ったままやらないといけなかったわ。それに、彼はリパブリックに移ってから一度も私に出演依頼をしてきてないのよ。許してくれてもいいんじゃない？　バレるとは思ってなかったの。彼と私だけの秘密だと――」

「おれに教えたのはやつだ！」と、コスタがわめいた。「おまけに、やつはみんなに言いふらしやがった。きみのせいで、おれは勃起不全の宦官《かんがん》のように思われてるんだぞ!」

「宦官が勃起するわけないでしょ」ドリアは巧みにかわして話の落としどころを見つけようとしたが、残念ながら見つからなかった。「じゃあ、マークにささやかな復讐をしない?」と、いたずらっぽい声でコスタに言い寄った。「仲よくすれば、噂が広まるわ。私も、レオニード・コスタはこれまで付き合ったなかでいちばんの大物だと言いふらすから」ドリアはそう言ってくすっと笑った。「見ただけでイキそうになってしまったと。いいと思わない?　どう?」

「いまからやるのか?」

「だと、うれしいわ」と、ドリアは猫撫で声で言ったが、自分の気持ちをわかってもらえるとは思っていなかった。

コスタは卓上ライターで葉巻に火をつけて、軽くひと吹かしすると、机の反対側に座っているドリアの大きな目に煙を吹きかけた。「どうしていまからきみとやらなきゃいけないんだ?　おれは、テクニックに長けたコールガールとでも、純真で一途な若い女とでも、スターとでもやれるんだ。きみはもう落ち目だから」

「それは、あなたが嫉妬して私に冷たくしたからよ。でも、私は心を凍りつかせながらも、皇帝《シーザー》のものを皇帝《シーザー》に返そうとしてるの。〝来た、見た、やった〟でもかまわないわ。でも、エンバーを演じることができたら、私もついに……」ドリアは、うんざりしながらつくり笑いを浮かべた。「……大物のあなたにふさわしいスターになれるわ」

コスタはドリアの誘いを無視して銀のポットからグラスに水を注ぐと、机の上に置いてあった錫製のピルケースを開けて、顔をしかめながら青い錠剤を数錠流し込んだ。それからパラマウントの脚本を持ち上げて、卓上ライターで右下の端に火をつけた。「きみがこの役を演じることはないよ、ドリア・メイことドリス・メイ・タプロー。きみに脚本を見せたのは、失ったものの大きさをわからせたかったからだ」

ドリアは脚本のページが反り返りながら燃えるのを眺めた。コスタは燃え上がる脚本をゴミ箱に投げ入れ、ポットの水をかけて火を消すと、机の引き出しを開けてべつの脚本を取り出した。「きみとは六年間の専属契約を結んでいるので、年に二本はオファーを出すつもりだが、きみには断わる権利もある。これが最初の一本だ」コスタは脚本を机の上に置いてドリアのほうへ滑らせた。

「どんな作品?」ドリアは、出産直後の母親が布にくるまれた悪魔の落とし子を手渡されたような、不安げな声で訊いた。

「近々出版されるすばらしい児童書が原作だ。出版社がゲラを見せてくれたんだ。賢いクモと、いずれハムにされるのを知ったブタの話で、泣いてしまったよ。これならディズニーに勝てると思ってね。きみには声を担当してもらう。カメラに映ることはないが、映画には変わりない」

「私はクモになるの?」

「いいや、クモにはなりたくないはずだ。クモは最後に死んでしまうんだが、シリーズ化するつもりでいるんでね。きみは豚だ。『おしゃべりなラバ』のフランシスと同じくらい有名になれる」

コスタの硬い表情に笑みが浮かんだのを見て、ドリアはようやくはっきりと悟った。「なるほど。そういうことになれば、将来、私の古い映画を観た人はみんな、〝この声、知ってるよ! 豚の声だ!〟と、笑いながら言うんでしょうね。バート・ラーの映画を観たら、『オズの魔法使』の臆病なライオンを思い出さずにはいられないのと同じように。もう、まともな役がまわってくることはないわ!」ドリアは自尊心を、いや、少なくとも屈辱感をかき集めて立ち上がった。「あなたのオファーを拒否する権利を行使するわ」

「いい経験になると思うんだけどな。いいか、この街にはくだらない脚本がごまんとあるんだ。それをぜんぶきみにまわしてやるよ。ただし、今度きみがまともな役を演じるのは、契約が満了して、きみが誰だったか世間が忘れてしまったあとか……おれが屍になったあとかのいずれかだ」

ドリアは、コスタの死体を思い浮かべながらくるりと向きを変えてオフィスを出た。ほんとうは左右のドアを同時に開けて、バタンと閉めたかったのだが、ドアノブの大きさだけを考えてもそれは無理だったので、片方のドアノブを引っぱり、続いてもう片方も引っぱって、ドアが閉まらないうちに足音を響かせて待合室に出た。

「エージェントを変えたほうがいいと思いますよ、メイさん」

ドリアは、足を止めて声がしたほうに目をやった。

待合室には相変わらず秘書がいただけで、秘書は、すぐそばの台の上に飾ってあるロイヤルブルーのデルフィニウムの向きを変えていた。「私に言ったの？」

秘書は花から顔を上げずに、よく通る低い声で言った。「私の婚約者に相談してみたらいいんじゃないかしら。彼の会社はこの街の最成長企業だから」

ドリアはうんざりした。「そんなに成功しているのに、将来の妻は受付で働かないといけないの？」

「お金のためにここで働いているわけじゃありません。彼のために情報を集めてるんです。ここの壁は薄いので、話が筒抜けだから」

「あなたの婚約者はどこに勤めてるの？」

「ロジャー・ホランド・アソシエイツ」

ドリアは笑った。「ロジャー・ホランドはひどい男よ」

「知ってます。卑劣でいまわしい男だというのは。でも、それは過去の話で」

「改心したの？」

「ええ、心を入れ替えるために神のもとへ召されたんです。先月、タイのパトンビーチで休暇を過ごしているときに怪しい死に方をしたみたいで。会社は社長の死を必死に隠して、そのあいだに私の婚約者が組織を立て直そうとしていて。これが彼の名刺です。会いにいくのなら、これを持っていってください」秘書はドリアにサテン地のトランプのようなカードを手渡した。表には黒いスペードのエースが描いてあって、裏にはMcMの文字が刻まれていた。「行けば、詳しい話をしてくれると思います」

「よくわからないんだけど」と、ドリアが尋ねた。「これは、カジノかリゾートのカード？」

「いいえ」秘書はデルフィニウムを整え終えた。「演技を教える学校です」

## 10

### クリフ・アイヴァーソンの日記より

親愛なる支援者殿（僕にとって、すでにあなたは歯磨き粉やシャンプーのブランド名と同じほど身近な存在になりつつあるので、今後はXという名前で呼ぶことにします）。今日は、はじめてマクマスター学院で朝を迎えましたが、僕の一日は見当識障害からはじまりました。慣れない場所で目が覚めたときはいつもそうなのですが、今朝も自宅の寝室にいるのだと勘違いして、なぜ夜中に誰かが勝手に窓をべつの壁に移したりドレッサーをベッドの左側に移動させたのだと、不思議に思ったのです。しばらくすると、脳が前日の出来事をひとつひとつ振り返り、自分がいま、地名はわからないものの、豊かな自然に囲まれた美しいキャンパス内にある、ほかに空きがなかったとはいえ申し分のない寮の部屋にいる理由を（無理やりここへ連れてこられたことを）徐々に思い出しました。窓から射し込む朝陽はあらたな一日のはじまりを告げるのと同時に、寝ているあいだにドアの下から薄っぺらいノートが押し込まれていたことも教えてくれました。

僕はさっとベッドを抜け出し、ライティングデスクの椅子に掛けていたガウンをはおって、なんだろうと思いながらカーペットを敷いた床からノートを拾い上げました。試験監督が論述問題のために配布する、水色の表紙がついた小さめの大学ノートに似ていました。表紙にはレジデントアドバイザーからのメモがクリップで留めてあって、すべての学生は論文のテーマを選んだ理由と根拠の説明が求められ、それにもとづいて入学審査が行なわれるので、入学前に計画書を提出しなければならないと書いてありました。ただし、僕の場合は例外で、これから提出すればいいようでした。ノートのページはすべて空白でしたが、一ページ目の冒頭に質問がひとつ書いてありました。

**あなたが論文に挑みたいと思った動機と根拠は何か？**

クリフ・アイヴァーソンの学籍簿から、彼が提出した回答を開示する。――〔ＨＨ〕

もし母があの世から僕を見ていて、僕が何をしようとしているか知ったら、きっとこう問いかけるでしょう。「何があったの、クリフ？　あなたはなぜこの世から他人を消すことにそんなに執念を燃やしてるの？　あなたが幼い頃に私たちが死んだことで、生きているすべての人を恨んでるの？」

母の問いに、僕はこう答えます。「母さん、僕のことは心配しないでくれ。天国はどんなところなんだい？　まさか、おやじは地獄にいるんじゃないよな」と。そんなジョークを思いつくのは不謹慎かもしれませんが、不条理で絶望的な出来事が立て続けに起きたせいで、涙が出るほど笑うしかないと思うようになったのです。ただし、涙は数カ月前に枯れてしまいました。

人の命のはかなさも、人生は一度きりだということも、もちろんわかっています。しかし、誰しもある程度の年齢になると、この世界には他人の人生を奪ったり他人の人生を過酷なものにしたりする人間がいることに気づきます。しかも、そういう人間が成功して利益を得ていることが多いのです。

こう言えばわかりやすいかもしれませんが、多くの人にとって、〝人を殺すなんてぜったいにできないが、あいつだけは……〟と思う相手が少なくともひとりはいるはずです。

僕にとって、フィードラーはそういう人物です。

一般に、死刑や終身刑に対する恐怖は、それ以外に選択肢はないと思って殺人を犯そうとする場合の抑止力になります。一方で、自分を殺す（つまり自殺をする）のは、自分自身に即時処刑を執行するのと同じです。しかし、悲しいことに、そのことに対する恐怖が自殺の抑止になるとはかぎりません。

良識を持った人でも人生に絶望して自殺することがあるのなら、人の人生を破滅させたり人の命を危険にさらすような人間を良識を持った人が殺すこともあるのではないでしょうか？　〝ヒトラーの暗殺は許されるのか？〟という問題です。世の中には、人の生死を支配しようとするヒトラーのような人間がいるのです。軍隊は、そういう輩から僕たちを守ってくれるでしょうか？

僕は、理由が三つになった時点で、ついにフィードラーを殺さなければならないという結論を下しました。

彼の殺害を正当化するには、ひとつ目の理由だけでも充分でした。彼は罪のない人たちの日常に脅威を与えていたからです。僕は、「W-10には大事故につながる欠陥がいくつもある」と、フィードラーに告げました。

ソファに座って雑誌を読んでいたフィードラーは、顔を上げて笑みを浮かべようとしましたが、できないようで、「ドアを閉めろ」と命じました。僕がドアを閉めると、彼は「それなら、もっと早い段階で報告するべきだったんじゃないか?」と言いました。

僕は、「設計段階では安全性に何の問題もありませんでした」と、言い返しました。彼が僕に責任を転嫁しようとしたことに腹が立ったからです。「あなたが生産段階で変更を加えたせいで問題が起きてしまったんです」

「ばかなことを言うな」と、彼も反論しました。「もう販売段階に入ってるんだぞ。すでに初飛行もいくつか予定されている。何か不都合があったら報告が入るだろう。現場での調整も有料で受けつけるつもりだ」

僕は声を落としました。「わが社の飛行機が前代未聞の恐ろしい急降下の末に墜落して、乗客が全員死ぬかもしれないんですよ。もちろん、乗務員もです。乗務員には専門知識があるので、もはや助かる見込みはないと気づき、来世を保証してくれる宗教を選んで祈るしかないと悟るでしょう」

ふたつ目の理由は、推進装置の設計をしていたジャック・ホルヴァスの遺体がエルウッドパークで発見されたことでした。彼の心臓には銃弾が命中し、発見時の血中アルコール濃度は泥酔状態に近い〇・二九パーセントでした。ホルヴァスを殺したのはフィードラーだと言う者はいませんでしたが、僕はそうだと思っていたので、フィードラーを同じ目にあわせるには(けっして楽な死に方をさせないためには)どうすればいいか、必死に考えました。

それに、コーラのこともありました。マクマスター学院の関係者はすでに彼女のことを知っているようなので、説明する必要はないかもしれませんが、コーラ・ディーキンスはヴォルタン・インダストリーズの在庫管理者でした。黄色い法律用箋がひと箱ほしいと思ったときも、実験のためにハミルトンのカムシャフトが必要になったときも、コーラの承認が必要でした。物静かで忍耐強い彼女は、おそらく最も有能な社員のひとりだったのですが、上層部は彼女の実力を認めようとしませんでした。

僕はひと目で彼女のことが好きになりました。好きでたまらなくなりました。ひと目惚れというのは間違いなくあるのです。ただし、ほとんどの人はあとになってそう思うのであって、出会った日にそうだと気づく人は少ないかもしれません。前日には考えてもいなかったというか、少なくとも意識的には考えていなかったとしても、何カ月も廊下ですれ違っていた人をたまたまこれまでとは違う視点で見て、この人こそ長いあいださがし続けていた生涯の伴侶だと、とつぜん気づく場合もあるでしょう。

僕はコーラの顔とその表情にいつもなごまされていましたが、デザインチームがおかしなものを購入する許可を求めたときは、よくからかわれました。僕とジャック・ホルヴァスが死んだ七面鳥を二十羽、W-10のエンジンのなかに投げ込んで（僕たちは風洞実験施設の端に体をしばりつけて）、渡りの途中の雁《ガン》を吸い込んでしまった際の耐久性を確認したこともありました。むごたらしい実験を見学しに来たコーラは羽まみれになった僕たちを見て、晒し者にするのであれば体にタールを塗ってから羽をなすりつけないといけないなどと言いながらも、風洞内に充満した、まさに鳥臭いにおいを取り除くための消臭剤を大量に注文するのを認めてくれました。パインとレモンとクローブの香りの消臭剤を、それぞれ一ガロンずつ試しても効果が得られずにいると、コーラは鶏料理に添えるクランベリーソースや栗やマッシュポテトを試してみてはどうかと提案しました。もはや夜遅くまで試験勉強をする必要も、学費を稼ぐためにアルバイトをする必要もなかった僕は、そのとき、自分にはソーシャルライフが完全に欠如していることに気づきました。そのような状況の解決法を、そして、おそらくそれ以上のものをコーラのなかに見いだすことができたのは幸運だったと思っています。

翌日、僕はコーラにあらたに調達が必要な物品のリストを見せました。「……翼の試作に使うメルトン社のエポキシ樹脂と、ザイトナーのディスプレイ・スタンドを追加で最低十台、今週末の映画鑑賞、それから、新品のK‐5コンプレッサー一台」

「映画鑑賞？」と、コーラが尋ねました。「何の映画？」

彼女は、僕が映画の調達を頼んでいると思ったのでしょうか？「どれでも、きみの好きな映画でいい。白黒じゃなくてもいいんだ。高くてもかまわないから。それと、映画にはポップコーンがひとカップずつついてくるので、シェアする必要はない」

コーラは手にしたクリップボードに視線を落としました。「あなたは私のことをよく知らないのに」

「だから誘ったんだよ。きみのことをよく知りたいから」

「目を合わせず、黙って二時間となりに座っているだけで、私のことがわかると思う？」

「たしかに、重苦しい沈黙が続くのは怖いけど」と、僕は冗談めかして正直に打ち明けました。「西部劇なら重苦しくならずにすむかも」

コーラは警戒心を抱くことなく、むしろ面白がっているようで、うれしい返事をしてくれました。「じゃあ、あなたが観たい映画にして。そうすれば、あなたがどんな人かわかると思うから」

「ポパイの漫画祭りはやめたほうがいいだろ？」と、僕は意を決して訊きました。

「映画はあなたにまかせるわ。映画のあとで食事をする店は私が選ぶわね。そうすれば、私のこともわかると思うから。安い店を選んで、割り勘にするつもりよ」

「ごちそうしてくれるんじゃないの？」と、僕は恐る恐る訊いてみました。「じゃあ、やめようかな」

結局、つぎの土曜日にデートをすることに決めたものの、まだ月曜日だったので、何か大事な行事が近づくと怖じ気づいてしまう僕でも、数光年先のことのような気がしていました。ただ、コーラにはその週が終わるまでヴォルタンタワーにある僕のオフィスに立ち寄る理由がなかったので、土曜日の昼には念のために電話をかけたほうがいいかもしれないと思いはじめました。もし彼女がこの一週間忙しくしていたのなら、延期を望んでいるかもしれないからです。彼女も僕と同様に仕事以外の話題などあるのだろうかと思っているる可能性もあります。もし僕に引っ込み思案なところがあるのなら、彼女も僕のことを理解してくれるだろうし、僕も彼女のことを理解できるのではないかと思ったりもしました。メリル・フィードラーが彼女を一、二度デートに誘ったという噂も耳にしていたので、もしかすると彼女はフィードラーと違って僕にはナイトクラブや高級なレストランへ行く経済的な余裕などないと心配しているかもしれないとも思いました。金のある男が好きならフィードラーと付き合えばいいのです。僕も、メリル・フィードラーが好む、彼の高価な時計や秘書のいる専用のオフィスを持っていることに惹かれるような女性と付き合いたいのか、自分に問いかけました。もしかすると、彼女は乗り気じゃなかったのに僕が強引にデートの日取りを決めてしまったのかもしれず、それならキャンセルするべきだと思って、会社の名簿で電話番号を調べました。彼女の電話は

〝ミスター&ミセス・J・ディーキンス〟として載っていました。最初はそれを見て、両親と一緒に暮らしているのだと思ったのですが……コーラがミセス・J・ディーキンスだという可能性もあります。もしそうなら、土曜日の夜にデートの約束をするとはどういうことなのだ！

電話をかけると、男性が出て、「どなたかな？」と尋ねました。男性の声は、溶連菌感染症にかかっているのかと思うほどかすれていました。

「すみません」僕はわけもなく謝りました。「クリフ・アイヴァーソンと申します。ヴォルタンの社員ですが、コーラさんを呼んでいただけますか？」

「それはできない」受話器を落としたのか、何かが木の床にぶつかる音が聞こえてきましたが、男性は罵り言葉を口にしながら受話器を拾ったようでした。「私はコーラの父親で――」そう言って、激しく咳き込みました。

「じゃあ、伝言をお願いできますか？」

「それもできない。娘は死んだ」受話器からは、二度と耳にしたくないようなすさまじいうめき声が聞こえてきました。「……娘は死んだ」コーラの父親はそう繰り返して、僕が何も言えずにいるうちに電話を切りました。

月曜日に出社すると、コーラが親しくしていた同僚のほとんどが自殺だったと思っているのがわかりました。〝ネンブタール〟という薬の名前も耳にしました。彼女はしばらく前から不眠症に悩まされていたのです。

僕はコーラの死に打ちひしがれました。滑稽なほど大げさだと思われるのはわかっているし、他人の不幸を自分に投影するのはよくないとも思っています。それでも、僕は未来の自分の一部がコーラと一緒に死んでしまったように感じました。しかし、W-10の設計と生産の期限が迫っていたので、コーラとの唯一の関係が〝デートの約束〟だけだった僕に彼女の死を悲しむ暇はありませんでした。厳しくもやさしい同僚のジャック・ホルヴァスは、忙しければ気がまぎれると考えて僕に面倒な仕事を押しつけました（そのときは、役員に気に入られるようにフィードラーがコストカットを目的とした設計変更を行なっていたことをまだ知りませんでした）。

その約二週間後に、組立部門の責任者をしているキーフ・マグワイアと、仕事が終わってから軽く飲みに行きました。ドルトムントにある小さな支店への異動が決まっていたキーフは、ドルトムントのことをドイツの工業地帯のなかでも最も煙突の多い街だと話していました。キーフはいつも僕の設計図を大切に扱ってくれていたので、僕は会社の近くの〈シャンドンスター〉で餞別代わりに一杯おごらせてくれと申し出ました。キーフは、ライ・ウイスキーとチェイサーにドイツビールのラインゴールドを注文したのですが、一杯がたちまち三杯になり、じつに困ったことながら、充血した目を潤ませながら僕を見つめて秘密を打ち明けたのです。コーラが自殺したことはすでに話題に上っていて――それはおそらく、僕がまだ彼女の死のショックから立ち直れずに、ビールを一杯ちびちびと飲んだだけで彼女の名前を口にしたからだと思います。

キーフはわけ知り顔で小さく何度もうなずいて、「きみも知っておいたほうがいいと思うんだが」と、怪しい呂律《ろれつ》で話しはじめました。「先月、職場の男たちと一緒にストリップクラブの〈ザ・ブロック〉へ行ったら、フィードラーも来てたんだ。やつはバーにいて、三人組の売春婦にシャンパン並みの値がするジンジャーエールを買ってやり、自分はギムレットをがぶ飲みしてて、いまのおれより酔ってたよ」キーフはそう言いながらもう一杯注文しましたが、今度はウイスキーをそのままビールに入れて、一緒に飲みほしました。「売春婦に酒を買ってやっているところを見られて、ばつが悪かったのか……」キーフは、狂犬病にかかった犬のように口に泡をためながら僕に顔を寄せて先を続けました。「……おれにコーラの写真を二枚見せたんだ。やつのオフィスで撮ったコーラの全裸の写真を」

キーフのことはいまでも好きですが、そのときは彼のにやにやした顔を殴りたくなりました。もしフィードラーがあのとき店に入ってきたらどうなっていたか、自分でもわかりません。「そんなこと、人に話すべきじゃないよ」僕は歯を食いしばって、うなるように言いました。「フィードラーに知れたら、クビになるかもしれないぞ」

キーフは、ビールのジョッキを小槌のようにカウンターに叩きつけました。「おれがなぜ転勤させられると思ってるんだ?」キーフが叫ぶと、左どなりに座っていた客がカウンターの端へ移動しました。「フィードラーは、翌朝目が覚めたとたんに、おれにあの写真を見せたことを思い出して、おれを飛ばす手筈を整えたんだ。そうに決まってる。知らなくてもいいことを知ってしまったり、やつに不信感を抱かれたりすると、厄介払いされるんだよ。コーラはみずからやつの手間を省いてやったんだ」

キーフはさらに(もはや僕もウイスキーを注文しなければ話を聞いていられない状態になっていたのですが)、フィードラーがちょっとしたものを飲み物にまぜて自身の魅力を強めていると自慢していたことや、その成果を思い出のアルバムに貼っておくためではなく相手をつなぎ留めておくために写真を撮っていると言っていたことを僕に話して聞かせました。

僕にとってはこれが四つ目の理由になったのですが、すでにご存じのように、僕は具体的な殺害計画を立てる前に解雇されてしまいました。不思議なことに、フィードラーは僕がコーラに好意を寄せていることに気づいていませんでした。僕は、フィードラーが製造段階で変更を加えたことによってW‐10の脆弱性が増したことに気づいてしまった一従業員にすぎなかったのです。悲惨な事故でも起きないかぎり、そのことに気づくのは、あるいは証明できるのは、僕とジャックしかいませんでした。

航空機や潜水艦や橋を作るときは、尾翼や橋桁のアーチの頂点に過度な荷重がかからないように、熟慮のうえでやむをえず必要な変更を加えることもあります。ところが、フィードラーが行なった変更は本人と同様に、愚かで、かつひとりよがりなものでした。ほかの箇所に不具合はないと考えていたのでしょうが、そのような保証はなく、けっしてあってはならないものの、一万フィートの上空で複数の不具合が同時に起こる可能性もゼロではありません。

僕がその話をすると、フィードラーは強硬手段に訴えて即座に機密の研究情報を僕の車とジャック・ホルヴァスのロッカーに投げ込み、共産党員のレッテルを貼って、僕たちのキャリアと信用を破壊しました。不審者が家に押し入ってきたときに、間違って忠実なジャーマンシェパードを撃ち殺してしまったようなものです。

フィードラーのしたことのすべてをなかったことにするわけにはいきません。しかし、今回、正しく対応しておけば、少なくともフィードラーが今後もまた人に害を及ぼすのを防ぐことはできます。しかし、それにはどうすればいいのでしょう？　もし、彼の残りの人生を本人が思っているより早く終わらせることができれば……彼がほかのプロジェクトを手がけたりほかの人を危険な目にあわせる可能性もあるので、手を打つのなら早ければ早いほどいいのです。

フィードラーを――マクマスターズで使われている言葉を借りれば――〝削除〟するためにどのような計画を立てようと、それとはべつに、ほかの人たちにもW‐10の欠陥を知らせる必要があるのを、僕はいまこれを書いているあいだに気づきました。ヴォルタンの上層部が僕の話を信じて、W‐10が大勢の乗客を乗せて初商業飛行を行なう前にその危険性に気づいてくれるように。

「フィードラーを殺しても、コーラやジャックは戻ってこないのに。それでは〝目には目を〟になってしまう」と僕を諭す両親の声が聞こえます。

僕はきっと、「フィードラーに目が二つしかないのはじつに残念だ」と言い返すでしょう。

今朝はここまでしか書けません。やらなければならないこともいっぱいあります。これで質問の答えになっていればいいのですが。

クリフォード・アイヴァーソン
ヘッジハウス

## 11

### クリフ・アイヴァーソンの日記より

親愛なるX殿。一学期目の授業がはじまっても、初日と同様にとまどいの連続でした。とてもここが現実の世界だとは思えず、まるで悪い夢を見ているようでした。

どこの大学でも入学したばかりの頃にはよくあることですが、僕も、最初は気が合うかどうかはべつにして、同じ授業を受けたり、教室で近くの席に座ったり、寮で一緒に暮らしている何人かの学生と親しくなりました。特にダルシー・モーンには好印象を抱いていましたが（〝感銘を受けた〟と言ったほうが正しいのかもしれませんが）、なぜ以前に学院の電気柵の向こうの世界で彼女に会ったことがあるような気がしたのかは、まだわかりません。

学生の大半は〝自分は自分、人は人〟という考えを持っているようですが、それでは、ここで学んでいる目的とのあいだに矛盾が生じるような気がします。ジャド・ヘルカンプ（ラボで残忍な実験をしようとしていた〝外科医〟）と金髪のシメオン・サンプソンはそれぞれ、僕を自分たちの目標達成を妨げる脅威とみなしたようでした。競争相手を完全に排除しようとするつもりかもしれないという懸念さえなければ、僕はそれを滑稽に思っていたでしょう。ジェマ・リンドリーのことはいまだによくわかりません。彼女はすでに人を殺したことがあると打ち明けて以来、僕を避けているようです。

ある日、僕はゴンザーゴ・ガーデンズでの授業が終わったあとで、日曜の夜にミード池のほとりにあるイタリアン・レストランの〈スカルピア〉で一緒に食事をしないかとジェマを誘いました。日曜日は食堂が閉まるので、自分たちでなんとかしないといけないからです。そっけなく断わられた僕は、ピザを一枚買って、腐れ縁のカビー・タヒューンと同じフロアに部屋があるレジデントアドバイザーのチャンポ・ナンダと一緒に食べてから、『マクマスターズ殺人者養成学校』の第三章を読みました。そこには、目標を達成する際の落とし穴が箇条書きにしてありました。要するに、相手の得意分野で勝負してはいけないということです。〝一、電気技師を感電死させてはいけない（過去の暴露によって耐性ができている場合がある）〟、〝二、薬剤師を毒殺してはいけない（中和薬の知識を持っていて、時間を問わず簡単に入手可能な場合もある）〟などと、やる気を削ぐようなことが書いてありました。

フィードラーの殺害に失敗したせいで僕のマクマスター学院への入学が一学期繰り上げられたために、選択科目のほとんどは教務課長のジューン・フェルスブロックが勝手に決めてしまいました。彼女には、学院に到着した翌日の朝にマナーハウスの二階にある教務課のオフィスで会ったのですが、堂々とした、しかし、妙に魅惑的な体つきの女性でした。

「悪いけど、履修科目は私が決めたわ」と、教務課長は僕に告げました。「いずれにせよ、大半は新入生の必修科目よ」僕の学籍簿に目をやりながら、彼女は陽気にこう続けました。「じゃあ、あなたも上司を殺そうとしているのね？　私だって、殺したいと思ったことが何度かあるわ！」笑いながらそう言うと、彼女は隠しマイクを気にしているかのように部屋を見まわしてから僕の時間割表を見つめました。

「なぜ外国語の選択科目がギリシャ語になってるんですか？」と、一応、訊いてみました。

「ギリシャ語は最も人気のあるコースなの」と、教務課長は言いました。「あまり馴染みがないので、耳にしてもわかる人は誰もいないわよね。わざとわからないようにしてるんじゃないかと思うこともあるぐらいで。それに、ほかの国の人で彼らのアルファベットを読める人はいないし」

僕は書写の授業が組み込まれている理由を尋ねて、字は上手なほうだと指摘しました。

「これは、文書の偽造やなんかに関連する授業よ」と、教務課長は詳しく説明してくれました。「あなたが自分のサインをトレーシングペーパーを使って書き写したとしても、警察の専門家は誰かがあなたのサインを偽造しようとしたと主張するのよね。この授業は、ハメられたと見せかけたいときに役に立つはずよ」

「でも、たとえば車で人を轢き殺そうとしているのなら、なぜ文書を偽造する技術を身につける必要があるんですか？」僕は、誰もが抱くはずの疑問をぶつけました。

教務課長の大造りな顔に非難めいた表情がよぎりました。「当学院はオールラウンドな人材の育成を目指

アイヴァーソン、クリフ・J.　1学期　招集生（奨学生）　専攻：上司の削除　指導教員：ハロー学院長

| | 月 | 火 | 水 | 木 | 金 | 土 | 日 |
|---|---|---|---|---|---|---|---|
| 7 | 体育 | 体育 | 体育 | 体育 | 体育 | 体育 | 睡眠！ |
| 8 | 朝食 | 朝食 | 朝食 | 朝食 | 朝食 | 朝食 | |
| 9 | 書写 | 外国語（ギリシャ語1） | | 応用電気工学 | 外国語（ギリシャ語1） | | ブランチ（9-13:30） |
| 10 | | 薬草学（ゴンザーゴ・ガーデンズ） | | 毒性小動物（スネークピット） | | 安息日の朝禱（自由参加） | 日曜礼拝（自由参加） |
| 11 | 本部講義 | 削除の原則 | 削除の原則 | 削除の原則 | 本部講義 | 季節のスポーツ（現在はアンダーハンド・テニス） | ブランチ（13:30まで） |
| 12 | 昼食 | 昼食 | 昼食 | 昼食 | 昼食 | 昼食 | |
| 14 | 文学 | 確率論 | 文学 | | 文学 | | 学生集会 公演、スライドショー コンサート、演劇、映画（必須参加） |
| 15 | (Mc)マスタークラス 上司を殺せ ハロー学院長 | | 未定 | 狩猟（体操着で） | (Mc)マスタークラス 上司を殺せ ハロー学院長 | WUMP | |
| 16 | | | ハイティー（自由参加） | シャワー | | ハイティー（自由参加） | |
| 17 | | 実験手法（ラボ） | | 実験手法（ラボ） | エロス学 限定カウンセリング（ヴェスタ・スリッパー） | 自由時間 | 自由時間 |
| 19:30 | 夕食 | 夕食 | 夕食 | 夕食 | 夕食 | 夕食&ボールルームでのダンス | 夕食提供なし |
| 21 | | | | | トラック 適時開催（必須参加） | | |

してるの。オーボエのパートしか知らなかったら、交響曲を理解することはできないでしょ？　綿密に計画を立てても失敗することがあるので、ここを離れて計画を実行に移す際には即興での対応が必要になるのよ」

もうひとつ、どうしても説明してほしい科目がありました。「この、えーっと……エロス学というのは何ですか？」

教務課長は雌ぎつねのような笑みを浮かべました。

「詳しいことはヴェスタ・スリッパーに説明してもらったほうがいいかもしれないけど、あなたはまだ論文に取りかかったばかりなので、これは入門コースよ。きっと楽しいと思うわ。グラベス教授が女性バージョンを教え、ローレル准教授とソープ准教授は両バージョンをマスターする必要のある人たちに教えてるの。斬新な授業だと思う人もいるでしょうけど、恋愛、欲望、誘惑、それに失恋は当学院の矢筒のなかで最も強力な矢なの。キューピッドは弓矢を持った危険な存在だということを忘れないでね、アイヴァーソンさん！」教務課長はふざけて眉を上げました。

僕は唾を飲み込みました。おそらく顔を赤らめていたはずです。空挺降下《パラシュート》も基礎訓練の一部だと告げられたばかりの新兵と同じくらい緊張していた気がします。けれども、いざとなれば飛び降りる覚悟を決めて、みずから話題を変えました。「屋外で行なわれる授業はないんですか？　長いあいだ、窓のない会社の研究室にこもりっきりだったので」

「ターコット教官は体育の授業に熱心に取り組んでいるから、卒論を完成させる頃にはみんなとても健康的になっているはずよ。ゴンザーゴ・ガーデンズで行なわれる薬草学の授業も入れておいたわ。これには、毒草園の動物版とも言える動物舎でのグループ学習も含まれてるの。ちょうど、ウォータリー・ヴィラでクラゲや青ガエルが展示されているので、ぜひ行ってみて。

生き物を殺すことに小さな喜びを感じている学生は多いのよ」

僕はトラックの授業もあることに気づいて、ランニングは苦手だと打ち明けました。

教務課長は僕の勘違いを笑いました。「違うの。トラックというのは、陸上競技じゃなくて追跡術のことよ」

親愛なる支援者殿。僕は殺人に向いていないと素直に認めます。けれども、マクマスター学院の授業の形態はMITやカリフォルニア工科大学とそれほど変わらないのがわかりました。教員は、自分が執筆、または改訂した教科書をもとに、眠気を誘う単調な音を立てて黒板にチョークで板書しながら講義をします。ただし、当然ながら、講義や課外授業の内容は普通の大学とまったく違います。『身近な武器』の実習(『削除の原則』の授業の一部として行なわれた一週間のセミナー)では、身のまわりにあるありふれたものが凶器となり得ることを知り、ヘラの使い途について、たっぷり一時間学びました。飛行機の墜落事故に巻き込まれるより自宅のトイレで死亡する確率のほうが高いことを授業で知ったカビー・タヒューンは、それなら飛行機のトイレが宇宙で最も危険な場所だと思い込んでいるようです。

宇宙と言えば、マクマスター学院には、回転式のドームと回転式の台座と歯車を備えた、小さいながらも完全に機械化された天体観測所もあります。身長がわずか百五十センチで真ん丸い大きな眼鏡をかけた、有名な天文学者のシグネ・チャイルズは、フィルターとレンズカバーを取りはずした望遠鏡を日中に太陽の軌道上の一地点に向けておくとどうなるか、教えてくれました。「計算によって正確に定めた時間になると、強力に拡大された太陽光が遮蔽されていない直角接眼レンズを通って、火災を起こしたい場所に向けられます」と、彼女はスウェーデン訛りの英語で説明しました。「一方、加害者であるあなたたちは遠く離れた場所にいて、現場には、太陽の慈悲深い光以外、火災を引き起こすようなものは何も残っていません。警察は、私たちのしわざではなく――シェイクスピアの考えとは矛盾しますが――星のせいだと考えるでしょう」

キャンパスライフは、楽しい反面、困惑することもありました。ピクニックやハイキング、タッチフットボールの試合、スクエアダンスなどが予告なしにとつぜん行なわれると、面食らいます。ラボで行なわれた怪しげな〝魅惑作戦《ネッキング・セッション》〟の授業では、ボランティアを買って出た学生がプロジェクターに映し出された街の明かりを見下ろす崖の上に駐めたエンジンのない車のなかで性行為に及んだのですが、エロス学科が企画したその授業は〝クラスメイトとの親睦会〟となっていました。ところが、それがいつのまにか車両工作の授業に変わり、ひそかにパーキングブレーキを利かないようにして、不貞を働いた配偶者と不誠実な親友を谷に転落させる方法が伝授されました。ウォード・ピンカーマン教授は窓をスモークガラスにした車を使って、排気管に外から切り替えが可能なふたつの排気口を設ける方法を説明しました。不誠実な配偶者が不誠実な親友と一緒に寒い日にエンジンをかけたまま車のなかでセックスをすれば、排気口のひとつから車内に排気ガスが送り込まれるようにするためです。神学校を宗教と、ウエストポイントを戦争と切り離して考えることができないのと同様に、どの授業にも学院の創立理念が反映されています。

マクマスターズの学生は平行する二本の道を歩んでいて、片方の道は教務課長のジューン・フェルスブロックが話していたオールラウンドな人材の育成につながっていることがすぐにわかりました。だから僕は、それがフィードラーを殺す際にどのように役に立つのかわからないまま、コンビネーションロックのついたドアや金庫を開ける方法を学ぶ『コンビネーション類推法』の授業も受けました（それに、なぜかこの技術の習得に熱意を燃やしているジェマと同じグループで実習ができたのはよかったと思っています）。

一方で、誰も口にこそ出さないものの、すべての学生がターゲットを定めてここに来ているのも事実です（ただし、学院が連続殺人犯《シリアル・キラー》や出来の悪い従業員を殺そうとしている人物を、それを知っていながら受け入れることはないと、レジデントアドバイザーが教えてくれました）。学生の半数以上は、自身の論文のための具体的な戦略を学ぼうとしていることもわかりました。マクマスター学院で〝論文〟といえば、卒業時にキャンパス外で行なう〝削除〟のことだというのは、すでにおわかりだと思います。そのために、学生にはそれぞれ指導教員がひとり割り当てられていて、幸運なことに、僕の指導教員はハロー学院長です。ハロー学院長が担当している授業は少なく、ほかの仕事は理事会や副学院長のエルマ・ダイムラーにまかせておけばいいので（ちなみに、彼女は財務部長も兼ねているのですが）、学院長は僕の指導に多くの時間を割いてくださっています。僕はみずから入学を希望したわけではないので、勉学が軌道に乗ればちょっとした小遣い稼ぎをすることも可能だとおっしゃってくださいました。

親愛なるX殿。あなたに支えてもらっていることもあって、僕はもはや引き返すことはできないと覚悟を決めました。あなたは充分すぎる信託資金を提供してくださっていますが、無駄遣いはしないようにしたいと思っています。フィードラーを亡き者にする計画が固まれば、それなりの経費が必要になるからです。それで、あなたの負担を少しでも少なくするために、グレートホールの厨房で皿洗いのアルバイトをはじめました。

そのおかげで、毒物に関する幅広い知識を持つ総料理長のジラール・ティシエから、間接的ではあるものの有意義な実務研修を受けることができました。夕食が終わったあとでカラメルを作った銅製の大きな鍋を洗っていたときに知ったのですが、生の赤インゲン豆を大量に摂取すると死ぬ場合もあるそうです。子羊の肉汁がこびりついたオーブンの天板を二枚洗っていたときに、「フッ化水素酸は、触れたときに怪我をしたりやけどをしたりしなくても、組織に染み込んで骨を腐食させるんだ。もっと人道的な方法があるのに、生身の人間の肉を骨なしにするのを許すわけにはいかない」と、副料理長のアルノーを叱る総料理長の声が聞こえてきたこともありました。食品の甘味料として酢酸鉛が、中和剤として過マンガン酸カリウムが使われていることや、聖パトリックデーに食べるおいしいシェパーズパイを緑色のジャガイモを使って作ると食中毒を起こす危険があることも知りました。

皿洗いのアルバイトで得た金で、ほぼ毎日、ベッドに入る前に〈はぐれ狼亭〉へ行って、パブと売店を経営しているウィルフレッド・マセルがたっぷり注いでくれるエールを飲むという贅沢を味わうこともできるようになりました。飲み物はひとり一杯までですし、チップは不要なので、ささやかな贅沢なのですが……それに、マセルとクラスメイトにおだてられて、店の隅にひっそりと置いてあるアップライトピアノでラグタイムのナンバーを二、三曲演奏すると、いつもビールは無料になります。

〈はぐれ狼亭〉ではいろんな学生と親しくなって、一緒に楽しい時間を過ごしています。学院に来た理由や、学院を去ってから何をするつもりでいるのか話すことに癒しを感じている学生もいます。みな目的は同じなので、秘密は守られると信じているからです。ダイター・ザイデルとエンツォ・ジェンティリーニは、なめらかなのにピリッと苦みの利いたエールを飲みながら、しばしばそれぞれの思いを話してくれます。ダイターはライプツィヒ管弦楽団のセカンド・コンサートマスターで、音楽監督の甥で音程のはずれた音ばかり出しているコンサートマスターからその座を奪おうとしているのですが……。エンツォはシチリアの郵便観察官で、息子を麻薬中毒に陥らせたあげく死に至らしめた地元のマフィアの幹部を、家族への復讐を招くことなく削除したいと考えているようです。ふたりとも気さくで心根のやさしい男で、申し分のない飲み仲間です。赤ら顔で陽気な〝ミム〟・ウェブスターも、落ち込んでいるときや孤独を感じているときに話をすると元気が出ます。カビー・タヒューンにはうんざりさせられることもありますが、彼のきわめて楽観的な性格も、わずらわしいと感じないときは好ましいとさえ思えます。

〈はぐれ狼亭〉は一七〇〇年代に建てられた正真正銘の木骨造りの宿で、梁は低く、壁はでこぼこしていますが、きれいに整えられた小さな部屋が数部屋あって、プライベートな目的のためにひと晩利用できることについても触れておきたいと思います。入学して間もないある晩、僕はジェマが道化師のような髪型をしたジャド・ヘルカンプと一緒に暖炉のそばのテーブルに座っているのを目にしました。ジェマは真剣に話をしているようでしたが、ジャドはいいかげんに聞き流しながら、二階に上がる狭い階段をうつろな目で見つめていました。はっきりとは聞き取れなかったのですが、ジャドはジェマに短い言葉をかけたようで、ジェマが返事に困っていると、ジャドは冷ややかな笑みを浮かべて肩をすくめ、ジェマはそれを見て帰っていきました。

僕は残っていたエールを飲みほすと、友人たちにそそくさと別れを告げてジェマのあとを追いました。ジェマは足早に寮に向かっていたので、立ち止まらせるには声をかける必要があったのですが、彼女が立ち止まってくれたところで、何と言えばいいのかわかりませんでした。僕の支援者であるあなたも、カレッジロマンスにふけっている場合ではないとおっしゃるでしょう。僕は数年前に大学院を卒業したのですから、〝カレッジロマンス〟などという言葉を思い浮かべること自体、ばかげているような気がします。だから分別を働かせ、不本意ながらもジェマを呼び止めるのを諦めて、ここへ来てから手に入れた貴重な睡眠時間が損なわれることのないように部屋へ戻りました。

平日はいつも六時半に起きて、まずは、となりの部屋のオードリー・イェーガーがバスルームを使っていないかどうか確かめるために、ドアをノックします。最初のうちはオードリーの部屋の側のドアに鍵をかけるのを忘れていたので、シャワーを浴びるためにガウンを脱ごうとしていたときに彼女が入ってきたこともありました。ヘッジハウスの近くやキャンパスで彼女を見かけたことはありましたが、これがルームメイトの顔なのだと（ルームメイトと言っても、バスルームを共有しているだけなのですが）はっきりわかったのは、そのときがはじめてでした。

「すまない、うっかりしていて」僕は、同じガウンを着た巻き毛のオードリーに謝りました。目薬をさしたばかりなのか、彼女の目は泣いたように赤くなっていました。「僕はクリフ・アイヴァーソン。このバスルームの共有者だ」

「まあ、しばらくのあいだだと思うけど」と、オードリーは無表情な声で言いました。

僕は、「こっちが望んでこうなったわけじゃないので――」と、言い返しました。

「私はここに、いいえ、この世界にそう長くはいないという意味よ」オードリーは、洗面台のそばに置いてあったヘアブラシを手に取りました。「私は、これまでばかなことばかりしてきたの。両親が高いお金を払って私立学校に通わせてくれたのに、成績が悪くて。でも、ここに入学してからは心を入れ替えてしっかり勉強したから、いまでは死刑判決を受けることができるぐらい賢くなったわ。人に死刑判決を下すつもりで勉強したのに、皮肉な話よね。自業自得だから、しかたないのかもしれないけど」そう言って、彼女はうしろ手にドアを閉めました。

「会えてよかった。きっと仲よくなれると思うよ」と、僕はドアに向かって声をかけました。

毎朝七時までに僕が階段を下りて家庭的な雰囲気の居間へ行くと、ジムスーツを着たヘッジハウスの住人がすでに集まっていて、ミセス・フォリッジが用意してくれた温かい飲み物の入ったカップをサイドボードから取り出しています。

ターコット教官がいつものように居間を覗いて、「二往復したい者はいるか？」と叫ぶと、あちこちからうめき声が上がります。「じゃあ、ローンボウリングのコートまで一往復にしておいてやろう！」それを合図に、僕たちはみな、教官のあとを追って学院内のあちこちにあるクレー舗装の道を走ります。僕はすぐに息が上がって喉が痛くなるのですが、朝靄《あさもや》がほてった体を冷やしてくれます。

学院に到着したときの学生の体力はまちまちですが、ターコット教官が独特な言葉で励ましたり叱ったりするので、たちまち贅肉が取れて体が引きしまり、これまでの人生で最高の体型になります。見た目だけで人を殺すことができるなら、マクマスター学院は最高の暗殺者養成学校だと言えるでしょう。可哀想に、オードリー・イェーガーはいつもみんなについていけず、息を切らしたカビー・タヒューンとともに最下位を争っているのですが。

ランニングが終わると、シャワーを浴びて服を着替え、食堂で提供されるおいしいイングリッシュ・ブレックファーストは諦めて、マナーハウスのラウンジでブリオッシュと温かいカフェオレですますこともあります。それから、サイエンスセンターでの午前の最初の授業に向かいます。サイエンスセンターはキャンパスで最も近代的な低層の建物で、地下二階にある化学実験室の〝蓋〟の役目も果たしています。

　電気回路については幅広い知識を持っていたので、『応用電気工学』の授業は楽勝だと高を括っていました。ところが、重視されているのは応用でした。その授業の目的は、研究開発者や技術者の育成ではなく、人を感電死させる方法を教えることだったのです。

『応用電気工学』は短期コースで、シルヴァーナ・スパルチーズという名前の非常勤講師が担当しています（彼女は〝スパークス〟と呼んでくれと言い、〝シルヴィー〟と呼ぶ学生には冷たい視線を投げかけます）。ある朝、彼女はいつものように整備士が着る緑色のジャンプスーツを着て（楽だから着ているのだと思いますが）、ギャングが人を殴ったり殺したりするときにラジオのボリュームを上げて音をごまかそうとするハリウッドの演出には問題があるという持論を述べました。音をかき消すつもりが、逆に騒音を撒き散らすことになって、隣人や家主が腹を立てて訪ねてくるかもしれないからだそうです。早口でべらべらしゃべるので、ノートを取るのが追いつきませんでした。「もちろん、誰かを浴槽で溺死させようとしたのにうまくいかなかったときは、ラジオを水のなかに放り込むだけで事足ります。ただし、ベル研究所に勤めていたときの同僚は、九ボルトの電池で動作するトランジスタラジオを発売しようとしていると話していました。九ボルトでは、金魚も死にませんよね。一方、いまだに壁のコンセントから電源を取っているレコードプレーヤーは、あらゆる点で優れています。物音をごまかすために音楽をかけても、ラジオではとつぜんニュース速報に切り替わったり音が途切れたりする危険があるからです。ポータブル・レコードプレーヤーなら、あなたたちのうしろ暗い目的に適うだけでなく、最近はあまり耳にしなくなった用語ですが、直流《AC》でも交流《DC》でも、好みのものが選べます。そこまではいい？」

教室を見まわすと、ほかの学生たちがノートを取っているのが見えました。無一文の婚約者と自分の女性スピリチュアル・カウンセラーが恋人どうしだと知って、ふたりとも殺すことにした大金持ちのプリシャ・サンダーに、カラハン家の三つ子のうちのふたりで、〝地獄の門をくぐる者はすべての望みを捨てよ〟という言葉にあらたな解釈を加えてもうひとりの姉妹を殺そうとしているフェイスとチャリティー。僕ととなりどうしの部屋になるという不運に見舞われたオードリー。僕と一緒に戦った水球の試合でミスを犯して勝利のむなしさをテーマに心に響くソネットを書いた、詩人のホセ・レジオ。モンテカルロ・バレエ団の現監督を殺そうとしている、身長二メートルのバレエダンサー、イラリアン・ヴォルコフ。よくは知らないものの、妬みを募らせて、消防車ですらぼやけて見えるほど髪を真っ赤に燃え上がらせている、ほっそりとしたミルトン・スウィル。

みんな、せっせとノートを取っていましたが、シメオン・サンプソンだけは万年筆のキャップをはずさずに唇に当てて、無関心を装うのを楽しんでいるようでした。

学院ではただひとり、ガムを嚙みながら講義をするスパークスは、被害者の悲鳴とワルキューレの女戦士ブリュンヒルデが戦場に赴く際に歌う野太い声を区別できる人はそう多くないので、ワーグナーのオペラはカモフラージュとして最適だと話し、わざと大きな音を立ててガムを嚙みました。彼女はリズム・アンド・ブルースもさまざまな使い途があると強調し、「とつぜん夕立が降りだすかもしれない野外コンサートで、アマチュアがアースのついていないマイクとエレキギターを同じアンプに接続しようとしたら？」と、学生に問いかけました。「気づいていながら知らんぷりをするのは犯罪に等しいんじゃないかしら？」と。

学生どうしの競争心を物語る、キャンパス内で起きたささいな出来事をひとつ紹介します。二週間前のことですが、シメオン・サンプソンは『応用電気工学』の宿題のために必要だと偽ってLPが聴けるコロンビアのレコードプレーヤーを手に入れると、ハロー学院長の『非破壊侵入』で紹介されているテクニックを使って僕の部屋に忍び込み、卓上ラジオの代わりにそのレコードプレーヤーをドレッサーの上に置きました。シメオンは、僕がそろそろ夕食から戻ってくるのを知っていたので、そのままベッドの下に隠れました。レコードプレーヤーのターンテーブルには、ラヴェルのボレロのレコードがのっていましたが、彼は音量調節のつまみをはずし、回転軸を八時の位置にまわしてから、目盛りを二時の位置に向けてつまみをかぶせ直していました。つまり、音量が低く設定されているように見えても、大きな音が出るようになっていたのです。部屋に戻った僕は、レコードプレーヤーが置いてあるのを見て、これでブランデンブルク協奏曲第五番以外の曲が聴けると喜びました。レコードに針を落として、ほどほどの音量になるようにつまみをまわすと、耳をすましていないと聞こえないほど小さな、しかしリズミカルなラヴェルのボレロの序奏がはじまりました。ラジオでボレロの冒頭部分を聴くときは音量の調節に苦労するのですが、レコードプレーヤーは見事に音を増幅していて、はじめてフルートの音をはっきりと耳にすることができました。僕は、魅惑的な旋律が疲れた心を癒してくれるのを期待してベッドに寝そべりました。

ところが、曲は徐々にクレッシェンドを重ねて、十分ほど経つと、ラヴェルの愛好家でもうるさいと感じるほど音が大きくなりました。ほかの寮生が部屋のドアを叩いて、うるさいと文句を言うのではないかと心配になったので、僕はベッドから飛び降りてレコードプレーヤーに駆け寄りました。シメオンは、その機に乗じてベッドの下から出てくると、木製のハンガーの角を、まるでナイフを突き刺すように僕の肩甲骨のあいだに打ちつけました。とつぜんで、しかも衝撃が大きかったので、僕は膝から崩れ落ちました。

乱れた息がもとに戻って、衝撃からも立ち直ると、シメオンがレコードプレーヤーの電源を切るのが見えました。やがて、隠れてこの実験の一部始終を見ていたチャンポ・ナンダがにこにこしながらバスルームのドアから姿をあらわしました。「よくやった、サンプソン。計画どおりだ。アイデアはシンプルだが、効果覿面だった。ボレロは一気に盛り上がるからな」

「ラヴェルのボレロが嫌いな人はいませんしね」と、シメオンは誇らしげに言いました。

「ラヴェルと指揮者のトスカニーニのおかげだ。きみはボーナスポイントを獲得したが、残念ながら、クリフは減点だ」

「わけを説明してくれ」シメオンの嫌味と人を見下したような視線に何週間も耐えていた僕は、彼に詰め寄りました。「僕はみんなと仲良くしているのに、きみはどうして僕に敵意を示すんだ？」

シメオンは、プラグを抜いて蓋を閉めてからレコードプレーヤーを抱え上げました。「おれは自分の意志でここへ来たが、きみは無理やり連れてこられた。戦いに挑むときは、いやいや連れてこられた新兵よりも、ひたむきな新兵と一緒のほうがいい。きみと一緒にいると命を落とす危険があるから」

その十日後に、シメオンはヘッジハウスの最上階にある、書斎と専用のバスルームがついた以前の部屋に戻りました。僕に対する嫌がらせを成功させたシメオンにはほかにもいくつか特典が与えられ、そのひとつは、レコードプレーヤーを一カ月使えることでした。

今夜、シメオンはそのレコードプレーヤーのそばに七十八回転のSPが置いてあるのを見つけました。そこには、「きみがドリス・デイのファンだというのを知って、ハリウッドに住んでいる卒業生から発売前の試聴盤を入手した。楽しんでくれ」という、チャンポ・ナンダのメモが添えてありました。

シメオンは、〝ドリス・デイ――イッツ・ビーン・ア・ロング・タイム〟と書かれたレコードのラベルに目をやりました。何もおかしいところがなかったので、彼はプレーヤーの回転数を七十八に設定し、夕食のために服を着替えながらレコードをかけました。が、曲がはじまって二分ほどすると、〝キス・ミー・ワンス、キス・ミー・トワイス、キス・ミー・カチカチカチ・キス・ミー・カチカチカチ・キス・ミー・カチカチカチ――〟と、雑音がまじるようになりました。

何もしなければこのままの状態が続くだろうと思ったシメオンがレコードプレーヤーのアームを指でつまんだとたん、黒い壁が襲いかかってきて、気がついたときには部屋の反対側に投げ飛ばされていました。感電したのです。シメオンは、床に倒れて呆然としていました。

僕は書斎から部屋に入っていって、「簡単なことだよ」と、言ってやりました。シメオンは、指の関節の上の焦げたブロンドの生毛を見つめながらしびれた右手をさすって、感覚を取り戻そうとしていました。

「ドリス・デイのレコードを磁気テープに移し、実験室に二時間こもって、十分十二秒で止まるように編集したんだ。それから、それを音響学科の旋盤でアセテート・ディスクに移した。レコードプレーヤーのスイッチを入れて、アームが二十九度の角度に達すると、アームのネジにハンダづけしたペーパークリップがわざとゆるめておいたワイヤーに接触してアームが電気の供給源になるようにしたんだよ」

僕は、うぬぼれ屋のシメオンがむせぶような声を出したことに満足しました。「どこでそんなことを学んだんだ?」

「『偽装感電術』という三日間のセミナーを受けたん

だ」と、教えてやりました。「主にテープ録音の実践的な応用を学んだんだが、もちろん、仕事の関係で電気配線の知識はあった。衝撃を最小限に抑えるためにアースをつけておいてやったことには感謝してくれよな。つけてなかったら……」僕は途中で言葉を切って、静かに部屋に入ってきたチャンポ・ナンダのほうを向きました。「誰だって、レコードの針が飛んだらアームに手を伸ばすよな。今回はアームが、つまりその、武器《アーム》になったわけだ」

チャンポ・ナンダは手を差し伸べてシメオンを立ち上がらせました。「うまくいったな、クリフ。サンプソンの仕掛けた罠を使って仕返しするとは、すばらしい」

「きっと、すぐにレコードをかけるだろうと思ったんです」と、僕は控え目に言いました。「ドリス・ディの歌が嫌いな人はいませんから」

## 12

### クリフ・アイヴァーソンの日記より

親愛なるX殿。シメオンへの仕返しが成功したことで、状況は好転したように思います。僕がシメオンをやり込めたことはたちまち噂好きな学生たちのあいだに広まって、これまでうさん臭そうな視線を向けていたクラスメイトも、「やあ、クリフ！」と、声をかけてくれるようになりました。しばらくすると、夕食の際に学院長のテーブルにも招かれました。カビーは、僕が前日にかつらとメイキャップと人工装具による変装の授業で実力を発揮した結果だと思っているようで、きわめて名誉なことだと言いました。航空機の設計で培《つちか》った技術のおかげかもしれません。空気抵抗の少ない機首《ノーズ》を作成するためにパテや粘土で模型を作っていたので、本物そっくりの付け鼻《ノーズ》を作るのは簡単でした。ただし、学院長が僕の実力を評価してマクマスターズに温かく迎え入れることを表明するために招いてくれたのかどうかは疑問でした。

平日の夜七時半になると、八角形のシャンデリアの下にモザイク模様をほどこした八角形のテーブルを並べたグレートホールは学生や教職員のにぎやかな話し声に満たされます。厨房に通じる両開きドアの上には歌手や奏者用の桟敷があって、隠されたスピーカーから広い部屋に音楽が流れてきました。

ウエイターはみな、学院の深紅と黒の制服を着ています。各テーブルに置かれた蘭の花や重厚な銀器、リモージュの食器、リネンのナプキン、ワインの入ったクリスタルのデキャンタ、それに、氷の上にのせられたバターのいい香りも、まるで豪華客船のダイニングルームのようでした。

部屋の南側には一段高くなったところがあって、そこだけはベルベットのカーペットが敷かれ、一番テーブルはその真ん中にありました。テーブルのまわりには、一脚だけほかの椅子より大きな椅子が置いてあって、そこからは、部屋にいるすべての人の顔が見渡せます。思ったとおり、それは学院長の席で、席札を見ると、僕の席は学院長の右側の先どなりだとわかりました。同じテーブルには、体育のターコット教官とレジデントアドバイザーのチャンポ・ナンダ、スペインの若き貴族のような風貌のマティアス・グラベス教授と妖艶な雰囲気を持った教務課長のジューン・フェルスブロックが座っていました。

僕の右どなりに座っていたのは、ずいぶん貫禄のある女性でした。静脈が動脈のように青く浮き出ていたので、彼女には青い血が流れているのかもしれません。

「クリフ・アイヴァーソンね」と、彼女は言い、僕に触れたくなかったのか、差し出した手をすぐに引っ込めました。「副学院長兼財務部長のエルマ・ダイムラーよ。調子はどう？」

「それが、けっこうたいへんで」と、僕は正直に打ち明けました。

「私も両方のポジションを兼務するのはたいへんなんだけど、なんとかやってるわ」と彼女は言って、ジャケットに勤続年数を示す小さなスペードを三つつけたウエイターを呼びました。「アントン、この学生はお腹をすかしてるの。とりあえずパンとセロリを持ってきて」

「お声をかけていただいて、ありがとうございます」

「ありがたがってないで、早く持ってきて」と、副学院長が叱りつけると、アントンは急いで立ち去りました。

　レジデントアドバイザーのチャンポ・ナンダは、僕の緊張をほぐして会話に引き込もうとしてくれました（ビルマにはファーストネームとラストネームの区別がないと本人が言っていたのですが、もしかすると、チャンポと呼ばれるのはコメディアンのマルクス兄弟を連想するからいやだと思っているのかもしれません）。「ところで、ターコット教官は、以前からずっと〝剣はペンよりも強し〟とおっしゃってますよね」

「それに、剣のほうがするどい」と、ターコット教官がみずから付け加えました。

「しかし、万年筆は小さな鞄にも入るし、毒を撒き散らすこともできるぞ」と、英語とスペイン語を教えている文学科長のグラベス教授が反論しました。「巧みな言葉を並べた偽のラブレターや脅迫状の力を過小評価してはいけない」

「アイヴァーソンさん、あなたの専攻は何なの？」ダイムラー副学院長は、あまり興味がなさそうに訊きました。

「上司です」と、フェルスブロック教務課長が代わりに答えてくれました。僕は、アントンが持ってきてテーブルの端に置いたバスケットのなかのロールパンのおいしそうなにおいにうっとりしていたからです。

「最近はそういう学生が増えて」

「戦争が終わったからじゃないかしら」と、副学院長が言いました。「戦争を遂行するために軍や企業に服従する必要がなくなったから。世の中は変わりつつあるんですと、いつも学院長に言ってるのよ」

　教務課長は焼きたてのロールパンをひとつ手に取ると、半分にちぎってバターを塗りました。「最近は、仕事上のライバルやファイナンシャルアドバイザーを削除するより上司を殺そうとする人のほうがはるかに多いのよね。もちろん、それより配偶者の削除のほうが多いんだけど」教務課長が僕を見ました。「じつは、私も夫のディルもそうだったの」彼女は、ダビデ王と、彼の最も有名な犠牲者であるゴリアテとバテシバの夫ウリヤをその両脇に描いた、涙を誘うステンドグラスの窓へ視線を向けました。「ディルと私は来たときは他人どうしで、共通点と言えば、残酷で愛情のない配偶者を殺したいと思っていることだけだったわ。なのに、なんと、恋に落ちてしまって……そういうこともあるのよ、アイヴァーソンさん！　夜に池のほとりを歩き、しだいに惹かれ合って、東屋《あずまや》の古びた庇の下でファーストキスをして……」そこから先は言いませんでした。「ついつい、のろけ話をしてしまったわね」

　ハロー学院長が息を切らしながら姿をあらわして、席につきました。「遅くなって申しわけない。アイヴァーソン君、来てくれてうれしいよ。それはそうと、ジラールはどこにいる？」

　それが合図だったかのように、タキシードを着た小柄な総料理長が近づいてきました。彼のほっそりとした肩と腰の幅は同じで、つやつやした髪と口ひげは服に合わせて黒く染めているようでした。「ようこそいらっしゃいました《ビアンヴニュ》、学院長《モン・キャピテーヌ》！」そう言うなり、総料理長は大きな音を立ててシャンパンの栓を開けました。

僕がそれを訛りだと誤解しないように、副学院長はわざわざ「彼はフランス人なの」と、教えてくれました。厨房で皿洗いのアルバイトをしていたので、総料理長がほかのスタッフとフランス語で話をしているのはしょっちゅう耳にしていましたが、一対一で話をしたことはありませんでした。「失礼しました」《ミル・フォワ・パルドネ》

学院長が僕を見ました。「アイヴァーソン君、このひと月、きみが舌と命をゆだねてきた人物を紹介しよう。マクマスターズの総料理長で、毒素に関する講義もしてくれているムッシュ・ジラール・ティシエだ。彼は、料理コンクールの銀賞や農事功労賞を受賞している」それを聞いて、総料理長は誇らしげに胸を張りました。「かつてはパリの有名な〈ル・カルカジュー〉の共同経営者だったんだが、ある日、相方がジラールの料理にケチをつけて……だから、ジラールは腕によりをかけて、相方に今後いっさいまずいと言わせない料理を作ったんだ。さて、そろそろ食事を出してくれるか？」

「では、副料理長のアルノーがワイン煮にする鶏の首をはねるのを手伝ってきます。ソースを作らせたら天才なんですが、アルノーは鶏を絞めるのが下手で」

総料理長が足早に立ち去り、学院長が立ち上がって水の入ったグラスをスプーンで叩くと、たちまち部屋が静まり返りました。「こんばんは、諸君」学院長のメリハリのある声は部屋中に響きわたりましたが、ふと目を上げると、学院長の頭の上に落ちてくるのではないかと心配になるほどマイクが垂れ下がっていました。

「こんばんは、ハロー学院長」部屋中からいっせいに声が聞こえてきました。

「では、頭を垂れて祈りましょう」学院の理念を考えると祈りを唱えるのは奇妙だと思ったのですが、全員がうつむきました。なかには、手を組んでいる学生もいました。「主は、地上のすべての者に命をお与えになったついでに死を与えるのも悪くないとお思いになりました」学院長は厳かな口調で祈りを唱えました。「私たちは、主がその恵みをお与えになることにもお与えにならないことにも感謝します。ただし、日ごとの糧はお与えください――今夜のロールパンは絶品で、ロールパンの作り手と私たちの創造主に感謝します――私たちを踏みにじった者たちを削除したあとは私たちがその者たちを赦すように、どうか私たちのこともお赦しください。私たちがなるべく早くその者たちの葬儀で〝アーメン〟と言えるようお計らいくださいますように。アーメン」

「アーメン」と唱える声が部屋中に響きわたりました。ほかの言語や宗教での個人的な祈りも終わると、食堂は椅子を引き寄せてとなりの人物と話をする声に包まれましたが、「これはワーキングディナーだ」と、学院長が先を続けました。たちまち、あちこちからうめき声が聞こえてきました。「抗議は受けつけない。食事の最中に毒殺が試みられるので、そのつもりで」

ターコット教官が小声でつぶやきました。「やれやれ！　今週もか。頼むから、のんびり飯を食わせてくれよ」

「このテーブルは例外扱いだろう」と、グラベス教授が楽観的な観測を述べました。「おそらく、アイヴァーソン君以外は」

学院長は、さらに続けました。「今夜の食事には、致死性の高い――しかも、まったく治療法のない――有毒成分が大量に含まれている。毒の名前と入手方法を知っているだけではいけない。大事なのは、その作用のメカニズムだ。そのことを念頭に置いて今夜の〝口頭試験〟に臨むように」それを聞いて、副学院長のエルマ・ダイムラーがそっと鼻を鳴らしました。

「有毒成分を突き止めた者は、起立して知らせなさい。最初に突き止めた者には、最も苦手な科目の試験に百点加点する。これは、かなりの加点だ。ただし、間違っていた場合でも、最も得意な科目に六十点加点する。もし体調に異変をきたして、われわれが手をつくしたにもかかわらず快復しなかった場合は、今度の日曜日に開催される盛大な追悼式で、その学生の舌の鈍さではなく勇敢さがたたえられ、当学院の歴史に名を残すことになるだろう」学院長は笑いが湧き起こるのを待ちましたが、逆に部屋は静まり返りました。ショービジネス界の人間なら誰でも知っていることですが、死刑囚を笑わせるのは至難の業なのです。

「いまのは冗談ですよね？」僕は、声をひそめてチャンポ・ナンダに訊きました。

「さあ、それはなんとも」ビルマ人のレジデントアドバイザーは苦悶の表情を浮かべて答えました。

「ただし、死に至る危険はない」学院長はそう言ってみんなを安心させました。「量が少ないからだ」学院長はテーブルに戻ってきた総料理長を見て、「そうだよな？」と、小声で尋ねました。

総料理長は、片方の手の平を上に向けて揺らしました。

「死に至る危険はない」と、学院長が繰り返しました。「万が一の場合に備えて解毒剤も用意している」学院長は、ふたたび総料理長に向かってつぶやきました。「そうだよな？」

総料理長は肩をすくめました。

「解毒剤も用意している」と、学院長が請け合いました。「それでは、正義とおいしいディナーが提供されるのを楽しもう」

そのひとことを合図に、制服を着て白い磁器のスープポットと玉杓子を持ったウエイターが一列に並んで厨房から出てきました。小柄なジラールは学院長の頭上のマイクをさらに下げるよう合図を送り、ファッションショーの司会者のようにマイクに向かって話しかけました。「今夜のディナーはコンソメスープではじまります。一九四七年のリヨン料理コンクールで優勝した特許取得済みのビーフストックにフランス産の新鮮なタラゴンとイギリス産のポットマリーゴールドを添えてお出しします。シンプルながらも味わい深いスープで、まずは胃のウォーミングアップをしてください。ボナペティ！」

僕たちのテーブルにはヘッドウエイターのアントンがやって来て、湯気の立つ薄茶色のコンソメスープを洗練されたマナーで僕の皿にだけ注ぎました。チャンポ・ナンダが早く飲めとせかすので、僕は恐る恐るスープを飲みました。ここへ来てからずっと総料理長の料理はおいしいと思っていたのですが、驚いたことに、そのスープは茶色いお湯にすぎませんでした。

「どうだ？」と、学院長が訊きました。「どう思う？」

「温かくて、おいしいです」と、僕は当たりさわりのない返事をしました。

副学院長が、ちらっと総料理長を見ました。「ちゃんと火は入っているようね」

総料理長と副学院長は各テーブルを熱心に見まわしましたが、まずいと文句を言っている声は聞こえたものの、具合が悪くなった学生はいないようでした。スープは、まずいというだけでおかしな味がしたわけではないので、毒入りの料理はこれから出てくるのだと思いました。

学院長は、僕にそっと声をかけました。「毒を見抜くことができれば、幸先のいいスタートが切れるかもしれないぞ。スープの平凡な味がヒントになるはずだ。つまり——」

とつぜん大きな音がしたので、びっくりして目をやると、燃えるような赤い髪をした痩せた学生が椅子に座ったまま床に倒れて、胃のあたりを押さえていました。倒れたのは、一緒に『応用電気工学』の授業を取っているミルトン・スウィルでした。

プリーツの入った銀色のカクテルドレスを着た魅力的な女性が立ち上がってそばに行き、ナプキンを何かで濡らしてミルトンの鼻の下に押し当てました。

部屋の反対側でも、学生がもうひとり倒れました。倒れたのはカビー・タヒューンでした。

室内は騒然となりましたが、カビーと同じテーブルに座っていたジャド・ヘルカンプとシメオン・サンプソンが同時に立ち上がって「ハロー学院長!」と叫んだとたんに静かになりました。

学院長も立ち上がって、「写真判定が必要かな?」と、ふたりに訊きました。

すると、彼らと同じテーブルに座っていたジェマがすばやく席を立ち、水の入ったグラスをカビーに渡して、「毒を突き止めたのはジャドです!」と、学院長に知らせました。「ジャドがシメオンに話したら、シメオンも一緒に立ち上がったんです」

シメオンは当惑しているような表情を浮かべました。

「それは違う!」

「いいえ、ジェマのいうとおりです!」と、ジャドが叫び返しました。

「それでは、話を聞こう」と、学院長がふたりをなだめました。「ヘルカンプ君、きみは何だと思う?」

ブックエンドのような髪型をしたジャドが、「毒はソルトシェーカーのなかに入ってます」と言いました。

「そう結論づける理由は?」

「ここでこんなに水臭いスープが出てきたことはありませんから。最初は舌が鈍ったのかもしれないと思ったんですが、気がつくと、反射的にソルトシェーカーに手を伸ばしてました。スープに塩をかけたことなど、ここでは一度もなかったのに。それに、テーブルの上に塩とコショウが置いてあるのも今夜がはじめてだと気づきました。もっと早く気づけばよかったんですが、ソルトシェーカーはさりげなくテーブルに置いてありましたし。で、誰かが塩を使うのを待っていたら、スウィルがスープに塩をふりかけたんです」

「それを止めずに黙って見ていたとは、たいしたものだな、ヘルカンプ君」学院長は冷ややかにそう言うと、僕のほうを向いて、「標的に毒を盛ってはだめなんだよ、アイヴァーソン君」と、忠告してくれました。

「標的が自分で自分に毒を盛るように仕向けるんだ。いいな？」

僕は「はい、そうします」と答えましたが、〝大丈夫です〟とか〝心配いりません〟と言うときと同様に、なんのためらいもなく嘘をついてしまいました。

学院長は、まだ突っ立っているシメオンに声をかけました。「毒の正体を突き止めてみる勇気はあるかね？」

シメオンは手のひらの上でソルトシェーカーを振りました。「塩のなかに無色の結晶がいくつかまじってます。たぶん、お馴染みの青酸カリだと思います。でも、青酸カリ特有のビターアーモンドに似たにおいがしないのはなぜですか、ティシエ総料理長？」これは、頭のいい学生が自分の知識をひけらかすために質問をする典型的な例だと思いました。

総料理長はうんざりしたように答えました。「このなかにビターアーモンドのにおいを嗅いだことのある人が何人いるでしょう？　それはどんなにおいですか？　ヒ素は無臭にもかかわらず、古いスニーカーのようなにおいがすると言う人もいます。青酸カリのにおいを嗅ぎわけることができない人も十人中ひとりはいます！　遺伝的な欠陥のせいなんですが」

「それはそうと、被害者は大丈夫かな、ヴェスタ？」学院長は、カクテルドレスを着た女性に訊きました。

ヴェスタ・スリッパーが、スーパーモデルの生みの親と言われているアイリーン・フォードの事務所に所属しているモデルだというのは、あとで知りました。高度実践看護師の資格を持つモデルは、世界でヴェスタ・スリッパーだけだということも。彼女は秀でた額と美しいラインを描く眉と唇が魅力的で、彼女がそばに来て脈を測ってくれたのなら、ミルトン・スウィルも胃がけいれんを起こしてよかったと思っているのは明らかでした。意識が朦朧《もうろう》としているのではなく、うっとりしているだけなのかもしれないとさえ思いました。

「ふたりとも、大丈夫です」と、ヴェスタはきりっとした声で言いました。「量はわずかで、スープで薄められてましたから。硝酸アミルと活性炭も投与しました。牛乳をたっぷり飲んでぐっすり眠れば、朝にはよくなっているはずです」

学院長が演習に協力してくれた総料理長に学院の代表として感謝の意を伝えると、毒の入ったソルトシェーカーと水臭いスープの入った皿が下げられました。そして、ウエイターが先ほどと同様に一列に並んで本物のスープを運んできました。ミルトン・スウィルとカビー・タヒューンが体を支えられて部屋を出ていくと、総料理長は、タイムをちらしてローストしたエシャロットとヨモギギクとカキドオシで風味づけしたキノコ入りイカスミスープだと、誇らしげに告げました。

ジェマはジャドと一緒に席につくときに、勝利を祝うかのようにさっとハグを交わしました。彼女がなぜあんないいかげんな男を好きになったのか、まったく理解できませんが、僕の乏しい経験から言うと、どんなカップルでも、それぞれのことをよく知れば惹かれ合う理由がわかります。ふたりの親密な会話を盗み聞きしたり、それぞれのドレッサーやクローゼット、あるいはクローゼットの奥の棚の上に置いてある靴箱を調べて彼らが望んでいることや恐れていることを知れば、たいてい似合いのカップルだとわかるのです。

本物のスープを飲み終えると、学院長と同じテーブルに座っていた者たちはみな総料理長に賛辞を伝えました。シャトー・オー・ブリオンをふた口飲んですっかり気が大きくなった僕は、大胆にもこう言いました。

「スープの名前を聞いたときは、まずそうだと思ったんですが……」ぴったりくる言葉をさがしたものの、浮かんできませんでした。「こんなおいしいスープはこれまで飲んだことがありません」

「一度も？」と、総料理長はわざわざ確かめました。

「ええ、一度も」

総料理長は指の関節でテーブルを叩きました。「これは、スポーツこそ削除に最適な手段だとおっしゃるターコット教官にいつも申し上げていることなんですが、感づかれずに毒殺するにはエキゾチックな料理に毒を盛るのがいちばんだという私の考えは変わりません。客が、自分たちの味覚センスを覆すような驚くべき味に期待すればするほど、致死性の高い毒をまぜ込むのが容易になります。斬新な料理を出すという評判が殺人ディナーを可能にするんです！」

「そのとおりだ」と、学院長が声を張り上げました。

「われわれはみな、チキンポットパイやニューイングランド・クラムチャウダー、それにソーセージビーンズの味を知っている。しかし、ノラニンジンやヒヨスの毒はどんな味がするだろう？　自慢話のネタに飢えている客に、ジラールのビーフトライフルと香草でコンフィしたフグの煮こごりを最初に口にするのはあなたたちだと伝えたら、たとえ危険でも食べたいと言うはずだ……もちろん、彼らは命を落とすことになるのだが」

「料理に詳しい人ならそういう手を使うこともできると思います」と、僕は言いました。「でも、僕はコーンフレークの味の違いもわからないんです」

「きみだって、サクランボの種を二十個潰してシアン化水素を発生させたり、生のナツメグを砕いてミリスチシンを抽出することはできるだろう？」と、総料理長が僕を励ますように言いました。「アプリコットのヘタを取らずに業務用ミキサーにかけただけでも、あらゆるデザートに使える有毒なピューレができるんだ」

「その有毒なピューレをどうやって客に提供するんですか？」と、訊いてみました。

総料理長はしばらく考えてから肩をすくめました。

「ケーキに添える」

同じテーブルに座っていた人たちは総料理長の話に興味を惹かれたかもしれませんが……このディナーのあいだに、僕はメリル・フィードラーをこの世から消し去る際にすぐにでも応用できるいくつかの知識を学院長から教わりました。

## 13

本章はこれまでの章と比べると秘匿性の高い情報が少なく、読者の興味を惹くのはむずかしいかもしれないが、それには、焦点を当てた人物の不快な性質も影響しているものと考えられる。また、他の章と違って、ヴォルタン・インダストリーズの従業員へのインタビューなど、外部情報に依存しているのもその要因のひとつかもしれない。　　　　——〔HH〕

クリフ・アイヴァーソンが、不本意ながらも殺人者になるための知識を学んでいるあいだ、メリル・フィードラーは、まるで息を吸うように他人の夢を壊し、希望を打ち砕き続けた。

フィードラーが自分の肉体に自信を持っているのは知られていたが、そのことやジョアン・ビーソンの名前は、もう誰も口にしなくなっていた。ジョアン・ビーソンは午前九時にフィードラーとの面会を取りつけていたが、彼女が恐る恐るフィードラーのオフィスのドアをノックしたときは、机のそばにフィードラーの姿はなかった。「入ってくれ」彼は、会社にひとつしかない個人用のバスルームから叫んだ。「開いてるから」

フィードラーはバスローブをはおり、ブロンズ色と銀色のまじったクルーカットの髪をタオルで拭きながらバスルームから出てきた。「時間どおりだな。早く入れ」

ジョアンは、裸同然のフィードラーと話をしているのが受付から見えるかもしれないと思って、うしろを振り向いた。「出直します、ミスター・フィードラー」と、ジョアンはみずから申し出た。本人に言われて、会社では〝ミスター・フィードラー〟と呼ぶことにしていたのだ。

「ばかばかしい」と、フィードラーは一蹴した。「そんなにしょっちゅうってわけじゃなくても、オフィスで寝なきゃいけないほど忙しいんだから、バスローブ姿で部下と会うのはだめだと会社が言ったところで、しょうがないじゃないか」彼は、オフィスにソファベッドを置いてくれと会社に要求したときも、同じ理由を述べた。会社には頻繁に泊まっていたが、事情を知らなければ、企業のエグゼキュティブは忙しいからだと思う人もいただろう。「おれのバスローブ姿を見るのも裸を見るのも、今日がはじめてだというわけじゃないんだし」

これは誘惑のように聞こえるかもしれないが、もはやリンカーン・トンネルをアメリカの十六代大統領と結びつけて考える人がいないのと同様に、フィードラーの性生活も女性に対する思いとは何の関係もなかった。単に、部下がどれだけ自分の言うことを聞くか、あるいは理不尽な要求でも受け入れるかどうかによって自分の力の大きさを測っているだけだ。会社で電話交換手として働いているジャニスとの関係をある日とつぜん解消して速記者のシャーリと付き合いはじめたら、ジャニスはフィードラーがシャーリにかけた電話を取り次がなければならなくなる。またべつの日には、MITの大学院を出ているクリフ・アイヴァーソンの業界での信用をおとしめて、手柄を横取りする。フィードラーは、一日のうちにその両方を、いや、それ以上のことをする。

ジョアンの前でバスローブを脱いで服を着てもよかったのだが、フィードラーの背中には二週間前に地下鉄のホームで頭のおかしいニューヨーカーに突き飛ばされたときの黄色みがかった痣が、まだ残っていた。ふたりの私服警官が助けてくれたので電車に轢かれずにすんだものの、痣はなかなか消えず、ジョアンに弱みを見せたくなかったのだ。

技術者として空軍に入隊して、航空工学に関するわずかな知識を得たフィードラーは、除隊してヴォルタンに就職する道を選び、ヴォルタンが政府と数々の契約を結んでいたことから、真珠湾攻撃のあとも召喚を免れた。同年代の男性はみな戦争に駆り出されていたので、フィードラーは国の戦争マシンと化して昼夜をわかたず働いていた女性従業員や徴兵検査に落ちた男性を押しのけて、やすやすと出世街道を歩んだ。大学を卒業したばかりの若くて優秀な技術者が入社してきても、独自の技術に頼って——新入社員の自尊心と自信を傷つけ、ささいなミスを責めて手柄を乗っ取ることによって——みずからの地位を守り続けた。

相手が女性の場合はさらなる策を講じ、みずからの狭い基準で、地味だ、平凡だと判断した女性を公然と中傷した。魅力的な女性にはべつの策を講じて、ジョアン・ビーソンは、フィードラーに弄ばれた最新の被害者となった。

フィードラーはジョアンに、そのときはソファになっていた、黒っぽいウールの布で覆われたソファベッドに座るよう身振りで示した。フィードラーにはレザーのほうが似合っていたかもしれないが、裸で座ることが多いので、肌に貼りつくのを嫌っていた。洗練さに欠けると思ったのだろう。

フィードラーは、ソファの横に置いてある茶色い錬鉄製のフレームのついたアンティークの地球儀の前を通って、ジョアンのとなりに腰を下ろした。「ミシガンに行けば、きっといいことがあるよ、ジョアニー」と、フィードラーはうらやましそうに言った。「ゆうべ、連絡があったはずだ」

「怒ってるの？」ジョアンの目付きはけわしくて、本心を読み取るのはむずかしかった。「どうしてミシガンに行かなきゃいけないの？　ボルチモアを離れることなんてできないわ」

フィードラーはジョアンに腕をまわした。「心配しなくてもいい。年に四回はミシガンへ行くから。また会えるさ」

ジョアンは、床下のクモの巣を払うようにフィードラーの腕を押しのけた。「私が途方に暮れているのは、あなたに会えなくなるからだと思ってるの？　私には病気の夫と学校に通っている子供と、親戚や友人もいるのよ。でも、ミシガンには誰も知り合いがいないわ」

「ミシガンはミシガンでも、田舎に行くわけじゃない」フィードラーは、やけにその点を強調した。「ランシングだぞ、州都の。それに、向こうへ行けば、ここで働いている女性社員よりはるかに高い給料がもらえる」

ジョアンがフィードラーを見つめた。「あなたの差し金なのね？」

「違うよ。ニューヨークで決まったことだ」フィードラーは残念そうな顔をした。「きみがどれほど尽くしてくれているか、連中に伝えなきゃよかったんだが」彼の言葉はおざなりで、もっとうまい言いわけを思いつくこともできたはずだが、考える気すらなかったのだろう。彼はただ、ジョアンを自分のオフィスとこの街と、そして自分の人生から追い出したいだけだった。ジョアンとの仲は数ヵ月前に終わっていた。「きみがいなくなるとさびしいよ」

「こんなこと、できないはずよ。私はあなたのことを何もかも知ってるんだから」とジョアンは言ったが、それこそがフィードラーが彼女を遠ざけようとする理由だった。

「ジョアニー」フィードラーは、彼女がそう呼ばれることを嫌っているのを知りながら言った。「ポラロイド・カメラの話を聞いたことがあるか？　まだあまり知られてないんだが、カメラが自動で写真を現像するんだ。保安係のバクスリーが、この地球儀のなかにひとつ埋め込んでくれたんだよ。レンズは、この北極圏のあたりにある」フィードラーは、北極圏がジョアンのほうを向くように、ソファよりほんの少し高いところにあるアンティークの地球儀を回転させた。「スイッチを入れると、十五分間、一分ごとに写真が撮影されるようになっている。設計図を盗み見しに来る奴がいたら捕まえないといけないからと言って、バクスリーに頼んだんだ」

フィードラーは、コーヒーテーブルに置いていた茶封筒を手に取ってジョアンに渡した。何が入っているのかわからないままジョアンがなかを覗くと、メリーランド州とミシガン州を含むいくつかの州では違法とされている行為に及ぶ彼女のスナップショットが四枚入っていた。フィードラーはかろうじてフレームからはずれていた。

「破っていいぞ」と、フィードラーはやさしく言った。「もっと写りのいい写真があるから」

ジョアンは、フィードラーのオフィスをあとにするときにこれまで何度も感じたことのある吐き気に襲われた。「飲み物か、飲み物に何か入っていたせいよ」彼女は、弁解するような口調で言った。「だから、どうやって断わればいいのか、わからなくなってしまったの。お願い。私には家族がいるの。ミシガンへなんか行かせないで」

フィードラーはバスローブの紐を結び直した。それが出ていけという合図だというのは、ジョアンもこれまでの経験で知っていた。「いいか、ジョアン、おたがいに楽しい思いを……」

「私は何も覚えてないわ」

フィードラーはほっとした。もしジョアンがわめきだしでもしたら……「じゃあ、きみはそれほどさびしい思いをせずにすむわけだ」彼はジョアンのためにドアを開け、さして苦労もせずに彼女を自分のオフィスから永久に追放できたことを確認してドアを閉めた。

これは、コーラのときよりもはるかにうまくいった。彼の好みからすると、コーラのことがたまらなく気に入っていたというわけでもなかったのだが、彼女はアイヴァーソンに惹かれているようで、それが不愉快だったのだ。最後の二回は、あからさまに脅さなければ誘いに応じようとしなかったが、彼女は写真のことを必要以上に深刻に受け止めていた。

そもそも、自殺しそうな人間かどうかなど、わかるわけがないではないか？

フィードラーは、まったく興味がなかったために仕事を辞めさせる必要もなかった秘書のメグに、「エリック・ゴットシャルクは来てるか？」と、インターホンで訊いた。

「はい」

「呼んでくれ。しばらく電話は取り次がないように」

ドアをノックする音が聞こえると、フィードラーはゴットシャルクをなかに招き入れた。眼鏡をかけた、まだ若いゴットシャルクは、大事な仕事を中断してやって来たのか、白衣を着たままで、フィードラーはそれを見て苛立った。

「まあ、座れ、エリック」

フィードラーが机の向こうにまわると、ゴットシャルクが、「着替える時間が必要なら……」と言いかけた。

フィードラーはそれをさえぎって、机の反対側の低い椅子を指さした。

ゴットシャルクは、「僕が指摘したW‐10の設計ミスのことでしょうか?」と訊いた。

「W‐10に設計ミスなどない」フィードラーは、まだ完成していないにもかかわらずパンアメリカンと英国海外航空、それにターキッシュ・エアラインズが注文を入れてきている新機種の設計上の瑕疵《かし》を否定した。

「じつは、このあいだ、前任者のクリフォード・アイヴァーソンが作成した回路図の欄外に書き込みがしてあることに気づいたんです」と、ゴットシャルクが説明をはじめた。「変更された設計では、昇降舵と方向舵を制御する電気回路が、彼の設計した貨物室の下の専用のダクトではなく貨物室に敷設されています。何らかの原因で飛行中に貨物室のハッチが開いたら、急降下をはじめた百三十トンの機体をパイロットが手動で制御するのは不可能です」

ゴットシャルクはフィードラーの返事を待ったが、フィードラーは無言で机の上のファイルを開いた。フィードラーのオフィスはボルチモア郊外の平地が一望できる角部屋で、彼の机と椅子は大きな窓が交わる角に置いてあった。したがって、コーヒーテーブルと同じくらいの高さの椅子にフィードラーと向き合って座ると、意図したことなのか、フィードラーは空に浮かんでいるように見えて、その下にある製造工場や平べったい格納庫は視界から消えた。太陽はちょうどフィードラーの頭の真うしろにあったので、ゴットシャルクにはフィードラーの表情を読み取ることができなかった。

「環太平洋学生連盟に所属したことはあるか、エリック？」フィードラーは、わかっていたのにわざわざ訊いた。

ゴットシャルクは困惑した表情を浮かべた。「学生時代の話ですよね。それと設計上のミスと何の関係があるんですか？」

フィードラーはにんまりとした。「いまはきみの欠点について話してるんだ。司法長官が環太平洋学生連盟を危険団体に指定しているのを知ってるか？」

ゴットシャルクは眼鏡をはずして、ハンカチでレンズを拭いた。「政治活動に関わったことはありません。友人といくつかの会合に参加しただけです」

「ジョージ・ブリッドウェル」フィードラーは、手にしたファイルを読み上げた。「発音は合ってるか？」

ゴットシャルクはたじろいだ。「ええ」

「現在、きみは彼と一緒に暮らしてるのか？」

「はい。家賃を節約するために」

「ワンベッドルームのアパートだよな？」と、フィードラーは遠まわしに訊いた。

ゴットシャルクは二度まばたきをした。「リビングルームにソファベッドがあるんです。毎月コイントスをしてどちらがベッドで寝るか決めるんですが、裏が出ることが多くて」

「そんなことだろうと思ったよ。ミスター・ブリッドウェルとは肌の色が違うんだろ？」

「それが何か？」

「何でもない。訊いただけだ。ふたりとも独身主義者なのか？」フィードラーは、そう言ってしばらく間を置いた。「要するに、君はワンベッドルームのアパートで有色人種の男性と一緒に暮らしているわけだ。これは、国防関係の仕事に係る企業じゃ、セキュリティ上のリスクになる。いったんファイルに記入されると、ゴットシャルその情報は一生ついてまわる」

「つまり、クビってことなんですね」黙って聞いていたエリックが、ついに口を開いた。「僕には将来もないってことなんですね」

「そうじゃない」と、フィードラーが告げた。「このことはかなり前から知っていて、できるかぎり秘密にしておくつもりだったんだ。しかし、それによって私が危険にさらされるおそれがあるのはわかるよな。もし社員のなかに会社や私を裏切るようなことをしている者がいたら教えてほしいし、誰かがあらたな設計図を書いたり構想を提案した場合は、いち早く知らせてほしい」

部屋はとても静かだったので、フィードラーにはゴットシャルクが唾を飲み込む音が聞こえた。フィードラーがゴットシャルクのためにグラスに水を注ぐと、喉がからからになっていたゴットシャルクはそれを飲んで、「ありがとうございます……セカンドチャンスを与えてくださったご恩はけっして忘れません」と言った。

「W‐10に設計上のミスがあるというでたらめな話は忘れたほうがいい。ついでに言っておくが、アイヴァーソンがほかにどんなことをメモしていようと、真剣に受け止めるつもりはない。アイヴァーソンと彼の同僚のジャック・ホルヴァスは、車のトランクに政府関連の書類を積んで逃げようとしたんだ」

「それは知りませんでした」

「そりゃそうだ。逃げる前に取り押さえて、表沙汰になる前に辞表を提出させたんだから。表沙汰になっていれば、エアコーをはじめ、競合他社は大喜びしたはずだ。幸いと言っていいのかどうか、ホルヴァスは自分のしたことを恥じて死を選び、アイヴァーソンは行方をくらました。大事なのは、W‐10の受注を可能なかぎり増やすことだ。納品後に問題があると判明した場合は、いつでも注意喚起をうながすことができる」

フィードラーは立ち上がってドアを指し示した。ゴットシャルクはドアの前で足を止めて、「僕の私生活についてご存じだったにもかかわらず雇ってくださったことに、改めて感謝します」と、礼を述べた。

「礼には及ばない」と、フィードラーは言い返した。「きみの私生活を知っていたからこそ雇ったんだから」

ひとりになったフィードラーは素足をコーヒーテーブルの上にのせて、全従業員が自分にかしずく日が来るのもそう遠い先ではないと思った。

そして、受話器に手を伸ばした。右太ももの内側に蝶の形をした生まれつきの痣のある電話交換手が出ると、「ジャニスか？　シャーリ・ドゥーガンを呼び出してくれ。経理部で秘書をしている女性だ」

「彼女はいろんなことをしてるわよ」と、ジャニスは言った。「呼び出すわ」

フィードラーは、ジャニスがけっして〝ミスター・フィードラー〟と呼ぼうとしないことに気づいた。ジャニスには、ほかの従業員と比べてもかなりひどいことをしてきたからだ。

「もしもし、シャーリよ」期待がもてる、さわやかな声が聞こえてきた。

「メリル・フィードラーだ。いますぐ私のオフィスに来てくれ。ただし、その前に化粧直しをして」

「あなたって、ほんとうに冗談が好きね」シャーリはそう言って返事を待ったが、フィードラーはすでに電話を切っていた。彼はニューヨークでできた痣をさすりながらソファから立ち上がったが、まだ痛くて、一、二週間は痛みが残りそうだった。

それを除けば、人生に何の不満もなかった。

# 14

クリフ・アイヴァーソンの日記に戻る前にジェマ・リンドリーとドリア・メイ（別名ダルシー・モーン）の論文の進捗状況を手短に説明しておく。

——〈HH〉

支援者もいず、貯金もないジェマには、ヘッジハウスの快適なひとり部屋にいるクリフや古い農家風のコテージにいるダルシーと違って、プライバシーなどなかった。女子寮は、かろうじて学費をかき集めることのできた学生のための、言わばエコノミークラスの住まいで、ジェマは三人の女子学生と三階の相部屋で暮らしていた。ただし、マクマスター学院では授業も食事もすべての学生に対して平等に提供しているので、ジェマがみじめな思いを味わうのは、寝ている時間を除けば一日のうちの数時間だけだった。

ジェマのベッドの右側には、いつもにこにこしているミリアム・ウェブスターのベッドがあって、そのあいだに小さなナイトテーブルがひとつ置かれていた。ベッドはくじで決め、ジェマは運よく、ミード池と池のほとりの店や、それを取り巻くように延びる石畳の遊歩道を一望できる窓際のベッドを引き当てた。あたりはすでに暗くなっていたので、ベッドに寝そべると、柳の葉のあいだからもれてくるガス灯の青い光が大きな池に反射してゆらゆらと揺れているのも、カフェや屋台の前に吊るされたランタンの暖かそうな金色の光も、学生住宅の豆電球が格子のような模様を描いているのも見えた。

ジェマがクリフ・アイヴァーソンに人を殺したことがあると話してから——話す必要などないのに話して

から――すでに数週間経っていた。クリフ・アイヴァーソンに好意を抱いて、やさしい人だと感じていたにもかかわらず、それ以来、ジェマはできるだけ彼を避けて、声をかけたり目を合わせたりするのも最小限にとどめていた。彼に惹かれていたのだとしても、自分の潜在意識がそれを妨げようとしているのではないかとも思っていた。恋愛にうつつを抜かして学院での貴重な時間を無駄にする余裕などなかったからだ。もちろん、ヴェスタ・スリッパーが設けた〝逢い引き部屋〟へ行けば、人目を気にすることなく（キャンパス内で噂されているように）愛を深め合うことができるのもわかっていた。それにしても、なぜクリフに秘密を打ち明けたのだろう？

「秘密は守るわ」アデル・アンダートンは一年前にそう言った。アデルもジェマも、聖アンナ病院の管理部で働いていた。ふたりとも階級は同じだったが、勤続年数はジェマのほうが長かった。

ジェマは、帳簿からゆっくりと顔を上げた。一瞬止まった心臓は、ふたたび弱々しく脈打ちだした。「秘密って、どんな？」

「問題はそこなの。どんな秘密かということよ」アデルはそう言ってにっこり笑った。「いい？　ほかの人にはぜったいしゃべらないから、咎められるおそれはないわ」

ジェマはその先を待ったが、アデルはそれ以上何も言わずに、それまで見ていた書類に視線を戻した。アデルが静かにページをめくるたびに、ジェマは叫びたくなった。こっちも何も言わずにいると、やはり秘密があるのだと思われるのはわかっていたし、もちろん秘密はあった。何か言ったほうがいいのだが……何と言えばいいのか？　とりあえず、「コーヒーを飲む？」と、アデルに訊いた。

「ええ、お願い」と、アデルは答えた。

ジェマは席を立って部屋を出た。ドアを出たすぐのところには、恐ろしいほど熱いコーヒーを薄い紙コップに注ぐ機械があった。「ホワイト？　それともブラック？」

「ホワイトで、砂糖を多めに」

ジェマは機械のボタンを押した。「掲示板にグレンダが定年退職するという紙が貼ってあったけど、見た？」

「見たわ。求人広告を出す前に新しいスーパーバイザーを内部で公募するというのは、とってもいいことよね。応募しないの？　見た瞬間、あなたなら手を挙げるだろうと思ったんだけど」

「そのつもりだったんだけど」ジェマは、熱いのを我慢して機械から紙コップを取り出した。

「まだ応募してないの？」

「ええ」

「よかった。それなら、応募しないで」

ジェマは、コーヒーを渡そうとしていた手を途中で止めた。「えっ？　どうして？」

「あなたに部下の時間管理はできないからよ。刑務所のなかからじゃ」アデルは声を震わせてけらけらと笑った。「もちろん、冗談だけど」

ジェマは、アデルを見ないようにしてコーヒーを彼女の目の前に置いた。すると、アデルはこう付け足した。「でも、上層部に知れたらあなたが選ばれることはないはずよ。ただし、彼らに知られることはないわ。私は秘密を守る方法を知ってるから」

ジェマは自分の席に戻った。自分のコーヒーを買うのは忘れた。

アデルはさえずるように言った。「私が応募するから、あなたは推薦状を書いてくれたら、それでいいの」

「あなたのために、推薦状を？」

「同輩からの推薦状があれば――」

「同輩？」ジェマは聖アンナ病院に五年勤務していた

が、アデルは働きはじめてわずか数カ月だった。

「手間はかからないはずよ。すでにタイプしてあるから」アデルは、折りたたんだ手紙をジェマに渡した。「病院の便箋にタイプしたの。自分の長所を誇張したつもりはないけど、私はあなたよりいい学校を卒業してるし。それに、ドクター・エリスデンは、私を見ると元気が出ると言ってくれるのよ。もしかすると、特別な部分が元気になるのかも」アデルはそう言って、またけらけらと笑った。

渡された手紙を読んでいるうちに、ジェマはとつぜん呼吸の仕方を忘れてしまったような錯覚に陥った。

「これは推薦状じゃなくて――私が……自分で使用するために薬局から鎮静睡眠薬のペントバルビタールと注射器を盗んだという告発状では」

アデルは大きな声で笑いながら手紙を奪い取った。

「あら、ごめんなさい。間違えちゃったわ！　同じ便箋にタイプしたから。推薦状はこっちよ。このくだらない手紙は破り捨ててもいいの」アデルはその言葉どおり手紙を破ってゴミ箱に投げ込むと、「心配しないで」と、陽気に言った。「これはコピーよ。でたらめなことを書いてないかどうか確認したければ、まだ何枚もコピーがあるわ。わかった？　あなたの秘密がバレることはぜったいにないから」アデルはようやくコーヒーをひと口飲んだ。「おいしいわ。甘さもちょうどよくて」

# 15

ダルシー・モーンは『アリバイ学』の授業に遅刻したが、言いわけは許されなかった。気づかれないようにこっそり教室に入ろうとしたものの、彼女にそんなことができるはずはなかった。帽子をかぶってだらしなくネクタイを結んだドブソン警部は、壁の時計にちらっと目をやってからダルシーを見た。「すみません」ダルシーは十年ぶりに謝った。またひとつあらたな演技を身につけたわけだ。

有名人の現在の地位は、遅刻がどこまで許されるかによって測ることができる。映画スター用の標準時間帯ではスターが席につけば夕食会が開始され、定期商用便はスターが空港に到着するまで出発を延期する。午前中の撮影も、〝朝早くから申しわけない〟と監督が謝るまではじまらない。とつぜん時計や約束の相手や教員の標準時間帯に合わせなければならなくなったダルシーは、おおいに苦労した。彼女は年越しパーティーで『蛍の光』を歌うのを午前二時過ぎまで延期させたこともあったので、苦労するのは目に見えていたのだが。

それはともかく、ダルシーは動植物園ゾーンの丘の麓で三番のシャトルバスを降りると、乗り継ぎのトラムを待たずに、学院内では〝本部〟と呼ばれているトルソン犯罪捜査学科まで歩くことにした。ゴンザーゴ・ガーデンズに近寄るのは避けて、まずはほのかな香りが漂う毒草園の段々畑に沿って坂を上った（彼女は、命を落とす危険もある蜂アレルギーだということで、ゴンザーゴ・ガーデンズでの実習は免除されていて、それを証明するために、ローズゴールドのプレートに蜂アレルギーであることを刻んでピンクオパールとダイヤモンドをあしらった、高級宝飾店ショパール特製の医療用ブレスレットを身につけていた)。坂を上りきると、今度は動物舎のあるブートヒルと呼ばれている坂を下った。スネークピットを(スネークピットには〝奈落〟という意味もあるが、文字どおりのヘビ穴を)覆うヴィクトリア朝様式のガラスの東屋をまわり込んで、教員専用の茅葺きのコテージを足早に通りすぎると、ブートヒルに隣接する小さな丘をくぐる、照明のついた歩行者用のトンネルに入った。学生たちの声がクリーム色のタイルに反響するトンネルを抜けると、すぐに広い芝生の庭と新古典主義の外観を備えた本部が見えてきた。本部の広い階段は裁判所のような威厳をたたえていたが、壁の大部分は、石ではなく漆喰だった。人造大理石で覆われたロビーに入ると、番号のついたドアが並ぶ左手の廊下を進んだ。

廊下の突き当たりにあるドブソン警部の講義室は殺風景で、ダルシーが二カ月前にマクマスターズに到着して以来、はじめて目にする魅力のない光景だった。それは、学院の居心地のいい環境と婉曲的な用語体系のせいで、敵は(これは警察と地方検事のことなのだが)手強いという厳粛な事実から学生が目をそむけてしまっては困るというドブソンの懸念のあらわれでもあった。

一連の必修科目の初講義の日だったので、ダルシーは感じのいい学生をさがしてあたりを見まわした。教室には、ブロッサム・シンという名前の三十代か四十代の魅力的な女性がいた。彼女は、家業と父親の生きる意欲を奪ったふたりの男を殺すためにここへ来たのだと、すでにダルシーに打ち明けていた。ブロッサムと同様に、コンスタンス・ベドーズという名前の七十代後半のやさしそうな白髪の未亡人も、笑みを浮かべてダルシーに会釈した。コンスタンスは大富豪で、近々すこぶる魅力的なイタリア人のジゴロと結婚することになっていた。けれども、結婚すれば夫に殺されるかもしれないと思って、いざとなったら先に夫を殺すためにマクマスター学院に入学したとのことだった。

「お金が目当てで夫に殺されるかもしれないと思ってるのなら、なぜ結婚するわけ?」と、ダルシーが訊いた。

「ハネムーンに行きたいからよ」と、コンスタンスは答えた。

少なくとも、ハネムーンのあいだは夫も神妙にしているだろうと思っているらしい。ハネムーンが終わって、身の危険を感じたり、あるいは夫にうんざりしたとしても、彼女が一文無しの夫を殺すとは誰も思わないはずだ。

ドブソン警部の授業はきわめて実践的だった。彼は学院独自の表現をいっさい口にせず、ためらうことなく〝殺す〟とか〝消す〟という言葉を使った。長い一日の最後の授業で彼のストレートな物言いを耳にするのは、多くの学生にとって、まさに一服の清涼剤となった。

「まずは、きみたちが聞きたくないことから話そう。警察は本気だ。われわれは愚かじゃない。たいてい数時間以内に犯人を突き止めることができる」ドブソンは依然として警察のことを〝われわれ〟と呼んだ。

「われわれは先入観を排して捜査に着手するわけではない。可能性の低そうな容疑者は深追いしない。最も怪しそうな容疑者が犯人なんだ」

ブロッサム・シンが質問をぶつけた。「じゃあ、警察に目をつけられたらどうすればいいんですか?」

「つねにアリバイを用意しておくことだ」と、ドブソンはきっぱり言った。「だから、『アリバイ学』は必修科目になっている。たとえ犯行の手段と動機と機会があっても、揺るぎないアリバイのある人物を捕まえることはできない。巡査部長はいい喩えを知ってるんだが、教えてやってくれないか?」

ステッジ巡査部長は、うれしそうに喩えを披露した。

「アヒルのように見えて、アヒルのように泳いで、アヒルのようにクアックアッと鳴いても、アリバイがあれば、それはアヒルではない」

「つまり、夜明けにニューヨークのセント・パトリック大聖堂の前で誰かを射殺したのなら、犯人は同じ日の正午にバチカンでローマ法王と一緒に写真に収まっていなければならないということだ」ドブソン警部はしばらく間を置いた。「アリバイ工作は思っているほど簡単ではないってことを胆に銘じておけ」

「でも、どうすればいなかった場所にいたことにできるんですか？」コンスタンスが、哲学的ではあるものの、じつにまっとうな質問をした。

ドブソン警部は、逮捕しようとしているかのようにダルシーのそばへ歩いてきた。「ミス・モーン。いつも遅れて来るんだから、むずかしい質問には最初に答えてもらわなきゃいけないな」

ダルシーはドブソン警部に科された罰を受け入れて、「替え玉《ボディ・ダブル》？」と答えたが、みんながぽかんとした顔をしているのを見て、映画業界の専門用語がわからないのだと気づいた。「つまり、そっくりな人を使えばいいんじゃない？」

ドブソンが顔をしかめた。「人を巻き込むのはだめだ。ぜったいに。たとえひとりでも共犯者がいれば、片方が検事と司法取引をして、もう片方に罪をかぶせようとする。ふたりとも、そうするんだよ」

ダルシーは椅子に座ったままもぞもぞと体を動かした。「アリバイを証明してくれる人は必要だけど誰かと共謀するのはだめなのなら、相手に気づかれることなく共犯者に仕立て上げないといけないってことなのよね。でも、どうすれば同時にふたつの場所にいられるのか、まだわからないわ」

ドブソンの表情がゆるんだ。「それはこれから説明する。大事なのは、犯行時にべつの場所にいたのが犯人自身じゃなくてもアリバイは成立するということだ。

犯罪現場を実際とは違う場所だったように見せかけることもできる。あるいは、犯行日時をごまかすこともできる」彼はいらだたしげに鉛筆で机を叩いた。「謄写版印刷の原理を考えるといい」

その夜、〝アリバイを証明してくれる人は必要だが共謀するのはだめだ〟というパラドックスに頭を悩ませたままグレートホールでのディナーの席についたダルシーは子羊のパイ包み焼きに癒され、なんともうれしいことに、付け合わせの野菜を食べているときにヒントを見つけた。野菜に助けられたのは、『ジャックと豆の木』で主役を演じたときを除いて、これがはじめてだった。ブロッコリーに似たラピーニの小花と葉と茎をべつべつに調理したその付け合わせは（ダルシーはブロッコリーのラペと呼んでいたのだが）、ティシエ総料理長の得意料理のひとつだった。ゴルゴンゾーラチーズとたっぷりのニンニクで和えた茎はしゃきしゃきとしていて歯ごたえがよく、チリソースと一緒にソテーした小花は、ソースがよくからんでリンゴ飴のようなルビー色になり、ほうれん草に似た葉はナツメグとシナモンを利かせたクリームソースがかかっていて、クリスマスプディングのような味がした。三つに仕切られた白い長方形の大皿に盛られて各テーブルに運ばれてきたときは、イタリア国旗のようにも見えた。ダルシーは、ひとつの野菜が三種類の野菜のように見えることに驚きを覚えずにはいられなかった。テーブルに置いてあるメニューカードに書いてあった〝ラピーニ・マスク・オン・トロワソース〟というその料理の名前も魅力的で、素性を隠すために変装する仮面舞踏会を思い出させた。それによって、彼女を悩ませていたパラドックスの解明に、ほんのわずかだが近づくことができた。

♠

一方、ジェマはその日の夕食に何の癒しも感じなかった。グレートホールから歩いて寮に戻るときも、ジャド・ヘルカンプについていくのがやっとだった。ジャドは、彼女と一緒にいても少しも楽しそうではなかった。女子寮へ向かうわかれ道まで来ると、ジェマは自分の世界にこもっているジャドに、せめて「おやすみ」とぐらい言ってほしくて何か気の利いたことを言おうとしたが、ジャドはジェマを寮まで送ってくれようともしなかった。なぜジャドのことがそんなに気になるのか、ジェマ自身も不思議でならなかったが、すぐに思い出した。気にせずにはいられない理由を。

ひとりで女子寮へ向かったジェマは、その晩、礼拝堂で告解が行なわれることを知らせる看板を目にした。礼拝堂の前まで行くと、格子のついた縦長の窓に挟まれたアーチ形の入口のドアが開いていたので、衝動的にゴシック様式の礼拝堂内に飛び込んで、ひとつしかない告解室に入った。

「お赦しください、私は罪を犯しました」と、ジェマは衝立越しに打ち明けた。

司祭は、「前回の告解から、どのぐらい経ちましたか？」と訊いた。

ジェマはしばしためらってから、「告解をするのはこれがはじめてです」と答えた。「私はカトリック教徒じゃないので」

「いや、それは気にしなくていい」と、司祭は言った。

「私もカトリックではない」

司祭は告解室の外に出て、ジェマにも出るようにうながした。立襟の法衣に身を包み、ヨークシャー・テリアのような黒と茶色のまじった髪をして愛想のいい笑みを浮かべた司祭は、大きな声で説明した。「私は米国聖公会の牧師だが、どのような信仰を持った人でも拒むことなく受け入れて、無神論者にも祈りを授けている。カトリック教徒の告解も聴くが、彼らには、赦しの代わりに癒しと聖母マリアの祈りに似た祈りを授けている。もちろん、告解の秘密は厳粛に守るので、安心を。何を話しても罪を問われることはない。ちなみに、ここではピュー神父ということになっている」と、司祭は恥ずかしそうに名前を明かした。自分は「ピュー」と言っているつもりでも「プー」と聞こえるのを知っているからだ。

司祭の名前を聞いて、ジェマは必死に笑みを抑え込んだ。名前のせいで何度もからかわれたことがある司祭は、それに気づいた。「いや、わかっている」と、司祭は嘆かわしげに言った。「ここの人たちはみな、私のことを、単に神父《パードレ》と呼んでいるんだ」

「ジェマ・リンドリーです。ひとつ訊いてもいいですか？　あなたは本物の神父なんですか？」ジェマは、偽物の神父に罪の告白をする気などなかった。

「私はスーパープリーストだ」と、ピュー神父はわざとらしい手振りをまじえて言った。「ユダヤ教徒が口にしてもいいように食べ物にコーシャの認定を付与することも、道教の結婚式で司会を務めることもできる」

「どうして……？」

「ベエルシェバの主任ラビから叙任され、道教の総本山のひとつである中国の正一《せいいつ》派の寺からも儀礼を主宰する秘籙《ひろく》を授けられたんだ。マクマスター学院の卒業生のなかには、さまざまな宗教の指導者がいるのでね」

ジェマは、聖別解除がなされてガイ・マクマスターによって解体されるまではオックスベインの聖ステファノ教会だった――そして、いまはベスリアのジュディス超宗派礼拝堂となった――学院の礼拝堂の内部を眺めた。その美しいバラ窓や立派な梁や、身廊や翼廊は、ラボにある部屋と同様に映画のセットのように見えた。

「でも、キリスト教には戒律がありますよね！　第六戒は〝汝、殺すなかれ〟です。ここで奉仕することをどのように正当化するんですか？」

「言いたいことはわかる」と、神父は認めた。「しかし、死刑囚に付き添って処刑場まで行く司祭もいるではないか？　従軍司祭は、兵士たちの目標ができるだけ多くの敵を殺すことだと知っていながら、彼らが戦闘を開始する前に一緒に祈るではないか？　〝主の御言葉を聞きなさい。行ってアマレクを討ち、アマレクに属するものはいっさい滅ぼしつくせ。男も女も、子どもも乳飲み子も、みな殺せ。少年はもとより、男と寝た女もみな殺せ〟」彼は平然と笑みを浮かべた。「聖書にはそう書いてある。こういう話なら、一晩中できる」

「でも、司祭が殺人を容認するとは――」

「ここの教職員はみな殺人を犯している。知らなかったのか？」

まるで、雷雨が迫ってきているかのようにうなじの毛が逆立った。「じっくり考えたことはありませんでした。一部の人はそうかもしれないと思ってましたが、全員なんですか？　あなたも？」

「当然、われわれもきみたちと同じように理由があった。私は主教を殺したんだが、微塵のためらいもなく、また殺すと思う――もちろん、ほかの誰かを殺すというのではなく、何度殺しても殺し足りないという意味だ」神父はそう打ち明けた。「ほとんどの者はここで神になる方法を学んでるんだよ……もし、神を信じているのなら。だから、楽になりたいのであれば、抱えている悩みを打ち明ければいい。けっして批判はしないし、法外な金を要求する精神科医とは違って、打ち明けてくれたら赦しを与えることができる」

「人を殺したことを告白したいんです」と、ジェマは言った。

神父はため息をついた。「それなら、検事に話すより私に打ち明けたほうがいい」

♠

夕食を終えてフォックスグローブ・コテージに戻ったダルシーは、学院のスタッフが暖炉に火を入れてくれているのを見て喜んだ。

女優のドリア・メイを知っているハリウッドの人たちは、彼女を気まぐれな女だと思っていたかもしれないが、それは、一緒に仕事をしたことがないからだ。彼女は学者のように真面目に脚本を読み込み、ダルシー・モーンもそれに負けない情熱と集中力で勉学に打ち込んだ。ほかの部屋や教室と同様に、コテージの部屋の壁には例の〝四つの問い〟が額に入れて飾ってあった。ひとつ目は〝どうしても殺す必要があるのか？〟で、当然、ふたつ目は〝相手に悔い改めるチャンスを与えたか？〟だ。彼女は、それぞれの問いに自分なりの答えを見いだしていたのだろうか？

マクマスターズへ行くことが知られないように、撮影の最終日にしばらく休暇を取ると発表したドリア・メイは、自分の決断に揺るぎない自信を持っていた。楽屋代わりのバンガローに戻ろうとしていた彼女は、撮影所の財務責任者を務めているクロード・レヴェンソンが二十代前半の真面目そうな男性とともに売店から出てくるのを見た。

週末に自前のヨットでサンタバーバラ沖のアナカパ諸島をのんびりと巡ったばかりだったクロードの茶色い髪は強い陽射しのせいで砂色になり、血色のいいピンク色の肌はクリームコーヒーのような色に変わっていた。クロードは撮影所の財務責任者というより冒険映画の主演俳優のようで、真っ白な歯をきらりと光らせながら若い男を紹介した。

「有望な新人のラディー・グラハムを紹介するよ。レオンが高く買ってるんだ。悪いが、予算会議があるので、僕はこれで」

クロードは、ドリアとラディーを残して足早に立ち去った。ラディーは、飛び級で大学に進学して首席で卒業したような優等生タイプで、ウエーブのかかったぼさぼさの髪をして、ベルトのついたツイードのジャケットを前をはだけて着ていた。

「お目にかかれるのを楽しみにしてたんですよ、メイさん。ずっとあなたの映画を観ていて――」彼も最低限のマナーは身につけていた。「僕と世界があなたのすばらしさに気づいて以来、ずっと。あなたの演技はこまやかで、真に迫っていて、とても魅力的です」

なぜ〝最高だ〟と言わないのかと、ドリアは怪訝《けげん》に思って不満げな声をもらしたが、そこまで望むのは無理というものだ。

「じつは、あなたに目を通してほしい脚本が何本か手元にあるんです。僕が東部から呼び寄せた脚本家が書いたものです。どれも、心理描写に重きを置いたすぐれた作品です。あなたのようなベテラン俳優が主役を演じてしっかりした監督がメガホンを取れば、一世代前に安い予算で作った『マルタの鷹』や『キャット・ピープル』のようなB級映画を上まわる収益が得られるのは確実です」

「B級映画？」ドリアはショックを受けて訊き返した。

「僕たちは社内の脚本家にもメガホンを取るチャンスを与えてるんです。メガホンを取れば、大事なのはやはりストーリーとキャラクターだと気づいてくれるんじゃないかと思って」

「B級映画？」ドリアは、もう一度訊いた。

「ミスター・コスタがシリーズ化を予定しているアニメ映画にあなたを起用するとお決めになったのは残念です。でも、彼は、あなたのイメージを作り変えたい、あなたをアメリカ人が大好きな、蜂蜜をたっぷり塗って焼いたハニー・ベイクト・ハムのような存在にしたいと思っておられて、ほかの作品に出す気はないはずです」そこから先は声を低くした。「あなたが気に入った脚本を見つけて彼のところへ持っていけば、もしかすると……」

ドリアは話の流れが気に入らなかった。それでも、ヒットするのが確実で、その単純明快な内容が評価されて賞を獲得しそうなB級映画にドリア・メイというA級の名前を貸せば、キャリアアップに役立つかもしれないと思った。

そこで、コスタのオフィスへ行ってラディーのアイデアを売り込んだ。説得する必要はなかった。「ああ、たしかに彼は才能がある。おれは彼を神童と呼んでるんだが、何と言ってもまだ若い。彼が今後数年間に何をするか考えてみろ。彼はきみに惚れていて、脚本も用意している。わざわざ呼び寄せたという脚本家は……きみにギリシャのワインのような甘ったるい台詞《せりふ》をしゃべらせるつもりなんだよ」

「ちゃんとした映画に出たいの。ギャラは少なくてもかまわないから！」

コスタは大きなため息をついた。「わかった。それで決まりだ」

「ラディーの映画に出てもいいのね？」

「いや、ギャラの話だよ」コスタはドリアにほほ笑みかけた。「例の豚の吹き替えの」

ドリアはいま、フォックスグローブ・コテージの粗末な木のテーブルに座っていた。ドブソン警部から〝ドブソンの三戒〟を頭に叩き込んでおくように言われていた彼女は、寝る前に読んでおくことにして灰色の三穴バインダーを開き、ドブソン・ルールというタイトルのついた謄写版のプリントに目をやった。一行目にはこう書いてあった。

**ルール1　犯行は単独で**

だが、その下に副項目がふたつ記されていた。

**1A　恋人とは共謀するな。生涯、たがいを裏切る**

ことはないという確信が持てないかぎり――そんな確信は持てるはずがないので――恋人と共謀してはいけない。共謀して殺人に及ぶような愛は、どんなに情熱的であっても、被害者の体温と同じく急速に冷めていく。一緒に殺人を犯したことがたがいを遠ざけることになる。

1B　ヒットマンは雇うな。わずかな報酬のために知りもしない人間を殺すような、素性もさだかでない男に人生最大の秘密を握られていいのか？　その男がこちらの依頼どおりに、あるいは、ほかの人物の依頼を受けて誰かを殺害したり、制限速度が低く設定されている病院の近くでスピード違反を犯して逮捕された場合は、自分に殺害を依頼した人物のリストを当局に提供して減刑を求めるはずだ。そうしない理由があるだろうか？　プロの矜持か？

ルール2　ジョージにまかせろ（ルール1の唯一の例外）。殺したいほど誰かを憎んでいるのなら、ほかの誰かも同じぐらいその人物を憎んでいる可能性がある。たとえば、殺したいほど憎んでいるフレッドという名の男が、たまたまジョージという男の妻とモーテルのベッドで寝ていて、それをジョージが見つけたとする。そのとき、うまい具合にナイトテーブルの上に弾の入った銃が置いてあったとしたら、ジョージにまかせろ。ジョージに手段と動機と機会を与えてその気にさせることができれば、あとは成り行きを見守るだけでいい。神は、たとえ自分のためであれ人を助ける者を助けてくださる。

ルール3　恥辱を与えろ。要するに、相手の信用を傷つけて恥ずかしい思いをさせろということだ。可能なら、無惨な状態で死なせたほうがいい。そうすれば、警察でさえ〝こんな殺され方をするとは、いったいこの男は何をしたんだ？〟とか、〝みずから招いた結末

**だ”と思うはずだ。犯人に対する刑事の怒りをやわらげることができれば、粘り強く手がかりを追わずに捜査を打ち切る可能性が高い。**

ダルシーはその先を読むのをやめた。

ドリア・メイは、彼女自身が理想とする形に作り上げた女優だった。そのために、彼女は——そんなことをする俳優はめったにいないのだが——衣装選びやメイキャップはもちろんのこと、照明や撮影方法に至るまで、映画製作のすべてを学んだ。そして、同時にふたつの場所にいることの重要性をあらたに学び、相手に恥ずかしい思いをさせるのがいいと知った彼女の頭のなかでは、撮影所長のレオニード・コスタを主演に据えた脚本ができあがりかけていた。

部屋の反対側に置いてあるベッドが彼女を呼んで、こっちへおいでと誘った。彼女はとても疲れていたし、たとえ脚本や役に疑問があっても、ひと晩寝れば解決していたという経験はこれまで何度もあった。

今回もそうだった。

♠

本書の改訂を記念して、当学院の学生であってもけっして目にすることのできない、三名の教員による厳正な学業評価を公開する。

——〔HH〕

第一学期進捗報告

学生　クリフ・アイヴァーソン
指導教員　ハービンジャー・ハロー学院長

理事及び関係者へ

全額奨学金を受給して当学院で学んでいるクリフ・アイヴァーソンについては、理事会のみならず支援者にも報告する必要があるために、他の学生の場合より広範な報告となることをあらかじめお断わりしておきます。

クリフ・アイヴァーソンの支援者殿へ。当報告書のコピーは気密シリンダーに入って届いたことと思います。酸素に触れると、数分でインクが消えて、あとで読み返すことができなくなりますので、ただちに最後までお読みください。これまでのすべての連絡や交渉と同様に、当学院の存在や本報告書の内容をアイヴァーソン以外の人物に漏らすことは固く禁じられておりますので、くれぐれもご留意いただきたく存じます。

それでは報告に移ります。〝招集生〟としてはめずらしいことに、アイヴァーソンが賞賛に値する進捗を遂げていることは私もうれしく思っています。最初の一カ月は自分の殻に閉じこもっていましたが、もともと気さくな性格で、問題となるような言動や態度を取ることもなく、大半の学生とは異なり、ここへ来ることになった運命を世間のせいにしたりクラスメイトに八つ当たりしたりすることもありません。彼はひとりの上司にだけ憎しみを向け、その上司に不当な扱いを受けたほかの人物に対する同情によって憎しみを増幅させています。

アイヴァーソンは一日の大半を勉学に費やしていますが、夕食後に食堂で皿洗いのアルバイトをしており、支援者である貴殿が設けてくださった本人名義の口座の資金に手をつけるのではなく、わずかなアルバイト代でささやかな贅沢を楽しんだり菓子を購入したりしています。食堂でアルバイトをすることによって総料理長から毒素に関する深い知識を習得しており、この予期せぬ指導が彼の論文に影響を与えることになったとしても当然の帰結だと考えます。また、これは私の個人的な感想ですが、他の多くの学生と違って、彼がマクマスターズメソッドの哲学を無批判に受け入れているわけではない点も好ましく思っています。スポーツシーンでの殺害方法を学ぶ屋外での授業でアルウィン・ターコット教官がクロッケーを取り上げて、ボールや木槌のようなマレット、さらには、研いで縁がするどくなったゲートを凶器として使用する方法を説明していたときに、庶民的なアイヴァーソンは、このスポーツが上流階級の娯楽のひとつとして行なわれていると聞いて失望しているようでした。フィンガーサンドイッチをつまんだりライムジュースを飲んだりしながらプレイすることだけでなく、彼が標的としているような人物にクロッケーをさせること自体、現実的に不可能だからです。そこで彼は、会社のピクニック大会で行なう草野球でビーンボールを投げるほうが簡単かもしれないと、控え目に提案しました（ビーンボールというのは、打者の胸元すれすれに投げる危険なボールのことのようです）。アイヴァーソンは高校時代に野球チームの投手として活躍していたので、当たれば死に至るような正確な速球を投げることができるのでしょう。ターコット教官はその方法を採用するのも悪くないと認めましたが、アイヴァーソンは、残念ながら解雇されたので会社のピクニック大会に参加して野球をするのはむずかしいと答えました。

ついでにお伝えしておきますが、アイヴァーソンは学院の水球チームに入って、あらたにサンルーフを取りつけた水泳場で練習に励んでいます。カリフォルニア工科大学時代にも水球をしており、わがチームでは最も頼りになるゴールキーパーで、ファンも多いようです。

まだ若いこともあって、彼は水球だけでなく体力を必要とする他の激しいスポーツにも挑戦しています。ターコット教官の指導のもとで楽しみながら体力作りやスポーツに打ち込んでいるので、製図台に向かってばかりいたここ数年の運動不足はすっかり解消されて、体調は万全の状態になっています。学年末のトラック競技大会ではおおいに活躍してくれるでしょう。競技大会で優秀な成績を収めれば、予定より早く論文の遂行に取りかかれることになりますので、貴殿に寛大な援助をしていただく期間を短縮できるかもしれません。

何はともあれ、アイヴァーソンほど支援のしがいのある学生はほかにいず、支援者による奨学金を得ることができたのも、それが最大の要因だったのではないかと思います。彼はすでに当学院の理念を理解して、自身の感性や経験に合わせて具現化しようとしていますます。学んだことを形にしようとする姿勢は賞賛に値します。おそらく、締切厳守が鉄則で、ささいなミスが死亡事故につながる航空機設計の仕事をしていたからでしょう。

ヘッジハウスでレジデントアドバイザーを務めているチャンポ・ナンダの報告によると、アイヴァーソンはその男女共用寮に入居している多くの学生と親しく接しているようで、私は、彼が自分より悲惨な体験をした学生の相談役のような役目を果たしているのではないかと感じています。

いまのところ、悲観的な報告はほとんどありません。ただ、入学してまだ数カ月しか経っていないにもかかわらず、早くもアイヴァーソンにライバルが出現しました。率直に言って、われわれはジャド・ヘルカンプという名のその男子学生を受け入れたことを後悔しています。もちろん、アイヴァーソンには何の責任もなく、ひとえに学院側が責任を負うべきことで、可能なかぎり状況の収束に努めています。

このようなことになったのは、財務責任者の進言に応じて理事会が増収のために入学審査の基準を緩和した結果にほかなりません。われわれは、ジャド・ヘルカンプを入学させたことによる弊害から教訓を学ぶ必要があります。

しかしながら、弊害ばかりではなく、アイヴァーソンの競争心を覚醒させたという、よい側面も認められます。アイヴァーソンの指導教員として私が最も懸念していたのは、彼の思慮深い性格が裏目に出て削除遂行時の重要な瞬間にためらいが生じるのではないかということでした。

寛大な支援者殿に再度お断わりしておきます。彼が計画している削除の詳細を明かすことはできず、明かせば貴殿も共犯者になりますが（貴殿もそれは望んではおられないはずですが）、昨今の拝金主義の風潮に抗う計画だとだけは言っておきたいと思います。彼が目的を達成できるよう、神は喜んで施す人を愛してくださることや、〝与えよ、さらば与えられん〟というルカによる福音書の言葉を教えてやってほしいと、学院のピュー神父に依頼しました。アイヴァーソンを見込んで援助してくださっている貴殿の思いはかならずや報われるものと信じています。

第一学期進捗報告

学生　ジェマ・リンドリー

指導教員　アルウィン・ターコット教官、ニール・ピュー神父

理事各位

まずは、学院の神父として、みなさまに神のご加護があるようお祈り申し上げます。ターコット教官は気温の低下により屋内での授業が増えて時間割の調整に苦慮していることから、私が報告書のとりまとめと発表をさせていただくことになりました。

われわれはふたりともミス・リンドリーの進捗状況に懸念を抱いています。誤解のないように申し上げておきますが、他の学生が彼女より優秀で、かつ勤勉だということではありません。彼女は全力で勉学に取り組んでおり、成績だけを問題にするのであれば合格レベルだと言えるでしょう。

われわれが懸念しているは、彼女が計画している削除の根拠となる推論で、その推論には致命的な（相手にとってではなく、彼女にとって命取りになるよう

な）問題があるように思われるからです。削除の手法自体に問題はないものの、彼女を脅迫している女性と親しくなって、田舎でのんびり週末を過ごそうと誘えばついて来るはずだという思い込みに問題があるのです。ミス・アンダートンを言葉巧みに誘って、ヨークシャー渓谷にあるボルトン修道院とバーデンタワーをめぐるハイキングツアーに参加させるというのが彼女の計画です。学院の図書館の書庫を何時間も調べた結果、彼女はハロゲートから北に十五分ほど行った場所にストリッド《ひとまたぎ》と呼ばれているのどかな小川が流れていて、狭いところでは川幅が五、六十センチしかないのを知りました。

私が元来の自然愛好家で、クイーンズスカウト賞も受賞していることをご理解いただけるのであれば、しばし指導者としての立場を離れてジェマが私の指導のもとで発見したこの危険な小川の話をしたいと思います。蛇行したこの小川には、たしかにひとまたぎで渡れそうなほど川幅の狭いところもあり（それゆえ昔からそう呼ばれていたのでしょうが）、流れは速いものの、水のなかに顔を出しているいくつかの黒い岩に跳び移れば向こう岸に渡ることができます。

しかし、実際は小川でも谷間のせせらぎでもなく、足を滑らせて川に落ちると、流れに呑み込まれてしまいます。幅が五、六十センチほどしかなくとも、ストリッドは急峻な渓谷を九十度に折れ曲がりながら流れるホーフ川の一部だからです。谷の上のほうではのどかな小川のように見えるものの、つややかな苔で覆われた両岸の土手の下にも水が流れていて、さらにその下には深い淵《ふち》があります。しかも、そこには長い年月をかけて地下水路や洞窟が形成されています。流れに呑み込まれてしまったら、岩だらけの土手に打ちつけられるか土手の下の洞窟に吸い込まれるかして、二度と水面に浮き上がってくることはできません。過去四十年間に川に落ちた人は十七人いますが、生存者はゼ口で、経験の浅いハイカーが今シーズンの最初の死亡者になったとしても誰も驚かないでしょう。しかも、たいてい死体は見つかりません。

あとはすべて順調です。ターコット教官はミス・リンドリーに合気道の指導を行ない、助けているように見せながら（標的にも傍観者にも）、伸ばした標的の手を払いのけてバランスを崩させるという高度なテクニックを学ばせています。

この方法はリスクを伴うので学院としては容認できないとミス・リンドリーに懸念を伝えましたが、彼女は考えを変えませんでした。たとえリスクがあっても受け入れる気でいるのです！　他の学生と比べると、彼女は自分の計画に対する罪悪感を払拭するのに苦労しているようです。溺死は比較的おだやかな死だと説明しましたが、彼女は溺死した人がそう言ったわけではないはずだと反論しました。自分だけが、あるいは自分が標的と一緒に川に落ちて命を落とすことになっても、それは当然の報いで、悔いはないと思っているようです。

ターコット教官も私も、これは非常に問題のある思考だととらえており、ミス・リンドリーは良識を備えた女性であることから、彼女の潜在意識のなかには失敗しても自業自得だという思いがあるのではないかと感じて、心配しています。

ミス・リンドリーの危険な考えを正すために、ターコット教官と私は彼女の共同アドバイザーとして、わざと厳しい宿題を課しました。恐喝者と仲よくなろうとしてもうまくいかないことを思い知らせようとしたのです。計画を実行に移す前に学んでおいたほうがいいからです。

経済的な事情から、ミス・リンドリーは一年分の授業料しか払えないために、即座に介入する必要があると考えています。計画を変更するよう説得できなければ、彼女は失敗する可能性の高い削除を実行に移すこととなり、修正する時間もなくなります。

解任された司祭や元オリンピックコーチのアドバイスより同性のアドバイスのほうが効果的かもしれないと思って、エロス学科のヴェスタ・スリッパー教授の授業も受けさせせました。私たちはふたりとも個人的にジェマ・リンドリーに好感を持っており、それゆえこのような懸念を抱いていることをお伝えして本報告書を閉じることにします。

第一学期進捗報告
学生　ダルシー・モーン
指導教員　マティアス・グラベス教授
理事各位

ダルシー・モーンは、われわれが志願者を受け入れるたびに手本としてほしいと思う、模範的な学生です。私は、ミス・モーンのように貪欲で多才な能力と強い覚悟を持った学生がいつかあらわれると、期待して待っていました。ミス・モーンは、スープからはじまって最後にナッツが出てくる七品のフルコースです（ナッツと言っても、頭がおかしいという意味ではありません。彼女に多少変わったところがあるのは事実ですが）。とにかく、彼女は非常に頭がよくて覚えが早く、的確な質問をして的確な答えを引き出し、宿題はかならず期限までに提出して、課外活動にも積極的に参加しています。教養があるのは明らかですが、クラスメイトや、おそらく教員に対しても教養をひけらかすようなことはしません。ここでの学生生活をもっと楽しめばいいのにと思うこともありますが、彼女はカリフォルニアにいるある人物を（おそらく、姉妹か近しい親族か親友を）助けることしか頭にないのです。彼女は明らかにその人物を尊敬しており、ギリシャ神話のハイピュイアのようなひたむきさでその人物に忠誠と献身を捧げようとしています。われわれにも、彼女のように翼を打ち震わせて敵に向かっていく復讐の天使が舞い降りてくることを祈ります。

追記

いつものように、報告書を前もってドブソン警部に見せたところ、警部はミス・モーンが助けようとしている人物の正体を教えてくれました。彼は、ミス・モーンが学院にやって来たその日に彼女の正体を見抜いたそうです。私は一学期かかりました。ハリウッドでスターの座に上りつめるには――そして、その位置を保つには――獣のような狡猾さが必要だというのがドブソン警部の考えで、彼女が圧倒的な勝利を収めることに全財産を賭けると断言しました。彼女には天賦の才能があるからだと。

## 16

### クリフ・アイヴァーソンの日記より

親愛なるX殿。この春に行なわれた水球大会の準決勝でジャド・ヘルカンプとの摩擦がさらに大きくなりました。ご存じかどうかわかりませんが、僕はカリフォルニア工科大学で水球をしていました。水球大会は学院内の水泳場で開催されたのですが、水泳場には屋内プールのほかにタイル張りのパティオやガラス屋根に覆われたバーがあり、一年を通して、勉強をしたりゴシップ話に花を咲かせたり、陰謀をめぐらせたり、さらには水泳をするのにも最適な場所です。

ジャドと僕は、ゴールキーパーとしてそれぞれのチームに貢献していましたが、ルールを無視するジャドがオリンピックに出場できる見込みはないと思います。ルールでは、ゴールキーパーのみがプールの底に足を触れてもいいことになっています。ジャドはそれを悪用し、トランクスのウエストに細いロープを忍ばせてカビー・タヒューンの足下に潜り込み、水中に引きずり込んでカビーの足首を壁に取りつけられたはしごのいちばん下の段にもやい結びでくくりつけたのです。僕は近くにいたチームメイトがとつぜん消えたのに気づいて水のなかに潜り、水面下十センチほどのところで溺れかけていたカビーを見つけました。僕が苦労しながら結び目をほどこうとしていると、ジャドはがら空きになったゴールにシュートを打ち込んで、決勝点を叩き出しました。審判をしていたターコット教官に抗議しましたが、ターコット教官はにやりと笑っただけでした。まるで、〝人生とはそういうものだよ。私の助けを期待するな。警察がフィードラーを罰してくれると期待しても無駄だ〟と言っているようでした。ターコット教官も個人的にはジャドを軽蔑しているようですが、彼の悪知恵は評価していたのでしょう。

　水のなかではなかったものの、僕は水泳場でささやかな復讐をするチャンスに恵まれました。削除に失敗して学院に来た学生を支援している学内団体が年に一度開催する犯罪現場回顧という催しで話をしたときでした。僕の参加は単なる要請ではなく、（この日記と同様に）半ば強制的なものだったのですが、ほかにも殺人未遂犯の学生がいるのを知ってほっとしました。

　催しは盛況で、パティオとプール後方の階段は熱心で決意の固い学生で埋めつくされていました。ほかの学生の過去の失敗談を直接聞けば、自分の無能さやふがいなさに対する羞恥心が薄らぐのでしょう。

　まずは、顧問を務める文学科のマティアス・グラベス教授が演台に立ち、ふさふさとした髪を掻き上げながらこう挨拶しました。「やあ《オラ》。みんなよく来てくれた《ムィ・ブエノ・サン・ビエンベヌード》！　こんなに大勢集まってくれたのはうれしいかぎりだ。まずは、経験を共有するために勇敢に名乗り出てくれた学生に拍手を送ろう」グラベス教授は演台のそばに座った発表者に目を向けました。そのなかには、僕も、ミリアム・ウェブスターも、それに（驚いたことに）ジェマ・リンドリーもいました。「ここには、過去の失敗を理由にきみたちを批判する人はいない。きみたちは最善を尽くしたが、知識や協力者に欠けていただけだと思う。それを提供するのが当学院の役目だ」グラベス教授は観客のほうに視線を戻しました。「古代ギリシャの政治家デモステネスも、〝戦って逃げた者は、もう一度戦える〟と言っている。ガイ・マクマスターは、〝この借りはかならず返す！〟という、わかりやすい表現を好んだのだが」

最初の発表者のミリアム・ウェブスターはずいぶんおおらかな性格のようで、頭を振る癖があり、いつもアマリリスを植えている最中に邪魔をされたような顔をしていました。彼女は、壁掛け式の温度計の球を割って一年がかりで赤い水銀をせっせとためて、支配的でケチな夫を毒殺しようとしたそうです（水銀で夫を殺そうと思ったのは、殺鼠剤を買えば怪しまれるし、買うときにサインを求められるからです）。温度計のなかの赤い液体が水銀ではないことを知ったのは、夫のモーニングコーヒーにまぜたあとでした。けれども、彼女の努力は完全な失敗に終わったわけではなく、ケチな夫はそのコーヒーをひと口飲んで、安いグランドユニオン・コーヒーからプレミアムブランドのチョック・フルオーナッツに変えようと言ったそうです。

二番手はジェマでした。彼女は、まるで自分の言葉に攻撃されるのを恐れているかのように慎重に話しはじめました。声が震えていたのは、緊張していたからではなく抑え込んでいた思いが噴き出してきたからだと思います。「今日、ここで話をしているほかの人たちとは違って、私の……その、試みは計画どおりに進みました。つまり、成功して入院中の患者が死んだんです」ジェマのとなりに座っていた僕には、彼女の顔に陽が当たって涙がきらりと光ったのが見えました。「でも、同時に、それは惨めな失敗でした。ひとり殺すことで頭がいっぱいだったからです。だから、また殺人を犯さないといけなくなってしまって」〝殺人〟という言葉を誰かが大きな声で口にするのを聞くのは数週間ぶりで、いまこの日記を書きながらも、武装した警備員がドアを突き破ってペンを没収しに来るような気がしています。

ジェマは、マティアス・グラベス教授のほうをちらっと見ました。「シェイクスピアを勉強しておくべきでした。シェイクスピアも〝血は血を呼ぶ〟と言ってるんですよね」彼女は、静まり返った聴衆に警告を発するかのように、その言葉を引用しました。「つまり、〝殺人はあらたな殺人を呼ぶ〟ということです。削除に成功したからといって、それで終わりではなく、私は二度目の殺人に挑まざるを得なくなりました。その動機はきわめて邪悪で、利己的で、私としても不本意なものです。けれども、どうしてもやり遂げなければなりません。そうでなければ、無実の傍観者の——私の母の——傷ついた心が壊れてしまいます。ですから、私自身の経験から忠告させてください。目的を果たしたあとのことも考えてください。人を殺すときは、これで縁が切れると思うかもしれませんが、殺人との縁は切れないんです」

これは、酒の神バッカスが禁酒を説いたようなものだと受け止められて、ジェマは僕を含むわずか数人の拍手に送られながら席に戻りました。ちょうどそのときハロー学院長が水泳場に姿をあらわして、ドブソン警部とステッジ巡査部長が座っているパティオへ向かいました。学院長がジェマの話を聞き逃したのはいいことだったような気がします。学院長がジェマの悲観的な考えを認めるとは思えなかったからです。

ジェマに励ましの言葉をかけたかったのですが、つぎは僕の番でした。集まったクラスメイトに自分の無能さを語るのは気が進まなかったものの、学院長もチャンポ・ナンダもそれぞれ僕に奨学生の義務について説明して、僕の失敗からほかの学生が学ぶこともあるはずだと（必要以上にはっきりと）言いました。僕は、最初から自分の過去の愚かさを認めれば嘲笑を浴びせられずにすむかもしれないと期待して、潔さをアピールすることにしました。

受けを狙って話をしたのであれば、非の打ちどころのない最高の出来でした。例の過剰な変装の話をすると、感情を顔に出さないドブソン警部ですら相好を崩しかけていました。ただし、ジャド・ヘルカンプだけはにこりともせず、みんなの笑い声よりさらに大きな声で悪意のこもった野次を飛ばしました。

僕が話を終えると、グラベス教授が演台のそばに来て、失敗から学んだ教訓をみんなと共有する気はないかと尋ねました。たしかにあれは見事な失敗でしたが、僕はそのときはじめて、ターゲットを殺すことはできなくてもまったくの無駄ではなかったのだと気がつきました。

「ひとつ、よかったと思うのは――」

「失敗したのに、よかったことなんてあるのかよ」と、ジャドが話をさえぎりました。

僕は、これまで守ってきた秘密を打ち明けるかのようにほほ笑んで、「すぐに後悔することになると思うよ、ジャド」と、愛想よく言ってから学院長を見ました。「学院長、予定では最後に賞を授与することになってたんですが、いま授与してもいいですか？」

学院長は寛大な笑みを浮かべて演台まで歩いてきました。「もちろんだとも、アイヴァーソン君。たしかに、いまがいい！」

「ありがとうございます」僕は咳払いをして受賞者を発表しました。「教職員および学生のみなさん。僕は、マクマスター学院の基本原理を最も見事に具現化した学生に贈られる中間期の最優秀エグゼキュター賞を授与する栄誉を与えられました。それでは、前に歩み出て賞を受け取ってください……ジャド・ヘルカンプ！」

　続いて、驚いている聴衆に無理やり拍手をうながしました。ジャドもびっくりしているようでしたが、うれしそうに立ち上がって僕と学院長のそばへ来ました。学院長はジャドと握手をして、「おめでとう、ヘルカンプ君」と、温かい言葉をかけました。「きみとは意見が食い違うこともあったが、これは、きみの努力に対する褒美だ」

　ほかのみんなはしらけているようで、拍手もすぐにやんで会場が静かになると、ジャドがマイクのそばに寄りました。「では、その、まず——」

「黙って席に戻れ」と、学院長が怒ったように言うと、息を吞む音が会場に広がりました。一瞬、ジャドが学院長に殴りかかるのではないかと思いましたが、ステッジ巡査部長が近くにいたので、ジャドは会場に毒気のある視線を向けることしかできませんでした。コンピュータゲームの『ズーイサイド』のおかげでほとんどの毒ヘビの瞳孔が縦に割れているのを知っていた僕は、もしかするとジャドの目もそうなのではないかと思って、ぞくっとしました。ジャドがすごすごと席に戻ると、学院長が話を続けました。「誤解のないように言っておくが、〝中間期の最優秀エグゼキュター賞〟などというものはない。アイヴァーソン君は、ターゲットに対して、特に男性のターゲットに対して使用できる最も強力な武器の効力を示すためにでっち上げたのだろう。〝伝道者は言う、空《くう》の空、空の空、いっさいは空である！〟これはつまり、実像はどうであれ、ほとんどの者は自分をよく見せようとするということだ」

　その瞬間、ニューヨークでのぶざまな失敗を覆い隠していた雲に一筋の光が射し込み、僕はふたたびみんなに語りはじめました。フィードラーの虚栄心を利用して、こっちが望んでいる場所に……アップタウンの地下鉄のホームの端に彼を立たせたことを。

僕はあの日、ホテル・ブキャナンの向かいにあるドラッグストアからフィードラーに電話をかけました。

「どうしてここに泊まっているのを知ってたんだ？」

フィードラーは挨拶代わりにそう言いました。僕が知っていたのは、フィードラーのおしゃべりな秘書のメグ・キーガンから、ボスがニューヨークへ行くときはいつもブキャナンに泊まると聞いていたからです。それも、広いベッドルームの両側にビジネス用の応接室とプライベート用の居間がついたスイートルームに泊まると。

僕は、まだ彼の質問に答える義務があるかのように説明しました。「たまたまニューヨークに来ていて、あなたの噂を耳にしたので」フィードラーは、マンハッタンに自分の噂が広まっていると信じるほどのうぬぼれ屋なのです。

「で、ここで何をしてるんだ？」

「職さがしです。失業したので。覚えてますよね？」

受話器から書類をめくる音が聞こえてきました。

「で、電話をかけてきた理由は？」

「どこか、雇ってくれそうなところをご存じないかと思って」

なおも書類をめくる音が聞こえてきました。「忙しいんだ。もう電話をかけてこないでくれ」

「業界誌にあなたのことが載ってましたよ。なかなかいい写真でしたね」

書類をめくる音が消えた。「何の雑誌だ？」

「《ニューヨーク・ビジネスウィークリー》です。知らなかったんですか？」と、僕はうらやましそうに言いました。

「《ビジネスウィークリー》？」

「えっ？　ほんとうに見てないんですか？　でも、もう手に入らないでしょうね。先週号だったので。求人情報が載っているかもしれないと思って地下鉄の売店でぱらぱらとページをめくっていたら、最初に目に飛び込んできたのは何だったと思います？　あなたの全面記事ですよ」非の打ちどころのないにがにがしい口調で言えたのは、演技をする必要がなかったからだと思います。「ビッグタウンへ来たとたんにビッグな驚きに見舞われましたよ！」

「じゃあ、勝手に驚いていればいい」と、フィードラーは他人事のように言いました。

「雑誌に載っていた写真では、コーラがあなたのうしろに立ってるんです」僕がそう言うと、フィードラーはしばらく黙り込みました。コーラが写っているというのは嘘です。フィードラーの写真はおろか、記事すら載っていなかったのですから。《ニューヨーク・ビジネスウィークリー》自体は実在する雑誌で、市内のニューススタンドで入手できますが。

「彼女は魅力的だったが、情緒が不安定で」と、フィードラーは決めつけました。「あんなことをするなんて、どうかしてるよ。で、どこの駅の売店に置いてあったんだ？」

コーラに対する追悼の言葉は口にしそうにありませんでした。「あなたが泊まっているホテルの向かいにある地下鉄の駅の売店でたまたま目にしたんです。上りホームの端にある売店で。展示会へ行くのなら、そこから地下鉄に乗ってコロンバスサークルで降りればいいと思います」

フィードラーは人をばかにしたような声で笑いました。「ニューヨークの地下鉄になんか、死んでも乗りたくないよ」

あのプラットホームに誘き出すことさえできれば死なせてやれるのに、と思いました。「だから知らなかったんですね。地下鉄の売店は売り切れるまで置いているので、もしかするとまだあるかもしれません。常連客もいるでしょうし」

「上りホームの売店なんだな？」

「地下二階にある、上りホームの売店です」僕は、デパートの案内係のように説明しました。

「《ニューヨーク・ビジネスウィークリー》か……表紙には何が載ってた？」

「覚えてません。買わなかったので。いまは雑誌を買う余裕なんてありませんから」

「そういうときは図書館に行けばいい。じゃあ、忙しいので」

受話器を置く音を聞きながら、僕はフィードラーがこちらの思惑どおりに地下鉄のホームへ向かうように祈りました。

「よくやったな」学院長は、水泳場での集会の翌日に行なわれた個人面談で褒めてくれました。「ジャド・ヘルカンプに恥をかかせたのは、〝賞賛は人を無能にする最も屈折した方法である〟というオスカー・ワイルドの言葉を実証する、じつに愉快な試みだった。幸いなことに、きみの標的は自分の虚栄心が利用されたことに気づいていない可能性が高いので、きみが私のアドバイスに従って論文でもう一度同じ手法を使ったところで、気づかないだろう。おだてられるのが大好きな男だから、いくらでもおだてることができるはずだ。さあ、きみも一杯飲みたまえ」学院長は毒の入っていないシェリーを手に取りました。「ただし、ひとつだけ忠告しておく。きみがジャド・ヘルカンプの怒りに火をつけたのは間違いないので、彼の行動には気をつけたほうがいい」

僕はシェリーと忠告の両方に対して学院長に礼を述べ、論文の計画についてほかに助言があるかどうか尋ねました。すると、学院長は紙に何かを書きました。

「虚栄心については伝道の書の第一章二節を引用して

すでに説明したので、今度は使徒行伝の第二十章三十五節を、ササキ教授のきわめて簡潔な言葉とともに伝えよう」

数学が僕の論文とどのような関係があるのだろうと思いながら、学院長の書いた言葉に目をやりましたが、〝受けるより与えるほうが幸いである〟と書いてあるのがわかったときは驚きました。僕が眉を上げると、学院長はこう言いました。「もはや明日という日はないかのようにフィードラーに惜しみなく与えれば、彼に明日のない日が早く訪れるかもしれない」

## 17

### クリフ・アイヴァーソンの日記より

親愛なるX殿。いつのまにか数週間、さらには数カ月と経ってしまったことを忘れないように、部屋にカレンダーを掛けることにしました。秋はなかなか訪れなかったものの、ついにスリッパリー・エルムズの木々の葉も色づいて、学院内はうっとりするほど美しい秋の風景に様変わりしました。樹木に詳しいミリアム・ウェブスターは、オークやカエデ、モミジバフウ、ハナミズキなど、いろいろな木の名前を教えてくれました。ちなみに、ハナミズキの葉は、ミルトン・スウィル（僕が学院長と同じテーブルで食事をした晩に毒の入ったスープを飲んだ、ほっそりとしたアイルランド人）の髪と同じ、コケモモのような赤い色になっていました。ここの名前の由来となった赤ニレ《スリッパリー・エルムズ》の木の葉も危険標識を思わせる黄色に変わり、クルミやトネリコやポプラの木は、まるでアクセサリーを奪い取られるように黄金色の葉を落としてしまいました。落ち葉は堆肥になるだけでなく、屋外で行なわれる『農具活用法』の授業を楽しいものにしてくれました。

学期が進むにつれ、何度か雪が舞うようになりましたが、最初に雪が降った日はクリスマスイブだったので、ホワイトクリスマスにするために学院長が雲に雪の種を蒔いたのではないかという噂が流れました。特別な行事があったわけではありませんが、一夜にして回心したクリスマス・キャロルのスクルージのように、みんなでクリスマスを祝いました。学院長は、クリスマスを楽しんでいるふりをして削除を実行に移せば間違いなく成功すると言いながらも、二十六日の正午までキャンパスでの反道徳的行為は慎むようにという通達を出しました。にもかかわらず、ジャド・ヘルカンプはエッグノッグにこっそり大量のナツメグを入れようとしました（ナツメグの過剰摂取は記憶喪失や急性不安、動悸を引き起こし、場合によっては死に至る可能性もあります）。幸い、みんなはナツメグのスパイシーな香りに気づいてエッグノッグには口をつけず、ジャドはクリスマスプディングを味わうことなく自室謹慎を命じられました。

世間の人たちとは違って、僕たちに十二日間のクリスマス休暇はなく、休みはたった一日だけでしたが、冬は比較的過ごしやすくて、しかも短く、そんなこともあってか、みんなはまた、自分たちが世界のどこにいるのか、あれこれと推測をめぐらせました。ミルトン・スウィルは一時期ネパールだと言っていたのですが、モンスーンの季節が到来しなかったので、いや、自分はナポリと言ったのだとごまかしました。星が手がかりを与えてくれたのかもしれませんが、しょっちゅう夜空を見上げていた学生は、論文と関係がないのならつまずかないように足元を見て歩けと注意されていました。ただし、月は万人のものだからか、眺めていても注意されることはありませんでした。

僕は、脱走するためではなく、まわりの風景から自分がどこにいるのか知る手がかりを得るために、散歩だと言いわけができる範囲内でときどき学院の敷地を取り囲む柵の近くまで歩いていっていました。キャンパスの西側には（太陽の動きで、少なくとも東西南北はわかるので）、縁にルーン文字を彫り込んだ古い石の井戸がありましたが、僕たちを惑わすために最近彫られたもののようでした。

以前に、敷地の端にある車両庫のそばを歩いていたときに、〝サンティアゴ慈悲の聖母病院〟と書かれた救急車を見つけて興奮したことがありました。けれども、ナンバープレートはついておらず、その車は、数日後にパトカーのあとについて犯罪現場から時速百五十キロで逃走する実習を行なったときにラボにやって来ました。以前はカビーが運転していたアイスクリーム屋のトラックだったとしても驚かなかったと思います。

ようやく春の訪れが感じられるようになったある日曜日には、タングルウッドとその先の竹林を抜けて、外の景色がよく見えそうな高台がないか探るために坂を上っていきました。上るにつれて道は岩だらけになり、そのうち、予期せぬ谷があらわれました。まるで深い谷の上にいるようで、向こう側には斜面に石の城が築かれていました。その城には、ラプンツェルが閉じ込められているような塔が雲に向かってそびえ立っていました。谷の反対側から見下ろすと最も美しく見えるように設計された飾り物の城のようで、塔は異様に大きく、しかも、かなり遠くにあるように見えました。なかにはひと部屋しかないのかもしれませんが、向こう側の尾根は僕がいる場所より明らかに高く、そこへ行けば周囲の地形がよくわかるのではないかと思いました。

六メートルぐらいのはしごかロープがあれば谷の向こう側まで届くだろうと思ったのですが、向こう側の斜面にはプラットホームがあって、小さな空中トラムが停まっているのが見えました。空中トラムは滑車でロープに吊り下げられていて、そのロープは、僕の数十センチ先にある同じようなプラットホームまで延びているのがわかりました。空中トラムと言っても、観覧車のゴンドラほどの大きさで……でも、どうすればこちら側に引き寄せることができるのか?

谷を覗いても、どのぐらい深いのかはわかりませんでした。僕の体の幅ほどまで狭くなっているところもあったからです。硫黄のにおいのする霧か煙が立ち昇ってきていたので、下のほうは見えませんでした。うっかり足を滑らせたら岩と岩のあいだに挟まれてしまって、あとは、どれほど深いのかわからない谷底まで落ちるしかないというのは恐ろしいことです。

向こう側へ行って、ここがどこなのか知る手がかりを得るためにはどうすればいいのだろうと考えていると——

「アイヴァーソン」

ギクッとして振り向くと、シメオン・サンプソンが立っていました。風の音と、城のなかに巣を作ったミヤマガラスの鳴き声しか聞こえなかったのですが。サンプソンは薄い唇をすぼめて冷ややかな笑みを浮かべながら小さな石を拾い上げると、湖面に飛ばすような感じで、僕のうしろから谷に向かって投げました。石はすぐに見えなくなって、谷底にぶつかる音も聞こえませんでした。「また冒険をしてるのか?」と、サンプソンが僕に訊きました。「懲りずに脱走を試みていると学院長に思われたら、見放されるぞ。それに、こんな谷底やあの城に逃げるのは愚の骨頂だ。おれは、きみをひと押しするだけで点数を稼ぐことができるんだよな。崖にぶら下がれば助けてやることもできるけど」彼はそう言ってにやりとしました。「いまのは誤解を招く表現かもな。崖にぶら下がることになるのは、おれじゃなくてきみだよ」

僕がフィードラーを地下鉄のホームから突き飛ばそうとしながら失敗に終わった話をしたときに、サンプソンもその場にいたのです。僕は最大の嫌味を込めて言い返しました。「きみは、僕が傲慢きわまりない男を突き飛ばして殺そうとしたのを忘れたようだな」

サンプソンはおおいに面白がりました。「その男は、きみの無能さを証明する生き証人だ。学期末のトラック競技大会のことを考えておいたほうがいいかもな。みんな本気で戦うから、用心に越したことはない。夜中に何かが頭にぶつかってきたら、鉄パイプかもしれないからな。おたがい、仲よくやろうじゃないか」

サンプソンはそう言って、背後の大きな岩のあいだに入っていきました。

「冗談じゃない！」僕は叫びながら岩の反対側へ先まわりしましたが、サンプソンの姿は見当たりませんでした。どこかに隠れているのかもしれないと思って、あたりにも頭上にも目をやりましたが、敵は手品師のようにおじぎをすることもなく完全に姿を消してしまいました。

# 18

## クリフ・アイヴァーソンの日記より

大勢が参加する社交的な集まりは人知れず削除を行なう絶好の機会になるので、軍隊が数カ月ごとに演習を実施しているのと同様に、マクマスターズではしばしばダンスパーティーが開催されます。数週間前に二月に別れを告げたにもかかわらず、今夜もスリッパリー・エルムズのグランド・ボールルームで今期三度目のバレンタインデー・パーティーが開かれました。キューピッド役を託された教務課長のジューン・フェルスブロックは、意を決して誰かをダンスフロアに誘う学生が少ないことに不満を感じているようでした。「あなたたちがダンスをせずにパンチボウルに毒を盛るのを一晩中眺めているつもりはないわ！」と、彼女が叫ぶように言うと、ドレスの左のストラップにつけていたコサージュがはずれて、勢いよく飛んでいきました。「つぎの曲は、女性がパートナーを選ぶレディースチョイスよ。十秒以内にパートナーを見つけられなかった人は、二点減点します」

親愛なるX殿。たかがパーティーなのに厳しいことを言うとお思いになったかもしれませんが、たとえ〝愛〟という言葉がカリキュラムに載ることはないとしても、マクマスターズでは恋活にも真剣に取り組まなければならないことをご理解いただきたいと思います。学院の矢筒には、憧憬、恋慕、願望、欲望、耽溺、嫉妬、そして失恋の矢が揃っているのですが、それを使うのは目的を達成するためで、恋の駆け引きに使うべきではないというのが学院の教えです。つい先週、学院長は〝人は誰しも愛する者を殺す〟という名言に異を唱えて、「われわれの役目は、きみたちの嫌っている人物を殺す手助けをすることだ。愛しているふりをすることがきみたちの目的を達成するのに役立つのであれば、そうすればいい。マクマスターズで〝愛〟と言えば、相手を想うことではなく相手をその気にさせることだ」

『ダンス術』が必修科目になっているのは、ダンスフロアやナイトクラブではターゲットが酔っぱらったりほかのことに気を取られたりしているので、よからぬ下心のある者には都合のいいチャンスがいくらでもあるからです。そういうわけで、大学時代はダンスパーティーが大の苦手だった僕も、あなたの支援に応えるために、これも勉強だと思って誘われるのを待ちました。

　教務課長がレディースチョイスを宣言したのを受けて、ヘッジハウスで部屋がとなりどうしのオードリー・イェーガーが僕の肩を叩き、手を取ってレコードが流れるダンスフロアへ連れていこうとしました。「協力して」オードリーは、顔にかかった薄茶色の巻き毛を払いのけ、下唇を震わせながらそうささやいたのです。急に彼女が哀れに思えて、僕は彼女に対してだけでなく自分自身にも嫌気が差しました。「減点されたら困るの」彼女はうめくように言うと、学院から支給されたブレザーの胸ポケットに入れていたハンカチに涙に濡れた顔の右半分を押しつけました。

　僕はぞっとして、オードリーに手を握られたまま身をよじりました。「協力したいけど、部屋がとなりどうしだというだけで、べつに仲がいいわけじゃないし。僕はきみのことをよく知らないんだ。もしかすると、きみは僕から何かを探り出して告げ口しようとしているのかもしれないし。そんなことをされたら、こっちも困るんだよ。ほかの人を誘ったら？」

「ほかには誰にも頼れないの。お願い」

　彼女の意図は読めませんでした。「それは、きみがどのような協力を望んでいるかによるよ。もちろん、人を殺したりすることはできないし」

オードリーは奇妙な顔をして僕を見ました。「でも、あなたはここへ踊りに来たんじゃないの?」「パートナーを換えてください。つぎもレディースチョイスよ!」と、教務課長が言うと、ダルシー・モーンがオードリーを押しのけて僕のそばに来ました。オードリーはしかたなくそれまでダルシーと踊っていたミルトン・スウィルを誘い、ミルトン・スウィルは律儀にオードリーの誘いを受け入れました。

ダルシーはダンスが上手で、これみよがしなポーズを取ることはあったものの、身のこなしがじつになめらかで、僕は彼女にリードをまかせることにしました。「お願いがあるんだけど」彼女は、僕が断わるわけがないと思っているような口調で話しかけてきました。「クロッケーをしているときに、高校時代は野球の投手だったと言ってたわよね。マティアスがあなたの経歴を調べて、MVPに選ばれたこともあると教えてくれたの」ダルシーがほとんどの教員をファーストネームで呼んでいることにはすでに気づいていましたが、彼女は自分の指導教員のグラベス教授のこともファーストネームで呼びました。「暖かくなってきたし、バッティングの練習に付き合ってくれる人が必要なのよね。強いボールを投げてくれる人が。論文のためよ。私も少女野球のピッチャーのような球なら投げられるかもしれないけど、ルースのようなバッティングができるようにならなきゃいけないの」

ダルシーの言わんとすることを理解するのに一秒かかりました。「ルースというのは、ベーブ・ルースのことだよね」

「ええ、そうよ。もちろん、紐に吊るしたボールで練習することもできるけど、わずか〇・五秒で飛んでくるボールのコースを予測して打ち返すのとは違うわ」ダルシーはそう言いながら身を寄せてきました。「何か、私なりの恩返しはできると思うの」

ダルシーがボールを紐で吊るすように僕の目の前に褒美をぶら下げているような気がしましたが、朝食でオートミールを注文するときでさえ、彼女の言葉にはつねに思わせぶりなほのめかしが含まれているようだったので、言外の意味があるのかどうかを判断するのは不可能でした。「私には演技の経験があるから」と、彼女は続けて、よく見てと言わんばかりに僕のほうへ顔を向けました。「あなたの計画に何がしかの演技が必要なら、教えてあげるわ」

演技の経験があるとダルシーが言うのを聞いて、なるほどと思いました。彼女はとても親しみやすくて、最初から素敵な人だと思っていたし、徐々に構想が固まってきた僕の論文には演技の練習が必要でした。僕がダルシーに協力する意志を伝えようとしていると、教務課長が全員にパートナーを換えるよう指示を出し、驚いたことに、気がついたときにはジェマが僕の腕のなかにいました。

社交ダンスは人類最大の発明だと思いませんか？　街で見知らぬ人に近づき、右腕を相手の腰に巻きつけながら抱き寄せて、頬を寄せ合って歩道でくるくるまわる光景を思い浮かべてください！　近くにいる人は、きっと警察を呼ぶはずです。けれども、音楽を流して、「一曲、踊っていただけませんか？」と誘えば、おかしなやつだと思われることはありません。

僕は、魅力的なジェマを抱き寄せて束の間の至福に浸りながらも、「ほんの一瞬でもジャドから遠ざけて悪かったね」と、ささやきました。その声には、自分でも信じられないほど皮肉がこもっていました。

ジェマはすぐさま冷ややかな声で笑って、「私は彼が大嫌いなの」と、はっきり言いました。

僕は、「あんなに仲よさそうにしてたのに、わからないもんだな」と、言い返しました。

ジェマは僕の肩越しにダンスフロアを見渡しました。「わざわざあなたに教える必要はないんだけど、あれも勉強なの。私の宿題よ」

僕は、ジェマがそれ以上詳しい話をしなかったことにほっとしました。好意を寄せているジェマがジャドの言いなりになっているのを受け入れるのはむずかしかったからです。ジェマを抱き寄せている腕からほんの少し力を抜くと、彼女もリラックスしたようでした。

「最初からたいへんな宿題を与えられたんだね」

「そうなんだけど……ここの教育方針を理解したうえで来たんだから、文句は言えないわ。ただ、たとえひと晩でも人を殺すことを考えずに過ごせたら楽しいかもね。あるいは、半日でも春休みがあれば」

気がつくと、僕は例の谷の向こうに建っていた城と、そこへ行くための小さな空中トラムのことをジェマに話していました。まるで、スイスアルプスへでも行ってきたかのように。そして、いつかそこへ連れていくと約束しました。

ところが、ジェマは首を振りました。「ロマンチックなデートになりそうだけど、デートなんてしちゃいけないし、すぐに別れることになるかもしれないし」

係留されていないカヌーのようにボールルームのフロアを漂いながら、一度ここを出たら彼女には二度と会えないことを思い出しました。僕は、ジェマというのが彼女の本名なのかどうかさえ知りません。だから、自分の気持ちにブレーキをかけて、もしかするとこれが最後になるかもしれないと思いながら、彼女とのダンスを精いっぱい楽しもうとしました。

## 19

### クリフ・アイヴァーソンの日記より

人生におけるすべての問題の解決策はスポーツにあるというのがターコット教官の確固たる持論なのですが、その一方で、ターコット教官は愚か者だというのがグラベス教授の確固たる持論です。おそらく、真実はその極端な考えの中間にあるのでしょうが、ターコット教官が僕の論文にスポーツを取り入れようとしたときは、「僕のターゲットが好きなスポーツはポニーだけです」と、反論しました。

「ポロか？　それはすばらしい！」と、ターコット教官はうれしそうに言いました。「ポロは、最も人気のない危険なスポーツのひとつだ。ポロの試合中にクロッケー用の木槌《マレット》で殴るのか？　面白いじゃないか！」

「いいえ、ポニーというのは競馬のことです。ギャンブルの。僕のターゲットは穴馬に賭けるのが好きなんですが、負けるのは大嫌いなんです。彼に気に入られたかったら勝ち馬を教えてやるのがいちばんだと思うんですが、もしその馬が勝てなかったら神に祈るしかないかもしれません」

「真剣に考えてみる価値はあるかもな」ターコット教官は、急に真顔になって言いました。「人が何に情熱を傾けているかわかれば、たいていその人物の弱点もわかるものだ」

「クリフ！」聞き覚えのある魅力的な声を耳にして目をやると、ダルシー・モーンが誰もいなくなったグラウンドを横切って歩いてくるのが見えました。「これから、このあいだ話した打撃練習をしましょうよ。着替えてくるわ。夕食の時間まで、まだ三十分あるから」ダルシーは僕の都合など訊こうともしませんでしたが、ダルシーの名誉のために言っておくと、彼女はすでに数週間にわたってWUMPの実習時に非常に役立つ演技とメイキャップのアドバイスをしてくれて、きちんと約束は果たしていました。

僕はダルシーと一緒に彼女のプライベートコテージへ行き、彼女がしゃれた服を脱いで学院から支給されたジーンズとスウェットシャツに着替えているあいだ、背を向けていました（そうしてくれと言われたわけではなかったのですが）。着替えがすむと、彼女はボックスベッドのうしろからルイビル・スラッガーを取り出しました。ご存じないかもしれませんが、ルイビル・スラッガーというのは、ヒッコリーの木で作った、プロの野球選手も使っているバットのことです。ターコット教官が、野球のためではなく武器として使用するのだと説明すると、調達部も個人的な使用にかぎるという条件で貸し出してくれたのです。

芝生に覆われた広いグラウンドには、アメリカの野球の四角いダイヤモンドとイギリスのクリケットの楕円形のフィールドが両端に共存していたのですが、どちらもゆるやかな傾斜がついているのは、戦いにフェアプレーなどなく……攻撃する側につねに有利な条件を与えるべきだという学院の考えを示すためのものだと思います。

ダルシーは僕に、速球だけをコースを変えて投げてくれと注文をつけました。僕は、うっかり頭に当ててはいけないと思って、ターコット教官にヘルメットを貸してくれと頼みました。ターコット教官は、主審に変装すれば誰にも見破られることはないなどと、キャッチャーマスクをつけながらわざわざ僕に言ったのですが、たしかに、キャッチャーマスクも、だぼだぼの黒いユニフォームと胸のプロテクターも、ターコット教官の顔と体型を見事に隠していました。僕が、これは試合の前に国歌を斉唱する女性歌手を削除したくなったときに使える手だと言おうとすると、ダルシーがブルックリン訛りを真似て、「クリフィー、外角すれすれに投げて！」と、叫びました。

僕がセットポジションから投げると、ダルシーはボールの三十センチほど下でバットを振りましたが、いずれにせよ、ボールは彼女がスイングをはじめる前にターコット教官のミットに収まっていました。「タイミングを合わせるために、少しウォーミングアップが必要なだけだわ」と、ダルシーは弁解しましたが、十五分経っても彼女は一球もバットに当てることができず、バットを地面に叩きつけて、製造者が思いもつかなかったはずの使用法をざらついた声で説明しました。

僕は彼女を慰めようとしました。「がっかりする必要はないよ。超一流の選手でも、試合では十回のうち六回はアウトになるんだから」

ダルシーは、ボールを詰まらせるのではなく胸を詰まらせたようでしたが、演技以外でそんなことをしたのは、おそらくはじめてだったのかもしれません。

「あなたは何もわかってないのね、クリフ」彼女はかなり落ち込んでいるようでした。「空振りするわけにはいかないのよ。私の場合は、ワンストライクでアウトになるんだから」

## 20

クリフ・アイヴァーソンがマクマスターズへ来る数年前に、『エロス学』は任意の選択科目ではなく、指導教員が推奨した場合は必修科目として履修が義務づけられるようになった。ほとんどの女子学生が性的な戦略の学習に意欲を示したのに対し、男子学生の多くはすでに充分な知識を有しているという誤った確信を抱いていたからである。

『エロス学』は一対一の（ごくまれに二対一の）個別指導で授業を行ない、高度実践看護師の資格を持つ（一九五一年のミス・インディアナと一九五二年のミス・ラインゴールドでもある）ヴェスタ・スリッパーが監修し、場合によっては彼女がみずから教鞭を執ることもある。カリキュラムは、性的な戦略が学生の論文に必要だと判断した、ひとり以上の指導教員の助言を参考に、各学生の目的に合わせて作成される。もちろん、すべての削除に性的な戦略が必要なわけではない。それゆえ、最初の授業では教員が学生と面談し、ヴェスタはその際に精神科医によるセラピーの手法を、つまり、暗い部屋に置いたカウチに学生を横たわらせて話をする手法を採用している。学生がリラックスして話ができるように、学生の足元のエンドテーブルに火のついたキャンドルを置くこともある。カウチの向きも、さまざまな事情や学生が考えている削除方法に対する羞恥心を軽減するよう考慮されている。

「私の計画を実行に移すためには、ターゲットと仲よくならないといけないんです」ジェマは、初回の面談の際に嫌悪感をあらわにしてそう打ち明けた。「彼女は私を脅迫してるんですが、私には彼女に危害を加える気などないことを、なんとかしてわからせないといけないんです」

「あなたの計画書とピュー神父の報告は読んだわ。だから、あなたの論文の成否が、スーパーバイザーの……」ヴェスタは言葉を切ってメモに目をやった。「……アデル・アンダートンをヨークシャー渓谷へハイキングに誘い出すことができるかどうかにかかっているのもわかってるつもりよ。でも、彼女はあなたを脅迫してるんだから、あなたを信用するはずないわよね！」カウンセリングの訓練を受けていたにもかかわらず、ヴェスタはぼやけた眉を吊り上げて苛立ちをあらわにした（学生が彼女の美貌に圧倒されることが多いので、授業中はノーメイクだったのだ）。「そうでしょ？　あなたを脅迫している人物と仲よくなる必要がある？　むずかしいと思わない？」ヴェスタはそう尋ねてから、やさしく付け加えた。「もちろん、彼女に求められたいと思っているのならべつだけど。ええ、それなら話が違ってくるわ」

ジェマは動揺した。「それはうまくいかないと思います。私にそんな魅力があるとは思えないし。それに、アデルは男性にしか興味がないんです」

「おそらく、結婚相手としてはね。ただ、同性に魅力を感じている女性がどれほど多いか知れば、あなたも驚くと思うわ。同性に対する思春期の憧れが、おとなになっても続いてるのよ」

ジェマはかぶりを振った。「それに、私にとってアデルに求められることより大事なのは、彼女に疑念を抱かせないようにすることです。でも、どうにかして仲よくならないといけないんです。だからこそ、ターコット教官は私がアデルと信頼関係を築けるように、特定の学生と仲よくなって信頼してもらうという宿題をお出しになったんだと思います。この授業では、その点についても指導してもらえると期待してたんですが」

「特定の学生とは……？」

ジェマは一瞬ためらった。「ジャド・ヘルカンプです」

ヴェスタはぶるっと体を震わせた。「あれまあ《ジーカーズ》」そうつぶやいて、中西部の農村出身だということを暴露した。いつもはアイリーン・フォードのモデル事務所で学んだ中部大西洋岸のアクセントでしゃべっていても、地模様の入ったサテンであつらえたオートクチュールのドレスを着ていても、驚いたり興奮したりすると、インディアナ州のシセロにある慈善病院の正看護師に戻るのだ。彼女は、同じインディアナ州のマンシーに住んでいる両親を訪ねたときに急性虫垂炎になってその病院に手術を受けに来たニューヨークのファッションデザイナーにスカウトされた。「ジャドとも話をしたけど、もし彼が自分の心のなかを覗いたら、そこには誰もいないことに気づくでしょうね……あなたは彼に好きになってもらわなきゃいけないんでしょ？」ヴェスタはそう言ってかぶりを振った。「もちろん、彼を誘惑する方法はアドバイスできると思うわ。変人を誘惑するのはけっこう簡単なのよ」

ジェマが体を起こした。「でも、ターコット教官は、色仕掛けで迫るのはだめだとおっしゃったんです。道徳的な理由からではなく、アデルを誘惑するつもりはないので、そういう手法をジャドで試しても無駄だからです。それに、正直に言うと、彼は気味が悪くて」

ヴェスタはアルウィン・ターコットが聡明な男だというのを知っていたので、彼が学生にジャド・ヘルカンプの信頼を得るなどという不可能な課題を与えたことに疑問を抱かずにはいられなかった。おそらく、ジェマが学院の庇護のもとにあるあいだに、彼女の削除計画がどれほど絶望的なものか思い知らせるためだったのだろう。

ヴェスタは、ジャド・ヘルカンプの信頼を得るために彼の宿題を手伝ってやろうと申し出たのかどうか尋ねたが、それは、アデルの仕事を肩代わりしていたことを知っているターコット教官から止められているとジェマは答えた。したがって、宿題を手伝ってジャドと仲よくなるという作戦は使えなかった。

「スポーツをしたことはある？」と、ヴェスタがジェマに訊いた。「チームの団結力を体感したことは？」

ジェマは、座ったままカウチの端に移動した。「じつは、水球でもバレーボールでもバドミントンでもジャドの不正行為に手を貸したんですが、彼は、共犯者であることが私の義務であり特権でもあると思っているような態度を取るんです」

ヴェスタは手首を返して螺旋綴じのノートを閉じた。

「ほかの人間はみな自分の醜いエゴを増大させたり満足させたりするために生きていると思っている、感情的に歪んだ人たちがいるのは知ってるわよね。心理学では自己愛《ナルシスティック》パーソナリティー障害《ディスオーダー》と呼んでるんだけど、私は以前からその呼び名に違和感を覚えてたの。そういう人たちは自分自身を愛してないからよ。真逆なの。ジャド・ヘルカンプのような男は人生の早い段階から自己肯定感が欠如していて、それがとつぜん抑えがたい承認欲求へと変化したんだわ。そういう人間は、コップに半分水が入っているとか、半分は空だというふうには考えないのよね。彼らにとって、人生はコップではなく、水が注がれてもすぐに出ていく漏斗《じょうご》だからよ。で、まわりから認められないと――そういう人間はたいていそうなんだけど――傷ついて、激しい怒りを覚えるの」ヴェスタは、そう言ったとたんに後悔した。ジェマのように感受性の強い女性は、ジャドに（さらに悪いことには、彼女の真のターゲットであるアデル・アンダートンにも）同情を抱くかもしれないからだ……これから削除を遂行しようとしている学生にそのような感情を植えつけるのはまずい！ ターコット教官とピュー神父は、マクマスターズメソッドの熟達者であるヴェスタが適切なアドバイスをしてくれることを期待してジェマを託したようだが、ヴェスタにできることはあまりなかった。

「エロス学の専門家としてアドバイスできることはないような気がするわ。ミス・アンダートンがみずからすすんでハイキングに参加するように仕向けるより、無理やり連れていったほうが簡単じゃないかしら」ヴェスタはジェマのほうへ身を乗り出した。「あなたの話から察すると、あなたのターゲットはジャドほど変人ではなくて、おそらく二倍はずる賢いわ。あなたが選んだ方法は、ほんとうに最善の選択なの？」

ジェマは、アデルをハイキングに誘うことさえできれば川がすべてを解決してくれると思っていた。だから、ヴェスタがどう思おうと気にしなかった。「べつに自然が好きなわけじゃないんですが、この方法を使えば、汚れ仕事はすべて自然がやってくれるんです。遺体は一瞬で消えてしまって、悲惨な事故だとみなされて……私がしなければならないのは、彼女が足を滑らすのに手を貸すことだけです」

「それじゃ、殺人とは言えないわ」同じような話を何度も聞いたことのあるヴェスタは、そう言った。強い殺意があって、理論や技術はすべて習得しているのに、みずからの手で人を殺めなければならないという事実を受け止められない善良な学生は大勢いる。ヴェスタは立ち上がり、エンドテーブルの上のキャンドルの火を消して、代わりにランプをつけた。「それほど好きではなく、アデルもその人物のことをよく知らない、身なりも身だしなみもいいイギリス人のボーイフレンドを作るのがいちばんじゃないかしら。少々頼りないというか……」ヴェスタはイギリス人がよく使う言葉を思い出そうとした。「そう、ふがいない男でもかまわないわ。仮に、その男をアリステアと呼びましょう。〝内緒にしておいてほしいんだけど、アリステアが三十五歳になったら莫大な財産を相続することになってるの〟と、キャドバリーやキュナードといった大会社の名前をちらつかせてアデルに何度か話すといいわ。

でも、いまは自分のお給料で暮らしているから、遺産相続のことは誰にも知られたくないみたいだと。で、あなたは高価なアクセサリーを身につけているところをアデルに見せつけるの。自分で買って、『これ？またアリステアが買ってくれたの』と言ってアデルに見せたら、つぎの日に返品すればいいのよ。それで、アデルの興味をかき立てることができるわ。アリステアには、デートの相手がいない、たとえばナイジェルという名前の友だちがいるということにしておいたほうがいいわね。ふがいない男は、公園のアヒルのように仲間と一緒に行動するのよ。あなたは、アリステアとナイジェルと一緒にヨークシャー渓谷で週末を過ごすために女性をひとりさがしていることを、それとなくアデルに伝えるの。アデルは、莫大な遺産を相続するアリステアをあなたから奪う絶好のチャンスだと思って、行きたいと言うはずよ。人の恋人を奪おうとする人は、たいてい自分を過大評価しているので、彼女はあなたより自分のほうが魅力的だと思っているはずだわ。これまで言いなりになってきたあなたがしぶしぶアデルの求めに応じたら、彼女はうまくいったと思うでしょうね。ヨークシャー渓谷に着くと、アデルは一刻も早くアリステアのハートをつかもうとするでしょうけど、あなたとアデルは、ホテルのバーのテレビでクリケットの試合を観ている男たちを残してすぐ近くの川沿いを散歩するの。アリステアをあなたから引き離す方法を考えるのに忙しいアデルはあなたや川にはまったく興味を示さず、〝ディナーのあとは、四人でダンスにでも……〟と、さりげなく提案するはずよ。彼女が思いつくのは、せいぜいその程度だわ！」

それはヴェスタが考えついた最も現実的なシナリオで、ジェマも名案だと思ったようだった。「その計画に、何か……ネックになりそうなことはないんですか？」

ヴェスタは躊躇した。「アリステアがハイキングが好きでも嫌いでも、あなたは彼を誘惑して一緒にヨークシャーへ行くように仕向ける必要があるのよね。つまりその、あなたの言いなりになるような動機を与える必要が」

「それじゃ、ただの売春婦じゃないですか」

「いいえ、あなたは一流の売春婦になれるはずよ。私が保証するわ」

ジェマはすぐに結論を出した。「すみません。それは無理です」

ヴェスタが説得を試みた。「あなたはほんとうにこの方法しかないと思ってるの？　あなたもアデルと一緒に川に落ちる可能性もあるのよ。死ぬのは、彼女ではなくあなたかもしれないわ」

「そうなっても、自業自得だと思いませんか？」ジェマはそう言ってヴェスタを落胆させた。「それに、母は娘が父親を殺したことを知らずにすみますから」

## ♠クリフ・アイヴァーソンの日記より

学期末に開かれるトラック競技大会の説明会のあとでランニングの練習をしながらヘッジハウスに戻ろうとしていると——この際、素直に認めますが——エロス学科の校舎の脇にある、〝比較宗教学——出口専用！〟と書かれたドアからジェマが出てくるのを見て、気持ちが沈みました。エロス学科の個室での（舷窓はないものの、客船の個室にそっくりだと噂されている部屋での）面談や授業を終えて出てくる学生に恥ずかしい思いをさせないために〝比較宗教学〟と書いてあるのは明らかだからです。そのドアから出てくる者は、論文の一部に性的な戦略を組み入れようとしているか、そちらの方面のスキルを磨こうとしているかのどちらかだというのは、みんな知っていました。

親愛なるX殿。僕は落胆して胸に鈍い痛みを覚え、それと同時に、自分が清教徒的な古い考えを持っていることに気づいて、自己嫌悪に陥りました。〝そういう女性だったんだ！〟と思うと、怒りが込み上げてきました（もちろん、ジェマが僕に対してそういう態度を取ったのなら、彼女の開放的な考えと官能性のあらわれだとして、好意的にとらえていたはずだと思うのですが）。とにかく、ジェマがエロス学科の裏口から出てくるのを見たときは、ほんとうに驚きました。コーラがみずから命を絶って、ある人物とよからぬ関係を持っていたという噂が立つと（それが誰かはすでにお話ししましたが）、ヴォルタンの頭の堅い連中は、「……とてもいい子に見えたのに！」と、軽蔑したように言いました。彼女とフィードラーのあいだに何があったとしても、僕はいまでもコーラのことを想っています。もしフィードラーが僕を殺人犯にしたかったのなら、コーラを殺すこともできたはずです。特に、毒の助けを借りれば。

詳しいことはわからないものの、過酷な現実に対する絶望感はコーラよりジェマのほうが大きいのかもしれません。コーラは将来に絶望して精神的に落ち込んだのでしょうが、ジェマは、たとえそれがどんなに邪悪で、かつ冷酷であろうと、自分のやるべきことをやり抜く決意を固めているように見えます。

だから、僕はジェマに惹かれるのと同時に共感を覚えたのです。けれども、彼女がヴェスタ・スリッパーの指導を受けて自分の性的な魅力やテクニックを利用する計画を立てているのは、もはや疑いの余地がありません。「もしかすると、彼女には指導なんて必要ないのかもしれない」春になったのを知ってカエデの木から下りてきて木の実をむしゃむしゃと食べているリスを見ながら、僕はふて腐れたようにつぶやきました。

しかし、僕だって……もし、論文のためにうぬぼれ屋のフィードラーを誘惑する必要があったら、そうするかもしれません。

♠

　ダルシー・モーンは（しばしばスキャンダル記事の見出しを飾っていた女優のドリア・メイは）、学院長がヴェスタ・スリッパーの指導を受けるようにすすめると怪訝そうな顔をした。彼女には新入生らしいところがまったくなかった。「私の計画で性的な要素が重要な役割を占めているのは認めるわ、ハービー」（彼女だけは許可も得ずに学院長のことを愛称で呼んでいたので、学院長は、改めないようならカリキュラムを変える必要があるとドブソン警部に伝えていた）「でも、撮影やオーディションでやったことがないことをやるつもりはないんです」と、彼女はきっぱり言った。しかし、彼女がこれまで演じた役を考えると、その言葉に何の意味もないのは明らかだった。

　学院長は処方箋を書くかのように紙に走り書きをすると、封筒に入れて蝋で封をした。「ヴェスタのところへ行ってこれを渡しなさい。標的に最後の恥辱を与えるには、演技に磨きをかける必要があるからね」思わず笑いそうになった学院長は、咳払いでごまかしてダルシーに封筒を渡した。「きっとうまくいくはずだ」

　エロス学科のラウンジは、春になっても豪華なスキーロッジを模したしつらえのままで、中央の暖炉と、それを囲むように置かれた背もたれの高いソファが落ち着いた雰囲気を醸しだしていた。ただし、もう少し暖かくなれば、外のテラスに出ると波の音が聞こえる、熱帯地方にある高級ホテルのポリネシア風バーに装いを変える。人里離れたリゾート地はアバンチュールに対する抵抗感を薄めて、〝休暇中なんだから、少し羽目をはずしてもかまうもんか。家族や同僚に知られるおそれはないんだし!〟という気持ちを助長するからだ。

　ダルシーが論文できわめてユニークな手法を取り入

れるつもりでいるのは学院長も承知していたが、ヴェスタは、それにともなうさまざまな困難について具体的にわかりやすくダルシーに説明した。「とにかく、いろんな知識を得ておかないといけないわ。知らないことがいっぱいあるはずだから。まずは、トイレに行っておいたほうがいいかもね」

「何のために?」と、ダルシーが訊いた。「これから旅行にでも行くの?」

「いいえ、行くのはトイレだけよ」ヴェスタはそう言って、ダルシーをトイレの前まで連れていった。トイレもラウンジと同じ設定だったので、スイスのグシュタードにあるホテルのトイレのように、ドアにはドイツ語が書いてあった。ダルシーは、迷わず″Damen《女性用》″と書かれたドアへ向かった。

「そっちじゃないわ」ヴェスタは廊下の反対側を指さした。「″Herren《男性用》″と書かれたほうへ行かないと」

## 21

### クリフ・アイヴァーソンの日記より

親愛なるX殿。マクマスター学院の施設の豪華さや贅沢な食事、学生への配慮、それに美しい景観のどれをとっても、肩を並べることのできる学校はそう多くないはずで……このような恵まれた環境で学ぶことを可能にしてくださったあなたには、心から感謝しています! ただし、ひとつだけ残念なのは、あなたに会えるかもしれないと期待していた卒業式がないことです。どんなことでも包み隠さず教えてくれるレジデントアドバイザーのチャンポ・ナンダが、指導教員と審査委員会の許可が下りたら学生は即座にここを出ていくことになるのだと言いました。通常、事前の通告はないそうです。学院内で親しくなった学生と、外の世界に戻ったあとで会う約束をするのを防ぐためです。卒業生どうしが再会を楽しんだところで何の問題もないと思うのですが、チャンポ・ナンダに言わせると、タバコ農園の跡取り娘がケンタッキー州の家に戻ったあとで地中海クルーズで出会った乗組員と再会するのと同じくらいあり得ないことなのだそうです。

けれども、僕にとっては今夜のトラック競技大会が卒業式のようなものでした。論文の準備が、期待どおりにほぼ完成しているからです。

〝トラック競技大会〟という名前から、リレーや一〇〇メートル走を想像すると面食らうことになるでしょう。昨年の大会に参加したカビー・タヒューンは、名前の裏に隠された大会の真の目的はみんな知っていると言います。つまり、獲物を追って捕まえて削除する能力を競う大会だということは。ただし、実際に削除するところまでは行かず、成否は学院の審査員が判定します。スポーツで相手を徹底的に叩きのめすのは控えたほうがいいとされていますが、勝ち負けが生死に関わる場合は手加減を加えるわけにはいきません。

大会は、天候がよければ夕方に屋外で開催されて、まずは全学生を集めてグラウンドで開会式が行なわれると、カビーが教えてくれました。今夜もグラウンドには教員用の観覧席が設けられ、スピーチ用の演台と賞状を入れるような筒を並べた長いテーブルが二脚置いてありました。学生たちが屋根のない一般観覧席に集合すると、夜空にたなびく学院のペナントの下でブラスバンドが応援歌を演奏しました。ターコット教官は、大きなかがり火に火をつけるべく、空に向かって火矢を放ちました。矢は、大会が終了するまで真っ赤な炎を上げて燃え続けるように応用科学科長のナン・レッドヒル教授が薬品を振りかけた、枯れ枝と薪の山の真ん中に落ちました。

校歌斉唱が終わると（学院をあとにした卒業生の外

の世界での合い言葉の役割も果たしているので、校歌のタイトルは明かせませんが）、僕たちは座って競技がはじまるのを待ちました。まもなく死と戯れることになるのだと思うと、春の夜気に漂う、息を吹き返した自然の生命力に満ちた香りがより新鮮に感じられました。この競技大会は、パイロットがエンジントラブルのシミュレーションを重ねたり、警官が実弾の飛びかうなかで障害物競走まがいの訓練をするのと同様に、本番への準備を目的としたものです。

「どの学期のトラック競技大会も全員が真剣に取り組まなければならないことを明確にするために、つまらない前置きは省くことにする」学院長は、そう言って挨拶をはじめました。普段なら学生が腹を抱えて笑うのがわかっていたのだと思います。「今夜は、きみたちが手法の制限なく削除の試行ができる、またとない機会だ。本大会の成績は、今学期の平均点と論文の進捗状況の判定に大きく影響する。これまで成績が振るわなかった者にとっては、挽回する絶好のチャンスだ。それなりに頑張ってきた者にとっても、今夜の成績が悪ければ順位が落ちる可能性がある。当然のことながら、今夜の競技では事前に準備ができない状況での臨機応変な対応が求められ、評定はその点に重きを置いて行なう。ただし、ハンター役の学生は、みずからの作戦によって獲物を削除できたはずだということを審査員にアピールしなければならない。逆に、獲物役の学生も、ハンターを削除できたことをアピールする必要がある。フェンシングや柔術と同様に、攻撃は、実際に相手を突いたり殴ったりする寸前で止めるように。止めを刺す必要はない……しかし、キャスカもキャシアスも、シナ、トレボニアス、シンバ、リゲリアス、それにブルータスも、ジュリアス・シーザーを刺したあとで『如何にしても事故は起きるものだ』と言っている。隠れんぼ大会ではないことを忘れるな。では、メンバーを発表する」

キャンパスも付属施設もすでに準備が整って、ラボとWUMPもそれぞれの作戦に応じて使えるようになっていました。ミード池のほとりの店やレストランは照明をつけて音楽を流し、店員は殺人を犯した学生が夜更けに押しかけてくるのを待ち受けていました。

学院長はアルファベット順に学生の名字を読みあげました。〝イバニェス〟と〝イムラウアー〟の名前を耳にするやいなや、僕は消防演習でその広い背中を何度か目にしたことのあるセルゲイ・イワノビッチのうしろに並びました。ただちに教職員用の観覧席に向かうと、学院長秘書のディリス・エンライトを補佐している若い男性が書類に目をやって、僕をふたつのうちの手前のテーブルに案内してくれました。「三か七か三十五と書かれた筒を選んでくれ。好きな筒を選んでいいけど、選べるのはひとつだけだ」その男性はそう言って、少なくとも競技の公正さは保証されていることを示しました。「筒を開けたら、なかに入っている青い指示票をなくさないように。それが、きみの獲物を、あるいは、きみを獲物とするハンターを示す唯一の証拠だから」

すべての学生が同時に追跡を開始できるようにするために(僕は〝追跡〟と呼ぶことにしたのですが)、僕たちは最後の筒が配られるまで席についていなければなりませんでした。銃声が聞こえたときは、早くも最初の削除が行なわれたのだと思ったのですが、筒を開ける合図としてターコット教官が号砲を鳴らしたのだとわかりました。けれども、筒を開けるのは、まわりに人がいなくなるまで待つことにしました。マサチューセッツ工科大学時代にカードゲームをしていたときに、僕のポーカーフェイスは、〈ジョーズ〉という名前の簡易食堂の〝ジョーズで食べて〟と書かれたど派手な看板と同じぐらいわかりやすいと言われたことがあったからです。僕はそのことをひどく気にしていたので、ダルシー・モーンに感情を隠す方法を教えてもらっていました。実際には、感情を隠すのではなく、僕はこれまでの僕ではなくべつの人間だと自分に暗示をかけて、さまざまな感情がひとりでに顔や行動にあらわれるようにするのです。これはダルシーが学んだユニークな演技法で、ぼくもずいぶん上達したように思うのですが、自分の獲物が誰かわかっていて、たちまち出くわしてしまったら、じろじろと見たり、逆に目をそらしたりして、ハンターだと見破られてしまうおそれがあります。そこで、こっそり筒を開けようと思って、急いでヘッジハウスに戻りました。すると、近づいてくる足音が聞こえて、誰かが芝居がかったささやき声で僕の名前を呼びました。もう見つかってしまったのかと、びっくりしました。

ところが、ほっとしたことに、追ってきたのはカビー・タヒューンでした。「心配するな。きみは僕の獲物じゃないから」カビーは、茶色いコーデュロイのジップアップ・ジャケットのポケットから青い指示票を取り出しました。

あなたはハンターです。

あなたの獲物はジェマ・リンドリーです。

そして、あなたも誰かの獲物です。

健闘を祈ります。

意外なことに、僕はそれを見て安心しました。ジェマが誰かの獲物にならなければならないのなら、彼女を危険にさらす可能性が最も低いのは(もちろん、僕を除いて)、無能なカビーです。それで、「獲物を狙って仕留めそこねたら、何もしなかった場合より失点が大きいことも考えないとな。これ以上減点されたら、きみはたいへんなことになるはずだから」と、カビーに言いました。もちろん、ほんとうにそうかどうかはわからなかったのですが、一応、釘を刺しておけばカビーが衝動的な行動に出てジェマを傷つけるのを防げるかもしれないと思ったからです。

「きみの獲物は？」カビーは、僕が手にした筒を見つめて訊きました。

「まだ見てないし、見ても、人に言うつもりはないよ。気をつけたほうがいいぞ。ジェマはいつもジャド・ヘルカンプと一緒にいるから。やつに恨まれたくはないだろ？」

カビーとはそう言って別れたのですが、振り向くと、ジェマが住んでいる女子寮のほうへ向かうカビーの姿が見えました。カビーは、ジェマが必要なものを取りに戻ったのではないかと思ったのでしょう。ふいに、遊歩道沿いのガス灯のあいだの暗がりから、弱々しい月明かりに禿頭を光らせた大柄な男が姿をあらわしました。その男はカビーを呼び止めて、近づきました。

確信はないのですが、たぶんジャド・ヘルカンプだったのではないかと思います。もしカビーがジャドの獲物だったのなら、早くもふたりの運命が決まっていたでしょう。

その二分後に、僕はとなりの部屋のオードリー・イェーガーがバスルームのドアをノックしないように祈りながらベッドに座っていました。しかし、運命とは冷たいもので、このときも僕の真剣な祈りは通じませんでした。

「クリフ？」バスルームのドア越しにオードリーのくぐもった声が聞こえたので、もっと小さな声で呼んでくれたら聞こえなかったふりができたのにと思いました。

「違う」

「聞いて。彼らは競技大会を理由に私を追放しようとしてるの。〝追放〟というのがどういう意味か知ってるでしょ？　お願いだから、ドアを開けて」

僕はオードリーを真似てくぐもったうめき声をあげ、まだ開けていなかった筒をベッドの上に置いて……ところが、置いたとたんに、オードリーの指示票に僕の名前が書いてあったのかもしれないことに気づきました。もしそうなら、ドアを開けるのは、僕がつぎに取る最悪の一手になります。

「悪いけど、安易に人を信用するわけにはいかないんだ。特に、競技中は」そう言った瞬間、もし僕に分別があるなら――たぶん、ないと思うのですが――まず筒に入っている指示票に書いてある名前が〝オードリー〟かどうか確かめるべきだと気づきました。もし〝オードリー〟と書いてあるのなら、喜んでドアを開けます。「ちょっと待ってくれ。たぶん……」

筒を開けて、なかに入っていた青い紙を取り出しました。そこには、思いもかけない名前が書いてありました。ほんとうに驚きました。

あなたはハンターです。

あなたの獲物はクリフ・アイヴァーソンです。

健闘を祈ります。

僕が理解に苦しんでいると、オードリーがふたたびバスルームのドアの向こうから声をかけてきました。

「あなたは知らないはずよ、クリフ。私の紙に誰の名前が書いてあったか。私も、どういうことなのかわからないんだけど、なんだか気味が悪くて。ドアの下から滑り込ませるわ。自分の目で確かめて」

彼女が滑り込ませてきた紙を見ると、書体が僕の指示票と同じだとわかりました。同じ紙と同じタイプライターを見つけて偽物を作る時間などなかったはずです。奇妙なことに、そこにはつぎのように書いてありました。

あなたはハンターです

あなたの獲物はオードリー・イェーガーです。

健闘を祈ります。

僕はバスルームのドアを開けて、僕の獲物も僕自身であることを示す紙を彼女に見せました。「学院がとつぜん形而上学的な理念に方針転換したんじゃないかぎり、これは単なる手違いだよ」と、オードリーに言いました。

筒の配布は名字のアルファベット順に行なわれたので、オードリー（Jäeger《イェーガー》）は僕（Iverson《アイヴァーソン》）のすぐうしろにいたと教えてくれました。マクマスター学院が間違いを犯すなどという、考えられないことが起きたのでしょうか？

オードリーは僕のベッドにドサッと腰を下ろしましたが、誘惑しているとは思いませんでした。「どうすればいいの？」

「こういうことになったのは、おたがいにラッキーだったのかもしれない」と、僕は自分の考えを伝えました。「僕の獲物がきみで、きみの獲物が僕だということを、おたがいに偶然知ったわけだよね？　それに、僕たちはおたがいに危害を加えたくないと思っているわけだろ？」

「ありがとう、クリフ。あなたのことは前々からやさしい人だと思ってたの」

「だから……僕たちがふたりとも危険にさらされることなく朝を迎えることができたら、おたがいを同時に削除し合うことができたと宣言できるはずだ」

オードリーは僕の提案に乗り気なようでしたが、まだ迷っていました。「でも、そんなことができる？」

とりあえず、できるかどうか考えてみることにしました。「まず、僕たちはバスルームを共有しているから、僕はきみが練り歯磨きではなく歯磨き粉を使っているのを知っていて、きみは僕が朝起きたときにコップで二、三杯水を飲むのを知っていて――きみはいつも、自分が起きたときには水差しが空っぽになっていると文句を言っている」僕は共用のバスルームに入っていって、キャビネットの上に置いてあるタルカムパウダーを手に取りました。僕がオードリーの歯ブラシを使ってタルカムパウダーを歯磨き粉に振りかけようとしていると、彼女もバスルームに来ました。

「何をしてるの？」オードリーは好奇心をあらわにして訊きました。

「歯磨き粉にストリキニーネをまぜてるんだ。このタルカムパウダーがストリキニーネの代わりだ。審査員は僕がきみを殺すのを期待しているわけではないので、殺すことができたと証明するだけでいいんだよ」

オードリーは眉をひそめました。「こんな時間に、どこでストリキニーネを手に入れたわけ？」

「みんな知ってると思うけど、競技大会の日は池のほとりの薬局がひと晩中開いてるんだよ。それに、外の世界じゃ殺鼠剤が簡単に手に入る。金物屋にも保育園にもある」僕は歯磨き粉の缶に蓋をしました。「で、今度はきみの番だ。きみは、水差しにテトラヒドロゾリンを入れることができる。テトラヒドロゾリンは何の味もしないし、十滴で昏睡状態に陥るか、場合によっては死に至る可能性もある」

「殺鼠剤とは違うのよ。処方箋なしで、そのテトラ何とかをどこで手に入れればいいの？」

「きみはすでに持ってるよ」僕は彼女の目薬を手に取りました。「きみがいつも泣いたあとに差す目薬の成分に含まれてるんだ。目薬なら、処方箋がなくても薬局で買えて、ポケットやバッグのなかにしのばせておける。僕が食堂で皿洗いのアルバイトをしているときに、高級なレストランのパウダールームには大理石のシンクの上にマウスウォッシュやヘアトニックと一緒に目薬が置いてあると、総料理長が話してたんだ。ディナーの相手のスープやシャンパンに味付けをしたいときに役に立つと。目に差す分には安全だけど、胃には毒なんだよ。もちろん、僕なら、目薬を垂らす代わりにマウスウォッシュを水差しに数滴垂らしておくけど」僕は、実際にマウスウォッシュのリステリンを数滴垂らして、水差しに栓をしました。「これで準備完了だ。審査員にはこんなふうに説明しよう。〝僕は朝早く目を覚まし、コップに二杯水を飲んで熱いシャワーを浴びた――それによってリステリンの鎮静効果が促進されるので――しばらくすると、めまいを覚えて横になった。一方、きみはいつもどおりに朝の時間を過ごしていた。僕は、きみがよからぬことを企んでいるとは夢にも思っていなかったが、きみは、僕が死ぬのを待ちながら歯を磨いて……すると、僕がきみの歯磨き粉にまぜたストリキニーネがことのほか早く作用して、きみは床に倒れ、僕はその音を耳にするのと同時に痙攣を起こした」

オードリーはすぐに理解しました。「じゃあ、私たちはふたりとも相手を削除することに成功したと主張できて、どちらが先に死亡したかを証明する方法はないから、審査員はどちらにも合格点を与えなきゃいけないわけね」僕と同じく彼女も喜んでいるようだったので、僕たちはたがいの模擬殺人を審査員に報告できる夜明けまでそれぞれの部屋で過ごすことにしました。

僕は机の前に座って、今夜の競技大会のことをあなたに伝えるために日記を書き、ちょうど書き終えたときに、ドアをノックする音か何かがぶつかるドンという音が聞こえました。もちろん、ドアには錠をかけていました。そっと立ち上がり、自分の身を守る必要が生じた場合に備えて木の椅子を持ち上げて、ドアに耳を押し当てると……廊下から、息の音と咳と足音が聞こえてきました。

そして、何も聞こえなくなりました。

僕は机に戻り、あらたな不安に苛まれながら、いまこれを書いています。まず、目薬が毒薬として使えることをオードリーに教えたのは迂闊でした。これからは、どのような状況であろうと、水でも何でも、オードリーの手の届くところに置いてあったものは飲まないようにします。彼女が僕を狙っていることを完全に否定することはできないからです。

それと、もうひとつ。カビー・タヒューンがハンターと獲物の両方の役目を果たすように命じられたことをこの日記に書いているときに、ドアをノックする音を聞いて、もしかすると、僕を獲物に指定された学生はオードリー以外にもうひとりいるのかもしれないと気づきました。正直に言いますが、僕は、学院が僕とオードリーの指示票をわざと入れ替えて警戒心をゆるめようとしたのではないかと疑っています。いま、僕たちはそれぞれの部屋にいますが、ここでは簡単に見つかってしまいます。ひと晩、身を隠す場所に心当たりはあるものの、脳の片側だけ眠らせて、僕を殺しにくるハンターをもう片方の脳で監視するという、イルカのような芸当を身につけなければいけない気がします。もちろん、オードリー・イェーガーも監視の対象です。

♠

用心深いクリフ・アイヴァーソンとは違って、ダルシー・モーンはターコット教官がスターターの号砲を鳴らすなり筒を開けた。何と言っても経験豊富な女優なので、たとえ指定された獲物が真横に立っていても平静を装うことができるとうぬぼれていたのだ。早速、筒から青い紙を取り出したダルシーは、そこに書いてある指示の内容が気に入った。

グラウンドの売店にある大きなボードにはトラック競技大会に参加するすべての学生の写真と名前が貼ってあって、獲物と面識のない学生でも、顔とキャンパス内の住まいがひと目で分かるようになっていた。赤ら顔のミリアム・ウェブスターが〝S〟のセクションに目をやって一枚の写真を見つめていることに気づいたダルシーは、「ミルトン・スウィル？」と訊いて、「私だったら、彼に毒を盛ろうとはしなわ、ミム」と言った。

「どうして？」反射的にそう訊き返したとたん、ミリアムはうっかり口をすべらせてしまったことに気づいたが、どうということはないと思った。

ダルシーは理由を説明した。「ミルトンは、毒の入ったスープをうっかり飲んでしまって以来、用心深くなったの。でも、真っ赤な髪をした彼を見つけ出すのは、それほどむずかしくないはずよ」ダルシーはちらっと自分の指示票に目をやって、「よかったわ」と、意味ありげにつぶやいてから、得意のマレーネ・ディートリッヒ訛りに切り替えて、「私の獲物はジャド・ヘルカンプよ！」と明かした。ミリアムの健闘を祈ったあとは、WUMPのある明るい建物に向かって歩きだした。WUMPでは、その夜の競技のための変装やメイキャップや、さらには義肢の着装もできるようになっていた。

♠

ジェマは、キャンパスがこんなに活気に満ちているのを見たことがなかった。全学生が、自分を追っている誰なのかわからないハンターを避けながら指定された獲物を見つけようとしてキャンパス内を歩きまわっていたからだ。寝るなどというのは（少なくとも、自分のベッドで寝るのは）あり得ないことだった。二十代前半の若い学生のなかには競技大会を借り物競走のようにとらえている者もいて、彼らの笑い声が夜のしじまに響きわたった。しかし、ほとんどの学生は夜の狩りに真剣に取り組んでいて、その表情には、強い意欲か恐れか、あるいはその両方がにじんでいた。身を隠す場所へ向かおうとする（もしくは隠れている獲物をさがそうとする）学生に加えて、狩りの現場の監視員や審査員が必要になった場合に備えて動員された教員の姿も目についた。

ジェマが選んだ筒に入っていた紙に書いてあった指示は、望んでいたものではなかった。

あなたは誰かの獲物です。

健闘を祈ります。

ついてない！　彼女はルールを理解していたので、夜明けまで削除されずに生き残ることが自分に与えられた課題だと悟った。寮の部屋に戻ることも考えたが、ひとり部屋ではないので、部屋に隠れることができないのはわかっていた。もしルームメイトの誰かが彼女のハンターだったら、当然、部屋に入ってくる。

どうするべきか考えていると、女子寮のほうからジャド・ヘルカンプがこっちに向かって歩いてきた。ジャドは陽気に口笛を吹いていたが、そんな彼を見たことがなかったので、ますます気味が悪かった。ジャドはジェマに気づいたようで、ジェマも気づいていないふりをすることはできず、しばらく彼に会うのを避けていたのに、しかたなくそばに寄った。「まあ、ジャド。あなたに会えて、こんなにうれしいと思ったことはないわ」ジェマは、思いきってそう言った。

「おれがくじで誰を引いたか知ってるか？　やつを仕留めるのが楽しみだ」

ジェマは、ジャドが誰を仕留めるのを楽しみにしているのか考えたが、ひとりの名前しか思い浮かばなかった。「クリフ・アイヴァーソン？」

ジャドは返事をしなかったが、含み笑いを浮かべたのを見てそうだとわかった。ジェマはクリフのことを心配している自分に驚きながら、クリフに警告するのはルール違反なのだろうかと悩んだ。ジャドなら、本気でクリフを殺すかもしれないからだ。けれども、クリフは誰かを追っているか、あるいは隠れているかもしれず、どうやって見つけ出せばいいのかわからなかった。それに、危険にさらされている学生は大勢いるのに、なぜクリフのことがそんなに気になるのかもわからなかった。「とにかく、健闘を祈ってるわ。私は私でやらなきゃいけないことがあるので、じゃあ、これで」

「きみはハンターなのか、それとも獲物か？」と、ジャドが訊いた。

不安でたまらなかったにもかかわらず、ジェマは自信に満ちた笑みを浮かべた。「それは、罠を仕掛けて誰が飛び込んでくるか確かめるまでわからないわ」何の算段もないのに、抜け目のない、いや、狡猾な印象を与えたかったのだ。

ジャドに狙われているとクリフに教えてやりたかったが、そんなことをすれば、ジャドは裏切られたと思うはずだ。マクマスターズへ来たのは、他人の窮状ではなく自分自身の窮状を打開するためだったのよと、ジェマはあらためて自分に言い聞かせた。獲物となった彼女にとって、今夜の最優先事項は、夜が明けるまでどこかに身を潜めることだった。

ジェマは、バレンタインデーのダンスパーティーでクリフがある場所の話をしてくれたのを思い出して、あそこなら安全かもしれないと気がついた。竹林の奥にある谷を手動の小さな空中トラムで渡らなければたどり着けない城のような建物に隠れていれば安全かもしれないと。空中トラムを城の反対側に戻すには、人が乗り込んでクランクをまわすしかないとクリフが言っていたので、隠れ場所としてはうってつけだ。いったん谷を渡ってしまえば、本格的な登山用具か滑車装置を持っていないかぎり追ってくるのは無理だし、それを手に入れようとしても、こんな時間では無理だ。

もちろん、そんなところへひとりで行くのは怖いが、たとえ誰かが彼女を削除することに情熱を燃やしていたとしても、城のなかからは敵がやって来るのが見えるし、敵は彼女に近づくことができない。だから、ひとりでそこへ行って夜が明けるのを待つことにした。

タングルウッドまで行くのはそれほど怖くなかった。ほとんどの学生は反対方向に向かっていたが、ハンターと獲物が大勢、同じ道を歩いていたからだ。ところが、竹林のなかに入ると、ほかの学生の姿はほとんど見かけなくなった。そのような辺鄙なところを歩くのは、愚か者（または、ジェマのように明確な目的を持った者）だけだ。

クリフが話していた谷に落ちてしまうのではないかという不安はあったが、竹林を抜けてごつごつした岩が露出しているところまで行くと、月が校舎やガス灯の光に負けないほど明るくあたりを照らしていた。

静まり返った岩だらけの道を歩いていると、岩が彼女の頼りない不規則な足音を完璧な正確さで響きわたらせた。ゆるやかなカーブを曲がると、とつぜんライトアップされた城が見えた。下から照明が当てられているせいで、城はより高く、より堂々としているように見える。その光は、谷の手前にある木製のプラットホームに停まっている趣のある空中トラムを照らし出していた。霧に包まれた谷にも照明が埋め込まれていたが、その光は硫黄を含んだ霧に吞み込まれてしまって、恐ろしいことに、谷の深さはわからなかった。ここは水のないスリッドだと、ジェマは思った。

ホームに停まっているおもちゃのようなゴンドラに向かって歩きながら、空中トラムがそこに停まっているということはクリフがここに来ていないからだと気づいたジェマは、愚かなことだと思いながらも、落胆の波が押し寄せてくるのを感じて驚いた。そういうことは、イギリスの故郷でも十代の頃に経験していた。たとえば、〝アンドリュー〟が来ているのを期待して、何時間もかけて髪をセットして、母親におかしくないかと訊きながら何度も服を着替えて、いざパーティー会場に着いて「アンドリューは来てる？」とさりげなく尋ねると、アンドリューは休暇を過ごしに家族とロンドンへ行ったと知らされたのと同じだ。ジェマは、クリフもここに隠れているのではないかと、なんの根拠もなく期待していた。クリフが谷の向こうから彼女に声をかけ、空中トラムで迎えに来てくれて、誰も襲ってこない安全な城でふたりきりで一夜を過ごすことを。期待が叶っても、その先どうなるかはわからないが、おそらく期待は叶わず、彼女はひとりで小さな空中トラムに乗って城へ行き、ハンターの足音に耳をすましながら夜が明けるのを待つことになるはずだ。びくびくしながら一夜を過ごすのはいやだったが、最悪の事態に陥るのはどうしても避けたかった。

やがて、城のライトが消えた。「すでに最悪だ」と、ジェマは考えを改めた。

急に漆黒の闇に包まれてしまったせいで、谷の縁の手前に立っていた彼女には転落する危険も出てきた。が、幸い、崖の斜面を穿って取りつけた鉄製の台の上の松明《たいまつ》が両側から谷を照らしていたので、炎が揺らめくたびに漆黒の闇は引き潮のように後退した。腕時計を見ると、午後十時だった。キャンパス内のほかの照明と同様に、十時になると自動的に明かりが消えるようになっているのだろう。暗ければ、空中トラムで向こう側へ渡るときに谷を覗き込んでその深さに怯えずにすむので、かえって好都合だと思った。なんとか手探りで空中トラムに近づいて、ドアを開けることはできた。乗り込んで、トラムをロープに沿って谷の反対側まで動かすクランクをさがしていると、とつぜん誰かの手に触れた。

♠

オードリー・イェーガーは、体育の授業のときよりはるかに速いペースでタングルウッドへ向かっていた。先を行くクリフに置いていかれたくなかったからだ。競技大会は独力で戦うのが基本で、チームプレーは禁止されているわけではないものの、奨励されてもいなかったので、単にふたりで歩いているというだけで人目を惹いた。クリフもばかではないので、オードリーが勝手に筒を交換して、「あなたは死んだわ」と言いながら喉につかみかかってくるのではないかと警戒していた。たとえそういうことになっても、オードリーが指示を遂行したことより机の上に日記を残してきた即妙性のほうが評価されるのではないかと期待していた。

しかし、物事を両面から見ることのできるクリフは、自分がオードリーに警戒されていることに気づいていた。オードリーは退学勧告を恐れていたので、彼女を永久に〝追放〟しようとする学院側に代わってクリフが競技大会を利用するのではないかと思っていたのだろう。

もちろん、クリフにそんな気はなかったが、たとえ疑われていたとしてもオードリーを責めるつもりはなかった。そういうわけで、ふたりはたがいを警戒しながら竹林を抜けた。そのうち地面が岩だらけになってきたので、持ってきた懐中電灯で足元を照らしながら歩いていると、百メートルほど先に人影が見えた。尾根の向こうにある城を両側から照らす松明の光を背に、くっきりと輪郭が浮かび上がっている。「誰だ？」と人影が尋ねたとたん、クリフはカビー・タヒューンの声だと気づいた。顔に懐中電灯を当てると、カビーは、前をはだけたコーデュロイのジャケットをペリカンの翼のようにはためかせて駆け寄ってきた。

「きみはここで何をしてるんだ？　それに、きみも」カビーは、クリフとオードリーに順番に尋ねた。「ぼくをふたりで一緒に追跡するのは許されてないはずだ。ルール違反じゃないか！」

「僕たちは誰かを追跡しているわけじゃない」と、クリフがカビーに説明した。「きみこそ、ここで何をしてるんだ？」

「おれの獲物はシメオンで、ランドリー・コテージからアザミの迷路とプリムローズ・パスを抜けて、タングルウッドまで見失わずに追ってきたんだ。けど、やつはこの尾根を登ったとたんに消えてしまって」

クリフは懐中電灯であたりを照らした。「ここの尾根は谷に面してるから、消えたのだとしたら、つまずいて――」途中で言葉を切ってカビーを見た。「待て。いま、シメオンを追っていたと言ったよな？　きみの獲物はジェマだったんじゃないのか？」

カビーは誇らしげに背筋を伸ばした。「ジャドと獲物を交換したんだ」

「獲物を交換？」オードリーはひどく心配そうに尋ねた。

「シメオンはいつもクリフをばかにしてたから、やつにも同じ思いを味わわせてやりたかったんだよ！」と、カビーが明かした。「いや、やつは頭がいいんだろうな。おれを撒いたんだから、頭がいいに決まってる」

クリフはカビーを力いっぱい揺さぶりたかった。

「おかしなやつだとわかっていながら、ジャドにジェマを追わせることにしたのか？」

「ふたりは仲がいいんだと思ってたんだよ。いつも一緒にいるから――」

とつぜん、叫び声が闇を引き裂いた。が、声がピークに達したとたんにとつぜん聞こえなくなったので、いっそう恐怖が増した。クリフは、空中に漂う叫び声の残響が声の主の居場所を教えているような気がして、すばやく左右に目をやった。「どこから聞こえてきたんだろう？」来た道に目を凝らしているオードリーに尋ねると、尾根の向こうの城のほうから短い悲鳴が聞こえてきた。

クリフが空中トラムの乗り場を目指して岩だらけの道を駆け上ると、オードリーもあとをついてきた。カビーは（本人も驚いたことに）オードリーに遅れを取ったが、とにかく三人はけわしい谷の上にある空中トラムの乗り場へ急いだ。乗り場に着くと、クリフは呪いの言葉を口にした。ゴンドラは城の側にあって、向こうにいる誰かが乗り込んでこっちに渡ってこないかぎり無用の長物だからだ。

ふと、誰かに泣きついているジェマの声が谷の向こうから聞こえてきた。あわてて目をやると、城の松明の下で揉み合うふたつの人影が見えた。顔はよく見えなかったが、背の高いほうの人物の頭の輪郭はトランプのクラブにそっくりだった。丸い頭に特大の耳当てのような髪がついているのは、ジャド・ヘルカンプだけだ。

城のそばでは、喉を絞めようとするジャドをジェマが合気道で学んだ技を駆使して押しのけようとしていた。ジャドは、苦くないからと言って子供に薬を飲ませようとする老婆のような声でジェマをなだめようとしていた。「抵抗すると、よけい面倒なことになるんだぞ」ジェマは内股返しでジャドを抑え込んだが、すぐに技を解かれてしまうのはわかっていた。「削除したことを証明するために、意識を失ったきみの写真が必要なんだ」

「そんな……友だちだと思ってたのに！」ジェマは、やっとの思いでそう言った。

が、ジャドの甲高い笑い声がジェマを震えあがらせた。「よく言うよ。口のうまさは詐欺師並みだな」

ジャド・ヘルカンプにとって、指名されたシメオンの代わりにジェマに対して〝合法的に〟ストーカー行為を働く魅力は抗いがたく、たとえ競技大会の規則に反することになろうと、指示票を交換しようというカビーの申し出を拒む理由はなかった。ジェマであれ、ほかの誰であれ、自分の意に沿わない者は殺してもかまわないという勝手な思い込みはジャドを興奮させた。ジャドはジェマが空中トラムに乗って城へ行こうとしているのがはっきりするまで尾行を続け、城の明かりが消える前に先まわりして待ちかまえていたのだ。彼は、ほかには誰もたどり着くことのできない場所でジェマを削除することに喜びを見い出していた。成功すれば多くの加点がつくはずで、それも楽しみだった。

「死んだふりをするわ。ぜったいに動かないから。約束する！」と、ジェマはジャドに請け合った。

「だめだ。バレてしまう」ジャドは、ジェマの力が弱まった隙に乗じて体を引き抜いた。「きみが白目をむいて口から舌を出している写真が必要なんだ」ジャドは本気だ、とジェマは悟った。ジャドの望みを叶えるには殺されるしかないのだろうか？　ジャドは、それですべて説明がつくと言わんばかりに付け足した。

「最近は教員の受けが悪いので、点数を稼ぐ必要があるんだよ」

学院の評価基準はたしかに過酷で、自分はそのせいで命を奪われようとしているのだとジェマは思った。ジャドの正気が薄らいでいくにつれて、彼女の首を絞めつける力は強くなった。「おれに逆らうんじゃない。でないと、痛い思いをするぞ」ジャドはそうアドバイスした。ジェマは笑いたかったが、笑うどころか、息もできなかった。彼女の視界はしだいに暗くなり、このまま意識を失ったら死んでしまうのではないかと思って、ジャドを蹴った。

クリフは谷の反対側からジャドの名前を叫んだが、効果はなかった。ジェマはクリフの声がしたほうを向いたが、嗚咽《おえつ》に似た声をもらすことしかできなかった。

「彼女を放してやって、ジャド！」と、オードリーが叫んだ。「競技大会で人を殺しちゃいけないのよ！」

「やむを得ない場合を除いてはな」ジャドは、なおもジェマと揉み合いながらうめくように言い返した。

「これは演習なんだぞ、ジャド！」と、クリフも叫んだ。「ゲームなんだ！」

「ゲームなら勝者が必要だ！　おれは獲物と一緒にここにいるのに、おまえらはそっちにいる。おまえらの負けだよ！」ジャドは、わずかなことでキレる思春期の少年のようだった。

城の両脇の松明の光は弱々しくて、ジェマとジャドは闇に浮かぶインクの染みのようだった。ロールシャッハ・テストを受けていたのであれば、クリフはコーラとフィードラーに見えると答えたはずだ。クリフは、コーラをふたたび自分のせいで死なせたくなかった。空中トラムの乗り場から霧に覆われた谷を覗き込んで、深いことは深いが幅はそれほど広くないと自分に言い聞かせ、ロープをつかんで両手でたぐりながら谷を渡ることができるだろうかと、考え込んだ。分厚い手袋さえあれば、できるかもしれない。

「カビー、ジャケットを貸せ」クリフが命令口調でカビーに言うと、カビーはすぐにコーデュロイのジップアップ・ジャケットを脱いだ。クリフは空中トラムのプラットホームの端に立って、カビーのジャケットをロープに掛けた。表地は自分の手に、シルクの裏地はロープに触れるようにした。

「何をしてるの?」とオードリーが叫んだが、クリフに聞こえたのは、谷の向こうにいるジェマの大きなあえぎ声だけだった。ぐずぐずしていると取り返しのつかないことになる。そう思ってカビーのジャケットを両手でつかみ、自殺者が縄の真下に置いた椅子を蹴飛ばすようにプラットホームから足を離した。ロープはほんの少し下向きに傾斜していたので、クリフは人を手招きしているような細い谷の反対側に向かって滑っていった。

が、途中でロープが水平になって、谷の真ん中で止まった。転落するかもしれないという恐怖に加えて、転落して岩壁のわずかな隙間に挟まって、何分間、いや、何時間も身動きが取れなくなってしまうのではないかという不安にも苛まれた。すぐには誰も助けにきてくれず、たとえ自力で岩の隙間から抜け出すことができたとしても、ふたたび谷底に向かって落ちていくのは目に見えている。クリフは以前に地下鉄のホームから転落した人の話を聞いたことがあった。耳は聞こえ、話すこともできたらしいが、助けてくれた救急隊員と急遽呼び出された司祭は、もうすぐ列車が到着するので、あなたは間一髪で命拾いできたと言い、もうだめだと思ったときに愛する人たちに伝えたい言葉が頭に浮かんだかどうか尋ねたらしい。

下を見ると、もともとさして旺盛ではなかった気力が失せてしまうのはわかっていたので、カビーのコーデュロイのジャケットが摩擦によるやけどから手を守ってくれていることに感謝しながら、ロープに沿ってジャケットを動かした。「待ってろよ!」ジェマに聞こえるとは思わなかったが、クリフは何度も叫んだ。

ジャドは、クリフの叫び声がだんだん大きくなってきたのに驚いて、一瞬、ジェマの首から手を離した。ジェマが地面に倒れ込むと、ジャドは城門に駆け寄り、燃えさかる松明をつかんで城側にある空中トラムの乗り場まで歩いていった。「人の邪魔ばかりするな!」ジャドは、松明をロープに近づけてわめいた。

「ロープを燃やしてしまったら、そこから戻ってこれなくなるんだぞ」クリフは、正気を失ったジャドを懸命に説得しようとした。

「おれたちは証人だ!」カビーも、谷の反対側の安全な場所から叫んだ。「クリフはおまえの獲物じゃない。おまえは学院から追放されることになるはずだ!」

「彼はおれの狩りの邪魔をして、おれの平均点を下げようとしてるんだ!」ジャドは、自分のしていることを正当化するかのように叫び返した。ロープはすでに燃えだしていたので、ジャドは松明を遠ざけてジェマに注意を戻した。

「助けを呼んでくるわ!」オードリーはカビーにそうささやくと、朝のランニングのときとは見違えるような速さでタングルウッドのほうへ走っていった。カビーは助けが間に合うとは思えず、なんとかジェマとクリフを救おうとして、大声でジャドに抗議を続けた。

クリフは、カビーのジャケットで火を消すことができるのではないかと思って、ロープが燃えている場所へ慎重に近づいた。ジャケットをかぶせて火を消そうとすれば焦げたところに全体重が掛かることに気づいたが、ロープが完全に燃えつきるのを待つよりはましだと思った。霧が間欠泉のように湧き出てくる谷底を覗き込む勇気はなかった。ジャドが意識を失いかけているジェマの上にかがみ込んだときは、硫黄の強烈なにおいが不吉な予兆のように思えた。

石と鉄が擦れ合うすさまじい音がして城の格子門が引き上げられると——アンプで増幅されているのかと思うほど大きな音がしたのだが——石や熱した油を落として敵を追い払うために城の壁に穿たれた穴から松明の光を光を浴びたシメオン・サンプソンの姿が見えた。スリムな白いスーツを着てネクタイを締めたシメオンは、まさに天使の使いのようで、ブロンドの髪を後光のように輝かせながらこう言った。「やめろ、ジャド。もういい」

「トラムに乗らずに、どうやってここへ来たんだ？」

シメオンの神がかった登場に驚いたジャドは、ジェマから目をそらしてうなるように訊いた。

「学院のスタッフは、きさまには想像もつかない方法で敷地内を歩きまわることができるんだ」と、シメオンがジャドに教えた。

ジャドが背筋を伸ばした。「いつから学院のスタッフになったんだ？」

「四年七ヵ月前に削除を完遂してからだ」と、シメオンは誇らしげに答えた。「幸運なことに、おれは若く見えるんで、学生のふりをしてみんなの進捗状況を監視してるんだ」シメオンはそう言って、燃えているロープと同じぐらい熱くなった腕の筋肉を頼りにまだ谷の上にぶら下がっているクリフを見た。「今期の主な使命は、きみを監視することだったんだよ、クリフ」

「これじゃ、使命を果たしたとは言えないな！」クリフは、炎がロープの内側まで達したのを見て絶望をあらわにした。

「すまない」ついにロープが切れると、シメオンは心から悔いているような声で謝った。ジェマは、谷底に落ちていくクリフの名前を恐怖のにじんだ声で呼んだ。

♠

ダルシー・モーンの予測どおり、前向きでおおらかなミリアム（ミム）・ウェブスターは自分の獲物のミルトン・スウィルをさっさと見つけていた。ミルトンは真っ赤な髪をしていたので、それを隠すには、髪を剃るかスカーフで頭を覆う必要があった（もちろん、たとえ競技大会のためであっても、本人にそんなことをする気はなかった）。ミルトンは細身で背も低いので、ミリアムはキャンパスのより安全な場所かより暗い場所を求めて小走りに中庭を横切る学生のなかから簡単に見つけ出すことができた。ほかの学生は——特に、青い指示票で自分が誰かの獲物だと知った学生は——我先にと四方へ逃げていった。

ミリアムの指示票には、カビー・タヒューンの場合と同様に、ミルトン・スウィルが獲物だということだけでなく彼女自身も誰かの獲物だと書いてあった。ミリアムは、隠れるより逃げたほうがいいという考えに従った。しかし、競技大会は翌朝の日の出まで続くマラソンのようなもので、そんなに長く走るのは無理だということにそのうち気づいた。

ミルトンは、礼拝堂の脇に立つ、かつてはエジプトにあったという本物のオベリスクのそばにいた。学生たちはベンチに座って、オベリスクの向こうに沈む夕日を眺めていたが、もちろん、そこがどこなのかは知らなかった。オベリスクには秘密の入口があって、なかの螺旋階段を上ると、てっぺんの覗き穴から学院の場所がわかるという噂も流れていたが、秘密の入口を見つけた者はいなかった。

ミルトンはもともと引っ込み思案だったが、自分の身を守るより恋愛を優先させようと決めたようで、ミリアムがオベリスクのそばで彼を見つけたときは、ブロンドの女性と一緒だった。ふたりは、ガス灯の真下のベンチに座り、寒さをしのぐために大きなカシミアのストールにくるまって抱き合っていた(もちろん、ふたりともそうとう燃え上がっていたのだが)。ミルトンはミリアムに背を向けていたが、真っ赤な髪を見れば、ひと目で彼だとわかった。一方、女性の顔には何となく見覚えがあったものの、うっとりとして目を閉じていたので、誰なのかわからなかった。ふたりは愛の言葉をささやきながら激しいキスをかわしていたので、こっそり近づいてくるミリアムには気づいていなかった。ミリアムも、ほっそりとしたミルトンにあのような情熱があるとは思っていなかった。静かな流れは底が深いのだ。

たまたま木立に落ちていたスズカケノキの枝を握りしめてふたりに近づいていくと、ブロンドの女性は半目を開けて、「やめないで」と、ミルトンをうながした。

心やさしいミリアムは、「いいかげんにしておかないと命はないわよ、ミルトン」と、警告した。

ミルトンはくるりと振り向いて、隠し持っていた小剣《レイピア》をミリアムの脇腹に突き刺した。「悪いけど、あなたを待ってたのよ、ミリアム!」ミルトンだと思った人物がWUMPで借りた赤いかつらを取ると、黒い髪を短くカットしたダルシー・モーンがあらわれた。「ボードの前では嘘をついてごめんね」ダルシーは、唖然としているミリアムに事情を説明した。「私の獲物は、ジャド・ヘルカンプじゃなくてあなただったの。私はフェンシングの心得があるので、心配しなくていいわ」ハリウッドスターとしては、バルコニーでの有名な決闘シーンがある『モンテ・クリスト伯爵夫人』で主役を演じたことに触れずにいるわけにはいかなかった。「私は、あなたの左腕と肋骨のあいだを狙って鈍いレイピアを突き刺したの。わかる？　もしレイピアの先がするどくて、ほんの少しでも右にそれていたら、あなたは死んでたでしょうね」

「もちろん、私はその目撃者よ」と、ダルシーと抱き合っていたブロンドの女性が言った。その女性がブロンドのかつらを取ると、真っ赤な髪と同じ真っ赤な口紅を塗ったミルトン・スウィルの繊細な顔があらわれた。ミルトンは経験豊富なダルシーに身をゆだねながらも、ハンターが近づいてきたら知らせるべく、ダルシーの肩越しにあたりを見まわしていたのだろう。ダルシーが囮《おとり》となってミルトンのハンターを誘き寄せ、ミルトンは女装して彼の腕のなかで見張り役を務めるという、見事な共生関係を築いていたのだ。ミルトンはハリウッド女優と抱き合っていたことにまだ気づいていないかもしれないが、これまでの乏しい女性関係のなかではダルシーの偽りの情熱が最も思い出深いものになると思っていたのは間違いない。

ミリアムは腕と脇腹のあいだに巧みに挟み込まれたレイピアを引き抜いたが、袖がわずかに破れただけで、けがはしていなかった。

ダルシーは気持ちを切り替えてミルトンに向き直った。「じゃあ、つぎは誰だかわからないあなたの獲物を仕留めるのを手伝うわ。約束は約束だから」

「いいんだ、ダルシー」ミルトンは小道具のバッグのなかからハンカチを取り出してゆっくりと口紅を拭いた。「偶然なんだけど、きみが僕の獲物だったんだよ。せめて首から上は女装するようにときみが言ったから、僕はレッドヒル教授の指導を受けて論文のために開発した口紅を使うこともできた。その口紅には、メリチンとホスホリパーゼ、アパミン、ヒアルロニダーゼ、それにヒスタミンが含まれてるんだ――蜂の毒と同じ成分が。無味無臭で、きみや僕の将来のターゲットのように、重度の蜂アレルギーを持つ者にとっては致命的だ」ミルトンは、ダルシーがいつも身につけているショパールの医療用ブレスレットを指さして、たまたまクリップボードを手にそばを通りかかった黄色いベスト姿の監視員を呼んだ。「僕は、抱き合っているときにきみを殺すことができたんだよ、ダルシー。キスマークをつけたり耳たぶを噛んだりすれば、皮下に浸透していたはずだから。きみは死んだも同然だ」

ダルシーはしばらく考え込んでから、「自分の舌を噛みなさい」と、そっけなく言った。

♠

クリフは死後の世界が存在するのを知って深い喜びを感じたが、死んでも痛みを感じることにはおおいに驚いた。さらに驚いたことに、最初に出迎えてくれたのは可哀想なコーラでも元同僚のジャック・ホルヴァスでもなく、分厚い雲の上でふわふわと浮いている彼を母親のように心配そうな顔をして見下ろしているオードリー・イェーガーだった。

「大丈夫？」と、その翼のない天使が尋ねた。「怖い思いをさせて悪かったわ。でも、あなたは決断力と勇気を発揮して、完璧に論文の準備ができていることを私たちに証明してみせたのよ」

「私たち？」

しだいに目が見えるようになると、どう考えてもいま自分がいるのはボイラー室のように思えてきた。反対側の壁ぎわにある鉄製の箱からは蒸気が噴き出していて、強烈な硫黄のにおいがした。

「ええ。私は学院のスタッフなの」オードリーは申しわけなさそうに言って、一メートルほど上の通路からはしごを下りてきた。「いやな思いをさせたり泣きついたりしてごめんなさい。あなたは自発的にマクマスターズへ来たわけじゃないから、学院長は監視が必要だと思ってらっしゃったのよね。私はあなたがまた逃亡を計画していないか、必要以上に落ち込んでいないか確認しないといけないことになってたので、〝同病相憐れむ〟というお決まりの手法を採用したの」彼女はそう言って、オードリーの顔をして笑った。「ひどい話よね！　でも、私はここが大好きなの。みんなそうなんじゃない？　来年は講師になりたいと思ってるのよ」

　クリフは、楕円形の部屋の床を覆うスポンジケーキのようにやわらかい雲の上に横たわっていた。頭上には、部屋をぐるりと囲む手すり付きの通路があって、四方向に鉄製のドアが取りつけられていた。オードリーはクリフが横たわっている雲を踏み、スニーカーをはいた足で飛び跳ねながら近づいてきて、手を差し出した。クリフが立ち上がってよろめきながら歩きだすと、雲はトランポリンのマットのようにへこんだ。

「クラッシュパッドよ」と、オードリーが教えた。「映画の撮影ではしょっちゅう使われてるわ。あなたが落ちた谷は、発泡ゴム《フォームラバー》を型に流し込んで岩のように見せかけた緩衝材でできてるの」クリフは、自分が落ちた谷の四メートルほど上に突き出した岩を見上げた。「あのレイヴン渓谷は私がここへ来る前に岩を切り出して作られたんだけど、人工的だという点では、ラボや本部の裏手のマスタータウンだって同じだわ。費用は、オーストリア・アルプスで登山中に事故に遭って亡くなったスイスの投資家の未亡人が寄付してくださったお金でまかなったんですって。卒業生からの寄付をフットボールチームのために使う大学もあるけど、マクマスターズではワークショップや模擬実験のために使ってるの」オードリーは、クリフの左手にある鉄製のドアを指さした。「あのドアはガイ城の内部とつながってるのよ」

　城……クリフは急に思い出した。「ジェマのことを、ころっと忘れてたよ。彼女は――？」

「彼女なら大丈夫よ。まあ、身体的には、という意味だけど。もちろん、あなたが死んだことにはショックを受けてるわ」

クリフは通路へ上る階段へ向かおうとしたが、敷きつめられたパッドに足を取られた。まるで、チョコレートクリームのなかを歩いているようだった。「僕が生きてることを彼女に知らせないと。どうすればここから出られるんだ?」

オードリーはおもむろにかぶりを振った。「だめよ、クリフ。私たちはここで教員が来るのを待たなきゃいけないの。でも、あなたの質問には答えておくわ。正面のドアはトラムの乗り場の近くの偽のマンホールに通じていて、シメオンがあなたとカビーに披露したような隠れ身の術にはおおいに役立つはずよ。右手のドアの向こうには地下トンネルがあって、四人乗りの軌道車でタングルウッドと本部とスリッパリー・エルムズへ行けるの。もうひとつのドアがどことつながっているかは教えられないわ。あなたはここを去ることになるかもしれないから」

ここを去る? クリフは激しい恐怖に駆られた。奇跡的に死を免れた先に待っているのは、とてつもなく恐ろしい意味を持つ〝追放〟だと気づいたからだ。「ジャドを止めることができなかったからか?」

オードリーは、クリフがまた逃亡することを考えながらドアからドアを見つめているのに気づいた。「大丈夫よ。ジャド・ヘルカンプは大会のルールをことごとく破ったから、失格になったの。あなたは、固く禁止されていた卑劣な行為からジェマを救おうとして命を落としたようなものだから、平均点が下がることはないわ。それに、ジェマは巧みに自分の身を守ろうとしたことで最高の評価を得るはずよ。あなたを獲物に指定された人はみんな、ジャドが大会を利用してあなたに危害を加えようとするんじゃないかと思ってたの。だから、指示票を交換したんでしょうね。それで、シメオンが遠くからあなたを監視しているあいだ――要するに泳がせているあいだ――私はあなたのそばにいることができたのよ。でも、カビーがジャドと指示票を交換したせいで予定が狂って、ジャドがジェマを追うことになってしまって。私も、すぐに持ち場を離れて助けを呼ぶべきだったんだけど」

「でも、もしジェマが僕は死んだと思ってるのなら、知らせないと――」

「これでいいのよ」オードリーは、大事に育てていたカエルをもとの池に放した子どもを慰めるようなことを言った。「シメオンと私は、カビーが熱く語ったあなたの勇敢な行動と死亡を報告するわ。カビーも、あなたがほんとうに死んだと思っているようだから。じつに見事に学院からの脱出を成功させたわね。ジェマは私たちが思っていた以上にあなたに惹かれていたようだけど、あなたがいなくなれば自分自身のむずかしい課題に専念するはずだとヴェスタ・スリッパーは思っているようよ。ずいぶん冷たい言い方かもしれないけど」

おかしな話ではあるが、クリフは学院から見放されたような気がして、激しい孤独に苛まれた。マクマスター学院は非常に格調高くて、魅力的で、それなりに面白かった。教員も、MITやカリフォルニア工科大学の教員よりはるかに優秀だった。自分がここに来た目的は最初からわかっていたが、これほど唐突に終わりを迎えるとは思っていなかった。ジェマとも学院長とも、それにカビーとも……もう会えないのだろうか？

城に通じるスチール製の扉が開いて、白いスーツを着たシメオンが姿をあらわした。「やあ、クリフ」シメオンは、別人のような声で言った。「いやな思いをさせて悪かったな。おれだって、いやいややってたんだよ。許してくれ」

クリフには、シメオンのこれまでの嫌がらせなどたいした問題ではないように思えた。「それはいいんだ。

けど、ジェマのことが気がかりで……」

「彼女も、近いうちに出ていくことになると思う。せめて、あと一学期ここに残ることができればいいんだけど。きみと違って、彼女はまだ充分に準備ができてないから」

反対側のドアもシューッと音を立てて開いたのに気づいて、クリフが目をやると、重々しい表情を浮かべたドブソン警部とステッジ巡査部長が入ってきた。これから会員制クラブの会議が開かれて役員の選出でも行なわれるような雰囲気だった。クリフは、警戒心を抱きながらふたりの私服警官を見た。「どうしてここへ?」

ステッジは、ブルゾンの胸ポケットから灰色の平たいフラスコを取り出した。「別れの一杯だ。きみを送っていく前に」

「おれは行かないぞ」と、ドブソンが告げた。「家に帰る途中で逃げ出すとは思えないからな」

ステッジが笑みを浮かべた。「卒業式だよ、クリフ。ここではこういうふうに祝うんだ」

「死ぬ場合も同じだ」ドブソンは、わざわざよけいなひとことを付け足した。「最後の言葉を残したり、詫びたり、これまでにしてきたことをなかったことにしたり書き換えたりする時間はないんだ。きみがしたいいことも悪いことも、すべて永遠に残るんだよ」

クリフは、つまりこれで終わりなのだと悟るのと同時に、ヘッジハウスの机の上に置いてきた日記のことを思い出した。学院はあれを支援者に渡して、こんなことにならなければ卒業試験に挑むつもりでいたことを伝えてくれるだろうか?

シメオンは、ドブソンの厳しい宣告に異議を唱えるかのように口を挟んだ。「きみの論文の計画を詳しく吟味したけど、あれはきっと成功するよ」

「たしかに。しかし、最後の部分は慎重にやれよ」と、ドブソンが警告した。「弾詰まりを起こした二連式のショットガンのようにバックファイアを起こして、こっちが死んでしまうおそれがあるからな」ドブソンは、敬礼する代わりに中指と人差し指を帽子に当てた。

「きみと会えてよかったよ、クリフ」

「でも、学院長も同じ考えなのか……それに、僕の支援者が誰なのか、教えてもらえないんですか？」クリフは、ステッジがフラスコの中身を城から持ってきたらしい錫の杯にたっぷり注いでいるのを見ながら、急き込んで訊いた。

「論文が終了したら、学院長が教えてくれるかもな。しかし、あくまでも好首尾に終了したらの話だ」ステッジはそう言って、励ますようにうなずきながらクリフに杯を渡した。

クリフはステッジとドブソンの助けによって死刑宣告を免れ、いままた死から逃れることができた。ついに、フィードラーに死をもたらす時が来たわけだ。

それに乾杯したいと思った。

## 22

スリッパリー・エルムズの会議室は、かつてガイ・マクマスターが屋敷の読書室として使っていた部屋で、玄関ホールにある階段を上ったすぐの東側にある。なかに入ると、まずは広い控えの間があって、ガラス張りの棚には稀覯本や初版本がずらりと並んでいる。それは、文字どおり金には換えられない貴重なコレクションだった。買った本は一冊もなく、すべて、ガイ・マクマスターが客として訪れた他家の屋敷の読書室で目をつけたものだった。

控えの間は、その奥にある会議室の緩衝地帯としての役割を果たしていた。ハービンジャー・ハロー学院長とエルマ・ダイムラー副学院長が激しい議論をしているときに誰かが廊下からふらりと入ってきても、控えの間があれば聞かれることはない。ちなみに、副学院長は自分の肩書きから〝副〟を取れば学院にとって最も価値のある削除になると考えていた。

「ジェマは、せめてもう一期ここで学ぶべきだ」と、学院長は静かに反対意見を述べた。

「じゃあ、学費は学院長がお支払いになってくださ い」と、エルマ・ダイムラーが命令口調で言った。彼女は、かつてオックスベインの食堂で北欧風のダイニングテーブルのまわりに並べてあった、飾りボタンのついた十二脚の革張りの椅子のひとつに審査委員会のメンバーのひとりとして座っていた。学院の運営については学院長と副学院長のあいだでつねに意見が分かれた。学院長は、学問的かつ哲学的な視点でものを考え、副学院長は財政面と実用性を重視していたからだ。

「私は偽善が大嫌いなんです、学院長。聞こえのいい婉曲表現や豪華な施設で学院の目的をごまかすのはかまいませんが、これはビジネスなんですよ」

「私は生き方の問題としてとらえたいんだ。それに、もちろん死に方の問題としても」と、学院長が反論した。

アルウィン・ターコット教官がドブソン警部に耳打ちした。「つまり、おれたちのことはどうでもいいってことだ」

「感傷を排して合理的に運営すれば、もっと利益が得られるんです」と、副学院長も反論した。「学院の財政状況が非常に厳しいことにお気づきになってないんですか？　やりようによっては、授業料を安くしても収益を三倍に増やすことが可能です。平均的な学生の滞在期間は二、三学期です。六週間の短期集中プログラムを導入して、学生の回転をよくするべきだと思うんですが」

学院長は声をあげて笑った。「そんな短期間でオールラウンドな遂行者を養成するのは無理だ」

「オールラウンドである必要はありません！」と、副学院長が言い返した。「うとましい女に枕を押しつけて殺す際の留意点や、高校三年生のときのダンスパーティーに一緒に行く約束をしていたのにすっぽかした相手に復讐する方法さえわかればいいと思っている学生に、ポテトサラダに毒を盛ったり電動草刈り機を爆発させたりする方法を教えるのは時間の無駄です。学生は誰を削除したいのかを私たちに伝え、私たちは最善の方法を彼らに教えて、しっかりやれと激励したら、『では、つぎ！』というふうにするべきです」

「きみは小さなことをひとつ見落としている」と、学院長が指摘した。

学院長がそんなふうに言うのは反論の糸口を見つけたときだと知っていたグラベス教授は、目の上に垂れてきた髪を掻き上げながら学院長に訊いた。「それは何ですか？」

学院長は、ちらっと副学院長を見てから答えた。

「歴史の授業でスペインの異端審問やその際に使われた拷問具の〈鉄　娘《アイアン・メイデン》〉の話を聞いた学生が、女性をかたどった手製の大きな人形のなかに親友を入れて釘を突き刺したとしても、それは歴史教師のせいではない。同様に、ホービー・ハーヴェイ・クリッペン博士はアメリカのクリーブランドにあるホメオパシー医科大学で毒物に関する知識を学んだが、それを利用して人を殺せと教えられたわけではなかった。われわれが授業で架空の例を示すのも、過去や最近の事例から法則を導き出すための演習だ。しかし、きみが言うように、個々の学生のニーズに合わせて時間割を決めて、凶器やアリバイ工作を指導すると……」

「どうなるんですか？」副学院長は、学院長が何を言いたいのかわからないまま先をうながした。

「……われわれは、卒業生が犯した犯罪の共謀者とみなされるおそれがある」

副学院長が黙り込んだので、ピュー神父が口を挟んだ。「学生の評価に戻ってもいいでしょうか？　ジェマ・リンドリーはまだ論文の準備ができていないのではないかという学院長の指摘については、私も同感です」

「元来、彼女は殺人を犯せるような人間じゃないと思うんですがね」グラベス教授は、そう言ってしばらく間を置いた。「脅迫者から逃れるためにここへ来る学生はみな被害者なので、脅迫さえされなければマクマスターズの原理を学ぼうなどとは思わなかったはずです」

ターコット教官もグラベス教授の考えに同意した。「イギリスの法律が間違ってるんですよ。脅迫者を殺害した場合は正当防衛とみなすべきだ」

文学科長のグラベス教授がターコット教官の側に立つのはめずらしいことだった。「そうですよ。シャーロック・ホームズも強奪王のミルヴァートンが殺されたときは、捜査への協力を拒んでこう言っています。


『犯罪のなかには、個人的な復讐もやむを得ないと思えるようなものもあるんです。私は殺された人物にではなく殺した人物に同情しているので、この事件の捜査に協力するつもりはない』」グラベス教授は学院長を見て、申しわけなさそうな笑みを浮かべた。「まあ、そのようなことを」

ピュー神父はしぶしぶこう指摘した。「われわれがどう思っていようと、ジェマは家に帰らないといけないんです。彼女は勤務先の病院から産休を取っていて……」神父は、会議に出席している教員の何人かが眉を上げたことに気づいた。「……もちろん、彼女は嘘をついたのですが、産休が明けても戻らなければ、解雇されるおそれがあります。それに、論文を完成させるためには標的に近づく必要があるんです」

学院長はかぶりを振った。「わかった。しかたがない。こちらが手を貸す必要が出てきたら知らせてくれるか、警部？　頼んだぞ。つぎは……」

「ダルシー・モーンです」ドブソン警部がそう言うと、あちこちから苦笑する声が聞こえてきた。

ターコット教官は目をくるりとまわした。「われわれが彼女から学ぶことも少なくないと思います」

「彼女はたちまち学院の方針を理解して、数日後には私に論文の計画書を提出しています」ドブソンはめずらしく人を褒めた。「ほかの学生が彼女の真似をすることはできないかもしれませんが、彼女は何本ものワイヤーカッターを持ってここへ来たんです。私の言わんとすることはおわかりいただけると思いますが」

「それなら、何も問題はないですね？」と、副学院長が全員に尋ねた。「フォックスグローブ・コテージには長いウェイティングリストがあるんです」それを聞いて、出席者の大半がうなずいた。

学院長が先を続けた。「じゃあ、つぎはアイヴァーソンだな？　彼はミス・リンドリーを救おうとして命を危険にさらすなど、感情に流される傾向が強くなってきたので、すでにステッジ巡査部長が移送したとの報告を受けている。ギリシャ人が聖歌は軍隊を弱体化させると信じていたように、私も彼がこれ以上ここにとどまれば決意が弱まるのではないかと心配していたんだ。移送されたことは支援者に知らせたのか？」

「今朝、秘書に手紙を口述筆記させました」と、副学院長が報告した。

「となると、残るのは……」学院長は、目の前のリストに目をやって顔をゆがめた。

「ジャド・ヘルカンプですよね？」ターコット教官が面白がっているような口調で尋ねた。

学院長は探るように全員を見まわした。「どうしてこんなことになったんだ？」彼は、静かななかにけわしさのこもった声でそう言うと、しばらく間を置いた。「なぜ入学時の適性審査でふるい落とせなかったんだ？　われわれの使命は、明確で受容可能な目的を持った、意志の強い遂行者を作り出すことで……売春婦を五人殺した切り裂きジャックに手を貸して十二人殺させることではない！　エルマ。入学選考委員会の責任者はきみだが、どこが間違ってたんだ？　ジャド・ヘルカンプの支援者は誰で、誰が彼を審査したんだ？」

副学院長のエルマ・ダイムラーは、わずか数枚の書類をぱらぱらとめくった。「彼は、その、経済的な条件は満たしていたようです。それに、願書も整ってました」

学院長はにらみつけるように副学院長を見た。「で、面接は誰が？」

「えぇーっと……彼には、こちらの質問に対する書面による回答の提出を認めたように思います」副学院長が、タイプされた短い手紙を見つけた。「彼が住んでいた場所では面接を手配するのがむずかしかったので」

「どこに住んでたんだ？」

「たしか……」副学院長はさらに書類をめくった。「メトロポリスだったような」そう言って、テーブルを見まわした。「ギリシャですよね？」

「エルマ」学院長はささやくような声で言った。「在学中の学生で対面面接を受けていない者がほかにいないかどうか、誰かに調べさせてくれ。ヴェスタ・スリッパーかナン・レッドヒルがいいと思うが、人選はきみにまかせる」

ターコット教官が、学院長を見つめながらテーブルに身を乗り出した。「ヘルカンプのことは私にまかせてもらえませんか？　学院長のお手をわずらわせるのは申しわけないし、彼にはイエローカードを一束渡さないといけないと思っていたので」

学院長はかぶりを振った。「アルウィン、私の楽しみを奪わないでくれ」

♠

ダルシー・モーンは、フォックスグローブ・コテージの囲炉の左側に穴があいているのは何のためなのか、不思議に思っていたが、その穴から無臭の蒸気が部屋のなかに入ってくるシューッという音も聞こえていたので、そのまま眠ってしまわなければ、すぐに気づいたはずだ。けれども、眠気に襲われて考えがまとまらず、そのうち頭がぼんやりとしてきて、ついに眠りに落ちた。彼女は、この一年間ずっと一緒にいた人物が誰なのかクラスメイトに打ち明ける心躍る日がもうすぐ訪れるのを楽しみにしていた。〝そうよ、私はあのドリア・メイなのよ!〟と彼女が大きな声で笑いながら認めると、みんなは驚いて、聞いたことのある声だと思っていたがドリア・メイだとは夢にも思わなかったと言い……彼女がみんなの歓声に包まれて満足していると、部屋に充満したガスが意識的な思考も無意識の思考も遮断して、彼女は麻酔科医が望む完全な抑制状態に陥った。そのとき、コテージの玄関からこっそりなかに入ってきたのは、多くの医学的な肩書きのひとつとして麻酔科医の資格を持った、医療技術科長の〝ドク〟・クレメント・ピンクニーだった。彼は、いつもループタイのように首にぶら下げている聴診器で彼女の心音を聴いて、担架を担いだふたりの付き添いに、「大丈夫だ。車に乗せてくれ」と指示した。

かくして、ダルシー・モーンはハリウッドにカムバックすることになった。

♠

ジェマは、さらなる指導が受けられるのを期待してふたたびヴェスタ・スリッパーのオフィスのカウチに体を横たえていた。一方、ジェマがほどなく学院を去ることになるのを知っていたヴェスタは、うまく不安を隠せずにいた。彼女はジェマに好感を覚えるようになっていたので、学院はジェマに論文の準備を充分に整えてやっていないのではないかという不安を抱いていた。オハイオ州のミラーズバーグに住んでいる妹が邪悪な人たちの住む都会へ向かうバスに乗り込むのを見送るような心境だった。

ヴェスタは、瞑想の助けになるようにカウチの端に置いたキャンドルに火を灯すと、メモを忘れたので取ってくると嘘をつき、集中力を高めるためにキャンドルを見つめて目標を達成することだけを考えながらゆっくり百から一まで数えるようにと、ジェマに指示をした。が、部屋を出ていくときには、ドアの手前で立ち止まってやさしく声をかけた。「つらいときでも善良さを失わずにいるのは、偉いと思うわ。あなたの標的は、みずからこういう事態を招いたのよ。いざというときのために覚えておいてほしいんだけど、日和見主義者を相手にするときは、向こうがチャンスをつかむ前にこっちがチャンスをつかまないといけないの」

彼女はそれだけ言うと、そっと部屋を出て、戻ってこなかった。

ジェマは、ほかの学生もみんなこの種の叱咤激励を受けているのだろうかと訝った。自分に問題があるのは明らかで、それは彼女もわかっていた。勇敢なクリフが、あの勇敢なクリフがまだ学院にいれば——とつぜん、部屋のなかでシューっという音がした。これが、マクマスターズが落伍者を追放する方法なのだろうか？

体を起こそうとしたが、あり得ないほど深く沈み込んでいることに気がついた。意識を失う直前に考えたのは、もしふたたび目を開けることができたら、母に——ここへ来るときはまだ生きていた母に——会えるか、あるいは、自分があの世へ送った父親が待ち受けているのだろうかということだった。

♠

「入りなさい」学院長は、オフィスの入口に突っ立っていたジャド・ヘルカンプにやさしく声をかけた。ターコット教官とドブソン警部も一緒に来ていたが、学院長は鷹揚に手を振ってふたりを追い払った。「きみたちは外で待っていてくれ。このやんちゃな学生とふたりだけで話がしたいんだ」そう言って、不安そうなジャドを手招きした。「怖がらなくてもいい。噛みつきはしないから。シェリーを飲むか？」

「ええ、いただきます」と、ジャドは答えた。めずらしく従順だったが、毒蛇でも、獲物を襲った十三分の一秒後には眠っているように見えるのだ。

ジャドがジェマを襲ってクリフが谷底へ転落したあと、シメオンと四人の屈強な監視員がこの無頼漢をガイ城から宿舎まで運び、学生委員会の審査を経て教職員の審査委員会が結論を下すまで軟禁した。ジャドもお咎めなしですむとは思っていなかったが、シェリーをすすめられたのは幸先のいい証しだと思った。

「自分で注ぎなさい」と学院長は言ったが、ジャドがクリスタルのデキャンタとグラスが置いてある窓際のテーブルの前まで行くと、「だめだ、ジャド。そのシェリーには毒が入ってるんだ！」と、学院長が警告した。「許容できない人物がここへ来たときは、いつもそれに頼るんだよ。ほら、これを飲みなさい」学院長は、机の上の小さなデキャンタから黄色い液体をふたつのグラスに注いだ。「ジェマ・リンドリーがけがをしなかったのは運がよかったな。もしけがをしていたら、きみに対する処分はもっと重くなっていたはずだ」学院長はそう言ってグラスを差し出した。ジャドは受け取ろうとして手を伸ばしたが、グラスは指をすり抜けてカーペットを敷いた床に落ちた。

「すみません」ジャドは申しわけなさそうに謝った。わざと落としたわけではなかった。「割れなくてよかった。でも、カーペットに染みがついてしまったら弁償します」

「いや、そっちはたいした額じゃない」と、学院長が言い返した。「きみが論文を完遂させて遺産を相続したら、無断でクリフ・アイヴァーソンを削除したことの代償として高額な罰金を徴収することになるので」

学院長は、そう言って舌を鳴らした。「脅しじゃないんだぞ、ジャド！　アイヴァーソンにはスポンサーがついていたので、学院にもかなりの利益をもたらしてくれてたんだよ……しかし、もはや彼のスポンサーから援助を受けることはできなくなった。その埋め合わせはしてもらう。遺産の額を考えたら、払えないことはないはずだ」

ジャドは、学院長がクリフの死にそれほどこだわらなかったことに胸を撫で下ろすのと同時に、学院側も彼のしたこと自体を非難したり罰したりするのではなく、経営状況と罰金に重きを置いて判断していることに満足した。それにしても、なぜカインを守護聖人扱いしている学院に温情を期待したのだろう？

学院長はシェリー酒を飲みほしてグラスを置いた。「では、もうひとつの問題について話し合おう。きみが、ジェマ・リンドリーに対して許しがたい暴行を加えたことについて。彼女には個人的な謝罪が必要なはずだ」

ジャドは深く悔いているふりをしようとしたが、にがにがしげな表情を浮かべることしかできなかった。

「自分が学院で最も優秀な学生で、課題と真剣に向き合っていることを示したかったんです」

学院長は、ジャドを叩きのめすわけにいかないことをひどく残念に思った。できることなら、まずは左でジャブを放って、そのあとすぐにすばやい右クロスを見舞ってやりたかったが、しかたなく見せかけの交渉を続けた。「ミス・リンドリーにどのような賠償を望むかと尋ねたら、なめして乾かしたきみの皮がほしいと即座に答えたんだが、急に真顔になって、きみがみずからクリフ・アイヴァーソンに地上での最後の安息の場所を作ってやってくれるのならそれでいいと言ったんだよ」

「つまり、墓を掘れってことですか？」ジャドはつっかかるように訊き返した。

「いや、火葬して遺骨を骨壺に入れるのと遺体をそのまま棺に収めてここに埋葬するのと、どちらがいいかという話になったんだ。ミス・リンドリーは、きみに考えさせれば自分の無謀さに気づくんじゃないかと思っているようで、私にこう頼んだ——頼んだというよりも、要求したんだが——自分が死んだらどうしてほしいか考えて決めてほしいと。骨壺を選んでも棺を選んでも、きみがみずから手を下すんだぞ……アイヴァーソンを殺したときと同じように」

ヘルカンプはしばらく考えた。「いや、そういうのはあまり得意じゃないんですけど」

学院長の表情が明るくなった。「『工芸』は人気のある授業で、たしか、きみの国では〝民芸〟と呼ばれているはずだ。陶芸と木工を教えているミスター・コーニエッツにきみを引き渡すことにしよう。彼は真の職人だ。力強い手と太い腕をしていて、木材のことに詳しく、釘を一本も使わずに木を組んで一生住める家を建てることもできる」学院長は、立ち上がってオフィスのドアに向かって歩きだした。「ただし、決めるのはきみだ。参考のために言っておくが、骨壺のほうが、ミス・リンドリーにとってもわれわれにとっても受け入れやすいのはたしかなんだが。残念だが、それがアイヴァーソンの悲しい結末とクラスメイトへの暴行に対してきみが支払わなければならない代償だ。ただちに取りかかって早く終わらせるのが最善だろうな。さっさと下の二階へ行きたまえ」

「地下二階ってことですか？」

学院長がウインクをした。「そう、地下二階だ。焼き物は、ボイラー室のとなりの強力な窯で作ってるんだよ。メインレベルのふたつ下の階で。なんだか、格下げするようで心苦しいんだが」学院長は、目をきらりと光らせながら皮肉を口にした。「きみは、何のためらいもなくアイヴァーソンを四メートル下の谷に突き落としたんだろ？　さあ、行きたまえ。ミスター・コーニエッツが待っているから。このぐらいの罰ですんだことに感謝するんだぞ」

ジャドは不満そうに短いうなり声を上げると、礼も言わずに立ち去った。その後、ミスター・コーニエッツはちらっとジャドの姿を見たものの、ほかの者はふたたびジャド・ヘルカンプを見かけたり声を聞いたりすることはなかった。

## 23

### クリフ・アイヴァーソンの二冊目の日記より

親愛なるX殿。僕はとつぜんマクマスター学院を去ることになったのですが（ステッジ巡査部長には、まだ卒業したわけではないと何度も言われましたが）、ヘッジハウスに残してきた日記は学院の配慮であなたのところに届いていると思います。家に帰ると、真新しいノートが僕を待っていました。その真っ白なページを見ると、課題を達成するまで（あるいは僕が死ぬまで）日記を書き続けないといけないような気がしました。

学院からの道中で、僕が数時間ごとに（時間の感覚が麻痺していたので、もしかすると数日ごとに）深い眠りから目を覚ますと、ステッジ巡査部長が短い励ましの言葉をかけてくれました。どうやら、そこそこ快適なワンボックスカーの荷物室かキャンピングカーに横たわっていたようで、車のエンジン音は聞こえたし、振動も伝わってきました。もちろん、偽装工作だった可能性もありますが、それが現実でもまやかしでも、僕はふたたび眠りに落ちました。

元のアパートにいることに気づいたのは、五時間ほど寝て、ぼんやりとした状態で目を覚ましたときでした。フィードラーを追ってニューヨークへ行ったときは、もう二度と戻れないかもしれないと思っていたのに、なんと、ヴォルタン・インダストリーズとフィードラーから十キロ足らずのボルチモア郊外に戻ってきたんです。ドブソン警部とステッジ巡査部長がマンハッタンのホテルの部屋のドアをノックしたとたんに奪われた、好きなところへ行って好きなことができる自由を取り戻したんです。

けれども、ここでは正当な理由さえあれば人を殺してもかまわないとする画期的な考えが認められているわけではないのだと、自分に言い聞かせました。ただし、それは、軍の統合参謀本部長が独裁者と目される人物の暗殺計画を立てるときと同様に、議論が必要な問題だと思います。僕はまさに敵陣にいるようなもので、ここで出会う人はみな、意図的かそうでないかにかかわらず、僕を敵だとみなしていると考えなければならない気がします。

僕はすでにマクマスターズを恋しく思っていました。ただ、〝すべて夢だったのだろうか？〟などと考えたことは一瞬たりともありません。マクマスター学院は夢ではなかったし、僕にはやらなければならない大事な仕事があるからです。

ベッドから起き上がろうとすると、たちまちうしろ向きに倒れてしまいました。何日も歩いていなかったからでしょう。ようやく立てるようになると、部屋は出ていったときと同じだとわかりました（いや、まったく同じというわけではなく……ずいぶん片付いていました）。水を飲みたくて、足を引きずりながら狭いキッチンへ行きました。壁や家具に手をついて体を支えなければ転びそうで、それでも、なんとか冷蔵庫の前まで行くと、扉につぎのような手紙が貼ってありました。

お帰り。きみがしばらく留守にしていたのは、モントリオールのカナディア社に就職したからで、ちなみにカナディア社はアメリカのゼネラル・ダイナミクスの子会社になった。カナディア社にはきみの雇用記録が存在する。卒業生のおかげだ。留守中、きみはここをグリーンビルのジョン・マイケルに転貸していた。

思わず笑ってしまいました。記憶に残りにくい偽名は、ジョージ・アンドリューやメアリー・ブルックなど、ファーストネームがありきたりだということと、アメリカではどこの州にもグリーンビルという名前の街があることを『削除の原則』の授業で習ったからです。

誰も興味を示さない米西戦争中のボルチモア軍の役割について研究しているグリーンビルのジョン・マイケルが前金として支払った部屋代と、きみの支援者からの寛大な寄付と、われわれのところにいたあいだにきみが使い残したかなりの額の現金が、このアパートのキッチンにあるライスクリスピーの未開封の箱の底に入っている。車は満タンの状態で以前と同じ場所に駐まっている。

このメモは内容を暗記したらただちに消却し、われわれとは今後いっさい連絡を取ろうとしないように。指示に従わない場合は除籍する。連絡は、適切な場合、または必要な場合にのみこちらから取ることとする。

キッチンテーブルの上にノートが置いてある。きみには、寛大な支援者のために今後も進捗状況を記録する義務がある。怠った場合は、論文の結果如何にかかわらず不合格となる。

——〔HH〕

製図台がまだリビングルームの隅にあって、設計に必要な道具がすべて揃っているのを見たときは、ほっとしました。時間はかかると思いますが、W-10の設計図を復元するのは、母親に子供の特徴を詳しく話してもらうのと同じで、それほどむずかしいことではありません。僕はW-10の共同開発者で、図面も自分で引きましたし、協力企業や航空会社にプレゼンテーションを行ない、質問や技術的な指摘にも対処してきました。なのに、フィードラーはW-10を設計したのは自分で、試験飛行の際にはみずから操縦桿を握ったと吹聴しました。

自分のアイデアどおりに描いた図面の下書きが何枚か、いまでもベッドの足元のトランクに入っているのを見つけたときは、喜びが込み上げてきました。これがあれば、設計プロセスを（場合によっては、文字どおり）なぞることができます。かならずや設計図を復現して、フィードラーがコスト削減のために行なった飛行制御装置と油圧制御装置の配線の変更が大惨事を引き起こす可能性があることを証明したいと思っています。わずかなりとも専門知識のある人間なら、誰でもわかることです。フィードラーにも指摘しましたが、この重大な設計ミスに責任を負うべき幹部としてのフィードラーの対応は、迷うことなくただちに僕と同僚のジャック・ホルヴァスを解雇して、僕たちの評判を地に落とすことでした。

たしかに、それで問題は解決しました。

僕は設計図を復現し、〝減圧が発生しないかぎり尾部制御システムに影響を与えることはない〟として変更された配線図とさりげなく対比させて、コックピットのインジケータにドアピンのはずれを示すランプがないことなども、二ページ目にさりげなく書いておくつもりでいます。専門家なら、それを手がかりに、フィードラーのささいな設計変更が恐ろしい悲劇につながることに気づくはずです。

睡眠薬を飲まされて長時間眠っていたせいで、口のなかが乾燥していたので、僕はまたキッチンに戻りました。冷蔵庫に貼ってあった手紙はコンロのバーナーで火をつけて、灰は排水溝に流しました。マクマスター学院の関係者が、アイスコーヒーの入ったガラスのピッチャーと瓶入りの牛乳と生クリームを冷蔵庫に入れておいてくれたので、大きなグラスにコーヒーを注いで仕事に取りかかりました。

## 24

ジェマ・リンドリーもイギリス北部のノーサンバランドに戻っていた。マクマスター学院がノーサンバランドにあるハドリアヌスの長城と目と鼻の先だという可能性も否定できないものの、家に戻ったのはたしかだった。

両親との楽しい思い出の詰まった、一階と二階にそれぞれふた部屋ずつある家の台所で以前のように母親と一緒に芽キャベツを茹でるのは、ジェマにとって静かな喜びだった。煤《すす》けたレンガ造りの家が並んだ通りにある二軒長屋の片方だったが、家のなかは染みひとつなくて、きれいに整頓されていた。彼女の家があるヘミング・テラスという名前の通りの片方の端からは立ち並ぶ工場の煙突が、もう一方の端からはスロッキントン・バーンという町の名前の由来となった小川の岸が見えた。

　オーブンに火がつくと、ジェマは小さな肉の塊の下に肉汁を吸わせるジャガイモを敷いたトレイをなかに入れた。「父さんが病院でもう少し持ちこたえてくれたらよかったと思ってる？　別れを言う時間があればよかったと思ったことはある？」

　生まれてからずっと〝イサ〟と呼ばれていた母親のイザベルは、皮をむいていた蕪《かぶ》から顔を上げた。彼女はかつてインペリアル・ケミカル・インダストリーズの工場の食堂で料理長をしていて、西インド諸島のトバゴ島の出身にもかかわらずイギリスの北部訛りで話をした。「いいや、あっさり死んでくれてよかったよ。あの人も家族のお荷物になるのはいやだったと思うし……痛みも激しかったし」そう言いながら、最後の蕪に責任の一端があるかのようにピーラーを叩きつけた。

「あんたの父さんはタフな人で、ベッドから起き上がれなくなるまで建設現場に通ってた。けど、あの人が弱々しい口調で『イサ、もうだめだ』と言ったときにハッピーエンドは来ないんだと悟った。だから、あたしは、あの人をさっさと受け入れてくださった慈悲深いイエス様に感謝してるよ。あのときもおまえにそう言ったはずだ。もう何年も前の話だし、ほかにどう言えばいいんだい？　もちろん、最初はあたしもあの人のことを愛してて、それはあの人もわかってたと思う。けど、愛は長続きしなかった」

「もし、誰かからあなたの娘は父親を愛していなかったと聞いても、何とも思わない？」

　イザベルはピーラーを置いて、聞き覚えのあるため息をついた。そのあとはかならず小さな声で笑うのだが、ジェマは幼い頃からその笑い声に慰められていた。

「そんなことを言う人は誰もいないよ。おまえは、あたしらにはもったいないほどいい娘だ。あたしらの宝物だ」

三人にとって、そこは貧しいながらも幸せなわが家で、子どもの頃に肌の色を理由にからかわれたことを除けば、両親の結婚がジェマの人生に影を落としたことはなかった。タヒチの先住民と船員の戯れを船長が見て見ぬふりをするのと同様に、町の住民の大半は白人の男性がカリブ諸島出身の女性を妻にしたことをとやかく言いはしなかった。けれども、ジェマは、父親がカリブ系で母親が白人でも自分たちの家族が町の人たちやクラスメイトに受け入れられていたと思うほど世間知らずではなかった。

マクマスター学院にいるあいだ、ジェマは毎週母親に手紙を書いていて、その手紙は（マクマスターズのほかの郵便物と同様に）デンマークのフェロー諸島のなかでいちばん大きいトースハウンの街にある宿泊施設からイザベルに転送された。フェロー諸島がどこにあるか知っている人はめったにいないからだ。


ジェマは、病院管理者向けの研修プログラムの一環として一年ほどそこにいたと母親に信じ込ませていた。ただし、病院側にはまったく違う理由で休暇の申請をした。アデル・アンダートンをすっ飛ばして理事会に〝家族の問題〟を解決するための約九カ月の休暇を認めてもらうのは気が重かったが、それでも、最近ボーイフレンドに〝見事にふられて〟落ち込んでいるので、しばらく休みを取って早く立ち直りたいと恥ずかしそうに付け加えた。

男性が大半を占める理事のなかには、咳払いをしたりもぞもぞと体を動かす人もいた。理事長が彼女に水を飲むかと尋ねると、ひとりの男性理事が自分のために水を取りに行った。九カ月の休暇中に〝問題〟が解決したらフルタイムの勤務に復帰するつもりかどうか尋ねられたときは、子どもができなくてつらい思いをしている姉夫婦としばらく一緒に暮らして心の支えになってやりたいと思っているだけなので、もちろん復帰すると答えた。

理事長は、わざと音を立てながらパイプの柄を嚙んで出席者の注意を惹いてから休暇を認めると宣言し、ジェマの直属の上司に当たるアデル・アンダートンの承諾が得られれば復帰後もいまの仕事ができると請け合った。ジェマはイタリアのリヴォルノに住んでいる父のいとこのジュリアに紹介してもらってマクマスターズの採用担当者とコンタクトを取ったのだが、その採用担当者から提案された作り話を信じ込ませることができれば、アデルに邪魔だてされることはないと思っていた。アデルが理事会の決定に反対するはずはなかった。

ところが、マクマスターズでの勉強は予定より早く――あまりに早く――終わってしまったので、自力で論文を遂行しなければならなくなった。

彼女はごく短いバスでの移動を経て一週間前に自宅に戻り、目が覚めたら母親が朝食を用意してくれていた。朝食を食べながら久しぶりに母親との会話を楽しむと、石炭小屋に吊り下げてあった自転車に乗って、マクマスターズで立てた計画の下見に出かけた。リトル・スウィンバーンを抜けてクラグバック農場を目指し、そこから東のグレート・バビントンへ向かうと、ついにバーンが（つまり、小川が）ブライス川と合流する地点が見えてきた。川に沿って港のほうまで行くと、岩が露出している場所にたどり着いたが、昔はよくそこで父と脱皮中のカニをさがしていた。潮が引くと、古い甲羅を脱いで生まれ変わったカニが姿をあらわすのだ。父親が皮むきガニと呼んでいたその小ガニは、冬になると海から遡ってくる魚の格好の餌になった。たかが餌でも、店で買うと高くて、彼女の家の家計では手が出なかったが、潮溜まりをあされば――海藻に覆われた岩と岩のあいだに手を突っ込むことのできる子どもなら――簡単に捕ることができた。彼女がせっせとカニを捕って、バケツがいっぱいになると、父と一緒に河口の防波堤へ行った。そこでは、キラキラ光るマダラやシロイトダラが釣れた。家に持って帰ると、母がきれいに洗って切り身にし、夕食のために小麦粉をまぶして油で揚げてくれた。それは、金持ちでも味わうことのできない贅沢だった。

マクマスターズのプレッシャーから解放されたジェマは、心やすらぐ懐かしい場所を再訪することで、学院の厳しい要求に見合うように立てた計画をさらに改善するヒントが得られるかもしれないと期待していた。指導教員が彼女の計画をあまり評価していないのはわかっていた。おそらく、気まぐれで不確かな自然に頼ろうとしていたからだろう。しかし、最初の一手に迷いはなかった。最も肝心なのは最初の一手で、そこでつまずいたら、そこから先もうまくいくはずがない。

ジェマとアデルは（特にジェマは）いやいやながらひとり用の小さなオフィスをふたりで一緒に使っていて、部屋の隅にあるジェマの小さな机の上にはいつも書類が山のように積み上げられていた。一方、アデルのデスクはその二倍の大きさで、電話が二台とインクの吸い取り紙以外は何も置かれていなかった。訪ねてきた人はみな、アデルは手際がいいがジェマは要領が悪いのだろうと思ったはずで、アデルも、そのとおりだと言いふらしているようだった。

いつもは閉まっている、その共用オフィスのドアが開くのはアデルが有望な研修医を誘い込むときだけで、その際はジェマが看護師の休憩室へ飲み物とビスケットを取りに行かされた。ふたりきりのときは、アデルが人に聞かれるのを恐れることなくジェマに好き勝手なことを言った。

アデルはジェマの復帰初日に、「あなたがいないあいだはとても大変だったのよ」と言った。「仕事がまったく片づかなくて」いまにも雪崩《なだれ》を起こしそうな机の上の書類の山を見れば、アデルがジェマを扱《こ》き使おうと思っているのは明らかだった。

「長いあいだ、ごめんね」と、ジェマが謝った。「でも、家族だから、なんとか力になってやりたいと思って」わざわざ言いわけもした。「結局、なりゆきにまかせるしかないということになったんだけど」

他人の家庭の事情に立ち入るわけにはいかないものの、姉夫婦の子どもの問題はどうなったのかと、同情するふりをして訊くこともできたはずだが、もちろんアデルは訊かなかった。「まわりがとやかく言う問題でもないしね。あなたの代わりに来た人は、自分の仕事をこなすだけで、私の仕事はぜんぜん手伝ってくれなかったのよ」

それは、その人を脅迫する材料が見つからなかったからだとジェマは思った。しかし、敵意がほんの少しでも顔に出たらアデルが警戒するかもしれないので、ぐっと抑え込んだ。ジェマには、まるでそばにいるかのようにハロー学院長の声が聞こえた。〝標的には、明日の刑の執行にあたって健康上の問題はないと医師に告げられた死刑囚が感じるのと同等の安心感をつねに与えること〟

「そうだったのね……戻ってきたからには、以前と同じように仕事に励むわ」と、ジェマが誓った。「ううん、これまで以上に」

「もしあなたが〝うんざりしている〟ようだと思ったときは、警察にはもちろんのこと、理事会にも知っていることを話さないといけなくなるのよね」と、アデルがやんわりと脅した。「私がリギンズさんに封筒を託していることを忘れていなければいいんだけど」

もちろん、ジェマは忘れていなかった。マクマスターズへ向かう直前にその封筒を見たのだ。大きな茶封筒で、アデルは、「病院の理事会に一通、警察に一通、《ノーサンバランド・ガゼット》紙に一通」と陽気に言いながら、レターサイズの封筒を三通、もったいぶった手つきでそのなかに入れた。それからスティック状の赤い封蠟に火をつけ、封筒の蓋の縁にたっぷりと垂らしてこう忠告した。「念のため言っておくわ。あなたが私を黙らせるために何かするとは思ってないけど、あなたはすでに人をひとり殺してるのよね」

父親の苦しみを長引かせたくなかったからだと、ジェマはいつものように静かに抗議したが、それに対してアデルはこう応じた。「もっともらしい言いわけね。でも、あなたとあなたのお母さんは保険金を受け取ったでしょ？　あなたのお父さんの最期について私が知っていることはすべてこの三通の手紙に書いたので、リギンズ・アンド・サンのリギンズさんに送るつもりよ」リギンズ・アンド・サンというのは地元の法律事務所で、医療過誤訴訟のような面倒な案件はニューカッスルの大きな法律事務所に依頼するものの、それ以外の病院の法務のほとんどはそこに依頼していた。手紙を入れた茶封筒は何時間もアデルの机の上に置かれていて、メールルームの若い男性職員が取りにきたときには、赤い封蠟がすっかり固まって、ぽっかり開いた傷口のよう見えた。アデルはそれからすぐ弁護士のリギンズ氏に電話をかけた。何度かパーティーでリギンズ氏に色目を使っていたアデルは、封筒を送ったので大切に保管しておいてほしいと依頼した。「メロドラマみたいでしょ？『私に何かあった場合はこの封筒を開けてください』とお願いするなんて。でも、リギンズさんには親戚に宛てた手紙が数通入っていると言ったの。この夏に飛行機の操縦訓練を受けるつもりでいるので、何が起きるかわからないからと」アデルは冗談だと言わんばかりにジェマにウインクしたが、もちろん冗談ではなかった。

ジェマはマクマスターズへ行った直後にこの耐えがたい出来事について詳しく話し、それに対しては、ハロー学院長もピュー神父もヴェスタ・スリッパーも、論文の計画を立てる前にその封筒をなんとかする必要があると厳しくアドバイスした。ジェマは、法律事務所にある錠のかかった金庫から、錠の組み合わせ番号も知らずダイナマイトも使わずに封筒を盗み出すのは、アデル・アンダートンの削除に備えて自分の甘ったるい性格を鍛え直す予行演習になるはずだと思った。

## 25

卒業論文
学生　ダルシー・モーン（別名ドリア・メイ、またはドリス・メイ・タプロー）
削除対象者　レオニダス（レオニード）・コスタ
実行場所　ロサンゼルスとその近郊

ドリア・メイに対しては、マクマスター学院在学中の自身の所在を偽る必要性を説明する必要はなかった。彼女は、ヨーロッパ、アフリカ、及びアジアを旅していたことになっていて、架空ではあるものの、じつに詳細な旅行記を（グラベス教授の充分な指導を得て）書いて、月に一度《コリアーズ》誌に投稿してもいた。

冗談で〝小さな大邸宅〟と呼んでいたビバリー・クレストにある自宅もアラブ人の若い男に貸していた。男はオイルに多大な興味を持っていて、その家の砂時計の形をしたプールとそっくりな体型をした若い女優たちの背中にさまざまな種類の陽焼けオイルを塗っていた。

ドリアはあらたに臨時の運転手を雇い、いささか時代遅れのリンカーン・コスモポリタンでスタジオの正門玄関まで送らせた。運転手はそのあとすぐベンチュラのディーラーを訪ね、車を売って現金を受け取ることになっていた。もちろん、女優が乗っていたことは内緒にするという約束で。ドリアは、その金を卒業論文のための必要経費に当てるつもりでいた。車が必要になっても、マクマスターズで学んだ違法な手法を使えば、目的に応じた車種が調達できるはずだった。

第二次世界大戦が終わって以来、ジャカランダ・ストリートに面した出入口では午後四時から午後十二時までフィントン〝フィニー〟・フラッドが門衛を務めていた。彼がその仕事をはじめてすぐに気づいたのは、気前のいいチップを期待する給仕長のように媚びへつらいながら気まぐれな大物に便宜を図ったり彼らの秘密を守ってやったりすればかならず報われるということだった。したがって、〝ドリアの帰還〟を目にしたときは、それ相応の反応を示した。

「これはこれは、ミス・メイじゃないですか。戻ってらしたんですね！」フィントンは、ユダヤ教のラビと仏教の僧侶とアイルランドの司祭にまつわるジョークを口にするかのように、アイルランド訛りを丸出しにして叫ぶように言った。

〝ダルシー・モーン〟の髪はまだ短いままだったが、ドリアはトレードマークだった美しいロングヘアのかつらをかぶっていた。「また使ってもらえるのなら戻ってくるつもりよ、フィニー！　じつは、影響力のある人に影響を与える人と会う約束をしてるの」ドリアは、後部座席から楽しそうに言った。「頼めば、だめだとは言わないと思うわ！」

フラッドがその日のスケジュールを調べると、たしかにドリアが撮影所長のレオニード・コスタと五時に面会の約束をしているのがわかった。「で、そのあとは以前のバンガローに戻るんですか？」フラッドは、駐車許可証に手を伸ばしながら訊いた。撮影の際にドリアが控え室として使っていたバンガローは、コスタがスタッフもカメラもなしで新人女優のスクリーンテストをするときに使うだけで、ドリアが去ってからずっと空き部屋になっていた。

「ヘロデ王のために踊ったあとで、まだバンガローがそのままになっているかどうか訊いてみるわ。首をはねられるかもしれないけど！」と、ドリアは答えた。フィントンは彼女が何を言っているのかまったくわからなかったのに、一緒に笑った。特別許可証に日付を書き込んで、それをリンカーンのフロントガラスのワイパーの下に挟み込むと、走り去る車を眺めながら、ドリア・メイは十二歳のときからずっと同じような話し方をしているのだろうかと訝った。

「バンガローなんて必要ない」コスタはオフィスのソファからそう言った。そのソファでは、多くの女優がエキストラから台詞のある役に引き上げてもらえるのを期待してコスタの巧みな誘いに応じてきたのだが、褒美はたいてい――ドリアが好んで使っていた表現を借りれば――〝埋もれ役〟だった。コスタはドリアに挨拶するために体を起こそうともせず、背中にクッションを当てて、だらしなくもたれかかったまま脚本をチェックしていた。「金とこっちの弁護士の時間は無駄になったが、豚の吹き替えをやる気になって戻ってきてくれたのはうれしいよ。ただし、最初にきみにバンガローを用意したのは、たったふたつの理由からだったんだ。ひとつは、きみがゆったりくつろげて――

――」

「ついでに、あなたもくつろげる場所が必要だったからよね」ドリアは即座にあとを引き取って、語気をやわらげるためにいたずらっぽい笑みを浮かべた。

「——それと、もうひとつは、美容のために充分な睡眠を取ってから午前中の撮影に備えてメイキャップ室に入れるようにしてやりたかったからだ。けど、アニメの吹き替えなら映りを気にする必要はない。どんなにひどい顔をしていてもかまわない」それ以上の説明は必要なかった。「だから、バイバイ、バンガローだ。きみは、相手がどんな男だろうと気にせずに一緒に寝てたから、こっちも、きみがどこで寝ようと気にしないことにするよ」

〝でも、論文のためにはどうしてもバンガローに滞在しなきゃいけないのよ、レオン。あなたが生きているあいだだけでいいの。ほんの少しのあいだだけで〟ドリアはそう言いたかった。けれども、マクマスターズで学んだ彼女は、どう言えばいいのかわかっていた。

「なるほどね。ただ、私をお払い箱にするつもりでも、業界新聞にひどい男だと書かれたら困るはずよ。私だって、記者会見を開いて、あんなに活躍していたのに心ない撮影所長にクビを言い渡されたと訴えることもできるし……長いあいだお世話になったレオニード・コスタの反対を押し切って第一線から退くことにしたと発表することもできるわ。長年のあいだにたまった荷物の整理がつくまでは思い出深い撮影所のバンガローに泊まればいいと言ってくれたことにだってできるんだけど。たまたま、あのバンガローで来週《コリアーズ》誌のインタビューを受けて、ヨーロッパを旅行したことによって人生に求めていたものが変わったという話をすることになってるの」もちろんインタビューの予定など入っていなかったのだが、うまくいけば、コスタはドリアの嘘に気づかないままこの世を去ることになるはずだ。ハロー学院長は、目標遂行期日後の予定であれば、標的を誘き出したり言いくるめたりするために架空のイベントをちらつかせてもいいと教えていた。

ドリアはコスタの足元にひざまずいて（前述した多くの駆け出し女優のように）懇願した。「私の面目を保つために、一週間バンガローを使わせて、レオン。私の願いはそれだけよ！　それを叶えてくれたら、あなたの大事な豚になって、ブーブー不平は言わずにあなたのためにキーキー鳴くわ」

人間性のかけらもないコスタは、そのときだけ自分も人間であることを証明した。彼は、オープニングナイトや授賞式で女優が拍手喝采を浴びるのを父親のような表情を浮かべて眺めるのが好きなのだ。自分のことを〝パパ・コスタ〟と呼んで、専属女優のことは、日常的に近親相姦に及んだところで何の不思議もない愛すべき家族だとみなしていた。それゆえ、彼は業界での自分の評判を（その点においてのみ）ひどく気にしていた。そういうわけで、今月末までという条件付きではあったものの、しぶしぶバンガローの使用を許可した。

「それまでには出ていくから」ドリアは本心からそう言った。

# 26

「第三、第四、第五レースのすべての馬に賭けたいんだが」紫色のオウムの絵のついた黄色いアロハシャツに身を包み、ブロンドのひげを生やして赤いフレームのサングラスをかけた男はそう言った。男は、英語をあまり上手に話せない人物から第二言語として英語を学んだようだった。「そういうことはできるのか？」

その日は天気もよく、まだ正午前だったからか、サンタクラリタ競馬場にはほかに客がいなかったので、馬券売り場の窓口係は親切に、かつていねいに説明した。「ええ、もちろんできます。それを禁止する法律はありませんし、こちらとしても馬券が売れるのはうれしいんですが、私は神の怒りを買ったことがあるので正直に言うと、それでは儲かる可能性は低いと思います。主催者はいろんな可能性を考えたうえで、馬券の売上から固定手数料と州税を差し引いた残りを分配するパリミュチュエル方式というのを採用することにしたんです。すべての馬に賭けると、勝つことは勝ちますが、それと同時に、十回か、もしかするとそれ以上負けることになります。負けを取り戻すために大穴に大金を賭けるという手もありますが、所詮、大穴は大穴で、負ける確率のほうが高いんです。それでもいいんですか？」

「かまわない」男は声を落として打ち明けた。「じつは、あるシステムを編み出したんだ」

「それはそれは！」窓口係は感心しているふりをした。「常識を覆すシステムを編み出されたとは知りませんでした！」一分後、窓口係は輪ゴムで留めた馬券の束を男に渡した。「第三、第四、第五レースの全馬券です。幸運を祈りたいと言いたいところですが、あなたは運の要素を排除してしまったわけですから、『少しは勝って、おおいに負けてください』と言うことにします」

クリフは馬券を受け取ると、派手なシャツをひらめかせながら黙って窓口を離れた。その格好で図書館に行けばびっくりする人もいただろうし、おかしなやつだと思われたかもしれないが、普通の生活をしている人たちが仕事で忙しい火曜日の昼前に競馬場へ来ている彼は、たとえ世間の落ちこぼれだとみなされようと、まったく気にしていなかった。

これはマクマスターズでダルシー・モーンから学んだいくつかのキャラクターのひとつで、少なくともこの場では本物らしく見えるように、生い立ちや夢や挫折、情熱などがたっぷり盛り込まれた身の上話まで用意していた。

当然、悪馬も駄馬も老馬もいるだろうが、数学的に考えれば、そのなかの三枚はかならず当たり馬券になるはずで、それはクリフもわかっていた。きっと運が味方してくれるとも思っていた。

# 27

どうすればドリルでこじ開けたり爆破したりせずにリギンズ弁護士の年代物の金庫を開けることができるのだろうと考えていたジェマは、ハービンジャー・ハロー学院長の『侵入と脱出と撤退』の授業を思い出した。「入口が施錠されているときは、無理にこじ開けようとせず、鍵を託されたばかな人間をさがしたほうがいい！」と、学院長は言った。「要塞のような刑務所にも、鳥のように自由に出入りしている安月給の牛乳配達人がいる。牛乳配達人と仲よくなるのがいちばんだ！」

リギンズ弁護士の秘書のケイ・クックソンと仲よくなるのは赤子の手をひねるより簡単だった。ケイはジェマよりいくつか年下で、タイプを打つのが上手だというのが唯一の取り柄の、人のいい素朴な女性だったからだ。ジェマは、通り道なので切手代を節約するためにと言って――もちろん、嘘だったのだが――病院の記念行事や献血運動のお知らせなど、どうでもいいような郵便物を法律事務所に届けることからはじめた。ケイとは、たがいにデルフト刺繍《ししゅう》が好きだとわかったとたんに意気投合した。ただし、ジェマはデルフト刺繍のことなど何も知らず、しかたなくはじめたばかりだった。ジェマは、ケイが（彼女はデルフト焼きのティーカップやタイルに描かれているオランダ人の女の子にどことなく似ていたのだが）F・スコット・フィッツジェラルドや、いや、それよりエラ・フィッツジェラルドが好きだったらよかったのにと思いながらも、リギンズ氏がオフィスに来る前の早い時間にどうでもいい郵便物を持っていって、レースの縁取りをほどこしたハンカチに刺繍している青い風車の進捗状況を伝え合いながら金庫や貴重品箱をさがしてさりげなくオフィスを見まわした。

ハイ・ストリートに面したその建物はエドワード朝時代に建てられたもので、以前は魚屋だったからか、玄関にはいまだに砕いたばかりの氷の上に並べた新鮮なカレイやコダラのにおいが漂っているような気がした。リギンズ氏はその魚屋の孫で、まずは魚屋の息子が弁護士になって法律事務所を開設し、化学者になりたがっていた息子を弁護士になるよう説得して事務所を継がせた。オフィスにあった鉄製の金庫は明らかに先代から受け継いだもので、二百キロ以上ある、ミルナー社の立派な金庫だった。

なかなか思いどおりには事が進まなかったが、アデルの告発状が入った茶封筒はどうしても盗み出す必要があった。ジェマは、マクマスター学院の『コンビネーション類推法』の授業で南京錠の開け方も学んでいた。南京錠は掛け金を押し込むと内側の突起に引っかかる仕組みになっているので、驚くほど簡単に開けることができたし、近代的な金庫もスカーフを巻いた希土類磁石を使って開けることができた。しかし、大きな音を立ててドリルかダイナマイトで破壊することなくこういった年代物の金庫を開けるうまい方法はない。そこで、オールラウンドな人材育成を目指すマクマスター学院の教育が役に立った。学生は鎖の最も弱い輪に目をつけろと教え込まれ、それはたいてい〝人〟だった。

「まあ、この古い金庫は素敵ね！」ジェマは、扉に刻まれた花文字と金色の縁取りを指先で撫でた。金庫の上の壁には、一九〇八年版の元素の周期表が年代物の額に入れて掛けてあった。「私のおじは、これと同じような金庫をお酒とワインのキャビネット代わりに使ってたんだけど、ダイヤルの組み合わせ番号を忘れたせいで、飲めなくなってしまったのよ！」

自分にも理解できるが自分のことではないジョーク

を聞くのが好きなのか、ケイはくすくすと笑った。

「長年使っていれば、リギンズさんはダイヤルの番号を暗記してらっしゃるはずだと思うでしょ？」ケイはすっかり打ち解けて、手紙をタイプする準備をしながらジェマに言った。「でも、最近はなかなか思い出せなくなったと嘆いてらっしゃるわ。もう、お年だから」

「じゃあ、毎回、あなたが教えてあげるのね」ジェマは、ベン・ホーガンが二十センチのショートパットを打つときと同じくらいそっと水を向けた。

「とんでもない！」と、ケイは鼻を鳴らしながら言った。「リギンズさんは、私にもほかの人にもダイヤルの番号を教えてくださらないの。ただうめき声を上げて、『くそっ、コンビネーションは何番だったっけ？』とおっしゃるだけで。ううん、〝くそっ〟とはおっしゃらないんだけど。でも、金庫の前まで行ったら、ちゃんと思い出してらっしゃるの。おかしいわよね。幸運の元素がなければ完全に忘れてしまうとかなんとかおっしゃって」

ジェマは、どういう意味なのか知りたくてうずうずしているのを悟られないように訊いた。「それって、どういうこと？」

ケイは肩をすくめた。「リギンズさんはジョークのようにおっしゃったんだけど、たとえジョークだったとしても、私にはわからなかったわ。ジョークは好きじゃないし」

「もしかすると、引き出しのなかに書いてらっしゃるのかも」と、ジェマは精いっぱいさりげなく言った。

「もしかすると、もも引きのなかかも」ケイはみずからジョークを口にして、ジェマのほがらかな笑い声を聞いて喜んだ。気の利いたジョークを思いついたのがうれしかったのだろう。「リギンズさんは、立ち上がって『さて、あの厄介なコンビネーションは何番だったっけ？』とおっしゃるんだけど、金庫の前へ行ったたときには魔法のように思い出してらっしゃるのよ。まるで、空中に書いてあるみたいに」

「空中に文字を書くための目に見えないインクが売っているとは思えないけど」ジェマは、何かつかめるかもしれないと思って金庫の話を続けた。

「リギンズさんが自分で作ったのかもしれないわ。化学関係の仕事に就くのが夢だったとおっしゃったことがあって——第一次世界大戦中は航空燃料か何かの仕事をしてらしたそうよ——でも、お父さんに弁護士になれと言われて、それで、一緒に仕事をするようになったんですって。リギンズさんは後悔してらっしゃるみたいだわ」ケイがそう言うのを聞いて、ジェマは金庫の上に掛かっている額に入った元素周期表に〝選ばれざる道〟に対するミスター・リギンズの切ない思いがこもっていることに気づいた。「化学の授業は嫌いだったわ」と、ケイが続けた。「ひどいにおいがするんだもの。それに、みんなが私のことをカリウムと呼ぶし」

ジェマは意味がわからずにケイを見た。「どうして?」

ケイは声を低くした。「カリウムの元素記号はKだから。わかるでしょ?」彼女はそう言って顔をしかめた。「じつは、好きだった男の子がいて——ロナルド・ロックウッドって、覚えてない? 彼が最初に私をそう呼んだの」

ジェマはケイの腕を軽く叩いた。「子どもって残酷なのよね」

「ええ。でも、大人も同じよ」ケイは、かならずしも幸せな人生を歩んできたわけではないようなことを言った。

「今夜、一緒に映画を観に行かない? キーロン・ムーアの映画をやってるの。先に〈アルベルト〉へ行って何か食べてもいいし」

「〈アルベルト〉?」ケイは、ジェマがニカラグアにでも行こうと誘ったかのような顔をして訊き返した。

「ベクスリー通りにある店で、スパゲッティ・マリナーラがとってもおいしいんだけど、二人前と六人前しかないのよ。私が行くと、ウエイターはいつもキャンティを一杯サービスしてくれるの。ちょっと色目を使えば、おかわりもタダになるかもよ」

そういうわけで、キャンティ二杯でほろよい気分になったふたりは、キーロン・ムーアの話で盛り上がりながら映画館からの帰途についた。が、リギンズ弁護士の事務所の前を通りすぎたあたりで、ジェマがたまたま〞予期せぬ友人の訪問〞を受けて〞パウダールーム〞へ行かなければならなくなった。近くにパブはなく、店もすべて閉まっていたが、ケイは心配しなくていいと言って、ジェマをリギンズ氏の事務所とタバコ屋のあいだの路地へ連れていった。路地の奥は石畳の庭になっていて、三段の木製の階段の上に事務所の裏口があった。「悪いけど、あっちを向いてて。鍵が隠してある場所は誰にも知られちゃいけないと言われてるの。ごめんね」ケイが謝ると、ジェマは言われたとおりにしてケイを安心させた。鍵が隠してあるとわかっただけでも、今後の計画に充分役立つからだ。石がこすれ合うような音に続いてドアが開く音がして、ふたたび石がこすれ合うような音が聞こえた。「開いたわ。さあ、早く入って。足元に気をつけてね。電気をつけるわけにはいかないから」

ジェマは真っ暗なオフィスに入っていきながら、なぜ防犯ベルが鳴らなかったのかと訊いた。「リギンズさんは防犯ベルをつけていることを示すステッカーを買ってドアに貼りはしたものの、それ以上お金を払うのはいやなのよ。防犯ベルは、銀行とか、宝石やなんかを売る商店用だとおっしゃるの。うちの事務所には金目のものなんて何もないから、盗むとしたら、リギンズさんのブリーフぐらいかも！」ケイはそう言って、おかしそうに笑った。一日に二回もきわどいジョークを口にするのは、ケイにとって画期的な出来事だった。

「トイレはこっちよ」

ジェマは、つぎにここへ来たときは一分とかからずに鍵がどのレンガか石かタイルの下やうしろに隠してあるのか突き止めることができると思った。防犯ベルを取りつけていないのもわかったので、つぎの日の夜にまた来ることにした。できることなら、一日でも早く青い風車の刺繍から解放されたかった。

## 28

### クリフ・アイヴァーソンの二冊目の日記より

親愛なるX殿。うれしいことに、僕は金運に恵まれました。すべての馬に賭けた三つのうちの最初のレースは本命が勝ったので、配当金は微々たるものでした。ところが、つぎのレースは穴馬が勝ったので配当金は十倍になり、三番目のレースで勝ったのは、驚いたことに、ひとつ格付けを上げたばかりのガニュメデスでした(やけに詳しいように思われるかもしれませんが、マクマスターズを去る前にターコット教官から競馬の知識を叩き込まれたおかげです)。ガニュメデスはまったく人気がなくて、オッズは32対1だったのですが、なんと、一着になったのです! まさに、ビギナーズラックで（実際は、運でもなんでもないのですが）、とにかく、三頭のうちの二頭は見事に期待に応えてくれました。

僕は家に帰ってヴォルタン・インダストリーズに電話をかけて、交換手が取り次いでくれるのを待ちました。

「メリル・フィードラーのオフィスですが」秘書のメグ・キーガンの挨拶は、相変わらず質問をしているように聞こえました。

僕は、商工会議所の職員を装って低い声で話しかけました。「フィードラーさんにロックヴェール・カントリークラブで開催される今年の水着コンテストの審査員長を務めていただきたくてお電話を差し上げた次第です」しばらくお待ちくださいと言われたものの、フィードラーはすぐに電話に出ました。思ったとおりでした。

「どのようなご用件でしょう？」フィードラーは、喜んで引き受けるつもりでいるようでした。

「マレー、ボブだ」

「マレーではなくメリルですが」

「すみません、間違えました」僕は、そう言って電話を切りました。これでフィードラーがオフィスにいるのは確認できたので、会社から十分たらずのところにある彼の高級アパートへ向かいました。一度か二度、図面やパースを届けたことがあるので、ロビーのエレベーターのそばの台に警備員が二十四時間立っていて、その向かいに電話ボックスがあるのは知っていました。

見たことのない警備員でしたが（名札を見て、名前はリッキーだとわかったのですが）、以前に見かけた警備員だったとしても、紺色の作業シャツとズボンと角縁の眼鏡、それにW‐10の設計図を再現しているあいだずっと伸ばしていた無精ひげのせいで僕だと気づかなかったはずです。僕は、「ミスター・ティム・タニーにこれを届けてください」と、リッキーに声をかけました。

「はじめて聞く名前だけど、部屋番号は?」リッキーはいったん荷物を受け取ったものの、僕の愚かさに呆れながら、すぐに突き返してきました。「住所を見ろよ。メレディス通り六番地と書いてある。ここはメリディアン通りの六番地だぞ」

　僕は謝ってから電話ボックスに入り、ダイヤルに表示されている公衆電話の番号をメモしながら自宅に電話をかけて、まぼろしの依頼主に配達が遅れていると伝え、それから角の向こうに駐めた車まで歩いて戻って、家に帰りました。

　アンダーウッドの傷だらけのポータブル・タイプライターは、このあいだアービュータスのオールド・メイデン・チョイス・レーンにある質屋で買いました。ついでに、〝オタワ、セオドア・スティーブンス〟と書かれた、まったく何の関係もない写真のアルバムも買いました。

さっそくラテックス手袋をはめて、その日のレースの当たり馬券三枚を封筒に入れ、国中の文具店に置いてあるハマーミル社の紙に手紙をタイプしました。手紙のカーボンコピーをここに貼っておきます。

以下参照　　　　　　　　　　　　　　——〈HH〉

親愛なるミスター・フィードラー
　あなたは私のことを知らないでしょうが、私はあなたに命を救われました。あなたにそのつもりがあったのかどうかはわかりませんが、私の命を救ってくださったのはたしかで、私はあなたに借りがあると感じています。この封筒のなかに、昨日、サンタクラリタ競馬場で行なわれたレースの当たり馬券が三枚入っています。あなたへの感謝のしるしとして、まずはこれを受け取っていただければ幸いです。
　私はパリミュチュエル方式を打破するシステムを考

案しました。法に触れるおそれはありませんが、競馬場で働いている関係で、私のやっていることが知られたら解雇されるのは確実ですし、この金の卵を産むガチョウも殺されてしまいます。
馬券に記されている日付から一週間以内であれば払い戻しが可能ですので、仕事の帰りにでも競馬場に寄って換金してください。私は、自分が考案したシステムの成果をあなたと分かち合いたいと思っています。あなたを信頼していますので、配当金の半分は私のために残しておいてくださるものと確信しています。名乗るのは年末まで控えますが、これは詐欺ではありません。一セントたりとも、あなたに出資を求めるつもりはありません。合法的に馬券を換金して、それを保管しておいてもらえれば、それでいいのです。私の正体を知ってあなたが配当金の分配を拒んだとしても、それは私があなたという人を見誤っていたからにすぎず、あなたに対する借りはすべて返したと思うことにします。世間はみなあなたのことを勝者だと思っているので、競馬で勝ったところで疑問を抱く人はいないでしょう。私は毎日、あなたに当たり馬券を提供します。すべて、競馬場で合法的に購入した馬券です。直接会うつもりはありません。毎朝、八時半にロビーの電話ボックスで私からの電話を待っていてください。当たり馬券の引き渡し方法は、そのときに教えます。回線が混雑している場合は、十分置きにかけ直します。手紙を書くのはこれが最初で最後です。あなたは気づいていないとしても、私の命を救ってくださったことに改めて感謝します。

勝ってばかりいる男に負けたくない友人より
アミーゴ

手紙は折りたたんで、メリル・フィードラーの名前と勤務先の住所と、〝親展〟とタイプした封筒に入れました。どこかわからない森の近くで撮った魅力的な若い女性の白黒写真も同封しました。前述の、オタワに住むセオドア・スティーブンス氏のアルバムからはがした写真で、もちろん、彼がどのような人物なのかもわかりません。

『郵便は殺しのサイン』というおかしな題名の終日集中授業では、なかに写真が入っているようで表に〝親展〟と書いてある手紙ほど興味をそそられるものはないと教わりました。フィードラーはその写真の人物に見覚えがないので、なおさら興味を掻き立てられるはずです。フィードラーの部下に、ボスの怒りを買うのを承知で〝親展〟と書かれたフィードラーへの手紙を開封しようとする者がいないのはわかっていました。秘書のメグ・キーガンも、なかに何が入っているのか知りたいという好奇心よりフィードラーの機嫌を損ねる恐怖のほうが強いはずです。切手を貼れば、手紙は完成しました。その日の午後は心地よい風が吹いていたので、明日には手紙がフィードラーのもとに届くように、サイプレス・ストリートのポストまで、歩いて出しにいきました。

フィードラーが仕事中に会社を抜けて競馬場へ行く可能性は低いとわかっていましたが、サンタクラリタ競馬場は、うまい具合に会社と彼の自宅のあいだにあります。

親愛なるX殿。僕はW - 10の設計図の再現を続けるつもりでいますが、フィードラーが仕事を終える時間になったら、このあいだの赤いフレームのついたサングラスとアロハシャツ姿で競馬場へ行って、また馬券を買うつもりです（またフィードラーに当たり馬券を提供しないといけませんから）。そのあとは払い戻し窓口の近辺をうろついて、彼が命取りになることも知らずに大喜びで最初のまき餌に食いつく様子を見守ることにします。きっと食いつくはずです。彼は、労せずして利を得るのが好きですから。

## 29

ジェマはサイクリング用のズボンをはいて、土曜の夜はみずから申し出て病院の受付を担当することになったと母親に伝えると、裏道を通って自転車で街へ向かった。自転車のかごに入れた防水の袋のなかには、アデルの字に似せて〝私に何かあった場合は開封してください〟とブロック体で書いた茶封筒が入っていた。いまいましいアデル・アンダートンは、ジェマに脅しをかけようと思って、その不気味な茶封筒を机の上の目につく場所に置いていたのかもしれないが、策に溺れるとはまさにこのことで、長いあいだ置いてあったので、ジェマは表書きの文字の形だけでなく字の配置も目に焼きつけることができた（もっとも、封蠟は本物を見ながらやらないかぎり、そっくりにするのは無理なのだが）。ジェマは以前から、アデルの筆跡を真似て記録をつけたりメモを取ったりしろと言われていたので――ジェマがした仕事でもスーパーバイザーのアデルがしたように見せかけるために、アデルにそう言われていたので――偽造するのは簡単だった。ジェマがリギンズ弁護士の事務所の金庫のなかに入っている本物とすり替えるつもりでいる封筒は、リギンズ氏が見ても偽物だとは気づかないはずだ。リギンズ氏は一年以上前にそれを金庫に入れて以来、一度も目もくれていないはずだからだ。

両側の木々が頭上で枝を絡めている道を走っていると、クリフと一緒にラボからバスで寮に戻った夜のことがよみがえった。ジェマは森のなかではじめて見たときからクリフに魅力を感じていて、ほかの大学で殺人以外のことを学んでいたのであれば、クリフに自分の気持ちを伝えていたに違いない。

しかし、もう二度と会うことはない。「クリフのばか」ジェマは夜空に向かって叫んだが、声が届かなかったのか、とつぜん降ってきた冷たい霧雨が彼女の夢想を断ち切って、これからやらなければならないことを思い出させた。

ハイ・ストリートを通らずに二ブロック北の住宅街を抜ければリギンズ弁護士の事務所の裏にたどり着けるのはわかっていた。路地の奥の決められた場所に自転車を駐めたときには、配送口やガレージが並ぶ通路に人影はなかった。ジェマは自転車のかごから防水の袋を取り出して、事務所の裏口に上がる木の階段に近づいた。ケイは背が低いので、台に乗らずにドアの上に手を伸ばして鍵を取ることはできず、階段のそばの何かのなかに鍵が隠してあったのなら、取り出すときにもっと大きな音がしたはずだ。玄関マットはあったが、リギンズ氏もその下に鍵を隠すほど愚かではない。ジェマはすぐに、壁のレンガのひとつがほんの少し出っ張っているのに気づいた。指紋がつかないように、まだデルフト刺繡が完成していないハンカチでそのレンガをつかんで引っ張ると、石がこすれ合うような音がした。

真っ暗なオフィスを照らしているのは、路地側の窓から射し込む街灯の明かりだけだった。手探りでオフィスの奥にあるリギンズ氏の部屋まで歩いていくと、ブラインドが下りていて、カーテンも閉まっていた。小さな電気スタンドの笠に先ほどのハンカチをかぶせて電球のスイッチをひねり、金庫を見つめて考え込んだ。

金庫のダイヤルには0から80までの目盛りがついていたが、一桁か二桁の三つの数字の組み合わせだというのは察しがついた。この金庫が製造された当時はそれが業界の標準だったというのも、マクマスターズで教わった。購入時に、覚えやすい組み合わせや生年月日にしてくれと頼むことはできなかったというのもわかっていた。したがって、10-20-30や、製造された時期を考えると、第一次世界大戦終結日の11-11-18のような組み合わせが多かったはずだ。それぞれの組み合わせは、金庫のシリアル番号とともに（設置場所や購入者名は伏せて）メーカーの本社に保管されている。購入者はコンビネーションの番号を書いた紙を一枚だけ渡され、それを暗記して、紙は金庫から離れた場所に置いておけと言われたはずだが、多くの購入者はその紙を机の右の引き出しの内側に貼りつけていたに違いない。

いや、頭のいい人は、左の引き出しの内側に貼りつけていたかもしれない。

ジェマはリギンズ氏の机に座ったものの、引き出しのなかを覗こうとはしなかった。リギンズ氏が引き出しの内側を見たことはなく、まっすぐ部屋の奥へ歩いていって、金庫の前に立ったときにはコンビネーションを思い出していたと、ケイが話していたからだ。エドガー・アラン・ポーの『盗まれた手紙』のように、目につく場所に置いてあったのではないだろうか？

ジェマは、一九三四年の予定表をつねに十二月八日のページを開いて机の上に置いている商人の話をマクマスターズのハロー学院長から聞いた。その男の金庫のコンビネーションは12-8-34だったそうだ。一九四一年以降は、十二月八日がべつの意味を帯びることになったのだが。

ジェマが椅子から立ち上がって、リギンズ氏のように金庫まで歩いていくと、ちょうど目の高さのところに元素の周期表があった。たしかケイは、コンビネーションを思い出したのは〝幸運の元素のおかげ〟だというようなことを、リギンズさんが冗談めかしておっしゃったと言っていたはずだ。

ハロー学院長は、「〝酒に真実あり《イン・ヴィーノ・ヴェリタス》〟というのは嘘だ！」と言っていた。「笑いに真実あり《イン・リーズ・ヴェリタス》……つまり、真実は笑いのなかにあるのだ。もし誰かが『もちろんジョークだよ』と言うなら……おそらくそれはジョークではない」と。

ジェマの父親も〝ジョークに真実あり〟と言っていた。しかし、リギンズ弁護士のジョークは何だったのだろう？　〝幸運〟というのがジョークだったのか、あるいは〝幸運の元素〟がジョークだったのか——

「これだ」ジェマは、元素周期表を見つめながら思わず叫んだ。

元素記号を組み合わせれば単語になるのは、それほど驚くことではなかった（高校時代には、男子生徒が授業中に「F、U、C、K！」と、繰り返し卑猥な言葉を唱えていた）。もしかすると〝運（LUCK）〟も元素の頭文字で、各元素に対応する番号が金庫のコンビネーションになっているのかもしれない。ケイの学校でのニックネーム（19番の元素のカリウム）のおかげで、LUCKの最後のアルファベットがコンビネーションの数字として使えることはわかった。たしか、学校では——マクマスターズではなく高校の化学の授業では——Cはカルシウムだと教わったような気がする。いや、違う、6番の炭素《カーボン》だ。それなら、UとLは？（おそらく、コンビネーションは四つの数字の組み合わせだ）いちばん下にあった！　Uはウランだ。となると、残るはLだけだ。

けれども、Lはなかった。LiやLv、Laはある。待てよ。ウランは92番だから違う。が、71番にLu《ルテシウム》がある。

71‐6‐19。やはり三つの数字の組み合わせだったのだとジェマは思った。単語の綴りどおりの順番に数字が並んでいるのなら驚くべき偶然だと言えるだろうが、そうでなくても、可能な組み合わせは六とおりだ。もちろん、番号と番号のあいだでダイヤルをまわす回数も突き止めなければならない。マクマスターズでは、古い金庫なら、右に二回まわしてから、さらに右にまわしながら最初の番号に合わせ、左に一回まわして、もう一度左にまわしながら二番目の番号に合わせ、また右にまわして最後の番号に合わせるようになっていると教わった。それで、そのとおりにしたが、Lu-C-Kはうまくいかず、それでも諦めずにやり直すと、三回目でようやく金庫を開けることができて、大きく胸を撫で下ろした。

アデルの封筒は、金庫のうしろのほうで〝遺言書〟と書かれた数冊のファイルの上にのっていた。持ってきた封筒と付き合わせても、字はそっくりと言ってもいいほどよく似ていて、本物のほうに封蠟がついていなかったら、自分でも見分けがつかなかったはずだ。ジェマはズボンのポケットからスティック状の赤い封蠟（地元の文具店で売っているのはそれだけで、アデルが使ったのと同じもの）とマッチ箱を取り出すと、スティックの先に火をつけて、本物をよく見ながら封筒の蓋の縁に垂らした。封蠟が乾くと、偽物を金庫のなかに入れてドアを閉め、ダイヤルをゼロの位置に戻した。不発弾処理部隊と同じぐらい手際よくアデルの告発の脅威を取り除くことができたのがわかると、満足感が込み上げてきた。アデルが掛けた保険は、これで失効した。

ジェマが金庫のなかに入れた代わりの茶封筒には、〝おばへ、愛をこめて〟、〝おじへ、愛をこめて〟、〝ジェマへ〟とタイプした標準サイズの封筒が三通入っていた。それぞれの封筒には切り取った聖書のページが一枚ずつ入っていた。病院で廃棄された聖書を、アデルのオフィスの本棚の下段に隠しておいたのだ。アデルの両親はすでに亡くなっているが、クロイドンにおじとおばがいて、ロンドンへ遊びに行ったときは宿代を節約するためにいつも泊めてもらっているという話を二度聞いたことがあった。

切り取った聖書のページに書いてある言葉には、困難に直面した人へのやさしい励まし以上の意味はなかった。自分に宛てた封筒には、アデルとの親密さを示すために、〝悲しむ者は幸いである、その者たちは慰められる〟と記されたマタイによる福音書のページを入れておいた。アデルのおじとおば宛の封筒には、〝主は打ち砕かれた心の近くにいまし、悔いる霊を救われる〟、〝主は心の打ち砕かれた者を癒し、その傷を包まれる〟という、どちらも詩篇の言葉が記されたページを入れた。

論文が完遂してしばらくすれば、アデルのおじとおばはリギンズ&サンからお悔やみの添え状とともに送られてくる、何の役にも立たない慰めの言葉が記された聖書のページを受け取ることになる。

## 30

### クリフ・アイヴァーソンの二冊目の日記より

親愛なるX殿。僕は、マクマスター学院から戻ってすぐにジャック・ホルヴァスの未亡人を訪ねることにして、彼女がタニータウンの家から引っ越していないことを祈りながらライフルズ・レーンに建つ第二帝政ヴィクトリア朝様式の家の前まで車を走らせました。優雅なデザインのわりには小さな家ですが、三階の上には、ジャックが天井裏と呼んでいた屋根裏部屋もありました。使用人用の部屋ではなく、物置きとして使われていたのですが。

陽よけのついた玄関の階段を上っていくと、リリアナ・ホルヴァスがまだその家に住んでいるのがわかって、ほっとしました。リリアナは僕をやさしく出迎えて、応接間へ案内してくれました。そこからは、玄関のポーチと、歩道沿いにほどよい間隔をあけて植えられたクルミの木が見えました。

「この家で過ごした数年間はとても楽しかったわ」リリアナは、裏庭で採れたミントを添えたアイスティーをテーブルに置きながらそう言いました。ジャック・ホルヴァスのほんとうの名前はヤチェクなのですが、彼と妻のリリアナは戦後に米国へ移住し、ジャックはエンジンに関する専門知識を買われて、ヴォルタンなど、いくつかの企業から誘いを受けました。ジャックもリリアナも僕よりかなり年上だったので、いつのまにかふたりが僕を育ててくれたいまは亡きおじとおばに代わる存在になっていたと気づくのに、ウィーンの精神科医の助けは必要ありませんでした。ジャックは僕の部下としてヴォルタンで働いていたのですが、それでも僕は彼のことを同僚として、また、相談相手として、そして、以前は誰もが〝オランダ人のおじ〟と呼んでいた、手厳しい批評家として尊敬していました。

リリアナの英語にはいまだに優雅なハンガリー語の訛りが残っていて、重要だと思う単語はゆっくり発音しました。「この家も、いずれは売らないと、と思ってるんだけど、知らない人に譲るのは、まだ心の準備ができてないの。ヤチェクにも悪いような気がして。彼は、私にここで暮らしてほしいと思っているはずだから。わかるのよ、私には、それが」

リリアナの灰色の髪には赤褐色の毛がずいぶん残っていて、視線がするどいのも以前のままでした。僕が彼女に毎日何をして過ごしているのかと尋ねる前に、彼女は僕にも同じことを尋ねて、ほんの少し辛辣な指摘を付け加えました。「お葬式で会ったきり、一度も顔を見せてくれなかったわね。彼は、あなたのことを息子のように思ってたのに」

僕は指示されたとおりカナダで就職したという作り

話をして、自分にとってジャックは最も大切な存在だったとリリアナに打ち明けました。コーラが死んだときに、酒に溺れるのではなく仕事に打ち込めと言ってくれたのもジャックだったし、フィードラーが勝手に手を加えるまではW‐10が僕の心の拠り所であり、あれは僕とジャックの最高傑作だったことも伝えました。

フィードラーの名前を耳にしたらリリアナがどのような反応を示すのかはわかりませんでした。「フィードラーはピースコス・ガゼンベールよ」彼女は、優雅さのかけらも見せずに故郷の言葉でつぶやきました。「ヤチェクが死んだあと、あのくそ野郎《バスタード》は私に小切手を送ってきたの」親愛なるX殿。彼女が汚い言葉を口にするのは、これがはじめてでした――少なくとも英語では。「手紙やカードはなく、彼の個人口座から振り出された、五十ドルの小切手を……あたかも、私がそれを現金に換えに行くと思っているかのように！

そこに、そのまま残してあるわ。彼が、毎月取引明細書を見て、引き出されていないことがわかれば、私が軽蔑していることに気づくんじゃないかと思って」彼女は、暖炉に立てかけてあった火掻き棒の先を小切手のほうへ振りました。

僕は、ためらいながらも、「その小切手を五十ドルで僕に売ってくれませんか？」と、訊きました。「こっちにいるあいだに、それを有効に使う方法を思いついたんです」

リリアナはまじまじと僕を見ました。「売る気はないけど、欲しいのなら、持っていってもいいわ。でも、使うときは、それが死の代償だということを忘れないでね」

「使うつもりはありません」

「じゃあ、これは、ヤチェクからのプレゼントだと思って」と、リリアナは言い、喜んでというわけではないにせよ、一応、僕の頼みを聞き届けてくれました。

それで僕は救われ、神への冒瀆に等しい論文の面倒な手順もいくつか省略できたので、小切手はそのままポケットに押し込みました。

僕は、ジャックのことを忘れていたわけでも何もせずにいたわけでもないことをリリアナにわかってほしいと思っていました。すでにマンハッタンでジャックの敵討ちをしようとしたことや(失敗に終わってしまいましたが)、あなたの寛大な支援を受けて、ジャックやコーラに幾ばくかの正義をもたらすために一生懸命学んだことや、この街に戻ってきたのはメリル・フィードラーに鉄槌を下すためだということを伝えられずにいるのは苦痛でした。リリアナに会いにきたのも、話したいという潜在意識に衝き動かされたからです。けれども、家に入ったとたんに、やはりそれはできないのだと気づきました。『削除の原則』の授業で、″告白は魂にやすらぎを与えるが、死後にのみ行なうべきである″と教わったからです。だから、論文のことは、成功するか、失敗して、話したくても話せなくなるまでリリアナには秘密にしておかなければならないのです。

僕は、小さな三角のグラスでジャックの故郷の酒のツヴァック・ウニクムを一緒に飲みながらW-10の空気抵抗を計算した居心地のいい書斎をもう一度見たいと、リリアナに頼みました。書斎の机の上にはメモや図表が整然と積み上げられていて、ジャックがいまにも部屋に入ってきて仕事の続きに取りかかりそうな錯覚に陥りました。悲しい反面、薄気味悪さも込み上げてきて、まったく異なる感情がまじり合った奇妙な思いを味わいました。

書斎の壁のひとつには、大西洋の両側で撮影した家族や友人、ピクニックや卒業式の白黒写真が、コラージュのように——レースのカバーに覆われた誰も弾かないピアノの上に写真を飾るような感じで——貼ってありました。僕は、そのモノクロのコラージュに、ジャックやリリアナと過ごしたこれまでの楽しい夜には目にしなかった色が加えられていることに気づきました。額に入った、ボルチモアの街路図に。思わず見つめると、〝エルウッドパーク〟と書かれた、その地図の中央にある長方形の公園に小さなハートが貼ってあるのがわかって、心臓が凍りつきました。

背を向けようとすると、書斎の入口から見ていたリリアナと目が合いました。「彼は、あそこで殺されたのよ」リリアナは、ジャックがどこでどうやって死んだのか思い出せなくなってしまった人に教えるような言い方をしました。「……で、あそこで発見されたの」彼女はそう言って、喉を締めつけられたような声をもらしました。

ジャックほどの歳の男が、なぜボルチモアで最も治安の悪い地区にある公園を――それも、深夜に――訪れたのでしょう？　誰かと会っていたのかもしれませんが、その人物が彼を殺したのでしょうか？　フィードラーとは何の関係もないと思うほどおめでたくはないものの、ジャックがW‐10のことでフィードラーや僕の知らない何かを知っていたとは思えません。もちろん、航空機の欠陥について内部告発しようとしても会社の幹部には完全に無視され、フィードラーも否定して隠蔽するだろうというのは僕もわかっていました。実際、技術者としての僕たちの信用度は挽回不可能なほど失墜しました。でも、ジャックはそんなふうに思っていなかったのかもしれず、もしかするとフィードラーと折り合いをつけようとしたのか、あるいは、危険を承知のうえでフィードラーの秘密を暴露すると脅したのかもしれません。

エルウッドパークでジャックの遺体が発見されたと最初に聞いたときは、リリアナが自殺だと言うのではないかと思っていました。自殺するような人間ではなかったのですが、ヴォルタンを解雇されて、かなり落ち込んでいたからです。僕はまだ若いので、あらたな仕事や生活に思いをはせることができましたが、ジャックは引退する年齢に近づいていたので、比喩的にも文字どおりの意味でも、〝振り出しに戻る〟ことはできないのを知っていたのです。

冷酷だと思われるかもしれませんが、警察がただちに殺人だと認定したと聞いて、僕の心の片隅に安堵の気持ちが芽生えたのはたしかです。自殺だと認定されたらリリアナも耐えられなかったはずです。〝私が悪かったのかしら？ 思いとどまらせることはできなかったのかしら？〟と悩んだに違いありません。しかし、そんなふうに悩む必要はありませんでした。ジャックは心臓を撃たれて、ほぼ即死の状態で命を落とし、おまけに、現場に武器が残されていなかったからです。すぐ近くのジェファーソン・ストリートやオーリンズ・ストリートの家の前の石段に座っていた数人の住民は銃声を聞き、ストリート・ギャングと思われる少年たちがとつぜん公園から出てきて散り散りに走り去ったのを目撃しています。あのあたりではよくあることで、ジャックの財布と代々受け継がれてきた時計はなくなっていました。犯人も、ジャックとリリアナが経済的に苦労していた頃に買った飾り気のない錫製の結婚指輪は、抜き取るのが面倒なのでそのままにしておいたようでした。

最も気にかかるのは、ジャックを殺した犯人の正体ではありません。顔見知りの犯行ではないと確信しているからです。僕は、金目の物を盗むだけのつもりだった犯人が誤って殺してしまったのではないかと思っていて、警察もそう考えているようだとリリアナから聞きました。ジャックの心臓を貫いた二二口径の銃弾は手製の拳銃でよく使われているというのは、マクマスター学院へ行ってから知りました。けれども、すでに述べたように、ジャックが死んでからずっと僕を悩ませ、いっときも頭から離れなかったのは、彼がなぜあのような時間に、タイニータウンの居心地のいい自宅の近くでもないあのような場所へ行ったのかということでした。僕は、あの夜何が起きたのか、ジャックは何か言っていなかったのか知りたくて、リリアナにそれとなく探りを入れたのですが……

「彼はレゼグだったの。酔っぱらってたのよ。そう言ってたわ、警察の人が。血液を調べたら、わかったんですって。警察は、彼を、その……」リリアナは〝解剖〟という言葉を口にしたくないようでした。

僕はリリアナに、ジャックが酔っぱらっているのを見たことなんて一度もないと、訴えるように言いました。夕食のあとや、自宅の書斎で遅くまで一緒に仕事をしたあとでウニクムを一杯飲むのを楽しみにしていたものの、彼が酔っぱらったことなど一度もなかったのです。

「血中のアルコール濃度は〇・二九だったそうよ。何を飲んでいたのかは、わからないの。近くにお酒の瓶はなかったみたいで。でも、いつも飲んでるウニクムを飲んだんじゃないと思うわ。あれは、ニューヨークから取り寄せてたの。たぶん……たぶん、解雇されるのなんて、はじめてで、どうやって家計を支えていけばいいのかわからなかったから、酔っぱらいたかったんじゃないかしら。私に見られるのは恥ずかしかったんでしょうね。だから、知っている人のいない場所へ行ったのかも……」リリアナは額に入れた地図に視線を戻して、ふたたび小さな声でフィードラーを呪いました。

僕は、何かできることはないか、何か必要な物はないかと訊きました。リリアナは気持ちはうれしいと言いながらも僕の申し出を断わり、夫は自分のほうが先に死ぬかもしれないといつも心配していて、彼女がひとり残されてもなんとか生きていけるようにしてくれていたと打ち明けました。「ここは持ち家で、ローンもないし、私は贅沢なほうじゃないから。でも、あなたは……」リリアナは僕のことを心配してくれているようでした。「カナダで就職したと言ってたけど、やっていけてるの？　よかったら、フィードラーが送ってきた小切手も使ってくれない？　遠慮する必要はないわ。ヤチェクは、あなたのことを息子のように思ってたんだから。五十ドルでも、何かの足しになるのなら……」リリアナがハンドバッグに目をやったので、不自由はしていないからと、僕はあわてて彼女を止めました（親愛なるX殿。もちろん、あなたのおかげです）。

僕はリリアナに、ジャックの命日に献杯したいので、彼が好きだった酒を一本もらいたいと言いました。あのリキュールはニューヨークへ行かないと手に入らないからです。リリアナはにっこり笑い、ジャックの机の上に置いてあった鍵を手に取って、右側の引き出しを開けました。ジャックはそこにありとあらゆる〝密輸品〟を隠していたのです。僕は、書斎で一緒に酒を飲んだときに引き出しのなかを見ていました。そこには、薬っぽい味がするツヴァック・ウニクム、ジャックの祖父の形見の海泡石のパイプ、装飾がほどこされた一八〇〇年代のリボルバー、〝妖艶な〟挿絵が描かれた私家製のポケット版『ソロモンの歌』、そして、ジャックの母親のものだったとおぼしきエナメルの嗅ぎタバコ入れが入っていました。リリアナは、もらってくれと言って『ソロモンの歌』とパイプと嗅ぎタバコ入れを取り出すと、靴箱に入れて机の上に置きました。僕が、カナダでの仕事は辞めるつもりでいると、明るくリリアナに話すと、彼女はようやく笑顔を見せてくれました。

例のリキュールのボトルは引き出しに二本しか入っておらず、そのうちの一本は封がしてありました。リリアナは、洗礼式で子どもを名付け親に渡すかのように、それを僕に差し出しました。「あなたがもらいたいと言ってくれて、よかったわ。ヤチェクは、仕事を終えてあなたと一杯飲むのが好きだったから。彼も、あなたにこれをもらってほしいと思っているはずよ」

親愛なるX殿。僕はそのとき、ヤチェクが望んでいるのは、フィードラーが僕たちやリリアナやコーラにしたことと、これからあらたな被害者にしようとしていることへの復讐だと確信しました。マクマスター学院の四つの問いのひとつ目は、〝どうしても殺す必要があるのか？〟です。その問いに対する僕の答えはますます明確になりました。

## 31

ドリアはレオニード・コスタからバンガローを取り戻したものの、それは論文の重要な最初のステップにすぎず、つぎは偶然を装ってラディー・グラハムをつかまえた。

「まあ、ラディー」彼女はたちまち涙をこらえているようなふりをして、意を決したように呼びかけた。上唇をこわばらせて虐げられた女性を演じるのは、特技のなかでも上位技のひとつだった。

ラディーが浮かべた憐れみの表情は、〝兵士よ、きみの胸から銃剣を引き抜いてやることはできるが、きみを生かしておくためにいまできるのはそれだけだ〟と言っているようなものだった。ただし、ラディーは必要とあらばお世辞のひとつも言える処世術に長けた男で、「僕のお気に入りの女優のご機嫌はいかがかな？」とドリアに尋ねた。

「ここは最低よ」と、ドリアはすねたように言った。

「いや、モノグラムやリパブリック・ピクチャーズよりここのほうがいいはずだ」ラディーは、B級映画の製作会社を引き合いに出して言った。「それに、ポヴァティ・ロウより」

「たしかに。でも、いまの私にとっては死刑囚監房《デス・ロウ》と同じよ。車で帰るのなら、途中まで一緒に行ってもいい？ 私はバンガローに戻るんだけど、あなたと一緒にいると、ほかの人は私がまだ女優を続けてるんだと思うでしょうから」

「もちろん、かまわないけど」ラディーが紳士的な態度を崩すことなくドリアの頼みに応じたので、ふたりは撮影用に作ったラレドの通り《ストリート》に足を踏み入れた。ドリアは、ラディーのブリーフケースの蓋が開いていて、豚ではなく流行りの題材をテーマにした脚本が詰まっているのに気づいた。「寝る前に読むつもりなの？」

「少なくとも、ひとつかふたつのプロジェクトにあなたをキャスティングしたいと思ってるんです」それは、お世辞ではなかった。

ドリアは不満げに顔をしかめて、ジュディ・ガーランドの台詞を口にした。「あの黒い袋のなかにわたしの欲しいものはないわ」ブリーフケースは茶色だったので、これにはラディーも首をかしげた。

彼は革のブリーフケースのなかから台本を一冊取り出すと、法廷に証拠を提出するように大きく手を振ってドリアに渡した。「僕は、サム・ゴールドウィンのプロダクションからダニー・ケイを借り受けてコメディ・スリラーを作っていて、あなたにも声をかけようと思ってたんだけど、コスタに反対されて。彼は――

――」

「ダニー・ケイは私も大好きよ。それで？」

「――『それはだめだ!』ってことになって」

「おもしろいタイトルね」

「いや、タイトルは『骨まで震わせて!』で、コスタが言ったのが、『それはだめだ!』です」

ラディーと一緒にラレドの通りを抜けてバイエルンのセットに入っていったドリアは、自分が落ち目の女優だということを勇気を出して認める必要があることに気づいた。「じつは、会社のために豚にならなきゃいけないのなら、ポーキー・ピッグの吹き替えをしているメル・ブランのように、観た人の記憶に残る声優になろうと決めたの。女優のほうは、『これでおしまい!』と、つっかえずにさらりと発表するわ。〝レオンは与え、レオンは奪う〟ってことよ」

「もし僕がこの撮影所の所長なら、つぎからつぎへといい役を与えてやれるのに」と、ラディーは言った。「吹き替えじゃなくて、賞だって狙えるような……」

その先は言わなかった。口にはしなくても、ドリアがオスカーに憧れているのを知っていたからだ。

死ぬか引退するかしないかぎりトップが入れ替わることなどないのはハリウッドの人間ならみな知っていたが、バイエルンのセットを抜けてパリに入ったドリアは、コスタの座を狙っているラディーの野心に水を差すような指摘をするのは危険だと、自分に言い聞かせた。

「あなたが所長になる頃には、私は『トム・ソーヤー議会へ行く』か何かでポリーおばさんを演じるような歳になってるかもね。でも、充分いい思いをさせてもらったわ」作戦を仕掛けるには、現状を受け入れているふりをする必要があったのだ。「私をスターダムに押し上げてくれたのはコスタなんだから、彼には追い出す権利もあるはずよ。私は、自分で決断したような顔をしてキャリアを終えたいだけなの」

ラディーの意味ありげな沈黙は、ドリアがみずから行動を起こさないかぎり彼女の未来が暗いことを物語っていた。ふたりが中西部の通りの最後の角を曲がると、撮影所の門のそばにあるドリアのバンガローが見えてきた。「送ってくれて、ほんとうにありがとう。でも、時間の無駄ではなかったかも。たまたますばらしいストーリーを思いついたので、教えてあげるわ」

ラディーは悔しそうに言った。「けど、さっきも言ったように、コスタは——」

「大丈夫よ。私は出るつもりがないから。あなたの路線にぴったりだと思うの。あなたにも路線ができたのならね。興味を持ってくれた場合は、アイデア提供料をもらえればうれしいわ。お金のことも考えないといけなくなってきたから」

ラディーにとっては悪くない話で、そのまま一緒に、ドリアがかつて使っていたバンガローに入った。これからまたしばらくは使うものの、いずれ出ていくことになるバンガローに。

楽屋代わりのこの小さなバンガローは、当時は何もなかったランチョ・ラ・バローナのはずれのライム畑に面した土地につつましやかな住宅として建てられたものだった。いまでは真ん前に撮影所の白壁がそびえているが、正門よりジャカランダ・ストリートの出入口のほうが近いので、以前はドリアが夜遅く通りからこっそりバンガローの裏庭へ戻ってくるのを門衛のフィントン・フラッドがしばしば目撃していた。親しげに手を振り合うこともあった。その後、フィントンはレオニード・コスタの指示で、ドリアの出入りを——とくに、誰と一緒に出入りしているのかを——見張るようになった。

ドリア・メイの名前と魅力を世間に知らしめてスターの座に押し上げたコスタは、二年前にサンディエゴのトーリーパインズにある別荘に彼女を招いて泊まらせる（もちろん一緒に）ことにした。今度は、スターの仮面を脱ぎ捨てて生身の女に戻る手助けをしてやろうと思ったのだ。ところが、驚いたことに、ハマースタインは好きだがロジャースは嫌いだと言うわがままなミュージカル愛好家のように、彼女はきっぱり誘いを断わった。

激怒したコスタは、フィントンにミス・メイのロマンチックなペッカディージョを監視するよう指示した。フィントンは最初〝ペッカディージョ〟というのは闘牛のことなのか、種をくり抜いて赤ピーマンか何かを詰めたオリーブのことなのか、あるいは小さなカバのことか、よくわからなかったが、家に帰って調べて、ようやく意味がわかった。

ドリアがバンガローで誰と何をしようと、フィントンはべつにどうとも思わなかったし、どちらかが、または両方が既婚者であろうと、スターどうしの密会は〝明日のラブシーンのリハーサルをしているのだろう〟ということで、誰も気にしなかった（イングリッド・バーグマンはいつも撮影が完了するまで相手役とベッドをともにしていたので、ふたりの男性のあいだで心を揺らす役を演じるときはかならずスケジュールと体力に混乱が生じたらしい）。

けれども、戦場でフィントンを守り抜いた生存本能はハリウッドでも役に立った。彼がハリウッドで働きはじめてすぐに気づいたのは、どんなに魅力的であろうと、専属俳優は自分と同じ撮影所の従業員だということだった。自分の給料を払ってくれているのは誰で、どういう人物が一夜にしてお払い箱になるのかわかっていた彼は、俳優ではなく撮影所の幹部に取り入った。以前にドリアがマーク・ダナーと逢瀬を重ねていることを報告して、思っていた以上の報酬を手にしたこともあって、彼はドリアがふたたび誰かをバンガローに連れ込むのを願っていた。

その願いは、ドリアが撮影所に戻ってきて一時間と経たないうちに叶えられたようだった。ドリアがかつてのバンガローを取り戻すことに成功しただけでなく、製作責任者のラディー・グラハムを連れてバンガローに入ろうとしていたからだ。くるぶしがすっぽり隠れるダークグレーのロングスカートをはいて、クリスマス・プレゼント用の包装紙のようにテカテカ光る黄緑色のブラウスを着たドリアは、驚いたことに、詰め所にいたフィントンに向かって手を振った。ラディーとは、彼が車で出入りするときに言葉を交わしただけだったが、世渡り上手で抜け目のない男だという噂は耳にしていた。

おそらく夕食代わりに彼をものにして、デザート代わりにマリファナを吸うんだろう、とフィントンは思った。

## 32

夕方になっても暑さはいっこうに衰える気配がなかったが、しわひとつない青と白のシアサッカーのスーツを着て競馬場の払い戻し窓口へ行ったフィードラーは、「当たったぞ」と、にやにやしながら係員に声をかけた。これまで四回ともこのフレーズを使っていたが、繰り返し使うのは本人もうんざりしていた。〝うんざり〟というのは、まさにフィードラーにぴったりの言葉で、近くで聞いていたクリフはそれだけでも死に値すると思った。

窓口係は、「またですか」と、ぶっきらぼうに言った。当たり馬券の払い戻しは祝意を示して明朗に行なうというのが競馬場の方針だが、さほどの目利きでもないのにフィードラーが自分の予想の的確さを自慢するのは耐えがたかった。生のオレンジジュースを売っている売店でクリフがいつものように観察していると、フィードラーが配当金そのものよりドヤ顔をするのを楽しみにしているかのように、いつも同じ窓口係に払い戻しを依頼しているのがわかった。

フィードラーは、何度も棚ぼた式に利益を得ることを何とも思っていなかった。これまで自分がしたことやしなかったことのどれが〝アミーゴ〟に感謝の気持ちをもたらしたのかはわからなかったが、馬券は本物だし、パリミュチュエル方式を採用しているのなら、主催者が〝破産〟するおそれはない。仕事帰りに競馬場に寄って配当金を手にすることにも、〈ウイナーズ・バー〉で小ジョッキのドラフトビールを飲むことにも、「またですか」と言うバーテンダーに自慢話をすることにも、まったく罪悪感は感じなかった。それどころか、おおいに楽しんでいた。

♠

**クリフ・アイヴァーソンの二冊目の日記より**

今回、僕はフィードラーに当たり馬券を五枚送りました。五枚もです！　五つのレースですべての馬に賭けると、購入額が配当金を上回ります。親愛なるX殿。あなたには申しわけないと思っていますが、これは、フィードラーを徐々にギャンブルにのめり込ませていくための投資だと、最初から割り切っていました。

人をよけて歩くのが面倒なのか、フィードラーは派手な格好をした僕を肩で押しのけるようにして通りすぎていきました。僕は思わず顔をそむけました。彼が吹いていた口笛は、他人の話に耳を傾けない彼らしく調子がはずれていましたが、僕の耳には彼の誤った楽観主義がハレルヤコーラスのように聞こえました。

安心してください。今日は手堅く、倍率が非常に低い四頭の有力人気馬に少額を賭けました。その四頭のなかの一頭か二頭は確実に勝つと思っていましたが、それほど大きな儲けにはなりませんでした。

なんだか、ふたつの時間枠を行ったり来たりしているような気がします。月曜日に馬券を買い、火曜日に当たり馬券をフィードラーに渡し、彼はその日の夕方に配当を受け取って、僕は水曜日にまた彼に渡す馬券を購入しているのですから。明日は、それぞれのレースで一頭だけに賭けることにしました……それも、ダークホースに。もしかすると、そのうちの一頭か二頭は勝つかもしれません。もし勝てば、僕が（僕たちが）わざと負けたレースの損失を補塡できます。けれども、ダークホースのなかには、もちろん大負けする馬もいて、僕は近いうちに最大の敗者がメリル・フィードラーになることを祈っています。

## 33

撮影所内のバンガローでは、ドリアがアイデアを提供したいと興奮ぎみに話していた脚本を寝室に取りに行っているあいだ、ラディーは長椅子に座って退屈そうにジンジャーエールの泡を眺めながら待っていた。が、五分経っても十分経っても戻ってこないので、ラディーは「どうしたんだ？」と、声をかけた。

「台本をしまっていた箱を、やっと見つけたわ」とドリアは返事をし、それからさらに数分経つと、ようやく寝室から出てきた。彼女はこれまでと同じ派手な黄緑色のブラウスを着ていたが、ボタンはぜんぶはずしてあって、ダークグレーのロングスカートは脱いでいた。ラディーはドリアの生脚を見てジンジャーエールをこぼしてしまったが、よく見ると、裸ではないのがわかった。流行の最先端を行く、胸元が大きく開いた光沢のある黒いワンピースの水着に着替えて、ガウン代わりにブラウスをはおっていたのだ。「大丈夫よ！」ドリアは笑ってラディーを安心させた。「あなたを誘惑するつもりはないから。あなたが帰ったら、パティオで日光浴をするつもりなの。とつぜんマリー・アントワネット役に抜擢されることはなさそうだから、心おきなく日光浴を楽しむことができるわ」そう言いながら、ブラウスのボタンを留めた。「でも、なにかはおっておかないといけないの。肩がすぐに赤くなってしまうから……これが話していた脚本よ」

ドリアはラディーに、穴をあけて綴じた『愛は真理を喜ぶ』の脚本を渡した。社会問題を浮き彫りにするメッセージ性の高い真面目な作品で、もし映画化されれば、これまで娯楽映画しか観たことのなかった観客が、上映が終わったとたんに通路で議論をはじめることになるのは確実だった。ドリアにとって、その脚本はラディーをバンガローに引き止めておく口実にすぎなかったが、彼女はあたかも新しい『羅生門《らしょうもん》』を書いたかのようにラディーにあらすじを説明した。「もう若くはない女性に向けられた台詞があるんだけど——あなたがネクタイをゆるめてリラックスしないかぎり、教えられないわ」ドリアはラディーのネクタイの結び目をゆるめて、襟のボタンをはずした。「優秀な脚本家としてではなく、映画ファンのひとりとして聞いてくれなきゃだめ！」ドリアは子どもを叱るような口調で言うと、ウインクをしてラディーの髪を掻き乱した。

もっと深い意味を持たせることもできたはずだが、ドリアは関節炎を患った乳搾りのように、充分に搾り出すことができず、神聖な台詞をわざと軽く流した。聞かせ終えたときには、バンガローに入って二十分近く経っていたが、目的を果たすには、それで充分だった。「とにかく、考えてみて。忙しいのに、ありがとう」と彼女は言い、ラディーを連れてパティオに面したドアへ向かった。

ラディーのあとに続いて外に出たドリアは、あわててブラウスのボタンをいちばん上まで留めた。ラディーと違ってドリアが丈の長いブラウスの下に水着を着ていることを知らないフィントン・フラッドは、それを見て驚いた。彼の目には、ドリアの脚がそのV字形の切れ込みから伸びている光沢のある黒いサテンの水着がパンティーのように見えた可能性もある。少なくとも、ふたりがバンガローのなかにいたあいだに、ドリアが〝想像を絶する〟何らかの理由でスカートを脱いだのは明らかで、ラディーの服も少し乱れているようだった。

パティオでラディーに別れを告げながら、ドリアはこう打ち明けた。「言い忘れたけど、あなたがMGMのために作ったドキュメンタリー映画の『ツンドラの子どもたち』はよかったわ。とっても感動したの」

「観てくれた人がいてうれしいよ」と、ラディーは振り向きながら返事をした。ドリアは撮影所の門の方に目をやって、フィントンがこっちを見ているのを確認すると、最高の演技力を発揮した。「ほんとうにすばらしかったわ！」そう言うなり、衝動的にラディーに駆け寄って、そっと腕に触れた。ラディーが振り向くと、ドリアはふたたび彼の髪を掻き乱して、頬に軽くキスをした。「あなたはすばらしい才能に恵まれていて、しかも、とってもやさしくて。私はそういうところが好きなの……あなたの」

ドリアは、マクマスター学院にラブシーンの授業があるとは夢にも思っていなかった。ところが、カリファ・タレブ教授は『ルーズ・リップス』というユニークな授業で、〝you〟と発音するときの口の形で〝who〟と言う技を彼女に教えた。読唇術者でも〝私はあなたが好きなの……〟と〝私はそういうところが好きなの……〟の区別はつかず、そのあとに続く〝あなたの〟は、単に〝あなた〟を繰り返しただけのように見えたはずだ。

ラディーが照れ笑いを浮かべてふたたび背を向けると、ドリアはくすくす笑いながら、「あら、ラディー、ズボンのジッパーが開いているかも！」と言った。ラディーはピクッとしながらあわてて下を向いて、ジッパーを引っぱった。それはドリアのちょっとした演出だったが、効果は覿面だった。もう一度、股間に不安げな視線を向けてから足早にバンガローをあとにしたラディーは、門衛のフィントンがこっちを見ているのに気づいたが、フィントンはすぐに目をそらした。

その三分後にドリアがスリッパとローブ姿で狭い裏庭を足早に横切って門のほうへ歩いてくるのを見ても、フィントンはまったく驚かなかった。「フィニー！」ドリアは、恥ずかしそうに笑いながら声をかけた。「いまの光景を見たら、誰だって誤解するんじゃないかと思って。手元にあった脚本をラディーに渡しただけなのよ。見つけるのに時間がかかってしまっただけなの」

「私には関係のないことですから」フィントンはそう言いながらも、レオニード・コスタにはおおいに関係のある話だと思った。フィントンはこれまでにも何度か、撮影所の所長が車で門を出入りするときに敬意を示すために帽子のつばに手を触れて、〝お知らせしておいたほうがいいと思いまして〟と言いながら折りたたんだメモをそっと渡していた。コスタはいつも黙ってメモを受け取ると、フィントンに十ドル札を一枚渡して走り去った。ドリアの最新のペッカディージョは二十ドルの価値がありそうだ、とフィントンはひそかに思った。

ドリアは、長椅子の上で体を丸めて一日を振り返った。一時的ではあるにせよ、彼女はバンガローを取り戻した。ラディー・グラハムがバンガローに来たのを見ていたフィントンは、マーク・ダナーとの深夜の密会をレオニード・コスタに知らせたときと同様に、ラディーとの関係を疑ってふたたびコスタに密告するはずだ。もちろん、ラディーは何もなかったことを知っているし、たとえ何かあったとしても、もはやレオニード・コスタは気にしないかもしれない。しかし、そんなことは彼女の計画に何の影響も与えなかった。すべては、たったひとりの人物に観せるための芝居だった。

## 34

フィードラーは、その日の朝の指定された時間に若い女性がアパートの公衆電話ボックスを占拠しているのを見て苛立った。電話が空くのを待ちながら、彼はドアマンのリッキーと世間話をした。毎回、名札を見ないと名前を思い出せないドアマンに、毎朝八時半にロビーで電話を受けている理由を説明しようとしたのだ。「家の電話番号を教えたら一晩中電話してきそうなおばがいてね。だから、毎日、決まった時間に公衆電話で話をすることにしたんだ」

「おやさしいんですね」と、リッキーは言ったが、彼は前々からフィードラーの顔が嫌いだった。若い女性がようやく電話を終えると、フィードラーは親切な

〝アミーゴ〟が十分置きに電話をかけるという約束を守ってくれることを祈った。金のためにいつまでも待ち続けるのはいやだった。

八時四十分に電話が鳴った。「べつの連絡方法を見つけないといけないな」フィードラーはいきなり文句を言った。「毎朝あんたからの電話を待つのは、恋に悩むティーンエイジャーのような気分だよ」

「いまのところ、この方法しかないんです」と、クリフは〝アミーゴ〟の声で言った。「数日以内に大当たりを出すことができると思うんで、それからしばらく休みましょう」クリフはそう言って、その日の夜の七時半に馬券を受け取る方法を説明したが、込み入っていたので、フィードラーは早くも名前を忘れたドアマンから鉛筆と紙を貸してもらって書きとめた。その方法とは、当たり馬券が入った箱を回収する際に、カモフラージュとして地元の新聞をゴミ箱に投げ込むというもので、アミーゴはかならず言ったとおりにしてほしいと念を押した。

フィードラーは指示を書きとめた紙をポケットに押し込んで、リッキーに鉛筆を返した。「おばに買い物を頼まれてね」

「おばさんは何というお名前でしたっけ?」リッキーは、フィードラーの話を疑いはじめていた。

たとえ部下でなくても、自分より地位の低い者から質問されるのを嫌っていたフィードラーは、「よけいなことを訊くな」と言って、仕事に出かけた。

# 35

「国民保険サービスの審査のために、明日、ボブ・ワラントがロンドンからうちの病院に来るそうよ」と、アデルがジェマに伝えた。「あなたが彼を接待してくれたら、とっても助かるんだけど」

ジェマは書類から顔を上げた。冗談に違いないと思った彼女は、大きな声で笑い飛ばそうとしたが、アデルはなおも続けた。「べつに、人身御供として差し出そうとしてるわけじゃないわ。向こうも、デートをしてくれるだけでいいと言ってるし。〈ゴールデンハインド〉で食事をして、〈メッカ〉でちょっぴり踊って、ホテルに送っていけばいいのよ。〈レッド・ライオン〉の支配人は、若いカップルに、それに、人種の違うカップルにもすこぶる寛容だから」

「本気で言ってるの？」ジェマはそう尋ねたが、答えはすでにわかっていた。

「恋人になれと言ってるわけじゃないのよ！　ボブがあなたのことを気に入ったら、またデートしたいと思うかもしれないけど。一、二カ月に一度はここに来るし、彼は、何というか……エキゾチックな女性が好きなのよ」

「あなたが勝手に話をつけたのね。売春宿の女将《おかみ》みたいに」

「じつは、ボブは私に言い寄ってきたの――あなたが気を悪くするかもしれないから、言わないでおこうと思ってたんだけど。でも、私には付き合っている人がいると言って断わったわ――ピーター・エリスデンもそう思ってくれていればいいんだけど。ところが、ボブは、出張中はさびしいし、妻はセックスにあまり興味がないんだと言って、誰か……面白い人を紹介してほしいと頼んできたのよ。だから、あなたなら感じがいいし、好奇心が旺盛だからいいんじゃないかと言ったの。そしたら、彼はすごく喜んで。影響力のある人に楽しい夜を過ごしてもらえれば、それでいいのよ。ううん、最高に楽しい夜を。今年の予算のために」

「いやよ！」

「いやだなんて言えるの、ジェマ？　あなたのお母さんが聞きたくないのは、娘がボブを悩殺したという話と、ペントバルビトンで父親を殺したという話のどちらかしら？」

## 36

フィドラーに電話をかけて、午後七時半に公園で馬券を受け取る際の詳細な指示を伝えると、クリフはヴォルタン・インダストリーズにとって最強の競争相手であるエアコープのエディー・アルダーマンに電話をかけた。もちろん、アルダーマンは電話の主が誰なのかわからず、クリフも正体を明かさなかった。

エアクラフト通りと呼ばれているメリーランド州の湾岸地域では、政府や民間航空会社からの契約獲得をめぐって、ヴォルタンと小規模ながらも成功を収めているエアコープが以前から熾烈な競争を繰り広げていた。エアコープ（AirCorp）とは〝航空力学開発研究会社〟の略称だが、正式名称は略称に意味を持たせるためのものにすぎなかった。同社の関係者がＣｏｒｐを〝コー〟と発音するのは、商談の際に「一五〇〇時にエアコー本部のブリーフィングルームにおいて調整しましょう」というような言葉遣いをして、軍と関係の深い会社だと思い込ませるためだ。

アルダーマンのほうがフィードラーよりはるかに優れているのに、社内の階級はほぼ同じだった。アルダーマンの髪はごま塩で、同じくごま塩の口ひげを生やしているにもかかわらず少年のような顔をしていたが、受注をめぐってヴォルタンと争うときは熱い鉄の塊と化した。しかし、彼は激しい闘争心だけでなく、深刻な健康上の問題を抱えたふたりの子どもを育てるなかで身についた思いやりと、それによって芽生えた子どもを持つ従業員に対する配慮も持ち合わせていた。

アルダーマンは（匿名の）クリフからかかってきた電話を切ると、保安責任者のウェス・トラクターに電話をかけて、ただちにオフィスへ来るように言った。

すると、姿勢のよさと細身の体型のせいで一七〇センチの身長より背が高く見える男が、コーヒーの入った紙コップを手にただちに姿をあらわした。自分の仕事に自信を持っているその男は、職場でもポロシャツを着てカーキ色のズボンをはいていた。アルダーマンが会社の発展に欠かせない男だと役員たちに繰り返し語っていたウェス・トラクターは、かつての戦友の頼みならどんなことでも喜んで応じるつもりでいた。

「おかしなことがあったんだ」と、アルダーマンが話しはじめた。「ある男から匿名の電話がかかってきて、声色《こわいろ》を使ってたのは明らかなんだが、ヴォルタンがあらたに設計した機種の図面を見せたいと言うんだ。それが本物であることを証明するために、まずは無料サンプルとして一ページ目だけ見せてやると。見たら、何か問題があると思うか？」

「おれは弁護士じゃないから」と、トラクターは言った。その気があれば弁護士になれたはずだが、それはともかく、トラクターはデンマーク製のモダンな机の前に置いてある曲げ木の椅子に腰かけてアルダーマンと向き合った。「でも、たぶん大丈夫だろう。いずれにしても、本物かどうか確認する必要はあるが。どうするかは、それから決めればいい。いたずらか詐欺か、それとも、それは本物で、ヴォルタンの誰かがちょっとした金儲けを企んでいるのか、あるいは、内部告発をしようとしている可能性もある。実物を見てみないことにはなんとも」

「そうだな。見せると言っているのがW-10の設計図やスペックだったら、たった一ページでも信じられないほど有益な情報が得られるかもしれない。その男はスパイ映画のような受け取り方を指定したんだよ。『今日の午後六時四十五分きっかりに樹木園のゴミ箱へ取りに来い。一分たりとも遅れてはいけないし、人を連れてきてもいけない』と」

「そのとおりに言ったのか？」と、ウェスが訊き返した。

アルダーマンは、走り書きしたメモ帳を一枚ちぎってトラクターに差し出した。「樹木園の駐車場へ来いと言うんだ。駐車場にはTRASHのTが消えかけたゴミ箱があるらしい。図面は、一週間前の《カンザスシティー・クーリエ》のあいだに挟んでゴミ箱のなかに入れておくと」

トラクターはしばらく考え込んだ。「なるほど。隠すのにも見つけるのにも、なかなかいい方法だ。カンザスシティーの新聞なんて、このあたりじゃ地方版を置いているニューススタンドでしか手に入らないからな。ゴミ箱にカンザスシティーの新聞がほかにも入っている可能性はないだろう」トラクターはコーヒーの最後のひと口を飲みほした。「六時四十五分きっかりにというのは、なかなか面白い。ゴミの収集時間を知ってるのか、誰かがミルクシェイクを捨てるんじゃないかと心配しているかのどちらかだ。六時四十五分よりたった一分早くてもいけないということなら、直前に図面をゴミ箱に入れるつもりなんだろうな」

「危険はないのか？　子どもたちのことを考えると……」

トラクターは、戦争中に韓国で出会ったときからアルダーマンに好意を寄せていたが、自分の気持ちを打ち明けてはいなかった。受け入れてもらえないのはわかっていたし、打ち明ければ友情が壊れてしまうからだ。アルダーマンにまったくその気はなく、彼は妻を愛していたので、ふたりの友情は壊れずにすんでいる。トラクターにはどうすることもできず、一生、鈍い痛みに耐えるしかないのだ。彼は立ち上がって紙コップを投げ捨てた。「心配するな。一緒に行くよ」

♠

トラクターは仕事で張り込みをすることもあって、その際には薄汚い中古のデソートを使っていた。会社からまっすぐ樹木園へ向かったトラクターは、デトロイトで製造しているその大衆車の後部座席で六時頃から身を潜めていた。左右にキャンバス地のビーチチェアーを置き、深緑色のテーブルクロスを掛けてその下に潜り込むというのは、以前にも使ったことのある、なかなか効果的な方法だった。膝の上に置いたカメラには望遠レンズがついていて、車のフロントガラス越しに狙ってもバックミラーに焦点を合わせても、いい写真が撮れた。

ボディに飾り穴が四つついたビュイックの真っ赤なロードマスターが樹木園のがらんとした駐車場に入ってきたのは、トラクターの腕時計が六時二十八分を指したときだった。ブロンドにスチールグレーの髪がまじったクルーカットの男が折りたたんだ新聞紙を持ってビュイックから降りてきて、さっと周囲を確認すると、〝RASH〟と書かれたゴミ箱に直行した。男は

〝アミーゴ〟の指示どおりその日の新聞の地方版をゴミ箱に投げ入れ、ゴミの上にのっていたグッド＆プレンティのキャンディーの箱を新聞紙を目隠し代わりに使って取り出すなり、自分のポケットに滑り込ませた。男はそのままビュイックに戻って走り去ったが、トラクターは車のナンバーを暗記して、車と男の写真を撮った。その男の顔には見覚えがあって……もしかすると、業界の会合で会ったのでは？

車のなかからでは、男が新聞をゴミ箱に投げ入れたところしか確認できなかったが、謎の電話をかけてきた人物の指示とも時間とも一致していた。新聞を捨てるだけのためにわざわざ樹木園に来る人間がいるだろうか？

できることならビュイックを尾行したかったが、職業的にも個人的にも、トラクターにとって最も大事なのはエディー・アルダーマンを守ることだ。だから、その場にとどまってアルダーマンが来るのを待った。

クレストラインのステーションワゴンを運転して指示どおり六時四十五分にやって来たアルダーマンは、白樺の木で縁取りがほどこされたドアを開け、トラクターをさがしてあたりを見まわしてからゴミ箱まで歩いて行ってなかをまさぐった。折りたたまれた先週の《カンザスシティー・クーリエ》を見つけてページをめくると、航空機の設計図がはさんであったので、トラクターにわかるように小さくうなずき、新聞を手に車に戻って、樹木園から走り去った。

そのふたつの出来事が起きているあいだ、老人と若い男が、RASHと書かれたゴミ箱からそれほど遠くないベンチで親しげに話をしていた。ふたりのあいだにはランチボックスが置いてあって、若い男はそのなかからパラフィン紙に包まれたサンドイッチを取り出すと、やさしい孫が大好きな祖父へ手渡すかのようにそっと差し出した。老人は、話を中断することなくそれを受け取った。いつものほほえましい光景のように見えたものの、見かけを信じてはならず、ふたりにはまったく血縁関係がなくて、三十分足らず前に出会ったばかりだった。クリフにとって、人通りの多い日没前の公園でひとりでベンチに座っている老人を見つけて軽い世間話をするのは、さほどむずかしいことではなかった。ただ座って、昔と比べると街も大きく変わったのではないかと尋ねるだけでよかった。老人の上着の襟に復員軍人のバッジがついているのに気づいたクリフは、「どこで戦ってらっしゃったんですか？」と続けて尋ねた。それだけでよかった（ひとりで座っているのが年配の女性しかいなかったとしても、ポケットサイズのクロスワードマガジンと鉛筆もランチボックスに入れていたので、女性に答えを尋ねることもできた。その時間は公園の前を通る人も多かったし、年配の女性はほとんどみな、感じのいい若い男と話をするのが好きなのだ）。

そういうわけで、クリフは老人の話に耳を傾けながらゴミ箱の周囲の様子を見張ることができた。陽が沈んであたりが暗くなりはじめた公園で、ふたりはマヨネーズを塗ったアメリカンチーズサンドイッチを頬張って、デザート代わりに大きなオートミールクッキーを食べた。老人は、クリフがランチボックスにひとりでは食べきれないほどのサンドイッチを詰め込んできたことに何の疑問も抱いていないようだったので、「さすがにもうひとつ平らげるのは無理だと思うので、半分、助けてもらえませんか？」と訊いてみた。すると、老人はたちまちうれしそうな顔をして、おいしいサンドイッチを無駄にするのはもったいないと言った。即席のピクニックはクリフがそこで見張っていることのカモフラージュになっただけでなく、彼がサンドイッチやクッキーや、あらたにバナナにまでかぶりついたことや、つばの大きな野球帽をかぶっていたことによって顔を隠す助けにもなった。これは見張りの際の鉄則で、マクマスター学院では、目のまわりを覆えば正体を隠すことができるが、口と顎を隠しても同様に匿名性が確保できると教えている。食事中にサンドイッチやコーヒーカップを両手で持つだけで、顔の下の部分をさりげなく隠すこともできる。もちろん、アルダーマンもトラクターもクリフの顔を知らないが、

〝警戒心を投げ捨てれば、風が顔に投げ返してくる〟というのがマクマスター学院の教えだ。

クリフは即席のピクニックを楽しんだ。空腹が満たされただけでなく、べつの満足感も味わうことができた。男がひとり、薄汚いデソートの後部座席から出てきて運転席に移り、エディー・アルダーマンが運転するステーションワゴンのあとを追うのを見たからだ。

クリフはまったく驚かなかった。アルダーマンがフィードラーとの接触の目撃者を連れてきているのは予測がついていた。その人物は、フィードラーが車で駐車場に入ってきたのも、新聞をゴミ箱に投げ入れて立ち去るのも見ていたはずだ。その後、アルダーマンはクリフが電話で指示を与えてからそのゴミ箱に投げ込んだ《カンザスシティー・クーリエ》を取り出した。ゴミ箱に投げ込み場所と回収場所の両方の役目をになわせれば、あたかもそこで受け渡しが行なわれたかのように見えるはずだ。あまり優秀ではないスパイでも、フィードラーが車から降りたときにナンバープレートをメモする時間はあったはずだ。もしかすると、ビュイックのロードマスターとフィードラーの写真も撮っていたかもしれない。

クリフは復員軍人との話をやんわりと切り上げて、おやすみなさいと言って別れた。その日はいろいろ進展があったが、文字どおり公園を散歩したにすぎないようなものだった。

フィードラーはあのあと競馬場へ行って、三十分前にゴミ箱から拾ったキャンディーの箱から二枚の馬券を取り出すと、換金するためにお気に入りの窓口係に渡した。窓口係はちらっとそれを見て、「今日は二枚

だけなんですか？」と、面白がっているのを隠そうともせずに訊いた。「これでは負けも同然ですよ。どちらも一番人気だったんでね」多額の金を受け取るのに慣れていたフィードラーは、配当金の額を確かめようともしなかった。もともと賭け金が少額だったので、わざわざ受け取りにくるほどの額ではなかった。

自尊心の強いフィードラーは、「負けというのは敗者に向ける言葉だ」とうそぶくと、わずかな配当金をつかんで足早に立ち去った。また電話がかかってきたら、大事な時間を無駄にしたと、アミーゴに文句を言うつもりだった。

♠

オフィスに戻ると、エディー・アルダーマンは警察の取調べの真似をして、樹木園から持ち帰った回路図にアームが自在に曲がるスタンドの電球を三つともすべて当てた。三十分後にトラクターがオフィスに入ってきたときも、図面から顔を上げなかった。「ナンバープレートから何かわかったか？」

トラクターは、回路図を見るために机の奥へまわった。「あちこちに電話をかけたんだが、時間が遅いので、明日の朝にならないと無理だ。おれたちは警察じゃないから、すんなりとはいかないんだよ。そっちは、何か面白いことでも？」

アルダーマンは手を振って座るようにうながした。「ざっと見ただけだが、W-10の設計は革新的だし、コストも抑えられていて、ヴォルタンにとっては躍進のチャンスであるのと同時に、命取りになるかもな」

つねに会社のことを第一に考えているトラクターが小さなうめき声を上げた。「エアコーの命取りになるってことか？」

アルダーマンは、顔をしかめてささやくように言った。「いや、客室乗務員がハッチを閉めたと思っていた。

たのに完全に密封されてなかったことに気づいても、もはや手遅れだったときにはW‐10の乗員乗客全員の命取りになるということだ」アルダーマンは、かつて調査官として訪れた墜落現場の光景と、その後、飛行機を利用するときは子どもたちのためにべつべつの便に乗ろうと妻を説得したのをいまだに覚えていた。

「最初のページを見ただけではなんとも言えないが、あとに続く数ページがおれの疑いを裏づけるものなら、ヴォルタンの誰かが、人命より経費削減を優先させるという判断をしたということだ。もちろん……」その先は言わなかった。

「……それがわかったのは、わが社にとっちゃめでたいことかもな」トラクターは、アルダーマンがためらっていたことを代わりに口にした。「それで……情報提供者は信用できる人物なんだろうか？」

アルダーマンが眉根を寄せた。「わからない。おれはたまたまこの設計図の欠陥を見つけることができたが、それは、ある程度の知識があるからで――」

「ある程度なんてもんじゃないよ」

「――とにかく、何かおかしいと思ったんだ。この図面を引いた人物は、ヴォルタンが外部に知られたくないと思っている情報を意図せずに盛り込んでしまった可能性もある。匿名の情報提供者が事の重大さを理解していない可能性もある。競合相手に新機種の設計図を見せて金を得ようとしているのかも」

「じゃあ、内部告発者というわけじゃないのか？　単に金のためか？」

「ああ。はっきり金額を提示してるからな」アルダーマンは理解に苦しんでいるような笑みを浮かべた。

「三千三百三十三ドルで……しかも、三ドルだけは銀貨にしろと」

「なるほど」トラクターはおもむろにうなずいた。

「三、三、三、三というのには、何か意味があるのか？」

「向こうは十五分前にまた電話をかけてきて、それだけ払えば残りの図面を見せると言ったんだ。その数字が何を意味するか、思い当たることはないか?」

トラクターはしばらく考えた。「そうだな……とつぜん金が必要になって、きっかり必要な額だけ要求してくる人間がいるのは知っている。ギャンブルで借金がかさんだとか、家族のために手術代を工面しないといけなくなったとか。いずれにしても、その人物なりのモラルなんだろう。あるいは、三、三、三、三という数字には個人的な意味があるのかもしれない。それにしても、三ドルだけ銀貨でというのは奇妙だ。何かの迷信かもな」

「金額が少ないのも解せないんだよな。わが社にとっては、それ以上の価値があるんだが」

「で、乗るのか?」

アルダーマンに迷いはなかった。「もちろんだ。三千ドルなら、どうということはない。〝競合他社の新機種における安全上の問題に関するデータ収集〟ということにすればいい。彼らの機体もうちの機体と同じ空を飛んでるんだから、危険な代物をうちの機体の近くに飛ばそうとしているのかどうか知る権利がある」

アルダーマンは、わざと激しい口調で続けた。「〝上院議員、これは国民の安全に関わる問題です! われわれは、ヴォルタンのW - 10の導入が――わが社が独自に突き止めた安全上の懸念によって――予定より遅れるのかどうか、知る必要がありました。わが社が新機種の生産を加速したのは、わが国の航空機産業が他国に遅れをとらないようにするためです。だからこそ、ヴォルタンのW - 10に重大な設計ミスがあることを突き止めて、ただちに民間航空委員会に通告したのです。同業者の道徳的義務として!〟」

トラクターは心得顔で付け足した。「たとえ、国のためを思って調べている最中にヴォルタンが導入した新技術について知ったとしても、そんなことはまったく意図していなかったわけだし」

アルダーマンはにんまりしながら図面を丸めた。

「犯罪性が明らかにならないかぎり、この情報提供者はみずからのキャリアを危険にさらしてまで自社製品の問題点に警告を発した英雄なんだから、弁護士費用の足しにでもなるように、提示してきた以上の額を払ってやってもいいかもな」

何か問題が起きれば責任を負わなければならないトラクターは、現実に立ち返る必要に迫られた。「言うまでもないことだが、こっちはその男が誰なのか知りたいわけだろ？　話に乗るにしても、せめて相手の正体は突き止めたほうがいいんじゃないか？　ケチな詐欺師ならまだしも……もしかするとロシアのスパイかもしれないし」

アルダーマンも同意して、受け渡し場所の張り込みと相手を追跡するための要員を確保してくれとトラクターに頼んだ。ふたりとも考えていることはあったもの の、それを口にするのも耳にするのも気が進まず、しばらく沈黙が流れた。

が、ついにトラクターが自分の考えを漏らした。

「つまりその……うちには、ヴォルタンに欠陥のある飛行機を作らせたらいいじゃないかと思う幹部もいるかもしれないんだよな。ひとつふたつ、その、事故が起きるまで待てばいいと。そうすれば、ヴォルタンはすべての機種を運航停止にして、賠償金も支払わなきゃならなくなって……破綻する可能性もある」

「つまり、知らんぷりをしてW‐10が飛ぶのを待てば、一機か二機が事故を起こして、それでヴォルタンが倒産するってことか？　いいか、ウェス。おれはそれほど善良な人間ではないし、競争に勝つためなら、どんなに汚い手を使っても見つからなければそれでいいと思っている。けど、ヴォルタンの致命的なコスト削減を見逃すわけにはいかないんだ。わかるだろ？　殺人の共犯者になるわけにはいかないんだよ」

# 37

レオン・コスタは、その違いを知らずに、しばしば天才《プロデジー》と呼んでいた部下《プロトジー》のラディー・グラハムから脚本を受け取った。ラディーはレオンに、「これは『エンバー・モーガンの帰還』の最新改訂版です。ちなみに、タイトルは単に『エンバー・モーガン』にしたほうがいいと思ってます。看板に複数のスターの名前を載せられるように」と提案した。コスタは返事をせずに、机の上に置いてあった錫製のピルケースに手を伸ばして青い錠剤を二錠取り出した。「また胃の調子がおかしいんですか？」

「この椅子のせいだ」と、コスタは言った。

「じゃあ、新しい椅子に換えましょう」と、ラディーが申し出た。

「エーゲ海が見渡せるミコノス島のカフェにこの椅子を置けば、胃の調子もよくなるはずだ。この椅子が、この撮影所のこのオフィスにあるのが悪いんだよ。〝偉大なる者には胃の安まる時がない〟と言うからな」コスタはコップ一杯の水で錠剤を流し込んだ。

「それはそうと、この脚本はフラッシングアウトしすぎたんじゃないか？」コスタはまた、〝無駄を省く《フレッシシング》〟と〝トイレを流す《フラッシング》〟を間違って使った。

「かもしれません。そんなに長くないのに、長い気がして。リライトチームが削った部分を元に戻して、レッジハウスに届けます。もし、日曜日は向こうなら」

コスタがそうだと言ったので、ラディーは部屋を出ていこうとしたが、急に何か思い出したかのように足を止めた。「じつは、昨日、ドリア・メイにバンガローに寄ってくれと頼まれまして」と、ラディーはさりげなく切り出した。「僕に見せたい脚本があるからと」

「で、彼女は二十分かけてそれをきみに渡したんだな」と、コスタが言った。

自分から打ち明けて害を少なくしようと思っていたラディーは、心のなかで毒づいた。撮影所には、いたるところにコスタのスパイがいるらしい。「誤解されるといけないので、話しておこうと思って」

コスタが目を細めた。「もしかしたら、きみは警備員が見ていたことに気づいて、おれに嘘をつこうとしているのかもな」コスタ自身も嫉妬するのはおかしいと思ったが、週末をともに過ごしたくて別荘に誘ったのに、ドリアに断わられて、何年ものあいだその傷を引きずってきた彼は、ドリアが自分を差し置いてほかの男と深い関係になるのは許せなかった。「きみは以前からドリア・メイを崇拝してたよな?」

「セックスが挨拶代わりのこの街で、彼女は僕の頬にキスをしただけなんです。彼女が戦力外だというのはわかってますし、あなたに嫌われるようなことはしませんよ」

コスタが顔をしかめた。おれは本気だ。「これからも彼女の監視は続けるつもりだ。つぎはないから、そのつもりで。きみがよほどのへまをしでかさないかぎり、いずれこの椅子に座るのはきみなんだぞ」コスタはそう言って、またピルケースに手を伸ばした。「そうなれば、きみも胃が痛くなるはずだ」

♠

戦争中に北アフリカの第二機甲師団で偵察任務を担当していたフィントン・フラッドは、撮影所内に入ってくる車のワイパーの下に通行許可証を挟み込むことだけが警備員の仕事ではないと考えていた。さまざまな出来事に注意を払うのも自分の役目だと。

フィントンが淡いオレンジ色のタートルネックのセ

ーターを着た女性を見て最初に思ったのは、気温が三十三度もあるのに暑くないのだろうかということだった。しかし、ハリウッドではさほどめずらしい光景ではなく、暑い日でもタートルネックのセーターを着るのは、首のたるみを隠すためだ。高価なスカーフを巻いた女優もアスコットタイを結んだ主演男優も、自分たちが犯した愚かな罪や寄る年波を隠すことはできなかった。

淡いオレンジ色のタートルネックのセーターを着た女性は、顔も園芸用の麦わら帽子の広いつばの下に隠していた。新聞を読むふりをして撮影所内のバスを待っているかのように突っ立っていたが、彼女が立っていたところはバス停ではなく、しかも、新聞ではなくドリア・メイのバンガローの方に視線を向けていた。

フィントンは、詰め所を出て女性のそばへ行った。

「おはようございます。ここは撮影所の敷地内ですが、何かご用ですか?」

「友達を待ってるの」女性は、白い手袋をはめた大きな手でハンドバッグのストラップをいじりながらささやくように言った。

「友達というのは、どなたですか?」

「もしかしたら、あなたかも」女性の声はかすれていた。フィントンは、麦わら帽子のつばの下を見つめているうちに、砂漠さながらの暑さのなかでタートルネックのセーターを着るもうひとつの理由があることに気づいた。喉仏を隠すためだということに。その人物の喉仏は、男の気を惹きたい若い娘がセーターの下にパッド入りブラジャーをつけて胸の大きさを強調しているかのように、セーターの下から突き出していた。それに、厚塗りしたファンデーションの下からのぞくひげ、唇からはみ出た派手な口紅、タランチュラのようなまつ毛、セーターとスカートの下のがっちりとした骨格、フラットシューズと圧縮ストッキング、白い手袋には大きすぎる手、わざとかすれさせた低い声。

それらのすべてが、フィントンに自分が男性と話をしていることを確信させた。

「いったいどういうことなんだ?」と、フィントンが詰め寄った。

男はうつむいて、ごく自然な男性の声で返事をした。「静かにしろ。ミスター・コスタに頼まれて見張ってるんだ」

「私立探偵か?」

「声が大きい。気づかれてしまうじゃないか」

男は手袋をはめた手でもたもたしながら大きなハンドバッグを開けると、契約書のようなものを顎で指し示した。ハンドバッグのなかには、オールドゴールドがワンパックと、花をかたどった緑色の紙のブローチが数個と、ポケットコーム、それにコンドームも入っていた。男はフィントンにサイン入りの一枚の紙を差し出した。「通行許可証だ。誰のサインかわかるか?」

ブライス探偵事務所のルー・ブライス宛に発行されたその通行許可証には、コスタのものだとはっきりわかるサインだけでなく、出入構申請書でしょっちゅう目にしている撮影所の弁護士ふたりのサインもあった。

「それはそうと、なんで女装してるんだ?」と、フィントンは不思議に思って尋ねた。「そういう趣味があるのか?」

探偵はフィントンのジョークを聞き流し、通行許可証を取り返して、代わりに封筒を渡した。「なかの手紙を読んでくれ。あんたと長話をしているところを見られちゃまずいんだ。おれは金のためにやってるんだよ。あんただって、金は好きなはずだ。さあ、持ち場に戻れ。おれはここで待つから」

フィントンは、なんの手紙だろうと訝りながらホッチキスで留めた手紙が入った封筒を持って詰め所に戻った。クリップで留めてあった名刺はポケットに入れて、手紙に目をやった。一枚目には〝ブライス探偵事務所〟というレターヘッドの下にブロミスタ通りの住所と昨日の日付が記されていて、宛名を見たとたんに、急に自分が偉くなったように感じた。

親展　ミスター・フィントン・フラッド

私、ブライス探偵事務所の上級調査員ルー・ブライスは、御社の幹部の依頼に応じて調査を行なっております。私どもは、御社の専属俳優のひとりが明日の午後九時に御社の従業員と密会しようとしている徴候を察知しましたが、これは、御社と専属俳優とのあいだで交わされた契約書に定められているモラル条項に違反します。このような行為は見過ごされがちですが、今回は厳格に対処して規律の引き締めを図るべきだとの判断が下されました。

ご存じだと思いますが、契約条項に違反した場合は、調査のために保安要員が楽屋、更衣室、オフィス、撮影所内の住居へ立ち入ることができると契約書に明記されています。添付した契約書のコピーをご確認ください。

フィントンは、該当箇所を示す赤い矢印の付いた添付書類がドリア・メイとの契約書のコピーだと知っても驚かなかった。レオン・コスタはこのあいだの報告書を読んでくれたのだ！　たとえそれによってラディー・グラハムが窮地に立たされることになろうと、かまわなかった。ラディーのことは好きだったが、保安要員である以上（フィントンはそのことを誇りに思っていたのだが）、えこひいきするわけにはいかない。嬉しいことに、手紙はつぎのように続いていた。

レオニード・コスタ氏はこれまでの貴殿の忠誠心と深慮に感謝の意を表し、契約違反の証拠収集にご協力いただいた謝礼として現金五百ドルを支払うよう、当方に依頼なさいました。これには、極秘に偵察を遂行して隠し撮りを行なうための経費も含まれています。赤外線レンズとフィルムを装備したスタンダードカメラが支給されますので、夜間撮影に関する特別な知識は必要ありません。

〝偵察〟という言葉がフィントンの心を沸き立たせた。戦争中は偵察活動で多くの成果を上げたからだ。その大半が、将校食堂に隠してあった禁制のバーボンの摘発であったとしてもだ。撮影所長のコスタが内密に調査をしてほしいと言うのであれば、もちろん引き受けるつもりでいた。ドリス・メイにはいつもお世辞を言っていたものの、フィントンは誰が自分の給料を払ってくれているのか、誰に忠誠心を示すべきなのか、よくわきまえていた。それに、〝極秘〟というのは彼にとって魔法の言葉だった。

この依頼を受ける場合は封筒の蓋に電話番号を書いてください。明日の正午に当方の秘書が電話で詳しい指示をお伝えします。拒否する場合は電話番号を書かないでください。いずれの場合も、この手紙とすべての書類を封筒に戻して、好きなコインを添えて当方に渡してください。寄付をしていただいたふりをして、あなたの制服の襟に紙のブローチをつけさせていただきます。ブローチには、この任務の前金として、またお時間を割いていただいた謝礼として、百ドル札が一枚添えてあります。

フィントンは手紙を封筒に戻し、封筒の蓋に自宅の電話番号をていねいに記入して、麦わら帽子をかぶってうつむいている探偵のそばへ歩いていった。すっかりスパイ気取りになったフィントンは、ズボンのポケットに手を突っ込んで、ルー・ブライスに二十五セント硬貨を一枚渡した。ルーは花柄のハンドバッグからクローバーのブローチを取り出して、フィントンの襟に留めた。フィントンは、紙幣が一枚――期待している五枚のうちの最初の百ドル札が――ワイヤーでできた茎に巻きつけてあることに気づいた。百ドルは大金だし、探偵は撮影所から入手したとしか考えられない書類を持っている。フィントンは訊く必要のない質問をした。「それはそうと、なぜおれに？　なぜ、あんたのところの人間にさせないんだ？」

ルーはハンドバッグをぎこちなく持ち替えながら、またかすれた声でささやくように言った。「証拠をつかみたいと思っているのは、新聞社じゃなくミスター・コスタで、彼は、外部の人間より忠誠心の強いあんたを信頼してるんだよ。それに、あんたなら警備責任者として撮影所内での違反行為の証拠を撮影することもできる」

ドリアの思惑どおり、フィントンはこの説明を真に受けた。

女性になりすました男性を演じるにあたって最も苦労したのは無精ひげをどう生やすかで、それはマクマスターズでも習わなかった。数カ月前に学院の変装学科のラボで実験したときは、ブラシを使って壁の補修材を塗りつけようとしたが、質感が不自然だった。鉄粉も試したが、細かすぎて、電話をかけようとすると、受話器の磁石が送話口のなかに吸い込んでしまった。

いろいろ試しているうちに、カリフォルニア州のシェルター湾にあるブラックサンドビーチの砂が最適だとわかったので（これには驚いたが）、土産として売られているその砂をまぜたワセリンで〝ひげ〟を作り、それを肌色のファンデーションで押さえ、しわも刻んで、最後に大量の粉をはたいた。目標は、『チャーリーのおば』の映画でおば役を演じる男優のクローズアップと同じくらいけばけばしく見えるようにすることだった。タートルネックの下の喉仏は、喉に〝パッド〟を巻きつけるだけでよかったし、手も、何枚も手袋をはめた上に特大サイズの手袋をはめるだけでよかった。性別をわからなくするかすれたささやき声を出すのも、マイクのない円形劇場でささやく場面を演じたことのある女優にとっては簡単だった。横隔膜を使って声を出すと、情感のこもったちょうどいい高さの声が出た。しかも、怪しまれないように台詞は最小限にして、細かい説明はタイプで打った手紙にまかせた。それに、フィントンには離れたところでその手紙を読むように仕向けた。

〝ルー〟がフィントンに見せたコスタと撮影所の弁護士のサインはどちらも、マクマスターズに書写の授業があったおかげで――もちろん、フィントンがちらっと目をやったモラル条項も――ドリア自身の契約書に記されていたのを真似たものだった。

ラディーと真昼の情事を楽しむ演技をフィントンに見せつけたことによって、コスタがバンガローでのドリアの恋愛事情を気にしていることに信憑性が加わり、それによって彼女はフィントンに〝監視員〟の役目を担わせることができた。フィントンは、このあまり健全とは言えない事態にドリア・メイとラディー・グラハム、レオニード・コスタ、私立探偵のルー・ブライス、それに自分も関わっていると思っていたかもしれないが、実際には、レオニード・コスタを削除する夜の鉄壁のアリバイを手に入れるためにドリアがひとりで演じた男女ふたりの踊り《パ・ド・ドゥ》だったのだ。アリバイ工作はマクマスターズでいちばん人気のアクセサリーだと、ドブソン警部も言っていた。

# 38

ウェス・トラクターは、業界向けのパンフレットをエディー・アルダーマンの机の上に置いた。そのパンフレットには、満足げな表情を浮かべて自己陶酔気味に前を見つめる男の写真が載っていた。どう見てもモデルではないようだったが、モデルにでもなれると思っているかのようにポーズを取っていて、男の頭上には〝ヴォルタンが世界に誇るW-10とともに利益を空高く!〟と書いてあった。

「このナルシストは誰だ?」と、アルダーマンが訊いた。

「図面をゴミ箱に投げ入れた男だよ」アルダーマンが信頼を寄せているトラクターは、確信に満ちた口調で言った。「おれはこの目でその男を見て、写真を撮り、ナンバープレートから正体を突き止めた。正体を知れば驚くかもしれないが、もしかすると驚かないかもしれない。この男はあんたのライバルのメリル・フィードラーだ。ライバルなどと言うと気を悪くするかもしれないが」

アルダーマンがうなずいた。「フィードラーか。会議で一緒になったことがあるので、名前は知っている。政治的な手腕はあるが、専門知識はない」アルダーマンは、フィードラーがW-10の収益力には上限がないとの予測を述べているパンフレットにざっと目を通した。「けど、求めてきたのは、たった三千ドルなんだぞ? 彼ならそれ以上の年収を得ているはずだ。なぜ、そんなはした金のためにとつぜんヴォルタンを裏切るんだ?」

トラクターは物知り顔で肩をすくめた。「人にはいろんな事情があるはずだ。解雇されたとか、昇進を期待していたのに見送られたとか……」そこまで言うと、評論家を気取るのをやめて現実的な話に切り替えた。「で、どうするつもりだ？　もちろん、警察に通報することもできるが……」立場上、選択肢のひとつとして提示したものの、アルダーマンはトラクターが思っていたとおりの返事をした。

「この逸材を当局に突き出すのか？」アルダーマンは心配しているようなそぶりを見せた。「メリル・フィードラーは英雄だ。乗客の安全を危ぶんで会社に背き、自分のキャリアを投げ打って敵に助けを求めたんだから！」そう言ってほほ笑むと、声を落として続けた。「いまやつを突き出すと、残りの図面は見ることができず、W-10の問題点もわからない」アルダーマンは、パンフレットに視線を落として自信に満ちあふれたフィードラーの顔を見つめた。「とにかく、こいつが金を何に使うか見届けて、それと同時に何を企んでいるのか突き止めよう」

♠

## クリフ・アイヴァーソンの二冊目の日記より

親愛なるX殿。マクマスター学院では長いあいだ柵に囲まれて暮らしていたので（もちろん、キャンパスは広くて、とても美しかったのですが）、エディー・アルダーマンに指定した場所に向かって南へ車を走らせていると、うきうきしました。一週間のうちに三回もノース・カロライナ州のナグスヘッドへ行くことになったものの、磯草やワイルドオーツの繁る砂丘に縁取られた入り組んだ海岸線や、フライドフィッシュやフライドフィッシュ用の魚を捕るための餌や、餌のついた鉤を売る小屋を眺めるのも楽しいものでした。一キロほど走るたびに、波止場やボートヤードのそばに質素な家が建ち並ぶ小さな村が姿をあらわして、そこからは、チャネル諸島やアウターバンクスや、事故で多くの人命が失われてきたことから〝大西洋の墓場〟と呼ばれている海を見渡すことができました。

エディー・アルダーマンには、数時間前に電話をかけて(エアコープからナグスヘッドのあるデア郡まで行くにはけっこう時間がかかるので)指示を伝えました。ラドガム桟橋のたもとにぽつんと建つ釣り具とダイビング装具のレンタルショップのそばに鉄製のベンチがあるから、その横に現金を入れたアタッシェケースを置けと。時間は三時にしたので、アルダーマンがあらかじめ声をかけておいた警備員を連れて車に乗り込むのはわかっていました。現金を入れる小型のアタッシェケースはすでに郵便小包でアルダーマンに送り、そこに百ドル紙幣を三十三枚と二十ドル札と十ドル札をそれぞれ一枚ずつ、それに一ドル銀貨を三枚入れるように言いました。お金にマークがついているかどうかは気にしませんでした。ほんとうのところは、ついていたほうがよかったのですが。

アルダーマンには、洗濯屋が使っている洗っても消えないペンでアタッシェケースの内側に目立たない印をつけるようにも言いました。アタッシェケースはべつべつの文具屋でひとつずつ購入しました。片方は、エアコープが発信器を忍ばせるには小さすぎてだめだと思ったのですが、てかてか光る安物の金具は僕の目的に適っていました。

僕は、クロアタン水道とロアノーク水道を渡ってナグスヘッドの脇道に車を駐めると、ラドガム桟橋のたもとにあるレンタルショップのほうへぶらぶらと歩いていきました。その店は三日前に訪れてダイビング装具を調べ、そこから車で一時間ほど南へ走ったところにある店で同じものを買いました。僕はダイビング装具専用の大きな防水キャリーケースを引きずっていましたが、そのなかには目的を果たすために必要なほかの道具も入っていました。桟橋に着くと、キャリーケースから修道士の頭巾のようなゴム製のフードを取り出してかぶり、顔がわからないようにするためにダイビング用のマスクをつけました。桟橋にはすでに多くのダイビング愛好家がいましたが、そのほとんどはウェットスーツを着て、僕と同じようなキャリーケースを持っていました。僕はレンタルショップに入り、ロッカーと店の奥にある男子更衣室の使用料として二ドル払って、ウェットスーツに着替えました。

水泳はマクマスター学院にいるあいだにずいぶん上達しましたが、ダイビングの経験はなく、今日も潜るつもりはありませんでした。チェスの初手が定石の白ポーンe4だったというだけでその人物が名手かどうかを見わけることはできないというのが、マクマスター学院の教えです（僕はピアノを弾くので、コンサートピアニストが弾いても、大おばの家の居間でよちよち歩きの子どもが弾いても、グランドピアノの真ん中のドの音は同じように聞こえるという喩えのほうが好きなのですが）。その道のベテランを装う際に大事なのはやりすぎないことですが、ウェットスーツを着たときは（少なくとも、着る練習はしたものの）、熟練ダイバーのように見えるか、ずぶの初心者に見えるか、自分ではわかりませんでした。

♠

三時二分前には、エディー・アルダーマンが指示どおりに安物のアタッシェケースを持ってレンタルショップの前のベンチに座っていた。アルダーマンは自分の腕時計を見つめ、ウェス・トラクターは通りの反対側のドリンクスタンドからアルダーマンを見つめていた。三時ちょうどになると、アルダーマンはベンチを離れ、トラクターと合流して黒いアタッシェケースをベンチの脚に立てかけた。

圧縮空気の入ったボンベこそ背負っていなかったものの、完璧にダイバーに変身してレンタルショップから出てきたクリフはアタッシェケースを手に取り、アルダーマンとトラクターがW‐10の残りの図面が入っていることを期待している大きな封筒を代わりに置いて、また店に戻った。

「よし。まずは設計図を取ってこよう。それがいちばん重要だ」トラクターはアルダーマンにそう声をかけると、ドリンクスタンドの近くで釣りをしているふたりの男を見た。「レンタルショップの裏へ行って、こっそり出てくる男がいないか見張れ。出てきたら、泳がせながら尾行しろ。こっちはその男の正体を知りたいだけで、まだ顔を合わせるつもりはない。それはエディーとおれがやる」

アルダーマンがベンチの上に置かれた封筒を取りにいって、小走りでトラクターのそばに戻ると、お決まりの黒いウェットスーツを着て装備を整えた男が八人と女が数人、店から出てきた。何人かはすでにマスクをつけていて、そのうちのひとりはボンベを背負って、手に黒いアタッシェケースを持っていた。

「距離を置いてあの男を尾行しよう。向こうはフィンをつけてるから走れないはずだ」

「あれがフィードラーだろうか？」桟橋のほうへ歩いていく男を見つめながら、アルダーマンがトラクターに訊いた。

「かもしれん。樹木園に来た男と比べると少し背が低いようだが、ダイビング用のフィンに高い踵はついてないからな」

アルダーマンとトラクターは、男が桟橋の木製のはしごを下りて、水面とほぼ同じ高さにある浮き桟橋に移るのを眺めた。男はアタッシェケースを持ったまま、同じようなウェットスーツを着た人たちと一緒に桟橋の端に腰を下ろした。アルダーマンとトラクターはどうすればいいのかわからずに、ただ桟橋の上から見守ることしかできなかったが、トラクターは、クリップボードを手に桟橋に立っている若い女性に目をやった。

その女性がリストを見ながら名前をチェックすると、ダイバーたちはつぎからつぎへと浮き栈橋に移った。

「すみません、何をしてるんですか?」と、トラクターが女性に訊いた。「あの人たちは、ここで何を?」

「今日は海の清掃日なんです」と、女性が説明した。「月に一度、アマチュアのスキューバダイバーが桟橋から投げ捨てられたゴミを拾ってくれてるんです。シュノーケルの人もいますが、底まで潜るにはボンベが必要で。びっくりするようなものが捨てられてるんですよ。ウェディングドレスとか、テレビ、飛び出しナイフ、それに遺体も」

浮き桟橋に移ったダイバーは、まるで水上ショーのようにそれぞれうしろに体をそらしながら静かに海に飛び込んだ。トラクターは、メリル・フィードラーとおぼしき男がアタッシェケースを手にしたまま海に潜るのを見て啞然とした。

「やつが送ってきたアタッシェケースが完全防水じゃなかったら、金は無駄になってしまうよな」と、アルダーマンが言った。

「いや、シリアル番号が読み取れれば大丈夫だよ」と、トラクターがアルダーマンをなだめて、静かになった海面をふたりで見つめた。

「見つめてたって湯が沸くわけじゃないと言うけど、もう沸く頃だよな」と、アルダーマンがジョークを口にした。

「そのうち浮き上がってくるよ。そっちは、尾行中に見つかっても見失っても気にしなくていい。あんたは囮だ。おれもほかの連中と尾行するから」

「おそらく、やつは単なる仲介者で、フィードラー本人ではないのかもしれない」アルダーマンは、立ったまま足の裏を曲げたり伸ばしたりした。「図面を見れば、フィードラーが何を企んでるのかわかるはずだ」

彼は、そう言いながらアタッシェケースと交換した封筒のなかを覗いた。「一見したかぎりでは、本物のようだ。嘘をついたわけではないのかもな」

トラクターが、とつぜんうめき声をあげて背筋を伸ばした。「おれとしたことが!? やつは潜ったまま海岸線に沿って泳いで、ビーチかべつの桟橋に上がるつもりなんだ！ あんたはここで見張っててくれ。おれは、ほかの連中にビーチを調べさせることにする」

トラクターが無線機のついている車に急いで戻ると、アルダーマンは自分がひとりで見張りをしなければならないことに気づき……それと同時に、ダイバーたちが絡みついてきたものを切ったり、カマスやカンパチ、カジキなどを避けるために折りたたみ式のナイフを持っているのを思い出した。管理職としての彼の職務内容には、ナイフを持って海に潜った情報提供者への対応は含まれていなかった。ところが、彼の不安は、追っていたダイバーが水面に浮き上がってくるのと同時に解消された。ただし、男が手に持っていたアタッシェケースは開いていて、なかには何も入っておらず、水が滴り落ちているだけだった。


男はゴム製のフードを脱ぐと、何かをさがしているような感じで周囲を見まわした。写真のフィードラーとはまったく似ていないその男は二十代のようで、怒りを募らせながら桟橋に上ってきた。

「いつもブリーフケースを持ってダイビングするのか?」アルダーマンは面白がっているふりをして尋ねた。「どうしてなんだ?」

ダイバーは不満をぶちまけた。「それはこっちが訊きたいよ。あいつは、百ドル払うからウェットスーツを着てやつの会社の防水腕時計の入ったアタッシェケースを海底に運んでほしいと言ったんだ。海底でケースを開けて五分間待ってから蓋を閉めて戻ってきて、どれも時間に狂いが出てないことを証明してほしいと。時計はきちんと固定してあるから落ちることはないと言って。十六、七メートルほど潜ると海底に達したんで、ケースを開けたんだけど、バラスト代わりの砂が入ってただけだったんだよ」男はまた何かをさがしているかのように周囲を見まわしたが、怒りが募っただけのようだった。「やつは、おれが海面に上がってくるところを複数のカメラで撮らせてると言いやがって」

「こっちもそいつに騙されたのかも」と、アルダーマンは嘘をついた。「ちょっと見せてくれ」そう言って、男のアタッシェケースの内側にマークがあるかどうかさがしたが、見つからなかった。フィードラーはレンタルショップでアタッシェケースをすり替えてダイバーに渡したのだ。「その男の特徴は？」

ダイバーはお手上げだと言わんばかりのジェスチャーをした。「はじめて見る男だったが、ダイビングの格好をしてたよ。そいつから電話がかかってきたんだが、おれは初心者にダイビングを教えてるんで、名前と電話番号はレンタルショップの掲示板で知ったんだろう。そいつは、何もいわずにこれをおれに渡しただけだった」ダイバーは水が滴り落ちるアタッシェケースに目をやって、なかにホッチキスで留めてある防水ポーチがあることに気づいた。ポーチを開けたとたんに男の顔が明るくなった。「けど、ここに三百ドル入ってるから、文句は言えないよ」

♠

## クリフ・アイヴァーソンの二冊目の日記より

アルダーマンが金を詰めてベンチの横に置いていたのと同じアタッシェケースを事情を知らない共犯者に渡すと、僕はすぐにレンタルショップの更衣室でウェットスーツを脱ぎました。そのウェットスーツやキャリーバッグはそこで借りたわけではないものの、店の商品と同じメーカーの製品だったので、回収されて誰かに貸し出されることになるでしょう。

クリーンアップ・キャンペーンに参加したダイバー

たちが栈橋から戻ってくると、そのうしろにエディー・アルダーマンの姿が見えたので、僕はハイキング用のショートパンツと〝エディンバラ大学〟と書かれたスウェットシャツ姿でオリーブ色のバケットハットをかぶり、エアコープの金が入ったアタッシェケースを押し込んだナップザックを背負ってレンタルショップの入口から外に出ました。駐車場へは、ユタ州から休暇を楽しみにやって来た、とても感じのいいカップルと（彼らはユタ州のことを〝蜂の巣州〟と呼んでいたのですが）話をしながら、ぶらぶらと歩いて行きました。マクマスターズで計画したとおりにことが進めば、そのうちメリル・フィードラーが姿をあらわして、アリバイのないなかでそのアタッシェケースに手を触れることに（そして指紋を残すことに）なるはずだと思いながら、駐車場から車を出してゆっくりと北へ向かいました。

♠

ナグスヘッドのはずれにある〈フランキーズ・レーンズ〉をはじめて訪れる人はボウリング場に有名な歌手の名前をつけたのだと勘違いすることもあったが、フランキーというのは、陰気な顔でレジに立って、ゲーム代を全額支払うまで靴を返さないオーナーの名前だった。フィードラーは、ジュークボックスから流れてくるリズム&ブルースとピンボールマシンの甲高い音を聞きながらボウリング場に入っていった。けっこう繁盛しているようで、ボウリング場にはつきもののワックスと、まるでその場で調理しているようなフライドポテトのにおいが充満していた。ところが、レーンはがらがらで、ピンを並べるにきびだらけの若者しかいなかった。照明がついているのも三本のレーンだけで、オーナーのフランキーはバーテンダーとレジ係も兼任していた。

フィードラーは、そのオーナーを呼び寄せた。「アミーゴという名前の私の友人が、あんたに預けてあるボウリングバッグを使っていいと言ってくれたんだ。私の名前はスミスだ」スミスという名前は気に入らなかったが、アミーゴが今朝の電話でその名前を使うように言ったのだ。アミーゴはどのような男かとフランキーに尋ねるわけにはいかなかった。疑惑を招くおそれがあるからで、たとえフランキーがアミーゴの仲間だとしても、具体的にどのような役割を担っているのかはわからなかった。

「スミスか」と、フランキーが確認した。「あんたの友人は、ほんの数分前にそれを持ってきたよ」そう言いながらポケットに手を入れて、ハロウィンの仮装をしたような、かつらをかぶってつけひげをつけた見覚えのない男から渡されたしわくちゃの十ドル札に触れた。その男の正体を知る手がかりはなく、もしかすると目の前にいるスミスかもしれなかった。「帰るときには返してもらってくれと言われてるんだ……そのバッグは父親のものらしい」フィードラーにとって、ボウリングのバッグはどうでもよかった。片方だけのボウリングシューズのなかに入っているものにしか興味がなかった。

「すごいことになりますよ」アミーゴは、ロビーの公衆電話でフィードラーにそう言った。「このあいだのはたいしたことがなかったが、あれはほんの手慣らしですから。今回は大金を賭けるつもりですが、あなたは配当金を受け取るだけでいいんです」アミーゴはボウリング場へ行ってくれと指示を与えて、つぎのように締めくくった。「……で、しばらく間を置くことにします。そのうち、またはじめましょう」

フィードラーは、アミーゴがなぜ儲けを折半しようと言いだしたのか、まだ理解できずにいた。もちろん、違法なことをしているわけではなく、競馬場で当たり馬券を換金しているだけだ。アミーゴが何らかの不正を働いていたとしても、フィードラーが儲けをひとりじめしたところで、アミーゴが警察に行くとは思えない。配当金はすでにけっこう貯まっていて、フィードラーは金を貯めるのが（そして、たまに使うのが）好きになっていた。

そこのボウリングの料金は一ゲーム五十セントだったので、フィードラーが二十五セント硬貨を二枚渡すと、オーナーはスコアシートを一枚差し出して、高い棚から古くて大きいブランズウィックのボウリングバッグを下ろした。「あんたの友だちはなかにボウリングシューズが入ってると言ってたけど、念のために、はいている靴を預からせてくれ。そういう決まりなんで」フィードラーがぶすっとしながらローファーシューズをオーナーに渡すと、オーナーはそれをほかの靴と並べて置いて、バーでライムをスライスする作業に戻った。〈フランキーズ・レーンズ〉でジン・トニックを飲んで水虫になった客がひとりもいなかったのは、驚くべきことだ。

ボウリングバッグを開けて、なかに安っぽいアタッシェケースが入っているのを見たフィードラーは、スパイ映画のようなアミーゴの小細工にうんざりしながら、「中国製の粗悪品だ」と、心のなかでつぶやいた。ばかげたことに巻き込まれてしまったのはわかっていたが、手袋をはめてくればよかったと後悔した。しかし、それでは、かえって怪しまれる。とにかく馬券は本物だし、フィードラーはアミーゴがどのようにして予想しているのか知らないままでいたほうがいいと思っていた。向こうは昔の〝借り〟を返したいと言うのだから。こっちはプレゼントをつぎからつぎへと開けているだけで、べつに違法なことをしているわけではなかった。

てかてか光る人工皮革の表面を黒いテープで補修した安物のアタッシェケースには、これまたぴかぴか光るスライダーがふたつついていて、真ん中の留め金をはずすには、そのスライダーを外側に押さなければならなかった。アタッシェケースを開けると、なかにべつの鞄が入っているのではないかと半ば期待していたが、エンディコット・ジョンソンのボウリングシューズが片方だけ入っているのを見たときは、なぜかほっとした。シューズには折りたたんだ封筒が押し込んであって、封筒のなかを覗くと、昨日のレースの馬券が六枚入っていた。馬券をあわててポケットにしまうと、フィードラーはシューズをアタッシェケースに戻し、アタッシェケースをブランズウィックのボウリングバッグに戻して、フランキーに返した。フランキーには、ボウリングをする気分ではないので、五十セントはチップとして受け取ってくれと伝えた。フランキーは思いがけない幸運に喜びながらフィードラーに靴を返して、ブランズウィックのバッグを棚に戻した。

真っ赤なロードマスターに乗り込んだフィードラーは、ヴォルタン・インダストリーズからデア郡までの二時間のドライブが無駄ではなかったことを確かめるために馬券を見つめた。このあいだの儲けはたいしたことがなかったが、競馬が金になることを知った彼は、確実で、かつ簡単に金が手に入る方法を知りたいものだと思った。

馬券に印刷された数字を見たときは、快感が体中を駆けめぐった。今回は六枚ともすべて大穴で、倍率は、35対1、42対2、45対1、30対1、18対1、そして、なんと、65対1などというあり得ない数字が……しかも、アミーゴはこれまでよりかなり高額な金を賭けている！　三角関数は苦手だったフィードラーも、ドルの記号がついた数字の計算は得意だった。もし彼が金の卵を産むガチョウとしばらく別れることになっても、今日の配当金だけで世界一周クルーズに行けるはずだ。ただし、フィードラーの青い空には、配当金を山分けしないといけないという暗雲が立ちこめていた。この点についてはアミーゴと交渉する必要があった。

れども、フードをかぶったダイバーが一時間前にアタッシェケースを持って姿を消したラドガム桟橋からなら（そのアタッシェケースにはアルダーマンが印をつけていて、なかにはアルダーマンが支払った〝後金《あときん》〟が入っていたのですが）、車ですぐです。僕はそのアタッシェケースから現金を抜き取って、代わりに、昨日、競馬場で買った六つのレースの馬券を詰めたボウリングシューズを入れておきました。フィードラーがデア郡へ行ったのは否定しようのない事実です。少なくとも、ボウリング場のオーナーのフランキーは不審な振る舞いをする〝スミス〟という男を見ていますし……僕は、フランキーとフィードラーを結びつけるために、もうひとつ手を打っておいたのです。それは、これから詳しく説明します。

印のついたアタッシェケースの表面と留め金には、フィードラーの指紋がついています。わからないのは——エアコープの関係者や警察にとってという意味で

♠

## クリフ・アイヴァーソンの二冊目の日記より

僕は、ブランズウィックのボウリングバッグをフランキーに預けに行ったときと同じおかしな変装をしたまま、ボウリング場の向かいに駐めた車のなかでうずくまっていました。指定した時間に（こっちがバッグを預けるのに必要な時間を計算して指定した時間に）さほど遅れることなくフィードラーがボウリング場から出てくるのを見たときの高揚感は想像していただけると思います。彼が餌に食いついたのは明らかでした。そのボウリング場は、彼の行動半径からずいぶん離れたところにあるのです。（「車で二時間もかけてさびれたボウリング場へ行っておきながら、ボウリングをする気分ではないと言って帰ることなどめったにないんじゃないですか、ミスター・フィードラー？」）け

すが――フィードラーが金の入ったアタッシェケースを誰かに桟橋まで取りに行かせ、その人物がおかしな変装をしてボウリング場へアタッシェケースを持って行って、フィードラーがあとでそれを受け取るという算段になっていたのか、それとも、ボウリング場に現金の入ったアタッシェケースを預けたのも含めて、すべてフィードラーがひとりでやったのかという点です。親愛なるX殿。おかしな変装をしていたのは、もちろん僕で……フィードラーが車でボウリング場をあとにするまで、その格好で見張っていました。

僕は、その格好のまま自分が預けたボウリングバッグを（もうなかは空っぽで、フィードラーの指紋がついているだけなのですが）取りに行き、約束した五十ドルをオーナーのフランキーに支払いました……メリル・フィードラーがサインした小切手で！（ただし、小切手では不満そうだったので、しかたなく、べつに現金で五十ドル渡しました。ボウリングバッグを一時間預かってもらっただけですが、うまくやってくれたのですから）

フィードラーの口座から振り出されて彼の本物のサインの付いたその小切手は、リリアナ・ホルヴァスが思いがけず僕にくれたもので、急遽、小道具のひとつに付け加えました。マクマスターズでは運に頼ってはいけないと教わりましたが、このような状況のもとでもハロー学院長がその小切手は使うなとおっしゃるかどうかはわかりません。親愛なるX殿。あなたの厚意のおかげで学ぶことができた知識が正しい決断を下すのに役立ってくれることを祈るばかりです。僕はひとりで戦っています。僕の話に耳を傾けてくれる人はあなた以外に誰もいません。これからもよろしくお願いします。

♠

ボルチモアへ戻る途中でガソリンを入れるためにサービスステーションに立ち寄ったフィードラーは公衆電話で経理部のシャーリ・ドゥーガンに電話をかけて、仕事を早めに切り上げて夜のデートのためにドレスアップしろと伝えた。彼女はまだ落とせていなかったが、そのうち落とせると思っていた。頭がいいし、けっして世間知らずな小娘ではなく、男女間の駆け引きも心得ているからだ。

今夜、この信じられないような倍率の馬券を換金するのであれば、その証人が必要で、フィードラーはシャーリこそが〝祝福の聖油を注がれし者〟だと決めていた（文字どおり彼女の体にオイルを塗る場面を想像すると、ダイヤルをまわす手が速くなった）。まずは、競馬場でモンテカルロの銀行の金庫を空にしてしまいそうなほどの額の配当金を手にするところをシャーリに見せて、つぎに〈ロード・ボルチモアホテル〉のヴェルサイユルームで食事をしながらシャンパンのグラスを重ね、早めに部屋に移って彼女の三百六十度ビューを楽しむつもりでいたからだ。ホテルのスイートルームなら、シャーリも喜ぶと思ったし……たとえ気まずい雰囲気になったとしても、どこに住んでいるのか知られずにすむ。

フィードラーは、競馬場へ向かう前にシャーリを迎えにいった。彼女はぴったりとした水色のトップスとネイビーブルーの細身のスカートに身を包んでいて、メタリックゴールドのベルトは、フィードラーの好み以上にウエストを細く見せていた。髪型とメイクもふだんとは違っていて、フィードラーはそこに込められたメッセージに満足した。

シャーリはときどき相づちを打つだけで、ほとんどしゃべらなかった。クビにならないように誘いに応じただけだからだ。いやだったが、気に入られれば昇給や休暇の追加も夢ではないと思っていた。橋を越えなければならなくなったときは、たもとに料金所を設けるつもりでいた。

フィードラーはシャーリを競馬場の払い戻し窓口へ連れていって、妙な買い方をして当てた馬券を換金しに来るとき以外は会社でそれなりの仕事をしていることをいつもの窓口係にわからせようとした。

「驚かないでくれよ。小額紙幣で頼む。十ドル以上の札はまぜずに」フィードラーは、シャーリにも当たり馬券を換金するときの高揚感を味わわせるために、わざと時間のかかる支払い方法を指定した。

窓口係は眉をひそめて馬券を見つめた。「すみませんが、確認してきます」係員はおもむろにそう言うなり持ち場を離れ、奥にいる年配の職員に声をかけて馬券を見せた。年配の職員は机の横に置いてある大きなリングバインダーを調べ、馬券に視線を戻して大きくうなずいた。「お待たせして申しわけありません」窓口係が戻ってきて、フィードラーに謝った。「高倍率で、しかも賭け金が高額な場合はダブルチェックが必要なんです。私たちではなく、州が決めたルールなので」

「わかってるよ」フィードラーがそう言ってシャーリにほほ笑みかけると、シャーリも反射的にほほ笑み返した。

窓口係はブレザーの胸ポケットに入れたハンカチに手を伸ばして、カウンターの格子の下から突き出した。

「よかったら、どうぞ」

フィードラーは当惑した。「どういうことか、よくわからないんだが」

窓口係はにっこり笑って馬券をフィードラーに返した。「驚かないでくださいね。これは、どれも負け馬券です。途中棄権した馬の馬券もあります」

「でも……当たり馬券だと言われたんだぞ。おかしいじゃないか」

窓口係は引き出しのなかをまさぐって、一枚の紙をフィードラーに渡した。「水曜日のレースの結果です。

座って、自分の目で確認してください。勝ってばかりってわけにはいかないんですよ。ときには負けることもあります」

♠

翌朝、フィードラーはいつものようにアパートのロビーでアミーゴからの電話を待った。昨夜はほんとうにさんざんだった。怒りのせいでヴェルサイユルームでの食事はまったく楽しくなかったし、おまけに飲みすぎて、シャーリが化粧直しのために食事の途中で席を立ったときも、化粧室のメイドへのチップとして二十五セント硬貨を渡す代わりに、ウインクしながら二十ドル札を渡してしまった。そんなフィードラーに家まで送ってもらうのが怖くなったシャーリは（フィードラーはまだ一緒に泊まるつもりでいることを話していなかったので）こっそり化粧室を出ると、レストランからもこっそり抜け出して、ホテルのドアマンにタクシーを呼んでもらった。デザートのチェリージュビレが運ばれてきてもシャーリは戻ってこなかったので、フィードラーはホテルのバーにいた自分と同い歳ぐらいの女と一夜を過ごすしかなかった。

〝アミーゴ〟をどやしつけてやりたかったので、ホテルは朝食も食べずにチェックアウトした。クリフは五分ほど遅れて電話をかけてきたが、電話を待っているあいだにフィードラーの怒りは沸点に達していた。

「どういうことだ。負け馬券ばかりだったじゃないか！」

「手違いがあったんです」と、アミーゴが言った。

「しかし、あなたに損をさせたわけではないので」

「したよ！」目を上げると、名前を忘れてしまったドアマンが、ロビーを見渡しながらわざと公衆電話のほうだけは見ないようにしているのがわかった。フィードラーは声を落とした。「うらぶれたボウリング場へ行って午後の時間を無駄にしただけでなく、前々から気になっていた女の前で恥をかいたんだ。夕食とホテルの部屋代もけっこうかかったし」ホテルのバーで引っかけたプロの女も高くついたことは話さなかった。

アミーゴはおおいに悔いているようだった。「申しわけありませんでした。つぎで、この穴埋めを――」

「いや、こんなスパイ小説まがいのやり取りはもううんざりだ！　直近の二回は、面倒なだけで何の得にもならなかった。今後は直接会って、結果と馬券を照合してから競馬場へ換金に行くことにする」

一瞬、間があいた。「わかりました。ゆうべの件に関しては、あなたが期待していた額の半分を支払いましょう。今夜八時に近くのガソリンスタンドで――」

「直接、私のオフィスに持ってきてくれ」

アミーゴはしばらく黙り込んだ。「いいでしょう。ただし、あなたもすでに手に入れた分の半分を持ってきてください」

「ああ、そっちの取り分は渡すよ」フィードラーは嫌味たっぷりにそう言ったが、これまでの配当金を〝アミーゴ〟と折半するつもりはなかった。

「何と言ったんですか？　接続が悪いようで……」

「そっちの取り分は渡すと言ったんだ！」フィードラーはそう叫んでから、ドアマンのリッキーがまた目をそむけたのに気づいた。「私のオフィスは――いや、オフィスがどこにあるかは知ってるよな。手紙を送ってきたんだから。今夜、八時にひとりでオフィスに来い。受付で名前を書いたら、係の者が電話をかけてくるので、案内するように言う。金を持ってくるのを忘れるんじゃないぞ！」

# 39

レオニード・コスタは習慣の生き物だった（習慣の人間と呼ぶべきなのかもしれないが、どういうわけか彼の場合は〝生き物〟と読んだほうがいいような気がする）。撮影所で試写会が開かれる金曜日の夜はいつも——業界ではどこでもやっていることなのに、作品の出来次第では所長としての考えや方針に疑問を投げかけられるおそれがあるからか、コスタ自身は嫌っていたので——夕方の六時にはオフィスを出て、客のなかにユダヤ人はいないがWASPの大物たちばかりでもない高級カントリークラブの〈ベル・カニョン〉で食事をしてから、太平洋を見下ろすトーリーパインズにある別荘のレッジハウスまで車を飛ばしていた。そうやって、試写会も観客の反応も無視していたのだ。ほんの数時間前まではみんなが誇りに思っていた映画をどうやって〝改良〟するかについて部下たちが激しい議論を闘わせるのはしごく当然のことだったが、コスタは、とりあえずみんなのヒステリーが収まった月曜日に報告を聞くようにしていた。いずれにせよ、彼には本能の赴くままに行動するきらいがあった。

そういうわけで、試写会が開かれる金曜の夜は禁欲的にひとりで過ごし、週末のために取っておいた脚本以上に刺激的なものは何も持たずにベッドに入った。土曜日は、魅力的な若い男性専属俳優どうしのカップルが連れてくる好ましい新参者をもてなすことになっていた。

日曜日をどのように過ごすかは、土曜日の夜のなりゆき次第だった。

コスタは、レッジハウスの真下のプライベートビーチにも寝室が三つあるこぢんまりとした家を所有していた。コスタが〝小屋《シャック》〟と呼んでいたその家には、家政婦のフレイヤとその夫のアクセルが給料代わりにただで住んでいた。夫婦は土曜日の夕食の最後にデザートを出すと、こっそり姿を消して、何も語らず、さらには何も見ることなく、日曜日の朝十時ごろにはブランチの準備をするためにふたたび姿をあらわした。

ドリアは、マクマスター学院に入学する前にレッジハウスを二度訪れていた。職業的にも肉欲的にも、コスタがドリアを必要としていたときの話だ（彼女はけっして〝恋人として〟とは思っていなかった）。

二度とも、ドリアは週末のあいだかろうじて貞操を守ることができた。はじめて訪れた土曜日は、金髪のタリー・ファレルと騒々しいボルト・ローソンと一緒に車で行った。ところが、夕食後にペニャスキートス・ラグーンを見下ろす東側のテラスへ行くと、つい先ほどまで一緒にいたふたりをコスタがアクセルとフレイヤとともにビーチのシャックへ追いやって、彼とふたりきりで夜を過ごすことになったのを知って驚いた。ドリアは「月に一度の厄介な時期なの」と嘘をつき、ひとつしかないゲストルームに引き揚げるなり、ドアノブの下に椅子をあてがってバリケード代わりにして……それでも、ベッドに入ってからドアノブが静かにまわるのを少なくとも一度は目にした。

二度目に訪れた土曜日はアクセルがロサンゼルスまで迎えにきたが、到着してすぐ、今回はほかの客がいないことを知った。たちまち激しい偏頭痛に襲われたドリアは、この耐えがたい痛みを止めるには顔の型を取って作った特注のアイスパックで冷やすしかないのでと言って、アクセルに家まで送ってもらった。そのようなアイスパックはなかったし、偏頭痛になど悩まされていなかったのだが。

その後、ドリアはマクマスターズで教育を受けて、またレッジハウスを訪ねることにしたのだが、今回は招かれたわけではなく、いずれにせよ、三度目の今回が最後の訪問になるのは間違いなかった。

金曜日の夕方にコーネル・ワイルドとジェーン・グリア主演の『裏路地』の試写会がオックスナードのシェーズ・アラビアン劇場で開かれることは、撮影所の関係者ならみな知っていた。ドリアにとってもコスタにとっても人生で最も運命的な日になると思われたその日の午前十時に、ドリアはバンガローのキッチンからコスタに電話をかけた。〝今晩、あなたが車でレッジハウスに行くのかどうか確かめたかったの。あなたが試写会のあとの反省会には出ずに、いつものように別荘に逃れるのか、向こうでひとりで過ごすのかどうかかを。でも、そんなことを訊くと怪しまれるかもしれないから、明日の朝のことを訊くことにするわ。たぶん、あなたはもう生きていないと思うけど〟

もちろん、そんなことは言えないので、こう言った。

「レオン、ドリアよ。自分のことで電話したんじゃないの。ねえ、ダライ・ラマのことは知ってる？　あなたなら知ってるはずよね。まだ若いのに、中国の共産党支配に対するチベットの抵抗運動を率いてるんでしょ？　じつは、旅の途中で彼に会って……」

ダライ・ラマの側近は、彼らの果敢な抵抗運動への米国内の支持を高めるために、若きダライ・ラマ十四世の歩みを――一九四〇年の即位とそれ以降激化した対立のスリリングなアクションシーンも盛り込んで――描いた映画の製作を望んでいて、望みが叶えられるのなら製作費を負担したいと考えているようだと、ドリアはコスタに伝え、わずかな手数料で仲介役を引き受けたという作り話も付け加えた。さらには、実際に交渉するのはチベット側で、自分はいっさい関わらず、彼らも、こっちに対しては製作と配給を望んでいるだけだと説明した。会社にとっても悪い話じゃないのではないかと。「明日のお昼前にでもレッジハウスで向こうの代理人とちょっと話をして、ジャック・ワーナーをあっと言わせたらどう？　あなたならワーナーに勝てると思うわ。私の役目は、この電話をもって終了よ」

売上第一主義のコスタは、この話に飛びついた。が、ドリアは電話をかけたほんとうの目的に話を移した。

「よかった。ただ、ひとつ気になることがあって。別荘のなかやパティオのまわりをうろうろしているへんな人たちはいないわよね？　向こうの人たちは不道徳な行ないに厳しいから。この週末は誰も来ないの？　来るとしても、土曜の午後？　女性のお友だちが来るのは、いつも土曜日の午後だったわよね？　よかった。先方に知らせておくわ。月曜日になったら、ジャック・ワーナーは大勢いる兄弟を一気に失ったように感じるでしょうね。わかってると思うけど、正式に決まるまでは誰にも言わないでね」

もちろん、すべてドリアの作り話だったので、ダライ・ラマの使者が土曜日の昼前にコスタに会いに来ることはない。ドリアが知りたかったのは、コスタが金曜日の夜にひとりでいるかどうかと、土曜日に客が来るのは何時なのか、つまり、コスタの遺体が発見されるまでどのぐらい時間があるのかということだけだった。

## 40

ジェマは（上司の削除を計画しているマクマスター学院のすべての学生は）、職場で論文を遂行しないよう厳しく忠告されていた。けれども、仕事に復帰してひと月近く経つと、そうするしかないような気がしはじめた。アデルと一緒に勤務先の病院以外の場所へ行くもっともらしい言いわけが見つからないからだ。病院主催のピクニックや遠足はあまりなかったし（スタッフ全員が休みを取ったら、好奇心旺盛な患者に気づかれるだろうし）、アデルとはさほど仲がいいわけでもなく……一緒にお昼を食べたことも、金曜日の夜に近くのパブで一緒にジン・トニックを飲んだこともない。ふたりのつながりは、ジェマがアデルの仕事の肩代わりをしていることだけだった。

のどかな小川のように見えて、うっかり足を滑らせたら川底の洞窟に引き込まれてしまう恐ろしいストリッドを利用するという計画は、家に帰ってはじめて迎えた週末から下準備に取りかかった。ボルトン修道院の近くには、パキスタン人向けのB&Bがあった。パキスタン人以外の客でも泊まれるのだが、その小さな宿を経営している女性は、チェックインの手続きをしてタオルを渡して、朝食を提供するのに必要な英語しか話せなかった。オーナーはストリッドの危険性を説明できないはずだと踏んだジェマは、アデルと自分のためにダブルルームを予約することに決めた。当日は、陽が沈みかけた頃にアデルを誘って散歩に出かけ、自分は安全な場所を見つけて先に川を渡り、アデルには、夕食を食べに行こうと思っているレストランのパンフレットを見せて気をそらしておくことにした。十五分ほど歩くと、その名のとおり〝ひとまたぎ〟で川を渡れそうな場所があるので、アデルを呼んで、手を差し伸べて、渡るようにうながすつもりだった。

ジェマはいつもハンドクリームを持ち歩いて、手がかさかさになるのは困ると愚痴をこぼしながら頻繁に塗っていたので、いつのまにかありふれた光景のひとつとなって、いまでは誰も何とも言わなくなっていた。ストリッドを渡る直前にハンドクリームをたっぷり塗るつもりでいたので、アデルが助けを求めたときに手をつかんでやっても、アデルの手はバスタブのなかに落ちた石鹸のようにするりと逃げていくはずだ。マクマスターズでは左手を右方向に差し出す練習をしていた。そうすれば、アデルが握力の弱い左手でジェマの手をつかまなければならないし、右手でつかめば岩の上で姿勢を崩すことになる。つねに実用性より見た目を優先するアデルは、おそらく底のなめらかなおしゃれな靴をはいているはずだが、ジェマは滑り止めのついた靴で練習を重ねていた。ステッキを使うことも検討して、ターコット教官も、ロビンフッドがリトル・ジョンに川に落とされたときのようにステッキでアデルを突き落とす方法を教えてくれたが、結局、ほかのハイカーに目撃されたら怪しまれるかもしれないと思ってやめた。そういうわけで、手をつかもうとしたがつかめなかったふりをして合気道の技をかけるのが最善の方法のように思えた。

ただし、ひとつ問題があった。アデルがハイキングに行きたがらないのだ。

ジェマも、アデルがひどく疑り深いからだとは思っていなかった。アデルは、自分の〝保険証書〟がまだリギンズ弁護士の金庫に安全に保管されていると信じ込んでいる。それに、職場に戻って以来、ジェマは例の忌まわしい取り決めを受け入れていることをありとあらゆる方法でアデルにアピールしていた。病院が車両を購入したり整備を頼んだりしているニューカッスルの会社からオースティンのスポーツ・コンバーチブルを借りたのも、アデルをその気にさせるためだった。

アデルは毎晩、雨のなかをモーペスから来るバスを待つこともなく家の前まで車で送ってもらえるのを喜んでいたが、ジェマがとつぜん絶望にかられて崖に飛び込むかもしれないと思っていたのか、いつも自分が運転すると言った。アデルは何事においてもハンドルを握るのが好きなのだ。

けれども、遠出をして、丘や谷や、あるいは危険な川へ行く気はまったくないようで、アデルが興味を持っているのは、雄大な自然に親しむことではなく雑誌の《タウン&カントリー》に載っている人たちのような優雅な暮らしをすることだった。一応、プライベートな時間はピーター・エリスデンという名の若い研修医との情事を楽しんでいて、目下の最大の関心事は、舌を嚙まずに〝ミセス・アデル・エリスデン〟と言えるかどうかだった。そういうわけで、田舎で休暇を過ごすという話には耳を貸そうとせず、何の反応も示さなかった。アデルに銃を突きつけてウエスト・バートン行きの列車に乗せて、首に縄をつけてヨークシャー渓谷まで引きずっていくしか、ジェマがマクマスター学院に承認された計画どおりに削除を遂行する方法はなかった。

ハロー学院長とエルマ・ダイムラー副学院長が学院の教育方針について一戦を交えていることは（剣を交えていると言ったほうが適切かもしれないが）、キャンパス内のみんなが知っていた。学生にはそれぞれの目的を達成するための方法を教えればいいというのがダイムラー副学院長の持論で、学生や教員の多くの支持を得ていたが、ハロー学院長は、どのような状況にも対応できる者だけを〝戦場〟に、つまり社会に戻すべきだと強く確信していた。

ジェマは学院長の考えが正しいことを祈った。こうなったら、運を天にまかせて（まともな神は助けてくれないはずだが）やってみるしかないからだ。

## 41

その夜、サンフランシスコ・オペラはロサンゼルスのシュライン・オーディトリアムでワーグナーの『パルジファル』を上演していて、〈ルッカ〉のような劇場近くのレストランでは、午後七時からの公演に合わせて早めのディナーの予約が殺到した。ハーヴ・ウェクスラーと妻のベヴは『パルジファル』を観にきたわけではなく、ベヴは一週間以上前から仔牛のピカタが食べたいとハーヴに伝えていたので、ハーヴの友人が、それなら〈ルッカ〉がいいと言って、オペラの見物客で混雑するから早めに予約したほうがいいと教えてくれたのだ。

ハーヴはレストランの横にオリーブグリーンのフォード・クーペを停めて、妻にこう言った。「このあたりは空いてないようだ。予約が取り消されると困るので、おまえは先に店に行ってくれ。駐車スペースが見つかったら、すぐに行くから」中西部の出身で、女性は外国の名前のついたレストランにひとりで入るべきではないと教えられて育った妻は、自分が先に行くのはいやだと訴えた。ところが、問題はすぐに解決した。「お食事のお客さまですか？」と、ブルネットの快活な女性が運転席の窓から声をかけてきたのだ。とても魅力的な女性で、店のバッジのついた丈の短いタキシードジャケットを着て蝶ネクタイを結び、細いズボンの腰に飾り帯《カマーバンド》を巻いて、白い手袋をはめている。おまけに、光沢のあるつばのついた運転手用の帽子を粋な角度に傾けてかぶっていた。ハーヴは、ロサンゼルスの店は見てくれのいい店員や駐車係に不自由していないのだろうと思いながら「そうだ」と答えた。彼らはみなチャンスが訪れるのを待っている俳優の卵で、その女性も例外ではなかった。彼女は車のうしろに走っていくと、店のカードのロゴの真下にナンバープレートの末尾の数字四桁と〝緑のフォード〟と書いた。そして、それをハーヴに渡し、しょっちゅう唱えている祈りの言葉を口にするかのように早口で言った。「食事がおすみになりましたら、これをウエイターに渡してください。お帰りまでにお車をまわしておきますので。オペラを観にいらっしゃるんですか？　いらっしゃらない？　それなら、ゆっくりお食事をお楽しみください」言い終えると、妻のベヴのためにドアを開けようと、助手席側にまわり込んだ。ベヴは女性の店員がぴったりとしたズボンをはいているのをよく思わなかったが、気配りには感心した。べつの車がうしろに停まると、その女性の駐車係はハーヴの車の助手席のドアを閉めてからうしろに停まった車の運転席に走っていって、息を切らしながら尋ねた。「お食事のお客さまですか？　すぐに対応させていただきますので、エンジンをかけたままお待ちください」そう言うなり、彼女は車から降りようとしていたハーヴのところへ走って戻った。

ハーヴは彼女に、「二十ドル札を崩せるか？」と訊いた。妻のベヴは、夫のいつもの手が恥ずかしくて、目をそらした。

「いいえ、申しわけありません」と、駐車係は残念そうに言った。「でも、お食事がおすみになるまでに小銭を用意しておきます。私は十一時までここにいますので。それでは、ゆっくりお食事をお楽しみください！」

ハーヴのあとについてレストランに入っていきながら、ベヴは夫をなじった。「『二十ドル札を崩せるか？』ですって。ガソリンスタンドで三ドル二十五セント支払うのに五ドル札を出したから、小銭はあるはずなのに」

「ここの仔牛の肉はほんとうにおいしいらしいぞ」ハ

ーヴは妻の小言をかわしながらそう言って、レストランの洒落た内装を見まわした。「いい店だ」

「私も、たまにはラザニア以外のものを食べたいわ」とベヴが言った頃、ドリア・メイはウェクスラー夫妻のオリーブグリーンのフォードのハンドルを握って、すでにレストランから四ブロック離れたあたりまで来ていた。手製の〈ルッカ〉のバッジをジャケットからはずして、運転手用の帽子を助手席に置くと、彼女はサウスフィゲロア・ストリートに曲がった。置き去りにしたハーヴとベヴと会うことは二度となく、思い出すこともなさそうだった。

ロイヤル・ストリートの駐車場は、隣接するシュライン・オーディトリアムで大きなイベントがあるかどうかに応じて混雑状況が変化した。その夜の公演は、キルステン・フラグスタートとチリのテノール歌手ラモン・ヴィナイが『パルジファル』の主役を演じるということで、六千三百席の劇場がほぼ満席になるという盛況ぶりだったために、駐車場も混み合っていた。そのようなコンサートや人気のスポーツイベントが開催されるときはロイヤル・ストリートに面した入口にも出口にも渋滞が発生するので臨時の係員が大勢雇われるのだが、たいていは、すぐ近くにある南カリフォルニア大学の学生だった。

駐車場の降車エリアの風景はモノクロで、タキシード姿の銀髪の紳士やシルバーのドレスを着た女性が黒いリムジンでやって来ると、サイズの合わない黒いジャケットを着て、漂白が必要な白いシャツの襟に似つかわしくない蝶ネクタイをクリップで留めた大学生が駆け寄ってきた。

ドリアはウェクスラー夫妻のフォードで駐車場に入っていくと、ずらりと並ぶ高級セダンやクーペを横目で見ながら、従業員用の駐車スペースへ向かった。駐車場の上層階へ上がる金属製の階段のそばにいったん車を駐めて飛び降りた彼女は、あわてて白い手袋を脱ぎ、運転手用の帽子のなかに入れて消火栓の上に置いた。ちょうどそのとき、ジャケットの袖口から長い腕を突き出した係員が二段飛ばしで階段を下りてきた。係員がいちばん下の段に達すると、ドリアはあとずさりしてわざとぶつかって、大学生らしい係員に投げ飛ばされたふりをして悲鳴を上げながら床に倒れ込んだ。その動きは、マクマスター学院の『生体力学』の授業でマスターしたものだった。

大学生はびっくりしているようだった。「すみません。僕が悪いんです。手を貸しましょうか?」彼は二十歳そこそこで、蝶ネクタイは、片方のクリップがはずれて襟からぶら下がっていた。もし彼が南カリフォルニア大学で社会学を専攻していなければドリアが悪いということになっていたかもしれないが、ドリアはまんまと相手に責任を押しつけた。

「悪いと思ってるのなら、私のパパの車をタキシードを着た太った猫たちの車より先にあっちへ駐めて」ドリアは、駐車場の床に倒れたまま、すねをこすりながらそう言って、学生が手を引いて立ち上がらせてくれると、自分の制服を指さした。「私は劇場のロビーのバーで働いてるの。開場前に行かないとクビになっちゃうわ」

これまで、何らかの理不尽な理由で一般の社会生活に戻らざるを得なくなるたびに、彼女のアイデンティティは状況によってころころ変わった。駐車場の係員やバーテンダーとして働いていても、デニムの上下を着てスカーフで頭を覆った姿でファーマーズマーケットへ一リットル入りの牛乳を買いに行っても、あのドリア・メイだと見破られることはなかった。化粧をしていなければレジに並んでいても誰も気づかなかったし、ほかの客と同様に待たされることもあった。「まあ、あなたは若い頃のドリア・メイに似てるわね」と、うしろに並んでいる女性に声をかけられたこともあった。「もちろん、彼女のほうが背が高いけど」と。

そういうわけで、アルバイトの大学生も彼女を映画で見たことのある有名人としてではなく、もう一度会いたいと思う若い女性として認識した。「バーは時給がいいんですか?」

ドリアは意味ありげな声で笑った。「今夜のワーグナーは四回休憩があるんだけど、男の客は、一回目の休憩から久しぶりに休みをもらった船乗りのように気前よくチップをはずんでくれるのよ。お願い、さっさとパパの車を駐めないとチップをもらいそこねちゃうわ。プロレタリアートは団結しないといけないと思わない?」

「同感です」学生は(ドリアが見抜いたとおり)連帯を示して、「ロイヤル・ストリート東エントランス、レベル2」と書かれた駐車票を取り出すと、ミシン目に沿って切り取って、ドリアに半券を渡した。「僕とデートしませんか?」

「ごめんなさい。私は婚約しているの。もしそうでなかったら違った返事をしてたと思うんだけど」ドリアは、学生がちらっと指に目をやったのを見て、こう説明した。「指輪はないほうがチップをたくさんもらえるの。あなたは私の恩人よ!」そのひとことに喜びを感じた学生は、ウェクスラー夫妻のフォードに飛び乗るなり、猛スピードでスロープを上っていった。

ドリアは消火栓の上に置いた運転手用の帽子と手袋を手に取ると、大勢の客がすんなりなかに入れなくていらいらしている駐車場からわざとゆっくり出ていった。妻と、もうひと組のカップルを乗せた銀行員風の白髪の男は、前がつかえているのに先に入れてほしいと思っているのか、運転席の窓から身を乗り出してクラクションを鳴らしていた。ドリアが身振りで四人に車から降りるように指示すると、男は安堵の表情を浮かべた。車はよく見かける黒いパッカード・パトリシアンで、ドリアの目的にぴったりだった。「『パルジファル』を観にいらしたのですね?」と、ドリアは執事風の口調で訊いた。

男が不機嫌そうに「そうだ」と答えると、ドリアは学生から受け取ったばかりのウェクスラー夫妻のフォードの駐車券を渡した。男は便宜を図ってくれたドリアにチップを渡すこともできたはずだが、その気はなさそうだったので、ドリアはさっさと車に乗り込んで、「ショーを楽しんでください！」と、明るく言った。

「ショーじゃない。オペラだ」銀行員風の男は、顔をしかめて言い返した。

ドリアは先ほどの学生に見つからないように気をつけながら、そのパッカードを二階、さらには三階まで移動させた。三階に着くと、反対側のスロープで一階まで下りて、一週間前に下見をしておいた、あまり使われていない三十二番街側の出口へ向かった。帽子を脱いで、髪を振り下ろしながらジェファーソン・ストリートをしばらくゆっくり走ったあとは、ハーバー・フリーウェイに乗って南のロングビーチ方面へ向かった。

両親がクルーズに出かけているあいだ自由にファミリーカーを乗りまわす大学生になったような気分がした。平凡でひどく退屈な車だったが、少なくとも六、七時間は使えるはずだった（『パルジファル』の公演が終わって、あの銀行員風の男が駐車場で車を盗まれたことに気づくまでは）。コスタとともに運命に向き合うのは、数時間あれば事足りる。

ウェクスラー夫妻も、〈ルッカ〉で食事をすませたあとでウエイターが渡された駐車券を見て困惑の表情を浮かべるまでは車が盗まれたことに気づかないはずだ。たとえドリアが走り去った数分後に気づいたとしても、オリーブグリーンのフォードはすでにロイヤル・ストリートの駐車場の二階に駐まっていて、車内にドリアの関与を疑わせるものは何も残っていない。一方、パッカードの持ち主は、まだ『パルジファル』の最初の幕が上がるのさえ見ていない。公演が終わると、銀行員風の男はドリアが渡した本物の駐車券を係員に見せて、係員がつぎからつぎへと車を下ろしてくるのを長いあいだ眺めて、ようやく目の前にあらわれるのは……ウェクスラー夫妻のオリーブグリーンのフォードだ。

「これは何だ？」と訊いても、「お客さまのお車です」と、何も知らない係員は答えるだろう。「これは私の車じゃない！　間違えてるよ、ばか者！　私の車はパッカードだ。黒いパッカードだ！」しかし、さがしてもパッカードは見つからない。「どこにもないだと？　ほかの客が乗って帰ってしまったんだな！」

「申しわけありませんが、ここはあと十分で閉まるので、明日の朝、もう一度来ていただくわけには……

……？」

ドリアは、こんなふうに他人に迷惑をかけることを悪いと思っていたのだろうか？　たぶん思っていただろう。しかし、これからコスタを手にかけようとしていることを考えると、迷惑をかけるぐらいたいしたことではない。それにしても、ケチなウェクスラーと銀行員風の男はうまく騙せた。ふたりとも、これからは一生懸命働いている貧しい女性にチップをはずむだろう。

すべては計画どおりに進んでいた。その日の強烈な太陽は、太平洋との夜のランデヴーに向けて徐々に沈んで、海から赤い蒸気を立ち昇らせているように見えた。星雲にも似たその光景を眺めていると、『パルジファル』の冒頭の旋律が聞こえてくるような気がした。

ドリアは空港で高速を下りると、メーター制の駐車場に車を駐めて到着ゲートへ向かい、到着ゲートの近くにあるロッカーから、その日の朝に入れておいた縞模様の小さな旅行鞄を取り出した。そして、すぐにまた一一〇号線に戻り、ニューポートビーチに沿ってバルボア半島を目指した。

そこから先がどうなるかは、見当もつかなかった。

# 42

〈フォーン・ストリート・フローリスト〉のオーナー、エンディロ・ジャンサンテがピンク色のチドリソウのドライフラワーを作っている店の屋根裏から下りてくると、新しい配達員のルディス・ランカが十ドル札を二枚、手に持ってレジのそばに立っていた。

「男が店に来た。あんたは二階にいた。おれが注文を受けた」ルディスは誇らしげな笑みを浮かべてそう言った。

「ルディス。おまえはいいやつだけど、客の応対はするな。客がラトビア人でないかぎりは」エンディロも、そう言って笑みを浮かべた。「ラトビア人が来たときは、通訳を頼むよ」

ルディスはルディスで、「彼は二ドルのチップをくれた」と付け加え、エンディロと山分けしなければならないと思っているかのようにポケットに手を入れた。

「いや、その二ドルは取っておけ。けど、おまえは売り子ではなく配達少年だろ？　いや、配達員だ」と、エンディロが言い直した。たしか、ルディスは二十代後半か三十代前半だったからだ。ルディスは、店の表の窓に貼った求人広告の紙を見てやって来て、数日前から働きはじめたばかりなのだが、この心やさしい男がこの店の給料だけでどうやって食べていくのかは神のみぞ知るだ、とエンディロは思った。おそらく親戚とでも一緒に住んでいるのだろう。

「エス・ビリオ・ツイトール」と、ルディスは言った。〝私は別のところにいた〟という意味だ。いまここで使うにはそぐわないが、これはクリフがマクマスター学院で最初に学んだラトビア語のフレーズで、なかなか発音がいいと褒められた。

その夜、クリフはわざわざ購入したサイズの合わないボイラーマンの制服にアイロンをかけながら、ハロー学院長が制服の威力について講演会で語るのをはじめて聞いたときのことをぼんやりと思い出した。その講演会は、マルセイユの近郊にあるのとそっくりな屋根付きの小さな円形劇場《オデオン》で開かれた。もちろん、マクマスター学院がマルセイユの近郊にあったのなら話はべつだが、ほんとうにそっくりだった。

「制服がきみたちになるだけでなく、きみたちも制服にならなければいけない！」その夕刻、学院長は楕円形の紫色の雲が石畳のような模様を描く空を背にしてそう言った。「ガイ・マクマスターはことあるごとにそう述べておられたが、彼の言葉はいまでも真実だ」

学院長は集まった学生の顔を覗き込むように見まわして、全員が理解しているのを確かめてからお気に入りのエピソードを披露した。「当学院の歴史のなかで、いささか強引であったとしても最も高く評価されているのは、ファディーとアルメン・ハスケル兄弟が行なった削除だ。ふたりは、ボタンをすべて留めた染みひとつない丈の短い白衣を着てレンタルした救急車で標的のホテルに到着した。ファディーは聴診器を首に掛けていた。そんな格好をしていたら、誰もが医者だと思うはずだ（なかには、金庫破りではないかと思う人がいるかもしれないが）。で、ハスケル兄弟は担架を担いでホテルのロビーを足早に横切ると、エレベーターに乗り込んでいた人たちに、降りてつぎを待ってくれと、緊迫感のにじんだ声で静かに指示した。即座に全員が指示に従った。八階に着くと、ふたりは空の担架を担いだまま長い廊下を進んで、標的のドアを叩いた。標的が当惑しながらドアを開けると、ファディーは苦しんでいる患者をさがすかのように標的の横をすり抜けた。標的は、何かの間違いだと抗議しながらファディーのあとを追ったが、アルメンがうしろから殴りつけて気を失わせた。ふたりは、倒れたばかりの患者を担架に乗せて、急いでエレベーターに戻った。オペレーターは機転を利かせて、ほかの階には止まらずに彼らをすばやく一階に下ろした。一階に着くと、ドアマンがロビーのドアを大きく開けて、『すみません、道を空けてください！』と、大声で呼びかけた。そのおかげで、ファディーとアルメンと意識不明の標的は難なくホテルをあとにすることができた。アルメンは、肩越しにドアマンに向かって叫んだ。『家族に連絡しないといけないかもしれないので、フロントに八一四号室の客の住所を調べてもらってくれ。これからマーシー病院へ運ぶ！』

ふたりは意識を失った患者を後部座席に乗せ、アルメンは、ファディーがサイレンを鳴らしながら車を出そうとするのと同時に飛び乗った。サイレンと点滅灯は、二ブロック先の角を曲がってから消した。ファディーが市内をのんびり走っているあいだに、アルメンが救急車のなかで削除を完了させせた。それは、ふたりにとって文字どおり全身を揺さぶられる体験だった。標的の遺体は、その夜遅くにいくつかの郡境を越えたところにある貯水池に運んで水葬に付した」

学院長は満面の笑みを浮かべて話を締めくくった。

「糊の利いた白衣に真っ白なズボン、白い靴、それに、さりげなく首から下げた聴診器は最強だ。人は特徴を尋ねられると、目撃した人物の特徴ではなく制服の特徴を話し、その制服を着た人物ならこういう人間だという思い込みまで話す場合もある。思い込みや偏見にもとづけば、建設作業員はみな気骨があり、看護師は思いやりがあり、軍人は勇敢だということになる」

クリフは、学院長がまっすぐこっちを見ているような気がしていたが、おそらく、集まったほとんどの学生が同じように感じていたはずだ。「制服とは、服だけのことではない。付属品も非常に重要だ。〝報道〟と書いたカードは誰でもぶら下げることができるが、カメラとフラッシュガンを取りつけた三脚も持っていれば、群衆が道を空けてくれる。聖職者のガウンは穢れを含む多くの罪を覆い隠すが、どうしても犯罪現場に戻らなければならない場合は、ロザリオを持っていくといい。そうすれば、警察が同情の視線を向けて見守るなかで、標的に最後の秘跡を執り行なうこともできる!」

♠

男は野暮ったい中折れ帽のつばを引き下げて顔を隠し、ぼさぼさの白髪のかつらと同色の付けひげ、それに、マッカーサー風のサングラスで変装して、大きめのトレンチコートの肩にはパッドを入れていた。正体を見破られないようにしているのは誰の目にも明らかだが、その変装の意味を知っているのはクリフだけだった。それは、彼がニューヨークの地下鉄のホームで無謀な殺人未遂事件を起こしたときの変装と同じだった。ドブソン警部とステッジ巡査部長に見せることができれば、どんなによかったか! 打撃練習の相手をしてやったのと引き換えにダルシー・モーンが教えてくれたテクニックとは違って、マクマスターズのWUMPのラボでは、正体は隠したいが正体を隠そうとしていることがばれてもかまわないときの変装が最も簡単だと学んだ。

結局のところ、地下鉄のホームでのことはすべてが間違っていたわけではないのかもしれない。発想はよかったものの、それを適切な状況で実行に移すための知識に欠けていたのだ。

クリフは、フィードラーの指紋が消えないようにアタッシェケースを取っ手のついた大きなショッピングバッグに入れていた。アタッシェケースは留め金が閉まっておらず、わずかに開いていたので、簡単に中身を取り出すことができた。女性の行員がいる窓口に歩み寄り、百ドル札が三十三枚と十ドル札が三枚、それに一ドル銀貨が三つあるのを確認してから金額と受取人の名前を記入した伝票と一緒に差し出した。「頼む。これを入金したいんだが」

窓口係が、「ちょっとお待ちいただけますか……ハーディングさん？」と言いながら奥にいた間抜け面の男に相談に行くと、男が立ち上がって窓口に来た。

「こんにちは。現金取引で三千ドルというのは、これまた、かなりの金額の取引ですね」と、そのハーディング支店長が言った。

「三千、三百、三十三ドル。取引じゃない。入金するんだ」クリフは、マルクス兄弟の映画に出てくる外交官のような、強い訛りのある英語で説明した。「メリル・フィードラー氏の口座に入れてほしいんだ。この銀行は現金を受け付けないのか？」

「身分証明書と現金の出所を証明する書類がなければ、五百ドルを超える現金は受け取れないんです」と、支店長が弁解した。「たとえばの話ですが、マネーロンダリングや脱税に加担するようなことになってはいけないので」

「メリル・フィードラー氏はこの支店に口座を持ってないのか？」

「個人的にはその方を存じあげないのですが……」支店長が窓口係に何か言うと、窓口係は引き出しからカードを取り出して支店長に渡した。「お客さまがうちに口座を開設してくだされば問題ないと思います。それには本人確認が必要で……名前と住所を記入して、身分証明書をご提示いただければいいんです。あとは、小切手を切ってもらえれば……」支店長がカードに目をやった。「……この、フィードラーさんに」

「ばかばかしい！」怪しい変装をしたクリフに客と行員たちの注目が集まり、警備員も、この男の真の目的は銀行強盗なのではないかと警戒した。クリフは激高し、拒否された現金をやけに大きいポケットに押し込んだ。「この金をフィードラー氏に渡せないと言うのなら——彼は長年ここの支店と取引してきたのに！——ほかの銀行へ行く！」クリフが勢いよくうしろを向くと、かつらが脱げそうになった。

ほかの客に謝っているときに、支店長は先ほどの男が怒りのあまり空のアタッシェケースの入った買い物袋を置き忘れていったことに気づいた。端に貼ってあったテープがはがれて、〝M・F〟のイニシャルが見えている。クリフが、アタッシェケースを買ったワシントンDCの店の近くのアクセサリー店でエンボス加工をほどこしてもらったのだ。

支店長は研修中の若い行員に買い物袋を渡した。

「このまま金庫に入れておけ。アタッシェケースに手を触れるんじゃないぞ。どう考えても怪しい……あの男は、あれだけの大金をメリル・フィードラーとやらの口座に入金しようとしたんだから。取りに戻ってきたら、身分証明書の提示を求めるんだぞ」そう指示して、フィードラーのサインがある顧客カードの情報を確認した。「通報したら、警察はそのアタッシェケースを調べるはずだが、誰の指紋がついているかは、調べなくてもわかってるよ」

♠

夕方の四時にフィードラーのアパートのロビーにある公衆電話が鳴って、いつまで経っても鳴りやまないので、ドアマンのリッキーはうんざりしながら受話器を取った。

「もしもし？」

「あんたは誰だ？」受話器からは威圧的な声が聞こえてきた。

「アパートのドアマンで、これは公衆電話です。誰かがあなたに間違った電話番号をお渡しになったのだと思います」

「いや、誰かがおれに間違った小切手を渡したんだ。

そこがどこかはわかっている。ギルフォードのモニュメンタルシティ・テラスアパートメントのロビーだ。そうだろ?」

リッキーに嘘をつく理由はなかった。「そうです」

「じゃあ、メリル・フィードラーに、彼のお抱えの予想屋は、毎朝どこへ電話をかければいいかってことだけじゃなく、彼が毎晩どこで寝ているかも知っていると伝えてくれ。ついでに、明日までに3Gの借りを返さなかったら右手で右肘をさわれるようにしてやるからと。それに、彼はおれの同僚の何人かとトラブルを起こしてるので、彼らにも住所を教えると言ってくれ。いいな?」

リッキーはおずおずと切りだした。「いや、よくないです。借りているのは……?」

「おれのところは三千三百三十三ドルだ。覚えられないか? 三はやつのラッキーナンバーなんだよ。まあ、今回はラッキーというわけには行かないと思うんだが。明日までに金を返さなければ、ラッキーなことに彼の鼻の骨が三カ所折れてしまうだろうから。やつにそう伝えてくれ。三千——」

「三千三百三十三ドルですね。わかりました」そう言ったとたんにぷつんと電話が切れたので、リッキーは受話器を戻して持ち場に戻った。よからぬ伝言を届けた者はたいていひどい目にあうのを知っていたリッキーは、自分ではなく当直のドアマンが電話に出たことにしようと決めた。

存在しない予想屋の役を演じたクリフは、その夜のうちに目的を達成することができたらドアマンがフィードラーに伝えることはないとわかっていたが、警察に尋ねられたら、頼まれた伝言の内容と、フィードラーにはほかにもギャンブルによる借金があるようだということだけは話すはずだ。フィードラーが何人の予想屋に同じ程度の額の、あるいはそれ以上の借金をしていたのかは誰も知らない。

♠

## クリフ・アイヴァーソンの二冊目の日記より

地元に戻ってからそう日が経たないうちにヴォルタンの搬入口のセキュリティをチェックした結果、簡単に荷物用のエレベーターに乗れることがわかって驚きました。トマトソースの染みをつけたよれよれのエプロンを掛けて薄汚れた白いギャルソンキャップをかぶり、〝制服〟を着る直前に買った焼きたてのピザの平べったい箱と、建物の住所と階と、フィードラーの秘書の名前を書いた注文票を持っていくだけでよかったのです。身分証明書を見せなくても、ピザの箱からはニンニクとオレガノのおいしそうなにおいが漂ってきていたので、あとはレシートを振りさえすれば充分でした。働いていた頃に一、二度見かけたことのある警備員も、僕だとは気づきませんでした。ピザの配達員を見て、クビになったヴォルタンの社員だと誰が思うでしょう? この限定的な予行演習は成功裏に終了し、ピザは、みんなに食べてもらえるように六階の休憩室に置いておきました。じつに簡単《ピース・オブ・ケーキ》、いや、まったくの余裕《スライス・オブ・パイ》でした。

僕は、フォーン・ストリートにある花屋の配達員という格好の仕事に就いていたので、二日前の朝には翌日の朝にフィードラーの秘書のメグ・キーガンのデスクに代引きで花束が届くように、自宅から注文を入れました。当日は、メグやフィードラーが出勤してくる前にひげをつけてヴォルタンへ行って、メグに〝崇拝者〟からの、そのささやかな花束を届けました。この最後の予行演習で、オフィスのレイアウトも内装も、マクマスター学院へ行く前と同じだということと、フィードラーのオフィスの合鍵がいまでもメグの机の引き出しに入っているのがわかりました。もちろん、〝代引き〟で届けた花代は、店に戻ったときに自分のポケットマネーで支払いました。

親愛なるX殿。僕は、明日、論文を遂行します。失敗すれば、これがこの日記の最後のページになるでしょう。論文の成否には、フィードラーだけでなく僕の生死もかかっています。いまさら中止はできません。マクマスター学院の原則に背くことになるからです。ハロー学院長は考え直せと熱心に忠告してくださいましたが、僕にとってはこれが最もしっくりくる方法で、たぶんうまくいくと思っています。もちろん、運が味方してくれるかどうかによるのですが。したがって、自爆行為ではないものの、決死の覚悟でやり抜くつもりです。

ただ、ひとつ言えるのは、論文の成否はともかく、僕はすでにヴォルタンW-10の欠陥を暴いたということです。僕が不審な死を遂げれば、フィードラーの指示で致命的な改造が行なわれたという、僕がもたらした情報に対するエアコープ側の確信（と追及）が高まるはずです。生きて目的を遂げるというのは、僕が心から望んでいる最良のシナリオですが……しかし、結果がどうであれ、フィードラーとの最後の対決は罪のない多くの人の命を守ることになるでしょう。コーラやジャックを生き返らせることはできません。けれども、けっして会うことのない大勢の人を守るために最善を尽くしたいと思います。当然ながら、その人たちの命も、僕の命と同じくらい大切なのですから。

お礼を言うのはこれが最後になるかもしれませんが、マクマスター学院で学ぶ機会と再挑戦するチャンスを与えてくださったことに、あらためて感謝したいと思います。明日、僕はついに計画と実行とのあいだにある、引き返すことのできない境界線を越えます。親愛なるX殿、どうか僕の幸運を祈ってください。僕にはあなたの支えが必要です。結果がどうであれ、これまでほんとうにありがとうございました。

# 43

その若い男は、アンティーク・ディーラーか美術品の鑑定士のように見えた。バルボア大通りの脇道にある〈ドリー・ウィンズローズ〉に緊張した面持ちでおずおずと入ってきたときは、その不安げな様子から、この種の店に来るのはこれがはじめてのように見えた。しかし、彼のやわらかい物腰には育ちの良さとプライドがにじみ出ていて、整った顔立ちやほっそりとした体つき、それに上品な立ち居振る舞いをあえて隠す必要はないと思っているかのようだった。とにかく魅力的な青年で、仕立てのいいギャバジンのスーツに身を包んでいて、スーツとおそろいのホンブルク帽をバーのカウンターの上に置くと、オールバックにした艶やかなアーモンド色の髪があらわになった。〈ドリー・ウィンズローズ〉の店内が遊園地にある愛のトンネルのように（ほぼ同じ目的のために）暗かったにもかかわらず彼がサングラスをかけていたのは、顔を見られたくなかったからに違いない。店の隅では、ひとりしかいない女性がアップライトピアノで『愚かなり我が心《マイ・フーリッシュ・ハート》』を弾いていた。

バーテンダーは五十代の陽気な男で、顔はその日の朝ひげを剃ったばかりのサンタクロースのようだったが、主婦のように細かい花模様が描かれた長いエプロンをつけていた。バーテンダーは厚紙のコースターをカウンターの上に置いた。「こんばんは。何にしますか？」

「パーフェクト・マンハッタン？」若い男は問いかけるように語尾を上げた。

バーが混み合ってきたので、バーテンダーとしては「ライ・ウイスキーをロックで」と言ってほしかったのだが、若い男の注文に応じてカクテルを作りはじめた。店の雰囲気がよくわからずに迷いながらはじめて足を運んでくれた客をくつろがせるのも、バーテンダーの役目のひとつだからだ。「このあたりは、はじめてですか?」バーテンダーは、スイートベルモットとドライベルモットを量ってきっかり同量をシェーカーに入れながら、肩越しに尋ねた。

「まあね。ロサンゼルスに来るのは、ってことなら?」若い男のしゃべり方は独特で、ういういしい感じがしたが、学生時代には学校でいろんなトラブルに巻き込まれていたのかもしれなかった。

「地元の人間の前ではここをロサンゼルスと呼ばないほうがいいですよ。ここはニューポートビーチなんで。私たちにとって、LAは百万光年離れた、はるかかなたなんです」

誰かが若い男の肩に軽く腕をまわしてきた。見ると、白いズボンをはいて、紺色のオープンシャツの襟元に白いネッカチーフを巻いた、陽に焼けた四十代の男だった。「俺たちはあそこにいるんだ」男は陽気に言って、ピアノのそばのテーブルを指さした。「何人か、新しい友だちができたので、つぎの一杯は連中におごってもらうんだけど、来ないか? おれはキースだ」

「デイモンです」と、若い男が名乗った。「たぶん、もう少しあとで?」

カウンターの反対側の端に座っていたふたりの男はじろじろと若い男を見ていた。ひとりは五十代で、もうひとりも、五十代の男が思っているほど若くは見えなかった。その男が五十代の男に何やら耳打ちすると、短い笑いが漏れた。デイモンは訝しげにふたりを見た。おたがい目をそらしはしなかったが、五十代の男は、笑うのをやめて含みのある笑みを浮かべた。

バーテンダーはデイモンの前にカクテルを置いて、法外な値段を告げた。デイモンの眉が吊り上がったのを見て、バーテンダーはこう言った。「ふっかけてるわけじゃないんです。地元の警察に目をつぶらせて、州の酒類委員会に売上の一部を渡し、何かトラブルが起きたときのために上品な用心棒を客のなかにまぎれ込ませてるんで、金がかかるんですよ。それに、店のなかはつねにきれいにしておきたいし」バーテンダーは、ちらっとトイレのほうへ目をやった。

デイモンはポケットに手を突っ込んで、十ドル札を一枚、カウンターの上に置いた。

「どうも」とバーテンダーは言い、釣りは渡さなかった。「いいことを教えてあげましょう。あなたが誰かと一緒に家に帰っても、それはかまいません。ただ、金曜日の夜は常連の客が羽目をはずすことが多いので、あなたのようなおとなしい好青年は面倒なことに巻き込まれやすいんですよ……もし、盛り上がりすぎて、その……やばいことになったら」

デイモンは、「いや、それは楽しみだな……盛り上がりすぎてやばいことになったら?」と答えてカクテルをひと口飲むと、滑るように椅子から下りた。「まさに完璧なマンハッタンだ。ちょっと失礼」

ピアノの向こうにはカーテンを吊るした出入口があり、その先には驚くほど長い廊下が延びていた。壁には、一九三〇年代の後半に優雅なストリップショーを演じていたメアリー・マーティンが一枚ずつ服を脱いでいく様子を撮った8×10のスチール写真が額に入れて飾ってあった。廊下の突き当たりにはトイレのドアがあって、デイモンはMENと書かれたドアを開けた。

トイレは掃除が行き届いていて、きれいだった。まだ誰もいないようだったが、もちろん、そのうち誰かが来るはずだ。パイナップルやブドウのにおいに似た消毒臭を嗅ぎながら、〝彼女〟は〝デイモン〟の好青年の仮面を脱ぎ捨てて手近な仕事に意識を向けた。

彼女は『エロス学』のヴェスタ・スリッパーに小道具を用意してもらって何度も練習したが、マクマスター学院へ行くまではこういう方面に対する知識がまったくなかった。まずはサングラスをはずして、トイレの洗面台の上にある鏡に映った自分の姿を眺めた。

すぐには鏡のなかに自分の面影を見いだすことができなかったが、かつらはよくできていたし、変装も完璧で、彼女の端整な顔立ちも化粧でくすんではいなかった……けれども、数秒後には、鏡のなかからこっちを見つめ返しているドリア・メイを見つけた。口紅もパウダーもペンシルも使わずに、彼女は美しい青年に変身したのだ。

しかし、ほんとうにやり遂げるつもりでいるのだろうか？　そのためには、赤の他人の命を救うために人体のさまざまな器官や分泌液や機能に対処する医者や看護師と同じことをしようとしているだけだと自分に言い聞かせる必要があった。やるのであれば、ひそかな快楽を求めている相手を、迅速に、かつ、苦痛を与えずに喜ばせてやらなければならない。「人の道にはずれたことや不健全なことをするわけじゃないわ」と、彼女は心のなかでつぶやいた。「私は殺人の準備をしているだけなんだから」

下見は、このあいだ店に来たときにすませていた。急に尿意をもよおしたふりをしてトイレに駆け込んだのだが、そのときは変装していなかったので、MENと書かれたドアを〝間違えて〟開けて、論文の目的に適った場所だということを確かめていた。

個室は四つあって、ドリアはドアからいちばん遠い個室に入った。前回来たときに確かめたのだが、その個室とひとつ手前の個室を隔てる金属製の壁には、マクマスターズでヴェスタ・スリッパーが教えてくれたように、太腿の高さあたりに〝節穴〟があいていた。ヴェスタがどこでそのような知識を得たのか、気にはなるものの、想像するしかない。それはともかく、舞台と映画のスター俳優、ドリア・メイは男性トイレの個室のなかから、その店の見知らぬ常連客に手を差し伸べようとしていた……これも、彼女がマクマスターズで専門的な教育を受けたおかげだ。

ドリアはズボンのポケットに手を入れて、高級マッサージ師が使っている、片面がオコジョの毛皮で片面はなめらかなスエードの手袋と、マッサージ用のオイルが入った小瓶を取り出した。

ジャケットの内ポケットからは、平べったい検体容器を取り出して蓋をゆるめた。

しばらくすると、廊下に面したドアがきしみながら開閉する音が聞こえた。この男かもしれないと思うと、不安と後悔と緊張に襲われた。しかし、ドリアはだてにハリウッドの聖なる森で長年過ごしてきたわけではない。彼女は、しかるべきキャスティング・ディレクターや主演男優だけでなく主演女優にもいろんな〝マッサージ〟をしてきた。それに、レオン・コスタには死んでもらわないといけないと思っているが、ここで誰かを殺すつもりはない。けれども、分署の潜入捜査官だという可能性もあるのでは？　もしそうなら、このとてつもなく不適切な場面をどう説明すればいいのだ？　カトリック系の監視団体は、彼女が二度と映画に出演できないようにするはずだ！

だが、ここで成功しようと失敗しようと、もう映画に出られないのは確実で……暗い未来しか待ち受けていないことを思い出した。

数分後、ついに目的を達成したドリアは急いでトイレを出て、大勢の視線を浴びながら〈ドリー・ウィンズローズ〉をあとにした。店を出ると、すぐに角を曲がって、盗んだパッカードを駐めておいた場所まで歩き、トーリーパインズを目指してふたたび車を南に走らせた。レオン・コスタは、車で一時間ほど北に行ったところにあるカントリークラブで夕食を終えようとしているはずだ。したがって、ドリアは先手を打つことができる。

彼の死体が床に横たわったあとのことも、すでに手を打ってあった。

## 44

### 問い#2 相手に悔い改めるチャンスを与えたか?

ブロンドの女はスリットの入ったスカートの上に黄色いセーターを着ていて、もともとまっすぐだった黒いストライプは胸の膨らみに抗ってなんとか直線を保とうとしていたものの、車を持っていれば女性に好かれると思い込んでいる男性ドライバーの目には〝道を譲れ〟の標識に見えた。彼女が〈サーフ・クレスト・モーターロッジ〉の近くで交通量の多い高速道路を横断しようとしていると、通りかかったトラックが、エア・ブレーキの性能を見せつけるかのように激しく車体を揺らしながら二百メートルほど先で急停止した。あたりはすでに暗くなりかけていたので、運転手はエンジンをアイドリングさせたまま女がうれしそうに走ってくるのを待った。が、まったくその気配がないので、しかたなく女の前まで車をバックさせた。

「メキシコのエンセナダに行くんだ」と、運転手が叫んだ。「そっちはどこへ?」

「バーモント州よ」女は顔も上げずに言った。

運転手は肩をすくめて走り去った。女がぴかぴか光るバッグをがっしりした肩からもう一方の肩へ移していると、ポンティアックがタイヤを横滑りさせながら停まった。そうすれば、たがいの顔をよく見ながらどうするか決めることができるからだが、女は男が考えたこともない一物の使い方を教えて追い払った。一分間に二度も声をかけられたのは、彼女の勝負服のせいだったに違いない。

ついに車の流れが途切れると、女は四車線の道路を横断し、海岸沿いの高速道路から分かれて標的の別荘へと続く狭い坂道を歩きだした。もしコスタが一時間以内にあらわれなければ、車が高速で故障したふりをして別荘までてくてく歩いていかなければならなかったが、できることなら――

ボンネットがやけに長いスポーツカーが一台近づいてきたのがわかると、女は親指を突き出して幸運を引き寄せた。運転席のシートにもたれるようにして座っていたのはレオニード・コスタだった。「足が必要なのか？」

女は路肩で満面の笑みを浮かべた。「私にはいろんなものが必要なの。あなたは何を持ってるの？」

コスタは俳優志願者を毎日のように見ていたので、いまいましいことながら、どこかで見た顔だと思いながらヒッチハイクをしている女性に目をやって、そう言えば一週間前にオーディションを受けにきた女性だと気づくのはめずらしいことではなかった。場合によっては、何行か台詞を言わせた女性かもしれなかった。悪名高いハリウッドは小さな町なので、オーディションを受けにきた新人や、ラッシュで目についたエキストラのなかに、あるいは、机の上に積み上げられた大判の顔写真の山のなかに見覚えのある顔がまじっていることもよくあった。

「乗りたいのかどうか訊いてるんだ」と、コスタが言った。

女は、自分の胸に意味ありげな視線を向けた。「乗せてくれるの？」

コスタが笑みを浮かべた。「どこまで行きたい？」

「どこまで行かせてくれるの？」と、女は間髪を入れずに訊き返した。ドロシー・パーカーやドロシー・キルガレンの台詞ではないが……女の安っぽいジョークは、脚本家が検閲を回避するために好んで使う台詞とどこか似ていた。女の身のこなしも、外見と同様に『エンバー・モーガンの帰還』の主人公を彷彿とさせた。フランスの街角に立っている娼婦のようなスカートも、体に貼りつく縞模様のセーターも、セーターが緑色ではなく黄色だったことを除けば、原作の小説の表紙に載っている写真にそっくりだった。エンバーの髪は真っ赤だったが、女はブロンドだったので、すぐには気づかなかったのだが、ルシル・ボールがブルネットからブロンド、さらには赤毛に変身できたのなら、この女もあと一歩だ。女はコスタが思い描いていたエンバーよりほんの少し若く見えたし、鍛えて売り出すには時間がかかるだろうが――いや、やはり無理だ。彼女が情感を込めて台詞を言えるかどうか、それどころか、台詞を読めるかどうかさえ怪しかった。

「私は映画を作ってるんだ」と、コスタは誇らしげに明かした。「演技をしたことはあるか？」

「演技をしなきゃいられないときと、はじめての相手のときは」

脚本家がいなくてもこの女は自分で台詞を書けるようだとコスタは思った。

女は口に手を当ててあくびをする演技をした。「誰だって映画プロデューサーのふりはできるから。その車だって、私のような若い女の気を惹くためにセールスマンが一年分の給料をはたいて買ったのかもしれないし。どこに住んでるの？　オスカーをもらったことはあるの？」

コスタは助手席のドアを開けて、「乗ればわかる」と言った。女が車に乗り込むと、コスタはアクセルを踏み込んでアピアンウェイを上っていった。アピアンウェイは行き止まりになっていて、長い坂道の上にはコスタの別荘のレッジハウスがある。

レッジハウスの居間は太平洋に突き出していて、風のない日にツェッペリン飛行船に乗っているような感じがした。コスタはエンバー役に抜擢してもいいと思いはじめた女を居間に招き入れたが、明かりはつけなかった。居間には大きな窓があったが、L字形のカウチに座ると、丘の下に広がる海岸線は隠れて、薄暗い海が水平線まで続いているように見えた。ただし、すでに沈んだ太陽は黒い水平線の向こうから空と海の境を帯状に照らし、それが海面に反射して光の帯の幅を二倍に広げていた。明かりをつけなかったのは、窓から射し込む光がロマンチックな雰囲気を醸しだし、さしてハンサムではない彼の顔を多少なりともよく見せてくれるのを期待していたからだ。もうすぐ訪れる夜を演出するのはお手のものだった。

女が神々しさを増す景色に見とれているあいだに、コスタはかつて『マッド・アバンダン』のセットとして使った洒落たバーカウンターへ向かった。フレイヤがその日の仕事を終える前に氷を作っておいてくれたのはありがたかった。女にはまだ名前を訊いていなかった（女優としてデビューさせるのなら彼が名前をつけることになるので、訊く必要はなかったからだ）。何を飲みたいのかも訊いていなかったが、とりあえずスティンガーを作ることにした。こういう場合はスティンガーが役に立つのを知っていたからだ。カウンターの下の棚からコニャックとホワイト・ミントリキュールを取り出しながら、彼は女にこう声をかけた。

「どこに住んでるのかと訊いたよな。家はホルムビー・ヒルズにあって……ここは隠れ家のようなものだ。それでも、セールスマンの家のようには見えないだろ？」

「さあ、どうだか」と、女は言った。「セールスマンの家に行ったことがないから。寝室は何部屋あるの？」

「たがいの目的を果たすには充分な部屋数だ。どの部屋を使うかは、あんたが何色のシーツが好きかによって決めるよ」

「白がいいわ。清潔で、糊づけしてあって、アイロンのかかったコットンのシーツなら、うしろ暗い行為と好対照だから」女はそう言って、豪華なラウンジチェアに身を投げ出した。「あなたはずいぶん期待してるみたいだけど」

コスタは長いガラスの棒でピッチャーをかきまぜた。「これからの一時間をどう過ごすかが、きみの今後の人生に大きな影響をもたらすことになるかも」

「私、むずかしいことはよくわからないのよね」と、女は言った。「母もあなたのような男のことはあれこれ教えてくれたけど、お金がなくて、まともな教育を受けさせてくれなかったから」女は、足を伸ばしてオットマンの上に踵をのせた。コスタは女のふくらはぎに目を這わせながら、サンダルがやけに大きいことに気づいて驚いた。

「そのサンダルはいただけないな」

「私のサンダルじゃないの。車に乗せてくれた男が、あなたが私を見つけた場所の近くのモーテルで飲み放題のパーティーを開いてくれることになったの。たしかにお酒はただだったんだけど、ただで私をものにしようとしたので、そいつがトイレに行っているあいだに逃げ出したの。困ったことに、私の靴も逃げていってしまっていたので、これはその男のサンダルよ。少なくとも、男が私を追いかけようとしたら裸足かピンヒールで走らないといけなくなったわけよね」女は右足のつま先でサンダルを持ち上げた。「だから、素敵なスポーツカーに乗った騎士が助けてくれるのを期待して坂道を上ろうとしてたわけ」

コスタはミニバーから淡いブロンズ色のカクテルを二杯持ってきて、契約書でも手渡すような厳かな面持ちで女にグラスを差し出した。もちろん、今夜の女のパフォーマンスと後日行なうことになるカメラテストの結果次第では、実際に契約を交わすことになる可能性もあった。女は半ば運命を受け入れながらも、心の片隅では半ば抗いながらグラスを受け取った。「素朴な顔とゴツゴツした体で生まれてくる人もいて、そういう人には誰も何も期待しないわ。でも、神さまは私にトラブルが待ち受けているような顔と、いざとなったらどうすればいいかわかっている体をお与えになったのよね。私も、相手が私をどんなふうに見ているのかわかると、失望させないようにしようと思ってしまうの」女の口調は、ほろ苦いというより切なげで、その場の雰囲気によく合っていた。「私はまじめな子どもで、バプテスト教会の日曜学校にも行ってたんだけど、牧師はやけに馴れ馴れしくて、いつ十六歳になるのかと、いつも訊いてくるの。だから、嫌気が差してカトリックに改宗したんだけど、愚かなことに、女好きの教区神父に告解してしまって。でも、頭はそれほど悪くないから、たくさん本を読んで、いろいろ学んで、つねに人のいいところを見ようとしてるんだけど、ほとんどの人は私を見て軽い女だと思うのよね。あんまりだわ」

早くベッドへ連れていきたかったが、コスタにとっては仕事のほうが大事だった。この女がこの危うさをスクリーン上で伝えることができればエンバーになれる、とコスタは思った。問題は、どうやって売り出すかだ。観客の反応を探るために、とりあえずB級映画に出演させるという手もある。主要な作品の大事なシーンにちょこっと出すというのはどうだろう？　コスタはグラスを持ち上げた。「じゃあ、きみの……それはそうと、名前は？」

「トビー」と、女は答えた。「訊いてくれてありがとう。トビー・ジョーンズよ」

そんな名前では売れない。「トビー。きみはいま、よく言う〝人生のわかれ道〟に立ってるんだ」

「あら、いまは座ってるけど」女は機転よく切り返して、毒ニンジンのジュースでも飲むかのように、よく冷えたカクテルをひと口飲んだ。

「いや、きみを映画に出してやってもいいと言ってるんだ。一夜にしてスターになれるかもしれないんだぞ」と、コスタが説明した。

「それって、魔法の言葉よね。たしかに、あなたは素敵な車に乗って、素敵な隠れ家も持っている。もしかすると大豪邸も持ってるかもしれないわ。でも、だからといって映画プロデューサーとはかぎらないでしょ？　私が出会う男の三人にひとりは映画に出してやると言うんだけど、これまで、最もそれに近い男は漫画家だったわ」

「寝室へ行こう」とコスタは言い、カクテルを入れたグラスをふたつ手に取ると、振り返ることなく歩いていった。

「新鮮な口説き方ね。きっと、ここへ来た女性をみんな、そうやってものにしてるんでしょうね」女は怒りが顔に出ないように、しばらく目を閉じた。コスタは、出身地も職業も、ヒッチハイクをしていた理由も尋ねず……女も、コスタが個人的に、あるいは映画プロデューサーとして彼女をどうしようとしているのかという点を除けば、コスタ自身に興味はなかった。実際、そのことにほっとしたし、おかげで容易につぎのステップへ進むことができた。

コスタのあとを追って短い階段を上ると、全面オーシャンビューの豪華な部屋があった。ただし、陽はすでに沈んで、視界の端には暗い崖が見えた。まだら模様の茶色い大理石をくり抜いて作ったこぢんまりとした暖炉の上には、アカデミー賞のオスカー像がふたつ飾ってあった。

「それはくだらない部門の賞なんだ」コスタがぞんざいに手を振りながらそう言うと、女はよけいに興味を掻き立てられた。「最優秀短篇賞と最優秀アニメ賞だ。もっと重みのある賞のオスカー像はホルムビー・ヒルズの家と会社のオフィスに置いてある」

「本物なの？」女は心底驚いているふりをした。

「わざわざ偽物を作らせたと言うのか？」

女は、左側のオスカー像におずおずと近づいた。

「すごいわ。さわってもいい？」

「ああ。けど、落とさないでくれよ。それから、もしそれを持って逃げようと思ってるのなら、車のなかにキーはなく、装塡済みの銃が手元にあって、そのオスカー像は金メッキだということを言っておいたほうがいいかもな」

女は天を仰いだ。「やめてよ。映画に出してやると言ってくれたのに、あなたから物を盗むなんて、そこまでばかな女だと思ってるの？　でも……」女は、光り輝くオスカー像を手にベッドの頭のほうに座ると、オスカー像をベッドの横のナイトテーブルの上に置き、勇気を与えてくれるのを期待しているかのように見つめた。「……何をしたいのか言って」

コスタはブレザーをベッドのそばのラウンジチェアに放り投げると、いきなりシャツのボタンをはずしはじめた。誘惑の儀式はすでに終わったようだったが、女はまだカクテルすら飲み終えていなかった。「これから、きみのために考えている役のための最初のテストをするので、最善を尽くしてくれ。きみはすでに、われわれが〝タフなクッキー〟と呼んでいる芯の強い女性の役にふさわしいルックスと雰囲気を持っている」コスタはブレザーの上にシャツを置いた。コスタの胸と背中は白い毛で覆われていたので、彼が下着のシャツを着ていないことに女が気づくまで、しばらく時間がかかった。「それだけじゃなく、温もりと……」コスタは言葉をさがした。「やさしさがあることも知りたい。べつに、なくてもいいんだ。そういう演技ができさえすれば。私に身をゆだねるだけでは充分じゃない。わかるか？　きみが愛おしいと、私に思わせないといけないんだ。体だけでなく、きみのすべてが欲しいと思わせないと。そう簡単ではないはずだ。できるか？　私をそんなふうにすることができるか？」

女は表情をやわらげ、下唇をほんの少し前に突き出して、それまでとは違う甘い声でささやくように言った。「やってみるわ。私は若い頃から苦労してたから、身構えて生きてきたの。それで、芯が強そうに見えるのかもしれないわ。でも、ほんとうは、私のことを理解しようとしてくれる男性をさがし続けてたの。そんな男性のためなら、何でもするつもりよ」女はそう言って、恥ずかしそうにうつむいた。「嘘じゃないわ」

コスタは女の反応がおおいに気に入って、それが演技かどうかは気にしなかった。もし演技だったら、彼女はすでに一人前の女優で、演技じゃないのなら正直な人間なのだろう。

「いいだろう」コスタは満足げに何度もうなずいた。「いいだろう」

女はふたたび素っ気ない態度に戻った。「でも、はじめる前に、スクリーンテストの予約を入れて」

コスタは鼻を鳴らした。「もう九時だぞ」

「あなたがほんとうにプロデューサーなら、誰かが電話に出るはずよ」

コスタはうめき声を上げながら、女の向こうにあるナイトテーブルの上の電話に手を伸ばした。コスタの秘書は仕事熱心で、おまけに母親と一緒に暮らしていて私生活などないに等しいので、おそらくまだオフィスにいるはずだった。それが、彼女を雇った最大の理由だ。トーリーパインズのこの地域は回転ダイヤル式の電話が使えないので、コスタは交換手に「ハリウッド５３１３のスタンリーさんをお願いします」と告げた。

電話がつながるのを待っているあいだも、女はバーター取引を続けた。「相手の声を聞かせて。それなら、ほんとうに電話をかけてるんだとわかるから」

コスタは女をにらみつけたが、女がとなりに座りにきても拒みはせず、受話器を傾けて秘書のマーサの声が聞こえるようにした。「マーサ、コスタだ。月曜日の四時にスクリーンテストをしたいんだ。予約を入れておいてくれ。ええっと、トビー……？」コスタは女に尋ねるような視線を送った。

「ジョーンズ」三分前に教えたばかりだったが、覚えにくい名前なのだろう。

「……ジョーンズだ。ウィーランに撮らせよう。私も立ち会うから。予定表に書き込んでおいてくれ」

コスタは女に聞こえるように受話器を傾けた。「承知しました。トビー・ジョーンズさんですね。月曜日の四時に。楽しい夜をお過ごしください……わざわざ言う必要はなかったかしら」秘書は最後に意味ありげな声で付け足した。コスタが夜遅くにスクリーンテストの予約を入れてきたのは、これがはじめてではなかった。土曜日の午後までにキャンセルの電話がかかってくることもよくあった。

コスタは受話器を置いた。「満足か？」もちろん、女は満足していた。これで望みはすべて叶ったからだ。

コスタは立ち上がってベルトのバックルをはずした。

「じゃあ、きみに賞を取れるほどの演技力があるかどうか見てみよう」

「先に受賞スピーチの練習をしてもいい？」女はそう言って口をすぼめた。

少なくともこの女にはユーモアのセンスがある、とコスタは思った。もちろん、ドリア・メイにもユーモアのセンスがあった。最優秀短篇賞のオスカーを手に取ったこと自体がコスタに対するジョークだったからだ。彼女はそれを愛おしそうに胸に抱き、聴衆の姿を目に浮かべて語りかけた。「このすばらしい賞をいただいたことを感謝したい人がひとりいます。私をいまここに立つことのできる女優にしてくれた男性です」

彼女が自分の実力を証明したかったのなら、手の震えと心臓の高鳴りを押し隠したことだけを見ても、相手に悔い改める最後のチャンスを与える際に必要な演技力を備えているのは明らかだった。

自分の貧相な体を見て女の気が変わるといけないと思ったコスタは、急いでズボンを脱いだ。あわてていたので、ベッドサイドテーブルにぶつかって電話と水差しとピルケースを落としそうになった。

女はオスカー像をベッドの足元に置いて、ストライプのセーターの背中のボタンをはずした。すると、肩があらわになるのと同時に、片持ち梁構造の技術を応用したフックのついた、ダブルストラップのバレットブラが見えた。女は誇らしげな笑みを浮かべながら八つのフックをはずして、ストラップを肩から腕へと滑らせた。コスタは、ブラのなかからパッドが落ちたのを見て最初は恐怖を感じ、つぎに怒りを覚えた。女がもう一度腕を伸ばすと、金髪のかつらが落ちた。化粧のせいで本来の顔はまだはっきりとはわからなかったが、声と仕草で女の正体はわかった。

「さあ、エンバーは私が演じるべきだと認める?」と、ドリアが迫った。いつも褒められている胸からブラをはぎ取って生身の姿をさらした彼女は、これ以上ないほど自然で、かつ無防備だった。コスタが肝の据わったど素人のヒッチハイカーをエンバー役に起用しようと思いはじめていたのは、ドリアの演技があまりに見事だったからだ。あとは、〝認める〟と言えばいいだけだった。どう考えても、それが両者にとって最良の選択肢だった。

コスタは自分のキャスティング能力に疑問を抱き、性欲が減退していくのを感じながらX線検査機のようにまじまじとドリアを見つめた。

「ブーブー」と言ったのは、彼の人生の最大にして最後の誤算だった。

これがコスタの墓碑銘になるのなら、ドリアもおおいに満足したはずだ。が、コスタは彼女に背を向けて電話に手を伸ばしながら、「きみのために、タクシーを……」と言いかけた。これは、退場の際の決め台詞にも受賞スピーチにもならなかった。オスカー像の台座が頭に当たって、死んでしまったからだ。ドリアはついに許す気になっていたにもかかわらず、コスタは彼女の気持ちを踏みにじった。やはり、彼にはオスカー像がふさわしかった。

# 45

## 問い#1　どうしても殺す必要があるのか？

これからはじまる一日が自分の一生を左右することになるかもしれないと思いながら目を覚ましたことは、誰でも人生で一度や二度はあるかもしれない。クリフ・アイヴァーソンはその日、今日が人生の最後の日になるはずだという確信を持って目を覚ました。ただし、それがフィードラーの人生の最後の日なのか自分の人生の最後の日なのかはまだわからなかった。マクマスターズのほとんどの学生と違って、彼はすでに一度失敗していて、三度目の挑戦が許される保証はなかった。西部劇のクライマックスのように、決闘の場から颯爽と立ち去るのは彼かフィードラーのどちらかだ……運悪く相撃ちにならないかぎりは。

その日の夕方、クリフはルディス・ランカを装ったまま〈フォーン・ストリート・フローリスト〉を去った。オーナーは奥の部屋で作業をしていたので、クリフは冷蔵陳列棚から豪華なフラワーアレンジメントを取り出して、その料金をレジに入れた。車を駐めておいた三ブロック先まで花を抱えて歩いていると、すれ違う女性はみな、彼と花に向かってほほ笑みかけた。誰かの誕生日か、母親へのプレゼントか、プロポーズの小道具だとでも思ったのだろう。これから殺そうとしている人物に花を贈ろうとしていると思った人はいなかったはずだ。

車の後部座席に積んだ段ボール箱には、リリアナ・ホルヴァスからもらった酒のボトルとポータブル・レコードプレーヤーほどの大きさの小さな木箱が入っていた。クリフは花をその横に置いてヴォルタンタワーへ向かった。

ずいぶんひげが伸びていたし、花を入れた箱を持っていたので、ヴォルタンの搬入口にいる警備員にも彼の顔はよく見えなかった。搬入口がいまでも六時きっかりに閉まるのは、このあいだの予行演習で確認していた。今日は金曜日で、時刻は午後五時四十九分だ。彼は、週末は手入れをしてくれる人がいないので、花をオフィスの窓辺に置いて水と栄養剤を与える必要があるのだと、身振り手振りとたどたどしい英語で警備員に伝えた。金曜日の終業時間間際だったので、早く家に帰りたがっている警備員が帰りは正面玄関から出てくれと言うのはわかっていた。それは織り込み済みだった。それなら、十四階への配達にどれだけ時間がかかっても不審に思われることはなく……しかも、ビルをあとにするときはルディス・ランカの扮装を解くつもりでいた。

もちろん、無事にビルをあとにすることができればの話だが。

業務用のエレベーターで十四階に着くと、何度か廊下の角を曲がって〝ヴォルタン・インダストリーズ経営本部〟と書かれた両開きのガラスのドアの前にたどり着いた。フィードラーが約束の午後八時までどこかへ出掛けてでもいればオフィスを独り占めできる。ヴォルタンで働いていたときはしょっちゅう残業していたので、十時までは夜警が見まわりに来ないのを知っていた。

数週間前の下見の際に確認したとおり、複写室の片隅には小さな休憩室があって、整然と積み重ねたコーヒーカップとコーヒーメーカーが置いてあった。クリフはしばらく複写機をいじってからコーヒーカップをひとつ手に取ると、フィードラーが紫色のペンでサインしたメモを掲示板からはがした。フィードラーは、思いついたことを週に一度メモにまとめて掲示板に貼っていたのだ。クリフは、はがしたメモを段ボール箱に入れてフィードラーのオフィスへ向かった。メグ・キーガンがいまだにフィードラーのオフィスの合鍵を机の引き出しに入れているのは、このあいだの予行演習の際に確認していた（フィードラーは、原価会計士といちゃついていたときに前任者の名前で呼びかけたせいで、自分のオフィスから締め出されたことがあるのだ）。一応、内側から錠がかかっているかどうか、そっとドアノブをまわしてみたが、幸いかかっていなかった。

もちろん、たとえ誰かがオフィスに残っていても、花を届けに来たと言えば怪しまれることはないし、計画どおりにやれば――窓辺に置いて、水と栄養剤を与えていれば――金曜日に残業していた従業員も先に帰るはずだ。フィードラーも〝アミーゴ〟とのことは秘密にしておきたいだろうから、金曜日の夜ぐらい早く帰れと従業員に言ったかもしれない。それに、クリフの予想に反してフィードラーがオフィスにいたとしても、対決が予定より早まるだけだ。しかし、クリフの予想は的中して、結局、フロアを完全に独り占めすることができた。清掃人も、従業員がきれいなオフィスであらたな週を迎えられるように日曜日の夜は掃除に来るが、金曜と土曜の夜は来ない。

勤務先でフィードラーを削除しようとするのはマクマスターズの教えに背くことになり、それはクリフもよくわかっていた。だが、独身のフィードラーは一日の大半をオフィスで過ごしていたので、クリフは学院長を説得して、元上司を〝事実上の自宅〟で襲わせてくれと頼み込んだ。

作業服を脱いで、その下に着ていた黒いシャツとスラックスだけになると、ルディス・ランカのぼさぼさのかつらを、かつらがずれないように貼っていたテープと一緒にはがした。マクマスターズから戻ってすぐに、フィードラーに対してはスキンヘッドが最も効果的な変装だと気づいたのだ。ヴォルタンで働いていたときは髪がふさふさだったし、若い男がわずか一、二年で完全に禿げてしまうことはめったにない。それに、ここ数週間はいろんなかつらをかぶったが、髪がないとかつらがぴったりフィットしたし、たとえずれてしまっても、かつらをかぶっている理由は誰の目にも明らかだったはずだ。もちろん、禿げているからだ！

黒い上下と濃いひげと、黒縁のサングラス、それにスキンヘッドは、フィードラーがクリフ・アイヴァーソンに対してこれまで一度も感じたことのない〝威圧感〟を醸しだした。が、クリフは、卒論を遂行する前にフィードラーに気づいてほしかったので、いつまでも騙し続ける必要はなかった。

フィードラーの椅子に座ると心の底から喜びが込み上げてきたが、それもほんの一瞬だけだった。マクマスターズのハロー学院長が計画の最終部分をなかなか承認してくれなかったことからもわかるように、ここから先は大きなリスクが待ち構えている。学院長が渋るのも理解できたが、これまでの人生を取り戻して後悔することなく生きていくためにはこれしかないと思って計画を立てたのだと説明した。もちろん、成功しなければ意味がないのだが、クリフとしては、フィードラーの性格を見抜いて、それに賭けるしかなかった。たがいの運命は、クリフの読みが正しいかどうかにかかっていた。

クリフは、配達用の段ボール箱からロール状の医療用ガーゼを取り出した。彼は六分以内に両手に包帯を巻くことができるし、まだ六時半にもなっていなかったが、標的が予定より早くあらわれた場合に備えて、早めに巻いておくことにした。

♠

メリル・フィードラーは、夕食にリヨン風ポテトを添えたロンドン・ブロイルを食べてオフィスに戻った。アミーゴと対峙するときの景気づけに、ライ・ウイスキーも一杯、ダブルで飲んだ。競馬の配当金を渡すつもりはなかった。アミーゴは〝あなたが配当金の分配を拒んだとしても、それは私があなたという人を見誤っていたからにすぎず〟などと書いてよこしたのだから、自分のばかさ加減を思い知らせてやればいい。賭けに負けたことで、こっちは時間とプライドと、おそらくシャーリ・ドゥーガンをも失ったのだから、罪悪感はこれっぽっちも感じず、〝現実所有は九分の勝ち目〟と〝勝者総取り〟の考え方にもとづいて、そのままにしておくつもりでいた。

フィードラーが、この十五分間に見慣れない人物が来なかったかどうかロビーの警備員に尋ねると、「いいえ、ミスター・フィードラー」という敬意のこもった言葉が返ってきた。それゆえ、薄暗いオフィスで、キャンバスシューズまで黒ずくめのスキンヘッドの男が——いまいましいことに!——すっかりくつろいだ様子で机の前に座っているのを見たときは、どきっとした。

その男の引き締まった体とスキンヘッド、それに、もじゃもじゃのひげは、レフェリーがよそ見をしているあいだに反則をするプロレスラーを思い出させた。男の両手は手首まで包帯が巻かれていたが、オフィスのコーヒーカップを、持ち手をつまむのではなくタンブラーのようにつかんで、革製のコースターの上ではなく机の上に直接置くと、馴れ馴れしく手招きした。

「さあ、座ってくつろいでください」

フィードラーは、ツヴァック・ウニクムと書かれた見慣れないラベルを貼ったリキュールのずんぐりしたボトルとフェノール樹脂のハンドルがついた小さな木製のケースと一緒に豪華なアレンジメントフラワーが置いてあるのにも驚いて、困惑と怒りが込み上げてきた。たとえ自分がこの男の命を救ったことがあったとしても――もちろん、そのときはとっさにそういう行動を取ったのだろうが――男が人の机にわがもの顔で座っているのを見ると、後悔の念に苛まれた。

しかし、フィードラーもばかではない。金を受け取ったらすぐに追い出せばいいと思いながら、机の反対側に置いてある、いつもは客が座る椅子に腰を下ろした。

「〝アミーゴ〟だな?」フィードラーはにがにがしげに訊いた。クリフは、即座に正体を見破られずにすんだことを喜びながら小さくうなずいた。オフィスの隅にあるスタンドランプしかついていなかったのは救いだった。フィードラーはクリフの手のほうへ顎をしゃくった。「その包帯はどうした?」

クリフは歪んだ笑みを浮かべながら、マクマスターズのドクター・ピンクニーを真似た、のんびりとした口調で答えた。「ボイラーの表面の温度はどのぐらいか、競馬場の乱暴な連中が僕の手を使って実験しようとしたんです。それか、指の関節を折るか、どちらかにしようと。僕に選択肢を与えてくれた彼らに感謝しています」

「それで、勝ち馬当ての手は使えなくなったんだな？」フィードラーは、クリフの怪我を身勝手な視点だけでとらえて尋ねた。

「残念ながら、手が治るまでは」

「じゃあ、それを待つとして、とりあえずは私の机のうしろから出てきて、約束どおり金を返したらどうだ？」フィードラーは、これまで手にしてきた臨時収入も自分がこの男に何かしてやったからだと思っていたので、自分で賭けたわけでなく、一セントも失っていなかったにもかかわらず、このあいだの負けに対する補塡を要求した。

「もちろん、そのためにここへ来たんですから」と、クリフは愛想よく答えた。「領収書をタイプしてもらったら、すぐに支払います」クリフが机から離れて木製のケースの蓋を開けると、高さが十五センチほどしかないレミントン社製のポータブル・タイプライターがあらわれた。紙も、きちんと所定の位置に差し込まれていた。

「領収書とは、どういう意味だ？」フィードラーは用心しながら尋ねた。

クリフは上司に弁解するような口調で言った。「私事で恐縮なんですが、じつは、妻が離婚訴訟を起こそうとしているので、一生懸命働いて貯めた金を妻に持っていかれるぐらいなら、破産したほうがましだと思ったんです。だから、すべての借りを返そうとしてるんです。もちろん借金もあったんですが、あなたに対しては命を救ってもらった借りを」

「私はいつあんたの命を救ったんだ？」フィードラーは理由がわからなくても金を受け取るつもりだったのに、自分がいつそのような崇高な行ないをしたのか知りたくなって訊いた。

「それはのちほど話します」クリフはそう言ってから、

声を落として打ち明けた。「もし競馬で勝ったことを妻に知られたら、それも共有財産だと主張されるおそれがあるんです。それならあなたが持ってくれていたほうがいいわけで、あなたは紳士ですから、離婚が成立したあかつきには配当金を分けてくださると信じています。だからこそ領収書が必要なんです。〝ギャンブルによる負債の全額を受領した〟とタイプしてください。金額は……」

クリフが口にした五桁の数字は元上司の抵抗を即座にやわらげた。「いいだろう」と、フィードラーは控えめに言った。「で、私が受け取るのはギャンブルによる借金ということにするんだな？」

「ええ。そのために……」クリフは机の上に大きなコインを取り出して、フィードラーのほうへ滑らせた。「……それを投げ上げて、表か裏か言ってください」

フィードラーは怪訝そうな顔をしたが、欲には抗えず、コインを投げて「表」とコールした。コインは鷲が描かれた裏面を上にして机の上に落ちた。

「三回勝負にしましょうか？」と、クリフがいたずらっぽく尋ねた。フィードラーは二度続けてコインを投げて、表とコールして、今度は二度とも自由の女神が顔を見せた。クリフは包帯を巻いた手でコインを自分の手元に引き寄せた。「一発勝負では片がつかなかったものの、あなたは正々堂々と賭けに勝ったので、ポリグラフ検査を受けても大丈夫でしょう。それでは、領収書をタイプしてもらえれば――」

「タイプはしないんだ。そのために秘書を置いているので」と、フィードラーは言った。

「キーを見ながら、指一本で打てばいいのでは？」クリフは包帯を巻いた手をかざした。「これでは無理ですが」

人のあらさがしをするのが得意なフィードラーは、「なぜ、手書きではなくタイプで打たなきゃいけないんだ？」と訊いた。「それに、ここにはもっといいタイプライターがあるのに、なぜわざわざそんなものを持ってきたんだ?」

「これならチェサピーク湾に投げ込むことができるからです。ヴォルタンのタイプライターじゃそういうわけにはいきません。なくなっていることに誰かが気づくでしょうから。手書きじゃなくてタイプで打つのは、おたがいを守るためです。手書きの領収書では――」

クリフの忍耐は限界に達しつつあった。「さあ、あなたはすでに配当金を受け取っているので、領収書をタイプしてください。からくりはそのあとで説明します。乗れないというのなら、サインしなければいいわけでしょう?」

「たしかに」と、フィードラーが折れた。タイプライターのキーを見るのは十年ぶりで、ずいぶん時間がかかったが、ようやくその情けない作業が完了した。

クリフは、掲示板からはがしてきたメモをおもむろに取り出した。「では、つぎに移りましょう。あなたのサインが入ったこのメモは会社中に貼ってあります。だから、誰でも真似できるんです。領収書にフリーハンドで署名するのではなく、メモの上に領収書を置いて、自分のサインを慎重になぞってください」

フィードラーは興味を掻き立てられた。「なぜ、そんなことを?」

クリフは笑みを浮かべた。「同一人物が書いたサインでも完全に一致するわけではないのを知ってますか? この領収書が偽物だと証明したい場合は、専門家に領収書のサインとこのメモのサインの筆跡鑑定を依頼すればいいだけです。完全に一致したら、警察はかならず偽造だと判定します。ですから、妻が私の配当金を狙おうとしても、この領収書は、私が賭けであなたに負けて借金をしていたことを証明してくれます。ただし、私がこの領収書をあなたの意に反する形で使用した場合は、あなたは警察なり何なり、好きな人に見せてサインはこのメモをトレースしたものだと言えば、偽造だと証明できます。いいアイデアでしょう？
ひとつの領収書がふたつの役目を担ってくれるんです
から。だから、タイプで打つ必要があったんです。手
書きではだめなんです」

フィードラーは理屈を理解したものの、生来の警戒
心が頭をもたげた。「いや、違う」と、彼はきっぱり
言った。「あんたの手にやけどを負わせた連中のため
にこの領収書が必要なんだよ。これを彼らに見せれば、
彼らは金を求めて私のところへ来る。それはごめん
だ」フィードラーはタイプライターから領収書を引っ
ぱり出すと、くしゃくしゃに丸めて机の脇のゴミ箱に
捨てた。「さあ、私がいつあんたの命を救ったのか、
教えてくれ」

クリフはがっかりした様子でタイプライターをケー
スに戻した。「あなたは、ニューヨークの地下鉄のホ
ームで突き飛ばされて線路に落ちそうになったときに
私の命を救ってくれたんです」

口調は平板だったが、内容は衝撃的で、フィードラ
ーは驚くのと同時に途方に暮れた。この男はなぜ地下
鉄のホームで起きたことを知っているのだ？　期待し
ていた競馬場での臨時収入は思いもよらない事態を招
きそうな気配になってきた。「それで……私はどうや
ってあんたの命を救ったんだ？」

クリフはタイプライターのケースの蓋を閉めた。
「あなたは死ななかった。死んでいたら、私は電気椅
子に座らされていたかもしれないんです」

フィードラーは、この見知らぬ男に殴りかかるべき
か、それとも走ってエレベーターに逃げ込むべきか、
判断がつかなかった。「私を突き飛ばしたのはあんた
なのか？」

その後の信じられない出来事のはじまりとなった例
の日の朝に会社の駐車場で口にしたのは慎重に選んだ
言葉だったので、クリフはすぐに思い出して、漂って
くるマグノリアのにおいも気にせずに繰り返した。

「優秀な社員の多くを出社拒否に追い込んだ報いが――それ相応の報いが――いつかあんたに降りかかるのを祈ってるよ。あんたは刑務所の所長や病院の院長にも向いてるよ。単に威張りたいだけなんだから」

これで、フィードラーもようやく誰と話をしているか気づいたはずだとクリフは思った。

だが、もちろん気づいていなかった。

「名を名乗れ」と、フィードラーが迫った。

クリフは気づいてもらえなかったことに衝撃を受けた。「私だ。クリフ・アイヴァーソンだ」彼はうんざりしたように答えてサングラスをはずした。「私はここで何年も働いていた。覚えてるだろ？」

フィードラーはほっとした。頭のおかしい不法侵入者を相手にしているのかと思っていたのだが、アイヴァーソンなら怖がる必要はなかった。「地下鉄のホームで私を突き飛ばしたのはおまえだったのか？　警察に突き出すぞ」

「そのためには、あれは私だったと証明しなければならないが、あいにく証拠はきれいに消されてるんだ」

「それに、この〝アミーゴ〟のことだが……悪ふざけなら割に合わないぞ。私が手にした金をおまえに渡すつもりはないし、約束した金も、無駄な時間を費やした代償として全額支払ってもらう。私がいまここにいる理由はひとつしかない。金を受け取るためだ」

クリフはべつの理由を提示した。「いや、あんたがここにいるのは、コーラとジャックに何をしたか答えるためだ。もしふたりのことを思い出せるのなら、ふたりに何をしたか答えるためだ。思い出せるように乾杯しよう」クリフがフィードラーの机の上に置いていためずらしいリキュールの瓶に手を伸ばして栓を開けると、ポンという心地よい音がした。「ツヴァック・ウニクムはプロジェクトの完成を祝うときに仲間がいつも飲んでいたので、今日の日にふさわしい飲み物だ。飲み慣れていないとまずいと感じるかもしれないが」

「おまえが注いだものを飲む気はないよ」と、フィードラーはあざけるように言った。「すでに一度私を殺そうとしたのならな。おそらく麻薬か毒が入ってるんだろう」

「ばかなことを言わないでくれ。何も入ってないよ。もっとも、奇妙な味がすると言う人は多いが」クリフはコーヒーカップにたっぷり注いで、ひと口で飲みほした。「ほら。あんたにみじめな思いを味わわせもせずに殺すわけがないだろ？　さあ、そこのバーカウンターからまともなグラスをふたつ持ってきてくれ。金は、乾杯してから渡す」

フィードラーは、もはやその金が欲とメンツの問題になってきたのに気づいてボトルを手に取った。「妙なものを入れないように、これは私が持っておく」

「いいとも」と、クリフが応じた。「グラスを選ぶのも、注ぐのも、すべてあんたがやってくれ」

フィードラーはオフィスのバーから薄緑色をしたキングスクラウンのワイングラスをふたつ選び、机の上に置いて茶色い液体を注ぐと、警戒しながらクリフに片方のグラスを差し出した。

クリフはグラスを受け取った。「こっちの望みはそれだけだ。さあ、乾杯しよう。あんたが押しつぶしたり貶めたりした人たちに……それに、もちろん、あんたが会社の重役に気に入られるためにその命を危険にさらすことになるW-10の乗客のために」クリフはしばらく間を置いた。「それと、コーラのために」

「彼女は自殺したんだ。みずから命を絶つことを選んだんだ」

クリフは感情を抑えるのに苦労した。「自殺はつねにみずからそれを選ぶのではなく……孤独や屈辱感に苛まれて、死ぬしかない状況に追い込まれたせいじゃないのか？　あんたはコーラに、人生を終わらせるのが彼女にとって最も苦痛の少ない選択肢だと思い込ませて……」クリフは、作り笑いを浮かべながらくだけた口調で先を続けた。「あんたにも、これから同じ思いを味わわせてやるよ。ほら、状況はどんどん悪くなってきたから、今夜はあんたも自殺を考えるはずだ」

　クリフはポケットに手を突っ込み、髑髏《どくろ》と交錯した骨が描かれた半透明の薬瓶を取り出して忍耐強く説明した。「これにはデルフィニンが入っている。キンポウゲ科のデルフィニウム属に含まれる有毒アルカロイドが。これを摂取すると楽にあの世へ行けるらしい。血圧が急速に低下し、心拍も遅くなってあの世へ旅立つことができるんだ。痛みを感じることなく、おだやかな気分を味わいながら、すぐに意識を失うそうだ。考えようによっては、理想的な死に方だ」クリフは、コルク栓のついた小さな瓶がちょうどふたつのグラスのあいだで止まるように机の上を滑らせた。「不名誉な兵士に反省部屋の鍵を渡して、机の右の引き出しにリボルバーがあると教えるイギリス軍の将校と同じ温情でこれをあんたに進呈するよ」

　フィードラーはクリフに体当たりをくらわすかに見えたが、一ラウンド目を闘うヘビーウェイト級のベテランボクサーのように、左右に頭を振りながらクリフの出方をうかがった。

　クリフはマクマスターズで体を鍛えたので、フィードラーに負けることはないと確信していた。それでも、不意打ちを仕掛けるならいまだと思った。「悪いニュースを教えてやろう」と、切り出した。「じつは、明日、ニューヨークのデートリッヒ・ヴォルタンに手紙を送って、あんたがギャンブルの借金を補うために極秘の設計図をエアコーのエディー・アルダーマンに売ったと報告するつもりでいるんだ」

　フィードラーは呆れたように笑った。「何の設計図の話をしてるんだ？」

「ここで働いていたときに書かされたW-10の設計図の写しだよ」

　フィードラーは机の上のタバコ入れに手を伸ばした。

「おまえにそんなことは頼んでないし、設計図の写しもない」

「エアコーのエディー・アルダーマンの同僚が、あんたが自宅から数キロのところにある樹木園に車を駐めてゴミ箱に新聞紙を投げ込んだのを目撃してるんだ」

「キャンディーの箱を取り出すためだ……なかに馬券が入ってるという話だったろ?」

「キャンディーの箱は見えなかったらしい。小さかったんでね。けど、エディー・アルダーマンの同僚はあんたの車のナンバープレートを見て、それと、あんたの車と、あんたがゴミ箱に新聞を投げ込んでいるところを写真に撮っている」

「新聞は、キャンディーの箱を取り出すのを隠すために使ったんだ。そう指示したのはおまえだろ」

「電話でね。けど、こっちがそんなことを言った証拠はない。アルダーマンは、あんたがゴミ箱に新聞紙を投げ入れた直後にゴミ箱からほかの街の新聞を取り出したんだ。その新聞には、このオフィスで描かれた航空機の設計図の一部が挟んであった。アルダーマンがラドガム桟橋で残りの図面を手にしたときも、それから一時間と経たないうちに、あんたがずいぶん遠まわりをしてナグスヘッドのはずれのボウリング場へ行ったのが確認されている。だが、ボウリングはせず、おかしな変装をした男が置いていったボウリングバッグを受け取っただけだった。その男は――便宜上、変装男と呼ぶことにするが――ボウリング場のオーナーに、五十ドルの礼を払うから預かっておいてくれと頼んだらしい。変装男が帰っていってあんたがボウリングバッグを受け取りに来るまでに、そのぶざまな変装を解くだけの時間は充分あった。あんたがバッグの中身を確認して帰っていくと、またそのすぐあとに変装男がバッグを取りに戻ってきて、オーナーに五十ドルの小切手を渡した。あんたの個人銀行口座から引き落とされる、あんたのサイン入りの小切手を」

「私のサインを偽造したんだな？」

クリフは、フィードラーが真剣に怒っているのを見てほくそ笑んだ。「いや、間違いなくあんたの口座から振り出された小切手で、サインも本物だ」そう言ってしばらく考える時間を与えると、フィードラーの脳の歯車が動きだす音が聞こえるような気がした――〝何のために切った小切手だったんだろう？　いつ、そんな……？〟――しかし、クリフはよどみなく先を続けた。「変装男はおとといの朝、あんたの銀行に行って、あんたがエディー・アルダーマンに要求した金額と同額の三千三百三十三ドルをあんたの口座に入金しようとしている。が、断わられたので、腹を立ててその金を持ち帰った。ところが、残念なことに、アタッシェケースを銀行に置き忘れた。それはボウリングバッグの中に入っていたアタッシェケースで、テープをはがしたような跡の下にM・Fというイニシャルが刻まれていた。しかも、留め金や取っ手にはあんたの指紋がべったりついていた。銀行は、あんたかあんたの仲間が変装してあんたの口座に現金を振り込みに来たと思っているはずだ。紙幣から指紋を採取するのはむずかしいが、あんたが投げ上げた一ドル銀貨は、エアコーに要求した三枚のうちの一枚で、あんたの親指と人差し指の指紋がついている」クリフは机の上に置いてある1935と刻まれた銀貨を――第一次世界大戦後の平和条約調印を記念して作られた〝平和銀貨〟を指さしてから、自分のほうへ滑らせた。「これを残りの三千三百三十二ドルに戻せば、W-10の設計図とあんたを結びつけることができるはずだ。さらには、アタッシェケースの指紋やボウリング場のオーナーの証言、あんたがオーナーに渡した小切手、アルダーマンが部下から聞いた樹木園での目撃情報もある」

フィードラーはアイヴァーソンがいつもプロジェクトの計画段階から設計者としてさまざまな提案をしていたのを思い出し、これも入念に練られた計略のような気がした。しかし、たとえそうでもたがいの上下関係に変化はなく、自分がアイヴァーソンの元上司である以上、上司を納得させるのは部下の役目だと思った。「高額の収入を得ている会社の幹部がなぜそんなことをするのか教えてくれ」

クリフは机に身を乗り出して、こう説明した。「嵌まってしまったからだよ。あんたは競馬に嵌まってしまって、必勝の法則を見いだしたと思い込み、勝利に酔いしれ、足繁く競馬場に通って、払い戻し窓口では嫌われていたが、そのうち大負けするようになった。窓口係とシャーリ・ドゥーガンは、無敵神話から逃れることのできないあんたが、当たり馬券だと信じて疑わずに大穴の馬券を六枚換金しようとした日のことを喜んで話してくれるだろう」

「そんなこともあったが、一度だけだ！」と、フィードラーが叫んだ。

「自分が何回負けたか、覚えてないのか？ 競馬場の観覧席の床はハズレ馬券で埋めつくされてるんだぞ。いま言った大負けの話をみんなが知っているのは、あんたが当たり馬券だと信じて配当金を受け取りに行ったからだ。あんたは一度も負けてないとか、たまに勝ってもほくそ笑んでいるだけだとか、そんなこと、こっちにわかるわけないだろ？ 負けたくないので、毎回赤と黒の両方に賭け続けるルーレット中毒者もいるんだ……すっからかんになるまで、懲りもせず」

フィードラーは、鼻を鳴らしながらクリフの手のほうへ顎をしゃくった。「競馬場で不正行為をしようとして手にやけどを負ったのはそっちだろ」どうやら、指紋を残さないようにするために包帯を巻いているのだということにまだ気づいていないらしい。クリフは自信を深めた。「ギャンブルは、おまえのような負け犬のためにあるんだ」

「あんたはギャンブルをしないのか？」クリフは驚いているふりをして訊いた。「ドアマンのリッキーは、毎朝八時半にあんたが予想屋と話をしているのを見ていたはずだ。家の電話と住所を知られることのないように、ロビーの公衆電話で話をしているのを。今朝、リッキーはあんたが電話に向かって、『負け馬券ばかりだったじゃないか！　そっちの取り分は渡すよ！』と叫んでいたのを聞いている。で、その予想屋はリッキーに、あんたには三千三百三十三ドルの貸しがあって、返さなければ腕をへし折ると言っている」

フィードラーは立ち上がって威嚇するように言った。

「刑務所にぶち込んでやる」

「何の罪で？　合法的に得た配当金をあんたにプレゼントした罪か？　あんたが気づいていながら見過ごしたW‐10の致命的な欠陥を、設計者として世に知らしめたからか？」

「エアコーから金を騙し取った罪だ」

クリフはごそごそとポケットから財布を取り出して、ぎっしり詰まった百ドル札を見せた。「まだ一セントも使ってない。アルダーマンは、内部告発者のための弁護士費用として支払ったと証言してくれるそうだ」

「きさまは私になりすましてたんだな」

「いや、一度もあんただと名乗ったことはない」と、クリフは言った。「ついでに話しておくが、こっちはずっとカナダにいたんだ。いまもカナダに住んでいる。最後にあんたに会ってから、あらたな上司を見つけたんだ。部下思いの上司を。だから、あんたがどんな窮地に陥ろうと知ったことじゃないんだよ、ボス」

フィードラーは、馬に追われて群れから引き離された一歳の去勢牛のような気分になりかけていた。元上司は机の反対側に置いた座面の低い客用の椅子に座っていたので、元部下の背後の背の高い窓に目をやると、ところどころに雲が浮かぶ瑪瑙《めのう》のような夜空が見えた。しかし、オフィスは豪華な刑務所へと変わろうとしていた。しかし、フィードラーは偶然いまの地位を手にしたわけではなく、彼はほかの人たちの持つ思いやりに負けないほど強い狡猾さを秘めていた。

「いいだろう。よくわかった」フィードラーは平静を取り戻して、採用面接の終了を告げるような口調で言った。「またここで働きたいのか？」

クリフが思わず声を上げて笑ったのは単に面白かったからで、にがにがしい思いは微塵もこもっていなかった。「まさか、あんたがまた上司になるってことか？　笑わせないでくれ」クリフは懸命に言葉をさがした。「人のことは心配しないで、あんたは……家に帰ったほうがいい」フィードラーは理解に苦しんでいるような顔をしてクリフを見た。「それがいい。家でなくても、どこか好きなところへ行くといい。べつに興味はないけど、デートリッヒ・ヴォルタンと取締役会はあんたを訴えるか、単に解雇するかのどちらかだろう。彼らもヴォルタンが危険な航空機を販売しようとしていたことを世間に知られたくないはずだから、それはあんたにとっていいニュースだ。おそらく、年金資格も与えられずにクビになるんだろうな。それでも噂は広まる――かならず広めてやる――そうなれば、この業界では誰もあんたを拾ってくれないはずだ」

クリフは、もう話が終わったかのように立ち上がった。「しかし、もしヴォルタンが訴えたら重窃盗罪に問われるのは確実だし、W‐10の一部は連邦政府による導入が予定されていたので、おそらく国にも訴えられるだろう。刑務所に行けば行ったで、ほかの受刑者にも、またべつの意味で嫌われるかもしれない。まあ、ナンバープレートを偽造した工場なら職長として雇ってくれるかもしれないが」

フィードラーは以前から新しいデータを評価するのに時間がかかっていたので、クリフの話を数分で処理するのはたいへんだったはずだが、クリフは彼が早くもおだやかな笑みを浮かべたのを見て驚いた。

「さっきの五十ドルの小切手だが……サインは間違いなく私のものだという話だったが、おまえはそこで致命的な間違いを犯したようだ」フィードラーはクリフの顔に不安の色がよぎったことに気づきながらも、そのまま先を続けた。「私は、トムであろうとディックであろうとハリーであろうと、知らない人物には小切手を切らないんだ。ここ何年ものあいだ、私が切った五十ドルの小切手は一枚だけだ。名前は思い出せないが——ルル何とかという名前だったような気がするが——とにかく、ホルヴァスの妻に渡した一枚だけだ」

標本箱にピンで留められたオオカバマダラと同じ状況だったにもかかわらず、フィードラーは驚くほどリラックスした様子で腕を伸ばした。人の弱点を見つけるのが得意な彼は、クリフの鎧のほつれを見つけて喜んでいた。「おまえの共犯者として、彼女を引きずり込むこともできるんだぞ。彼女はもう歳だし、身内もいない。疑いをかけられて尋問されたりしたら、恐怖のあまり命を落としてしまうかもしれない」

フィードラーは、いま自分が目にしている光景をおおいに楽しんだ。長い時間をかけて練りあげた計画が水泡に帰そうとしているのを知ってクリフが懸命に苛立ちを隠そうとしていたからだ。

「あんたと争うと、こっちはいつも不利な状況に追い込まれるんだよな」自分の努力は完全に無駄だったのかと考えながら、クリフは暗い窓の外を見つめて返事をした。「あんたは、誰が傷つこうと気にもしないんだから。何週間も準備をしたのに、たったひとつの愚かなミスで……」クリフは、包帯を巻いた右手で机を叩いた。「つまり、誰に小切手を切ったか、すべて記録していると言うんだな？」

「秘書が記録している」と、フィードラーはうれしそうに言った。「たいした額ではないのに、なぜ私の小切手をおまえに渡したのかと、警察がホルヴァスの未亡人に尋ねたらどうなるか、言ってみろ……ふたりして私を嵌めようとしていたのでなければ」

クリフが小さな声でひとこと呪いの言葉を吐いたと

たんに、詰まっていた排水管から水が一気に流れていくようにとつぜん虚勢がはがれ落ちた。だが、長年、航空設計者として仕事をしてきた彼は、唯一の選択肢が受け入れがたいものであろうと、けっして迷うことはなかった。「たしかに、リリアナをこれ以上苦しめることはできない」

「ああ、もう充分に苦しんでるからな」と、フィードラーも思いやりを示した。「しかし、おまえにはさらなる苦しみが待っている」

なぜかクリフはすっきりしたようだった。「いや、こうなることを予測していなかったわけじゃないんだ。あれからいろいろ学んだんで」そう言って、タイプライターケースの蓋の内側にテープで貼りつけてあったマニラ封筒をはがして、なかからリーガルサイズの紙を二枚取り出した。

「それは何だ？」と、フィードラーが訊いた。

クリフは、成績の悪い生徒にこれが最後だぞと言って再試験の受験をうながす厳しい教師のように、紙を胸の前に掲げた。「これか？　これはあんたの逃げ道だ」

「おまえこそ、逃げ道があるのなら運がいいと思わないとな」と、フィードラーは言った。

「いや、いずれふたりともこの建物を出ていくことになるだろう。問題は、どちらが歩いて、どちらが担がれて出ていくかだ」クリフは自信に満ちた口調でそう言いながら、かすかな笑みを浮かべてフィードラーに紙を渡した。「あんたの考えを聞かせてくれ」

# 46

## ドブソン警部のルール#3　プライドを傷つける

コスタがドリアを蔑むようにふたたび豚の鳴き声を真似たとたんに彼女はマクマスター学院で身につけた冷静さと冷徹さを忘れ去り、その忌まわしい男を永遠にこの世から消し去るために怒りのたぎった叫び声をあげながらオスカー像で彼の後頭部を殴打した。そのようなことをするのはマクマスター学院においても残酷だとみなされ、しかも、衝動的に行動を起こすのは認められていないが、だからこそドリアの手に力がこもっていたのは間違いない。

ものの見事に削除を完遂できたのは、毎日バッティングケージで練習し、学院のグラウンドで試合に勝って自信がついたからかもしれない。一撃で仕留めなければならないのは最初からわかっていたので、コンパクトな、しかし力強い一撃を繰り出すのを目標に腕を磨いたのだ。気絶させて、半死状態のクモのように体を痙攣させているコスタを何度も殴らなければならないのはいやだったが、復讐に燃えた豚の前でクモを演じるコスタを見るのも、それはそれで面白いとは思った。幸い、彼女が手にしたオスカー像は、金属不足のせいで石膏を金色に塗った戦時中のものではなく、四、五キロの重さがあって、胴の部分を両手でつかむと立派な鈍器になった。コスタも、ノーベル平和賞のメダルで殴られるのに次ぐほど誇らしく思ったことだろう。『人形の家』のノラのように強い決意を持って準備をしてついに削除を実行したドリアは、居間に戻ってバッグからゴム手袋と九十一%の消毒用アルコールの入った小瓶を取り出した（マクマスターズでは、傷口を消毒したりインクを消したり、火を熾したりするという本来の目的以外でのアルコールの使用を推奨していたが、毒として使用する場合は痛みが伴ううえに結果が不確かだという欠点もあった）。自分が手を触れた場所はすべて覚えていた。〝むやみに手を触れるな！〟というのがマクマスターズの教えで、当然、オスカー像とカクテルグラスについた指紋は拭き取る必要があった。布地から指紋を採取するのはほぼ不可能なので、わざと残していく衣類は何もする必要がなかった。パッドを入れたブラジャーのうしろについているホックも、小さいので鑑定可能な指紋はついていないはずだ。

ドリアは急いでバッグから普通のブラジャーと濃いグレーのブラウスを取り出して身につけると、黒いサテンのパンティーのようなものと（実際はパンティーではなかったのだが）、蓋をした検体容器を取り出した。検体容器はハンドタオルで包んであって、なかには〈ドリー・ウィンズローズ〉のトイレで手に入れたあるものが入っていた。

つぎの作業がいちばんむずかしかったが、うまくいけばすぐに終わって、自分のしたこともコスタのことも完全に忘れられるはずだった。

♠

警備会社のパトロールカーがアピアンウェイの長いカーブをゆっくりと上ってきて、湾岸高速の出口から六ブロック離れたところで停まった。「大丈夫ですか？」助手席の男が、濃いグレーのブラウスと黒いスカートを身につけて髪をショートカットにした魅力的な女性に懐中電灯の光を当てながら訊いた。

女性が手にしたリードから顔を上げると、愛犬がお気に入りの木の陰でかすかに体を震わせているのがちらっと見えた。「ええ、大丈夫よ。ご苦労さま」彼女はそう言って犬のほうへ手を向けた。「スパンキーって名というのが彼の名前なんだけど、母はスポンジーって名前にすればよかったと言ってるの。だって、いつもおしっこを大量にため込んでるんですもの」警備員たちは、リードが揺れているのを見て笑いながら走り去った。

ドリアはリードを強く二回引っ張って、もじゃもじゃの毛をしたシュタイフ社のテリアのぬいぐるみを足元へ引き寄せた。パリの夜の女たちは、犬の散歩が深夜にひとりで街角に立っている口実になると、とうの昔に学んでいた。ただし、客が犬より自分のことを気にかけてほしいと望んだときに犬をどうするかという問題はあった。ドリアがぬいぐるみにリードをつけて持ってきたのは警備員に出くわしたときに怪しまれないようにするためで、周到な準備が役に立った。

ぬいぐるみは鞄のなかに戻して、〈サーフクレスト・モーターロッジ〉まで、さらに四分ほど歩いた。そこには二時間ほど前に立ち寄り、〝借りた〟パッカードを駐めてチェックインしていた。「前払いでお願いします」モーテルのオーナーは、宿帳に〝トビー・ジョーンズ〟と書いた気取った男をじろじろと見たが、それ以上は何も言わなかった。モーテルで車を回収し、閉鎖されたカラン陸軍基地のすぐそばにあるトーリーパインズ競馬場まで行って、殺風景な建物のそばに駐めた。キーはイグニッションに差し込んだままにしておいた。暇を持てあましたティーンエイジャーのなかには、ドライブを楽しんでべつの場所に乗り捨てておく者もいるはずだ。基地の正面玄関にある停留所で十時十五分発のロサンゼルス行きのバスに乗って中央駅まで行くと、公衆電話で警察に電話をかけて、トーリーパインのアピアンウェイ八〇五番地で人が死んでいると、ハスキーな声で知らせた（〝ズ〟の発音を聞くと性別がわかるらしいので、〝パインズ〟は単数形にした）。それから旅行鞄をロッカーに預けて鍵を捨て、トイレでウィッグをかぶって〝ドリア〟風の化粧をすると、撮影所の向かいにある〈パレルモ・リストランテ〉までタクシーで行って、一世一代の大仕事を終えた自分への褒美としてマティーニを飲んでから——変身していたので、一世一代と言えるのかどうかはわからないが——ちょっと一杯引っかけてきただけのようなふりをして、誰にも気づかれることなく撮影所の敷地内にあるバンガローに戻った。

壁の時計を見ると、九時五十五分だった。コスタは秘書のマーサに電話をしたので、九時前まで生きていたことはマーサが証明してくれる。アリバイが必要になるとは思っていなかったが、マクマスターズの教えを忠実に守る学生はつねにアリバイを用意するのだ。すべてが計画どおりに進んでいれば、ドリアも二時間ほど前にはスタジオの片隅にあるバンガローでカメラに向かってセミヌードのポーズを取っていたことになるわけで、そう思うとほっとした。

ドブソン警部なら、「そんなことができるのか？」と尋ねたかもしれない。が、ドリアの側に手抜かりがなければ、警察は何も疑問に思わないはずだった。

♠

レッジハウスの犯行現場を訪れたコングリーヴ警部補は、悲惨な光景を見たとたんに込み上げてきた胃液のいやな味をごまかすためにガムを嚙んだ。さして優秀でもない検死官の許可を待たなければ捜査がはじめられないのも不満で、この一週間ずっと行動をともにしていた新米刑事のティモンズに苛立ちをぶつけた。

「どうだ？　間違っていてもいいから話せ。おまえはどう思う？」

「盗みに入って気づかれたんじゃないですか？」ティモンズはよく考えもせずに、ブロンドのかつらや異様に大きいブラジャー、それに黒いサテンのパンティーのようなものを指さして答えた。「女の強盗が映画プロデューサーの家に侵入したが、見つかったってことじゃないですか？」

「じゃあ、大金を持った全裸の女を広域手配すればいいのか？」と、コングリーヴが訊いた。「それなら、どこの署も必死にさがしてくれるだろうが、その女強盗はなぜ服を脱いだんだ？」

「被害者に服を剝ぎ取られたのでは？」と、ティモンズが答えた。

コングリーヴは、呪いの言葉を口にしながらも忍耐強いふりをした。「部屋を見まわせ。頭を殴られた麻薬中毒者の死体以外には何もない、じつに整然とした犯罪現場だ。争ったあとも押し入ったあともない。被害者は裸でベッドに潜り込んでいて、女はベッドの足元で服を脱いだんだ。よく見て考えろ」

「待たせたな」やけにお高くとまった検死官は、検体採取に使った綿棒を入れたグラシン紙の封筒を持ってゆっくりと立ち上がった。「解剖は本部にまかせることにする。被害者はハリウッドの大物のようで、そのような場合は慎重にならざるを得ないんだ。特にこのような状況では」

「何かいかがわしいことが行なわれてたってことですか？」と、コングリーヴが訊いた。

検死官は不愉快そうにすばやくうなずいた。

コングリーヴは新米刑事を見た。「もう一度、推理してみるか？」

ティモンズは静かな絶望感を抱きながら部屋を見まわした。「女性の犯行だと考えていいんですよね？」

「いや、違う。ブロンドのかつらと大きなブラジャー。しかし、床にパッドが落ちている。十二サイズのサンダルとギャフだぞ？」

「ギャフって何ですか？」と、ティモンズが尋ねた。

「何も知らないんだな。ギャフというのは、前貼りのついたパンティーだ。女性セレブの物まねをする男の芸人が股間を隠すときに使うんだよ」コングリーヴはしゃがみ込んで、「これも撮ったか？」と、その黒い下着を指さして警察のカメラマンに訊いた。カメラマンが撮ったと言うと、コングリーヴは鉛筆の消しゴムの先でそれを床から拾い上げて、わざわざなかを覗いた。

「前貼りの内側にシミがついてるが、おそらく精液だろう」そう言って、手袋をはずそうとしていた検死官のほうへ差し出した「どうですか？」

「もちろん、検査をしないと何とも言えないが、さして驚くことではない」と、検死官は軽蔑したように言った。

コングリーヴはティモンズに向き直った。「精液だということになると、女性をさがしたってしょうがないわけだよな？　近くのモーテルのオーナーが、昨夜、おだやかな話し方をする男がチェックインしたが、ベッドで寝た形跡もなく、そのまま姿を消したと言ってるんだ」ティモンズは黙って宙を見つめている。「よく考えろ！　パッド入りのブラジャー、サイズの大きいパンティー、それに精液だぞ？」

「それは被害者のほかの部分にもついていた」と、検死官が付け加えた。

「ほかの部分……？」コングリーヴは思い切って訊いた。

「いかがわしいかぎりだ」と、検死官はけわしい口調で言った。

フィードラーはその短い手紙に目をやった。

関係者各位

クリフ・アイヴァーソンは私を困難な状況に追い込んで名声と評判を傷つけ、自由を剥奪される場所へ追いやろうとしていますが、私が直面している問題はほかの誰の責任でもなく、〝無実の傍観者〟には、特に故ヤツェク・ホルヴァスの未亡人であるリリアナ・ホルヴァス夫人には罪が及ぶことのないよう切に希望します。既述どおり、このような事態を招いた罪を負うべきはただひとりであり、誰を責めるつもりもありません。

日付　　　　年　　月　　日

日付のつぎの行には署名用の欄も設けられていた。

## 47

「たとえあんたが航空機の設計に興味がなかったとしても、極秘システムを搭載した政府用の機種を設計する際は、それが敵の手に渡らないように自己破壊システムを組み込む必要があるというのは理解できるはずだ」クリフは二枚の紙をフィードラーに突きつけながら話をした。「自己破壊システムは、誤作動を起こした場合に解除できるようにしておくのが原則なんだ。そうでなければ、ペンタゴンもパイロットも乗務員も、設計者を呪い殺そうとするに違いない」フィードラーが読めるように、クリフは紙の向きを変えた。「あんたにとって、この手紙はその解除スイッチのようなものだ」

フィードラーはわかっていないようだったので、クリフはただちにあとを続けた。「私は、あんたが送った五十ドルの小切手をリリアナ・ホルヴァスから譲り受けてボウリング場のオーナーに渡したが、一時間と経たないうちにとんでもないミスを犯したことに気づいたんだ。こっちの最優先事項はあんたを滅ぼすことではなく、リリアナに不自由のない生活を保証することだと。なのに、浅はかな考えでよけいなことをして、取り返しのつかない事態を引き起こしてしまった。問題の小切手はよけいな弾で、あんたか、あんたの秘書が誰に送ったのか思い出すかもしれないことに気づくのが遅すぎた。それで、何の罪もないリリアナを引きずり込むことになってしまったんだ。さっき、あんたが気づかないことを期待しながらさりげなく小切手の話を持ち出して探りを入れたんだが、だめだった。あんたは思っていた以上に頭がいいのかもしれないな」

「そのとおりだ」と、フィードラーが相づちを打った。「すぐれた計画には感情が入り込む余地がないと教えられたが、高度な訓練を受けても、自分を完全に変えるのは無理だと思う。だから、ここへ来たんだよ。リリアナを救ってやってくれ。そうすれば、あんたをこれ以上追い詰めるのはやめる」

フィードラーは、感染するのを恐れているかのように手紙の端をつまんだ。「なぜ、私がこれにサインしなきゃいけないんだ？」と、彼は用心深く訊いた。

「私をおとしいれたのはそっちなんだから、サインをするのはおまえなんじゃないか？」

「あんたをおとしいれた人間がリリアナの関与を否定したところで何の意味もない。だが、被害者であるあんたが、悪いのはクリフ・アイヴァーソンで、他の誰の責任でもないと言えば、説得力がある。私の身に何が起ころうと、リリアナにはこれをあんたから身を守る保険として持っていてほしいんだ」

フィードラーはかぶりを振った。「おまえが私に着せた汚名をどうやって晴らすのか説明するまでサインするつもりはない」

「これだ」クリフは、封筒からもう一枚の紙を取り出してフィードラーに渡した。「あんたをおとしいれたことを認めるよ」

そこには、クリフのこれまでの行動が詳細に記されていた。フィードラーは時間をかけてじっくり目を通したので、クリフは途中で机の上の時計に目をやって付け足した。「悪い取引じゃないはずだ。あんたはリリアナの免責証明書にサインをし、私はあんたをおとしいれたことを告白する書類にサインする。これがこっちの最善の提案で、受け入れられないのなら、次善の策として、これを飲んでくれ」クリフは、フィードラーがリキュールを注いだものの、ふたりともまだ口をつけていなかったふたつのグラスのあいだで出番を待っている小さな瓶を見つめた。「いずれにせよ、私はあんたにジャックとコーラに対して犯した過ちを認めさせて乾杯したいんだ。それも取引の一部だ」

フィードラーはリリアナ・ホルヴァスの免責証明書にふたたび目をやって、「わかった。ただし、まずおまえが告白書にサインしろ」と迫った。

クリフは目をまわすふりをした。「人を甘く見るんじゃない。こっちが先にサインしたら、あんたはそれをつかんで逃げ出して、リリアナを助けたくても何もできないようにするつもりなんだ」

「おまえだって、同じことをするつもりなんだろ?」フィードラーは勝手に決めつけて言い返した。

クリフは子どもに言って聞かせるようにかぶりを振った。「おかしなことを言わないでくれ。私が告白書にサインすればあんたは罪を免れることができるが、あんたのサインを求めているのは、リリアナに罪が及ばないようにするためだ。自分のためではない」クリフはもう一度机の上の時計を見た。「記憶が間違っていなければ、もうすぐ清掃員が来るはずだ」フィードラーは何か言おうとしたが、考え直してやめた。クリフは、包帯を巻いた手で机の上のペンをつかんでフィードラーのほうへ転がした。「サインして、ペンをこっちに転がしてくれたら、私もサインする。で、それを交換すればいい」

フィードラーは椅子に座ったまま身じろぎひとつしなかったが、そうしているときが最も危険だというのはクリフも知っていた。会議でも、部下の意見に耳を傾けて考え込んでいるふりをしながら、実際には紡ぎたての巣の上でじっと獲物を待つクモのように、誰かが失言するのを待っていたのだ。その部下に襲いかかるために。フィードラーは勝算を計算しているようだった。数学のなかで彼が得意なのは、それだけだ。

「わかった」フィードラーはついにそう言うと、それ以上ためらうことなくリリアナの無罪を証明する文書にサインして腕を組んだ。

「待て。本名を書いたのかどうか確認させてくれ」と、クリフが言うと、フィードラーは肩をすくめてよく見えるように紙をかざし、クリフがまだ署名していない告白書とペンをクリフの前へ滑らせた。

クリフは、机の上の時計をちらっと見ながらペンを手に取って、「わかった」と、うなるように言った。「私はこれにサインして、ベルリンの東西をつなぐ橋の真ん中でスパイを交換するように文書を交換し――

――」

とつぜん、オフィスの外から物音が聞こえてきた。「くそっ」クリフはあわてて立ち上がり、「こんなに早く掃除に来るとは……」と言いながら、告白書を机の上に残したままオフィスを出ていった。

物音は、オフィスの先にある複写室から聞こえてくる。クリフがドアを開けてなかに入ると、紙がセットされていないにもかかわらず電動複写機が勝手に動いていた。が、スイッチを切ると、複写機はリズミカルな動きを止めた。

クリフがオフィスを離れたのはほんの一瞬で、戻ってくると、フィードラーはまだじっと椅子に座っていて、告白書もペンも、机の上に置いたままになっていた。「清掃員じゃなかったよ。複写機が勝手に動きだしたみたいだ。で、何をしようとしてたんだっけ？」

「おまえがその告白書にサインしようとしてたんだよ」フィードラーは、めずらしくおだやかな声で言った。「で、これと交換することになっていた。この——」フィードラーは腕を組んだまま紙を見下ろした。「ホルヴァスの妻が刑務所に入らなくてすむようにする書面と」

クリフはペンを持ち、〝クリフォード〟と書いたところで手を止めた。「私にとっては苦渋の決断だ。あんたはますます大きな力を持つことになるんだからな。しかも、リリアナのために当初の計画を変更しなきゃいけなくなったんで、最終判定で不合格になるのは確実だ」

もちろん、フィードラーはクリフの最後の言葉の意味がわからなかったはずだ。が、奇妙なことに、彼はこう応じた。「銃を突きつけて私がおまえに無理やりサインさせたと言うこともできるよな。自分のしたことを隠すためにおまえをおとしいれようとしていると」

「そうするつもりだったんだな？」堅い表情を保とうとしたものの、クリフの胸は高鳴った。自分の読みが正しかったのなら、これはいい兆候だ！「たしかに、そっちの話を信じるかこっちの話を信じるかの問題になるわけだから」

「まあ、最後に笑う者は誰かということだ」と、フィードラーは即座に言い返した。クリフはフィードラーの魂胆を見抜いているつもりでいたが、そうでなければ、この発言の意味が違ってくる。

クリフはため息をつきながらファーストネームのあとにアイヴァーソンと書き足して、その下に日付を記入した。彼はフィードラーがただちにその告白書をつかみ取るはずだと思っていたが、そうではなく、フィードラーはようやく心を入れ替えた生徒を前にした校長のようにうなずいただけだった。

「じゃあ、交換しよう。一、二、三で」フィードラーはそう言うなり、じゃんけんをする子供のように、声に出して「一」と数えた。

クリフは、軽蔑している男と律儀に声を合わせて「二」と数え、「三」と言うのと同時に告白書を机の向こうに押しやった。フィードラーもそれに応じて、交換が成立した。

クリフが一瞬の沈黙を破った。「やはり乾杯しよう」彼は、リリアナの免責証明書を折りたたみながら、再度フィードラーに提案した。

フィードラーは迷惑そうな顔をした。「くだらない感傷でしかない気もするが、どうしてもと言うのなら。約束を守らなかったと言われるのは癪《しゃく》だからな。ふたりのために乾杯して、ついでに『蛍の光』を二コーラス歌うよ」フィードラーは自分に近いほうのグラスに手を伸ばして高くかかげた。「ジャックとコーラを偲んで。終わりのときが来ればすべての者が滅ぶ。偉大な者も」彼はそう言って自分を指さし、「小さき者も」と言いながらクリフに向かってウインクした。

「乾杯」

ふたりともグラスに口をつけた。クリフは、ジャック・ホルヴァスと一緒に飲んだウニクムとは違う奇妙な苦みを感じるのと同時に喉が締めつけられるような思いに襲われた。が、理性が直感を打ち負かして一気に飲みほした。

フィードラーはボトルに目をやった。「強い酒だ。これまでに飲んだことのない味がするが、アニス酒か?」

ツヴァック・ウニクムは甘草や焦げたクリスマスプディングに味が似ていて、チェリー味の咳止めシロッ

プのような薬臭さもあると、クリフはいつも思ってい
た。しかし、これは苦いだけで、そのような味はしな
かった。「われわれは、これでおしまいってわけだ
な?」
　フィードラーは思わず口を滑らせた。「上品ぶって、
自分のことをわざわざ〝われわれ〟と言っているのな
らな」
　ふたりはたがいを見つめた。
「何だ?」と、フィードラーが訊いた。
「待ってるんだよ」
「何を?」
「毒が効くのを」と、クリフが明かした。
　フィードラーは驚いたようなそぶりは見せず、傷つ
いているふりをした。「ショックだよ! おまえが部
屋から出ていったときに私がグラスに毒を入れたと思
っているのか? おまえと、W-10に関するおまえの
疑念を完全に消し去るために? 約束した金を受け取
って、ホルヴァスの妻に対する免責証明書を破り捨て、
告白書をおまえの遺体のそばに置いて自殺したように
見せかけるためにか? なんて疑り深いんだ! 私は
何もしていない、グラスに毒など入っていないとは考
えないのか?」
　クリフは悲しげにかぶりを振った。「いや、毒はど
ちらのグラスにも入っているはずだ」
　フィードラーは時間が自分の味方をしてくれると思
って、返事をするのを遅らせた。「私は、その小瓶の
毒をグラスに注いでなどいない」
　クリフが笑みを浮かべた。「いいことを教えてやろ
う。あの小瓶に入っているのは毒じゃない。コンディ
の結晶とも呼ばれている過マンガン酸カリウムだ。過
マンガン酸カリウムは、デルフィニンと作用すると無
害になる。解毒剤というわけではなく、毒性を消して、
ひどい味のする液体に変えるだけだというのは私が身
をもって証明したことになるが、話を簡単にするため

に解毒剤と呼ぼう」

「それも嘘なんだろ？　デルフィニンは入ってなかったんだろ？」

「いや、嘘じゃない。私とあんたを殺すには充分な量がリキュールに入っていた。今日、私がボトルに入れたんだ。で、どちらのグラスにもそれが注がれた」

フィードラーも簡単には信じずにかぶりを振った。

「いや、リキュールのなかに毒が入っていたはずはない。おまえは自分で注いで飲んだんだから」

「ああ、コーヒーカップに注いで飲んだが、コーヒーカップには毒を中和する同じ過マンガン酸カリウムが入っていた。あんたが来る前にコーヒーカップに入れておいたんだよ」

フィードラーの顔から笑みが消えて、激しい恐怖に覆いつくされた。クリフにとって、それは最高に美しい光景だった。「おまえは、自分にも私にも毒を盛ったということか？」フィードラーはあえぐように言った。

「あんたが私に毒を盛ろうとしなかったとしても、ふたりともツヴァックを飲んだのはたしかなんだから、ふたりとも毒を盛られたことになる。だが、心配する必要はない！　いますぐ解毒剤を飲めば間に合う。解毒剤はまだ残っているはずだ。ひとり分しかないかもしれないが、あんたに譲るよ。ほら――」クリフは瓶の栓をはずして中身をフィードラーのグラスに垂らそうとしたが、もちろん瓶は空だった。

「なんてことだ」クリフはすさまじい剣幕で叫んだ。

「あんたは、私のグラスに毒だと思っていたものを入れたんだ。したがって、解毒剤はなくなった。私はそれに賭けているようなものだったんだが。わかるよな？　それが、あんたへの最後の賭けだったんだよ」

フィードラーは胸ぐらにつかみかかってきたが、深まる恐怖の表情がたちまちに激痛に歪むのを見て、クリフはにんまりとした。「あんたは死ぬんだ。わかるよな？　あんたが毒だと思った液体を私のグラスに入れなかったら、われわれはふたりとも死んでいたかもしれず……しかし、私はあんたに解毒剤を飲ませたはずだ。嘘じゃない。私が苦い思いを味わったのは」──クリフはぴったりくる表現をさがした──「言わば、自業自得だ」クリフがすぐそばにいるにもかかわらずフィードラーは遠くから伝声管を通して流れてくる声を聞いているような錯覚に陥っていた。「それから、もう気づいていると思うが、痛みは感じないと言ったのは嘘なんだよ」

死の淵をさまようフィードラーは、目の前の世界がまっぷたつに裂けて、急勾配の斜面を転がり落ちるのと同時に崖をよじ登っているような思いに襲われた。これまで味わったことのない感覚を自分のなかに感じ取り、内なる声に耳を傾けた。〝これに打ち勝つすべはない。体中の筋肉を動員して抗うことはできるが、勝てはせず、そのうち心臓が止まるだろう〟。彼は自分より偉大な何かが存在しているのを感じたが、そこへは到達できないことを悟った。そして、彼がいなくなろうが忘れ去られようがこれまでどおり存在しつづける世界からいまにも切り離されようとしていた。

デルフィニンが引き起こす痛みはたいしたことがないと言われているが、即効性にはすぐれていて、フィードラーが誰の上司でもなくなるのに、それからわずか一分しかかからなかった。もし地獄に忌まわしい上司専用の業火があるなら、フィードラーは未来永劫焼かれることになるはずだ。

クリフはあるじを失ったフィードラーの抜け殻を眺めながら、もっと多くのヴォルタンの社員が、「われわれに与えられたたった一度の人生を台無しにするとは何事か？」と言って立ち向かってくれればよかったのにと思わずにはいられなかった。そうすれば、この獣を違った方法で退治できたかもしれない。けれども、自分の責任から逃れるつもりはなかった。クリフの計画はフィードラーが彼を殺そうとすることを前提に練り上げたもので、クリフは餌の時間にリングの中央に横たわるライオン使いのような役目を演じた。もしフィードラーに殺意がなければ、クリフはみずから毒をあおることになっていたはずだ。そして、フィードラーに解毒剤を与えていただろう。その点だけは譲れないと学院長に訴えて、許可を得て……

……もちろん、死にたいと思っていたわけではなく、解毒剤は、もうひと瓶ポケットに入れていた。ただし、フィードラーが自分を殺そうとしたのがわかった時点で、ターゲットにそのことを告げる責任は失せた。

クリフも、これまでのマクマスターズの卒業生と同様に人を殺めた罪を償わなければならないのはわかっていた。しかし、後悔はなかった。

彼はうっとうしい包帯をはずして、ポケットに入れていた医療用の手袋をはめた。そして、フィードラーがサインしたリリアナの免責証明書を手に取ると、茶封筒から同じ大きさのべつの紙を取り出して（それはフィードラーに見せなかったのだが）、廊下側の部屋の隅に置いてある断裁機の前へ行った。

仕事柄、直線感覚を身につけていた彼は、二枚の紙を七センチだけ裁断機の端から出して、上部をきれいに切り取った。フィードラーがサインした紙のほうは、クリフがわざと上のほうにタイプした〝関係者各位〟という部分がそっくり切り取られていた。もう一枚の紙には切り取った部分より下に〝関係者各位〟とタイプしてあったので、それが一ページ目になった。

秘書のメグ・キーガンの机の上には卓上ホッチキスが置いてあったので、それを持ってフィードラーのオフィスに戻り、動かなくなったフィードラーの右手の指をホッチキスのハンドルに押しつけて二枚の書類を留めた。それからフィードラーの机の上にポータブル・タイプライターを置き、彼が毒をあおる前に使っていたように見せかけて、書類とホッチキスをその横に置いた。
新しい最初のページには（フィードラーに見せなかったページには）、つぎのように書いてあった。

関係者各位

私、メリル・ジョン・フィードラーの身に降りかかった災難は自業自得としか言いようがなく、それゆえ、みずからの人生に終止符を打つことに決めました。

私はギャンブルに熱中し、いまではビギナーズラックだったとわかる勝利を重ねたのちに、競馬場の窓口だけでなく、違法な賭け屋やノミ屋からも馬券を買うようになって、借金を作ってしまったのです。

早急に多額の現金が必要になったために、私は非常に愚かな決断をしてしまいました。ヴォルタン・インダストリーズが製造しているW‐10の設計図を競合他社に売ることにしたのです。ここでは名前を伏せますが、競合他社に責任はありません。彼らは、私が元部下のクリフ・アイヴァーソンに命じてひそかに作成させた図面を見て、設計上の致命的な欠陥に気づいただけです。

その欠陥に対する責任は、すべて私ひとりが負うべきものだと思っています。ヴォルタンのほかの社員には、いっさい何の責任もありません。とりわけ、ヤツェク・ホルヴァスと、前述の設計士

一ページ目はそこで終わって、〝関係者各位〟と書いてあったところを一ページ目に合わせて七センチ切り取った二ページめへと続いていた。

クリフ・アイヴァーソンは私を困難な状況に追い込んで名声と評判を傷つけ、自由を剝奪される場所へ追いやろうとしていますが、私が直面してい

る問題はほかの誰の責任でもなく、〝無実の傍観者〟には、特に故ヤツェク・ホルヴァスの未亡人であるリリアナ・ホルヴァス夫人には罪が及ぶことのないよう切に希望します。既述どおり、このような事態を招いた罪を負うべきはただひとりであり、誰を責めるつもりもありません。

もちろん、手紙の最後には、息を引き取ったばかりのフィードラーのサインとその日の日付が記されていた。クリフは、上部を切り取って七センチ小さいレターサイズにした二枚の上にフィードラーがサインするのに使ったペンを置いた。

彼は昨日、何も知らないフィードラーに代わってこの告白書をタイプする前に、ポケットナイフを取り出してタイプライターのアームいくつかの活字に傷をつけた。そこでタイプされたものはすべて、質屋で買ったタイプライターで打った文字とそっくりになるようにしたのだ。それから医療用の手袋をはめ、最新式のタイプライターに新しいリボンをセットして、スプールをくるくると十回まわしてから二ページにわたる〝遺書〟をタイプした。ただし、二ページ目はリリアナの免責証明書だった。

完成すると、フィードラーが一時間前に〝全額支払い済み〟の領収書を入力した位置までリボンを戻した。

フィードラーはその領収書へのサインを拒んだが、クリフにとって、それはどうでもよかった。フィードラーに領収書をタイプさせたのは、タイプライターのキーからフィードラーの指紋が採取できるようにするためだった。

クリフは医療用の手袋をはめたまま、昨日タイプしたあたりまでそっとリボンを戻すと、最後に入力した単語のすぐうしろで止めた。そうしておけば、警察が万が一タイプライターのリボンを調べても、フィードラーが競馬の借金を返済するつもりでブックメーカーに署名を求める領収書をタイプしたように見えるはずだ。ただし、フィードラーの指紋のついたその領収書は丸めてくずかごのなかに投げ込まれている。が、領収書をタイプしたあとでエアコープのエディー・アルダーマンがW-10の致命的な欠陥の隠蔽を暴露するかもしれないことに気づいて、フィードラーは遺書をタイプした。警察が署名のない領収書を発見すれば、絶望的な男の最期を解明する役に立つに違いない。

クリフは自分のグラスを手に取ると、何も検出されないように（フィードラーが解毒剤を入れてくれたおかげで毒の痕跡は残っていなかったのだが）オフィスのバーのシンクで洗って棚に戻した。オフィスのコーヒーテーブルの上に置いてあった大きなライターで自分自身の告白書に火をつけて、完全に灰になるまで燃やし、勢いよく水を流してその灰が排水口に吸い込まれていくのを見るのは、じつにいい気分だった。

もちろん、フィードラーがみずからボトルに指紋をつけた毒入りのツヴァック・ウニクムは机の上に残しておいたが、手に巻いていた包帯と空になった解毒剤の瓶はポケットに押し込んだ。医療用の手袋はエレベーターを降りる直前にはずし、手袋と包帯と空の小瓶は、訪ねてきた記録のない正面玄関から建物を出たあとで処分するつもりでいた。彼は、遅くまで残業していた従業員のひとりでしかなかった。黒い服の上に着ていた配達員のありきたりの制服は、掃除用具入れのなかから折りたたまれた状態で発見されることになるが、それを花屋と結びつけるものは何もなく、花屋のオーナーも、ルディス・ランカのことは安い給料とチップのためにせっせと働く男だとしか思っていなかった。

クリフは秘書のメグ・キーガンの机の引き出しに入っていた予備の鍵でフィードラーのオフィスのドアを施錠して、鍵を引き出しに戻した。夜警も、破廉恥な噂のあるフィードラーのオフィスが施錠されているときはなかを覗かないほうがいいのを知っている。したがって、月曜日の朝まで彼が死んでいることに気づく者はいない。

複写機にセットしておいたタイマーは取りはずした。タイマーが正常に作動してとつぜん複写機が動きだしたので、クリフはグラスを残したまま様子を見にオフィスを出て、フィードラーにその気があれば毒を盛るチャンスを与えることができたのだ。

警察は間違いなくフィードラーの死を自殺とみなすだろう。しかし、クリフはそう思っていなかった。

メリル・フィードラーは自分自身を殺害したのだ。

## 48

### 問い#3　その削除は罪のない人を悲しませることにならないか?

マクマスター学院に承認された戦略を無視して、完全に独自の判断で行動していたジェマは、学院が依然として計画どおりの削除の遂行を期待しているのではないかと恐れていた。失敗した(もしくは計画を実行に移さなかった)場合に過酷な制裁が科されるのは知っていたが、それでも学院が承認した戦略がうまくいくとは思えなかった。学院がジェマの置かれた状況を〝食うか食われるか〟などといった乱暴な言葉で表現することはなかったものの、それが彼女を最も悩ませていた。

たとえアデルを職場から遠く離れた場所で削除できなくても――学院ではそうするように厳しく指導されていたのだが――病院の本館の外になら適当な場所があった。職員用の広い駐車場の裏手で小児医療センターの建設が進んでいたのだ。

ジェマは建設現場が好きで、落ち着く場所だとさえ思っていた。小さい頃は、父親が仕事をしている建設現場で遊んでいたので、子ども時代の思い出のひとつになっている。いまにして思えば、完成したばかりの部屋や階段、それに秘密の通路など、日に日に姿を変える遊び場を自由に歩きまわることが許されていたのは驚きでしかない。ただし、父親はつねに彼女を見守ってくれていて、どこかで子ども用のヘルメットを見つけてきただけでなく、名前も書いてくれた。いちばんのお気に入りは、父親と一緒に檻のようなエレベーターに乗ることだった。

彼女にとって、まぜたてのセメントの湿っぽいにおいやアーク溶接トーチの独特のにおいはポップコーンと綿菓子のにおいのようなもので、そんな懐かしい場所であらたな削除を実行すれば、うしろ暗い行為も父親へのオマージュになるような気がした。それに、計画を練れば練るほど、川に突き落とすという当初の計画よりすぐれているように思えてきた。

決行の日は、アデルのデートのスケジュールと、月の満ち欠けと求愛行動に関するシグネ・チャイルズの講義で得た知識を参考にして決めた。マクマスター学院の地下にあるプラネタリウムでは、真っ暗な空にやがて三日月が浮かんで、その影の部分が地球からの照り返しによってうっすらと銀色に照らされるのを見たが（父親はそれを〝新しい月に抱かれた古い月〟と呼んでいたのだが）、懐中電灯などなくても、こっそり準備をするにはそれで充分だった。夕暮れの薄闇のなかで動きまわるには、彼女の肌の色が（生まれてはじめて！）役に立った。

ジェマは、午後八時三分に建設中の小児医療センターのコンクリートと鉄骨の枠組みのなかに入っていった。五階建てのうちの三階部分までしか完成していない枠組みは、朽ち果てた城壁のように見えた。時間も適当に選んだわけではなかった。彼女は、マクマスターズの指導に何の疑問も抱いていなかった時期に、家庭教師をしてもらったお礼としてクラスメイトのクリフに〈翡翠の泉亭〉（中国の季節に応じて装飾を変える中華料理店）で昼食をごちそうしたことがあった……ただし、これは、クリフがキャンパスに到着した日に森のなかで彼女を見つめて、その瞬間に彼に惹かれたこととは何の関係もなかった。

「わかりやすく言うと、ササキ教授の理論は、時間に依存しない演算子と時間の経過ともに変化する状態ベクトルをもとに編み出されたものなんだ」クリフはそう説明したものの、ジェマが湯気の立つ五目焼きそばを食べるのをやめたのを見て、自分の説明が少しもわかりやすくないことに気づいたようだった。「つまり、一日のなかで、人がみな集中力を失って、それと同時に時間の歩みが遅くなる瞬間があるということだ。ササキ教授はそれを〝無の静止〟と呼んでいる」彼は少年のような笑みを浮かべて付け足した。「四時十四分は知覚できない時間で、実際には存在しないと教授は言うんだ」

ジェマはジャスミン茶をひと口飲んだ。「じゃあ、夜、気づかれないように目的を達するとしたら……？」

クリフはヒシの実を嚙み砕いた。「ササキ教授は、八時十一分から九時三分のあいだが理想的だと言っている。僕にはよくわからないけど」

ジェマは、クリフがそばにいてくれたらと、ふと思った。単なる相談相手としてではなく……

いまさらそんなことを言ってもしょうがない。やるべきことをやるだけだ。

マクマスターズでは、最善を尽くして練り上げた計画に狂いが生じて、ひそかに標的に近づくためのべつの方法を考えなければならなくなったときは、標的の日常生活におけるルーティンのなかに弱点を見つけてそこを衝けばいいと教わった。「仕事が終わったあとにいつもプラザホテルのオークバーに寄ってマティーニを飲む広告会社の役員がいれば、毒入りオリーブが役に立つ」というのが学院の格言で、さまざまなバリエーションがあるが、ガイ・マクマスターはこの格言を簡潔に言い換えた。〝習慣はなかなか変えられない〟と。

ジェマは、アデルにもお決まりのルーティンがあることに気づいていた。最近ますます仲よくなった前途有望な研修医のピーター・エリスデンと夕食を共にするときは、いつも早退するのだ。研修医は激務を強いられていて、日勤を終えてそのまま夜勤に入る日はたいてい病院の食堂で夕食をとっていた。車が必要なときは、ジェマがレンタルしているオースティンのコンバーチブルを自由に使えると決めつけていたアデルは、戻ってくるまでオフィスで仕事を続けるようジェマに指示してちょくちょくピーターと食事に出かけた。食事を終えて戻ってくると、アデルはジェマを乗せて自分の家に帰り、反対方向に二十五キロほど行ったところに家のあるジェマに車を返した。そんなおかしなことをするのは、自暴自棄になったジェマが対向車線を走って来るトラックに猛スピードで突っ込んでアデルを道連れに自殺を図るか、あるいは、ジェマだけが運よく生き残ることになるのを恐れていたからだ。

要するに、アデルが自分で運転するのはジェマが道路上でわざと事故を起こすのを防ぐためだったのだが、それに気づいたジェマは、アデルを運転席に座らせて道路以外の場所で〝事故を起こす〟ことにした。それで、アデルが昨日、明日の晩に（上弦の三日月が姿をあらわす晩に！）またピーター・エリスデンと一緒に食事をするので八時半頃に従業員用の駐車場で待っていてくれと言うのを聞いて、時間も場所も月齢も完璧だと気づき、決行するならいまだと、いや、明日だと決めた。

アデルが食事に出かけると、ジェマはひとりになったので、誰にも気づかれることなく病院を抜け出すことができた。小児医療センターの建設現場の裏手の雑木林も難なく通り抜けることができた。駐車場の係員がいつもひとりで居眠りをしている詰め所からもかなり離れていた。彼の主な任務は、職員用の駐車場に入ろうとする車を見つけると、「おれは、病院に行ってあんたの職場の駐車場には車を駐めないぞ」と、わけのわからないことを言いながら大きく手を振って来客用駐車場に誘導することだった。

小児医療センターの建設業者は、翌日の作業に備えてつねにはしごや脚立を置きっぱなしにしているので、建設現場の上の階に上がるのは簡単だった。ジェマはもともと体が柔軟だったし、ターコット教官の指導によって敏捷性も高まっていた。コンバーチブルを借りたときに買ったカーフスキンの手袋をはめて、車のトランクからジャッキのハンドルを取り出すと、彼女はキャスターがロックされた金属製の階段ですばやく二階に上がり、さらにはしごを使って三階へ行った。その日は建設業者が三階で作業をしていたようで、そこに積み上げてあった数十個のコンクリートブロックのうちのひとつを手に取り、またキャスターのついた階段を上って、床の代わりに板を敷いてある四階まで運んだ。そうやって、まだ途中までしかできていない四階の壁の上にブロックを四つ、穴の向きを揃えて積み上げると、穴にジャッキのハンドルを差し込んで、曲がった先の部分がブロックの穴の上から突き出るようにした。ハンドルの先を数センチ動かすと、ブロックが四つともわずかに傾くのも確認した。

キャンパス内の池で釣りをしているときに『結び目理論』の授業の内容を完璧に理解したジェマは、手袋を脱いで十五メートル巻きの透明なナイロン製の釣り糸をポケットから取り出すと、ブロックから突き出したジャッキのハンドルの穴に糸を二重に通し、手際よく巻きつけてパロマー結びにした。それから、未完成の壁のあいだから釣り糸をひと巻き一階に放り投げ……もともと四階にあったブロックもひとつ投げ落とした。地面に当たると、ブロックは小さな破片やセメントの粉を撒き散らしながら三つに割れた。耳をすまして、駐車場の係員が鈍い衝撃音に驚いたかどうか確かめたが、気づいていないようだった。

一階に戻ると、またカーフスキンの手袋をはめて、タイム・レコーダーの横に積んであった黒いヘルメットをひとつ手に取った。ジェマは、数日前に行なわれた建設現場の職員見学会でもヘルメットを着用した（彼女の髪は、ここリトル・バビントンの町でも目立っていたので、もしヘルメットに彼女の髪がついていたら理由を説明する必要があるからだ）。今回は安全性を考慮してヘルメットの上にもうひとつヘルメットを重ねると、その日の朝にアデルが自分で病院の正面玄関まで運転してきてからジェマにハンドルを託したオースティンを駐めた場所まで歩いていった。そこには、見た目も走りも抜群の愛車が駐まっていたが、そのきれいなフロントガラスがもうすぐ台無しになってしまうのはわかっていた。これから起きることを考えると、ギロチンにしたほうがよかったかもしれないという思いが頭をよぎった。

その日は建設現場の近くに車を駐めて、窓を開けたまま幌を下ろしておいた。駐車場には誰もいなかった（病院ではたいてい午前中に手術が、午後に回診が行なわれ、七時に面会時間が終了すると看護師が就寝点呼をすることになっている）。ジェマはオースティンのエンジンをかけて（ヘッドライトはつけず）、ギアをニュートラルに入れてパーキングブレーキを解除すると、動きだすまで車を押してから運転席に飛び乗り、すばやくクラッチを切ってギアをファーストに入れた。ほとんど音を立てずにコンバーチブルをジャンプスタートさせることができたので、建設中の壁のすぐそばまで——四階にブロックを積み上げた場所の真下まで——ゆっくりと走らせた。これは、彼女の計画のなかで最も危険な部分だった。とつぜん強力な風が吹いてブロックが落ちてきたら……だから、ヘルメットを二重にかぶって、用心深く壁を見上げながらエンジンを切った。

車から降りると、幌を上げ、先ほど四階から投げた釣り糸の巻き芯を拾った。透明なナイロン線はもうほんの少ししか巻きついていなかったが、ジェマは手袋を脱いでポケットからシャモアクロスを取り出すと、フロントガラスについた鳥の糞を拭き取るふりをして（誰かが見ているといけないので）幌を留めるラッチにナイロン線をくくりつけ、四階のブロックから延びてきている線がまっすぐピンと張った状態になるまで結び目を調節した。それからまた手袋をはめて、先ほどわざと落としたブロックの破片を拾った。三つの破片のうちで最も重い破片はとくに角がするどかったので、運転席の下に押し込んだ。ヘルメットはもとの場所に戻して、準備作業の結果を点検した。暗いので、車の幌からまっすぐ上に延びている透明な細い糸は見えなかった。運転席からも、真上を見上げないかぎり視界に入らない。運転席に座ったアデルはバックで車を出すときに肩越しにうしろを見るか（真ん前に壁があるので、バックするしかないのだが）、ジェマに話しかけるときに横を向くだけだ。ジェマもできるだけアデルの気をそらせるつもりでいた。

アデルとは駐車場の入口にある係員の詰め所のそばで落ち合うことになっていたので、一緒にいるところを見せつけるために係員に声をかけるつもりでいた。

アデルは、雨が降っていないかぎり夜は幌を上げるのが好きなので、ジェマは運転席のドアを開けるとすぐに助手席側に移動して、アデルに言われなくても幌を後部座席のシートのほうへスライドさせるつもりだった。そうすればジャッキのハンドルが引っぱられ、積み上げた四つのブロックが傾いて車の上に落ちてくる。少なくとも、ひとつかふたつはフロントガラスか屋根のない運転席に当たるはずだ。そうなるのを知っているジェマがまだ車に乗り込まずにいれば、アデルが状況を理解できずにいるうちに飛びのくことができる。ブロックが車のボディやフロントガラスに当たるすさまじい音があたりに響きわたるのと同時に、アデルは自分の身に何が起きたのかわからないままこの世を去ることになる可能性がきわめて高い。いずれにせよ、ジェマは何度も叫んで駐車場の係員を呼ぶ。係員は、コンクリートブロックが四つ落ちてきたときの不気味な音の原因を確認するために、すでに外に出ようとしているかもしれない。そして、取り乱したジェマが大破した車の脇に立っているのに気づく。ジェマが四階から車の上に物を落としたのなら、つぶれた車のそばに立っているはずがない。アデルに致命的な衝撃を与えたと思いたい大きな音が聞こえたわずか数秒後には、ジェマが車のそばで叫んでいるのを係員が目撃することになる。係員はジェマが運転席に駆け寄るのも目撃するが、アデルはすでに死んでいるか、意識を失っているか、あるいは、単にショックを受けているだけかもしれない。ジェマは、病院に電話をかけて救急車をまわしてもらってくれと、係員に向かって叫ぶ。係員は電話をかけるために走って詰め所に戻るので、残念なことにアデルがまだ生きている場合は、ジェマが運転席の下に押し込んでおいたブロック片を手袋をはめた手でつかむ。そして、「あれは何?」と叫びながらアデルの左のほうを指差して、アデルが横を向いたとたんに必要に応じた力で彼女を殴り、ブロックは、アデルに当たって跳ね返ったかのように地面に投げ捨てる。それから手袋を脱いで車のなかに放り込み、落ちてきたジャッキのハンドルとコンバーチブルのラッチからナイロン線をほどき、ジャッキのハンドルを車のトランクのなかの本来あるべき場所に放り込んで、わざわざトランクに入れておいた救急箱の横の釣り道具入れにナイロン線を押し込む。もし係員が戻ってきてジェマがトランクを覗いているのを見たら、アデルの出血を止めるために救急箱から包帯を取り出そうとしているのだと思うはずだ。

ジェマはブロックの破片で止めを刺す必要などないことを祈った（ただし、そのような祈りを聞き届けてくれる神がいるかどうかはわからなかった）。とにかく、みずからの手で（手袋をはめていたにせよ）そのようなむごいことをしなくても、四つのブロックの少なくともひとつがアデルを直撃することを祈らずにはいられなかった。小さな声で呪いの言葉を吐いたのは、それが自分の弱点だというのがわかっていたからだ。川に汚れ仕事をさせようと思っていたのと同様に、彼女は重いコンクリートブロックが無言の共犯者として削除を実行してくれるのを期待していた。

できることなら先延ばししたかったが、マクマスター学院が彼女に落伍者の烙印を押して中止を求めてくるまでどのぐらいの猶予があるのかわからなかったので、ジェマは建設現場の裏側とその向こうにある木立を抜けると、駐車場を取り囲む舗装道路を歩いて入口に戻った。ちょうど八時二十五分で、いつも遅れてくるアデルとは八時半に会う約束をしていた。

八時四十七分になると、ようやくアデルが姿をあらわして、「ここよ！」と叫んだ。ボーイフレンドの研修医も一緒かもしれないと、一瞬どきっとしたが、暗闇に目を凝らすと、ひとりだとわかった。アデルは約束の時間に遅れたことを謝らなかった。アデルはけっして謝らないのだ。ジェマは自分もアデルのようになりたいと思った。もちろん、今夜までのアデルに。

「お疲れさま、ポールディングさん！」と、ジェマは駐車場の係員に声をかけた。魅力的な女性から声をかけられると、係員はいつも週刊誌の《ジョン・ブル》から顔を上げた。「お先に」

「おやすみ、ジェマ。それに、アンダートンさんも」係員はそう言って、病院内でのふたりの地位を知っていることを明らかにすると、「気をつけて」という貴重なアドバイスをした。

「ありがとう、ポールディングさん！」ジェマはわざと明るく返事をすると、アデルと並んで歩きながら、「ディナーはどうだった？」と尋ねた。

アデルは顔をしかめた。「食べられそうなものは、エビのカレーとフライドポテトしかなかったの」

「ピーターは何を食べたの？」

「彼は、二交代勤務のときなら一日に三回朝食を食べるの。卵とフライドポテトと豆を食べて、食堂でコーヒーと呼ばれているものを飲むだけなのよね。結婚したら、その習慣を直してあげないと」

アデルはピーター・エリスデンをうまく口説き落とすつもりだと何度かほのめかしていたが、かなり手応えを得ているようだった。近々結婚するのであれば、問題が自然消滅する可能性もあるので、しばらく様子を見てもいいのではないかという思いがジェマの頭をかすめた。しかし、学院の関係者はどう思うだろう？

「結婚したら仕事をやめるつもりなの？」と、ジェマはさりげなく訊いた。どうするか、アデルがすでに決めていたのなら、その答えが生死を分かつことになる。

「まさか。あなたは、私がいなくなったらせいせいすると思ってるのかもしれないけど」と、アデルは笑いながら否定した。「ただし、新婚旅行に行って新居を整えるために、休暇は取るかもしれないわ。でも、医者が開業するとなると妻のサポートが必要なのよね。だから、離婚するときは、軌道に乗るまでの妻の苦労を考慮してたっぷり慰謝料がもらえるのよ。私の場合はあなたに助けてもらえるからいいけど」

もしアデルに予知能力があったなら、棺に最後の釘を打ち込むことになったのは自分の言葉だと気づいたはずだ。

ふたりは広い駐車場の端まで来た。「どうしてこんな遠いところに駐めたの?」アデルは不審に思っているような声で訊いた。「誰もいないところに連れていこうとしてるわけ? 私がリギンズ弁護士に手紙を預けているのを忘れてなければいいんだけど。おかしな気を起こしたって無駄よ」

「大丈夫よ。あなたがいつも思い出させてくれてるから」と、ジェマは言った。「あの手紙の内容は病院の誰にも知られたくないし、母にも私が何をしたか知られたくないから。母が生きているかぎり、あなたをどうにかしようなんて思わないわ」

アデルはそれを聞いてすっかり安心したようだったので、ジェマは運転席のドアを開けて、助手席のほうにまわりながらアデルが車に乗り込むのを待った。

「ピーターにはもうプロポーズされたの?」平静を装ってアデルに訊いたが、頭のなかでは、〝私はほんとうにこれから彼女を殺すの⁉〟という悲鳴がこだましていた。幌のラッチに手を伸ばしたときは、一分間の心拍数が二百を超えていた。

「あと一歩のところまで来てるのよ」アデルは車のキーをさがしながらそう答えたが、キーはジェマのハンドバッグのなかに入っていた。「つぎのデートで、こっちから水を向けようと思ってるんだけど」

ジェマが幌の掛け金をはずした。「自信満々ね」

アデルはハンドバッグから口紅を取り出して、キャップをはずした。「だって、結婚するしかないんだもの。数カ月は休むことになるから、あなたはそうとう忙しくなると思うわ」ジェマが幌をうしろへ下げると、頭上からコンクリートの擦れ合う音が聞こえてきた。

ジェマは、音がしたほうへ目をやりたい衝動を懸命に抑え込んだ。感づかれては困るからだ。ジェマが車から離れようとしていると、アデルは誇らしげに先を続けた。「ピーターとはそういう関係になって、妊娠したの」

「危ない！」ジェマが叫んでアデルの上に覆いかぶさったのと同時にコンクリートが落ちてきて、フロントガラスとジェマに当たった。

アデルのするどい叫び声を聞きながら〝やっぱり私には無理だったわ〟と思ったのを最後にジェマは意識を失って、光も音もない世界に置き去りにされた。

## 49

ドリアはレオニード・コスタを削除した翌朝遅くに目を覚まし、誰もがそうであるように、最初は自覚も記憶も靄に包まれていたが、やがて意識がはっきりしてくると、自分はいまどこにいるのか、昨夜何をしたのか、そして、これからどうなるのか、少しずつわかってきた。自分が死刑囚監房にいることを徐々に思い出した囚人にとっては、夢が悪夢に代わる瞬間だった。

窓の外では、真っ青な空に太陽が貼りついていた。サテンのシーツの下でもぞもぞと体を動かしながら、彼女は自分がドリア・メイであることと（ああ、よかった）、撮影所内の快適なバンガローに戻ってきたことと（ありがたいことに）、自分がひとりの男を削除して（驚いたことに）、その男の名前がレオニード・コスタだというのを思い出した（いや、それはよかった）。それに、いまのところは疑われていないことも。

とつぜん、ドアに大きなノックの音がした。マクマスターズであれこれ学んで自信がついたものの、彼女も人間で、口はからからになり、よく言うように戦慄が背筋を貫いて、胃にまで迫ってきた。彼女はシーツとお揃いのサテンのパジャマの上にガウンをはおって寝室から短い廊下に出ると、カーペットを敷いた階段を六段下りてバンガローの玄関へ行った。ノックの音はまだ聞こえている。レースのカーテンが掛かったドアのガラス越しに外を覗くと、警官らしき制服が見えたので、驚いたが……ジャカランダ・ストリートに面した出入口で門衛をしているフィントン・フラッドだとわかると、ほっとした。

ドアを開けると、ドリアは硬い表情を浮かべたフィントンに、「フィニー」と、やさしく声をかけた。

「ひどい顔をしてるわね。なかに入って。いったいどうしたの？」

フィントンは、はじめてバンガローに足を踏み入れることにとまどいながらも、言われるままになかに入った。ドリアが所狭しと物が置かれた居間へ案内すると、フィントンは長椅子に腰を下ろした。手には大きな茶封筒を持っていたが、わずかに手が震えていた。

「悪いことをしてしまったかもしれないんです、ミス・メイ」

ドリアはワゴンテーブルのほうへ歩いていった。

「何か飲む？」

フィントンは、一杯だけなら、と答えた。ドリアがライ・ウイスキーをグラスに注ぐと、彼はそれを飲みほすなり、コスタがブライスという名の女装した私立探偵を雇った話をはじめた。フィントンもコスタにドリアの監視を命じられたという。撮影所側は撮影所内及び撮影所が所有するバンガローでのドリアの行動を監視することができると、契約書のモラル条項に書いてあるそうだ。コスタは、フィントンに協力させろと私立探偵に指示したらしい。あいつは口が堅いし、忠誠心が強いからと。コスタには終戦後に仕事を世話してもらった恩義があるので、ドリアには悪いと思ったものの、断わるわけにもいかず、私立探偵から渡された暗がりでも撮影できるカメラで昨夜九時に彼女のオープンキッチンの窓から写真を撮ったと、フィントンはドリアに打ち明けた。なかは暗かったし、頭は下げておけと言われていたので、何を撮っているのかよくわからなかったが、フィントンは指示どおりカメラを窓枠の真ん中に置いてリモートシャッターを八回押した。カシャッという音がするのと同時に何かが光ってカメラのまわりがうっすらと明るくなったが、その光は〝赤外線〟と呼ばれているものだったので、それが照らしている物体自体は見えなかった。今朝になってようやく自分のしたことについて考え直し、私立探偵に教えられた写真現像所ではなく友人のロイ・キルフォイルのところへカメラを持っていった。ロイ・キルフォイルはフィントンと同じ大隊に所属していて、戦後は撮影所の映像処理部で働いていた。フィントンは自分が何か間違ったことをしたのかどうか知りたくて、超特急で現像してほしいと頼んだが、現像する際に写真をじろじろ見たり人にしゃべったりしないでくれと釘を差した。そしてドリアに対しては、その写真にドリア・メイが写っているのを知らなければ彼女だとわかることはない、と断言した。「言いづらいんですが、写真には……」その先は呑み込んだ。

ドリアはしばらく考え込んだ。「たしか、昨夜の九時にはシャワーを浴びて、たぶん生まれたままの姿で歩きまわってたんじゃないかしら」

フィントンは何も言わず、恥ずかしそうに茶封筒を開けると、わざと目をそむけて十二枚の大判の写真を取り出した。「よく撮れてます」

客観的に見れば、たしかによく撮れていた。微妙な色合いの赤外線はソフトフォーカスをかけたように画像を柔らかくしていたうえに、ドリアは撮られているのを知らないかのように、恥ずかしげもなく大胆なポーズを取っていたので、スタイルのよさが際立って見えた。マクマスターズで運動や筋トレをしたおかげで、彼女の体はこれまでで最もしなやかになっていた。なのに、豚の吹き替えをさせるなんて、あんまりだ！

もちろん、ドリアは写真を撮られているのを知っていたので、カメラに向かってわざと大胆なポーズを取ったのだ。ただし、フィントン・フラッドは自分が昨夜その写真を撮ったと思っているようだったが、実際はその前夜に撮られたものだった。昨夜、ドリアがコスタにオスカー像で恩返しをしているときにはもう写真が撮影されてフィルムが巻き取られていたので、フィントンは無意味にシャッターを八回押していただけだ。ドリアはおとといの晩にバンガローの窓の外にカメラを置いてセルフタイマーをセットしてから、冷蔵庫に貼っていた大きなカレンダーの横にそ知らぬ顔をして立って、あられもない姿の写真を八枚撮った。カレンダーの翌日の日付の上には、その月のこれまでの日付と同様に×印がついていて、壁の時計の針は九時を少し過ぎたあたりを指していた。これは、コスタがそこから車で二時間かかる場所で殺害されているときにドリアの写真を撮っていたという警備員の証言の裏づけになる。ドリアは前の週に三回予行演習をして、そのときは服を着てカメラに背を向けていたのだが、深夜営業をしているダウンタウンの三カ所の現像所にフィルムを持っていって写り具合を確認していた（マクマスターズの『写真撮影学』の授業で習ったことは、ポーズの取り方や露出時間、目的に適した絞りを決めるのに役立った）。

わざわざみだらなポーズを取ることにしたのは、われながらなかなかいい思いつきで、ハロー学院長も、彼女の洒落っ気と度胸に感心していた。有名無名に関係なく、みずから進んで裸の写真を撮らせる女優がいるだろうか？　女優のキャリアにとって自殺行為になるおそれもあるのに！（マリリン・モンローのヌードカレンダーは急上昇している彼女の人気に影を落としているようには思えないが……ドリアは、それより芸術的なポーズを取っている自分の写真がアート雑誌にでも載れば、たちまちスキャンダルになって人気が上がるのではないかと思っていた）

目下、計画は岐路に達していたが、マクマスターズの教えを受けた彼女は、どっちに転ぼうと対処する準備ができていた。ただし、フィントンの性格はわかっていたので、彼の出方に対する的確な分析はマクマスターズの教授陣に褒めてもらえる自信があった。「写真を撮ればいくらもらえることになってたの、フィニー？」

フィントンはグラスを置いた。「お金はどうでもいいんです。返します」

「でも……悪いことをしたわけじゃないのなら、もちろん罪に問われることはないわ」

フィントンはドリアの質問を無視した。「私は、コスタ氏に頼まれたことをして金を受け取っただけです。それは当然のことだと思います。でも、この写真……写真にはなんの罪もない。美しい写真なんだから」

ドリアは、フィントンが写真にうっとりとした視線を向けたのを見て、余分に現像しているのではないかと疑った。どうしていままで気づかなかったのだろう？　もちろん、そうしているはずだ。「ネガはまだ手元にあるの？」

フィントンは力なく肩をすくめた。「燃やすべきだったのはわかってますが、写真があまりにきれいだったんで、もったいないと思って」

でも、ここへは持ってきていないのだとドリアは思った。「ひとつ提案があるの。あなたに千ドル払うわ」――フィントンは断わろうとして口を開きかけたが、ドリアはすかさず先を続けた――「正直に話してくれたお礼と、あなたがもらいそこねたお金の穴埋めと、もちろん、ネガの代金として。よからぬ人に渡せば、かなりの額になるでしょうけど」

「どうしてもというのであれば」フィントンはあっさり取引に応じた。「これは、ふたりだけの秘密にしましょう。ミスター・コスタには、うまく写真が撮れなかったので、腹が立ってフィルムを捨てたと伝えておきます」

　コスタと話をすることなど、もう二度とできないのはドリアもわかっていたが、いまはまだそのことをフィントンやほかの誰かに教える気はなかった。「すぐに小切手を切るわ」彼女はそう言って、部屋の隅に置いてあるライティングデスクへ向かった。

　すると、フィントンがとつぜん立ち上がって、びっくりするほど激しく首を振った。「いえいえ、けっこうです。もしあなたの厚意に甘えたら――いや、甘えるわけにはいかなくて――つまりその、小切手を受け取ることはできないんです。受け取れば、記録が残って、バレるに決まってます」

　ドリアは、「じゃあ、夜まで待って。あなたが仕事を終えるまでに現金を用意しておくから」と、申し出た。「九時頃に来てくれる？　今日は裸になるつもりはないけど」ドリアが笑うと、フィントンも笑った。

「このことは、撮影所にも歳入庁《IRS》にも、ほかの誰にも知られることはないわ。少ないけど、私の気持ちよ」

　フィントンはしぶしぶ同意した。「わかりました」

♠

　門衛として、毎日、誰が何時に来て何時に帰っていったか記録しているフィントン・フラッドは時間厳守を旨としていた。したがって、約束の時間より一分早く到着していたが、午後九時になるまでバンガローのパティオのドアをノックしようとは思わず、九時きっかりに軽くドアをノックして、なかに招き入れられるとすぐドリアに封筒を渡した。

「ネガです」

ドリアは幽霊が写っているように見えるネガを光にかざして尋ねた。「これは、間違いなく昨夜あなたが撮った写真なのね？ ほかの日やほかの時間に撮った写真はないのね？」

フィントンは傷ついたようだった。「そんなことを訊くなんて、私のことを覗き魔だと思ってるみたいじゃないですか！ 写真に写っている壁の時計とカレンダーの日付を確認してください。カメラを受け取ったのは昨日で、フィルムは一巻きしか入っていませんでした。嘘じゃありません」

ドリアはキッチンへ行って、膨らんだ白い封筒を持って戻ってきた。「あなたには感謝してるわ、フィニー。感謝の気持ちに値段はつけられないけど、千ドルなら、なんとか」

フィントンは両手の手のひらを上に向けた。「いや、千ドルなんて、そんな」

「遠慮しないで。ほかの人なら、私の弱みに付け込もうとしたかもしれないわ。だから、取っておいて」

フィントンは苛立ちを抑えてドリアを質した。「勘違いしないでください。千ドルでは足りないと言ってるんです」

ドリアはしばらくフィントンを見つめると、ネガを封筒に戻して陶器で形づくった丸太の下でガスの火がちらちらと燃えている暖炉のほうへ歩いていった。

「ネガは一瞬で燃えてしまうわ」

フィントンはドリアの愚かさを笑った。「犯罪小説の登場人物はなぜみんなネガを燃やそうとするのか、わからなくて。ネガなんて、いくらでも現像できるんですから。もちろん、これはオリジナルではありません。だから、燃やしたって大丈夫なんです。あなたが『少ないけど、私の気持ちよ』と言うんで、こっちも『わかりました』と言いました。だって、ほんとうに少ないと思ったからです。もう少し増やしたところで、あなたの財布は傷まないはずです。五千ぐらいが妥当だと思ってるんですが、どうです?」

「すべてのネガに対して? それともオリジナルに?」

フィントンはすぐに返事をしようとしたが、そのことについては前もって考えていなかったのか、しばらく黙って考え込んだ。「何かあったときのために、二本は手元に残しておくことにします。私にとって、これは投資のようなもので、すべてはあなたの今後にかかってるんです。あなたの人気や銀行預金の額が上がれば、私が手にする額も増えるはずですよね。もし、ジャンヌ・ダルクや聖母マリア役を演じることになったら――」

「もう、それで充分ですよ、ミス・メイ」キッチンからするどい声が聞こえてきたかと思うと、紺色のスーツを着た男が制服警官を従えて居間に入ってきて、身分証を見せた。「フィントン・フラッド、おれはガーネット警部補で、こっちはコルテス刑事だ。きさまを刑法五百十八条違反、つまりいまおれたちが目撃したミス・メイへの恐喝未遂容疑で逮捕する。また、覗き見を目的としてこの建物の周囲を徘徊したことは、カリフォルニア州刑法六百四十七条一に定められたA級軽犯罪に該当する」

一応、プロの警備員であるフィントンは自分の仕事に法的な権限があるのを知っていた。「私にはバンガローを見まわる合法的な目的があったんだ。それに、雇用主の指示に従っていたにすぎない」

「誰の指示に？」

「レオニード・コスタの指示に」

ガーネット警部補が奇妙な笑みを浮かべた。「コスタ氏にそれを確認できないのは残念だ。彼は殺害されたので」

ドリアはショックを受けて、あえぎながら倒れ込むようにソファに座った。「いつ……どのように……?」

ガーネット警部補は渉外能力に長けていたので、撮影所で何か問題が起きたときはいつも事情聴取をまかされていた。が、今回はうっかり口を滑らせてしまった自分に腹を立てているようだった。「驚かせてしまって、すみませんでした、ミス・メイ。軽率でした」

彼はドリアに謝ってからフィントンに向き直った。

「コスタ氏があんたに指示を与えたということのようだが、その場にはほかに誰かいたのか?」

「私に指示をしたのはミスター・コスタではなく、彼が雇った私立探偵です」

「探偵の名前や住所はわかってるのか?」

フィントンがブライス探偵事務所の名刺を渡すと、ガーネット警部補はそれを見て怪訝そうな顔をした。

「ブロミスタ通りなんて聞いたこともないな。おまえはどうだ、コルテス?」と、部下に訊いた。

制服を着たコルテス刑事は「いいえ」と答えた。

「どうでもいいことですが、ブロミスタというのはスペイン語でジョーカーという意味です」

「名刺は誰だって作ることができるからな。もちろん、あんたも含めてってことだよ、ミスター・フラッド」と、ガーネット警部補が言った。ドリアも名刺を作ったことがあるので、それは知っていた。フィントンを気の毒に思わないでもなかったが、彼は千ドルを蹴って彼女を恐喝しようとしたのだ。芸能人好きのガーネット警部補の同情を惹くのは簡単だった。それに、彼はドリアが出た強盗映画の『リノのギャンブラー』でテクニカルアドバイザーを務めていた。フィントンがドリアを恐喝しなかったとしても、彼とのやり取りでドリアのアリバイは証明された。ドリアはどうしてもアリバイが必要だと思っていたわけではないが、フィントンがドリアにではなく〝私立探偵のブライス〟に写真を渡していたとしても、彼女は匿名の手紙で自分をゆすり、調査のためにガーネット警部補を呼んで、コスタの依頼を引き受けたときにフィントンがサインした書類を匿名でガーネットに送れば、一昨日の夜の彼女の居場所は証明できる。

ただし、ドリアはフィントンが写真を直接持ってきて多額の金を巻き上げようとするのではないかと、ずっと疑っていた。みずからチップを要求する強欲なコンシェルジュのようだと、つねづね思っていたからだ。あれこれ面倒なことをせずにすんだ点では彼に感謝した。

コルテス刑事がフィントンに手錠をかけた。写真は証拠として押収するが、厳重に保管するつもりだとガーネット警部補がドリアに請け合った。ドリアはそれを聞いて、奥さんに見られたら困る雑誌と一緒にガレージの金庫のなかにでも入れておくのだろうと思った。

ガーネット警部補は、コルテス刑事に連行されようとしているフィントンに声をかけた。「そんなにがっかりしなくてもいい。ミスター・コスタが殺されたんで、殺人課の連中は撮影所内の怪しい人物をあぶり出そうとするはずだ。しかし、この写真はミスター・コスタが殺されたときにあんたがどこにいたのか証明してくれる。あなたがどこにいたかもですよ、メイさん」

「それは赤裸々な真実ね」と、ドリアは当惑気味にジョークを言った。「ゆうべはまさしく自分を露出してしまって……でも、疑いをかけられないようにするためじゃなかったのよ」

「ええ、あなたを疑うなんてことはあり得ませんから。ミスター・コスタを殺害したのは間違いなく男性です。特別な、その……趣味を持った男性です」

ドリアの表情がけわしくなった。「信じられないわ」

自分が映画界に通じていると友人に自慢するのが好きなガーネット警部補は、そっと打ち明けた。「私は古くからの映画ファンで……ミスター・コスタは女装趣味の男に殺されたんじゃないかと思うんです」

ドリアはあわてて言い返した。「でも、でも……レオンが大の女好きだったのはみんな知ってるわ！」

ガーネット警部補は、映画スターを前にしてうれしそうに世慣れた男を演じた。「名うての女たらしは、自分が〝そういう人間〟ではないことを他人や自分自身に証明したいと思うことがよくあるんです。あるいは、ミスター・コスタは騙されて、自分は本物の女性と一緒にいると思っていたのかもしれません。寝室でストリップショーの真似事をして、そこでようやく女ではないとわかったようです。われわれにとって最大の課題は、彼が犯人と自発的に関係を持ったかどうかを解明することです」

「〝関係を持った〟？　そんな――」

「犯人がミスター・コスタと性行為をしたことを示す物的証拠があるんですが、問題は、同意の上でのことだったのかどうかということです。それに、性行為が行なわれたのが死の前かあとか、死にかけていたときなのかもわからないんです。こんなに科学捜査が進歩してもわからないことがあるんですよ」

「汚辱だわ！」と、ドリアは涙声で言った。ガーネット警部補はその単語の意味がわからなかったが、そのあとに続く言葉は理解できた。「恥ずべきことよ！　そんな、不名誉でけがらわしい最期を迎えるなんて！」

「撮影所のためにも、なるべく表に出ないようにするつもりです」

「でも、ここはハリウッドよ！」と、ドリアは投げやりに叫び、内心では喜びながら激しい口調で続けた。「この先、何年ものあいだ、タブロイド紙や雑誌のゴシップ欄とか暴露本やなんかに書き立てられることになるわ！」〝それに、私がしゃべれば〟と、心のなかで付け加えた。女優としてのプライドをずたずたに引き裂いたコスタに仕返しするために冥府の川に突き落としたのはこのドリア・メイだと業界紙に教えてやれないのは、じつに残念なことだった。

〝冥府の女神が愚かな男に天罰を下す〟——彼女は《デイリー・バラエティ》紙の見出しを思い浮かべた。

## 50

### 問い#4　その削除はほかの人の人生をよりよいものにするか？

クリフがその日の午後をいつになくのんびり過ごせたのは、フィードラーにはもうのどかな午後を楽しむことができないのを知っていたからかもしれないが、リリアナ・ホルヴァスの家に向かうクリフとすれ違った人は、彼が開放感を満喫していることに気づいたはずだ。日曜日の礼拝のためにめかし込んだ通行人の何人かは、たとえ単なる挨拶であったとしても、「すがすがしい午後ですね」と、声をかけてきた。

リリアナはクリフをポーチに案内して、レモネードリリアナはふたたび無言のまましばらく考え込んでから、「痛かったのかしら？」と訊いた。

クリフは、「痛みは感じたはずです。それに、恐怖と絶望も」

リリアナはレモネードをひと口飲んで、酸っぱかったのか、口をすぼめた。「それはよかったわ。教えてくれてありがとう」

ふたりは、聖体拝領のウエハースを受け取ってワインが与えられるのを待っているかのように静かに座っていた。やがて、リリアナはいつものようにわずかに訛りのある英語で、「私のヤチェクを殺した人も、そんなふうに罰せられたらいいのに」と言った。

「その男は死にました」と、クリフが明かした。

リリアナは大きく息を吸い込んで、はじめて感情をあらわにした。「フィードラーのこと？　彼だったの？　ずっと疑ってたんだけど――」

「違います。でも、あなたのご主人を撃った犯人も死にしたことの報いだと気づく場面も」


とハンガリー名物の蜂蜜ケーキを出してくれた。頭を剃った理由を説明するのは面倒だったので、その日はかつらをかぶっていた。無精ひげを剃ったのは、そのほうが気持ちがいいからだ。毎朝、石鹸を泡立ててひげを剃り、石鹸を洗い流してからアフターシェーブローションを叩きつけるのも、そのときのヒリヒリとした刺激も懐かしかった。

レモネードを飲みほして、おかわりを注いでもらうと、クリフは声を落として「メリル・フィードラーが死にました」と言った。

リリアナはおもむろにうなずいて、しばらく考え込んでから、「どんなふうに？」と訊いた。

クリフは慎重に言葉を選んで話をした。「もし僕に透視能力があったら、彼があなたのご主人のお気に入りのリキュールに毒を入れて自殺する場面を思い浮かべるでしょうね。死ぬ間際に、これは自分がヤチェクにしたことの報いだと気づく場面も」

んだんです」

「でも……どうやって犯人を見つけたの？　行きずりの犯行だと思ってたのに」

「あの夜、ジャックがエルウッドパークで出会ったのは顔見知りの人物ではありませんでした」と、クリフは答えて、用心深く先を続けた。「……それと、ジャックを撃った人物は、そのことが理由で死んでいます。それ以上のことは言えませんが、僕の言葉を信じてください」

リリアナはクリフの手を取った。「信じるわ。信じますとも。でも、これ以上危険なことはしてほしくないわ」

「僕も、あなたにこれ以上つらい思いをしてほしくないんです」と、クリフも同じように言った。

「今夜は、夕食を食べて泊まっていかない？　最近は人のために料理をする機会がなくなってしまって」

「せっかくですが、今日中に大事な書類を仕上げないといけないので」と、クリフは正直に答えた。

「じゃあ、またの機会に」リリアナは、まるでレモネードでクリフを引き止めようとしているかのように、彼のグラスに手を伸ばした。「このあたりにとどまるつもりなの？　あなたにとっては、ここがいい場所だとは思えないんだけど」

「当分はあちこち転々とすることになると思います」と、クリフは答えた。「しばらくは会えないかもしれません。経済的に困るようなことはないですよね？　たぶん大丈夫だとは思うんですが。あなたに不自由な思いをさせないようにジャックが手を打っていたのは知っているので。万が一の場合に備えて……」

「……私のほうが若いから、あの人は自分が先に逝くことになると思ってたのよ。ええ、生命保険をかけてたから、大丈夫よ。ずいぶんな額だから。でも、ありがたいと思ってるの」リリアナは何のためらいもなく言った。「私の思いを遂げるためにはお金が必要だったから」

それを聞いて、クリフはリリアナの手を軽く叩いた。

「そうですね。保険金が下りたのはよかったし、あなたが自分の楽しみのためにそのお金を使う日が来るのを願ってます……たとえば、ハンガリーへ里帰りをするとか」

リリアナは自分の息子を、若くて無邪気な息子を見るような目でクリフを見た。「私は贅沢をする気なんてないし、家のローンも支払い済みなの。それに、保険金はもうほとんど使ってしまったわ」リリアナは面白がっているような表情を浮かべた。「わからない？」

「ええ。どういうことですか？　何に使ったんですか？」

「あなたへの奨学金よ。高かったけど、どうしてもそうしたかったの」

クリフは、それがどういうことか考えながら、ゆっくりと一回、二回とまばたきをした。

「あなただったんですか？　あなたが僕のスポンサーだったんですか？」

「ヤチェクの葬儀のときにあなたが言ったことも引っかかってたし、その少し前にあなたが親しくしていたコーラが亡くなったこともあって、普段は明るいあなたがどんどん暗くなっていくのがわかったの。あなたが愚かなことを試みて、それが成功しなかったら、さっさとあの世へ行ってしまったヤチェクやコーラのようになるんじゃないかと思ったのよ。自分でフィードラーに仕返ししたかったけれど、私はもう歳だし。だから、あなたに復讐《ボッスー》をしてほしかったの……みんなのために」

「でも、マクマスターズのことはどうやって――」

「シーッ！」リリアナがクリフをさえぎった。「あのすばらしい学院の名前を口にしちゃいけないわ。じつは、ニューヨークから来てくれたいとこのパトリックと葬儀のあとで話をして。彼はハンガリーにいたときに犯罪組織に属してたの」――リリアナが声を落とした――「ニューヨークに来てからは、イタリア人たちが自分たちでやりたくない仕事を彼が引き受けているみたいで。だから、裏社会のことに詳しくて、あなたがフィードラーに仕返しをしたいと思っているのなら取るべき道はひとつしかないが、それにはお金がかかると。私は、お金ならあると彼に言ったの」

「でも、パトリックはどうしてあの学院のことを知ったんですか？」

「パトリックもあそこで学んだのよ、五年前に」リリアナの声が完全なささやき声に変わった。「彼は、イタリア人たちのボスで自分のボスでもあるカポ・ディ・カピを……ボスのなかのボスを亡き者にするという危険な任務を遂行する訓練のためにあそこへ送り込まれたの。あなたと同じように、上司を殺すために」

♠

学籍番号　I‐23597
指示に従って住所の記載は控えます
指示に従って日付の記載は控えます
株式会社McM御中
私書箱　303
トースハウン、フェロー諸島
同封の手紙を下記へ転送してください

学院長室
スリッパリー・エルムズ
マクマスター応用芸術学院
住所は不明

ハービンジャー・ハロー学院長親展

拝啓
すでに記入を終えた日記とはべつにこの手紙を書くことにしました。卒論はすでに完遂し、合否は学院の理事会の判断に委ねられています。支援者の正体を知った以上、この最後の手紙を恩人に（親愛なるX氏に）見せるつもりはありません。手紙をお読みいただければ、その理由がおわかりいただけると思います。

卒論は、在学中に学院で学んだことと、〝四つの問い〟と、削除の原則に従って遂行するように努めてきました。卒論の合否の判定はまもなく下されることになると思いますが、支援者に対しては、卒論の遂行と並行してヤチェク・ホルヴァスを殺害した人物の命を絶つことで彼の死への復讐を果たすつもりでいるという印象を意図的に与えてきました（ちなみに、この文脈において〝削除〟という言葉は適切ではありません）。

私の支援者は今後も私に内緒で学院長と接触し、私が承認された計画を独自の判断で（しかも原則に反して）変更して、べつの人間まで削除したという報告をするのではないかと危惧しています。忍耐強く熱心に指導してくださった学院長に、個人的にも学業的にもそのように傲慢で身勝手な人間だと思われるのは心外です。学院長は状況に応じて計画を修正しなければならないこともあると教えてくださいましたが（それが、航空機が自動操縦できるようになってもパイロットが必要な主な理由なのですが）、むやみやたらと引き金を引くガンマンのように、ついでにひとりやふたり殺しても何とも思わない愚かな学生だとは思われたくありません。

私が支援者に伝えたかったのは、ヤチェク・ホルヴァスを殺した犯人はすでに死んで、その報いを受けたということでした。これは事実です。なぜなら、彼を殺したのは彼自身で、みずから命を絶った者が罰を受けなければならないのだとしたら、第三者の介入を必要としない死刑という罰でしかないからです。

ヤチェク・ホルヴァスは、マクマスターズの教育を受けていたのではないかと思うほど見事な手際と勇気を示して自殺を図りました。彼の人生の最後の数週間に交わした会話を思い出すと、彼が人生も仕事もこれで終わりだと感じていたのがわかります。私は新しい仕事を見つけることができたかもしれませんが（見つかるかどうかわからないものの、すぐに見つけなければならないのですが）、ヤチェクは定年が迫るなかで不当に懲戒解雇を申し渡されて、とつぜん収入も年金の受給資格も失ったのです。妻とともに送っていた快適な生活を維持するためにできることは、何もありませんでした。私は、自分を育ててくれたおじとおばの代わりのような存在としてふたりを見ていましたが、ヤチェクは妻のリリアナよりかなり年上だったので、自分が先立っても妻が路頭に迷わないように贅沢はせず倹約を心がけ、高額な生命保険の契約書だけを残して命を絶ちました。しかし、もちろん、自殺の場合は一セントも支払われません。

私の論文では、ターゲットの削除を自殺に見せかける必要がありました。一方、ヤチェクの悲劇的な自殺は殺人に見せかけなければならなかったのです。

私はエルウッドパーク周辺のいかがわしい界隈を歩きまわり、通りに若い男女が交互に座っているかのように保釈金の立替屋と交互に並ぶ何軒もの質屋を訪ねました。

どの質屋でも同じことを訊いて、六軒目でようやく幸運に恵まれました。

「二二口径の拳銃が欲しいんだが」私は、つまようじをくわえて生まれてきたような顔をした店主にそう尋ねました。「コンディションは気にしない」

「誰かがあんたの家の窓から押し入ってきたら、気になるはずだが」と、店主は機転の利いた返事をしました。「けど、このあたりじゃ二二口径を欲しがる人はいないんだ。一発で仕留めるのは無理だから」

「かまわない。できれば外国製で、グリップに螺鈿《らでん》細工をほどこしてあるのがいい。映画の撮影で使うんだよ」

店主は信じていないようでしたが、気にもしていないようでした。「待っててくれ」店主はそう言って店の奥へ行き、大きな箱を持って戻ってきました。「これはハンガリー製の二二口径で、古いものだが、まだ撃てるし、標準的な弾薬が使える。上物だ」

店主は、グリップに螺鈿と金の細工をほどこした小ぶりの拳銃をベルベットの布の上に置いて、自分の目の前に引き寄せました。私はその古めかしい銃を見てマクマスター学院の不気味な動物舎にいたタイガースネークを思い出しましたが、どちらも、その殺傷能力を考えなければ美しいものでした。私はヤチェクの書斎の机の右の引き出しに拳銃が入っているのを見たことがあるのですが、学院から戻って彼の妻を訪ねたときにはなかったので、即座に彼の死のシナリオが浮かびました。

「いくらだ？」

店主はじろじろと私を見ました。「三百だ。現金で」

「六百」私は倍の値段を提示しました。

「それでは売れない」店主はいつもの癖でそう言ったものの、その意味に気づいてにんまりとしました。

「なるほど。見事な交渉術だ。冗談じゃないよな？」

私は首を振りました。「追加の三百は、私がこれを買ったことを忘れて、申告もしないでおいてくれることに対する礼だ」

店主は最善を尽くしました。質屋として、という意味ですが。「七百でどうだ？」

私は首を振りました。「それは無理だ。あんたのことを忘れるために、自分に三百ドル支払わないといけないので」

わびしいエルウッドパークの質屋にヤチェクの家に代々伝わる拳銃があったことで、私の計画を遂行するのに必要な証拠はすべて揃いました。ヤチェクが拳銃を質に入れたかったのなら、街で最も治安の悪い地区にあるうらぶれた質屋より高く買ってくれる骨董品店や銃砲店へ持ち込むはずです。もちろん、死んだあとで拳銃を質屋に持ち込んだわけではありません。それに、ヤチェクを撃った犯人が、のちに人けのない公園でヤチェクを殺すつもりで彼の家から拳銃を盗み、目的を果たしたあとで質屋へ持ち込んだわけでもありません。

ヤチェクは、みずからをエルウッドパークに出没する路上強盗やギャングの格好の標的にしたのです。おそらく、近くのバーで酔っぱらって、自分を格好の標的に見せかけて、これから立ち向かわなければならない試練のために自分自身を煽ろうとしたのでしょう。バーで拳銃を見せびらかし、骨董品としての価値を自慢してからふらふらとエルウッドパークへ行って、強盗かギャングか、いや、おそらくバーからあとをつけてきた何者かの餌食になろうとしたのだと思います。死のうと決めた彼に怖いものなどなく、酒の勢いも借りて連中と揉み合い、彼らの手に拳銃を押しつけて自分の胸を撃ったのだと思います。

ヤチェクは切れ者でした。もし彼を襲った人物が拳銃を置いて逃げたら、拳銃には指紋がついているでしょうし、警察が犯人を突き止める可能性もあります。犯人は指紋を拭き取るかもしれませんが、即死したヤチェクはそんなことができないし、そもそもハンカチや手袋は持っていませんでした。さらに、もし犯人が拳銃を現場から持ち去れば（犯人は明らかに拳銃を持ち去って、後日、質屋へ行ったか、べつの者に行かせたのですが）、ヤチェクは自殺したのではないということになります。自殺したのであれば、拳銃はどこへ消えたのかという問題が生じます。したがって、意図せずヤチェクの自殺を幇助することになった人物のその後の行動にかかわらず、彼の死は殺人によるものだということになるはずです。

ヤチェクの妻のリリアナにはこの話をしませんでした。愛する夫を自殺で失った彼女が罪悪感に苛まれることなく、ヤチェクがかけてくれていた生命保険を使って残りの人生を楽しんでほしいと思ったからです。

私がマクマスター学院でさまざまなことを学んだのは、謎を解くためではなく、削除を完遂するためでした。ヤチェク・ホルヴァスの最期については推測するしかないものの（現場の近くで彼の拳銃が見つかったことは何よりの証拠に違いなく）、私は自分の推理が正しいと確信しています。冒頭でも述べたように、ヤチェクを殺した犯人を私が削除したという話を私の支援者が学院の関係者に伝えても規定違反だと誤解されることのないよう、学院長に手紙を書くことにした次第です。

論文の審査の結果を楽しみに待ちたいと思います。時間を割いて読んでいただき、ありがとうございました。思い出深い場所としていつまでも私の記憶に残るマクマスター学院がおだやかな新学期を迎えることを願っています。

敬具

学籍番号　１－２３５９７

## 51

クリフは教えられた私書箱宛に手紙を送った。気持ちのいい夜だったが、心のなかでは……どんなふうに感じているのだろう？　彼は、フィードラーを殺すことだけを考えてこの数ヵ月を生きてきた。目的が達成されたいまは、いったい何を考えているのだろう？　これでコーラの無念も晴らしてやることができたが、彼女はもうこの世にいない。支援者の正体がわかったのはよかったが、提供された信託資金にはもう手をつけられなくなった。立派な屋敷の読書室に座っている支援者の姿を勝手に思い浮かべていたのに……その幻想は消えてしまった。

クリフはすでにプロの殺し屋になる決意を固めていた。航空設計の仕事は彼が立てた人生の計画の一部でしかなく、悲しいことに、これ以上その仕事を続けたいとは思わなくなっていた。べつの会社で働いても、航空機に対する情熱より要領のよさを重視する上司に仕えなければならないのは目に見えているからだ。いつ航空設計を職業として選んだのかは、ほとんど覚えていない。理数系の科目が得意で、航空設計を学べる大学に入学できたのがきっかけだと言えなくもない。フィードラーとの対決に執念を燃やしてついに勝利を収めたものの、そろそろゲームを降りるときがきたのだ。途中でゲームを降りればこれまで賭けていたチップをすべて失うことになるが、もはや手持ちのチップはなかった。

「出てきたぞ」と、ドブソン警部がつぶやいた。

「あの顔を見てくださいよ」ステッジ巡査部長がドブソンに耳打ちした。彼らは、クリフのアパートの向かいに駐めたウッドパネルのステーションワゴンのなかにいた。「あの顔を見るかぎり、失敗したようですね」

「よくあることだ」目立たないように帽子を脱いで監視をしていたドブソンが言った。「海兵隊員をすぐれた殺人機械に変えるための訓練をしておきながら、和平が成立したので学んだことは忘れろと言うのと同じだからな。卒業生が学院にとって最大の脅威になるのは、この時期だ。精神科医のところへ行ってぺらぺらしゃべるおそれもある」

ステッジは、肩を落として力なく歩くクリフを見つめた。「かわいそうに、生きる目的を見失ってしまったようですね」

ドブソンがうなずいた。「誰かがやつを悲惨な状態から救ってやらないと」

ステッジが胸ポケットに手を入れた。「私が？　それとも警部が？」

**卒業論文**

学生　ジェマ・リンドリー
遂行場所　聖アンナ病院の集中治療室
遂行日　七月一日　一九五―

ハービンジャー・ハロー学院長による最終報告書

われわれは削除に失敗した学生を勤務先の病院の個室で発見した。報告によると、彼女のバイタルサインはほぼ正常に戻ったとのことだった。両肩を骨折しているものの、頭部に関しては、はなはだしい出血が見られたことを除けば頭蓋にひびが入っただけだった。幸い、彼女は聖アンナ病院の緊急治療室《ER》からわずか一分の場所にいて、もともとスタッフから好かれていたうえに、身を挺してアデル・アンダートンを守ったことを知った外科医らが全力で治療に当たってくれた。私は彼女の大おじだと名乗って面会を求め、しばらく話をする機会を得た。臨終の祈りを唱える必要が生じた場合に備えて、ピュー神父にも同行してもらった。

私が病室に入っていくと、ストローで栄養ドリンクを飲んでいた彼女は、生気のない暗い表情を浮かべて大きく息を吸った。付き添っていたピン看護師は、事情を察して部屋を出た。

「やあ、ミス・リンドリー」私はそう声をかけただけだったが、ピュー神父はていねいに挨拶した。ジェマの下唇がかすかに震えているのを見れば怯えているのは明らかだったが、それでも彼女はギプスと頭の包帯が許す範囲内で小さくうなずいた。私は、「われわれがなぜここへ来たか、わかるか？」と尋ねた。

ジェマが諦めに似た表情を浮かべていたのは、臆病だからではなかった。「ここへいらっしゃったのは……」彼女はふさわしい言葉をさがした。「……不合格だと伝えるためですか？」

現実から目をそむけるわけにいかないのはわかっていたが、大怪我をしたばかりだったので、私はうっすらと笑みを浮かべて彼女の気持ちをやわらげようとした。「きみが失敗したことで学院やクラスメイトにどのような影響が及ぶかわかっているか？」

「うまくいかなかったんです」とジェマは言い、栄養ドリンクをもうひと口飲んで、からからに渇いた口のなかを潤そうとした。「アデルを計画どおりの場所に座らせたのに、それでもうまくいかなかったんです」

彼女は、自己憐憫のかけらも見せずに先を続けた。「私は、マクマスター学院の存在も、その目的も、多くの学生の顔も覚えて現実の世界に戻ってきました。それに、卒論も完遂させることができなかったので、みなさんにとっては危険人物です。いずれにせよ、警察に逮捕されるのは時間の問題だと思います。ジャッキのハンドルからナイロン線をはずすことができなかったので」

黒と茶色のまじったもじゃもじゃの髪をしたピュー

神父は、癒しのための塗油の儀式を執り行なうつもりでいるかのようにジェマのそばへ寄った。「それは、私がはずしておいた。雑務員の制服を着て真っ先に現場に駆けつけて、救急車に乗せるのを手伝ってから病院に戻るふりをして立ち去ったんだが、不審に思った者は誰もいなかった。全体として見れば、きみの計画はそれほどまずくなかった」

「いったい……いつからここに?」

「きみが学院を去ったときは卒論をどうするのか心配だったし、ここからさほど遠くないビーミッシュにおばがいるので、近いうちに訪ねたいと思ってたんだ」と、ピュー神父が言った。

「たとえ神父におば上がいなくても、いることにしたはずだ」と、私はわけ知り顔で補足した。「リスクの高い削除に関しては、介入が必要になった場合に備えて指導教員や地元の卒業生に見守りを依頼してるんだ。きみの場合は、もし警察が事件性を疑ったら、きみが入院しているあいだにつぎなる〝事故〟の段取りを整えて、聖アンナ病院が貧困家庭の子どもたちに食事を提供しなければまた同じようなことが起きるという脅迫状を送り、きみが疑われないようにして……ただし、いまのところ、警察もアデル・アンダートンもあれはあくまでも偶発的な事故で、きみのことはアデルを助けた勇敢な女性だとみなしているようだ」

「よくやった」と、ピュー神父がジェマを褒めた。「きみは、母親と子どもを救ったのだから」

ジェマはびっくりした。「アデルが妊娠していることをどうやって知ったんですか?」

「お腹のなかの子どもがどうにかなったかもしれないと思って、本人が救急の受付でシスターに打ち明けたんだ。ふたたび祭服に着替えて、聖職者を必要とする人たちのためにERへ行ったときに立ち聞きしたんだ。祭服は多くの扉を開くんだよ。アデルも、きみにうれしい知らせを伝えたばかりだったので、きみが自分を犠牲にして守ってくれたと言っていた」

私は、まさしく生死を左右する重要な提案をジェマに伝えた。「たいへんかもしれないが、きみに最終試験の再受験を認めることにする。つまり、論文の完遂に猶予を与えるということだ」

ジェマは力のない声で、しかし微塵の迷いもなく返事をした。「もう一度、アデルの命を狙えということですか? それはできません。アデルが私を脅迫したのはたしかですが、これから母親になろうとしてるんですよ。無理です」感心したことに、ジェマはたじろぐことなく私の目をまっすぐ見つめた。「不合格にしてください」

ピュー神父はジェマをかばうように言った。「きみは、ふたりを救うために最初から自分の命を犠牲にするつもりだったんだな」

「単なる条件反射です」と、ジェマはそっけなく言った。

「きみは善良な心の持ち主なんだ」神父は歌うような口調で反論した。

「もしかすると、そうかもしれません」ジェマは、悪人だと罵られなかったことにほっとしているような口調で応じた。「私はずっと自分にはマクマスター学院で学ぶ資格がないと思っていて、自分のうしろ暗い一面とは距離を置こうとしてたんです。でも、ダルシー・モーンはわかってたんだと思います。私はダルシーがバッティングの練習をするのをよく見てたんですが、彼女は、自分の両手でしっかりバットを握らなきゃいけないとわかってたんです」ジェマは、芝生に春ののどかな陽射しが降り注ぐ野球場兼クリケット場で体をしならせながらダルシーに豪速球を投げていたクリフの姿を思い浮かべた。「われながら、なかなかいい喩えだと思うんですが」と、部屋を見まわしながら考え深げに付け足した。「私は、この病院のこのフロアで父の命を奪いました。おそらく、私もここで父と同じように点滴の管に毒を入れられて死ぬことになるんだと思います。そういうことに対するマクマスターズの対応はじつに迅速で手際がいいと聞かされていたもの の、思っていたより早かったようですね。お願いです。ひと目でいいので、最後に母に会わせてもらえませんか？」

ピュー神父が咳払いをした。「きみは勘違いをしているようだね。マクマスターズでは慈悲の行為を自動的に失格とみなしているわけではない。きみはたった二秒で学院の第三の問いに答えたんだ。〝その削除によって罪のない人が悲しむことにならないか？〟という問いに。きみは、罪のない子どもを救ったんだよ」

「第四の問いもクリアできている」私は、学院長としてふたりにマクマスターズの準則を思い出させた。「〝その削除によってほかの人の人生がよりよいものになるのか？〟つまり、その死を引き起こさないほうがほかの者の生活を大きく改善すると思われる場合には、削除をしてはならないということだ。たとえ他人の命を奪おうと……われわれに人間性が欠如しているわけではない」

ジェマは、奇跡が起きるかもしれないなどという期待を抱かないようにしているかに見えた。みずからの運命を尊厳をもって受け入れる決意がゆらぐからだ。私は彼女をこれ以上苦しめないことに決めた。「無実の傍観者に対する、要するに、この場合はきみの憎き標的の罪のない子どもに対する同情は、われわれの規範や慣行より尊いものだ。私はきみに、追放に代わるひとつの選択肢を提案したい。それは、きみが学院のスタッフになることだ」

生真面目なジェマは、思いも寄らない提案に驚いた。「待ってください。考えが甘くて無惨に失敗したことをほかの学生に教えろとおっしゃるんですか？」

「いや、ここにいるピュー神父のもとで倫理学を教えるんだよ。自分自身の貴重な経験を活かして」

ピュー神父が熱い口調で付け加えた。「私は神と違ってどこへでも行くことができるわけではないし、女子学生のなかには私に心を開いてくれない者もいる。つねに彼らと一緒にいるわけにもいかない。きみは、私といささか世俗的すぎるヴェスタ・スリッパーとの架け橋にもなれるはずだ。それに、ターコット教官は優秀なアシスタントを必要としていて、いつもきみの運動神経とバランス感覚のよさを褒めていた」

ジェマは懸命に考えた。「これは何かの罠か、それともテストなんですか？」

私はがっかりしたような、いや、傷ついたような表情を浮かべたはずだ。「これは、きみがわれわれに突きつけたジレンマに対する最善の解決策なんだよ、ミス・リンドリー。たしかに、私の提案には難点もある。きみがあらたに就任するポジションは無給で、小遣い程度の謝金しか払えないし、きみは生涯にわたって学院に奉仕しなければならない。もっとも、きみが学院や自分自身の信用を傷つけるようなことをした場合はべつで、もしそのようなことがあったら、弁明の機会も与えられずに最も厳しい不可逆的な方法で即座に追放されることになる。残念だが、これが最初で最後の、そして唯一のチャンスだ」

「もう一度母に会うことはできますか？」

ピュー神父は黒と茶色の髪を掻き上げながら、まるで自分がジェマに懺悔しているかのように声を落とした。「じつは、このあいだから何度か、聖アンナ病院の神父できみの友人でもあると名乗って、きみのすばらしい母親に会いにいったんだ。彼女の作ったカシスロールはじつにおいしかったよ！　で、私は慎重に話を切り出して、きみが最愛の父親を長引く苦しみから救ったのかもしれない可能性に触れた。すると、きみの母親は驚くべきことを口にしたんだ！　これまでは夫を苦しみから救ってくれた神に感謝してきたが、これからは娘に感謝すると。彼女は、きみひとりに重荷を背負わせたのは申しわけなかったとも言った。その言葉にあと押しされて、学院がきみを必要としていると話すと、きみは何よりも大切な娘だと彼女は言った。そして、自分には友人もいるし、きみがどこへ行って仕事をしようとかまわないとも言った。長年インペリアル・ケミカル・インダストリーズの従業員食堂で大勢に食事を提供していてパンも焼ける経験豊富な人物なら、学院の総料理長のジラール・ティシエも喜んでスタッフのひとりとして迎え入れてくれると思うんだが」

どたん場になってこのような救いの手が差し伸べられるとはジェマも思っていなかったが、あの美しいキャンパスでこれからの人生を過ごすほうが、どのような形で迎えることになるのかわからない死を選ぶよりはるかにましだというのは明らかだった。多くの教育機関が生き残りを懸けて奮闘しているなかで、特殊な事情のある職員を少ない給料で雇うことができるのは、マクマスター学院のすばらしい環境の恩恵でもあった。このように運命の大逆転を引き起こすことは、私にとって何にも勝る喜びだと言える。

「今夜は消灯の見まわりがないんだ、ジェマ！　きみがあのすばらしい母親と一緒に文字どおり跡形もなく姿を消したら、アデル・アンダートンもきみを脅迫できなくなる。彼女は元気な子どもを産んで幸せな結婚生活を送り、職場では自分の職務を自分でこなせるように努力すればいいだけの話だ。しっかり養生して、早くよくなりなさい。新学期から学院に戻れるように手続きを進めておくので」

「ハロー学院長」ジェマは、ドアへ向かおうとする私を呼び止めた。「アデルが妊娠していることを私が知らずに、単なる能力不足で失敗していたら……追放されてたんでしょうか？」

ピュー神父は祭服のひだの奥から黒いケースを取り出して、ジェマにちらっとなかを見せた。ケースのなかには、針の先がきらりと光る注射器が入っていたが、神父はすぐにケースを閉めて、またひだの奥にしまった。

「もしきみが違った形でしくじっていたら、すでにきみはおだやかに、そして永久に追放されていたはずだ」私はけわしい口調でそう告げて、やさしい笑みを浮かべた。「新学期に会えるのを楽しみにしている」

卒業論文
学生　ダルシー・モーン（ドリア・メイ）
遂行場所　ローマ、イタリア
遂行日　七月六日　一九五─

ハービンジャー・ハロー学院長による最終報告書

イタリアの広大な映画スタジオ、チネチッタはムッソリーニによって建設された。「映画は最強の武器だ！」ムッソリーニは宮殿のバルコニーに立ってそう演説したが、イタリアが降伏すると囚われの身となって射殺され、ロレート広場で逆さ吊りにされた。

戦後初期にはこのスタジオが難民の避難所になったが、ドリア・メイはいまでもそうだと思っているようだった。私は『ペレウスと死の女帝』（『ペレウス　コンバット　ラ　レジーナ　デッラ　モルテ』）のセットにドリアを訪ねた。ローマ皇帝カリグラの最後の妻となるカエソニアを演じていたドリアは、化粧が崩れないように瓶から直接スパークリングワインのフランチャコルタをちびちびと飲んでいた。ちなみに、映画ではカエソニアが英雄ペレウスの暗殺を企てることになっているが、ホメロスの説によると、ペレウスはカエソニアの千三百年前に死んでいる。

私が訪ねていくと、ドリアは〝ミス・メイ〟とプリントされたキャンバス地の椅子に座っていた。椅子に名前がプリントされているのを見ると、彼女が女優であることを思い出さずにはいられなかった。ローマ時代の衣装を着た彼女は、私が現地の監視員から報告を受けた進捗状況とほぼ同じ内容の話をした。レオニード・コスタの死の数日後に撮影所長のオフィスに呼び出されたときは、ラディー・グラハムが後釜に座っているのを期待していたらしい。が、彼女を出迎えたのは財務責任者のクロード・レヴェンソンで、彼は撮影所が映画会社の領地として運営されていた時代は終わったとはっきり告げた。が、コスタに対する反発を理由にスクリーンから姿を消したのは女優としての自殺行為であるのと同時に、会社と株主にとっては貴重な資産の浪費だと彼が話すのを聞いて、うれしくなったと言う。

その言葉をコニャックのように飲みほして、ほんとうにコニャックを飲んだときのように体が温まってくるのを感じながら、彼女は誰が撮影所の新しい責任者になるのか尋ねた。レヴェンソンは、コスタが殺害されるとは誰も思っていなかったが、取締役会は数ヵ月前からコスタの後任に自分を据えることをひそかに計画していたと明かした。会社の嘱託医が、保険会社に報告する前にコスタの余命が数ヵ月であることをこっそり知らせていたからだ。

ドリアは、コスタのオフィスの机の上にもレッジハウスのナイトスタンドの上にも、同じような錫製のピルケースが置いてあったのを思い出した。静かな落胆を感じながら、彼女は反射的にこう言いかけた。「じゃあ、結局……」そして、あわててこう続けた。「殺されたんだと思って、あんなに悲しむ必要はなかったのね？　いずれにせよ、そう長くはなかったのね？」〝いずれにせよ〟という言葉はあまりに露骨だったが、無理もなかった。彼女は、何カ月もかけて知識を身につけ、綿密な計画を立てたうえで意を決して挑んだ論文の遂行が無駄だったことを一瞬にして悟ったからだ。

幸いレヴェンソンは鈍感で、貸借対照表以外のことは何もわからないので助かった。「財政的なことを考えると、撮影所の存続にとってはコスタがいないほうがいいんだ。わが社はテレビに追いつめられているが、すでにさまざまな方法で増益を図っている。野外撮影用の土地は大部分を不動産会社に売却し、アニメや古い映画はテレビ局に権利を売って、専属俳優をほかの映画会社に高値で貸し出して」

ドリアも、ほかのみんなと同じように残念そうなふりをした。「でも、私はあなた以外の人のもとで仕事をするのはいやだから――」

「きみを手放しはしないよ。きみの名前はいまでも国際級だから！」レヴェンソンはそう断言してドリアを喜ばせた。「きみとの契約は守る。じつは、海外で経費を抑えた映画の製作を計画してるんだ。ヨーロッパやイギリスではわが社の作品の興行収入が向こうに留め置かれているので、その金を使って。外国で映画を撮れば、雇用も提供できる。その見返りに、こっちは税制上の優遇とアメリカ人の俳優をひとり――ハリウッド映画に似た作品になるように、往年の人気俳優をひとり――出演させる許可を得た。実現すれば――たとえば、きみのような俳優が出演すれば――世界中に売ることができるし、ドライブインシアターでほかの映画と一緒に上映したり、直接、地方のテレビ局に売り込むこともできる。忙しくなるぞ、ドリア」

「つまり、イギリスへ行けってこと？」ドリアは、イギリスならそれほど悪くないと思いながら訊いた。

「いや、ローマだ。ローマには、『クオ・ヴァディス』の撮影に使った野外セットが三つ、まだそのまま残っている。イワシの缶詰ひと缶をギャラにトーガを着たエキストラを数百人集めて、古代版の西部劇を作るんだよ……しかし、われわれはそれらを〝叙事詩〟と呼び、もちろん、きみをクレタ島の女王として迎えるつもりだ。シバの女王として――」

「で、相手役は？」

「ボディービルダーだ」

「ボディービルダーに演技ができるの？」

「できなくてもいい。キャスト全員が違う国の言葉を話すので、台詞はすべて吹き替えにする。だから、誰かが台詞を忘れても撮り直す必要はない。単にアルファベットを唱えているだけでもいいんだ。つぎのシーンを撮っているあいだに台詞を吹き替えるから」

いい企画だと思ったが、話が進むにつれてそうでもなくなった。「で、誰が吹き替えをするの？」

「アメリカを離れてローマで暮らしている俳優が、毎日せっせと吹き替えるんだ。きみとそっくりな声をした女性も見つけてある。彼女は光栄に思っているようだ」

「つまり、私の声が豚の口から出てくるんじゃなくて、今度は私の口から豚にそっくりな声が出てくるってこと？」ドリアは藁にもすがる思いで言った。「『エンバー・モーガンの帰還』はどうかしら？」

「あれはユニバーサルに権利を売却した。ラディー・グラハムがスーザン・ヘイワードを主役に据えて撮ってるよ」レヴェンソンは立ち上がってドリアをコスタのオフィスの背の高いドアへうながすと、彼女を永遠に遠ざけようとするかのようにドアを開けた。「さら《アリヴェ》ば《デルチ》、ハリウッドだ」削除する男を間違えたのかもしれないと思いはじめたドリアに、「外国語は話せるのか？」と、レヴェンソンが訊いた。

ドリアはレヴェンソンをにらみつけた。「〝おまえ《エトゥ》・もか《ブルータス》〟という古代イタリア語なら知ってるわ」

ドリアは、ボルゲーゼ公園の近くにある、イタリアカサマツに囲まれた大理石造りのこぢんまりとしたヴィラに住んでいると言った。映画会社が用意してくれたらしい。「ヴィラはまあまあなんだけど、七月にローマで映画を撮るのはたいへんなんです。とくに、こんなおかしな衣装を着ていては。イタリアの陽射しは恐ろしいほど強いので」彼女は非難がましい表情を浮かべて私を見た。「まさに、地獄だわ」

彼女は、われわれが〝死後鬱〟と呼んでいる喪失反応を示しているようだった。論文を完遂させた学生は、ほかにもさまざまな症状に苦しむ場合があるが、最も深刻なのは心的外傷後告白障害だ。学生が洗いざらいしゃべってしまうと、学院の存続が危ぶまれることになる。

私は椅子をそばに寄せて彼女に訊いた。「ほんとうに殺す必要があったのか？」

彼女はしばらく考えたのちに、心の底から嗚咽をもらした。「ええ。私が俳優として生きていくためには」

「なるほど。で、きみはレオニード・コスタに悔い改めるチャンスを与えたのか？」

「ええ、もちろん！　こっちは、泣きついたりおだてたりしてその役を演じることができると訴えたんだけど、彼はまた私の気持ちを踏みにじって豚を演じさせようとしたんです。私のしたことは正当防衛のようなものよ！」

「わかった。ではつぎの問いに移ろう。彼の死を悲しむのは？」

「誰もいません」と、ドリアはためらうことなく断言した。

「じゃあ、彼がいないほうが世の中はよりよくなるのか？」

「ええ、もちろん。彼に起用をちらつかされて、彼とベッドをともにすることがキャリアアップになると信じていた駆け出しの俳優たちを除いては。ただ……夜になって、こってりと塗りたくったメイクを落とすと、神さまが与えてくださった顔があらわれるんです。それなりに魅力的ではあるものの、色のくすんだ、ちょっぴり歪んだ唇と薄い眉、それに、そばかすも……で、私は鏡に映ったその愛しい顔を見て、〝人殺し〟と、心のなかでつぶやくの」

「それは、べつに異常な反応ではない」

ドリアはため息をもらした。「映画のなかでは何度も人を殺したけど、いまは、そうやって自分の顔を見ると、〝これは現実だ。あなたは他人の人生を終わらせたのよ〟と言いたくなって」

「で、それをどう思った?」

「そうね……」ドリアは言葉をさがした。「まずは、誇らしく思ったわ」

「よく頑張ったからな」と、私は彼女をねぎらった。

「役作りのためにいろんなことを学ぶのと同じでした。剣術とか、馬術とか」ドリアはとつぜん立ち上がった。「ただ、やり遂げたらすべてが変わると思ってたんだけど、無駄だったような気がするわ。学院に入学したときと何も変わってないんだもの。あんなに努力したのに、大衆向けの『イリアス』になんか出演して、俳優としての価値を下げてるんですから。まるで、悪魔に魂を売り渡したような気分だわ。よかったと思うのは、美容院の割引券がもらえたことぐらいで。削除の計画を立てて、それを実行に移すのは、これまで演じたどの役よりもスリリングだった。でも、その成果は、なんとか生きていけるだけの収入が入ってくるようになったというだけ」

ちょうどそのとき、助監督がサトゥルヌス神殿の柱廊玄関でペレウスとのシーンのマスターショットを撮影する準備ができたと伝えにきた。二週間前はそこがクレタ島の宮殿で、その二週間前は古代遺跡のフォロ・ロマーノだった。ドリアは、自分の英語の台詞にイタリア語で応じるエドゥアルド・ポリターノ（アメリカでの公開版ではエド・パワーズ）の台詞の翻訳と、ドリアの娘を演じるオーストリアのハイケ・リヒターのドイツ語の台詞の翻訳にちらっと目をやった。私はそっとカメラのアングルの外に出て、三人の台詞のやり取りを見守った。けっこう激しくやり合っていたが、言葉が通じないまま言い争う『バベルの塔の三ばか大将』を見ているようだった。ドリアも眉毛を吊り上げて恐ろしい表情を浮かべていたが、演技などしなくても彼女のいまの心境がそのままあらわれているような気がしてならなかった。

スタッフがつぎのシーンを撮影する準備をはじめると、ドリアは思い詰めた様子でふらふらと私のそばへきた。「お願いがあるの、ハービー……マクマスターズに戻らせてもらえないかしら？　ダルシーとして、ひとりの学生としてマクマスターズで過ごした日々は、ほんとうに楽しかったの。それに、人を殺すという目的もあったし」ドリアは私が残念そうな表情を浮かべているのを見て、すがるように言った。「方言指導もできるし、変装の仕方を教えることも――」

私は彼女にこう指摘した。「きみのように特別な才能を持っている者が、それを削除に利用するのはいいことだ。自分自身の共犯者になるという、われわれが以前から唱えている手法の有効性もみずから実証してくれた。男装したり、女装した男を演じたりして。つまり、きみはレオニード・コスタが心のなかに刻み込んでいた理想の女性に自分自身を変身させるという、ピグマリオン神話とは逆の手法で彼を誘惑したわけだが、きみほどの演技の才能がなければ、教えたところであのような削除はできないはずだ」

「クロード・レヴェンソンが悪いの！」と、ドリアは怒りをぶちまけた。「少なくとも、レオンはいい映画を撮りたいと思ってたんだけど、クロードが望んでいるのは、ただの〝製品〟よ。ゲイリー・クーパーがほかの女優と『真昼の決闘』の撮影に臨んでいるときに、クロードは私をローマに送り込んで、燃えるように熱い真っ昼間にくだらない作品に出演させてるんだから」ドリアの目は、クロードが企画してすでに公開されている『サムソンとカルプルニア』で見せたのと同じように、冷たい光を放った。「いっそのこと、彼を殺せば……」

審査委員への提言

　ミス・メイがこの最後の言葉を発したときに、私は彼女が目を細めているのに気づき、確信はないものの、彼女が何が何でもクロード・レヴェンソンを殺したいと思って言ったのではなく、殺せばどうなるのか、自分自身に問いかけているような印象を受けた。

　ミス・メイが学院で学んだ技術を使ってハリウッドでの地位を取り戻そうとするのは、想像に難くない。クロード・レヴェンソンが仕事でローマを訪れて不幸な目にあうのは気の毒なので、ロサンゼルスの監視員にレヴェンソンの出張予定を確認させる必要があるだろう。

　ちなみに、委員各位は学院に戻らせてほしいというミス・メイの要望を私が拒否したと受け取っているかもしれないが、ほかの学生が一世一代の大舞台でしくじることがないように彼女に演技指導をさせるのも悪くないのではないかと思っている。

（来学期に検討）

## 52

空には雲ひとつなく、地平線もかすむことなく、くっきりと見えていたが、この日をこんなに新鮮で、かつ晴れやかな気分で迎えたのでなければ、それをうとましく思っていたかもしれない。しかし、澄みきった空は明るく輝いていて、マクマスター学院がこれほどさわやかな新学期の朝を迎えたのは、ずいぶん久しぶりだった。森の鳥たちも、さえずりや甲高い鳴き声で朝の挨拶を交わしながら、いつもより高いところを飛んでいた。まばゆい太陽は、美しくてのどかな〝殺人学校〟をもわけへだてなく照らしていた。

窓のない一台の黒いバンが中庭の前の舗装された道路を走っていくのが見えたが、その車は書店の脇を通って、木立に囲まれた広い池と、池のほとりに建ち並ぶ洒落た店や迷路のような遊歩道や、小さいながらも雰囲気のいいレストランを囲む長い環状道路へと入っていった。

「あの車はブラックマリアだ」学院長は、ヘッジハウスのレジデントアドバイザーと科学の非常勤講師に説明した。「集合場所からスリッパリー・エルムズまで学生を運ぶためにあらたに購入したんだよ。挨拶をしておきたい人がいるので、一緒に行こう」

三人があとを追いかけていくと、黒いバンはスピードをゆるめてマーケットホールの脇に停まった。運転席から降りてきたステッジ巡査部長が後部ドアのロックを解除して、制服を着た職員がふたりがかりで短いレッドカーペットを敷くと、まぶしい陽射しに目を細めた新入生の一団が期待と驚きと喜びに満ちた表情を浮かべて降りてきた。学院の小さな吹奏楽団は、ロンドンのハイドパークにあるアルバート記念碑を模してミード池のほとりに建てたヴィクトリア朝ゴシック様式の野外音楽堂で軽快な行進曲を演奏した。

最後に降りてきたのは、直前の休憩所で渡された黒とえんじのジム・インストラクター用の服に着替えたジェマと一張羅のワンピースを着た母親のイザベルだった。ジェマにとって、ふたたびキャンパスを訪れるのは目が覚めたあとで楽しい夢の続きを見るのに似ていたが、罪悪感や復讐の重荷から解放されたいまは純粋にここでの生活を楽しむことができそうだった。ジェマの母親のイザベルは、かつて夫と一緒に娘を連れて見に行った、ボートン・オン・ザ・ウォーターに一九三〇年代に作られた美しいモデル村を思い出した。ただし、ここのほうがこぢんまりとしていて、人もそれほど多くないので暮らしやすそうだった。

ジェマは、目につく建物を母親に説明した。「あれは〈はぐれ狼亭〉よ。オーナーのウィルフレッド・マセルは、あそこの小さな山小屋風の建物で売店と雑貨店も経営してるの。あそこのチーズはママも気に入ると思うわ。あれはヒレンデール・ショップで、既製服と帽子を売ってるの」ジェマが思わず母親の腕をつかんだ。「それから、あの小さな湖はミード池よ。あそこでは、ボートを漕いだり釣りをしたりできるの。昔、パパと――あら、コニーだわ！」ジェマは、若いジゴロの夫をすでに削除しているはずだと思っていたコンスタンス・ベドーズの姿を見つけた。コンスタンスはイザベルと年齢が近いので、ジェマはふたりを引き合わせて、学院での自分のあらたな身分をコンスタンスに説明した。

イザベルは、ジオラマに見入るようにミード池のほとりの花壇から美しいダンスホールへと視線を移した。ダンスホールからは、広場で人々が歌うようなにぎやかなフォークバラードの録音が適度な雑音とともに流れてきていた。料理人としてのイザベルの鼻は、客が群らがっているマーケットホールの屋台やレストランのグリルから漂ってくるおいしそうなにおいに敏感に反応した。イザベルにとっては、自分と同年代の学生や教職員が大勢いるのもうれしかった。たとえ歳を取っても他人の意欲に触発されることを知って勇気づけられた彼女には、学院が最も進歩的なコミュニティのように思えた。

「あのハンサムな男性は誰？」イザベルは、草の上に寝転がって、すでに何人かの新入生と楽しそうに話をしている縄編みのセーターを着た教員を指さした。

「あれはマティアス・グラベスです」ようやくマーケットホールにたどり着いたハロー学院長がイザベルに教えた。「ドン・キホーテは狡猾な殺人者で、責任能力という概念を打ち立てたのは作者のセルバンテスだと主張している教授です」学院長はイザベルに手を差し出した。「ミセス・リンドリー、ようこそマクマスター学院へ。ジェマも、われわれのもとへ戻ってきてくれてありがとう！　ヴェスタ・スリッパーとピュー神父は、昼食後にきみと会って、アドバイザーとしてのきみの仕事について話し合うのを楽しみにしているようだ。それから、ヘッジハウスのレジデントアドバイザーと科学担当の新しい非常勤講師にも会っておいたほうが……」

ジェマは、いつもにこにこしているチャンポ・ナンダの顔をさがした。しかし、ふたりがいるはずのところには、ひとりの男しかいなかった。その男は、ジェマに背を向けてアルウィン・ターコットと話をしていた。「チャンポ・ナンダはどこですか？」と、ジェマが訊いた。

「彼は、新設の機械人間科へ移ったんだ。それで、ヘッジハウスのレジデントアドバイザーは科学の新しい非常勤講師に務めてもらうことにしたんだよ。きみと同じように、ふたつのポストを掛け持ちで。当学院としては、はじめて迎える実践物理学の専門家で、冷徹な策略家だが、とてもいい人物だ！」学院長はそう言って男の肩を叩いた。「ターコットのことは放っておいて、こっちを見ろ」

男が言われたとおりに振り向いたとたん、新任教員のふたりは驚くのと同時に喜びを爆発させた。

「クリフ!!!」ジェマはうれしそうに名前を呼ぶと、腕をつかんで彼の存在を確認した。「夢じゃないわよね？　てっきり……死んだと思ってたのよ！」

「ああ。でも、生き返ったんだ」クリフはそう言ってジェマを安心させた。「ぼくも、きみはとうの昔に――」

「おいおい！」ターコットがふたりに声をかけた。「のんびり立ち話なんかしてちゃだめじゃないか、ジェマ。あと十分で体育の授業がはじまるんだぞ。さあ、行こう！」ターコットは、ついて来いと、手振りでジェマに指示をして走っていった。

「私の新しい上司のひとりよ」と、ジェマが小声で言った。「そのうち殺したくなるかもしれないわ」

クリフはびくっとした。「そんなことを考えるのはやめてくれ！」

学院長が咳払いをした。「ミス・リンドリーは授業があるので、コンスタンスと私がイザベルを新しい住まいに案内しよう」それを聞いたイザベルは幸せそうにジェマに手を振ると、学部長とコンスタンスに連れられてブランブル・コテージへと続く眺めのいい道を歩きだした。

クリフの名前を呼ぶ声が聞こえたかと思うと、こっちに向かって走ってくるカビー・タヒューンの姿が見えた。「カビーはまだここにいるのか？」と、クリフがうめいた。「いやはや、ぼくが彼を指導することになるとは！」クリフはジェマの手を取った。「〈翡翠の泉亭〉でランチをしよう。今回はぼくがごちそうするよ……十二時でいいか？　話したいことが山ほどあるんだ」ジェマはうなずいてクリフの頬にそっとキスをすると、ターコットに追いつくために全力で走っていった。

クリフは、世の男性が何世紀にもわたってそうしてきたように、ジェマが振り向くのを期待してうしろ姿を目で追った。ジェマは、肩越しに振り向いてクリフを見つめてから、ターコットに追いついた。

ふとカビーのうしろに目をやると、にわかに結成された挨拶団がヴィレッジグリーンを横切ってこっちへ歩いてくるのが見えた。そのなかには、白い祭服を着て、同じく白いパナマ帽をかぶったピュー神父と、大事な商談でもあるかのようにオートクチュールのビジネスーツを着たヴェスタ・スリッパーと、ビルマで古くから行なわれているチンロンのボールを蹴り上げるように足を高く上げながら歩いてくるチャンポ・ナンダもいた。教務課長のジューン・フェルスブロックとドクター・ピンクニーはやけに大きな白いテニスウェアを着ていたので、双マストの帆船のように見えた。シメオン・サンプソンはめずらしく笑みを浮かべ、以前の暗さはすっかり消えて明るくなったオードリー・イェーガーと腕を組んでいた。いまや彼らはみなクリフの同僚なのだ。哲学者風のマティアス・グラベスも、クリフがここを去る前日に思い出深い料理を作ってくれた総料理長のジラール・ティシエも、潑剌としたターコット教官も……それに、寛大なハービンジャー・ハロー学院長も。

もちろん、ジェマも。

肩を叩かれて振り向くと、ステッジ巡査部長とドブソン警部が立っていた（ドブソン警部はいつもの帽子をかぶっていたが、これまで見たことのない笑みを浮かべていた）。クリフにフィードラーをこの世から消し去る二度目のチャンスを与え、正式な（昇進のチャンスもある）職員としてマクマスターズで働かないかという学院長の申し出を伝えに来て、ここへ連れ戻してくれたのは、このふたりだ。

最初にキャンパスに来た日から、クリフはここの場所を知りたいと――郡や国まではわからなくても、せめて緯度か、どこの大陸なのかは知りたいと――思っていた。

そして、ついにここがどこなのか知った。
ここは自分の家だと。

## あとがき

### ハービンジャー・ハロー学院長の机に残されていた原稿より

学院の関係者のみならず、一般の読者にも読んでもらえるようにと、著名な出版社が完成を待たずして出版に同意してくれたのは至上の喜びでした。本書を読み進めることによって、読者がマクマスター学院の理念と方法論を充分に理解し、たとえ独自に行なう場合であっても、それぞれの重要な取り組みの助けになれば幸いです。本書は職場の上司に対する削除に焦点を当てていますが、マクマスター学院の手法が読者自身の削除の取り組みに役立って……できれば、それが成功するように願っています。

本書で紹介した事例の共通点は、異なる状況下でもかならずや役に立つはずです。

その存在を秘匿しているわが学院が、たとえ本書のなかだけであったとしても、ついに〝公開〟されたことを喜んでいない理事もいるのは驚くことではないと思います。私自身は学院の所在地をカモフラージュできていると思っているものの、副学院長のエルマ・ダイムラーをはじめとする何人かの教職員は、学院の存在を認めたのは間違いで、これまでの、そして未来の卒業生を危険にさらすことになったと主張しています。しかし、残念ながら、出版も死の訪れと同様に止めることはできませんでした。ずいぶん前に契約書にサインをして原稿を引き渡しましたが、このあとがきだけが欠けていて、この原稿も秘書のディリス・エンライトがまもなく編集者に送ってくれることになっています。

なにはともあれ、反対していた同僚たちが、最近になって私の決断を受け入れてくれたのはうれしいかぎりです。では、ここでいったんペンを置くことにしたいと思います。ステッジ巡査部長とターコット教官、それにエルマ・ダイムラー副学院長とともに執務室を離れ、私の功績をたたえて作成された胸像を見に行くことになっているからです。その胸像は、本学院の創設者で初代学院長でもあったガイ・マクマスターを含む歴代の学院長の胸像とともに役員室に置かれる予定になっています。奇妙なことに、胸像のお披露目会がミスター・コーニエッツの作業室で行なわれるのは、釉薬を塗り重ねた彫像が見事な光沢を放って窯から姿をあらわす瞬間こそ、まさに記念すべき儀式だからだそうです。胸像は写真をもとに作られたので、私も自分に似ているかどうか確かめるのを楽しみにしています。ミスター・コーニエッツも、「あなたが自分の造り手に会うことを願っています」と、その言葉の真の意味を知らずに、たどたどしい英語でうれしそうに話していました。

お披露目会のあとは、またこの机に戻って、今日中に本書の続篇の執筆をはじめることにします。理事会はいまだに反対しているものの、続篇では、友人や親族、弁護士、長年の友人、それに、要望の多い〝十代のあなたにつらい思いをさせた人〟を削除する方法について書くつもりでいます。「ハロー学院長、あなたが生き続けるかぎり、執筆は続きます！」と、シェイクスピアのソネット第十八番を巧みに、かつ好意的に言い換えて反対を撤回したエルマ・ダイムラー副学院長の英断はおおいに評価したいと思います。これほど華麗な転向があるでしょうか？

迎えが来ました！　このあとがきは、胸から上しかない（なんと、困ったことに！）自分を見てからもう少し書き足すことにします。ここまで読んでくださった忍耐強い読者に心から感謝すると同時に、本書を通じて、みなさんに少しでも

**原稿はここで終わっています――編集者**

# 訳者あとがき

誰にでも、殺したいほど憎い人物が――いや、殺したいとまでは思っていなくても、早く死ねばいいのにと思っている人物が――ひとりやふたりはいるはずだ。もしかすると、学校や職場に、あるいは家庭にも。だからといって、誰もが具体的な殺害計画を立てているわけでも、実際に殺人を犯すわけでもなく、ほとんどの人は殺意を胸の奥に押し込めているが、なかには、殺すしかないと覚悟を決めた人も――それに、できることなら誰にも知られず目的を遂げたいと思っている人も――いるだろう。

本書は、そんな人のために設立されたマクマスター応用芸術学院のハービンジャー・ハロー学院長が学生の教本としてまとめたものだが、殺人が最良の、そして唯一の選択肢かどうか確信を持てないまま本書を手にした読者にも役立つのは間違いない。ただし、もちろん安直なハウツー本ではなく、また、殺人を美化したり奨励したりするのが目的でもなく、学院長は序文で読者に以下の四つの問いを投げかけている。

1　どうしても殺す必要があるのか？
2　相手に悔い改めるチャンスを与えたか？
3　その削除は罪のない人を悲しませることにならないか？
4　その削除はほかの人の人生をよりよいものにするか？

マクマスター応用芸術学院では〝殺害〟ではなく〝削除〟という用語を使用しているが、学院への入学を許可されるのは、そして、本書を読み進めることができるのは、この四つの問いすべてに〝イエス〟と答えることができた者だけだ。この四つの問いは、学院がいわゆる〝殺し屋の養成学校〟とは違って、独自の道徳的な理念に基づいて教育に取り組んでいる証しでもある。〝応用芸術学院〟という大仰な名前がついているのも、手法だけでなく、その意義を重視して、崇高な芸術としての削除を目指しているからだ。

マクマスター学院は謎のベールに包まれている。学生は世界各国に散らばっている卒業生にスカウトされ、睡眠薬を飲まされて目隠しをされた状態で連れてこられて、在学中はキャンパスの外に出ることができず、その所在地は、かぎられたごくわずかの者しか知らない。学院の創設者はガイ・マクマスターという名のイギリス人で、キャンパスにある建物の大半は、彼が相続したイギリスのダービシャーにある先祖伝来の屋敷を移築したものだが、彼が屋敷を相続した経緯はさだかでなく、恐ろしいことに、移築に関わった人たちはつぎからつぎへと事故で命を落としたという。徹底的な秘密主義を貫いているのは、もちろん、卒業生が誰かを削除して当局に逮捕された際に学院の関係者が殺人教唆の罪に問われるのを防ぐためだ。

学院の理念や教育方針がよりよく理解できるように、本書では三人の卒業生の事例が詳しく紹介されている。三人のうちのひとりのクリストファー（クリフ）・アイヴァーソンはカリフォルニア工科大学を卒業してマサチューセッツ工科大学の大学院へ進み、航空機メーカーに就職した優秀なエンジニアだったが、会社の上司を殺害しようとしたのをきっかけにマクマスター学院へ入学することになった。匿名の支援者からの奨学金を受けて学院で学ぶことになったクリフは支援者に勉学の進捗状況を報告するために日記をつけるよう義務づけられていたので、本書ではクリフの日記も紹介されている。

何の予備知識もなく、半ば誘拐されるような形でマクマスター学院へ連れてこられたクリフの入学当初のとまどいは大きかったが、理不尽な上司に対する怒りが薄らぐことはなく、上司の〝削除〟を完遂するために学院で学ぶ決心をした彼の日記は、傍観者にすぎない者をも、この地球上のどこかにある、広大で、かつ美しいマクマスター学院のキャンパスへと誘ってくれる。誰かの死を望んでいるわけではない人も、〝最大の復讐は自分が幸せになることだ〟と信じている人も、ぜひ本書を読んでいただきたい。暗くなりがちなテーマを、ユーモアやジョークを散りばめながら哲学的かつ実践的に記したこの教本自体の芸術性も、高く評価されている。尚、本書は教本の第一巻で、削除の対象（マクマスター学院では標的と呼ぶ）とされているのは職場の上司だ。

と、ここまでは訳者あとがきも〝マクマスター風〟に書いたが、もちろん本書は一九五〇年代を舞台にしたスリラーで、著者は、教本の編集者として名前が記されているルパート・ホームズだ。

ルパート・ホームズはミュージシャンとして活躍したのちにブロードウェイ・ミュージカルの脚本や音楽を数多く手がけて、トニー賞、ドラマ・デスク賞、エドガー賞を受賞している。少年時代からミステリが好きで、『エラリー・クイーンの新冒険』や『ABC殺人事件』、それにシャーロック・ホームズ全集がお気に入りだったらしく、舞台化されたアガサ・クリスティーの『検察側の証人』やジョン・グリシャムの『評決のとき』の脚本も書いている。また、小説家としても実力を発揮し、第一長篇の*Where the Truth Lies*はネロ・ウルフ賞にノミネートされて映画にもなり、短篇の「夜の放浪者」と「ヴィクトリア修道会」は邦訳されている。長篇としては三作目に当たる本書は、発想や舞台設定のユニークさもさることながら、ひねりにひねったプロットや現実と非現実を見事に融合させたストーリーが読者を惹きつけて、《ニューヨーク・タイムズ》、《ワシントン・ポスト》、《ロサンゼルス・タイムズ》のベストセラー・リスト入りを果たし、二〇二三年のアマゾン年間ベスト50の一冊にも選ばれた。

ご存じの方もおられるだろうが、シンガーソングライター時代の彼の大ヒット曲に、〝ピーニャコラーダ・ソング〟として有名な「エスケイプ」がある。恋人に飽きた男が、新聞に「もしあなたがピーニャコラーダが好きで、真夜中の砂丘で愛し合うのが好きなら、返事をください。一緒に逃げましょう」という投稿を見つけて会うことにしたら、なんと、目の前にあらわれたのは恋人だったという、洒落たオチのついた歌詞にも、彼の洗練されたユーモアのセンスとストーリーテラーとしての才能があらわれている。ちなみに、ミュージシャン時代の芸名でありペンネームでもあるルパート・ホームズという名前は、イギリスの詩人ルパート・ブルックと、かのシャーロック・ホームズから拝借したらしい。

一九四七年生まれで現在七十七歳のルパート・ホームズは、ニューヨーク州のコールドスプリングにある自宅でハドソン川を眺めながら続篇の*Murder Your Mate*（仮題）を執筆中だという。

二〇二四年五月

HAYAKAWA POCKET MYSTERY BOOKS No. 2004


奥《おく》村《むら》章《あき》子《こ》

青山学院大学文学部英米文学科卒,
英米文学翻訳家


この本の型は、縦18.4センチ、横10.6センチのポケット・ブック判です。

訳書
『名探偵ポアロ　クリスマス・プディングの冒険』『死への旅』アガサ・クリスティー
『サマーランドの冒険』マイケル・シェイボン
『殺意のコイン』ロバート・B・パーカー
『インフルエンサーの原罪』ジャネル・ブラウン
（以上早川書房刊）他多数

〔マクマスターズ殺人者養成学校《さつじんしやようせいがつこう》〕


2024年6月10日印刷　　2024年6月15日発行

著　者　ルパート・ホームズ
訳　者　奥村章子
発行者　早川浩
印刷所　星野精版印刷株式会社
表紙印刷　株式会社文化カラー印刷
製本所　株式会社明光社

発行所　株式会社　早川書房
東京都千代田区神田多町2－2
電話　03-3252-3111
振替　00160-3-47799
https://www.hayakawa-online.co.jp

（乱丁・落丁本は小社制作部宛お送り下さい
送料小社負担にてお取りかえいたします）

ISBN978-4-15-002004-0 C0297
Printed and bound in Japan